沈迦 著

W.E. Soothill and
China in dramatic changes

# 寻找·苏慧廉

（修订版）

生活·讀書·新知 三联书店

Copyright © 2021 by SDX Joint Publishing Company.
All Rights Reserved.

本作品版权由生活·读书·新知三联书店所有。
未经许可,不得翻印。

图书在版编目(CIP)数据

寻找·苏慧廉/沈迦著.—修订版.—北京:
生活·读书·新知三联书店,2021.5 (2021.12重印)
ISBN 978 - 7 - 108 - 07047 - 0

Ⅰ.①寻… Ⅱ.①沈… Ⅲ.①传记文学-中国-当代
Ⅳ.① I25

中国版本图书馆 CIP 数据核字(2021)第 004847 号

| | |
|---|---|
| 责任编辑 | 饶淑荣 |
| 装帧设计 | 蔡立国 |
| 责任校对 | 常高峰 |
| 责任印制 | 董 欢 |
| 出版发行 | 生活·讀書·新知 三联书店 |
| | (北京市东城区美术馆东街 22 号 100010) |
| 网 址 | www.sdxjpc.com |
| 经 销 | 新华书店 |
| 印 刷 | 河北鹏润印刷有限公司 |
| 版 次 | 2021 年 5 月北京第 1 版 |
| | 2021 年 12 月北京第 2 次印刷 |
| 开 本 | 635 毫米 × 965 毫米 1/16 印张 35 |
| 字 数 | 500 千字 图 99 幅 |
| 印 数 | 6,001 - 9,000 册 |
| 定 价 | 88.00 元 |

(印装查询:01064002715;邮购查询:01084010542)

敬献给我的祖母

已有的事后必再有；

已行的事后必再行。

日光之下并无新事。

——《圣经·传道书》1：9

苏慧廉肖像（1861—1935年，牛津大学提供）

# 目 录

自序　千万里，我追寻着你　1
主要人物　7
小　引　9

## 第一章　陌生人（1861—1890年）　1

### 第一节　温州城里的陌生人　2

1861年 / 2　模糊的苏慧廉 / 4　呼召 / 8　偕我公会的中国版图 / 11　李华庆的生命与爱情 / 14

### 第二节　那时温州　18

小城图景 / 18　烟台条约 / 22　曹雅直独腿"开教" / 25

### 第三节　苏慧廉来了　29

没有人期待他的到来 / 29　说温州话，做温州人 / 31　为温州话注音 / 34　街头与教堂 / 38

### 第四节　甲申教案　44

十月四日晚 / 44　历史三调 / 46　玛高温登场 / 49　孤屿江心 / 50　钦此 / 53

### 第五节　荒野玫瑰　56

火光中的胸牌 / 56　面朝大海、春暖花开 / 59　金先生 / 62　白屋 / 65　"达玲"谢福芸 / 67

第六节　第一个十年　71

　　教堂重建／71　到农村去／74　乐清传教站／78　神医苏慧廉／79　戒烟所与戚宅／82　调寄《茉莉花》／85　海生／89　十年成绩单／90

第二章　客卿（1891—1900年）　93

第一节　新十年的开端　94

　　海和德加盟／94　城西小诊所／95　香港惜别／97

第二节　回英述职　99

　　翻译四福音书／99　大英图书馆里的温州《圣经》／102　"剑桥七杰"与霍厚福／104

第三节　枫林迷局　109

　　一纸公告／109　枫林教案／112　温州堂审／115　捉放徐／119　踏访枫林／121

第四节　定理医院　124

　　一个叫定理的人／124　老照片／129　以定理之名／129

第五节　戊戌　131

　　北戴河的维新百日／131　莫理循／134　北京最后一晚／136　扩建城西教堂／139

第六节　世纪之交　144

　　两则书讯／144　方阵／147　第一次联区会议／149　红灯照、哥老会、神拳会／151　维新变法的反动时期／154

第七节　庚子年　157

　　出温州记／157　中国式告别／168　留守／170　世界传教大会／174　国变／176　回温州／177　英雄与歹徒／181

第三章　初熟（1901—1906年）　183

　　第一节　或明或暗的新世纪　184

　　　　献殿大典／184　温州撞了瘟神／186　夏正邦去世／188
　　　　《新约圣书》／189

　　第二节　艺文学堂　191

　　　　新来的蔡博敏校长／191　艺文前身／192　假维新中的真改
　　　　革／196　X先生／197　海坛山麓／200

　　第三节　开学大典　203

　　　　孙诒让年谱上的记录／203　李提摩太的演讲／205　合影／208
　　　　艺文新页／209　刘廷芳／211

　　第四节　女性的天空　214

　　　　姆姆与妹妹／214　艺文女校／216　金达玲／220

　　第五节　温州医事　224

　　　　他叫白累德／224　外国包医生／228　温州来鸿／231
　　　　天职／233　为朗召拍照／237

　　第六节　转折　238

　　　　《中国传教纪事》／238　百年传教大会／241　温州功业／243
　　　　圣道公会／244


第四章　山之西（1907—1911年）　247

　　第一节　生命中的贵人　248

　　　　丁则良的明信片／248　文化传教／250　亦师亦友／254

　　第二节　山西教案　255

　　　　滴血的记录／255　何礁／259　从太原到山西／260

　　第三节　山西大学堂　262

　　　　共赢／262　两条路线的斗争／263　历史的安排／266

　　第四节　西学斋　268

侯家巷的早晨 / 268　西学斋 / 270　前任敦崇礼 / 274

第五节　太原生活　277
屋前的杨柳 / 277　主持西斋 / 279　Y.M.C.A. / 283

第六节　一本破旧的《论语》　286
苏慧廉与理雅各 / 286　网上淘书 / 288　烬余之书 / 290　牛津经典 / 291

第七节　洋人与大人　294
丁宝铨 / 294　夜宴 / 297　巡抚之死 / 299

第八节　苏家、翁家与渠家　302
常熟翁氏 / 303　寻找翁氏后人 / 305　翁万戈的回忆 / 307　花儿 / 309　听渠川说往事 / 310　问答 / 314

第九节　学生与运动　315
学运发轫 / 316　塞西尔宴客 / 319

第十节　最后一课　323
蜡烛与空气 / 323　十年期满 / 324　移交 / 326　苏慧廉走后 / 328

第五章　烽火（1912—1919年）　331

第一节　北京女校　332
皇城根下 / 332　北京培华女中 / 334

第二节　逃难　336
逃难之夜 / 337　1912年2月29日夜 / 340

第三节　托付　343
Lo大人家世 / 343　Lo府灾难 / 344　带枪的路熙 / 348　戒指 / 351　Lo大人与Kung大人 / 352

第四节　华中联大梦　354
苏慧廉的新工作 / 354　百年大会上的议题 / 356　华中联合大

　　　　　学 / 358　《儒释道三教》/ 364

　　第五节　华工与青年会　367
　　　　　赴法华工 / 367　青年会 / 370　抱犊崮余响 / 374

第六章　牛津（1920—1925年）　377
　　第一节　英国汉学　378
　　　　　沃尔顿街上的"中文系" / 378　牛津汉学 / 380
　　第二节　选举风波　382
　　　　　北京的隐士 / 382　巴克斯豪举 / 384　尘埃落定 / 386
　　第三节　书斋里的革命　389
　　　　　牛津圣三一 / 389　《李提摩太在中国》/ 389　遥望东方 / 392
　　第四节　翁之憙的旅欧日记　396
　　　　　旅欧鸿爪 / 396　五月二日、周六、晴 / 396　布拉德莫路4号 / 399　徐树铮 / 402

第七章　庚款（1926年）　405
　　第一节　悲伤的庚款　406
　　　　　庚款与退款 / 406　蔡元培出场 / 409　中庸的建议 / 411　衮衮诸公 / 412　中方委员 / 414
　　第二节　威灵顿代表团　416
　　　　　香港特别任务 / 417　礼查饭店 / 419　苏慧廉答记者问 / 422　海上踪迹 / 424
　　第三节　告别温州　426
　　　　　艺文内争 / 426　温州中华基督教自立会 / 430　花随梦已空 / 433　背影 / 436
　　第四节　苏慧廉与胡适　441
　　　　　火车上的访谈 / 441　莫斯科插曲 / 448　伦敦迎接胡适 / 450

牛津地陪 / 451　台北纪念馆的偶遇 / 455

第八章　暮年（1927—1935年）　457
　　第一节　大地辙环吾倦矣　458
　　　　访学哥大 / 458　艺文复校 / 461　高徒费正清 / 463
　　第二节　告别　466
　　　　路熙去世 / 466　苏慧廉也走了 / 467　残缺的讣闻 / 470
　　第三节　苏慧廉之后　472
　　　　陈寅恪接棒 / 472　四海兵戈迷病眼 / 473　继任者 / 475
　　《中英佛学辞典》/ 476　重逢 / 477

后　来　483
　　1948年 / 484　1951年 / 485　1972年 / 488　1991年 / 489
　　2009年 / 491　2011年 / 491

附　录　494
　　苏慧廉年谱简编　494
　　苏慧廉著述目录　512
　　参考文献　514

修订版后记　532

后　记　535

# 自　序　千万里，我追寻着你

## 一

还很小的时候，我就跟随祖母去教堂。祖母去的教堂，就是这本书里将屡屡提到的温州城西堂。教堂主殿有六根黑色的大圆柱，非常醒目。小时听教堂里的老人说，大柱子是从英国运来的。于是，幼小的我便好奇，是哪些英国人将这些高达十余米的木头不远万里运到小城温州？

大学毕业后回到家乡，那时祖母已去世十年。我在《温州日报》做副刊编辑，因工作的关系获知温州市图书馆善本书库里有两本外国传教士撰写的回忆录。因是英文写的，鲜有人知道书里到底记录了什么。1999年年底，为迎接新世纪的到来，报社组织"百年温州"专版，我与摄影记者专程去图书馆借出这两本回忆录，并翻拍了其中几张照片。这两本书的作者就是苏慧廉夫妇，那是我第一次知道苏慧廉的名字。我当时想，是不是就是他，把六根黑色的圆柱运到了温州？

世纪之交，老城市、老照片风靡一时。在新千年的第一年，我与同年分配到报社的同事金丹霞有了合作撰写《老温州》的想法。老温州就从传教士写起吧，我提出了这个想法。于是，我们一起去采访老牧师及基督教历史的研究者。那时温州师范学院的莫法有教授刚在香港出版了《温州基督教史》，在他家书房里，他甚惊讶，怎么还有来自党报的年轻人对这段讳莫如深的历史感兴趣。当然，也就是在那天，我对苏慧廉有了点粗浅的了解。

合作《老温州》，我把自己定位在动动嘴皮子的策划角色上，而要求金丹霞担纲全部的写作重任。她终于不堪重负，在仅写出两三节后便宣告这个"伟大"策划的夭折。之后没几个月，我也离开报社，"下海"折腾去了。

商海汹涌,唯利是图。但逢周日,我还会被母亲提醒去城西堂礼拜。坐在熟悉的圣殿里,看见这几根黑色的柱子,便会想起苏慧廉,觉得我似乎可以做点什么。

随后的几年,在忙碌的经商活动之余,也断断续续收集些有关苏慧廉的资料。不过,温州历史对他的记录实在吝啬。中间也曾怂恿刚退休赋闲的杭州姑妈,将这两本回忆录全文译出。她对历史有兴趣,又有美国工作的经历,但经几天思考后,她终究还是没听从我的"忽悠"。

2007年春的一个下午,太太开车,我们一起去温哥华附近的卫星城烈治文(Richmond)吃饭。当时我们全家已移民加拿大,我也"主动从领导岗位上退下来",正在谋划如何面对"退居二线"后的生活。

"我想写苏慧廉。"看着车窗外飞驰向后的大桥栏杆,我向太太吐露了酝酿已久的想法。没想到,我这"不务正业"的想法马上得到她的首肯。她说,你还有别人不具备的条件——吃饱了没事干。

这次我终于决定不再怂恿、"忽悠"别人了。

事非经过不知难,一开工我就知道难处了。首先是资料稀缺,不是一般的稀缺,而是相当的稀缺。我去过温州档案馆、图书馆、博物馆,也走访过从事地方史、教会史研究的人,所有当时温州能找到的材料,连一篇苏慧廉的简历都拼凑不全。我后来查Google,不论中文还是英文,也都只有短短的几百字,大多还是重复温州媒体抄来抄去的报道。而关于他离开温州后的行踪,更是付诸阙如。

但即便是这样,我还是开始了。所幸家在UBC(The University of British Columbia,不列颠哥伦比亚大学,简称UBC)附近,于是一头扎进了该校图书馆。加拿大是英联邦成员,该校图书馆英国文献尤为宏富。报章杂志、年鉴索引、公文档案,应有尽有,并免费开放。西人的历史向人民敞开。

除了UBC图书馆,我后来还去过英国国家图书馆、英国国家档案馆、大英博物馆、牛津大学图书馆、剑桥大学图书馆、香港大学图书馆、台北胡适纪念馆、台湾大学图书馆等。在美国哈佛、康奈尔、明尼苏达等几所名校的图书馆我也查阅过资料。英国循道公会还授权我查阅目前存放在伦敦大学图书馆的教会档案。我的英语属"硬读"（硬着头皮读）水平，但凭着当年考托福、雅思时训练的阅读能力，我吃力地在世界各地打捞被中国有意无意遗忘的历史。当然，也是因着语言能力的局限，在原始材料的涉猎上还留有很多遗憾。

除了在图书馆、档案馆找资料，近年来我还走访了苏慧廉曾经工作、生活过的城市。从温州到太原，从上海到北京，从香港到澳门，从牛津到剑桥，英伦半岛也去了两趟。重返历史现场，寻找历史后人，这些寻踪故事多已写入书中，在此不赘述。这本书虽是以传主的生平为主线展开，其实也是沿着寻访的过程一路走来而写就。我虽已离开媒体多年，但当年采访写作课上老师的教导仍记忆深刻——好文章是用脚写成的。

2009年春，从牛津寻访苏慧廉墓地归来。抵沪还在倒时差，朱学勤老师的电话把我从睡梦中叫醒。他邀我去他执教的上海大学与学生做个交流。"讲座的题目你拟一个，我要做个广告。""那就叫《千万里，我追寻着你》吧。"在迷迷糊糊中，我随口说出了这个题目。这是句歌词，我们这代人都耳熟能详。刘欢在《北京人在纽约》中，把它唱得荡气回肠：

> 千万里，我追寻着你，
> 可是你却并不在意。
> 你不像是在我梦里，
> 在梦里你是我的唯一。
> ……

## 二

大学读的是新闻，后来从商，至今没有受过史学的基本训练。因此写作此书的过程，也是我学习历史并思考的过程。

其间补读了一两百本书，关注的重点是苏慧廉的时代。他1861年（咸丰十一年）出生，正是中国结束与英法的敌对，以开放的姿态迈向"同治中兴"的开始。随后有洋务运动，为自强求富，中国迈开了"师夷长技以制夷"的改良步伐。1882年，苏慧廉抵达上海时，经过"革新、开放"的晚清政府，其GDP已跃居亚洲第一位。苏慧廉在中国生活了将近三十年，直至辛亥革命前离开。这三十年，无疑是一个集权的时代，同时也是一个努力从传统的封建大一统中摆脱出来并走向多元化的时代。其间，江河滚滚，泥沙俱下。1898年，苏慧廉去北方度假，不经意间亲历了标志着改良结束的"百日维新"。他离开北京的那个早晨，火车莫名延误，后来才知道是满城搜捕康有为。随后的中国，河溃鱼烂，炸弹与改良开始赛跑，中国终于陷入革命的洪流。1935年苏慧廉去世，那年中国的南方有遵义会议，北方有热火朝天的"一二•九"运动。

有史家将晚清这段历程称为中国第一波现代化，以区别于二十世纪七十年代开始的第二波现代化。我在阅读写作的过程中，强烈感受到这两波现代化竟然是如此相似。它们都是以革新、开放为导向，并且均在七十年代开始中兴，九十年代遭遇挫折。政治与经济在其间交织往返，缠缠绵绵，历史只能以一种混沌的姿态向前寸进。当然，这不是我的发现，我仅是感慨于这一发现，并试着借苏慧廉的酒杯，倒下中国一个世纪的歌哭，并期待苏慧廉及他的时代成为我们今人回首百年时一个可资分析和咏叹的角度。当然，我更希望，读者在阅读时能感受到，我将这一对象置于宏观背景中进行思考的努力，尽管它可能是一个雄心和能力失衡的产物。

2011年夏，回家乡采访苏慧廉养女的后人方保罗先生，去方先生位于温州西郊的老人公寓的途中，会经过当时震惊中外的"7•23"动车追尾事故的现场。在冷冷的夜里，面对车窗外的漆黑与众矢猬集的铁轨，我不能不想起辛亥年的保路浪潮及苏慧廉在中国经历过的历次动荡。

前辙依然，故吾犹是。

## 三

还要说明的一点是,在本书的写作中,我有意将与温州历史相关的细节做了烦琐的记录,哪怕有些与传主没有直接关联。个中的原因也许仅因温州是我的家乡。我从故乡来,知道这些细节,我想这些对至今还模糊不清的温州近代史,尤其是温州基督教史,有着一定的价值。

有好友在阅读本书初稿时,认为书中引用原文过多,担心因此影响可读性。其实,这是我故意为之。中国的历史,离今天越近竟然越模糊,稍一深入就会发现与某些书里讲的大不一样。在这个缺乏信任的时代,我只能尽量用这些来自第一手、并用第一人称记录的材料提醒读者,这才是当事人眼中实实在在的历史细节与角度。

自知这本书离标准的学术性传记还有很远的距离,但我在追寻、整理历史时,努力遵守学术规范。为此,我在书中添加了千余条注释。苏慧廉的老师理雅各在翻译中国的"四书五经"时,曾就冗长的注解做过说明:"可能一百个读者当中,九十九个会对长长的评论性的注释丝毫也不在意。但是,第一百个读者将产生出来,他会发现这些所谓长长的注释其实一点也不长。就只为了这第一百个读者,我也应该将这些注释写出来。"我也期待拙著的"第一百个读者",能沿着这些虽粗糙但颇费力搭建的路标,走向更远方。

还有几点说明,罗列如下:

本书中提到的外国人,如有通用的惯译姓名或其本人认可的汉名,即按约定俗成原则处理。暂不可考者依商务版《英语姓名译名手册》音译。外方机构、西文专有名称、特殊称谓也照此例处理。除常用地名外,所有外国名称第一次出现时或加注释,或用括号标出原文。

本书中提到的西文作品,一般按照先中文译名后西文书名的顺序排列,少数作品原已有中文译名,则遵从原著。

当时用西文记录的中国地名、人名、机构名称,笔者已尽力加以考释还原,个别无法定夺者,暂用音译,或保留原文。

书中用英文写就的注释,表明材料直接来自西文。

书中引用的西文文献，若已有通行的中文译本，则尽量采用。苏慧廉回忆录、李提摩太传记等有多种译本的，比较后选择使用。当然，个别处笔者认为自己的翻译，可能更能反映作者的原意。

书中引用的中文文献，若底本中有脱、衍、讹、倒之处，除个别明显并影响文意者稍作改动外，皆一仍其旧，以示尊重原著。少数几处辨识不清的，则以□代替，并期方家指教。为丰富史料，增加可读性，本书也引用了不少图片。图片未注明出处者，均由笔者拍摄。

写这篇序言时，回想起在伦敦大学亚非学院（School of Oriental and African Studies, University of London）图书馆查阅循道公会档案的时光。很多个下午，到了三四点时，我会走出位于地下的善本书室，去街面透透气。端杯咖啡，独自站在转角的人行道上。早春的气候有点湿冷，街道杂芜，老英国正是夕晖晚照时分。看大红色的双层巴士在树影间叮咚过往，我会突然想起小时坐在城西教堂里的情景，历经苦难的祖母在祷告，我则偷偷睁开眼睛，好奇地打量那六根据说来自英国的黑色柱子。

沈迦

2011年10月12日上午草于温哥华寓斋，

12月3日改定

# 主要人物

苏慧廉（William Edward Soothill）：英国循道公会派驻温州传教士，后任山西大学堂西斋总教习、牛津大学汉学教授。

苏路熙（Lucy Farrar Soothill）：苏慧廉夫人，温州艺文女校创办人。

谢福芸（Dorothea Hosie）：苏慧廉女儿，作家。

李提摩太（Timothy Richard）：英国浸礼会传教士，山西大学堂西斋总理、广学会总办。

阚斐迪（Frederick Galpin）：英国循道公会传教士，宁波教区负责人。

曹雅直（George Stott）：内地会传教士，基督新教第一位赴温州传教士。

海和德（James W. Heywood）：英国循道公会传教士，继苏慧廉后任温州教区长。

谢道培（W. R. Stobie）：英国循道公会派驻温州传教士。

山迩缦（Arthur H. Sharman）：英国循道公会派驻温州传教士。

霍厚福（Alfred Hogg）：英国循道公会医疗传教士，温州定理医院首任院长。

包莅茂（W. E. Plummer）：英国循道公会医疗传教士，温州白累德医院首任院长。

蔡博敏（T. W. Chapman）：英国循道公会传教士，温州艺文学堂校长。

金先生：温州第一代基督徒，曾为苏慧廉仆人，其三女金达玲、金崇美、金崇福由苏氏夫妇收养。

夏正邦：又名振榜，字殿士，温州第一代华人牧师，曾为苏慧廉书童。

徐定鳌：永嘉信徒，枫林教案主要人物。

翁之憙：翁同龢后人，翁万戈生父。谢福芸好友，在其旅华见闻录中称作 Li Cheng。

巴克斯(Edmund Trelawny Backhouse):英国人,莫理循助理,曾角逐牛津大学汉学教授。

尤树勋:温州循道公会牧师,后创办温州中华基督教自立会。

# 小　引

一个中年英国男人手里拿着张简易的地图，指着脚下一圈没有墓碑的沙土向我们确认，这就是我们要找的B1-147号墓地。

这是2009年3月30日的中午，在英国牛津的玫瑰山墓园（Rose Hill Cemetery）。当我和何大伟（David Helliwell）寻进这座墓园时，偌大的草地上只有这个花匠在修剪花草。

竟然是一块没有墓碑的坟地，仅有四条浅色的花岗岩嵌于土中，表明它的地界。这就是苏慧廉（William Edward Soothill）的墓吗？当我还在迟疑时，大伟已趴在地上，似乎要从几已沉于土中的墓沿界石上找出什么。

苏慧廉墓（2009年3月30日摄于牛津）

苏慧廉墓沿界石上写着"THEIR WORK ABIDETH"（2009年3月30日摄于牛津）

何大伟是英国人，现为牛津大学博德林图书馆（Bodleian Library）东方善本部负责人。这位年逾六十的英国绅士，不知已从哪里找了个铁制的花架当铲子，正迅速地挖开界石边的泥土。

在南面的界石上，首先出现的是路熙（Lucy）的名字。"Lucy是苏慧廉夫人的名字！"我明知何大伟知道，还是叫了出来。

大伟继续挖，界石上的铭文逐渐清晰："路熙，传教士、苏慧廉牧师爱妻，1856年生，1931年卒。"[1]

"苏慧廉的名字应该写在对面那条石上。"何大伟对英国习俗很了解。果然，在北面的界石上显露出如下铭文："威廉·爱德华·苏西尔，硕士、传教士、牛津大学汉学教授，1861年生，1935年卒。"[2]

说真的，那一刻，当苏慧廉、路熙等熟悉的名字清晰地展现在眼前时，我有些感动。多少年了，这些名字被埋于尘土。

大伟手上的花架宛如洛阳铲，随着不停地铲刮，历史终于抖落尘土。另两边的铭文也出来了，是两句典出《圣经》的格言：

---

[1] 原文为：LUCY-MISSIONARY-BELOVED WIFE OF THE REV W. E. SOOTHILL / 1856–1931。
[2] 原文为：WILLIAM EDWARD SOOTHILL-MA-MISSIONARY-PROFESSOR OF CHINESE OXFORD UNIVERSITY/1861–1935。

The path of the just shall shine.[1]

Their work abideth.[2]

我也趴到地上,给这些铭文拍照。大伟问我是否知道"abideth"的意思,他不等我回答即道:"It means remain." remain,保持! abideth,长存!

长焦镜头里,"abideth"这个单词显得格外清晰。

---

[1] 语出《圣经·箴言》4:18,*King James Bible* 原文为:"But the path of the just is as the shining light, that shineth more and more unto the perfect day."(但义人的路好像黎明的光,越照越明,直到日午。)本书《圣经》中文译文均引自现代标点和合本。

[2] 语出《圣经·哥林多前书》3:14。*King James Bible* 原文为:"If any man's work abide which he hath built thereupon, he shall receive a reward."(人在那根基上所建造的工程若存得住,他就要得赏赐。)

# 第一章

## 陌生人(1861—1890年)

每一个国家都称其他国家为未开化的国家。

——苏格兰谚语

## 第一节 温州城里的陌生人

我关注这个汉名叫"苏慧廉"的英国传教士,是因为他曾在我的家乡温州[1]生活了二十五年。

温州仅是浙江省东南部的一座小城,不过,近三十年来以商品经济活跃而广为人知。温州人善贾,因此被称为"中国的犹太人"。犹太人是上帝的选民,不少信基督教[2]的温州人也以此自居。温州信基督教的人很多,据说教徒人口比为中国之冠。海外学界有称温州为"中国的耶路撒冷",温州教会则被称为"中国的安提阿"。[3]

"温州信教的人为什么这么多?与传教士有关吗?"常有好奇的朋友这样问我。

"当然。"为此我常常会讲苏慧廉的故事。不过,我同时要强调,苏慧廉仅是晚清西方来华数以千计的传教士中的一个,即便对温州而言,也不是西来第一人。[4]

**1861年**

苏慧廉是以接棒者的身份1883年初春来到温州,因为他的前任李华

---

[1] 温州市位于浙江省东南部,历史悠久,为浙江省第三大城市。旧时西人称温州为 Wenchow。
[2] 基督新教(Protestantism)与罗马公教(中国称天主教)、正教(中国称东正教)并列,为广义上的基督宗教(Christianity)三大派别中的一大教派。此为十六世纪宗教改革运动中脱离天主教而形成的新宗派,也称作抗议宗、抗罗宗。中国基督新教各教会则因传教方便的原因,自称耶稣教或基督教,而不称新教。
[3] 有学者认为,目前温州基督徒(含天主教徒和新教徒)人数占人口的七分之一上下是一个较为合理的推断。见张敏:《基督徒身份认同——浙江温州案例》,载《身份认同研究》(上海:上海人民出版社,2006),第85页。安提阿(Antioch),公元一世纪罗马帝国叙利亚省首府。据《圣经·使徒行传》记载,司提反殉道后,就有信徒到这里开始向外邦人传福音。安提阿是早期基督教会的中心之一,耶稣的门徒被称为基督徒就是从此地开始。
[4] 可参阅拙文《曹雅直、李庆庆、苏慧廉抵温时间考》,载于《一条开往中国的船》(北京:新星出版社,2016),第160—167页。

庆[1]（Robert Inkerman Exley）病逝了。

苏慧廉1861年1月23日出生于英格兰西约克郡（West Yorkshire）的哈利法克斯市（Halifax）。[2]我后来到英国，才知道哈利法克斯在英人眼中并不是一个好地方。这座城市最有名的可能是以城市名命名的哈利法克斯银行，已有百余年的历史，不过在2008年的金融海啸中也饱受重创。

苏慧廉出生的这一年，中国人称为辛酉年，也称咸丰十一年。是年八月，咸丰皇帝病逝于热河，六岁的同治继位。他的生母慈禧发动了"辛酉政变"，从此走向权力中心。在二十六岁的慈禧当政的同年，亚伯拉罕·林肯（Abraham Lincoln）也走向美国的权力中心，他开启的是北美洲的一个新纪元。

同治在位的十三年里，身居紫禁城的小皇帝与慈禧都不知道世界发生了很大的变化。除了林肯完成美国的统一外，德意志与意大利也都在这一时期完成了统一。这些国家在统一后便开始国内的大建设，并由此迎来经济的大发展。史家发现，同治之前，行帝国主义的大国仅英、俄、法三国；同治以后，便增加了美、德、意。这种变化，对中国而言，不仅面对的世界大不一样，而且是更加困难了。

起初，我只是因苏慧廉生于1861年才关注这个貌似平常的年份。但当一些史料在这一年交汇时，我看到了大历史中充满诡谲的安排，以及历史通向未来必然的路径。

与苏慧廉同年出生的印度诗人泰戈尔写道：

> 我今晨坐在窗前，
> 世界如一个路人似的，
> 停留了一会儿，

---

[1] 亦有人译作李应克。见汤清：《中国基督教百年史》（香港：道声出版社，1987），第462页。
[2] 苏慧廉出生时，他们家住在哈利法克斯的贝德福德苑4号（4 Bedford Yard），与从事羊毛生意的叔叔亚伯拉罕（Abraham Soothill, 1842—？）一家住在一起。

向我点点头又走过去了。

**模糊的苏慧廉**

苏慧廉的英文名为 William Edward Soothill,直译的话,应叫他"威廉·爱德华·苏西尔",亦有人译为"苏威廉""苏熙洵""肖塞尔""苏慈尔""苏赫尔""苏惠廉""苏特尔""苏维伊""苏喜尔"等。[1]这些不同的译名为我们后来探索他的历史足迹,增添了诸多不便。

关于苏慧廉早年的材料很少,我至今也只能勾勒出一个粗线条的轮廓:

他出生于一个贫寒的家庭,其祖父曾抛妻别子,独自远赴北美谋生。[2]苏慧廉的父亲叫威廉·苏西尔(William Soothill,1835—1893),是个普通的工人,从事布料、原材料的染色、压制工作。[3]当时的哈利法克斯正以纺织工业出名。苏慧廉的母亲叫玛格丽特·阿什沃思(Margaret Ashworth,1839—1919),1858年嫁给苏慧廉父亲后,先后生了十一个孩子,五男六女,其中两个女孩早夭。苏慧廉排行老二。[4]苏慧廉的父亲是个虔诚的基督徒,工作之余为所在的教会从事布道工作。父辈的信仰后来改变了苏慧廉一生的志业。苏慧廉有一个叫艾尔弗雷德(Alfred Soothill,1863—1926)的弟弟后来也成了牧师,1885年开始传道,并长期担任阿什维尔学校(Ashville College)校长。创立于1877年的阿什维尔学校今天仍在招生,是英格兰北部哈罗盖特镇(Harrogate)最古老的私立学校。

---

[1] 苏慧廉的中文译名曾莫衷一是。莫法有在《温州基督教史》中称他为苏威廉;莫东寅《汉学发达史》、方豪《中西交通史》、李约瑟《中国科学技术史》则称苏熙洵;胡适在日记中称肖塞尔;《中英佛学辞典》称苏慈尔;《最新汉英佛学大辞典》称苏赫尔;游汝杰《西洋传教士汉语方言学著作书目考述》(哈尔滨:黑龙江教育出版社,2002)称苏惠廉;《李提摩太传》称苏特尔;汤清《中国基督教百年史》称苏维伊;《第二次中国教育年鉴》(上海:商务印书馆,1948)记录1926年中英庚款代表团访华时称苏德赫。

[2] 苏慧廉祖父名托马斯(Thomas Hartly Soothill,1813—? ),是个染色工人,祖母名爱伦(Ellen Barrett,1805—? )。他们有三个孩子,苏慧廉父亲是老二。

[3] 苏慧廉1884年在上海结婚填写登记证书时,其父的职业记为 Stuff Finisher。《纽约时报》苏慧廉讣告称其父是个 Cloth Presser。*Catalogue of the Pictures at the Methodist Mission House* 则说其父是 Foreman Dyer。

[4] Soothill family tree, made by Marjorie Mallinson.

来华之前苏慧廉没有接受过正规的教育，他的学校生涯只到十二岁。此后即进入哈利法克斯一家律师事务所工作，这份工作起初就是抄写、复制地产文件，但他后来认为这仍是他职业生涯中一个重要的开端。苏慧廉无疑是个聪明能干的年轻人，不久后即通过了法律初级考试，他当初的想法是做个律师。后来他还被伦敦大学录取，不过没有读完学位。[1] 律师职业规划及学业的中断，是因受海外传教的吸引。这除了家庭的信仰外，据说还因听闻一个传教士在非洲冒险宣教的故事。这位英国伦敦传道会（London Missionary Society）遣往东非的传教士叫查尔斯·纽（Charles New），同时也是个探险家，曾于1871年登上乞力马扎罗山，并成功穿越雪线。苏慧廉年轻、激情的内心霎时因这个故事而充满光荣与梦想。[2]

苏慧廉从此有了去异域传教的想法。为了补充更多的神学知识，苏慧廉去曼彻斯特的神学院进修。他还自学了法语与拉丁语，并通过利兹市（Leeds）的入学考试。[3]

仅看这些背景，很难想象，这个没有接受过正规教育、职业规划还漂移不定的年轻人后来会有惊人的成就——不论是在传教领域，还是学术领域。不过有一点是肯定的，苏慧廉自小就非常勤奋。据他妻子路熙（Lucy Farrar Soothill）回忆，苏慧廉年轻时经常在书房里读书直到半夜，天亮后又早早起床，接受老师的教诲。苏慧廉自己在回忆录中也说小时候曾因为能背《希伯来书》第十一章而获奖。《圣经新约》中的《希伯来书》第十一章很长，有三十九节，这可从侧面说明他既勤奋又天赋甚高。

我一直不知道苏慧廉的长相，直至2007年年底在加拿大不列颠哥伦

---

[1] *Who's Who in the Far East*（June）1906–7, 295.
[2] John Naylor, "The Rev.W.E.Soothill, MA," *The Massionary Echo of the United Methodist Free Churches*（1914）: 75；并参考端木敏静《英人苏慧廉与晚清温州》，载《瓯风》（合肥：黄山书社，2011），第二集。*The Missionary Echo of the United Methodist Free Churches* 为偕我公会会刊，笔者暂译为《传教士回声》。本书出注时，简称为 The Missionary Echo，图片标明出处时简称为 TME.
[3] *Catalogue of the Pictures at the Methodist Mission House*.London. 出版年份不详，原件藏伦敦大学图书馆。

中英庚款代表团合影，1926年，右一为苏慧廉

比亚大学图书馆书架上看见《胡适及其友人（1904—1948年）》[1]一书。这本大陆稀见的港版书收录了胡适很多的旧照，其中一张是中英庚款委员会赴华代表团的合影。我当时已开始苏慧廉资料的收集，这张摄于1926年的旧照让我蓦然发现，右边第一人即是苏慧廉。那是我第一次看见正面的苏慧廉。

以前温州历史写到苏慧廉时，总会用一张他戴帽子的照片。这张照片来自他传教回忆录第三章中的一张插图。在这张题为《在路上》的黑白照片里，一个穿洋装、戴着圆形帽子的白衣男子坐在山轿上。照片中的人物是中景，帽檐让原本不大的脸显得更加模糊。路熙说这个白衣男子就是苏慧廉。苏慧廉一直就以这样的形象留在温州过去百年的历史里。[2]

如果没有夏鼐（字作铭，1910—1985年），温州人可能连这张模糊的照

---

[1] 耿云志：《胡适及其友人（1904—1948年）》（香港：商务印书馆，1999）。
[2]《温州基督教》《温州市第二人民医院百年院史（1897—1997）》均截取此图之头像为苏慧廉肖像。

《在路上》,白衣男子为苏慧廉

片都没有。夏鼐是中国现代考古学的奠基人,温州人。二十世纪五十年代,他在北京西单市场一旧书摊发现了两本与温州有关的英文书——《中国传教纪事》[1]与《中国纪行》[2]。前者1907年出版于伦敦,作者是苏慧廉;后者1931年出版,作者是苏慧廉的夫人苏路熙。夏鼐知道苏慧廉,他早年留学英伦,一次去牛津游学,还邂逅了苏慧廉的女儿。[3]

---

[1] William Edward Soothill, *A Mission in China* (Edinburgb and London: Oliphant, Anderson & Ferrier,1907). 此书陈兆魁译为《一个传道团在中国》,吴慧译为《拓荒布道》,张永苏、李新德译为《中国传教纪事》(2011年出版时改为《晚清温州纪事》)。笔者赞同张李之译。本书提到《中国传教纪事》时即指该书。亦有译为《在华宣教中》《在中国的一个差会》等。二十世纪九十年代,陈兆魁曾将该书中与温州相关的五章译出,以《一个传道团在中国(节录)》为题刊于《温州文史资料》第七辑。
[2] Lucy Soothill, *A Passport to China* (London: Hodder and Stoughton, 1931). 此书周朝森译为《走向中国》,吴慧译为《乐往中国》,李新德译为《中国纪行》。笔者赞同第三个译名,本书提到《中国纪行》即指该书。亦有港人译为《中国见闻录》。1994年3月出版的《温州文史资料》第九辑刊登了周朝森译文《外国传教士在温州的遭遇——(英)苏露丝〈走向中国〉节选》,此文选译该书第一章第二节中关于甲申教案之部分内容。笔者2007年8月12日电话采访周朝森问当年译事,他说当时因温州要做外事史,应朱沫苏老师之要求翻译了此章。
[3] 夏鼐:《夏鼐日记》(上海:华东师范大学出版社,2011),卷二,第112页。

温州图书馆馆藏《中国纪行》《中国传教纪事》

二十世纪六十年代初,温州曾向夏鼐借阅这两本书,以撰写文史资料。在时任温州市图书馆馆长梅冷生与夏鼐的通信中,保留了当时借阅、拟译、催还的记录。虽经数次催还,但它们终没有回到夏鼐的书房,直至他1985年去世。[1]

这两本英文回忆录今天保存在温州图书馆善本书库里,成为近几十年温州人了解苏慧廉及其温州事工的唯一来源。

**呼召**

苏路熙在《乐往中国》(即《中国纪行》)一书中这样写道:

> 一天夜阑人静的时候,他合上书本,为了消遣,他翻了翻手头边的一本杂志。这本杂志上说正在招募一个年轻人去温州接替另一个年轻人。苏慧廉这时突然感到"自己就是那一个人"。[2]

---

[1]《梅冷生集》(梅冷生著,上海:上海社会科学院出版社,2006)收录梅冷生致夏鼐信函二十四通,其中多信言及这两本书。《夏鼐日记》(卷六,第299页)1962年12月16日记寄两书给梅冷生。
[2] 苏路熙:《乐往中国》,吴慧译(自印本,2007),第112页。

当时是1881年夏天,英国偕我公会[1]派驻温州的唯一一位传教士李华庆刚刚去世。

"温州失去了唯一的传教士之后,差会(Missions)只能在很短的时间里寻找另一个。1881年春季的时候,笔者曾被利兹和布拉德福德(Bradford)教区提名为牧师候选人。不过,在随即召开的年度会议上,通过了当年不招收新牧师的决议——那也是唯一的一年。这消息好比晴天霹雳,他只能静静地求学以待来年。现在寻求接替李华庆牧师人选的工作以呼吁信的形式展开,上面用委婉的措辞表示很少有人能比前任更优秀。"苏慧廉1906年离开温州时,写下这段当年赴华的因缘。[2]

苏慧廉相信这是上帝在呼召他,与差会无关,他于是跪下来祷告:"主,我愿意去,但除了中国,除了中国!"

为什么除了中国?"因为传教士居然到世界上最现实的民族面前出售一个纯粹的理论,这个理论不能给他们带来现世的利益。"苏慧廉后来这样解释。[3]

在一百三十多年前的英国人眼里,中国是片太过陌生的土地。

> 大约二十五年以前,有一位能干的牧师,被称为"神学博士",因为他多年前曾荣获这一学位,当他听到我要去中国,就连忙劝我不要去,如果我一定要当传教士,那就去日本,因为比起"肮脏的中国人",与日本人相处令人愉快得多。[4]

---

[1] 偕我公会(United Methodist Free Church,简称UMFC)创立于1857年,由原从循道会(Wesleyan Methodist Church)分裂出来的两个团体循惠会(Wesleyan Methodist Association)和循改派(Wesleyan Reformers)合并而成。1864年开始进入中国传教,主要传教地为浙江的宁波、温州。1907年与同宗派的圣道会(Methodist New Connexion)、美道会(Bible Christians)合并,称"圣道公会"(United Methodist Church,简称UMC);1932年又与同宗派的循道会、循原会(Primitive Methodist Church)合并,改称循道公会(The Methodist Church)。
[2] W.E.Soothill, "Our Mission in China," *The Missionary Echo* (1906): 131.
[3] 苏慧廉:《拓荒布道》,吴慧译(自印本,2007),第346页。
[4] 苏慧廉:《晚清温州纪事》,张永苏、李新德译(宁波:宁波出版社,2011),第2页。

苏慧廉尽管报了名，但他还在幻想，如果报名不被接纳，那他就可以不去中国。他知道还有个志愿者也在竞争这个职位，这是他内心的一线希望。但苏慧廉最后还是被选中了，他终于无路可逃。

> 尽管这并非我的本愿，但这是命运的安排。从那一天起，我就没有为接受这一命运而后悔过。[1]

苏慧廉后来写的回忆录，写到这段经历时，引用了《圣经》中的一句话："被召的人多，选上的人少。"[2] 他有意将"选择"这个词从被动时态改为主动，表明了自己那时的态度。

与苏慧廉同时代、在中国最广为人知的传教士李提摩太（Timothy Richard）当年要起程时，也有人问他为什么要选择中国。他的回答是：中国是非基督教国家中最文明的一个。只要中国人皈依了基督教，他们就可以帮助将福音[3]传到不发达的国家去。[4]

当时已是十九世纪后半叶，相对于中国的封闭，经历过工业革命的西方世界正显现出全球化的特征。[5]连通欧亚非三大洲的苏伊士运河1869年开通后，西方到东方的距离一下子缩短了。由英国人发明的一种叫"金本位"的金融制度，也在1870年前后覆盖了世界货币交易的三分之二。法、美、德、俄、意、日等经济大国都相继在十九世纪后半叶搭上了这趟时代列车。

从十九到二十世纪，有超过二十万名来自英语国家的青年人，[6]带着《圣经》及上帝的使命，前往世界各地传播福音。李提摩太、苏慧廉是其中

---

[1] W.E.Soothill, "Our Mission in China," *The Missionary Echo*（1906）: 131.
[2] 语出《马太福音》22: 14，原文是 Many are the called, but few are chosen，苏慧廉改为 Many are the called, but few – choose。
[3] 福音（Gospel），《圣经》中原意为"天国来的好消息"。
[4] 苏慧廉：《李提摩太在中国》，关志远、关志英、何玉译（桂林：广西师范大学出版社，2007），第12页。
[5] Dana Robert 认为，基督教的宣教运动是第一个全球化运动。详见吴梓明等：《边际的共融——全球地域化视角下的中国城市基督教研究》（上海：上海人民出版社，2009），第7页。
[6] 梁家麟：《基督教会史略——改变教会的十人十事》（香港：更新资源有限公司，2002），第343页。

之一,他们充满理想,如他的同伴,亦如他的祖国。

1882年(光绪八年)9月13日,星期三,二十一岁的苏慧廉搭乘大英轮船公司(P&O)的"尼扎姆"(Nizam)号蒸汽邮轮由格雷夫森德(Gravesend)离开英国,前往远东。[1]就在那一周的周日晚上,苏慧廉在不伦瑞克偕我公会教会(Brunswick Free Church)做了他在家乡的最后一次布道,他以《马可福音》十六章第十五节那句代表"大使命"的话为题——"你们往普天下去,传福音给万民听"。[2]

**偕我公会的中国版图**

> 11月2日偕我公会派往温州的传教士苏慧廉由欧洲乘"伦巴第"号(Lombardy)蒸汽邮轮抵达上海。[3]

2009年3月底的一个下午,我在伦敦大学亚非学院图书馆打开1882年11月号的《教务杂志》,这句话是"传教士新闻"(Missionary News)栏目中的一条。

苏慧廉1882年11月2日抵达上海后即转往宁波。那时的宁波,是英国偕我公会在中国的传教中心。英国偕我公会为循道宗之一支。循道宗由英国著名神学家约翰·卫斯理[4]创立。英国著名历史学家普拉姆(J.H. Plumb)认为,英国若没有循道宗的兴起,能否避免像法国那样的革命也是一个问题。[5]

---

[1] 苏慧廉坐"尼扎姆"号到科伦坡后,转换"伦巴第"号蒸汽邮轮抵达上海。
[2] *The United Methodist Free Churches Magazine*(1882):693.
[3] *The Chinese Recorder and Missionary Journal* 13(Nov. 1882):465.《教务杂志》(*The Chinese Recorder and Missionary Journal*),1868年由美国传教士保灵(S. L. Baldwin)创刊于福州,原名为 *Missionary Recorder*,1869年起改名为 *Chinese Recorder*。1872年5月停刊。1874年英国传教士、汉学家伟烈亚力(A.Wylie)复刊于上海,1941年终刊。
[4] 约翰·卫斯理(John Wesley, 1703—1791),英国十八世纪著名基督教牧师、神学家,领导英国宗教复兴,亦是卫斯理宗和卫理公会的创立者。
[5] 薛华:《前车可鉴:西方思想文化的兴衰》(北京:华夏出版社,2008),第95页。

苏慧廉早年肖像

苏慧廉当年搭乘的"尼扎姆"号蒸汽邮轮

循道，即遵循上帝之道，过循规蹈矩的圣洁生活。循道友被人称作Methodists，其实这名称来自当时别人嘲笑这些圣洁教徒是一群循规蹈矩的人而起的诨号。不同流合污，反被嘲笑。古今中外，概莫能外。广为中国人所知的林乐知[1]、宋庆龄的父亲宋耀如都是循道宗的牧师。

十九世纪新教很多宗派都专门成立差派传教士赴海外开展传教活动的组织——差会，向世界传播福音。偕我公会1857年创立后不久便设立海外传教基金，将目光投向非洲与亚洲。据记载，是内地会（China Inland Mission）创始人戴德生（James Hudson Taylor）向偕我公会推荐他曾经生活过的宁波，于是该会将目标锁定浙江。[2]

偕我公会的中国先行者叫富勒（William Robert Fuller），他拥有一定的医学知识，赴华前还在伦敦一家医院接受了进一步的训练。差会很早就意识到，海外传教，医术与圣经一样重要。富勒夫妇同行，1864年10月抵达宁波。翌年8月，偕我公会派遣梅约翰（John Mara）牧师增援。但富、梅二人因健康原因，不久均离开宁波。1868年，阚斐迪（Frederick Galpin）前来接替。阚氏后来独立支撑，成为偕我公会在华的负责人。1882年苏慧廉抵达上海，来迎接他的就是专程从宁波赶来的阚斐迪。[3] 阚氏在华三十年，至1896年退休返回故国。[4] 他在中国的大部分岁月是在宁波度过的，堪称宁波偕我公会的奠基人之一。其实对温州偕我公会而言，他亦被称为"拓荒者"（Pioneer Missionary）。[5]

"清光绪元年（1875），英国偕我会教士阚斐迪自宁波来温窥视情况，见温州已有内地会设立，不日返甬。"迄今唯一公开出版的《温州基督教史》

---

[1] 林乐知（Young John Allen, 1836—1907），美国监理会传教士。1860年来华，在上海、杭州等地传教，1864年起在上海方言馆任教习，为江南制造局翻译馆译书，主编《上海新报》。1868年创办《教会新报》，此报后改名《万国公报》，影响甚广。曾在上海开设中西书院、中西女塾。著有《中东战纪本末》《各国妇女》等。

[2] Henry Smith et.al., *The Story of the United Methodist Church* (London: Henry Hooks), 393.

[3] W.E.Soothill, "Our Mission in China," *The Missionary Echo* (1906): 131.

[4] 文国伟：《循道卫理入神州》（香港：基督教循道卫理联合教会，1995），第59页。

[5] *The United Methodist Church: Report of the Missions (Home and Foreign) for the Year Ending April, 1914* (London: The United Methodist Publishing House).

一书如此记载偕我公会在温州的开篇。[1]

1875年4月16日,阚氏一行抵达温州。[2]他们在城里逗留了五天,4月20日在内地会英国牧师曹雅直(George Stott)的陪同下去了青田[3]。同行的莱昂(D. N. Lyon)牧师用"迷人"二字来形容温州,并说这是他所见过的最干净的城市,"对温州及周边的环境了解越多,越能感受它作为传教中心的重要性与合适性"。[4]

苏慧廉说:"这趟旅程让阚牧师留下深刻印象的便是在温州传教的必要性和可行性。1877年他回英国述职时向差会提交报告,建议将温州纳入我们的传教范围。"[5]当时《烟台条约》刚刚签订,温州与宜昌、芜湖、北海一起被辟为新一批的通商口岸。

**李华庆的生命与爱情**

1877年(光绪三年)10月底,一个后来取汉名"李华庆"的英国年轻人,在阚氏的感召下来到宁波。他稍作休整后,于12月11日前往温州。那年李华庆还只有二十三岁。

据英国偕我公会的资料:"李华庆牧师1855年5月出生在英国沃特利镇(Wortley),现属利兹城的一部分。少时便参加偕我公会的主日学校[6],十七岁那年成为该教会的一员。他做事总是力求完美,于是很快被教会列入本地传道人的培养计划。他视对外传教为自己的职分,并主动请缨,'我在这里,请差遣我'[7]。通过一系列准备和常规考试后,他的申请被接纳,并被派

---

[1] 莫法有:《温州基督教史》(香港:建道神学院基督教与中国文化研究中心,1998),第58页。
[2] F. Galpin, "Later Years in Ningpo," *The Missionary Echo* (1899). 全文计四章,其中第二章Overland to Wenchow 提到阚氏一行1875年去温州的前后经过。
[3] 青田,位于浙江省东南部,瓯江中下游。清时属温处道处州府,民国时属瓯海道,1949年后隶属温州专区,1963年改属丽水专区。相关英文文献亦写作Green field。
[4] *The Chinese Recorder* 6(1875): 259.
[5] W.E.Soothill, "Our Mission in China," *The Missionary Echo* (1906): 130–131.
[6] 主日学校(Sunday School):基督新教教会所开设的星期日(主日)儿童宗教班。最初性质为救济贫穷家庭帮助流浪儿童的慈善事业,后逐渐正式化,并扩展到成人。主要进行宗教教育,也讲授文化知识。
[7] 《圣经·以赛亚书》6: 8。

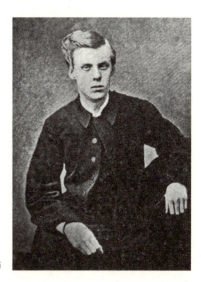

李华庆牧师

往了中国温州。"[1]

李华庆抵达温州后,首先要解决的问题就是找个落脚点。晚清,租房给洋人是非法的。苏慧廉在《李提摩太在中国》一书中提到,当时在江苏,一个中国人到处向人打听哪里可租房子,官府的人在他身上搜出一封外国人写的信,结果他就被处死了。[2] 当然也有人铤而走险,有的是出于爱,更多的是为了钱。据说有些房东将质量低劣的房屋高价出租给外国人。

李华庆在内地会蔡文才[3]牧师的帮助下,终于在嘉会里巷找到一个住

---

[1] "Robert Inkerman Exley," *The Missionary Echo*(1900):96.
[2] 苏慧廉:《李提摩太在中国》(桂林:广西师范大学出版社,2007),第 114 页。苏慧廉著 *Timothy Richard of China: Seer, Statesman, Missionary & the Most Disinterested Adviser the Chinese Ever Had* (London: Seeley, Service & Co., 1924)已有多种汉译本。上海广学会 1924 年出版梅益盛、周云路的译述本《李提摩太传》,列入"国外布道英雄集"丛书,为第六册,该译本仅为节译,并加上译者一些看法;香港基督教文艺出版社 1957 年推出周云路译本,书名为《李提摩太传》;2007 年香港基督教文艺出版社出版全译本,译者凌爱基,书名为《李提摩太》;2002 年山西大学为庆祝百年校庆,曾在该校外语学院组织翻译组译出全本,书名《李提摩太传》,香港世华天地出版社出版;广西师范大学出版社 2007 年出版的《李提摩太在中国》,为"基督教传教士传记丛书"(周振鹤主编)之一种。
[3] 蔡文才(Josiah Alexander Jackson,?—1909),内地会传教士,1866 年 9 月 30 日来华,主要在浙江台州传教。十九世纪七十年代一度来温州协助曹雅直宣教,后赴处州(今丽水)传教。

处。"我成功地找了一个住处,可用十年,花了三百八十个墨西哥元[1]。当然,还得另外开支一百,以便改造得适合英国人生活。"李华庆1878年2月5日在给英国差会的一封信中这样写道。[2] 嘉会里巷位于温州旧城中心,这条小巷今天仍叫这个名字。苏慧廉说这个巷名很有意思,他把它翻成英文,称之"快乐相会巷"(Happy Meeting Place Lane)。[3]

李华庆在嘉会里巷购置的物业面积不小,经改建,除住宅外,还有座小教堂及一间教室。[4] 苏慧廉后来到温州也住在这里。他扩建教堂,并使之成为偕我公会温州总部。这座教堂(温州城西教堂)今天依然屹立于嘉会里巷与城西街的交界处。

李华庆那时虽年轻,但身体并不强壮。"我认为在去中国之前,对他进行体检的医生可能弄错了什么。……他们有时将一个并不能经受域外传教磨难的年轻人送了出去,而将身体强健的人留在了国内。"后来偕我公会会刊《传教士回声》的编辑在缅怀这位开拓者时,以带点幽默的笔调如此写道。[5]

李华庆牧师1881年6月8日病逝,年仅二十六岁。虽然他在温州前后不到四年,但受到后人的高度评价。著名基督教史学家季理斐在《基督教新教在华传教百年史(1807—1907)》一书中赞扬他努力工作,不顾病体,为温州福音事业成功打下根基。[6] 阚斐迪则说:"砻糠搓绳起头难。"[7]

因为那时温州没有医生,当疾病向李华庆袭来时,他不得不前往宁波。他后来就长眠在宁波。在墓园里,他的同事为他竖立了一块墓碑,上面镌

---

[1] 墨西哥银元,俗称墨银、鹰洋、英洋,1860年前后大量进入上海,并成为主要流通货币。晚清温州,墨银是通用货币。

[2] *The United Methodist Free Churches Magazine*(1878):447.

[3] W.E.Soothill, "Opening of Wenchow City Chapel," *The Missionary Echo*(1899):18.

[4] Soothill, *A Mission in China*, 14.

[5] "Robert Inkerman Exley," *The Missionary Echo*(1900):96.

[6] Donald MacGillivray, *A Century of Protestant Missions in China(1807-1907)*(Shanghai:The American Presbyterian Mission Press, 1907), 131. 作者季理斐(Donald MacGillivray, 1862—1931),加拿大人,1888年受加拿大长老会委派来华,在河南传教。1899年调任上海广学会编辑,1921年升为总干事。著有《中国官话拉丁化字典》《基督教新教在华传教百年史》等。

[7] F. Galpin, "A Voice from Wenchow," *The Missionary Echo*(1907):126.

刻着他最喜欢的一句话:"在你面前有满足的喜乐,在你右手中有永远的福乐。"[1]

李华庆在温州时,他的未婚妻从遥远的英国来到中国,不过,当她抵达时,李华庆已经病倒。他们决定推迟婚礼,以等待康复,但最终这场婚礼没有举行。今天的城西教堂,仍是不少温州年轻人举行结婚典礼的地方。当他们穿起礼服,面对圣架,接受牧师的问询与祝福时,有谁会知道,一百三十年前那场已做好了准备但没能举行的婚礼,可能是温州有史以来的第一场西式婚礼。

苏慧廉记下了这个为爱情不远万里而来的英国女孩,她的名字叫露西·克罗夫特(Lucy Croft)。[2]

---

[1] Lucy Soothill, "The Story of the Wenchow Mission," *The Missionary Echo* ( 1894 ): 27. 语出《圣经·诗篇》16:11。
[2] W.E.Soothill, "Our Mission in China," *The Missionary Echo* ( 1906 ): 131.

## 第二节　那时温州

**小城图景**

1883年1月12日,尚是春寒料峭。在阚斐迪的带领下,稚气未脱的苏慧廉由宁波来到温州。同行的还有一个学生、一个中国仆人。几个温州信徒到码头迎接。[1]

随后几天,阚斐迪带苏慧廉去温州乡村考察。他们一起旅行了四十英里,最远到达青田。"结束旅行返回温州,阚牧师即坐'永宁'号回宁波。剩下一个悲伤的我,沿着狭小、拥挤并且还有股难闻气味的街道回到冷清的家。我不会说当地人的语言,我前面的生活也许是死亡,谁又知道呢?"苏慧廉四十年后回忆道。[2]

> 亲爱的爸爸妈妈:
> 　　我几乎不能想象,在年关时节,你们待在一个没有壁炉的地方,但我此刻,就在这样一个氛围里,这里没有壁炉……

2009年初春的一个上午,我在伦敦大学亚非学院图书馆善本书室里,阅读苏慧廉1883年2月14日在温州写给父母的一封信。这封信是手写体,甚难辨认,但我在字里行间依稀能读出"爆竹""过年""热闹""华丽的衣裳""除夕还债"等词汇。1883年的2月8日是中国农历新年,这是苏慧廉在温州度过的第一个中国春节。

温州有山有水,向东是一片广袤的平原,一直延伸至海湾。那里

---

[1] *The United Methodist Free Churches Magazine*(1883): 437–438.
[2] W.E.Soothill, "Our Veteran Missionary," *The Missionary Echo*(1923): 31.

遍布的岛屿上生活着一群渔民，其中很多人不愿过诚实本分的生活，而是冒险做起了海盗的勾当。温州向北的群山中居住着许多勤勉的农民，不过他们中也出了不少荷枪实弹的强盗。这群强盗中鲜有人具备抢劫大村落的能力，不过在夜间闯入民居，抢劫受惊住户的财物也让他们感到心满意足。……由此可见，温州周边的群山和海岸从来都不缺少恐怖活动，给那些不得不生活在温州的人带来无限恐慌。

但是不管怎么说，温州依然是享誉中国的最美丽的地方之一。到处都是起伏的山峦，到处都是河流小溪，它们赏心悦目，让人身心舒畅。瓯江虽然在中国地图上并不明显，但却和塞文河[1]一样长，而且在很多方面都与之相似。温州的人口主要由农民和地主构成，这两大阶层也是大清国的脊梁。温州的经济地位可能不如宁波，但是从传教的角度来看，它即使不比宁波重要，也起码与它旗鼓相当，因为温州地域更为广阔，人口也更为稠密。粗略计算，温州长一百英里，宽五十英里，面积约为四千七百平方英里。换句话说，大约是威尔士的三分之二大小。温州拥有二百五十万人口，大约是威尔士的一半。他们说当地方言，温州方言不比中国其他方言易懂，就像威尔士语那样。庞大的人口遍布在六个县[2]、十个城镇、二十余个集镇和四千多个乡村中。[3]

如上是苏慧廉的描述。路熙的描述则是：

温州城内的人口大约有十万，约是城墙之外郊区人口的三分之一。有七座门的温州城坐落在大片栽种水稻的平原上。毗连北门的是瓯江，而在南门外则有一条美丽的塘河，山上的溪水汇入其中，在旱季的时候常被用来灌溉稻田。[4]

---

[1] 塞文河（Severn River），英国最长河流，长约三百五十四公里。
[2] 当时温州府辖永嘉、乐清、瑞安、平阳、泰顺五县及玉环厅。
[3] W.E.Soothill, "Our Mission in China," *The Missionary Echo*（1906）: 129–130.
[4] Lucy Soothill, "The Story of the Wenchow Mission," *The Missionary Echo*（1894）: 27.

温州东门外鸟瞰

那么,那时温州到底是什么模样?

现在能见到的屈指可数的几张温州城市老照片竟然都来自苏慧廉夫妇回忆录中的插图。这几张旧影时不时会出现在报刊、明信片上,成为温州人回首过去的记忆载体。其中最有名的一张是《温州东门外鸟瞰》。当时的摄影者(书中没有明确说是苏慧廉)应是站在海坛山上,他端起相机,城墙、屋宇、山景皆入镜头。照片里瓯江蜿蜒而过,对岸罗浮山及矗立其上的蛇龟双塔也依稀可见。

旧时温州城里是有很多河流湖泊的,"昔人谓一渠一坊,舟楫毕达。居者有澡洁之利,行者无负戴之劳"。[1] 路熙的回忆录中,附了一张温州城内舟楫林立的照片,照片说明这样写道:"我们的城市布满河流,宛如威尼斯。"[2] 近三十年来,温州和中国很多城市一样,追求着日新月异的发展速度,许多旧迹从此消逝。

---

[1]《永嘉县志》(北京:中华书局,2010年),第99页。
[2] Lucy Soothill, *A Passport to China*, 64.

李华庆在评价温州是中国最精致的港口城市时认为:"如果更为整洁的话,温州将变得更加吸引人。"路熙则写得更直白:

> 据说温州是中国最干净的城市,我会怀疑这个说法的真实性。街道上很多厕所,空气很臭,而且没有净化环境的设施。一个来拜访我的女士无法忍受,对我这个比她更难受的女人说:"亲爱的,我什么时候能把脸上的手帕拿下。"所以不用奇怪这里经常爆发瘟疫。[1]
>
> 温州街道的一个重要特征就是乞丐和狗,这是无法忽视的。我们避免接触这些乞丐,其中大多数肮脏的程度无平常人能够匹敌,并且很多还是鸦片吸食者。他们要比想象的更为活跃。进入商铺,在角落胡搅蛮缠,除非得到满足,否则绝不离开。五分钟到一个小时不等,他们就会得到一个铜板,大概一百个铜板值一个四便士的银币。……温州的乞丐与其说是乞讨,还不如说是索要。他们得到了一个帮会的保护,那个帮会还有一个"王"。如果谁怠慢他们中的一员的话,那就要算他倒霉了。他可能会被拎着耳朵从商铺中拉出,以此作为一个小小的惩罚。
>
> 我们对一些房子和商铺里狗的了解要超过对人的了解。它们的吠叫声又大又凶,如果有点动静,那可就叫得更欢了。常常在我的脚后会跟着六条狗,彼此之间互相竞争,看谁的嘴巴咧得更大,谁的叫声最大,或者谁敢靠得更近。因此,步行外出的时候,带一根棍子,或一把雨伞来自卫是非常必要的。它们看起来视我们这些外国人为天敌。狗的主人偶尔会大声呵斥这些狗,说要"打死"它们,不过他们是不会这么做的。[2]

十九世纪末期,温州还没有电灯。到了晚上,整个城市就全黑了。苏慧廉也说,乞丐和狗是街道上不该忽视的重要公民。

---

[1] 苏路熙:《乐往中国》,第 25—26 页。
[2] Lucy Soothill, "The Story of the Wenchow Mission," *The Missionary Echo* (1894): 91.

**烟台条约**

在温州绵长的历史中，1876年是个转折点。那一年的9月13日（光绪二年七月二十六日），北洋大臣李鸿章与英国驻华公使威妥玛[1]签订了一份中英会议条约。因签约地在烟台，这份合约通常被简称为《烟台条约》。

《烟台条约》的起因是"马嘉理事件"。马嘉理（Augustus Raymond Margary）这个名字，在有些书上是个侵略者的形象：

> 清光绪元年（1875）英国在中国云南制造的边境事件。也称"云南事件"或"滇案"。英国为向中国西南扩张势力，阴谋修建从缅甸仰光到中国云南思茅地区的铁路。同治十三年（1874），英国派上校军官柏郎（Horace Albert Brown，1832—1914）率领武装"探路队"近二百人，由缅甸出发，到云南探测路线；驻北京英使馆派翻译官马嘉理从北京经云南入缅甸接应。光绪元年正月，马嘉理等带领武装"探路队"由缅甸侵入云南腾越地区。当地人民立即予以阻拦，马嘉理竟然开枪行凶。群众激于义愤，将马嘉理打死，并把侵略军赶出云南。英国借此向清政府提出广泛的侵略要求，并一再以断绝外交关系、增派军舰来华等手段进行恫吓，于光绪二年强迫清政府签订了《烟台条约》。[2]

在苏慧廉写的李提摩太传记中，也提到这个震惊中外的历史事件：

> 李提摩太提及有一晚，他跟巴医生与英领事马嘉理、李列等吃饭，不久马嘉理启程赴缅甸，护送由缅甸回中国的英国探路考察团。马嘉

---

[1] 威妥玛（Thomas Francis Wade，1818—1895），英国外交官、汉学家，曾在中国生活四十余年，以发明用拉丁字母标注汉语发音的"威妥玛拼音"而著称。1841年来华，1853年任英国驻上海副领事。1854年被委任为上海海关第一任外国税务司。1858年任英国全权专使额尔金翻译，参与中英《天津条约》《北京条约》签订活动。1871年升任驻华公使，1883年回国，1888年任剑桥大学首任汉学教授。编著有《语言自迩集》《寻津录》等。
[2] 《中国通史词典》（上海：上海人民出版社，2008），第638—639页。

理在一八七五年二月初迎接考察团，正准备护送该团时收到对他们不利的风声。于是马嘉理作先头部队前往侦察，在中国云南境内第一个市镇曼允遭袭击遇害，英国考察团因为采取迅速行动得以平安抵缅甸，许多人都认为马嘉理被杀是中国官方的调唆所引致的。中英谈判拖延了很久才达成《烟台条约》。根据该条约，清政府要派遣代表团到英国致歉，此外中国要再开放四个商埠，其中一个是温州，笔者在那儿住了廿五年。[1]

《烟台条约》全文分十六款，及另议专条一款。与温州命运有关的内容仅几行字，隐藏在第三款"通商事务"的第一条中："……随由中国议准再于湖北宜昌、安徽芜湖、浙江温州、广东北海四处添开通商口岸，作为领事官驻扎处所。"

马嘉理这个从没来过温州的英国人的死，竟然使温州改变了运行轨迹。苏慧廉后来在英国的南肯辛顿酒店（South Kensington Hotel）邂逅了马嘉理的姐妹，"他的姐妹告诉我，马嘉理曾去信对她们说，当他们在前往缅甸的途中时，已经找到了上帝"。[2]那一年，距马嘉理被杀已整整四十年。英人为什么在沿海众多的港口城市中，选择名不见经传的温州？时任英国驻华公使、也是著名汉学家的德庇时[3]在一份题为《战时与缔和后的中国》的分析报告中认为：

> 我表明基于种种原因，不赞同完全放弃宁波港口，替换港口问题只限于福州一个港口（假若要换的话）。这样，我们的损失会很小，反而会得到些好处。我们同中国的四个沿海省份进行贸易，实际上看来四省中的每个省都是要有一个好港口。广州港口和香港很近，位于其

---

[1] 苏慧廉：《李提摩太》，凌爱基译（香港：基督教文艺出版社，2007），第52页。
[2] 同上。
[3] 德庇时（John Francis Davis，1795—1890），英国外交官、汉学家。1813年来华，先后任驻华商务总监督、驻华公使、香港总督等。与理雅各、翟理思并称为英国汉学的三大星座，著有《中国人：中华帝国及其居民概述》《中国见闻录》《战时与缔和后的中国》等。

本省；厦门港口（福州港口除外）在福建；上海港口在江苏，四个省中三个有了。剩下的唯一缺陷是在浙江省沿海少一个位于江苏的上海和福建的厦门之间中点处左右的良港。浙江省的温州府城正好适合这条件，它恰好位于北纬28度以下，在浙江省沿海。海军上校柯林森（Collinson）的勘测查明了一些有关的水路运输能力，而杜霍尔德（Du Halde）评述说："潮水涨至海岸时，一大批小船和许多中国人都躲进了一个安全而又方便的避风港。"我们的商船容易驶进贸易现场早被认作是我们同中国通商的最重要的贸易条件。广州港口不是这样的，我们的商船不能像在上海和厦门那样直接驶近城市，而是像在福州港口那样只能停泊在八英里以外。

假定温州（或其他某个城镇）是个优良港口，而且可以和福州港口交换，那么，我们就可以有广州、厦门，这一新港和上海四个港口，每个港口彼此间的距离几乎完全相等，在广东、福建、浙江和江苏四省，足以满足我们目前的贸易需要。[1]

"以英国为首的外国侵略者，从鸦片战争爆发后就已觊觎温州。"[2]鲁迅说："中国者，中国人之中国。可容外族之研究，不容外族之探捡；可容外族之赞叹，不容外族之觊觎者也。"[3]

客观的事实是，温州这座背山面海的古老小城，从此正式打开了大门。温州随后的"国际交往"记录如下：

1877年1月，海关总税务司赫德[4]委派英人好博逊[5]筹备温州海关事宜。

---

[1] 德庇时：《战时与缔和后的中国》，载《太平天国史译丛》（北京：中华书局，1983），第二辑，第241页。
[2] 胡珠生：《温州近代史》（沈阳：辽宁人民出版社，2000年），第84页。
[3] 鲁迅：《中国地质略论》，载《鲁迅全集》（北京：人民文学出版社，2005），第八卷，第6页。
[4] 赫德（Robert Hart, 1835—1911），英国人，字鹭宾。曾担任晚清海关总税务司整整半个世纪。著有《中国论集》等。
[5] 好博逊（Herbert Edgar Hobson, 1844—1922），英国人，1862年进中国海关，1864年任洋枪队队长戈登的翻译。在海关五十年，先后在上海、宁波、汕头、汉口、烟台、淡水、温州、厦门等地任职。1901—1902年任上海邮政总局兼职邮政司，1912年退休回国。

3月2日，好氏乘海关巡逻艇"凌风"号来到了温州。在温处道方鼎锐[1]的协助下，对沿江岸边一带进行了视察。最后把关址选定在温州北门（朔门）城外沿江岸边，即今解放北路和望江东路转角一带。

4月1日，温州海关建立。从此温州港正式对外开放，成为名副其实的商埠。温州海关始称"温海关"，半年后改称"瓯海关"。

4月，英国领事官阿查理[2]乘英舰"蚊子"（Mosquito）号抵温，以江心屿的孟楼为临时领事馆。

4月10日，英国怡和洋行所属的三百一十八吨客货轮"康克斯特"（Conquest）号自上海运载棉布等洋货驶抵温州，这是温州开埠后第一艘进港的外国商轮。Conquest 意为"征服"，英国人因此还将江心屿命名为"征服岛"（Conquest Island）。[3]

1877年春夏，与传教有关的事件是：

1877年5月10日至24日，英人曹雅直偕夫人赴上海英租界工部局礼堂参加全国基督教传教士大会。此为近代史上第一次传教士大会。温州代表的名字第一次出现。[4]

是年8月8日戴德生来温视察，逗留约一周。[5]


### 曹雅直独腿"开教"

曹雅直其实在《烟台条约》前就已潜入温州，他是第一个来到温州的新教传教士。

---

[1] 方鼎锐，字子颖，号退斋，江苏仪征人。咸丰二年（1852）举人，官至浙江温处道。著有《且园赓唱集》《退斋诗稿》等。温处道，清代浙江省行政区划之一。康熙九年（1670），设杭嘉湖、宁绍台、金衢严、温处四道于浙江省内，介于省与府之间。行政长官俗称"道台"。温处道辖温州、处州两府，治所温州。

[2] 阿查理（Chaloner Grenville Alabaster, 1838—1898），亦译为阿查立、阿查利。1855 年来华，初为使馆翻译生。1858 年英法占据广州后，曾奉令押送两广总督叶名琛到印度。后在汕头、宁波、广州等地任领事。1892 年退休回国，受封爵士。

[3] 《光绪三年（1877）瓯海关贸易报告》，载《近代浙江通商口岸经济社会概况——浙海关、瓯海关、杭州关贸易报告集成》（杭州：浙江人民出版社，2002），第 468 页。

[4] *Records of the General Conference of the Protestant Missionary of China, Held at Shanghai, May 10-24, 1877*. Shanghai：1877.

[5] *China's Millions*（London），1877, 160.

曹雅直属于内地会,这是新教教会史上唯一一家仅为中国传教而设的差会组织。内地会是跨宗派的,传教士来自不同的国籍和宗派。他们不设筹款制度,传教士也没有固定薪酬,纯凭信心奔赴远方。内地会的创始人叫戴德生,中国新教传教史上与李提摩太并肩的伟人。戴氏想仿效使徒保罗[1],不在有基督名传过的地方宣教,于是将目光落在中国内地。

"我若有千镑英金,中国可以全数支取;我若有千条性命,绝对不留下一条不给中国。"这是戴德生的名言。后世的史学家如此评价:"自使徒保罗以后,能够心怀'广大异象,而按部就班',将福音递传如此广袤疆域的人,十九世纪来,首推戴德生为第一人。"[2]

曹雅直就是直接受戴德生的感召来到中国的。

1865年10月3日,在戴德生的安排下,曹雅直和结婚才三个星期的范明德(J. W. Stevenson)夫妇一同从英国启帆,经过四个多月的艰辛漂泊,于1866年2月10日抵达中国宁波。曹雅直在宁波逗留了十八个月,在那里学习当地语言。1867年11月他来到温州。[3]

1867年11月为内地会在温州传教之始,也是温州近代史上基督教新教传播之始。是年堪称温州"开教之年"。

曹雅直,这位温州传教事业的开路先锋,是个瘸子。十九世纪八十年代曾任英国驻温领事的庄延龄[4]打趣说,曹的独腿让温州人误以为英国人都

---

[1] 保罗(前5—67年),原名扫罗,信基督教后改名为保罗。天主教称为圣保禄。是将福音传给外邦人的使徒,对早期教会发展贡献巨大。
[2] 褟嘉路得(Ruth Tucker):《宣教披荆斩棘史》(台北:中国信徒布道会,2007),第158页。转引自维基百科。
[3] Grace Stott, *Twenty-Six Years of Missionary Work in China*(London: Hodder and Stoughton, 1898),10. 笔者暂将书名译为《在华传教廿六年》。此书中译本《二十六年:曹雅直夫妇温州宣教回忆录》2015年已在台湾出版。
[4] 庄延龄(Edward Harper Parker, 1849—1926),英国外交官。1869年来华,1871年起先后在天津、大沽、汉口、九江及广州等领事馆任职,1883—1884年署理温州领事。1889—1894年任福州、海口、琼州领事。1895年退休回国,翌年任利物浦大学学院中文讲师,1901年任曼彻斯特维多利亚大学汉学教授。著译有《蒙古游记》《中国通史》《鞑靼千年史》《缅甸——兼论与中国的关系》《中国宗教之研究》等。

曹雅直夫妇合影

只有一条腿。[1]

  曹雅直是苏格兰阿伯丁郡（Aberdeen）人，1835年12月6日出生于一个农民家庭。十九岁那年，有一天不小心在路上滑倒，左膝盖撞在一块石头上。这个看似小小的意外却让他的左脚异常肿胀，两年后更被迫截肢。曹雅直无助地在病床上躺了九个月。也就在这段痛苦的经历里，他皈依了上帝。后来成为他夫人的曹明道[2]说："是神的恩典降临到他并拯救了他的生命。从此，他在无助和被漠视的情况下从耶稣基督得到了神无比的爱。"[3]曹雅直身体康复后，在一间学校里教书。

  1865年戴德生在伦敦创立中国内地会后，便欲招募一批同去中国的年轻人，这个消息传到了曹雅直耳中。当时英国有诸多差会派遣年轻人去中国，但没有一家愿意接受瘸腿的人。关于这点，曹雅直日后特别感激戴德生，因为只有他愿意冒这个险。

---

[1] Edward Harper Parker, *China : Past and Present*（London：Chapman & Hall,1903），108.
[2] 曹明道（Grace Stott, 1846—1922），曹雅直夫人，亦称薛氏。其汉名录自清光绪十九年（1893）浙江全省教堂调查报告（台湾"中央研究院"近代史研究所编：中国近代史资料汇编《教务教案档》，第五辑第一册，第1815页）。
[3] Stott, *Twenty-Six Years of Missionary Work in China*, 2.

当有人问曹雅直:"为什么是你,一个只有一只脚的人,想到中国去呢?"他说:"因为我没有看到两只脚的人去,所以我必须去。"这句话打动了戴德生,也打动了这一百年来陆续听闻这段对话的人。苏慧廉后来到温州见到这位独脚战士,在给母亲的信中也重复了这段名言。

曹雅直独腿宣教是内地会历史中的闪光点。温州基督教就这样在这位瘸腿人的带领下,蹒跚起步。

## 第三节 苏慧廉来了

**没有人期待他的到来**

苏慧廉1883年年初来到温州时,曹雅直已在这座城市里艰难地生活了十五年。十五年过去了,但温州人对洋人的印象仍没有多大好转。

曹雅直夫人在回忆录里,说她初到温州时,所到之处总引来无数围观的人,因为她是温州人见到的第一个外国女人。好一段时间,她不敢轻易出门,必须出门时也是坐轿子前去。不过,轿夫们仍会被那些好奇的人拦住,要等到他们都看够了之后才允放行。路熙在回忆录里也说自己路上常受围观。她当时穿着裙撑,温州人不明白这后面翘起来的东西是什么,[1]甚至还有人想掀起她的裙子,看下面是否什么也没有穿。[2]

尽管当时温州已开埠,但城里的西方人还是很少。据记载,苏慧廉抵达温州时,这座小城里连英国领事、法国海关专员在内,只有十二个外国人。[3]

在当地人眼里,这些碧眼赤须者是怪物。中国人那时很骄傲,自称天朝,是世界的中心。梁启超曾感叹,在甲午战争前后,堂堂的北京书铺竟找不到一张世界地图。[4]或许,那时很多人认为,他们不需要世界地图。

苏慧廉记下了一个有趣的故事。一个中国男孩在教会学校接受人种知识的测试:

"黑人是什么肤色?孩子。"考官问。
"黑色,先生。"

---

[1] 苏路熙:《乐往中国》,第43页。
[2] 同上,第22页。
[3] The United Methodist Free Churches Magazine(1883):438.
[4] 萧功秦:《儒家文化的困境:近代士大夫与中西文化碰撞》(桂林:广西师范大学出版社,2006),第99页。

"不错，那美国印第安人是什么肤色？"

"紫铜色，先生。"

"对极了，英国人呢？"

"白色，先生。"

"现在问你，中国人是什么肤色？孩子。"

"人的颜色，先生。"孩子骄傲地回答。[1]

中国人眼中白人的肤色，可用的比喻是"白得像死人一样"。很不幸，苏慧廉就是这样的肤色。

人群中只有一个半怯半羞的白脸青年，因为这些人的习俗、心智、风气、道德素养与这青年大相径庭，他们不理解为什么这个人要来到这里，肯定没安好心吧？来教育他们吗？这个"死人白"青年要来教化他们这些孔圣人的后代？那真可笑之至！[2]

另一个打击我们英国人优越感的是我们美妙的字母印刷体被中国人说成苍蝇脚沾了墨水爬出来的痕迹。[3]

路熙说："没有同伴喊他，没有空旷地区可去。即使有空旷地方，他也不敢走得太远，以免走失了。偶尔他冒险独自一人出去散步，起初单独出去感觉非常勇敢，每一条路的转弯处都很小心，恐怕找不到回来的路。他大步往家赶时，东拐西拐，一旦他无法辨别出周围环境，心跳便加快。人们盯着他看，那奇怪的眼神看上去有种恶意与恐怖。连狗也成了他的敌人，居然不认得他是个外国人，把他当作衣衫褴褛的乞丐，恶狠狠地追着他的脚后跟狂吠。他浑身冒汗很是着急，他以超常的勇气往家赶，速度很快，

---

[1] 苏慧廉：《晚清温州纪事》，第29页。
[2] 同上，第13—14页。
[3] 苏慧廉：《拓荒布道》，第44—45页。

还未来得及发现自己到了哪里,已闯进自家的院门,不由得大大松了一口气。多么令人放心!从那可怕的大街回来后,他住的房子看起来多漂亮!紧张之后的感觉真是太好了!不过他后来很可笑地发现,他离开家门的距离始终不到半英里!"[1]

"最糟糕的是,在中国没有一个人期待他的到来和他的福音。"[2]苏慧廉自己也一声叹息。

好在当时有位姓柯的信徒,是个商人,早年游历过美国与澳大利亚,会说流利的英语。苏慧廉初抵第一年,受他帮助不少。不过柯先生是永嘉剩庄(Yin Tsoh)人,不常来城里,大多数时候苏慧廉仍是孤独的。[3]

**说温州话,做温州人**

苏慧廉决定效法耶稣的门徒保罗,"和犹太人在一起就做犹太人,和希腊人在一起就做希腊人"。到了温州,就和温州人在一起做温州人。

做温州人,他碰见的第一个挑战就是语言。

这里所说的语言,包括汉语及方言。如果分得更细点,其中的汉语又有书面语(文言文)与口头语(当时称为官话[4]),而作为官话的口头语,与温州本地方言还差异很大。温州虽属吴语地区,但因地处偏僻,本地方言与周边迥异,几乎可以用自成体系来形容。外地人今天到温州,都觉得温州话像鸟语,更何况是对外国人,还是在一百年前的清代。

清代有些法令在今天听来匪夷所思:不准中国人出洋;不准外商(当时贬称"夷商")在广州过冬;不准洋人购买中国书籍和学习中国语言文字。据说,当时一个叫刘亚匾的中国人,因教外国商人汉语,于乾隆二十四年

---

[1] 苏慧廉:《晚清温州纪事》,第19页。
[2] 苏慧廉:《拓荒布道》,第19页。
[3] *The United Methodist Free Churches Magazine*(1883):438-439.文中提到的"Kü"先生之姓暂译为"柯"。
[4] 官话最早是对官方标准话的称呼,汉语官方标准话早期称为雅言、雅音、通语、正音,明清称为官话。分南方官话(南京官话)、北方官话(北京官话)两类。晚清又开始称为国语,1956年改称普通话。至今外国人称汉语还是Mandarin。

(1759)被斩首。[1]基督教第一位西来传教士马礼逊[2]出了让洋人都觉甚高的价钱,才聘请到一位"不怕死"的中文教师。这个老师每次去授课的时候,都随身带一只鞋子和一瓶毒药,鞋子表示他是去买鞋而不是去教书,毒药是预备万一官府查出,可以自尽。[3]

好在苏慧廉到温州时,这些法令已有所松弛。

> 他挨着一个中国人坐着,面前放着一本中文《新约》,一本北方官话辞书和一本《中英字典》。他不识一个汉字,学会发音后不知怎样拼读,费力地拼会后,又弄不懂字义。他像一个初学速记者,最初未能清晰读出自己所记的东西。[4]

挨着他坐的中国人就是偕我公会请来的本地牧师,也是苏慧廉的第一个汉语老师。这个牧师据说叫"Alas",是个举人。他原属内地会,因脾气不好被解雇,遂转投偕我公会。

> 这位老人每天尽忠职守地打开教堂的大门,不管来人是谁,他都会花上一两个小时宣讲福音。有时,笔者也会坐在一侧学习当地方言,半是充当吸引路人注意力的角色,半也是很有成就感地从他的讲道稿上认出一两个字来。每个星期日和每天晚上,我们都为信徒准备了礼拜,这是一项缓慢而枯燥的工作。布道毫无吸引力,吟唱赞美诗像在受刑。[5]

---

[1] 张德昌:《清代鸦片战争前之中西沿海通商》,载《清华学报》第十卷第一期,1935年1月。
[2] 马礼逊(Robert Morrison,1782—1834),西方赴中国第一位基督新教传教士,在华二十五年,多有首创之功。首次将全本《圣经》译为中文并出版;编纂第一部《华英字典》,成为汉英字典编纂之圭臬;创办《察世俗每月统记传》,为第一份中文月刊;开办"英华书院",开传教士办学之先河;和东印度公司医生在澳门开设眼科医馆,首创医疗传教模式。
[3] 蒋廷黻:《中国近代史》(上海:上海古籍出版社,2004),第13页。
[4] 苏慧廉:《晚清温州纪事》,第15页。
[5] W.E.Soothill, "Our Mission in China," *The Missionary Echo* (1906): 131.

除了这位牧师外，苏慧廉还向周边的人拼命学习温州话。据路熙回忆，厨子、鸦片吸食者都曾是他们的语言老师。

路熙回忆录中，对另一位姓Yang的老师有颇详细的记录。Yang先生当时住在她家附近，开始时他与苏慧廉无法用语言交流。为解决这个问题，小个子的Yang先生只能用动作来表示。比如教"死"字，他会躺在地板上，一动不动装死；教"旋转"这个词，他则会自己滚来滚去。

Yang先生这种聋子对话式的动作教学法，尽管后来无法教苏慧廉更多的东西，但它启蒙了他的汉语学习。路熙回忆录中收录了一张苏慧廉亲自拍摄的Yang氏全家福。照片上Yang先生穿着长衫，手里拿着本书。他的太太则坐在左边，手里拿把折扇。"她是一个很自尊的人，穿着非常整洁，也因此出名。"他们的中间坐着小孙女Ngachiae，这是个孤儿，那时还只有九岁。路熙回忆说，Ngachiae小时候常和她的两个孩子一起玩耍。Yang太太还向她提过亲，要把"如清水芙蓉、如芳香玫瑰"的Ngachiae许配给她的儿子海生。当时海生还只有四岁。向老外提娃娃亲，路熙说自己当场就吓得逃走了。[1]

看着照片中的Yang先生，我想知道他到底是谁，Yang对应的是哪个姓。

中国社科院研究员郑张尚芳是温州人，专业从事汉语音韵学、汉藏语言比较研究。在他的《温州方言志》一书中，提到一位叫任铭东的本地人曾任苏慧廉的老师。[2]"我听我岳父说过，他的父亲做过苏慧廉的汉语老师。我岳父还给过我几张那时候的识字卡片。"已是满头白发的郑张先生2008年年底接受我采访时这么说。

Yang先生会是任铭东吗？

> 因为我未及见铭东先生，我岳父亦已去世，不能确定照片中人。但Yang不知记的是官话还是温州话，温州话"任"应作nyang。……

---
〔1〕苏路熙：《乐往中国》，第175—176页。
〔2〕郑张尚芳：《温州方言志》（北京：中华书局，2008），第46页。

Yang 先生及其家人

我今年写书忙,不回温州了,我妻女将来京团聚。她们来时我会打听其上代亲眷中有没有叫 Ngachiae 的。[1]

那么 Yang 与 Ngachiae 该译为哪几个字?

Yang 准一点是邢,音近的有殷、应 iang(任 nyang 也可算音近的)。……Ngachiae 是颜娇。[2]

**为温州话注音**

外国人学汉语,难点在发音,因为中国语言近音同音字多。即便是同音,

---

[1] 郑张尚芳,致笔者邮件,2009 年 1 月 6 日。其中"亲眷"为温州方言,意为亲戚。
[2] 郑张尚芳,致笔者邮件,2009 年 1 月 7 日。

声调还各不一样。

马礼逊初学中文时也困惑于此。如"Shu"这个音，就有"书""熟""暑""疏""输"等不同的字。即使同一个字，有时是动词，有时是名词，有时又是形容词。继马礼逊后第二位来华的传教士米怜（William Milne）因此论断："人要学会中文，身体需铜造，肺腑需铁制，檞木为头，钢簧为手，有鹰儿的眼、使徒的心、玛土撒拉的长寿。"[1]

现在这难题摆在苏慧廉面前：

> 北方话有五种变调而在一些南方话中有八种声调，真是千差万别。不懂语调的交谈一般不大可能听懂，因为中国语言的音韵很重要，除非你对语调有丰富的知识，否则就不能正确地朗读出中国字或在谈话中用重音讲任何特殊的字。普通的中国人对这些问题尚不能了解，即使文人学士中间也只有少数人能确切辨明它，可是老百姓日常会话中从来不会出错。
>
> 我们英语中也有声调，不过是很随意的，每个人都有一套自己的声调规则。例如英文中的"what"一词，你可以表示疑问，可以表示惊奇，可以懒洋洋地说，甚至可以傲慢地说。……在英国你可以随时用"what"来表达出你的"what"之意，它仍就是"what"一词，然而在汉语中，同样是个"ping"音，你用一种声调与另外一种声调所表示的字肯定不同。一位著名的官员曾如是说，一次他外出参加一个派对，那天天气很热，香槟也是如此。他们在一家中国人开的店子里吃午餐，于是向老板要冰块（ping）。"多少？"店老板问。"一盘。"他回答。想想看大家被逗乐的情景吧，大家等了不知多长时间后，发现服务员端来一大盘刚出锅的大饼，饼子也读ping啊，只是声调不一样！
>
> 有一次我曾跟一位是基督徒的泥水匠有过争论，他本意不想让我多花钱。当地有一种带黄色的白色涂料我不喜欢，听说其中加一点蓝

---

[1] 此故事摘引自香港建道神学院院长梁家麟在"马礼逊来华二百周年纪念讲座"上的发言。

色粉末能够更白,我就跟那个泥水匠说:

"去买些'la'来,混进白色涂料里面。"

"'la'!蜡是不能混进白涂料里面的。"

"不,可以,"我毫无经验却很自信地说,"赶快买些来。"

"没有什么用,只能浪费您的钱。"

"没关系,我不在乎,去买吧。"我说。

"不,"那个身材矮小的泥水匠很固执,"它没法混合在一起。"

我有点不高兴了,查了字典,我用汉字写下来,递给他,"赶快买些过来。"

"噢!"他看了看汉字说,"您说的是'la'——蜡,可您想要的是'la'——蓝。"就是因为语调的不同造成如此的误会。

甚至就在我写作这一章时,我听到一位女士读约翰福音"我是葡萄树,你们是枝子"时读音有些错误,念成了"我是葡萄树,你们是钻子"。尽管有语调和别的方面的困难,中文也绝不会像有些人认为是不可能学好的语言。只要具备了一般的语言能力就能够学会使用它,那些有语言天赋的人几乎能讲得跟当地人一样。[1]

路熙也犯过类似的错误。她叫仆人去买杨梅,结果仆人买了羊尾给她。[2]谢福芸也说自己曾将"菇"听成"鬼"。[3]

解决之道,就是给汉字注音。其实赴华的西人早有此想法,他们发现,中文可以用拉丁字母(也称罗马字母)拼写出来。

1605年,意大利传教士利玛窦(Matteo Ricci)最早采用拉丁字母为汉字注音。1626年,法国传教士金尼阁(Nicolas Trigault)在利玛窦方案的基础上采用音素字母为汉字注音,进一步完善了拉丁字母注音法。注音法的

---

[1] 苏慧廉:《晚清温州纪事》,第15—16页。温州方言中"蓝""蜡"同音,仅声调略有差别。

[2] Lucy Soothill, *A Passport to China*, 33.

[3] Dorothea Hosie, *Two Gentlemen of China*(London: Seeley, Service& Co.,1924), 174—175. 笔者暂将书名译为《名门》。

集大成者是晚清在华任职的英国外交官威妥玛,他根据北京官话制订的拉丁字母拼音方案,即"威妥玛拼音"方案,曾被普遍用来拼写中国的人名、地名等。[1]

西来传教士不仅用拉丁字母给官话注音,也给各地方言注音。其首创者是美北长老会派驻宁波的传教士丁韪良[2],早在十九世纪五十年代,他在宁波随中国人学习宁波话时,就以欧洲大陆的元音为基础,稍加变革,创制了一套用拉丁字母记录宁波方言的拼音系统。[3]给方言注音,最初的目的是为了让没有多少文化的普通民众也能读圣经。这种用拉丁字母拼音的方言文字,因始于教会,称为"方言教会罗马字",也叫"白话字"或"话音字"。方言教会罗马字,对不识字的普通中国人而言,堪称福音,因为它比汉字简单。据说当时乡村妇孺学习一两个月,即可用以通信。当然,后来的外国传教士也用这方案学习各地方言。据《中国拼音文字运动史简编》记载,在十九世纪末和二十世纪初,当时至少有十七种方言用罗马字注音。[4]

苏慧廉自然也想到用拉丁字母给温州方言注音,他总结道:"正如多数语言学家所做的那样,最佳拼音方案采用英语的辅音和意大利语的元音发音……经过艰苦努力,他把拼法进行分类,编制了一个体系,发现十分容易用'拉丁字母'拼读汉语。"[5]苏慧廉笔下的"他"就是苏慧廉自己。温州话因有了这套注音方法,就不那么难读难说了。除了用拉丁字母为温州方言编了一套拼写系统外,苏慧廉还编了本日常用语表。后来赴温的传教士

---

[1] 威妥玛的拼音方案,后经翟理思稍加修订,合称 WG 威氏拼音法(Wade-Giles System),亦称韦氏拼音法。1958 年中国颁布《汉语拼音方案》后,威氏拼音在大陆停止使用。1979 年联合国通过决议,以汉语拼音取代威氏拼音,国际标准化组织也于 1982 年开始以汉语拼音作为拼写汉语的国际标准。今天"清华"(Tsinghua)、"蒋介石"(Chiang Kai-shek)等国际通用的英文拼写仍为威妥玛拼音。在东南亚、港澳地区及欧美华人聚居处,威氏拼音仍有生命力。
[2] 丁韪良(William Alexander Martin,1827—1916),字冠西。美国北长老会传教士,1850 年来华。曾任京师大学堂总教习。著有《花甲忆记》《北京之围》《中国人对抗世界》《中国人之觉醒》等。
[3] 李新德:《苏慧廉温州话〈圣经〉译本研究》,载《世界宗教研究》,2015 年第 1 期。
[4] 倪海曙:《中国拼音文字运动史简编》(北京:时代出版社,1950),第 11 页。
[5] 苏慧廉:《晚清温州纪事》,第 15 页。

多是用这套办法学习温州话。

1891年来温的英国传教士海和德[1]刚抵达,就用温州话给大伙唱了首赞美诗。他"秀"完后,旁边的中国人面面相觑:"这是怎么回事?海先生还不会说中文就已经会用温州话唱歌?"其实,海和德只是根据拉丁字母的注音念出这些字而已。[2]再后来的传教士孙光德则说自己是依照用拉丁字母写成的材料布道的。"有一次,一个人走到讲台前,拿起我的笔记稿看了看,然后对听众大声说:太精彩了,我一个字都看不懂,但他居然是用中文讲的。"[3]

苏慧廉后来成为温州方言专家。在温州海关就职的英国人孟国美编写《温州方言入门》(Introduction to the Wenchow Dialect)时,苏慧廉施以援手。"从编辑到校对,整个过程他都有热情的建议,尤其是在单字声调方面,他的见解尤有价值。"孟国美1892年12月在此书的前言中予以感谢。[4]

**街头与教堂**

"我第一次试着讲道始于1883年6月,那时我来温州还不到半年。我找到《圣经》经文,欣然发现有一篇中华圣公会慕稼谷[5]副主教用宁波方言写成的布道词。我想我懂得这篇训谕,于是随意摘抄一些并以自己的话语进行加工,然后,某个晚上我费劲给约有三十人的基督徒团体讲了这篇布道词。末了,我问大家是否懂得,他们都笑着用温州话回答:"Oh tung-

---

[1] 海和德(James W. Heywood, 1867—1945),英国人,偕我公会传教士,1891年来温协助苏慧廉工作,1896年年底转赴宁波。1912年又回温,任温州教区负责人,1929年离温。在华四十年,寓温二十余年,温州教徒习称为"海牧师"或"海先生",路熙根据惯称直译英文为Mr. Sea。

[2] Lucy Soothill, A Passport to China, 33.

[3] Irving Scott, Pictures of Wenchow (London: The Cargate Press, 1947), 85. 此书笔者暂译为《温州印象》,作者孙光德(Irving Scott, 1901—1974),英国人,1924年受圣道公会派遣来温,继海和德后任温州教区长,1938年回英。1946年再来温州,1948年离开。

[4] P.H.S. Montgomery, Introduction to the Wenchow Dialect (Shanghai: Kelly and Walah,1893), Preface. 作者孟国美(P.H.S.Montgomery),英国人。1876年来中国海关任职,1888年10月任头等帮办。1889年9月25日至1891年4月3日任温州瓯海关代理税务司。

[5] 慕稼谷(G.E.Moule, 1828—1912),英国圣公会传教士,1858年来华,先后在宁波、杭州传教。1880年升任该会华中区主教,1908年回国。著有《杭州记略》。其弟慕雅德(Arthur Evans Moule, 1836—1918)、子慕阿德(A.C.Moule, 1873—1957)均为知名传教士、汉学家。

djah ba。"[1]

"Oh tung-djah ba"是温州方言"沃懂着罢"的罗马字注音，意即我们"都听懂了"。

这是苏慧廉的自述。极有语言天赋的他竟然只用了半年就能用温州话讲道。在1883年12月10日苏慧廉写给英国差会的一封信中，他也自豪地称，在过去的三个月，为自己在这难懂的语言方面所取得的进步深感欣慰。[2]

苏慧廉不久后便能讲一口流利的温州话。有一天做完礼拜回家，那晚星光满天，他看充满奥秘的星空入了神，结果忘了进自家的门，撞到本地一家商店的大门上，手里的钥匙也掉了。为了找钥匙，他用温州话请里面的人点一下灯借个光。没想到里面传来骂声："你真的丢了钥匙？真是好借口，快滚，要不我就喊人了！"苏慧廉只能逃走，因为他发音地道，别人已把他当成本地的骗子了。[3]

"哇，他连我们骂人的话也听得懂。"温州人惊叹。[4]"不过，这些脏话，他从来不说。"苏太太说。因为他是基督徒。

一旦打破了语言的僵局，传教的工作就可展开了。苏慧廉到温州的目的是传教，但中国传统一向讲究"礼闻来学，不闻往教"，中西文化的差异及冲突，在根源上决定了传教的不易。

晚清新教初来时，传教士曾被人称为"太妃糖先生"[5]，说他们为了吸引国人的注意，经常用太妃糖开路。苏慧廉的书中，记录了这样一个故事：

> 中国的一条大街，一位魔术师在变把戏，也许是那有名的芒果戏法，一大群人围着他。一位传教士走过来，带着要卖的书和要传播的福音。人们看到他，会与传教士一样，注意力集中在正在长大的芒果

---

[1] 苏慧廉：《晚清温州纪事》，第18页。
[2] *The United Methodist Free Churches Magazine*（1884）：3.
[3] Soothill, *A Mission in China*, 19.
[4] Ibid., 8.
[5] Scott, *Pictures of Wenchow*, 46.

树上。在戏法结束之前，魔术师已收了好几次钱，因此不会有人说传教士利用这伙聚集起来的人使魔术师受损。魔术师变完了戏法，有人就问传教士，外国人会不会玩这种把戏？"你们是想让我来一个？"他反问。于是人群就围了过来，想看一看外国人变把戏。"你能把牙齿拔下，又装回去吗？"他问一位满口亮晶晶牙齿的男人。"但是我能，来看！"牙齿取出来了，人群发出"哎呀"的叫声。随后牙齿又装回去了，"哇！哇！"大家又是一片叫声。"现在我可以为你们取下我的头吗？"他又问。"哦，不！先生，不，不，不要啊！"大家喊开了。"好，我这里有几本书能教给大家比拔牙甚至砍头更神奇的事。这些书会告诉我们怎样给人换心，教他爱好人不爱坏人。"[1]

苏慧廉当时有没有在温州街头以此把戏吸引路人，他的书中没有说。

1883年秋，温州举行府试，一时学子云集。苏慧廉也抓住这个机会派发福音小册子。因为是免费，取阅者蜂拥而至。[2]

苏慧廉初抵温州的岁月，住在嘉会里巷的寓所里。那里除居所外，还有个小教堂。虽称之教堂，其实仅是一间店铺，狭小而黑暗。苏慧廉后来对它做了简单装修，并配置桌椅，成为他在温州的第一个工作站。这个小教堂临街，因此亦可称为街头教堂。

基督教入华初期，街头教堂布道是惯用的传播福音方式。曹雅直初到温州，也于同治九年（1870）"租得五马街胡东升店屋，即宝城银楼大新隆布店旧址，作为礼拜布道之所，每天开门传教"。[3]

> 每天去街头小教堂布道是那时传教士的惯例……这种方式无疑源自那些说书人。他们或坐在一个茶棚里，或露天而坐，记述历史故事

---

[1] 苏慧廉：《晚清温州纪事》，第8页。
[2] The United Methodist Free Churches Magazine（1884）：4-5.
[3] 高建国：《基督教最初传入温州片断》，载《温州文史资料》第七辑，第345页。

和逸闻趣事，还不时穿插一些幽默故事和热门的俏皮话。[1]

温州城区当时已有十万人口，街上也是车水马龙，但进入教堂的很少。

人群川流不息，急着赶时间去工作。也没人想到他们需要我们的宝贝，不过他们确实很需要，他们的需求会向我们伸出渴望的双臂。我们坐在那里等候，我们感受到他们正有力地牵动着我们的心弦，不要期望哪位中国人会大喊"请你过来，帮助我们！"……差不多是同样的情景，在我们面前匆匆而过的幽灵般人群中，"中国人"出现在我们面前，他渴求救赎，但又想逃避。[2]

终于有人进来了，传教士让他坐下，自己却站着，想办法激起他的兴趣。对于一百多年前的中国人而言，听一个洋人站着讲话是很有吸引力的。外面经过的人，看到屋内有人，也进来看热闹。据苏慧廉记载，当时街头教堂为了吸引路人进来，还为来访者提供茶水与香烟。

在那样一个怀疑、厌恶外国人的年代，采取这样的方式是明智的。有些传教士甚至还不止提供香烟——如果可能的话——每周日还会为信徒提供免费的午餐，这直接导致了那些"为物质利益受洗[3]的基督徒"的产生。基督徒的善良助长了这样的风气，因为当时入教的人不多，而且这些人大多贫寒，对生活也很绝望，为做礼拜很多人得走很远的路。但随着时间的流逝，这样的习俗成了教会的负担，对教徒也产生了危害。但现在如果抛弃这样的传统，弄得不好的话就会引起误会。一位现在仍工作在第一线的优秀传教士，就巧妙并智慧地用无害

---

[1] 苏慧廉：《李提摩太在中国》，第34页。
[2] 苏慧廉：《晚清温州纪事》，第22页。
[3] 接受洗礼。洗礼（Baptism）是基督教的主要圣事之一，也是基督教的入教仪式。通过此礼，可以洗掉入教人的"原罪"和"本罪"，并建立起自己与上帝的联系。

的方法结束了这样的传统。做礼拜时,他向教徒说,下次礼拜时会每人赠送一只篮子,以便他们自带午饭来。当然,这样的举措在当时引起了众人的窃窃私语,不过后来并没有造成坏的结果。[1]

这是苏慧廉后来的回忆及反思。他刚到温州时是不是也这样做,不得而知。

进入街头教堂的人稍微多起来,苏慧廉便开始讲道了。他先说上帝创造天地万物,并派他的独生爱子耶稣来到世间,耶稣为了替世人赎罪而被钉死在十字架上。路熙回忆,苏慧廉面对非基督徒的听众,往往会像使徒保罗一样,说这样的开场白:

你们自己的谚语说你们的生命来自老天,而不是来自偶像。你们信靠老天而获得食物,而非偶像。良心被称作天良,和平喜乐是天赐之福,这都不是靠拜偶像得来的。你们的语言里面,最大的愿望就是来世可以登上天堂。为什么要敬拜人们手做的泥菩萨,忘了天地之主——你们的天父呢?

我们来这里为你们唤回他。因为他深深爱你。想一想,如果你们自己的儿子忘了你,不理睬你,拒绝承认你和服从你,你会高兴吗?你会难过,你会生气。那么天父看到你们这么远离他,他会高兴吗?他希望你们为了自己可以回来。[2]

然后就是圣子的故事,再接着讲寓言和他自己的经历。苏慧廉还教他们祷告的方法,并说:"如果一个人天天向主祷告,坚持了一个月,而主没有帮助他,这种事情从来没有发生过。"[3]

在街头教堂,苏慧廉除了自己讲道外,还聘请一位王姓本地人做帮手。

---

[1] Soothill, "Our Mission in China," *The Missionary Echo* (1906): 78-79.
[2] 苏路熙:《乐往中国》,第268页。
[3] 苏慧廉:《拓荒布道》,第44页。

他们两人费尽口舌，但收获甚微。进来的人本来就少，更何况其中很多人仅是来看看"野蛮"的外国人及其服饰。苏慧廉后来在撰写《李提摩太在中国》时，承认了这个几近失败的开局。李提摩太后来由街头传道转向"寻找上等人"的计划，苏作为他的密友，可能也受此启发或影响。不过，这是后话。

## 第四节　甲申教案

**十月四日晚**

初来温州的日子并不顺利。1884年10月4日，光绪十年八月十六日，惨烈的一幕掀开了：

> 这天是星期六，晚上。二三十名中国基督徒如期集中在毗邻嘉会里巷的小教堂做礼拜。开头的赞美诗还未唱完，门外就出现了异常情况：一群民众在外面汇聚，当他们发觉前门紧闭不能闯入时，便转到屋后，在那里他们如愿以偿。瞬间，无数石头"嗖嗖"地向门窗飞来。过了一会儿，木制的后门支撑不住，轰然倒下，乱哄哄的人群如潮水般地涌入院内。这时，苏慧廉正急匆匆地赶往前门，他看到一阵可怕的火光从仆人的住处升起，于是他即转身返回后门。他看到院子里已聚集了一大群男子，由于天气炎热，许多人光着上身。这些人手持棍棒，乱扔石头，欣赏着被"洋油"点燃的地板在滚滚浓烟中燃烧。
>
> 苏慧廉叫人一起扑火。暴民们看到苏慧廉朝自己过来，便落荒而逃。苏慧廉跟在后面，不厌其烦地劝说他们，但得到的唯一回答是一块呼啸而来的石头。石头打偏了，击中苏慧廉身边一位教徒的头。
>
> 苏慧廉派了一个又一个人去见知县，请求援助。他既没有向知县提出保护财产的要求，也没有提及自己可以享受的治外法权。在遭到攻击时，他仅呼吁人们要保持冷静。事态已变得越来越严重，官员还是没有来。苏慧廉于是手持用以自卫的马鞭，亲自到官府求助。[1]

这些纷乱的情景记录在路熙晚年所著的《中国纪行》中。这一幕并非

---

[1] Lucy Soothill, *A Passport to China*, 5–6.

她亲见，暴乱发生时她还在英国，正做着前往中国的准备。

路熙是1884年10月离开英国的。在以未婚妻的身份向苏慧廉的亲友告别时，她收到了温州爆发教案的电报。这场教案因发生于甲申年，史称"甲申教案"。这是温州近代史上继1876年"施鸿鳌事件"[1]后又一起震惊中外的民众暴动。据《温州海关志》记载："当晚，愤怒的群众将温州城内6座教堂和外国教士的住宅全部付之一炬。他们还捣毁瓯海关的用物、档案等，以及外籍税务司、帮办等三人住所中的家具和用物。"[2]

甲申教案的起因是中法战争。1883年中法因越南主权问题交恶，法国海军少将孤拔（Anatole-Amédée-Prosper Courbet）带领法军进攻驻扎在越南红河三角洲北圻的清军并占领了该地，中法战争自此爆发。次年8月，法舰进攻台湾。同时，进驻福州马尾的法舰主力击沉中国兵船九艘。10月，法军攻占基隆，并向台北进犯。东南沿海战云密布。

温州地接福建，又是重要港口，并且城内还有法属天主教教堂，一时民间有法国人将打到温州的传言。

> 温州官府发布告示，要求每个家庭在门口放一堆大石头。木匠日夜辛劳工作，制造巨大的木箱子。这些箱子会被拖到岸边，望风的渔民一发现敌人的信号，就在瓯江口把装了大石头的箱子沉到中流，这样六十里外的瓯江口就形成一道屏障，拦住了敌人的舰队。[3]

在那个时代，这可能也是没有办法时的最好的办法。不过，这些石头因法军没有如期到来而未派上用场。但是，在甲申教案中，它被参与闹事的民众当作手榴弹扔到了他们认为与法国军队一伙的洋人身上。

"由太平天国运动引起的反基督教情绪的余波尚未平息，中法战争又进一步加重了整个中国对所有外国人的仇恨，不仅仅限于传播外国宗教的

---

[1] "施鸿鳌事件"为天主教教案。详见莫法有《温州基督教史》，第124—126页。
[2] 《温州海关志》（上海：上海社会科学院出版社，1996），第187页。
[3] 苏路熙：《乐往中国》，第9页。

传教士们。……排外之风与来自官员和士绅的反对基督教的态度煽动了原本相对来说对外国人不甚关注的普通民众。"苏慧廉后来如此分析。[1]

历史学家萧功秦在《儒家文化的困境》一书中认为："老百姓那时有充分的理由憎恶洋鬼子：鸦片的输入，教会的横暴，教民的仗势欺人，以及洋货倾销与铁路修筑，使成千上万依靠传统手工业和运输业为生的人丧失了赖以生存的手段。在下层民众看来，洋人筑路把'龙脉'给挖断了，洋人开矿把地下的宝气给漏了，教堂禁止信教者祭祀祖先，把我们祖先的神祇给激怒了。"[2]他这段文字出现于"在苦难与屈辱中激发的幻想"的小标题之下。

**历史三调**

甲申教案是温州近代史上的重要事件，但因事过一百多年，中间又经历很多的动荡，地方文献中关于此案的史料不多，对于事件前后经过，亦说法各异。

据方志刚译编的《温州"甲申教案"前后》一文称，当时"民众首先冲向花园巷（英国）基督教堂，次向城西礼拜堂，再转到周宅寺巷（法国）天主教堂。均浇泼煤油火药予以烧毁。然后开赴瓯海关署办，但因戒备森严，只有档案被毁"。[3]

光绪二十年进士、曾任浙江教育总会会长的瑞安文人项崧于乙酉（1885）四月所作的《记甲申八月十六日事》一文中，也认为是内地会所属的花园巷教堂先起事。他的记录比较详细："十五日，郡花园巷教堂聚众礼拜，有小孩叩门求观，门不启，喧嚷不已，聚者益众。忽教民数十人开门攫一人入，声言欲送官重治之，且有持刀作欲杀状者。其时，众皆愤怒，遂毁门以入，以所储火油遍洒堂中，纵火焚之。时夷教诸人纷纷逃窜，众见其室内有火药洋枪等物，草鞋满间，妇女数十人，遂谓教民果反，竟往

---

[1] 苏慧廉：《李提摩太在中国》，第132页。
[2] 萧功秦：《儒家文化的困境》，第133页。
[3] 方志刚：《温州"甲申教案"前后》，载《温州文史资料》第九辑，第247页。

他所焚毁,而郡城内外同时火起,且及北门之税务司焉。"[1]

后来的温州地方史谈到此事件时,多以上述两则记载为蓝本。苏慧廉的回忆录中也有关于当晚的记述:

> 1884年10月4日,当时是周六晚上,跟往常一样,我们聚在一起举行祈祷会。这是令人焦虑的时期,法国与中国已开战,法国海军离这儿不远。此外,道台虽然不是故意,但还在进一步激发民众的情绪,他让每家每户在门口堆积石头。这些石头,他让人收集起来,放入他所建造的几艘"挪亚方舟"——大木箱里,然后拖到瓯江口,沉入水底,构成水上屏障,阻挡法国军舰进入瓯江。
>
> 大约在这段时间,就在我们以南的港口福州爆发了海战,中国舰队被彻底摧毁。但完全不同的消息很快在温州人中流传,据他们说,中国舰队已在海上歼灭"番人"。我记得,暴乱前一两天,一名男子在城市的主要街道看到我大吃一惊,大声地说:"哇!怎么还有番人在我们的街上走呢?"[2]

中法战争那场海战的事实是中国舰队被歼灭,但是当时温州人得到的消息却是国人在海上全歼洋人。战败谣传为战胜,颇耐人寻味。

苏慧廉继续写道:

> 就在这难忘的周六晚,我们相聚在一起,我们再相聚已是很久以后了。此刻,我执笔在手,当时的情景又浮现在眼前:小小的礼拜堂,昏暗的油灯,几个疲惫的信徒,尖声的讲道人,虔诚的祈祷者……骤然间,情况突变:猛烈的敲门声,呼啸的暴徒;石块飞了进来,打破窗户;一群赤膊狂徒冲进我们下人的外屋;地板上闪动着耀眼的灯

---

[1] 项崧:《株树楼文集》(《午堤集》),钞本,温州市图书馆藏。
[2] 苏慧廉:《晚清温州纪事》,第81—82页。

火;一看到我,暴徒就逃,我在后面门阶徒劳地呼喊他们;"嗖"一块大石头擦着我帽子的边缘飞过,"哇"的一声,我身后的一个基督教徒被击中头部;我们只好匆匆逃离,狼狈不堪;很快石头雨点般砸进我房间的大门。前街聚集大批围观者,大多是邻居,他们默默地给青年人让路,而年轻人则尽可能镇定,穿过人群。随后县衙门的人来了,衙役和守门人跑过去,挡住外国人去见知县大人的路;我仓促步行到内地会的大院,并迅速跟随蔡文才先生回来;同意我们去见官了,虽然我们曾派四个不同的信使去见他都没用;官家穿上他的官服,坐上轿子往出事地去了,但为时已晚:我家燃烧的熊熊烈火映红天空。[1]

查考光绪十年九月十八日(1884年11月4日)《浙江巡抚刘秉璋奏报温郡焚毁外国教堂现已议结仍饬拿犯惩办折》,发现官方史料与苏氏所记有异。该折称:"窃据温处道温忠翰[2]等禀称,温郡办防以来,民间深恶洋人,尝有匿名揭帖,语多悖谬,即经出示晓谕,并令绅士剀切开导。不意八月十六夜间城西街耶稣教堂讲教之期,凡入教男妇纷往听讲,有民人经过门外停看即走。堂内洋人出捕,误拿一人拉至堂内关闭,外间居民见而诧异。旋闻被拿之人在内喊叫,忿忿不平,聚众愈多,即有打门入堂夺取被拿之人。仓猝之间,激成众怒,致将城西耶稣教堂及周宅巷、岑山寺巷、五马街、泉坊巷、花园巷各处教堂及洋人寓所同时焚毁。"[3]

该折很明确表明,第一把火是在城西教堂烧起来的,并且还是洋人先动手,"误拿一人拉至堂内关闭",结果引火上身。当时的城西教堂应该没有别的洋人。这个洋人,莫非就是苏慧廉?[4]

---

[1] 苏慧廉:《晚清温州纪事》,第82页。
[2] 温忠翰,字味秋,山西太谷人。同治壬戌探花,1882年至1885年任温处道。著有《蚕桑问答》等。
[3] 《清末教案》(北京:中华书局,1998),第二册,第407—409页。该书将光绪十年九月十八日之公元日期误记为11月5日,笔者已据实改为11月4日。
[4] 可参阅笔者后来写的一篇文章《"甲申教案"的导火索——释读一封新发现的苏慧廉家书》,载《一条开往中国的船》,第245—250页。

**玛高温登场**

接下来的故事,路熙是这样记述的:

> 苏慧廉要求知县和他一起回去看看,但被拒绝,他必须待在衙门里。苏慧廉实际上成了一名囚犯,不过比较安全。不久衙门里又多了两个避难者,一位是美国老人,另一位是跛脚的苏格兰人。他们是费了很大的劲才逃离浓烟滚滚的家,逃离暴民雨点般的乱石袭击和"打死"的吼声。聪明的苏格兰人看到衙门要关门来阻挡人群,便机敏地把一根拐杖插入门缝,撬开一条口让他俩挤了进去。大门随后关上,门外都是暴徒。他们由此捡回了一条命。[1]

这个跛脚的苏格兰人就是曹雅直。当时与曹雅直一起逃到永嘉县衙门[2]避难的美国老人叫玛高温(Daniel Jerome MacGowan)。

> 海关的玛高温先生不顾个人安危来帮助曹雅直,他们快速集合起我们学校里的十六个孩子(那些小的是从床上被拖起的),还有仆人,决定一起到衙门避难。他们刚跑到后门,暴徒中的先头部队已从前门进来,不一会儿就占据了整个院子。幸运的是衙门就在不远处,但他们沿路还是饱尝了飞来的石头,一块把曹雅直的帽子打落在地,随后飞舞而来的石块直接落在他的头上。玛高温落在后面,也饱受惊吓,原先躲在他大衣底下的孩子都四散逃命。[3]

曹雅直夫人对她先生与玛高温的记录,应更接近事实。

---

[1] Lucy Soothill, *A Passport to China*, 6.
[2] 永嘉县衙在县前头,即原温州市中级人民法院旧址,现已拆毁。此地离花园巷教堂不远。张宝琳时任永嘉县知县。当时温州城内有三处衙门:温处道(今广场路鹿城区府)、温州府(府前街原人民广场旧址)和永嘉县。苏慧廉夫妇在回忆录中均用 Taotai 指道台,用 Prefect Magistrate 指知府,用 City Magistrate 指知县。
[3] Stott, *Twenty-Six Years of Missionary Work in China*, 100–101.

玛高温并非等闲之辈，他是医学博士，受美北浸礼会（American Baptist Mission）之遣，以医疗传教士（Medical Missionary）的身份于1843年来华，在宁波行医传教。玛高温是最早到达浙江的美国浸礼会传教士，他在宁波开办的医院也是宁波城区最早的西式医院。[1]他的一生几乎都在中国度过，仅在南北战争期间返国担任军医。美国内战结束后，他又回到中国。1879年受赫德委派，转往温州海关任帮办兼医生。

玛高温精通中文，在宁波时便创办中文报刊《中外新报》（Chinese and Foreign Gazette），由此拉开了宁波近代报刊史的序幕。《中外新报》创办于1854年，是中国最早以"新报"为报名的中文报刊。[2]玛氏任职温州海关期间，曾在《亚洲文会杂志》发表了一篇详细的调查报告《中国的行会》，[3]这是西文文献中关于中国行会历史问题很重要的一篇文章。因为玛高温在温州多年，此文中颇多材料源自温州，因此它对于温州地方史亦颇具价值。

1893年7月19日，七十九岁的玛高温病逝于上海虹口文监师路（今塘沽路）寓所。《纽约时报》报道他的去世时，称其为上海最老的居民之一。[4]但温州的历史文献中几乎没提到这位"智商极高"[5]的美国老人。唯一的记录，就是他在1884年10月4日那个发生月食的夜晚，搀扶着一个残疾人，遑遑如丧家之犬。

**孤屿江心**

甲申教案一起，当上海英国总领事许士（Patrick Joseph Hughes）闻知在温州的洋人处于危险之中时，"即令停泊在甬江的'健飞'号（Zephyr）军舰由宁波开入温州瓯江，摆开架势，引起全城惶恐不安"。"此舰5日入港，

---

[1] 龚缨晏：《浙江早期基督教史》（杭州：杭州出版社，2010），第135页。
[2] 赵晓兰、吴潮：《传教士中文报刊史》（上海：复旦大学出版社，2011），第119页。
[3] Daniel Jerome MacGowan, "Chinese Gilds or Chambers of Commerce and Trades Unions," *Journal of North-China Branch of the Royal Asiatic Society* Vol. 21 No.3（1886）. 中文译文《中国的行会》，载彭泽益编《中国工商行会史料集》（北京：中华书局，1995），上册，第2—50页。
[4] *The New York Times*, Aug. 30, 1893.
[5] 丁韪良：《花甲忆记——一位美国传教士眼中的晚清帝国》（桂林：广西师范大学出版社，2004），第143页。

晚清时的江心屿，美国人杜德维摄，哈佛大学燕京图书馆藏

炮口对准温城"。[1]

苏慧廉与曹雅直、玛高温在县衙里待了一天。5日晚，在一小队中国士兵的护卫下，渡过瓯江来到江心屿，到英国驻温州领事馆避难。

《烟台条约》后，英国人在温州设领事馆，馆址就选在有"瓯江蓬莱"之称的江心屿上。今天江心屿的东边依然保留着英国领事馆的旧址。[2]不过1884年，苏慧廉等人避居的还不是这幢三层复式、青砖结构的洋楼。那时英人以岛上的孟楼为临时领事馆。孟楼也叫浩然楼，纪念唐朝大诗人孟浩然曾光临该岛。

当时江心屿还是安全的，因为道台担心民众与洋人有更大的冲突，已

---

[1] 方志刚：《温州"甲申教案"前后》，载《温州文史资料》第九辑，第251页。
[2] 英国驻温领事馆主楼建于1894年，为欧式三层楼房，建筑面积409平方米。1895年在主楼东首续建两层巡捕房一座。1924年5月，英国驻温领事馆裁撤后，这里一度成为瓯海关税务司公寓。

预先下令所有的船只撤离到民众不能接触的海域。

路熙写道:"领事馆内,大不列颠王国领事正紧绷着脸,正襟危坐。他头戴翻檐帽,身穿银饰花边制服,他想以这身打扮吓退前来进犯的敌人。然而,敌人终于没有露面。"[1]这个绷着脸正装打扮的英国领事就是庄延龄——写出第一篇关于温州方言的论文[2],后来出任曼彻斯特维多利亚大学教授的著名汉学家。

庄氏在1903年出版的《愿尔中兴:中国的过去和现在》一书中,对这段经历也有记述:

> 在法国人炮轰福州水师和军械所后不久,一天晚上,我正在走廊上吸水烟,突然看见市中心有闪耀的亮光,直觉告诉我"有突发情况"。几分钟后,我的信使长便渡江来到岛上。他住在市里。他告诉我苏慧廉先生的偕我公会教堂着火了,并且所有欧洲人的房子那一晚上也全部要被摧毁。又过了不久,海关的几个主要人员带着他们的枪支和细软也来了。就在这时,又有六个地方起了大火。午夜之前,三处教会的房子,两处海关人员的住宅,海关主楼和天主教教堂全部被毁。所有海关人员都与我在一起,仅一人除外,那是一位年近八旬的前传教士,他只身勇敢前往援助其他传教士。经过慎重考虑,最后我们还是认为把所有的海关人员撤往海上比较好,他们已经损失了全部的财产,已经倒塌的旧领事馆也不值得这么多人冒着生命危险去守卫。我对中国人比较了解,因此认为,我留在后面比较安全,或者至少比较让人放心。另外,没人知道那些传教士身在何处,是否危险。长话短说,中国总兵带着他的炮舰和军队及时来营救领事馆了,遵照他的命令,海关人员跟随着另一艘炮舰,第二天都被安全送返。不久之后,三名

---

[1] Lucy Soothill, *A Passport to China*, 6.
[2] 庄延龄1884年在香港《中国评论》(*The China Review or Notes and Queries on the Far East*)杂志上发表了《温州方言》("The Wenchow Dialect")一文,此文中他用拉丁字母给温州方言注音。那时苏慧廉抵达温州还不到两年。

失踪人员也被送到我这里,他们逃进了中国衙门,只是受了些轻伤。他们看上去像火车里的印第安人,因为没有帽子和正常的衣服,只能蹲着。中国人给了他们一些慰问品,每人一条红色的毯子和二十元钱。第三天,那位意大利神父也被发现,住在他隔壁的一位"异教"老妇人好心地把他藏在了一堆木柴中。第一艘轮船到了之后,所有的传教士都前往宁波。意大利神父戴着我的一顶旧毡帽,穿着一件袍子,其他人都穿着破破烂烂的衣服。幸运的是,因预见会有暴乱,所有的女士都已经被送往宁波。事已至此,已经没有什么善后需要处理了,除了向在晚间舞会之后表演的乐手们付钱外。没有人特别恼怒。共有五股势力被牵扯进来,海关总税务司不在其列。令人振奋的是中方(在这次事件中根本没有任何站得住脚的理由,哪怕一只脚的理由,并且事件发生后立刻认识到后果)愿意赔偿所有的损失(共计37000元),其他势力的代表和海关总税务司是十分愿意立刻平息这次事件的。结果是,通信员带来事件"争议"新闻的同时也带来了本事件最终的解决方案。此为本事件的记录,这事后来也很快就被人们遗忘了。[1]

甲申教案后,庄延龄即离开了温州。路熙说他在后一站碰到更大的暴乱,还摔伤了脚。[2] 那时的中国,有教堂的地方几乎都有教案。

**钦此**

苏慧廉等"难民"与庄延龄后来乘"永宁"号[3]撤离温州。开往上海的"永宁"号轮上,乘客几乎都没有什么行李。苏慧廉除了一条红色粗线

---

[1] Parker, *China*: *Past and Present*, 109—110. 文中提及的意大利神父叫董增德(D.Y.Procacci, 1850—1922),1877年来温,当时管理温处两府教务。详见方志刚译编《温州"甲申教案"前后》,载《温州文史资料》第九辑,第247—250页。
[2] 苏路熙:《乐往中国》,第13页。
[3] "永宁"(Yung Ning)号为客货轮,1878年4月12日第一次自上海驶抵温州,为温州开埠后第一艘进港的中国轮船。该轮载重三百二十四吨,属轮船招商局所有。自1879年起,两周一班定期航行于温沪线上。

毯子外，只有穿在身上的一套白色斜纹衣服。

甲申教案的结尾是：

> 1884年10月21日，由道台、镇台、知府、知县联合署名发布公告：温城发生如此惨剧，实属不幸，令人痛心之至。洋人本欲摧毁府城，只因我辈从中周旋，始获宽容，幸免灭顶之灾。今已太平无事，凡诸逃往乡间者可以放心回城，保证不予追究。同时，众所周知，我们所查找的唯独谋划排外的罪魁祸首，一旦查获，必将斩决不贷。[1]

据传说，祸首叫柴岩荣，藤桥泽雅人（因谐音，浑呼泽雅荣），事后被官府捉拿归案，但未判死刑。据说是"当道有怜之之意，谓其虽无知，然似出于义愤，可原也"。[2]当时的民意也偏向柴，于是"温处道做了比较明智的处理"。[3]数年后柴岩荣因人干预得赦免，充任狱卒。

11月4日（光绪十年九月十八日），浙江巡抚刘秉璋向朝廷递送《奏报温郡焚毁外国教堂现已议结仍饬拿犯惩办折》：

> 头品顶戴浙江巡抚刘秉璋跪奏，为温郡刁民藉词滋闹，焚毁外国教堂，现已议结，仍饬拿犯惩办，以昭炯戒，恭折仰祈圣鉴事。……英国领事庄延龄以寓居之教士洋人均获保护完善，因与地方官绅和衷商议，合计被焚教堂暨洋人寓居七处，赔洋二万五千圆；其洋关暨税务司并帮办二人寓中所毁衣物等件，皆非办公之物，并由领事代估洋一万圆，合共鹰洋三万五千圆。再三商酌，减无可减，察看大局，似以速结为宜。官绅意见相同，绅民深知经费支绌，又以疏于觉察，勉力筹捐洋一万七千五百圆，以儆将来。该地方官疏于防范，咎亦难辞，拟由温处道温忠翰捐廉一千五百圆，署温州府知府胡元洁捐洋一千圆，

---

[1] 方志刚：《温州"甲申教案"前后》，载《温州文史资料》第九辑，第251页。
[2] 《李希程书札选刊·二致宜楼》，载《温州文史资料》第九辑，第287页。
[3] 胡珠生：《温州近代史》，第115页。

永嘉县知县张宝琳捐洋三千圆,其余不敷之数禀请筹拨,抄录会议条款禀报前来。[1]

1884年11月14日(光绪十年九月二十八日),军机大臣奉旨批复:

览奏已悉。办理尚为妥速,准照所请,于厘金项下动拨银两,作正开销。余依议。该衙门知道。钦此。[2]

钦此!这件轰动中外的教案终于用钱摆平了。

瓯海关税务司那威勇[3]在1892年8月31日递交的《瓯海关十年报告(1882—1891年)》也写到这件教案的前后经过,他在最后这样写道:政府已向受害者提供了赔偿,但在如何惩治罪犯及制止暴乱方面,没有任何作为。[4]

后来有首童谣在温州城区流行:

金锁匙巷一爿桥,一班细儿拿底摇。
米筛巷,打声喊,番人馆,烧亡罢!
蹩脚番人逃出先,跑到永嘉县叫皇天。
永嘉县讲:老先生,你勿急,
番钱送你两百七,讨只轮船回大英国。
大英国,倒走转,温州造起番人馆。[5]

---

[1] 全文详见《清末教案》,第二册,第407—409页。
[2] 《清末教案》,第二册,第409页。
[3] 那威勇(A. Novion,1838—1904),法国人。1863年进中国海关,先后任职天津、镇江、汉口等地海关。1892年4月26日至1900年3月25日任瓯海关税务司。
[4] 《瓯海关十年报告(1882—1891)》,载《中国旧海关史料(1859—1948)》(北京:京华出版社,2001),第152册,第400页。
[5] 胡珠生:《温州近代史》,第115页。

## 第五节　荒野玫瑰

**火光中的胸牌**

甲申教案发生那晚,苏慧廉逃离火光冲天的家,这时他的脖子上挂着他最贵重的财产——一枚由未婚妻赠送的手绘胸牌。[1]二十三岁的苏慧廉已有心上人。

苏慧廉1882年刚抵中国时,就向英国差会提出结婚的申请。他的申请很快得到批复,因为英国方面也希望苏慧廉能在温州安家落户。

苏慧廉的心上人路熙·法勒(Lucy Farrar)是英格兰西约克郡南奥威勒(Southowram)人。坐落于奔宁山脉(Pennines)一个小山坡顶上的南奥威勒隶属哈利法克斯市,是一个充满英格兰荒原风情的小镇。英国天才女作家艾米莉·勃朗特(Emily Bronte)据说年轻时曾在这里的一所女子寄宿学校任教,也就是在这里,她开始构思后来享誉世界的《呼啸山庄》。南奥威勒过去盛产石料和矿物,路熙家就从事采石和农场经营。她的父亲叫查尔斯·法勒(Charles Farrar, 1823—1894),是位石材商人,也是法勒家族企业(John Farrar & Sons Limited)的继承人之一,在当地颇有影响力。路熙父母生育了六个孩子,路熙是老四。除她之外,其他都是男孩。[2]路熙家境优渥,父母在她小时就送她到英格兰西北部的威斯特摩兰(Westmorland)求学,她学的是艺术,素描、水彩都有一手。[3]

路熙也出生于一个虔诚的基督教家庭。她的父亲既是地方上的头面人物,也是循道宗在本地的义务传道(local preacher)。路熙的祖父约翰·法勒(John Farrar, 1802—1884)牧师更是循道宗的名人,担任过多届的英国循道宗年议

---

[1] Lucy Soothill, *A Passport to China*, 8. 路熙认为这是别人的一个传说。
[2] 路熙的母亲叫玛丽(Maria),哈利法克斯人。1848年与她父亲结婚。路熙的兄弟分别叫沃尔特(Walter)、汤姆(Tom)、乔治(George)、艾尔弗雷德(Alfred)、约翰(John)。关于其父母兄弟的回忆,可参阅 *A Passport to China* 第二十二章。
[3] *The Times*, Mar. 31, 1931.

年轻时的路熙

会(British Methodist Conference)干事,并两度当选为主席。还编写过多部圣经字典。路熙的祖母索菲亚(Sophia Matilda,1796—1880)亦出生于一个基督教家庭,其父亲也是循道宗的牧师。

从广义上讲,苏慧廉与路熙都是哈利法克斯人。虽然没有资料显示他们如何相识,但很明确的一点是,在苏慧廉赴华前两人就相爱了。苏慧廉离开英国后牵挂着路熙,并给她写了不少信。

也许是那些一封接一封华丽而别有图谋的信件让我下定决心,这些信足够把鸭子诱惑上岸。当我到了宁波港的时候,有人开玩笑地问我有没有把这些信件带到身边。

"带了一些。"

"那么每天都对他大声朗读——提醒他对你的承诺。"这是他的忠告。我曾经觉得这个主意不错,并尝试了一次。但那个"姓苏的"曾是学法律的,并不容易掉入圈套。

"爱?我一直爱你,但我从来没有承诺过什么。"他当即反驳,和我预料的一模一样。[1]

1884年10月，路熙打好行囊，即将出发时她收到了电报："欧洲人在温州的房子都被烧掉了，没有人死亡。"电报虽然很简明，但还是差点给路熙的行程画上休止符。"最后慈悲的圣灵觉得让一个年轻人同时失去房子和妻子的话，未免太令人沮丧了。"[2]路熙决定继续行程。苏慧廉后来揶揄她："她太想来了，暴乱也阻止不了她。"

路熙生性要强。因兄弟众多，她说自己从小在男孩子中间长大，总想让别人感觉到自己的存在。

"我登船开始了航行。船上的人我一个也不认识。但我相信神，我一生都如此相信。"[3]当时坐船从英国到中国要两个月的时间。路熙抵达时，苏慧廉正避难于上海。1884年12月16日，他俩在上海圣三一堂（Cathedral of the Holy Trinity）举行了婚礼。据结婚登记册记录，当时路熙二十七岁，比苏慧廉大四岁。婚礼由史密斯（Frederick Robert Smith）牧师主持，三个证婚人中一个叫John Fryer的就是后来成为著名汉学家的傅兰雅[4]。

"苏路熙"是她后来取的汉名。"这名字在中文里是光明大道的意思，还有什么比这个名字更合适于这位终身举着光明火炬的坦诚而可爱的人。"这是她女儿谢福芸1931年给她的回忆录撰写序言时所做的评价。[5]

路熙在垂暮之年回忆起自己的青春与爱情时说，我在中国的岁月，从暴乱开始。

---

[1] 苏路熙：《乐往中国》，第5页。
[2] 同上，第6页。
[3] 同上。
[4] 傅兰雅（John Fryer, 1839—1928），英国人。1861年来华，任香港圣保罗书院院长，后应北京同文馆之聘任英文教习。1865年转任上海江南制造局编译处编译。1875年主编《格致汇编》，1885年创办格致书室。1896年赴美，任加州大学东方语言文学系教授。著有《中国教育名录》《中国留美学生获准入学记》等。
[5] 苏路熙：《乐往中国》，第3页。

**面朝大海、春暖花开**

上海婚礼后,苏慧廉带着妻子去了宁波,宁波是偕我公会在中国的总部。他俩在宁波逗留两周后,便搭乘"永宁"号返回温州。又是"永宁"号,苏慧廉逃离温州时坐的就是这条船。

> 当我和苏慧廉独自站在小小的蒸汽船的甲板上向担忧我们的宁波朋友挥别的时候,我才发现我已经置身于怎么样的命运中。到目前为止一切都很顺利,但是当船离岸而去,我的眼睛突然迷蒙湿润,看不见岸和朋友。我感觉自己在漂流,把我所知道的整个世界抛在身后。我出发了,不仅是婚姻那未知的海洋,还有苏慧廉已经经历过的恶意和危险也在等待我。[1]

这个有一头迷人的暗色头发,双颊常泛起玫瑰色红晕的女孩就要走向她的第二故乡,一个离家乡很远很远的陌生小城。

苏慧廉夫妇抵达温州的时间正好是1885年元旦。"毫不夸张地说,我们既无家可去,也没有可做礼拜的地方。"[2]因为嘉会里巷的房子已毁于甲申教案,他们只能暂时落脚在江心屿英国领事馆里。

> 让苏慧廉欣慰的是,领事馆为我们提供了住处,两间比江边小木屋好不了多少的房子派给了我们这两个苦恼的英国公民。这让我们不用担忧在哪里过夜。说真的,苏慧廉也没有向我坦白除此之外,是否有别的地方可以选择。[3]

领事还把馆里为数不多的家具分些给他俩使用,这些家具上镂刻着代

---

[1] 苏路熙:《乐往中国》,第8页。
[2] Lucy Soothill, "The Story of the Wenchow Mission," *The Missionary Echo* (1894): 30.
[3] Lucy Soothill, *A Passport to China*, 9.

表维多利亚女王的"V.R."[1]字样。

就在我们努力解决如何安放行李这个难题（卧室不比我的行李箱大多少），并不指望还能吃上一顿饭时，领事亲自来了，并突然说道："来吃午饭。"常年独自生活在中国，领事的待人处事难免有些古怪，但是我们很快就明白他简短乃至于显得生硬的说话方式之下，其实有遮掩不住的温情。[2]

当时庄延龄已离任，新的领事叫施维祺（W. Gavin Stronach）。据路熙记载，施维祺也是传教士之子。

我们过去吃饭，他的妻子诚挚地欢迎我们。这是一位瑞士姑娘，在约克郡生活了很多年，也是新近才来到温州。这位女士后来被证明是一位最乐于助人的朋友，而且我时常怀疑在整个中国能否再找到第二人：当一个领事的妻子发现自己几乎所有的衣服都无法穿，家中的人们可怜兮兮地希望能在酷热的天气里拥有一些必备的衣物时，她却花大量的时间穿针引线，为一位传教士的妻子提供酷热天气里所需的全部衣服。

在午饭前，我们受邀过去一起进餐，第二天的早餐也是如此。我们愉快地接受了邀请，因为在我们所居住着的这个"混乱不堪"的国度里，自己准备饭菜是一件很奢侈的事。领事和他的妻子甚至还表示愿意帮助我们一起打开行李。当一件件的物品被拿到灯下的时候，他们几乎和我们一样兴奋——这可都是令人想家、想起英格兰的东西啊！但是，唉！在他们离开后，最大的难题就是找地方存放这些东西。混

---

[1] Victoria Regina，维多利亚女王（1819—1901年），1837—1901年在位，英国史上统治时间最长的国王之一。在位时期是英国最强盛的所谓"日不落帝国"时期。从其即位到一战开始的1914年，英国称为维多利亚时代。

[2] Lucy Soothill," The Story of the Wenchow Mission," *The Missionary Echo*（1894）: 77.

乱的日子里，在灿烂的小院子里，耸立着一株中国常见的可爱的粉红色月季花，这也是领事妻子送来的。它像是对美和秩序的敬礼，也像是对周遭的喧嚣做出的一个迷人的抗议。[1]

路熙的回忆录中，有一章专门写江心屿的家。在这个"新房"里，他俩生活了六个月。这章回忆中，有两个细节饶有趣味：

一是理发，她照着领事妻子的发型给苏慧廉剪了个"伊顿（Eton）头"。剪发时，几个好奇的中国女人贴着门窗看，并草率地论断："看来红毛鬼子的国家里剃头匠都是女的。"[2]

二是命名。他们当时的蜜月生活是封闭的，亦如这个位于瓯江中心的岛屿。好在两岸青山如画，年轻的路熙与苏慧廉便决定给这些山峦取名字。其实，早来的玛高温已给温州很多山取了名字，因此留给这对年轻人的仅是些补白的工作。

> 格雷斯（Grace）山很有名，以最早来温州北部的英国女士名字命名。我用自己的名字命名了路熙山——那座最高的山，顶上小小的平台上还有座庙。我们的小女儿来时，我们把那座从远远的地方就可望见的山取名为多罗茜峰。只有一座位于下游的山留给了男士——伟大的人——主持中国海关的著名英国人赫德——这就是赫德峰。[3]

格雷斯便是曹雅直的夫人曹明道，她也是第一位来到温州的女传教士。1870年3月12日，二十四岁生日那天，她抵达中国，当年4月26日与曹雅直在宁波结婚，然后前往温州。她后来在温州生活了二十六年，把一生最好的岁月献给了这座小城。

赫德是苏氏夫妇的好友。1886年7月12日，他曾乘海关巡逻艇"凌风"

---

[1] Lucy Soothill, "The Story of the Wenchow Mission," *The Missionary Echo*（1894）: 77.
[2] 苏路熙：《乐往中国》，第17页。
[3] Lucy Soothill, *A Passport to China*, 12.

号来温视察。[1]

这就是他俩面朝大海的新婚生活。不过苏慧廉还是常常会在夜间惊起,跑到外面去确认从城里传来的任何喧嚣声并不意味着又发生了什么大祸。甲申教案的阴影还没有消去,城里大街上还能见些标语传单,说教堂胆敢重建,他们还是会动手焚烧。于是在一些余悸未消的夜晚,他们会预先计划,一旦有必要,应如何逃跑。[2]

### 金先生

避居江心期间,苏慧廉经常会过江到城里去。每个周日他几乎都要去主持礼拜。嘉会里巷的教堂已毁于教案的火光,那段时间,礼拜在一位姓金[3]的温州教徒家里举行。

"你问,谁是金先生?他是世界上最善良的人之一。"路熙说。

甲申教案后,苏慧廉逃往上海时就带着这位金先生——他当时的男仆,因此"金"也成为路熙认识的第一个温州人。在路熙的眼中:

> 金在中国人中间只算其貌不扬,但当他第一次毕恭毕敬地站在我面前,瘦骨嶙峋却十分顺眼,他对我也一直保持不必要的恭敬。当时他穿着传统的宽松长袍和劳动者的厚底布鞋,脸和半个脑袋剃得干干净净,乱乱的头发扎成一条辫子,一直垂到脚踝。他的肤色很黄,长相一般,高颧骨,每一线条都刻画了中国内地人的特点。[4]

苏慧廉则说:

> 我最初认识他时,他是一个身材高大、举止自然、相貌英俊的男

---

[1] 《温州海关志》,第187页。
[2] Lucy Soothill, "The Story of the Wenchow Mission," *The Missionary Echo*(1894): 77.
[3] 按温州方言的教会罗马字注音规则,Chang应译为"金"。此金先生可能是温州第一代传道人金国良。2011年8月笔者采访金先生的外孙方保罗,他也无法确认其外公的名字。
[4] 苏路熙:《乐往中国》,第47页。

子,快三十岁的样子。和一般的汉人不同,他有一个充满热情的额头,一双清澈的眼睛,如果嘴巴大小可做评判人的依据,他可是长了一张演说家的嘴,能说会道。他的脸,像他的性格,温厚和蔼,从他成为基督徒以来,尽管说话耿直,但我从来没有看到他得罪人。

**金先生原靠制作纸钱为生,这个工作一年能挣两三百元。**

当初是林福伯拉金先生来听福音,从他的第一次听道起,上帝救赎的真理就如磁铁般吸引他。他的妻子和岳母,一听到他参加我们的礼拜,便表现出了最激烈的反对,害得可怜的林福伯相当长的一段时间,几乎不敢在他们家门口露面。也不能责怪他们,因为,在那些日子,做基督徒比在英国做无神论者更招人讨厌,因为当你在一千个神中去掉九百九十九位神,只剩下一位,那你跟无神论者也相差无几了。

很快他们遇上更大的麻烦,因为,过了一段时间,金先生申请洗礼,这时就有必要指出,他的生意对他的申请是一个不幸的障碍。困境中,他向上帝寻求帮助,以寻找另外的谋生之道。几个月来他不断祈祷,但他的祈求没有得到预期的回应。上帝,要降大任于这名男子,因此要锻炼他的意志,为了将来更好的侍奉,让他自己解答自己的祈祷。

不能再等了,他不顾家人的怨言,他决定放弃利润丰厚的职业,开一家小店。这次,他这样做了,不久后,被接纳为基督徒。不过,结果令他大失所望,小店很快就转手了,因为小店没有给金先生带来维持生活的收入。他决定不管它,听天由命。这个时候,他的妻子和岳母,又软硬兼施,逼他重操旧业,但他却打起"背包",挑起担,去当卖货郎。

这是一件累人的活,走街串巷,风餐露宿,讨价还价,利润微薄,很少有机会碰上信主的人。依他原来的活计,每年可以赚两三百块钱,因为他有一流的手艺。做卖货郎,他的收入从来没超过五十块。扪心自问,有谁愿意放弃轻轻松松一星期赚五元的工作,而去干辛辛苦苦赚一元的活!但他愿意,以获得心灵的安宁。所以不难理解,金先生为了忠于他热爱的真理,承受着多大的牺牲!

这时,我正好辞掉仆人,我必须另外找一个。犹豫再三之后,我去找金,告诉他这个工作的性质,并提到薪酬微薄,但可以住宿。

我并不指望他会接受,不仅仅是报酬低,而且这是仆人的工作。然而,他迅速接受了我提供的职务,还说这份工作带来的经济收入与他目前的生意差不多,但他更珍惜能正常参加礼拜,并可以挤出时间学习经文的机会。[1]

甲申教案发生那晚,金作为苏慧廉的仆人正在他的身边。愤怒的群众将一块石头扔向苏慧廉时,金为他挡住了这一劫。在那一刻,苏慧廉深刻体会到中国仆人的忠诚。避难江心屿时,苏慧廉把金提升为厨子。"他是一个糟糕的厨子,但是一个很好的基督徒。将一个好基督徒与好厨子两者糅合在一块儿,真有点勉为其难!"苏慧廉吃着难吃的菜,只能如此打趣。

避居江心屿期间,金在城里的家就成为临时的教堂。苏慧廉去主持礼拜时,路熙偶尔也跟着过去。金先生的"房子有一个小院子,院子里铺上了竹席,另外还临时摆放了些凳子。院子很快就被挤满了,以至于人们不得不把门关起来"。[2]

当时中法战争的阴霾尚未散去,为防备法军对温州展开攻击,温州城里还有很多来自广东的粤兵。一次苏慧廉在东门遇见粤兵,还受到袭击。"苏慧廉发现自己被粤兵包围,明显他们很兴奋,而且有敌意。一个来抓住他的衣服,另一个抓他的腿。苏慧廉手无寸铁,他知道最聪明的办法就是割断衣服逃跑。他快马加鞭地逃走,于是纽扣就落在这些士兵手里。但在街道上,他又看见更多的士兵在庙前,也许正在上演排斥外国人的戏剧。苏

---

[1] 苏慧廉:《晚清温州纪事》,第80—81页。
[2] Lucy Soothill, "The Story of the Wenchow Mission," *The Missionary Echo*(1894): 89.

慧廉只好回头,从那些企图抓他的士兵身边飞奔而过。士兵抓不住他,只好不断大声咒骂他。"[1]穿着被抓落了纽扣的外衣逃回家的苏慧廉,这时已能听懂不少中国话了。

### 白屋

1885年4月,"永宁"号恢复航运。此后不久,避居江心的外国人,可以回到城里居住了。

路熙回城后的新家,在她的回忆录中被称为"白屋"(White House),因为它的外墙涂着白石灰。[2]白屋是用教案赔偿建的。庄延龄说,"他们住上了比以前更好的房子,当然,这得由中国人出钱了"。[3]

> 我在离教堂步行一刻钟的地方买了块很好的地,它原是一个富裕官员的私邸,但数年前毁于一场大火。起初屋主要价很高,后经几番还价,我以三分之二的价格买下了它。这块地的一大好处是其中一面已有石头做的围墙,而另一面并不需要围墙,这起码可节省三百元的费用;另一个好处是这块地比周边要高出一英尺,这可是我在温州从未见过的;第三个好处是它连着我们去年已展开工作的一条街道,我们好几个虔诚的信徒就住在那里。也就是说,我正好在他们中间。也正是因这原因,我已在这里建了间晚间祈祷室,主日学也可设于其中。我还可以举出更多的好处来,但总而言之,不论是洋人还是本地人,都说这是城里最好的地段了。作为住所而言,它与以前的不可同日而语。还有一点,我忘了说,这里的空房子可开辟为女子寄宿学校。[4]

苏慧廉在1885年4月14日写给母国教会的信中,如上报告了自己的新居。

---

[1] Lucy Soothill, "The Story of the Wenchow Mission," *The Missionary Echo*(1894): 24。
[2] Lucy Soothill, *A Passport to China*, 37.
[3] Parker, *China: Past and Present*, 110.
[4] *The United Methodist Free Churches Magazine*(1885): 670.

老辈的温州人至今还把瓦市巷86号内的一片旧房子叫作"番人馆",这里应该就是苏慧廉买地自建的白屋。白屋现在仍是城西教堂的教产,里面住着几位牧师。

路熙回忆白屋岁月时,说自己在阳台上可以看见爬满青苔的城墙、青山及山顶的亭子。最吸引人的是后窗可以看到"永宁"号的桅杆。[1] 2007年仲夏的一个下午,我去了趟白屋。站在耀眼的日光下,我想象路熙站在自家的阳台远眺华盖山的情景。这里离瓯江不远,在当年应该可以看见"永宁"号的桅杆,听见汽笛的鸣叫声。

今天白屋的房前是片水泥地,路熙说这里曾是开阔的草地。"我们种树,有柳树、橘子树、桑树。我们看着它们长大,这里多雨,树生长得很快。花园主要是我负责,我们种的西红柿是世界上最好的,因为阳光很充足。"[2] 花园够大,苏慧廉夫妇还在这里弄出个网球场来。当时在温州的欧洲人,包括领事都来玩。

路熙成了城里的名女人,路上的行人几乎都认识她,因为她是当时温州城里仅有的两个外国女人之一,另一个是曹明道,比她大十岁。

有人"恶作剧"地建议,让这两位外国女人进行一场绕城跑步比赛。玛高温医生也凑热闹,说:"如果你们能从我的屋前出发,我就会给胜者一份奖励。"玛高温的家在城墙附近。

> 这个建议被采纳,随后就是比赛的日子,我们出发了。曹雅直夫人——由苏慧廉和汉尼斯(Hanisch)先生陪伴,向一个方向出发;而我,由海关税务司,一位健硕的阿伯丁人陪伴,朝另一个方向进发。城墙周长五英里,路经多处陡峭山崖,尔后又急转直下。亲爱的编辑先生,在这之前,我从未如此"全力以赴"过,但是我想,如果身后有头疯牛在追赶的话,我肯定能跑得更快些。很庆幸,一路没有发生什么意外。当

---

[1] Lucy Soothill, *A Passport to China*, 36.
[2] 苏路熙:《乐往中国》,第40页。

我们走到最后一段,并且已经看见玛高温医生的家时,我友好的对手还没有出现,"也许他们已经进屋,正平静地等着我们呢。"我喃喃自语,并想象当我走进屋里的时候,定会受到嘲笑的欢迎。事实并非如此,我们才是那个需要等待对手的人。我们足足等了二十分钟,才看见对方姗姗来迟的身影。所以,最后偕我公会"轻易取胜"(如果可以这么说的话)。因为当时的情况下,那些绅士只是过来凑凑热闹而已。我还要补充一句,从那以后我再也不参加什么跑步比赛了。玛高温医生和蔼地答应送我一副手套作为奖励,但是我不需要手套,我们需要的是一架管风琴。于是我给他写了张条子,最后他给了我五元,那时相当于一个英镑。这正是我们购买管风琴经费的第一桶金。[1]

路熙也抓紧学习中文,不过他的老师吸鸦片,常常会瞌睡过去,于是,"我不得不频繁地说:'醒醒,老师!'"[2]

苏慧廉称路熙为"荒野玫瑰",因为她的到来,"把他那谷仓似的房子变了样,还有他的厨房、他的厨子,特别是他自己都改变了"[3]。苏慧廉说自己平生第一次完全理解了《圣经·以赛亚书》中有关旷野开出玫瑰花来的那一节。

### "达玲"谢福芸

1885年的白屋,一个小生命在孕育。"我们在宁波住了一个月,1885年的11月底,我们回了温州。生活全变了,因为我们的女儿出世了"。[4]

这个生在宁波、长在温州的小女孩,英文名叫多罗茜(Dorothea)。[5]不懂英文的温州保姆因苏慧廉夫妇叫她"Darling"(音达玲,意为"亲爱

---

[1] Lucy Soothill, "A Tale of an Organ," *The Missionary Echo*(1907):153.
[2] Lucy Soothill, "The Story of the Wenchow Mission," *The Missionary Echo*(1894):150.
[3] 苏慧廉:《晚清温州纪事》,第20页。
[4] 苏路熙:《乐往中国》,第56页。
[5] 据说苏慧廉最初为女儿取名Dorothy,后被英国驻温州领事改为Dorothea,意为神的礼物。

的"),就认为"达玲"是她的名字。于是周边的中国人也都叫她"达玲"。[1]

  那时候,保姆很难找,因为这里的女人都是小脚,比起我们大脚大步走的外国女人来,行动上不大方便。而且城里流传着很多关于外国人的不好传闻,因此吓着了她们。我一次开玩笑地拍拍我的保姆,她非常害怕,看样子是感觉自己要被我大打一顿。从那个时候开始,我就不再用手碰她了。

  那时候她护理我的孩子。一次我看到孩子皮肤过敏发红,闻一下,还有盐的味道。我闻到婴儿的粉盒也有这么股味道。这些天,可怜的孩子用的就是气味强烈的美国发酵粉。我叫保姆拿婴儿粉给我,她果然拿的是美国发酵粉。这个东西包装和婴儿粉全然不同,而且我还曾辛苦地指给她看哪个是婴儿粉。[2]

这个乳名叫"守冬"[3]的温州保姆,在路熙的书中没有留下正式名字。不过,谢福芸的记忆里有这个穿着蓝色棉裤和棉衣的"阿姆"。温州人至今还把保姆叫"阿姆"。

长大后的多罗茜一次去参观大英博物馆,当她在展厅的一个角落看见得墨忒耳[4](Demeter)的画像时——

  这位大地之母宽阔的双肩和温暖的膝盖让我想起了疼爱我的保姆的双肩和膝盖。我是多么地感激她!思绪飞到了我五岁时,那时还生活在温州,当我躲在碗柜里面的时候,我那穿着蓝色棉裤和棉衣的保姆也在餐厅的地板上坐下来。她把我抱到了自己的腿上,用膝盖夹住我的双脚。

---

[1] 苏路熙:《乐往中国》,第57页。
[2] 同上,第57—58页。
[3] Lucy Soothill, *A Passport to China*, 58. 原文为 Siu-tung, Winter-born。
[4] 希腊神话中大地和丰收女神。

"小宝贝儿，"她在我的耳边低声说道，用双唇摩挲着我的前额，这是中国式的吻。"太太真的是为你操碎了心，你怎么一点都不肯努力读书写字？她刚才还叹息着说，莫非天生就是这么笨，老爷会伤心地认为这个家族就是天生愚笨，太太为此会感到很羞耻。……已经有一两个人问我这个保姆，你能认识多少个字了。我就告诉他们，那些奇怪的英文字母比中国汉字难学多了，需要花费更多的时间来学习。如果你一直都不努力去学的话，他们以后问我时我该怎么回答？因为我已经受洗了，对于他人提出的问题不能再含糊其辞了。你说怎么办呢？我的宝贝儿！"

"阿姆，"想到我的未来我也感到很惊慌，"所有的字母在我看来都长得一个模样，我一点都记不得它们。我该怎么办呢？——不过我确实不能让你和我的爸爸妈妈感到羞耻。"

"确实是这样的，"她也叹了一口气，"外文字母看上去都一个样。就是昨天，佣人从轮船上拿回来一个邮包，他说不管是正过来还是反过去，都看不出来上面写的是什么。这些字简直就像是一只蜘蛛沾了墨水爬出来的，他就是这么说的。那些字看上去确实就是那样。你看你母亲，一个女人家，就可以轻易地把它们都认出来。还有人告诉我，有些中国人也能掌握这神奇的语言呢。"

"我该怎么办呢？"我呜咽着说，"我太笨了——都快笨死了。长辈们会因为我而丢脸的。"

"你必须吸进去一些智慧，"她边说边深呼吸了一口，给我示范，"当太太把那些古怪的字母放在你和你弟弟周围的时候，你必须'把智慧吃进肚子里去'，就像中国人说的那样。"

她着急地看着我，我也着急地看着她。她捡起被我丢在旁边的一本少儿读物。

"看，"她说，"试着认认上面的字。"

唉，一个字，哪怕是半个字我都不认识。"阿姆，"我说，"也许我把字吃进去，我就会变聪明了？"

她好像也恍然大悟。我们撕下了半张纸，并将它揉得小小的。保姆就这样坐在地上看着我。小纸片很容易就滑了下去：得到智慧看上去并不难。这张纸的上半部分是一艘海轮，她认为这毫无用处，最需要进到肚子里的是文字，而不是艺术。

这样的方法还是立竿见影的。一个星期之内我已经能认识几个字了。阿姆的说教让我把小孩子爱玩的天性都转移到了那些像蜘蛛爬的字母上去。后来因为要远离南方难耐的闷热和潮湿，我们乘着小蒸汽船来到了上海，从那时起我就在北方开始上学。我的母亲一次拿着被撕坏的书来找我，一张纸的上半部分就画着一艘海轮。

"我很好奇，"她说道，"书是怎么被撕坏的？"

阿姆和我都保持了沉默。[1]

这个当年不爱学习的笨小孩后来成为知名的作家，著有小说多部。这些与中国相关的故事，给当时的英国人留下了深刻的印象。她还曾协助苏慧廉编辑、整理汉学著述。在苏氏多部著作的前言里，他都提到这个爱女，并感谢她的帮助。

多罗茜少年时随父母生活在温州，七岁时才回英国读书。她后来就读剑桥大学纽海姆学院（Newnham College，Cambridge），苏慧廉称该校为女子的梦中天堂。[2]剑桥毕业后多罗茜回到中国。辛亥前，与一位剑桥校友共同创办北京培华女校。

多罗茜后来取汉名叫"谢福芸"，意即快乐的花园。

---

[1] Dorothea Hosie, *Portrait of a Chinese Lady and Certain of Her Contemporaries*（New York：William Morrow and Company, 1930），6-8. 笔者暂将书名译为《中国淑女》。谢福芸将该章标题取为《中国母亲》。

[2] Hosie, *Two Gentlemen of China*, Introduction.

## 第六节　第一个十年

**教堂重建**

嘉会里巷的街头小教堂毁于甲申教案。苏慧廉1885年回到温州后便着手重建。重建的构想避居上海时就有，在这封1884年12月17日致母国教会的信中，他这样写道：

> 首先，在原地重建一座可容纳两百人的教堂，当然这个方案还得适应以后不断的扩建。新教堂必须与街道分隔开来，以便晚上礼拜时唱诗的声音不影响别人。另外，还需要一个与原来差不多大的街头教堂，面向大街，以作传教及卖书之用。[1]

"我们高价买回了暴乱中被毁的地产，钱来自中国政府的赔偿、国内的捐赠和我们自己的积蓄。"路熙说。

> 二十四岁的苏慧廉狂热幻想能在城市买个新地皮盖新教堂，比原先的大。他不懂建筑，不懂生意，但他懂汉语。一天，本来声音柔和的苏慧廉大声和几个人谈生意，像个泼妇，真是无法想象。不过他谈成功了。
>
> ……
>
> 懒惰无能的工头、不诚实的商人和恶劣的工作，让建筑过程很不愉快。不过慢慢地房子终于盖成了。[2]

---

[1] *The United Methodist Free Churches Magazine*（1885）：265.
[2] 苏路熙：《乐往中国》，第29页。

晚霞下的城西教堂（陈耀辉摄）

这是苏慧廉主持建造的第一幢建筑，当时他还只有二十四岁。谢福芸后来评价，"要是有不完善的地方，也是情有可原，毕竟他在来中国前，学的是法律而不是建筑"。[1]

新教堂建在嘉会里巷原址，不过比原堂要大。它分两部分：容纳近百人的街头教堂与可容纳三百人的礼拜教堂。所谓街头教堂，其实就是沿街的传道室，主要用来接待异教徒。建在街头教堂边的礼拜教堂，则供信徒周日崇拜之用。街头教堂1901年前后拆除，礼拜教堂后来则不断扩建、修缮，直至今天。今天的温州人叫它"城西教堂"，在当时，它的名字是"城市教堂"（City Church）。称它"城西教堂"，是因为它位于温州城西。更准确的地理方位是：东临城西大街，南濒嘉会里巷，北出金锁匙巷。温州旧时是

---

[1] Dorothea Hosie, *Brave New China*( London：Hodder and Stoughton,1938 ),193. 笔者暂将书名译为《崭新中国》。

水乡,多河。嘉会里巷的正对面就是道前河,各地买舟而下的教徒行抵码头,拾级而上便可步入教堂。

谢福芸1936年12月重返温州时,在时任教区长孙光德的带领下,前往城西教堂礼拜。在她的回忆录中,留下了对教堂周边街景的描述:

> 道路还算宽敞,我们肩并肩而行,并听孙牧师讲话。不过当我们走进一条小巷子的时候,就得一前一后走了。巷子里,铁匠正在打铁,家具店里的伙计正把上了漆的家具拿出来晒,而卖肉的屠夫正吆喝着吸引客源。河边的小径还是泥地,泥泞得很。我们走进一扇大门,一处略显衰败的建筑出现在面前,拾级而上:这是我父亲的教堂。[1]

我小时候就住在离城西教堂不远的地方。逢周日,常陪祖母去教堂礼拜。我们就是这样携手走过这些小巷。仓桥街与解放路交界的巷口有好几家打铁、打铜的铺子,白铁制作的锅子、盘子一直摆到路上。仓桥街卖家具、木器的店也不少,这种经营特色一直延续到二十世纪末期。

偕我公会1886年年报表明:"温州于本年增加了一座教堂。当年教徒人数为五十六人,与上一年相比没有增加。"[2]

年报上的数据是枯燥的,路熙后来对当年温州偕我公会的家底有所补充:五十位信众,一座可容纳九十人的街头教堂;一个本地老牧师,借来的;两个年轻学生,正在努力培养,希望能成为未来的传道人。当然还有仆人金先生,现在是厨师,同时也开始做些传道的工作。

这团队中寄托苏慧廉最大希望的两位学生,其中一位在甲申教案发生后也避乱宁波,但在回温州途中竟然偶染伤寒,几天后就死了。另一位在这年的年底也因为肺痨去世。无独有偶,借来的老牧师因不符合要求被遣散了。

这是1885年的初夏,随后还有更大的打击:去年与苏慧廉同船逃离温

---

〔1〕 Hosie, *Brave New China*, 195.
〔2〕 *Thirtieth Report of the Home and Foreign Missions of The United Methodist Free Church for the Year Ending June, 1886*(London: The United Methodist Free Church).

州的意大利人天主教神父董增德这时也回到了温州,现在也是他重建教堂、吸纳信徒的时候。他们宣教力度大并成效显著,除了提供免费早餐吸引民众外,竟然还把苏慧廉这边的骨干分子黄清才与"下山妈"陈氏动员了过去,并成功说服他们改宗换信,皈依了天主教。黄、陈二人同时还带走了二十多个平时一起做礼拜的基督教信徒,这一下让苏慧廉既折将又损兵。[1]

几乎成了光杆司令的苏慧廉陷入了困境,路熙说自己清晰记得,有一天丈夫对她说:"如果金先生也离开我们,我就打道回府。"但是,他又以同样的口气补充了一句:"不,如果他们都离开了,我会在第二天重新开始。"[2]

**到农村去**

苏慧廉很快就发现,另一种传播福音的途径是去乡村。苏慧廉甚至认为,这是更有效的途径,因为城里人都忙于生计。[3]

说这是苏慧廉的办法,不如说这是循道会的方法,当年约翰·卫斯理就是这样传教的。说这是卫斯理的办法,不如说这是耶稣的方法。耶稣当年,也是这样一个镇一个村地去传播福音。耶稣说:"我们可以往别处去,到邻近的乡村。"[4] 但对于外国传教士而言,这不是件容易的事。在苏慧廉看来,"因为无论是中国大道的道路,还是通往中国人心里的道路,都是曲折蜿蜒、崎岖不平的"。[5]

苏慧廉第一次去乡村传教是去离城九里远的江北岸。[6] 这条江就是瓯江,温州的母亲河。温州城里人至今还把瓯江对岸今属永嘉县的那片土地叫作江北岸。

---

[1] 莫法有:《温州基督教史》,第32页。路熙在"The Story of the Wenchow Mission"一文中也有记述,详见 *The Missionary Echo*(1894):151。
[2] Lucy Soothill, "The Story of the Wenchow Mission," *The Missionary Echo*(1894):152.
[3] *The Missionary Echo*(1897):131.
[4] 《圣经·马可福音》,1:38。
[5] 苏慧廉:《拓荒布道》,第44页。
[6] Soothill, *A Mission in China*, 33.

去乡村传教，需要本地人的帮忙。第一次远行，苏慧廉雇用了两个本地人。一个是因患小儿麻痹症，自小右侧瘫痪的传道人。他姓Tsiu，苏慧廉像本地人一样叫他"老周"。另一位是热心的基督徒，帮助挑着铺盖和篮子，但他很快也就挑不动了。

在当时外国人主持的教会，本地传道人多由自己培养，但苏慧廉在起步阶段便采用付费外雇的方式。偕我公会1882年年报里，本地传道人栏目就注明："付费中国传道人，两位。"[1]这样做，首先是出于无奈，那时苏慧廉除了自己几乎没有帮手；但另一方面，这种付费雇用的办法在后来为他开辟出一条快速发展的道路。

据路熙回忆，去乡村传教时，仆人会为苏慧廉挑着担子，一头是三层餐盒，一头是被铺。饭菜只能保存一个星期，而他可能会在外面停留十天、两个礼拜，甚至三个礼拜。于是有两罐东西他常常带着——牛津的香肠和沙丁鱼。"我们不知道，这两样分别象征英国和法国的食品跟着他走了几千里的路程。"[2]

这个三人组合，一个残疾，一个肩膀柔弱，一个只会嘟囔几句刚学会的温州话，就这样开始了偕我公会温州历史上的第一次出征。

在江北岸的一个大村子里，他们碰见了人。几个仪容不整的妇女孩子和一个老迈男人来看他们。苏慧廉说，乡里人很质朴，为他们送上点心和茶，在他们眼里，来者都是客。于是苏慧廉扶着瘸腿的老周，让他开始讲道。他讲完后，苏慧廉做些补充。那时苏慧廉的中文还刚开始学，无法多说。好在老周口才好，滔滔不绝，需要"小苏"补充的地方不多。

乡人听完道，告诉他，这里已有番人来过，讲的是差不多的内容。苏慧廉既惊喜又诧异，没想到第一次出行就去了别人的"地盘"。那时的温州，基督教外国传教士除苏慧廉外，只有内地会瘸腿的曹雅直。后来苏慧廉与曹雅直商量划分传教区，瓯江西北归苏，城区以南归曹。后来温州教会的

---

[1] *Twenty-sixth Report of the Home and Foreign Missions of The United Methodist Free Church for the Year Ending April, 1882.*
[2] 苏路熙：《乐往中国》，第191页。

发展基本就沿着这次划界，北面永嘉、乐清的基督徒多是偕我公会的，南边平阳、苍南，一问渊源，多与内地会有关。瓯江与飞云江之间的温州城区及瑞安，则是两会共建区。

这是宗教史上的农村包围城市。余英时说，一种文化传播，总是从最边缘、最浅薄处开始。

三人行又一次出发，这次要去更远的地方。他们雇了山椅，温州本地人将它称作山轿或山兜。所谓"兜"，就是在两根竹杠间缚上三块平滑的木板，当中一块坐人，前面的一块放置双脚，后面一块垫背，再由一前一后的两个人抬着。

苏慧廉回忆录中就有张他坐在山椅上的照片，这张照片曾是他在温州的唯一留影。反洋教运动达到高潮时，洋人坐在山椅上的姿势被中国人讥笑为抬猪，说这是将猪反绑在一根竹杠上。[1]后来更有人以此形象控诉外国侵略者骑在中国劳动人民的头上作威作福。

如果不让劳动人民抬呢？

> 那些脚夫也不愿意你那样做，他们等着抬你好挣口饭吃，丝毫不会介意你的重量。如果出于对他们的怜悯，他们是不会领情的，而且肯定还会把你当作一个吝啬鬼，因为你夺走他们以及家人一天的口粮。……好轿夫一天走二十五英里，日复一日，每日的报酬不到一先令，包含一切费用。[2]

经过一个上午的山路行走，以麦饼为中饭，到下午时，这个三人组合外加两个轿夫终于到达一个有四千人的村庄。老周又一次讲道，苏慧廉做补充，同时还发放了福音小册子。

---

[1] Scott, *Pictures of Wenchow*, 115.
[2] 苏慧廉：《晚清温州纪事》，第30页。

传教船

虽然疲劳,但充满感激,因为我们有了喜人的收获。回到船上,瞧,多了两位基督徒!……我们请两位年轻人进来,与我们一道读《新约》、做祷告,相处了一个小时。翌日早上,我们掉转我们乌篷船的船头回家了……[1]

苏慧廉在温州的二十五年里,这样的乡村传教是他生活的一个重要部分。

---

[1] 苏慧廉:《晚清温州纪事》,第28页。

**乐清传教站**

苏慧廉跋山涉水，终于在乐清[1]结出第一个果子。

  暴乱后一年，也就是1885年，我们初战告捷。就在那一年，有些教徒叛离基督教归入了罗马天主教。另一方面，天主教中也有一人试图加入我们教会。不过，他从没有被他的同伴承认，天主教认为他不合格，他眼看只能成为一个道教徒或是佛教徒。后来他与四个朋友来到温州，他来自离温州十五英里的乐清小渔村鲤岙[2]，那里的人们很多年来只能接触到天主教。不过，他们听了我们的讲道，被《新约》中基督救赎的力量所感动，于是皈依了基督教。[3]

  乐清鲤岙是温州天主教早期传播地，1869年便设堂布道，是鸦片战争后温州地区天主教第一个堂点。[4]那个从鲤岙出来的准天主教徒，其姓名暂不可考。[5]据苏慧廉记录，与他一起出来的四个人中，"其中一个是郎中，同时经营着一家药店；第二个是杂货商；第三个人则是靠在肩上背着可以移动的神龛为生[6]，神龛里供奉着神像，他一边用低沉的声音哼唱着，一边穿越乡村；第四人是个农民。前两人受过一定的教育，如今全心全意为教会工作——一个做领导工作，另一个成为本地传道人。另外两个人在数年后去世——其中一个信仰几经反复，而另一个却始终不渝"。[7]就是这批人的这趟温州之行，为其在自己村落建立教会奠定了基础。鲤岙的教会是乐

---

〔1〕 乐清位于温州北部，南濒瓯江，相关英文文献称之为Ngoh-tsing，亦有写作Yoh-tsing、Clear Music等。

〔2〕 原文是Oyster Cove，今属乐清南岳镇。

〔3〕 Soothill, "Our Mission in China," *The Missionary Echo* (1906): 151.

〔4〕 莫法有：《温州基督教史》，第20页。

〔5〕 乐清地方文献认为该县第一个新教教徒叫倪安澜。见高益登：《基督教在乐清的传播》，载《箫台清音——乐清人文集羽》（北京：线装书局，2001），第577页。

〔6〕 此为浙南地区曲艺形式，又称"唱龙船儿"。传说唐朝末年，陈上元晚年生女陈十四，陈十四后学法得道，为民除害，名震浙闽，民间遂造"龙船"纪念。龙船内筑一神龛，中坐头戴珠冠之陈十四。有钱人家向陈十四求子，如愿后便修造"龙船"赠送走江湖唱散曲的艺人。一年四季，艺人背着龙船，走街串巷，遍游各地。

〔7〕 Soothill, "Our Mission in China," *The Missionary Echo* (1906): 151-152.

清的第一颗种子,"开始时即便是最脆弱、最微弱的条件,日后也有可能发展成一项大工程!"苏慧廉后来感叹。[1]

有一次苏慧廉前往鲤岙探访,沿途经过一个他从来没有听说的市镇,他见这里人来人往就停下来销售《圣经》及福音册子。他发现这个集镇能吸引附近村庄的大量人口,于是决定于此建立传教站。[2] 这个集镇叫虹桥,位于北雁荡山南麓,今天仍是经济强镇。

乐清传教站就这样开辟了。在偕我公会的历史上,乐清传教站成为它在温州外县设立的第一个分会。1890年,苏慧廉在乐清虹桥东横街置田2.1亩,建起了一座可容纳六百人的哥特式教堂。当时城西教堂尚未扩建完成,乐清虹桥堂成为温州五县首屈一指的教堂。

### 神医苏慧廉

曾是仆人、厨师、卖书人,后成为偕我公会第一位本地传道人的金先生去西溪桥下[3]传教时,一位被外甥叫来听道的妇人大受感动。"你说得真好,如果我丈夫能够接受你讲的道,该有多好。"这个高个子的女人之所以眼含泪水,是因为她的家快被吸食鸦片的丈夫给毁了。她丈夫姓丁,是个秀才,很有才华。那时信基督教的多是没有文化的底层百姓,被丁先生这样的读书人鄙视。

丁是个风水先生,这个职业让他有机会接触到社会各个阶层,也由此染上了毒瘾。他变卖了包括祖先留下的田地在内的所有家当,除了烟枪,可以借到的钱也全借了。晚清,中国吸鸦片的人很多,丁只是其中的一位。

幸运的是,丁先生头脑还清醒,他知道自己的堕落,只是无力自拔。终于有一天,他衣衫褴褛地站到苏慧廉的面前,几乎是央求着说:"你能帮我戒毒吗?"

"因为抽鸦片,他就像骨架,衣衫褴褛,脸色苍白得像个死人。他太

---

[1] Soothill, "Our Mission in China," *The Missionary Echo* (1906): 152.
[2] Lucy Soothill, "The Story of the Wenchow Mission," *The Missionary Echo* (1894): 165.
[3] 原文为 Seechee Underbridge,今永嘉县桥下镇。

脏,苏慧廉都犹豫着要不要请他坐下来。"路熙这样回忆,估计她当时也在现场。[1]

苏慧廉很惊讶,回答:"我从来没有想过帮你戒毒,我不想试验。这责任太大了。"

"我不想这么活着。我求你拿我做试验,我相信我能好转。"

苏慧廉在准备做传教士时,曾接受简单的医学训练。这是传教士必修的功课,因为当时东西方气候、水土差异大,西来传教士得病的概率很高。学点医学知识,最起码可以自救。他们还会随身带点奎宁、阿司匹林等常用药物。苏慧廉刚到温州时,就靠这些药物及微薄的医学知识,为来听道的人治疗疟疾、感冒等常见病。较之中药,西药更迅速见效,因此也就显得非常神奇。

"当我巡回布道时,这些药物当然能帮我吸引更多的听众。病人在接受一定量的药物之前先得听讲道,而且尽可能多听些讲道的内容。这种想法是可行的,如果不能一石二鸟,至少可用布道与治疗这两张网抓住一只。"苏慧廉这么想。[2]据说在听众的强烈要求下,苏慧廉还为病人做过拔牙、修正倒睫等手术。

> 我曾先后两次尝试着做手术。一次是为一个年轻人拔虎牙,经过一番拉扯,弄得我汗流浃背,那家伙却一点都不感觉到痛,而龋牙也坚如磐石、纹丝不动——我只好打发他回家,等我恢复元气再说!
> 另一次是做睑内翻小手术。我当时切除了老人上眼睑皮上的皮肤,发现很难将针穿过那坚韧的皮层,看上去我就要惹上大麻烦,我可能永远也完成不了缝合,最终将会因杀人被抓。实际上他几乎没流多少血,由于当时我非常紧张,觉得那血也是格外鲜红。老人很快康复,视力也比以前好多了。那位老人在他们村子里建了一间教堂,不知是

---

[1] 苏路熙:《乐往中国》,第187页。
[2] 苏慧廉:《晚清温州纪事》,第115页。

出于对我的感激,还是庆幸自己逃过一劫,我也从未问过。要知道,他当时的呻吟几乎令我心跳停止。他现在是我们的老基督徒之一,一位忠诚奉献的老者,听到福音的广传,他更加高兴。[1]

自称"对医学非常无知的年轻人"苏慧廉就是因这些"临床经验",成了温州城里知名度很高的"神医",甚至被传为能行神迹。

面对"神医",丁先生再三恳求。苏慧廉终为所动,决定为他治疗。但苏慧廉知道自己的能力有限,他所能用的药物也就是奎宁、补药,当然还有祷告。于是他要求丁先生自己祷告上帝,并让他意识到最有效的治疗方法就是洗心革面。"要获得彻底的解脱,唯一的途径便是换一个心灵,换一种生活,换一群同伴,而这些,只能由上帝和他的教会给予。"[2]

奇迹出现了。经过三个礼拜的治疗,丁先生在忍受了各种痛苦折磨后,竟然戒断了二十年的毒瘾,并且没有复发。丁先生成了基督徒,不再从事原来的风水职业。后来他还受聘到苏慧廉开办的男童学校担任教师,再后来又成为当地数一数二的传道人。"丁先生是天生的演讲家。他一举成名,成了温州第一的演讲者。有时候,我们说他是我们的约瑟夫·派克博士[3],他的话对于听众很有吸引力。我们的信众达到上千人,丁先生可以面对着七八百人镇定地讲话,闭着眼睛,雄辩地讲述神的真理。他萎靡的鸦片鬼形象一去不复返了,现在他是体面的中国绅士。"[4]

丁先生所在的桥下街后来成为偕我公会在温州城外继乐清后建立的第二个传教站,桥下街后来再分出山根、梅川、碧莲、小山坟四个支会,由此福音广传瓯江北岸。[5]

---

[1] 苏慧廉:《晚清温州纪事》,第 115 页。
[2] F.Galpin, "A Voice from Wenchow," *The Missionary Echo*(1907): 128.
[3] 约瑟夫·派克(Joseph Parker, 1830—1902),英国著名布道家。
[4] 苏路熙:《乐往中国》,第 192 页。
[5] 浪回子:《温州嘉会分设支会事历》,《中西教会报》(1895 年,第一卷第 10 期)。

**戒烟所与戚宅**

苏慧廉1889年12月9日写给《教务杂志》的一封信中，提到一位Ts'i姓的戒毒者：

> 不少信徒皈依基督教直接或间接源于我们开展的戒烟工作。其中一位秀才Ts'i先生，十八个月前精神萎靡、衣冠不整地找到了我。我以前从未见过此人，但一直听闻他是虔诚的慕道友[1]，但因吸食鸦片而无法入教。他恳请我接纳并治疗他。在这方面，我没有任何的经验，故而有点迟疑。不过当他坚定地表明自己会不惜任何代价戒烟时，我也就接纳了他。
>
> ……
>
> 秀才Ts'i先生，我们的第一位患者，现在已经成了我们的得力助手。在讲坛之下他是内敛羞涩的，但一旦站上讲坛，就摇身一变成了激情四射的演说家，特别是对那些儒生阶层而言。举行科举考试的时候（当然现在考试已结束了），在他的建议下，我们将戒烟工作延后，把场地开放给准备考试的文人士子，并且仅收取一点伙食费（每日八十个铜板）。大约十四名士子和六个秀才接受了我们的帮助，我们希望那段与他们共度的时光并不是无效的。[2]

按温州方言罗马字，"Ts'i"即"戚"。显然，苏慧廉记错了这位丁姓本地传道人的姓。他的外甥，第一个从西溪走出来的年轻人才姓"戚"。

这个年轻人就是西溪桥下街教会的开创者、温州第一代本地牧师戚品三。戚品三，名瀛茂，永嘉桥下街人，生于1841年，卒于1911年。

据记载，戚品三一天到温州城里一个做桶匠的亲戚家做客，在那里他第一次听到了福音。后来有人去他所在的桥下街卖福音书，他逐步接受教

---

〔1〕慕道友：指正在学习基督教义，准备接受洗礼而正式加入基督教的人。也称望教者。
〔2〕 *The Chinese Recorder* 21（1890）: 34—36.

传道人戚臣倡

温州名医戚文樑

义。1887年[1]，他带另外三个朋友到温州听道，后来苏慧廉派金先生再去传道。金先生在西溪的第一次讲道，戚品三就叫上了阿姨，他的阿姨就是丁先生的夫人。[2]

戚品三后来成为传道人，1891年，"偕夏殿士（字金榜）由苏慧廉推荐，首封为循道会温籍牧师，并与苏一起工作，襄理教务"。[3]

"戚品三是温州地区最早的传道人，我叫他阿太，不过，他是我阿爷戚臣倡的叔叔。戚臣倡也是传道人。我的父亲叫戚文樑[4]，到定理医院学西医，后来就做了医生。"2010年春天的一个早上，浙南名医戚文樑的次子、八十八岁的戚兰如老人在祖屋戚宅向我介绍家世。恢宏的"戚宅"位于杨柳巷36号，这是一幢保存完整的清代民居，2005年被列为市级文物保

---

[1] *The United Methodist Church：Report of the Missions（Home and Foreign）for the Year Ending* April, 1914. 47.
[2] Soothill, "Our Mission in China," *The Missionary Echo*（1906）：152–153.
[3] 支华欣：《温州基督教》（杭州：浙江省基督教协会，2000），第31页。
[4] 戚文樑（1886—1960年），温州人。1905年艺文学堂毕业后，进定理医院学医，后历任白累德医院医师、副院长，白累德高级护士学校副校长，永嘉县戒烟局负责医生等职。从事医务、临床五十余年，在浙南地区有较高的声誉。

护单位。

始建于清同治年间的戚宅,本不姓戚,其建造者是当时温州城里的富商冯月成。"冯月成,'温州一'啊,开铜店,很有钱。"戚兰如今天讲起冯家的辉煌时还提高了声音。正因为建造者的阔绰,才有这么一座气派的大宅院,"后来,他们家道中落,冯家又有人抽上鸦片,家里能卖的都卖了,最后不得不出卖房子。开始的时候,他们是以三千块银元的价格典当给我父亲五年。第二年冯家就找上门来,他们知道自己没钱赎回去,就要我父亲多给点钱直接买下。我父亲、祖父以及家里人一商量,当时又给了两千块银元。买下这座房子,前后共花了五千块银元"。

丁先生因鸦片而信教,冯家人因鸦片而卖屋。鸦片成为那个时代一个有符号意义的名词。在基督教夺门而入的晚清,绝大多数基督徒来自社会底层,其中不少还有不光彩的经历。丁先生的经历不是例外。

苏慧廉帮助丁先生戒毒的时间估计是1886到1887年。[1] 因为首例戒毒成功,结果不断有人慕名而来。于是苏慧廉决定开办一个戒烟所,地点就在嘉会里巷的教堂里。

来戒毒的人越来越多,地方太小,于是他又扩建了一套住房,并指派一位本地的基督徒管理。"我们的治疗方法显然是斯巴达式的,以致一些病人要忍受两三天剧烈的疼痛,并且几乎要死在我们手上,但据我们所知,所有的人都治愈回家了"。[2]

苏慧廉办戒烟所的时间,头尾不过两年,但前后有三四百人在这里接受治疗。

不过,位于嘉会里巷的这个小小戒烟所后来停办,原因之一是本地商人发明了一种吗啡药丸。据说吃了这种药,人就慢慢戒除毒瘾,没有不舒服,也不用被囚禁十天。这是种比较温和的戒毒方式,但其实是用一种新的毒品代替鸦片。

---

〔1〕 Soothill, *A Mission in China*, 47. 阚斐迪牧师在"A Voice from Wenchow"一文中明确认为是1886年。
〔2〕 Soothill, *A Mission in China*, 171.

**调寄《茉莉花》**

做礼拜，便要唱赞美诗。

  至目前为止，我们的礼拜仪式一直是最简单的，简单到没文化的人也可以主持。唱赞美诗、祷告、读经和规劝，这就是我们城镇与乡村做礼拜的内容。唱诗班、管风琴，华丽的装饰、精美的礼拜仪式，往往是传教士所期盼的，但在工作起步阶段是不可能的，即使有可能，那也许会帮倒忙。直到现在，许多爱听福音的人仍会被赞美诗歌吓跑！由于无知，他们认为会强迫基督徒学唱赞美诗，他们担心自己唱不好，我常常听到他们说得有趣，"只怕学不起"，"我怕我学不会"。我们的礼拜毫无美感。[1]

路熙说她一次去乡村，当地的基督徒分成不同团队唱赞美诗，还用不同的音域唱，"但我们连一个音调也分辨不出来，虽然他们是跟我们学的。他们用的是小调，比起欢快的诗歌，这更像是挽歌"。[2]

苏慧廉说，中国教徒唱诗，值得表扬的是唱得卖力而不是声音悦耳。男男女女、老老少少使出吃奶的力气扯开嗓门"放声歌唱"，至于音调，鼻音的音量会使美国佬激动地和他们一一握手。"没有人知道什么是和谐，他们只会唱曲调，所以在我们的礼拜中的三重唱，中音、高音、低音三个声部都唱成同一个调，往往在两个八度之间出现间断。齐唱是非常迷人的一种变化，但老是齐唱，对听惯形式丰富多样的音乐的人来说，是过于单调了。不过对于中国人，即使是这种形式的演唱，也是一件新鲜事。唯一与这种基督教堂唱诗相似的就是和尚嗡嗡的诵经声。可以肯定地说，我们将一种新的艺术形式引入了中国人的生活。"[3]

怎么教中国人呢？苏慧廉决定自己先学习中国音乐。他放弃午睡，

---

[1] 苏慧廉：《晚清温州纪事》，第41页。
[2] 苏路熙：《乐往中国》，第251页。
[3] 苏慧廉：《晚清温州纪事》，第41页。

请了中国乐师来教他二胡和笛子。路熙说:"他学得不错,可以开讲座了。"[1]不知是西方人的理性思维起作用,还是苏慧廉特别聪明,在探究中国民间曲调的过程中,他很快发现这些曲调很少用7、4两个不易唱的音名。因此,他采用1、2、3、5、6五个音名制成简易的中调、长调、短调、八七调、七调等五支曲调,令信徒习唱。[2]其实,这就是音乐的"五声音阶"。苏慧廉认为,与其强求中国信徒学习西方音乐,不如因势利导,采用中国人熟悉或能学会的方法,毕竟达成效果最重要。他甚至还建议直接用中国乐曲为唱诗班伴奏。

苏慧廉如上的想法,在温州付诸实施后相当成功。无论在乡村,还是城市,聚会时唱歌变协调了,不再乱糟糟。后来的研究者认为,苏慧廉"对五声音阶实用性的认识及对中国民族民间音乐的运用,其实是和基督教入华之过程中所做的本色化努力一脉相承的"。[3]

苏慧廉把他这些钻研心得写成一篇论文,先是在宁波传教士联合会上宣读,后来又刊登在《教务杂志》上。我在 UBC 大学图书馆所藏的1890年《教务杂志》上查到这篇题为《中国音乐与我们在中国传教之关系》的论文。在谈及如何使用中国民间音乐上,苏慧廉总结了四种方法:

一、直接采用中国乐曲,然后创作与原乐曲音节节拍完全相同的圣诗歌词;

二、直接采用中国乐曲,然后创作与原乐曲尽可能相吻合的圣诗歌词;

三、对所选用的中国乐曲进行适当的调试或改动,然后配上西方传统的圣诗;

四、对中国乐曲进行局部的改动,然后配上西方传统的圣诗。[4]

---

[1] 苏慧廉:《晚清温州纪事》,第158页。
[2] 李新德:《苏慧廉及其汉学研究》,载《基督与中国社会》(香港:香港中文大学出版社,2006),第177—198页。
[3] 宫宏宇:《传教士与中国音乐:以苏维廉为例》,载《黄钟(中国·武汉音乐学院学报)》(2008年第1期)。
[4] W. E. Soothill, "Chinese Music and its Relation to our Native Service," *The Chinese Recorder and Missionary Journal* 21 (1890): 227. 中文译文引自宫宏宇论文《传教士与中国音乐:以苏维廉为例》。

穿中国服装的苏慧廉

苏慧廉的实践与研究是超前的。当时许多西方传教士为强调宗教的"纯洁性",不屑甚至贬斥中国音乐,但苏慧廉认为中国音乐受到西方人的误读与误传。

苏慧廉这篇文章发表后引起不少反响,部分回应的文章也刊登在《教务杂志》上。不管争论如何,"从那时起,宁波和别的地区多多少少采用了这些方法,做了有限的努力"。在苏慧廉的回忆录中,他特别提到改编自民歌《茉莉花》的一首赞美诗。这应该就是他提倡的"直接采用中国乐曲,然后创作与原乐曲音节节拍完全相同的圣诗歌词"的一个典范。[1]

---

[1] 另一首广为中国教徒传唱的《耶稣美名歌》[《赞美诗(新编)》,第51首],也是利用《茉莉花》的曲调。据说,改编人是美国公理会传教士富善(Chauncey Goodrich, 1836—1925)。1911年出版的《颂主圣名》即选入此诗歌。富善1865年来华,曾任华北协和大学教授,兼任神学院院长。对汉语颇有研究,是和合本《圣经》的主要翻译者,也参加过《颂主诗歌》第二版的编辑工作,还把《圣经》译为蒙古文。不过,苏慧廉在回忆录中没有明确说,是自己第一个将《茉莉花》的曲调引入赞美诗的。

《茉莉花》是中国人耳熟能详的一首民歌,苏慧廉将它的歌词改为《圣经至宝》:

> 圣经原是上帝书,实在是我宝藏库。
> 知我生是何处来,知我死后何处归。
> ……

1936年圣诞节前后,谢福芸重访温州,走进她父亲当年建造的城西教堂。主持礼拜的孙光德牧师邀请谢福芸给大家讲几句话。谢福芸具体讲了什么,她没有记录。她只说当她重新坐下来时,耳边似乎响起了苏慧廉的声音:

> "胡说八道!"我父亲肯定会气愤地说道,每当我愚蠢的行径让他感到恼火的时候他都会这么说,"名字根本不值一提,最重要的是为他人留下了什么!"
> 
> 我重新坐了下来,孙光德接着圣诞致辞。我满心欢喜地看着众人,就像祖母打量着自己的子孙一样。
> 
> "现在,"他最后说道,"让我们来高唱苏慧廉牧师当年谱写的赞美诗:
> 
> > 我要全心全意,
> > 歌唱天上的父。"[1]

除那首依《茉莉花》调的《圣经至宝》外,《为国求福歌》[2]《乐守主日》《主日为圣》等苏慧廉夫妇当年创作的赞美诗歌,至今还在温州信徒中传唱。

---

[1] Hosie, *Brave New China*, 197.
[2]《为国求福歌》,戚瀛茂作词,苏路熙改编自中国传统曲调。收入《赞美诗(新编)》(上海:中国基督教三自爱国运动委员会、中国基督教协会,1991),第175首。

**海生**

旧时日子也像今天这般转瞬即逝，从1883到1891年，苏慧廉已在这座小城居住了近十年。他已会温州话，还钻研中国文化，俨然一个书生，因此温州人尊称他为"苏先生"。苏先生在温州有个温暖的家，有妻子、女儿，还有儿子。

他们的第二个孩子叫维克多（Victor Farrar Soothill），1887年10月21日出生。这个男孩的小名叫"海生"，是因为他诞生在从温州到宁波的"永宁"号上。惊险的海上分娩过程让路熙一直记忆犹新。

> 我离开船的方式是最怪的。穿着苏慧廉的白衬衫，裹着毯子，结实的爱尔兰人把我背上长藤椅，长藤椅被紧紧系在卸货用的吊杆上。我就这样被吊了下去，到了在下面等待的中国小船。[1]

维克多的童年是在温州度过的。他小时候身体很差，瘦得皮包骨头。因为缺奶，路熙曾请来一位中国的奶妈，并对她说："今天晚上，你穿着我的衣服睡在他旁边，他半夜醒来，你别说话，把你当成我就肯吃奶了。"[2]

维克多长到四岁半时，与姐姐一起离开中国回到故乡。在英国，维克多考入剑桥大学，并于1918年获得博士学位。他学医，获得执业医师资格，"一战"期间，在英国军队中做军医。这个曾喝中国奶妈的乳汁长大的海生，后来担任东英格兰诺里奇（Norwich）的一位卫生官员。不过，维克多没有再回中国。

谢福芸没有孩子，维克多则育有两子一女。维克多的小儿子叫约翰·苏西尔（John Farrar Soothill，1925—2004），曾与中国有过联系。2002年山西大学举行百年校庆时，他为该校外语学院翻译的苏慧廉著《李提摩太传》写过一篇代序。在该文结尾，年近八旬的约翰写道："他的孙子约翰·苏西

---

[1] 苏路熙：《乐往中国》，第121页。
[2] 同上，第164页。

尔清楚记得苏慧廉是一位终身勤勉、乐善好施的仁慈长者。"[1]

在英国医学界,约翰也是名教授、名医生。他的专业是免疫学及儿科学。约翰毕业于剑桥,与他的父亲、姑姑都是校友。

我开始搜集苏慧廉材料时,约翰已经去世。我后来与他的儿子查尔斯·戴维·苏西尔（Charles David Soothill）取得了联系。查尔斯没有再走医学的道路,他是内燃机专家。[2]查尔斯称苏慧廉为曾祖父,不过对他了解甚少。1996年访问山西时,曾专程去山西大学寻访祖先的遗迹。

过去这十年,还有件家事需要记一笔：

1890年,一个叫谢立山[3]的英国人出任英国驻温州署理领事。苏慧廉认识谢立山应该就在这一年。谢立山既是外交官又是探险家,一生充满了传奇色彩。当时还仅五岁的谢福芸可能也随父亲去拜访过这位领事伯伯。他们仨当时都没想到,二十三年后他们竟然成为一家人。1913年,谢福芸成为谢立山的续弦夫人,谢立山称比他小八岁的苏慧廉为岳父。

**十年成绩单**

英国偕我公会1891年年报中关于温州教区有如下统计数字：

教徒：201人,比上一年增加67人。另有慕道友230人。教堂：1座,聚会点16间。巡回牧师：1人。本地传道人：9人,其中6人付薪。[4]

---

[1] 苏慧廉后裔：《小传》,载《李提摩太传》。
[2] 维克多（海生）1916年8月19日与凯瑟琳（Kathleen Helena Bradfield, 1884—?）结婚,育有二子一女,儿子爱德华（Edward Soothill）、约翰（John Farrar Soothill）,女儿珍妮（Jean Palmer）。约翰与妻子布伦达（Brenda Thornton Soothill）1951年结婚,育有三子一女,分别是彼得（Peter William Soothill）、查尔斯（Charles David Soothill）、玛丽（Mary Kroll）与詹姆斯（James Soothill）。（Charles David Soothill, 致笔者邮件, 2011年6月12日。）
[3] 谢立山（Alexander Hosie, 1853—1925）,1876年进驻华领事界做翻译学生,1881年为驻重庆领事。曾多次在华西旅行,搜集了许多关于商业和博物学的材料。后在温州、烟台、台湾等地任代理领事和领事。1902年4月首任成都总领事。1905—1908年任使馆代理商务参赞和商务参赞。1908年出席在上海举行的万国禁烟会议。1909—1912年任驻天津总领事。后脱离驻华领事界。1919年又被召回,任使馆特别馆员。著有《华西三年》《满洲》《鸦片问题探索：中国主要产烟省份旅行记》《四川的物产、实业和资源》等。此外还写有许多关于台湾、四川等地的报告。1907年受封爵士。
[4] *Thirty-fifth Report of the Home and Foreign Missions of The United Methodist Free Church for the Year Ending April,1891.*

再翻开1882年，即苏慧廉抵达前一年的年报，其中与温州相关的数字如下：

教徒：26人，比上一年增加15人，另有慕道友3人。教堂：1座，另外的聚会点尚未开辟。巡回牧师：无。本地传道人：2人，均付薪。[1]

1882年年报上的统计数据截止于当年6月，当时李华庆已逝，苏慧廉尚未就任。这个统计表上显示的局面就是苏慧廉接手时的状况。1891年年报中所说的巡回牧师一人就是指苏慧廉。这十年，英国偕我公会在温州的传教士仅他一人。

相隔十年两张年报中的变化，便是苏慧廉单枪匹马征战温州的成绩单。

偕我公会规定，海外传教士每十年有一次回国述职并休假的机会。苏慧廉终于等到了这个时刻。

---

[1] *Twenty-sixth Report of the Home and Foreign Missions of The United Methodist Free Church for the Year Ending June, 1882.*

# 第二章

## 客卿（1891—1900年）

如果不是传教士，东方人不知道西方人还有灵魂。

——苏慧廉

## 第一节　新十年的开端

**海和德加盟**

1891年起的偕我公会年报上，温州教区的牧师名单上多了个叫"海和德"的牧师。苏慧廉单枪匹马的时代结束了。

海和德，英格兰普累斯顿（Preston）人，生于1867年，比苏慧廉小六岁。海和德早年做过教师，也从事过贸易，有很强的工作能力，后来成为英国少年戒酒会（Band of Hope）干事。在公益事业中，海和德对基督教有了进一步的认识。他后来去曼彻斯特神学院进修，之后接受偕我公会的委派到中国传教。[1]

海和德甫抵温州，即随苏慧廉去乡间布道。他发现这里的工作已有声有色——"尽管布道的内容我一个字也听不懂，但仍可强烈感受到圣灵的存在与强大。布道后有五位信徒受洗，之后的圣餐[2]有百余位本地信徒参加。这场崇拜给了我深刻的印象。我已忍不住我的眼泪，我从来没像今天这样感动。"[3]

海和德来中国前，曾在曼彻斯特医院学过六个月的医学课程。因此，苏慧廉首先让他接起了小诊所的工作。

> 他带来了成排的大瓶子，使得我原来那些可怜的小药瓶就像俄国巨人身边的大拇指汤姆一样。我很乐意把我所有的工作都移交给他，这工作给了别人多大的好处，就给我多大的负担。……他干得很出色。[4]

---

[1] H. M. Booth, "Rev. J.W. and Mrs. Heywood," *The Missionary Echo*（1895）: 88.
[2] 圣餐（Holy Communion）：基督教新教对纪念耶稣基督救赎的"圣体"圣事的称谓。具体礼仪各教派不尽相同，一般先由主礼牧师对饼和酒进行祝圣，然后分给信徒。
[3] *Thirty-sixth Report of the Home and Foreign Missions of The United Methodist Free Church for the Year Ending April, 1892.*
[4] Soothill, *A Mission in China*, 153.

**城西小诊所**

偕我公会小诊所原在苏慧廉的家中。当时戒毒所可能已关闭,不过因苏慧廉"神医"的名声在外,仍有不少病人慕名而来。一位叫三郎[1]的麻风病人,从青田方山一步步爬到苏慧廉的家。因为他听说,温州城里有个人十分乐意为穷人治病,而且几乎不收费。方山距温州有四十英里,不知他爬了多少天。路熙知道,仅从温州西门到瓦市巷这最后两英里地,他就匍匐而行了整整一天。

路熙说:"如果不是他可怜的样子激起我们的同情心,我们也许永远都不会办医院。"[2]于是苏慧廉在家中找了个地方让三郎住下。经过海和德几个月的治疗,他竟然靠着拐杖可以行走了。三郎后来成为虔诚的基督徒,并是方山第一个向村民传讲福音的人。苏慧廉明白,上帝不仅仅呼召那些富裕能干的人,也拣选三郎这样的孤寡病人,让他们成为乡村教会的拓荒者。

其实在苏慧廉决定创办医院前,内地会曾在城区五马街开设一家小型医院,由英人稻惟德[3]担任医生。内地会1880年创办的这家小医院,应该是近代温州第一家西医医院。不过它存世的时间很短,前后仅两年时间,因稻惟德1882年转往烟台而停办。

这是一百三十年前的事,当时西医并不像今天这样被广泛接受。如果说得更准确点,那时连西医这个名称也没有。当然,也没有中医这个相对西医而来的说法。

今天被称为中医的中国本土医学在那时已相当发达,并深入人心。因此在那时,向洋医生求救的多半是在中医那里找不到生路的人。那时的洋玩意儿名声不好,并多被妖魔化。教会医院把解剖后的死胎儿浸于酒精瓶中,被士大夫谣传为剖孕妇之腹,取胎儿制长生不老之药;教会为病危儿童施

---

[1] 原文为Saloa,按温州方言罗马字暂译为"三郎"。
[2] 苏路熙:《乐往中国》,第283页。
[3] 稻惟德(A.W.Douthwaite),英国人,内地会医疗传教士。1874年抵华,曾在绍兴等地传教。1880年夏来温,开办医院及戒烟所。1882年转往烟台,开办芝罘医院。甲午战争期间,倡议创办红十字医院,并因救治从威海卫来的伤兵有功,获清廷"双龙勋章"。1899年在诊治病人时感染赤痢去世,享年五十一岁。

洗礼，被人们揣测为剖小儿心肝以制药饵。但病入膏肓的人已顾不得这些，在绝境中，他们走进教堂。

不论是内地会的小型医院，还是海和德主持的城西诊所，病人就诊前都要先听牧师讲道。牧师会告诉他们，能救他们的唯有上帝，医生都是上帝派来的。

海和德来后，苏慧廉将家中的诊所搬到城西教堂。为了让海氏有更多的时间从事研究及学习，诊所还将门诊时间固定下来。这个诊所可以从在海和德之后来温州的另一位医生的记录中窥见一角：

> 我们做诊所的这些房子最初并非是为医用而建，并且也不是特别适合来做这项工作。它坐落在城市礼拜堂的后面，二者是在同一个院子里。原本这里打算用作戒烟所，而且也确实作为戒烟所使用了若干年。八间本地造型的小房间排成一长排，水泥地面，但没有天花板，其中一头连接着一个小教堂，这看起来就好像拥挤的过道。其中一间房里有一个中式炉子，这是住在这里的人的厨房。相邻的两间屋子如今则被合并成一间，并摆入了一些橱柜和一个洗涤槽。里面还有一两张桌子和椅子，必备药品也储存在这里，这样门诊室与药房就合而为一了。另外五间房用作远途病人或重病患者的病房。[1]

苏慧廉的回忆录中记载了一个发生在这间诊所里的故事：

> 就在两个礼拜前，一个要求洗礼的男子告诉我，十多年前就是在这间小诊所里他首次被吸引来认识基督教的。他曾经把他那患皮肤病的妻子带来，在海和德医生给她治疗一段时间后，他自己就能够在家里给妻子治疗了。影响他的，不仅仅是治疗看病，还有海和德想他们之所想，提供给他们来回旅费的花销。他们并不需要资助，因为他们

---

[1] Alfred Hogg, "A Year Work in China," *The Missionary Echo* (1895): 134.

准备得很充分，但是这事却给他留下很深的印象，外国医生不仅仅很善良，投入时间和药品为他们治病，而且希望他们平安到家。他已经参加周日礼拜好多年了，现在要求施洗。[1]

从1893年海和德向母国差会的汇报中，可见当时的门庭喧哗。"在过去的十二个月，我接待了5624个病人。其中3736人为新病人，1888人为复诊。单天最高的新病人门诊量为106人。"[2]

当时城西诊所仅有海和德一个专职医生，由以上的数据可知他繁重的工作量。时在瓯海关工作的劳里（J. H. Lowry）医生自愿前来施以援手。"我们差会对他的好心肠及好技术都心怀愧疚。"苏慧廉写道。[3] 劳里医生是来做义工的，他不愿接受任何报酬。他说，他的报酬上帝已为他存在天堂。

专业的人员、固定的场地、固定的门诊时间，还有今天被称为医德的一种奉献精神，很快将催生出温州第一家真正意义上的现代医院。

**香港惜别**

按偕我公会的制度，海外传教士每十年可回国述职并休假一次。苏慧廉一直在等这个假期的到来，但因海和德初抵，为了帮助他适应工作，苏慧廉主动将休假延后一年，推迟到1893年。[4]

1892年的春天，路熙先带两个孩子回国，当时谢福芸已经六岁，海生也四岁半了。作为英国人，他们要回国接受教育。其实路熙的身体也不理想，可能是温州太潮湿了，在这儿她常常得病。当然，路熙的体质本就孱弱，就在母子三人订好回英的行程后，一场肺炎还几乎要了她的命。

苏慧廉派厨子陪伴他们前行，以便路上有个照应。这个厨子叫阿勤[5]，

---

[1] 苏慧廉：《晚清温州纪事》，第116页。
[2] *The Missionary Echo*（1894）：67.
[3] Soothill, *A Mission in China*, 154.
[4] *Thirty-sixth Report of the Home and Foreign Missions of The United Methodist Free Church for the Year Ending April,1892*, 6.
[5] 原文为 Ah Djang，暂译为阿勤。

他算温州较早出洋的人之一。

离开的时候,朋友送给我们漂亮但奇怪的礼物。海生收到了中国的官帽,为他日后当清朝官员做准备。达玲得到了中国女子用的木制梳妆盒。现在这个东西在她侄女——海生的女儿手里。小女孩很喜欢打开隐藏的抽屉或者鱼状的扣子。我们每个人都收到糕点、蛋和糖果,放在路上吃。

给出行的人送礼,温州人叫"送路菜"。这风俗至今还在温州流传。

晚上,在一大群人的陪伴下,我们上了"永宁"号。有些人为了看热闹,还拿了浸了煤油的竹子做的火炬。我对一个人大叫:"小心点!"他手上的火炬几乎要碰到路边一间茅草房的屋檐。我们可不想自己走了,身后还留下一片火海。爆竹声声,宣告了我们的离去——让一向害怕火药的达玲非常恐惧。[1]

苏慧廉送他们一直到香港。"上海到香港,一路上暴风雨很大。据说我们被吹得偏离航道数百里。我生病了,不知道还能不能活过这'万里之旅'。在香港,伤心的离别时分来临了。朝夕相处了八年的苏慧廉要和我分别,回去勤勉地尽自己的责任。"[2]这是他俩1884年结婚以来的第一次长时间分别。

苏慧廉在香港与母子三人依依惜别,然后经广州、汕头、厦门,又回到温州。

---

[1] 苏路熙:《乐往中国》,第 221 页。
[2] 同上。

## 第二节　回英述职

**翻译四福音书**

苏慧廉在1893年的中秋前后才回到英国。说是休假，其实也没闲着。

这年他在英国所做的最主要工作，是为编纂了多年的温州方言版《圣经四福音书与使徒行传》做最后的修订，并趁在英之际交大英圣书公会[1]出版。温州历史上第一部方言版《圣经》（选本）1894年终于问世了。

那时在新教传教士中通用的中文《圣经》是1823年由马礼逊等人翻译的《神天圣书》[2]，但这种用文言文写成的深文理本（High Wen Li Version），对普罗大众而言犹如天书一般。尽管后来又有了用半文半白的汉语写成的浅文理本（Easy Wen Li Version）和口语体的官话本（Mandarin Version），但对只听得懂本地方言的普通信徒来说，这些译本都还不适用。

"当时温州信徒能够得到的译本是官话本《圣经》，当我们在台上读经时，只有少数有书的信徒能跟得上。即使我们诵读者的声音洪亮，犹如清脆的铙钹，但大多数的信徒仍不解其意。"苏慧廉这样写道。[3]更何况，《圣经》仅《新约》就有两千多个汉字，这对当时文化程度普遍不高的教徒而言，识读也不那么容易。

如何快速传播福音，让中国百姓自己阅读《圣经》，这不仅是苏慧廉，也是当时已进入中国的很多传教士共同思考的问题。

在苏慧廉翻译出温州方言版《圣经》前，全国各地已出现不少方言（亦称土白）译本：上海话（1847）、厦门话（1852）、福州话（1852）、宁波话（1852）、客家话（1860）、广州话（1862）、金华话（1866）、

---

[1] 大英圣书公会（British and Foreign Bible Society）1804年成立于伦敦，是世界上最早专事推广《圣经》的非宗派性组织，多次从经济上支援《圣经》汉译。又译为英国圣书公会、大英国圣经会。
[2] 《神天圣书》是第一部《圣经》中文全译本，史称马礼逊译本。
[3] Soothill, *A Mission in China*, 199.

苏慧廉（左一）1893年回英休假时与家人合影。左二为其岳父，左三为岳母，左五为路熙，前面两个孩子为谢福芸与海生

汕头话（1875）、杭州话（1879）、苏州话（1880）、台州话（1880）、邵武话（1891）、海南话（1891）、兴化话（1892），等等。[1]苏慧廉不见得都见过这些译本，但它们的陆续出现及注音方法，无疑给了他不少启发。

这些方言译本，分汉字注音译本和罗马字注音译本两种。所谓汉字注音就是用北方官话的读音给方言注音，就像今天有人用普通话给方言注音一样。苏慧廉最早也想这么做，但经过几次失败后，他知道这是徒劳。因为许多温州方言有音无字，其中一些字即使能写出也是生僻字，对识字不多的百姓而言反是增添困难。这显然不是种好办法。

他后来采用罗马字注音法，因为在翻译《圣经》前，他已用该方法编制了一个温州方言拼写体系，并出版了一个初级读本和一本赞美诗歌。这套方法，在过去的近十年时间里，已被实践证明有效。

"我们的年轻人很有野心，他的目标是摘下天上的星辰，以他的力量和耐心能做到吗？"苏慧廉自言自语。[2]

苏慧廉用温州方言翻译《圣经》，是以当时影响最广的杨格非[3]浅文理译本为蓝本。杨格非是华中地区基督教事业的开拓者，近代又一位大名鼎鼎的传教士。杨氏译本1885年问世后，成为一部被全国广泛采用的《圣经》译本。苏慧廉认为，此译本对1890年全国第二次传教士大会后着手的《圣经》翻译有一定的影响。[4]

1890年5月7日至20日在上海举行的全国新教第二次传教士大会，来自三十七个宗派和教会团体的数百位代表讨论了诸多的议题。"大会的十七个专题报告中有五个是关于《圣经》的翻译出版问题。为了消除各种译本中宗派观点的分歧使之趋向同一，大会对当时流行的文理本、官话本和方言本三种

---

[1]《中华归主——中国基督教事业统计（1901—1920）》（北京：中国社会科学出版社，1987），第1037—1038页。
[2] 苏慧廉：《拓荒布道》，第29页。
[3] 杨格非（Griffith John，1831—1912），又称杨笃信，英国伦敦会传教士，1855年来华，先后在上海、湖北、湖南传教。
[4] Soothill, *A Mission in China*, 200.

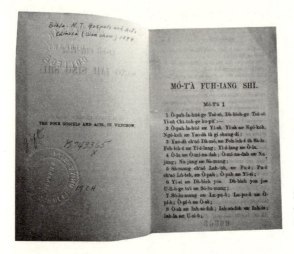

温州方言版《圣经四福音书与使徒行传》(美国康奈尔大学图书馆藏)

《圣经》文本都成立了特别委员会,要求各委员会以大会所指定的译本为主要蓝本,分别重译或修订这三种文本的《圣经》。这项重译修订工作得到了英国圣经公会和美国圣经公会的资助,因此大会还规定,完稿后的译本,其版权必须归给圣经公会。这就消除了《圣经》翻译中的杂乱现象。对于中文《圣经》的翻译工作,大会取得了这些一致意见,这一成就被认为'是大会的最大成功'"。[1]苏慧廉也就是在这次会议上,接下了翻译温州方言版《圣经》的任务,同时被布置的还有上海、宁波、台州、福州、厦门、汕头、广州、海南等十个方言版本。[2]

**大英图书馆里的温州《圣经》**

2009年4月2日的旅行日记,我这么写道:

> 早餐(每天都是一样的English Breakfast)后,步行去大英图书馆。抵达时离开馆时间还有五分钟,但门口已见队伍,足有百米长。此馆

---

[1] 姚民权:《上海基督教史(1843—1949)》(上海:上海市基督教三自爱国运动委员会、上海市基督教教务委员会,1994),第82页。

[2] *Records of the General Conference of the Protestant Missionaries of China, Held at Shanghai, May 7–20, 1890*, Shanghai: American Presbyterian Mission Press.

漂亮，文化与历史深涵其中。

很顺利就办到读者证，还一下子给了我三年期。感觉英国在这方面很 open，有面向世界的胸怀，可能也是早年做过老大的遗风。

拟看的三本书分在两个阅览室，于是两头都先跑去订上，然后再回来慢慢看。

终于看到了苏译的《圣经》温州方言本——《四福音书带使徒行传》。这几卷可能是《圣经》中最有故事的内容，故他当时先将这些传播开来。全书计564页，无前言亦无后记。不允许拍照，只能复印几张，每张收费0.5英镑。估计两三个礼拜后可抵温哥华家中。亦问了，可以做全书的缩微胶卷版。

……

寻找这本温州方言版《圣经》，近几年颇费周折，现终于在伦敦的大英图书馆见到。当管理员将它递给我时，有一种久候终逢的欣喜。

大英图书馆的这本书，原是大英博物馆的旧藏。书内的印章清晰显示它的递藏。该书有黑色的硬封面，不过封面与扉页都有些破损。内页也已松散，用条白色的带子系着。

书脊上有书名的英文简称 Wenchow Gospels & Acts。全名写在扉页：Chaò-chǐ Yi-sûChi-tuh Sang Iah Sìng Shǐ: Sż Fuh-iang TÀ Sż-du 'Ae-djüe Fa Ü e-tsiu Tû'-v。这些今天已难辨读的字母就是温州方言教会罗马字。我是温州人，用温州话可读出——"救主耶稣基督新约圣书：四福音带使徒行传翻温州土话"。"带"是温州方言特征词，表"连同""以及"之意。

这本出版于1894年的书，在宝贝遍地的大英图书馆也被视为珍本，不外借，只限指定阅览室阅读。我于是拿出事先已准备的和合本中文《圣经》，用温州话对照阅读。看了好一会儿，并做了些笔记。那一天在大英图书馆，我可能是唯一能读懂这本方言《圣经》的人。苏慧廉的翻译，不是简单按杨格非译本，用教会罗马字直接转化为温州方言。他翻译最大的特色是将官话本中的话译为温州普罗大众一听就能明白的"土语"。为此，他当时狠下了番工夫。

在开始将圣经翻译成方言时要面对的另外一个困难是,该采用哪一种本地语言。是"中国劳工"的语言,抑或是受过教育的人的语言?举例说,(在温州)劳工大众称呼"父亲"时叫"阿爸(ah-pa)",有点像我们英国人说"dad"或"daddy";称呼母亲用"奶(n-na)",即喂奶的人。而在温州各阶层都能听懂、有时使用的字则是父(vu)和母(mu)。像这样一些情况,容易做决断,我们就采用了"vu"和"mu"。

而"blind"这个用词就不那么简单了。专字是"hah-nga",即"瞎眼",但温州话常讲"moh-doa-ge(瞙瞪的)",意为"摸着走路的人"。丈夫和妻子,专字用"fu(夫)"与"ts'i(妻)",但"丈夫"在温州话中说"n-tsz",即男子,或者"n-tsz-k'ah",即男子客。

"妻子"是"le-üe-nyang",即"老安人",或"le-üe-nyang-k'ah 老安人客",字面意思为"老来安慰人的客"。日月应当是"z ai h"和"nyüeh",但温州话中"日"变成了"nyieh-diu vaih",热头佛,或"t'a-yie vaih",太阳佛;而"月"成了"nyüeh-koa vaih",月光佛,或"t'a iang",太阴。[1]

这是苏慧廉当年的思考,由此亦可见他对温州方言的精通程度。

苏慧廉这本《圣经》选本,在当时的温州教徒中传布甚广。曹雅直夫人在回忆录中也提到内地会当时就用它布道。[2]也是因着这样的需求,苏慧廉后来又用了近十年的时间,完成了全本《新约》的翻译。

## "剑桥七杰"与霍厚福

苏慧廉在回英述职期间,还向差会递交了增派专业医生来温创建教会

---

[1] 苏慧廉:《晚清温州纪事》,第156页。
[2] Stott, *Twenty-Six Years of Missionary Work in China*, 210.

医院的计划。[1] 苏慧廉离温前，位于城西教堂内的诊所已人满为患，年接待病人数五千多人次。[2] 同时通过近几年的实践，教会明确认识到，医疗救治工作对传教事业帮助甚大。开办正规医院，不仅必要，而且迫在眉睫。

1893年年末，一位叫阿尔弗雷德[3]的专业医生在苏慧廉的欢送下，从英国出发了。经过数月的跋涉，他于1894年1月20日抵达温州。这位年轻医生后来取汉名"霍厚福"，他是温州偕我公会真正意义上的第一位医疗传教士。医疗传教士是传教士中的一种，其工作可以这样阐述：在拯救身体的同时，连灵魂也一起拯救了。

霍厚福毕业于阿伯丁大学（University of Aberdeen），创建于1495年的阿伯丁大学是英格兰最著名的学校之一，有四位诺贝尔奖得主出自该校。一天，霍厚福在校园里见到了"剑桥七杰"[4]中的施达德与司米德。1885年，七位剑桥大学的高材生，放弃英国优越的工作与生活，携手前往中国传教。他们的行动震撼了那个时代，也在霍厚福的心中布下了种子。霍厚福最后决定做医疗传教士并前往中国是受韦达（Robert P. Wilder）的直接影响。韦达是美国"学生志愿海外传教运动"[5]的发起人，他在1892年3月来到阿伯丁大学的马里夏尔学院演讲，即将毕业的霍厚福与其他十二位学生自愿加入了他的传教使团。

---

[1] Plummer, "The New Wenchow Hospital," *The Missionary Echo*（1906）：171.
[2] *Thirty-seventh Report of the Home and Foreign Missions of The United Methodist Free Church for the Year Ending April, 1893.*
[3] 阿尔弗雷德（Alfred Hogg），汉名霍厚福。1893年年底赴温，1901年返英，后再度来华，赴烟台工作。在温州时与内地会传教士Bardsley结婚。
[4] "剑桥七杰"（The Cambridge Seven）是指施达德（Charles Studd）、章必成（Montague Beauchamp）、司米德（Stanley Smith）、亚瑟·端纳（A.T. Polhill-Turner）、何斯德（Dixon Edward Hoste）、宝耀庭（Cecil Polhill-Turner）、盖士利（William Cassels）等七名剑桥大学的高材生，受戴德生感召，加入内地会，于1885年前往中国传教。这七人的举动大大震撼了那个时代，成为十九世纪传教运动的重大事件之一。
[5] 学生志愿海外传教运动（Student Volunteer Movement for Foreign Missions），一个旨在推动美国大学生赴海外传教的机构，1886年成立。1886至1918年派往海外的传教士达8140人，其中2524人被派到中国，1570人前往印度、缅甸和锡兰。青年会历史上最重要的干事来会理、巴乐满、路义思、格林（Robert R. Gailey）、鲍乃德（Eugene Epperson Barnett），以及中美关系史上著名的司徒雷登、赖朴烈、卜凯（John Lossing Buck）、宓亨利（Harley Farnsworth MacNair）等，都是加入了学生志愿传教运动的队伍而来到中国。详见赵晓阳：《美国学生志愿海外传教运动与中国基督教青年会》，载《陕西师范大学学报》（2003年专辑）。

霍厚福医生与夫人鲍金花（Annie Bardsley）及他们的三个孩子（摄于1904年，耶鲁大学图书馆藏）

医学专业毕业以后，霍厚福被指派到位于伦敦的圣潘克勒斯医疗传教团（St. Pancras Medical Mission）。在那里他接受了眼科和咽喉科的特殊培训，并花了一段时间准备赴海外工作。随后他又去皇家眼科医院（Royal Ophthalmic Hospital）做了近一年的临床助理。这个已有充分准备的年轻人最后受苏慧廉感召来到了温州。[1]

霍厚福医生一抵温州就投入城西诊所的医疗工作，他自己这样写道：

> 诊所于1894年2月6日开张，正是中国农历新年之后。诊所很快就有许多人光顾。每逢周二、周五——常规的门诊日，日就诊的病人在八十到一百人左右，这个数字持续了相当长的时间。
>
> ……
>
> 在常规的门诊日，大量穷人、中途歇脚者、残疾人、盲人在午前

---

[1] Dr. Alfred Hogg, "Of Wenchow," *The Missionary Echo*（1894）: 8.

陆续从周边的乡村和县城聚集过来,并坐在小教堂里等着看医生。我们的一两名当地的传道人便向他们宣扬唯一真神荣耀的福音,告诉他们救赎的道路。

……

有经济能力的病人每人要付三十个铜板并得到一支写了号码的竹签,然后依次序走进另一个房间。医生在学习了一上午的语言后,大约在下午一点钟来到诊所。他先花点时间准备药物或处理掉手头的外科手术。门诊大约在两点开始,一直到黄昏才结束。需要额外时间或特别注意的病例,或者手术,会另择日子进行,要么在诊所,要么在医生家里。

病人轮流进来,在医生对面坐下,他们的名字和地址写在登记簿上,然后他们开始说明他们的病痛,医生必须尽力根据他们模糊、不完整的表述确定症状,并做出诊断。很多时候这是一项困难的工作。那些来自或远或近地区的人操着不同口音的方言,无法清楚地说明自己的病情。更加困难的是,这些人有着一些奇怪的观点和意识,所以要搞清他们的病因是难上加难。某个人的疾病是"风",而另一个则是"空气",第三个则兼有"风和空气",而这些词到最后却都是"风湿"的意思。另一个人说他胃里的某个部分得了"感冒",其实是消化不良,而他却认为病因是七年前曾从楼梯上摔下来过;还有一个人说不出自己哪里不舒服,但言之凿凿地说他需要奎宁才能康复。

这里的中国人坚信奎宁是一种几乎能治百病的万灵药,由于疟疾在这里相当流行,他们有这种观念也并非错得很离谱。他们还认为西药可以治愈任何疾病,于是一个人会想要一点药去治疗白内障、严重骨质疾病,他甚至想为某个住得远的亲戚要一勺药剂,那个亲戚的身体里出了一点问题,但他却疏忽了具体有何症状。

通常,他们并不希望做手术,不过更主要的原因是他们对外国治疗手段的怀疑,而非仅是怕疼,因为通常来说他们很能忍受疼痛。他们很容易陷入对手术前景的恐惧之中。

更加恼人的是,这里的病人一般都会忽视用药指导,他们也缺乏持续接受治疗的耐性。有一个患了某种慢性病很多年的病人被警告必须小心遵医嘱用药,但他却找借口,说一个人不可能面面俱到。他可能一次就吞下七天的药量,造成令人相当惊讶的后果,同时还会得出这些药并不合适的结论。有时又有已经到了最后疗程的慢性病人,回来悲伤地对我们说治疗毫无进展,哪怕他已经用了整整三天的药。作为工作中的助手,我有一位年轻的"老师",如今正接受医学生的训练,并且在我的监督下进行配药。他是个聪明人,在两年前信了教,如今已经受洗。还有我的仆役,一个七十五岁时成为基督徒的老人,带着他的小男孩在这里看门并照看病人。

……[1]

霍医生初抵温州的那段岁月,陪伴他的是海和德牧师。当时苏慧廉还在英国,他的假期有一年,要到1894年秋天才结束。

苏慧廉不在中国的这一年,中国局势如火如荼。后来影响远东格局,并深远影响中国近代史走向的甲午海战就发生在这一年的初秋。

1894年深秋,苏慧廉夫妇从英国启程,12月1日抵达中国,[2]然后转道温州。

与他差不多时间前往温州的还有一个叫宗源瀚[3]的南京人,他于1895年1月5日抵达温州,出任温处兵备道。在随后的一年里,两人为了各自的信念斗智斗勇。

---

[1] Alfred Hogg, "A Year Work in China," *The Missionary Echo*(1895):134–135.
[2] *The Chinese Recorder* 26(1895):50.
[3] 宗源瀚(1834—1897年),字湘文,江苏上元(今南京)人。光绪初年历任浙江测绘局总办,衢州、湖州、嘉兴、宁波知府,政绩卓著,升署杭嘉湖兵备道。二十年十二月(1895年1月)间调任温处兵备道。在温三年,及时审理词讼,取缔吏差勒索,变通邮政定章,赢得百姓爱戴。光绪二十三年(1897)春,病逝于温州道署。精地理,善诗文,著有《颐情馆集》。《清史稿》有传。

## 第三节　枫林迷局

### 一纸公告

苏慧廉还在英国休假的时候,永嘉枫林的几个基督徒向海和德提出了在本地建造教堂的请求。当时偕我公会仅有海氏一人在温,但他初来,"我告诉他们,在我的同仁苏慧廉先生从英国回中国之前,我是无法胜任建造一座教堂的重任的。为了不打击他们的积极性,我指示在岩头做礼拜的教徒也常到枫林去,和那里的教徒一起聚会"。[1]

当时枫林有十五六个基督徒,每逢周日,要到邻近的岩头镇做礼拜。岩头在楠溪江中游西岸,离枫林有二十里地。岩头也是苏慧廉首次乡村传教时经过的村镇,是偕我公会温州乡村进程中建立的第一批根据地。岩头当时的礼拜租借金氏祠堂举行。反对偶像崇拜的基督教竟然租宗族祠堂做礼拜,苏慧廉开明的神学思想由此可见一斑。

不过,枫林人去岩头礼拜并不方便,除了路远,还因为两地有世仇。岩头大姓为金,枫林则以徐姓居多,金徐两族当时互不通婚,还时常发生大规模械斗。于是枫林的基督徒便在本镇徐定鳌家的前厅举行礼拜。礼拜每周日举行,但还没进行几次,一份以徐氏宗族全体成员名义起草的公告出现在枫林:

> 此公告旨在告知全体民众,以定鳌、定永为首的男男女女数十人,被基督邪教影响已误入歧途。他们断绝祖宗香火,男女混杂,亵渎神灵。宗族全体在祠堂讨论他们的恶行,一致认为应将此众从宗族中驱逐出去,但万事不可草率,需循序而行。为此,我们决定,如果定鳌等人立即改邪归正,放弃洋教,重归正途,我们将既往不咎。

---

[1] 本节之海和德对该教案的记录均出自 J.W. Heywood, " Maple Grove: A True Story of Christian Persecution in China ," *The Missionary Echo*（1901）: 17-21、36-39、92-93、107-109、117-119、147-149、166-167。不另外一一出注。

海和德与妻子特纳

此告公布后,如若你们不听劝阻,一意孤行,我们将把你们从族谱上除名,收回你们的权利——柴火权、用水权等。你们名下的土地和房屋也将一并收回。迷途知返,刻不容缓,否则,你们将失去最后的机会!众人已怒火中烧,不会再给你们更多的机会了。

特此通告,予以警示。

这份公告原文今已不见,从海和德留下的英文资料中,我将它译回中文。海氏说,这份公告落款光绪二十年七月初八。光绪二十年即1894年,后世称为"枫林教案"的民教冲突就发端于这一年。

海和德说,这份公告中的威胁最后一一成真。在下面这封他当年11月16日写给英国驻温领事的信中,可见此教案的序幕。同时也看出,晚清时期,中国基督徒与洋人、洋人与中国官员、中国官员与普通百姓,三者间相克相生的畸形关系。

"先生,我恳请您关注一下枫林事件的进展情况。事情的解决非常缓慢，而枫林以及更多地方的基督徒将会遭受更大的凌辱。

"我以前的担心都已成真。上个星期六，有人从楠溪，距枫林大约十里远，回来告诉我，在这个镇里统一分配木柴的季节，枫林基督徒的柴火权已经被剥夺了。另外，星期天有两位男性基督徒想要去参加在岩头的聚会，被同镇人在半路截了下来。在枫林所属的楠溪区中，基督徒受到的威胁恐吓正慢慢扩大，其他城镇中所有与'洋教'有联系的人都无法幸免于难。

"在岩头，也就是我们的聚会点所在地，很多针对基督信仰者的迫害行动屡见不鲜。两年前，就在这个地方爆发了一场严重的打击基督徒的运动，而这样的运动，现在时常发生。今天早晨，从枫林来的信使说，上个星期天，也就是11月11日，当得知基督徒都去参加礼拜后，一伙人便打落了他们种植的乌桕树的果实，共计四斗（约为四蒲式耳）左右。更糟糕的是，他们不仅打落了果实，还锯掉了不少树枝，这样一来，明年结果也无望了。

"所以，先生，我现在恳求您能让这种恶劣的形势停止下来，使当地政府不再推诿。在9月17日的时候，我曾将事情原委告诉您，并得到了您的及时回复。道台也表示'已交由永嘉县处理，赔偿受害者的损失，按照法律程序审理被告'。可是，县衙从未付诸行动，9月23日和25日依然发生了逼迫基督徒的事件。

"在您10月1日的回信中，您提到，'纵观在枫林发生的一系列事件，也许当地的知县也备感尴尬，毕竟被告是有很大影响力的上层阶级。因为知县无法解决，于是我便请求道台亲自出面解决此事。'

"正如您所知，先生，道台并未采取任何措施，对于我们提交的这样一份合情合理的申请，他在10月13日回复说，已责令基督徒去县衙接受审问。他的这项指令很快得以实施，在10月15日的时候，受害的基督徒上呈了第一份诉状，可惜未取得任何成效。10月29日，他们又上呈了另一份诉状，结果还是没有得到回应。

"我必须指出的是,首先,案中的受害者没有任何过错,他们最大的错便是信仰了基督教,并试图让自己的生活变得更好。其次,两个在公告中受到'全体民众'威胁的人已经遭到了各种迫害,人们可以轻易推断出问题所在。第三,距离第一起敌对基督徒事件发生的时间(9月14日)已经过去了两个月,可是当地政府未曾采取任何措施。第四,我们一直在冷静等待,可是一无所获。这也证明,我们不能再坐以待毙了。

"所以,我希望您能对那些能够尽快了结此事的官员施加影响,毕竟这些事情的发生是对法律明目张胆的蔑视。"

从海和德信中提及的诸多日期,可知此案其实处于胶着状态。如果不是牵涉洋人,地方官员其实不愿接手这类案子。这个案子一直拖到当年的圣诞节才开始审理,当时苏慧廉已回到温州。他听了海和德的汇报后,提出庭外和解的设想。

和解方案1895年1月23日达成:赔偿基督徒损失共计四十五元,同时,基督徒与非基督徒们享受同样的权利,包括保有祖上留下的财产、农作物不受侵害以及其他相关的权利和权益。基督徒不必参加宗族的祭祀活动。

当年7月25日,温处道还发布支持基督徒的公告,希望民教平等相处。对这份公告,英国驻温署理领事富美基(M. F. A. Fraser)说,这是他见过的由满清官员发出的最好的一份公告。

### 枫林教案

其实,枫林教案中最激烈的事件就发生在光绪二十一年六月初五(1895年7月26日),也就是道台发布公告的第二天。

当天的情形,先看洋人如何说。这是英国公使欧格讷[1]于光绪二十一年七月初二发出的照会:

---

[1] 欧格讷(Nicholas Roderick O'Conor, 1843—1908),英国外交官,生于爱尔兰,1892年11月起任英国驻华公使,1895年9月调任驻俄大使。后死于君士坦丁堡。

今温州府属南溪镇枫林地方复出滋扰教民之案，显系平阳之案匪犯未行惩办之故。据该领事官详报情形如左。据称本年六月初五日，枫林地方教民数人聚会徐定鳌家讲道，忽有匪徒聚众五六百人，在房前叫骂，嗣经闯入屋内，将什物连抢带毁，嗣有教女被匪党肆行侮辱。又入教民数家抢掠一空。复令素不安分之二人，占踞之室。教民无奈逃往温州，至今未回。此次衅端，并非招惹，实属无故而来。确系生员徐象严[1]主谋，公然以欲枫林入教之民全行逐□境外之语出诸其口各等语。本大臣查以上乃此案大略情形。……[2]

欧格讷的照会，时任户部尚书兼总理各国事务大臣的翁同龢在七月初七那天也读到了。他随手记录："又电浙抚，温州南溪镇枫林教民徐定鳌家被毁系徐象严之谋，巡道派弁查办，敷衍了事云云。此案未据准报。"[3]

欧格讷在照会中两度提到平阳教案，认为枫林之案"显系平阳之案匪犯未行惩办之故"。1895年闰五月间发生于平阳的教案，事缘乡间神庙有多具神像被挖去眼睛，外间谣传为基督徒所为。当时民教矛盾已日渐深化，有激进者更声称要摧毁萧家渡教堂。平阳是内地会的地盘，曹雅直夫妇经营多年，已拥有不少信徒。当时在平阳的英人牧师叫梅启文[4]，他见形势危急，便向官方求救。时任温处兵备道并代任道员的宗源瀚即派兵予以保护。不料，出兵的举动让平民误以为官将剿民，情绪激愤的群众遂于6月29日晨冲击了萧家渡教堂及多处教民住宅，有多名教徒被打伤。

枫林教案中也有神像眼目被挖的指控，村民几乎一致认为，所为者必

---

[1] 徐象严（1866—1942年），字子恪，号端甫。徐定超之侄。县学优廪生。1906年协同创办温州织锦学校，开温州职业教育之先河。又创办贫民习艺所、楠溪高等学堂。1909年当选为浙江省谘议局议员。1911年由礼部特进保和殿廷试，得列特等，钦赐孝廉方正、六品顶戴。温州光复后任温州军政分府盐务局长。1912年出任永嘉县楠溪区官，兼任永嘉参事会参事、田赋督征员、管理全县公款公产委员等职。
[2] 《教务教案档》，第五辑第三册，第1821—1822页。
[3] 翁同龢：《翁同龢〈随手记〉（下）》，载《近代史资料》（北京：中国社会科学出版社，1999），总98号，第183页。
[4] 梅启文（A. Menzies），英国人，内地会传教士。1891年抵华，在温州平阳传教。1895年死于霍乱。

是信耶稣教的徐定鳌。更有一叫徐定禄者,声称亲见徐定鳌抠挖象岩潭地方关庙神目。

徐定鳌显然已犯众怒。据直接参与处理此案的海和德记录:

> (7月26日晚)黄昏时分,基督徒聚集起来为星期六的晚祷做准备。他们刚刚踏入聚会点,就听到祠堂里传出急促的鼓声。只有很重要或很紧急时,才会这样敲鼓。仅片刻,基督徒举行祈祷的地方就被百余位年轻人包围。很快,增援又至,暴民人数增至三四百人。有个来参加晚祷的人迟到了,当他试图穿过人群时,遭到了无礼的谩骂。事态发展得越来越严重,所有的基督徒都退到了内室。人们开始扔石子,所幸的是,除了打碎不少砖瓦外,没有其他的损失。人数还在继续增加,最后约有六百人围堵在聚会点外。
>
> 其中一个教徒有个十八岁的女儿,被眼前发生的事情吓坏了,她不顾一切冲了出去,结果受到了不可想象的迫害。为什么那群暴徒没有闯进屋内?用中国教徒自己的话说就是:"上帝保佑。"直至午夜,还有暴徒在屋外走动。

正应邀前往枫林讲道的夏正邦牧师也成为攻击的对象。他是在快要到目的地时,才获悉当地人要出他的洋相。据说闹事的人已准备好一条用粗纸做的裤子,想在半路截住他,让他穿上。当然,在当地教徒的帮助下,夏正邦在第二日黎明前逃走了。

受冲击的地方是徐定鳌的家。枫林那时还没有专门的礼拜场所,因此每周日信徒就聚在徐定鳌的家中。徐定鳌是个贫穷的山民,住在一座有二十八户人家共居的大屋子里。[1] 此屋有三进,他住在最后一进的左首,虽位于正房,但仅一间半。浙南民间的大宅,多有一个温州人称

---

[1] 此宅枫林人习称"下三退大院",位于枫岭路西,下汇源的南面。见《枫林古镇景物志》(北京:中华书局,2011),第51—52页。据夏廷耀孙女夏欣回忆,1973年插队枫林时就住在此屋。

为"上间"的厅堂,这是公用的场地。徐定鳌认为自己有权使用这个公共场地,于是就在此举行礼拜。后来的矛盾及争议也在此,更多的人认为徐定鳌是擅用此场地,毕竟二十八户人家中,仅徐定鳌与另两家入了耶教。

枫林徐氏大宗的势力是很强的,在宗族面前,徐定鳌等无疑是弱势群体。据说,后来还有抢劫、逼迫脱教等事发生。

费正清分析,中国近代教案的行为模式是一个包括士绅鼓动、制造谣言、群众怀疑、威胁,最后为有组织的群众暴动的完整过程。[1]枫林教案正是此模式的又一写照。

8月7日,徐定鳌、徐定左、徐启兆来到县衙寻求保护。县衙接案后,派员做了番调查,反认为定鳌有诬告之嫌。徐定鳌作为教徒,在发生教案的同时,也即与苏慧廉、海和德取得联系。苏慧廉几番报告英国驻温领事,希望通过外交途径寻求保护教徒的方案。外交无小事,随着英国人的介入,当时温州地方最高行政长官宗源瀚决定亲自处理此事。9月13日(七月二十五),一场会审在温州府举行。

**温州堂审**

就在堂审前三天,温处道委员叶昭敦来拜访苏慧廉。当时也在现场的海和德即感觉这是不祥之兆。

> 9月10日,星期二,道台最得力的副手,同时也是道台的亲戚,给苏慧廉先生送上了拜帖。当天下午三点钟,叶昭敦就来了。在一个半小时的时间里,他一直都在试图强调所有的错误均出在基督徒身上,他们没有权利在枫林做礼拜。
>
> 他是我所见过的中国人中最让人感到厌恶的。言行粗鲁,一双

---

[1] J.K.Fairbank, *Patterns Behind The Tientsin Massacre*, 481. 转引自苏萍:《谣言与近代教案》(上海:上海远东出版社,2001),第296页。

尖锐的眼睛让整张脸看上去非常野蛮残忍。脖子粗且短，活脱脱地诠释了英语中"土霸"的意思。他的存在让我们感到非常不适，直到他走了，大家才松了口气。不过他的离开带给我们一种不可名状的感觉，那就是不久将有大麻烦。他的造访说明，不仅枫林的文人敌视基督徒，连那些当官的也不例外。后来发生的事情充分证明了这一点。

9月13日的庭审，就是由叶昭敦与永嘉知县沈寿铭共同主持的。

海和德为我们留下了当时的庭审见闻。海和德自然是站在原告一方的，他承认，"对于整个案件畸形的发展过程我无法保持公正的态度"。

从早上八点到中午十二点，四个原告一直都只能跪在官员们面前。任何想把手撑在地上以减轻膝盖压力的举动都会被站着的衙役制止。在此过程中，不管他们说什么，都被官员们严词否决掉了。十二点，暂时休庭用餐。下午两点到三点半，四个原告遭遇了和上午一样的待遇，他们的膝盖已经不能完全伸直了，而那些被告，却对案件的发展乐见其成。三点半时，案件出现了重大的危机。

这时，叶昭敦把主簿叫到跟前，让他撰写一份处理方案，并且一式五份。这方案是他个人的臆想，并没有和原告或被告商量。堂审因此一度中断，直至这份文书完成。随后，他要求包括几个秀才和两三个定鳌的邻居在内的被告走上前来，对文书签字画押。叶昭敦还要求主簿将文书上的条款大声宣读出来，以便堂上所有人都能听到。以下便是那位叶大人"杰作"的主要内容：

一、定鳌无故控告秀才徐象严和其他一干人盗窃他的财物。

二、定鳌必须前往岩头礼拜，从此不得在枫林进行崇拜活动。

三、邻居们从他家中拿走的家当均是为了保护他的财产。它们现已全数归还，没有一件遗漏。

四、往后你们所有人都必须老实本分，和平相处。

这些条款宣读完毕后，官员便询问被告："你们同意这个解决方案吗？"他们回复道："大老爷！如此公正的判决，我们还有什么不愿意的！"

随后官员说："所有人都必须签字画押。"

被告们签好文书后，叶昭敦让定鳌和其他三个原告也签字画押。他们说道："我们怎么能在这样一份文书上画押？除非所有的东西都还给我们。我们不同意如此解决！"

听了这话，叶昭敦大发雷霆，要让衙役们痛打他们一顿。按照中国的惯例，他的属下会竭力劝阻，让他不必对此等恶人大动肝火，并对他们开恩。他们问了三次，原告们也拒绝了三次，绝不在这份给基督徒蒙上耻辱的文书上签字。官员也三次威胁要杖责他们。定鳌说，"为什么你要打我？就算你要砍我的脑袋，我也不签字画押！"

官员们无计可施，只得再次审讯他。叶昭敦："你们基督徒吃鸦片吗？"定鳌："不！大老爷。"

叶昭敦："你们基督徒赌博吗？"定鳌："不！大老爷。"

叶昭敦："你们基督徒喝酒吗？"

定鳌："如果必须喝，也喝一点，但不过量。"叶昭敦："你们基督徒欠钱都还了吗？"定鳌："如果我欠了钱，就肯定会还；如果其他人欠我的钱，我也会让他还。"

叶昭敦："听了你的话，结合你以前说的话，真是说得太动听了。你根本就没有把你的债务还掉！你欠着田赋没交。为何不交田赋？真是罪大恶极！"随后，他下令将四个原告拖到牢里去了。而那些蔑视法律，为非作歹数月之久的被告却"平安无事"地离开了县衙。他们带着官员站在自己这边的好消息，回到他们的宗族去。

一场与宗教有关的纠纷，竟然被落罪在欠交田赋之上。真可谓，欲加之罪，何患无辞。海和德说："因为田赋的问题而判决基督徒完全是不公平的。据我

117

们所知,直至目前,枫林没有一户人家交全了田赋。"

后来的情形更糟,这四个原告在牢狱里经受了比在堂上更大的折磨。他们被关进了一间已经有二三十个犯人的大牢房里,胳膊被铁链锁起来,并固定在墙上的钉子上。他们就这样被吊着,从下午五点一直到夜里十一点。路熙说,当天半夜,自己"给看守送了贿赂后,他们才被微微松绑,至少可以站住,但一站就站到第二天中午"。[1]

定鳌等因拖欠田赋入狱,但当苏慧廉代为交款仍显无效后,他就知道,这仅是个借口而已。

苏慧廉决定再次让驻温领事出马。被苏慧廉称为 Harry 先生的傅夏礼[2]这年刚出任温州领事。他是个年轻人,当时不过二十出头,比苏慧廉小十一岁。徐定鳌入狱时,傅夏礼正在青田,"苏慧廉派人去找他,他就回到江心屿,穿上官服,派人通知我们他回来了,然后就去见道台"。[3]

英领事在给道台写信的同时,也给英国公使去信。当时中国有个奇怪的现象,就是官员怕洋人,越高级的官员越怕洋人。英国公使通过总理各国事务衙门给地方施压,因惨败于甲午海战而正乱得焦头烂额的清廷自然要求下面以"维稳"为重。10月4日,巳时,有英国兵舰以巡洋之便进入瓯江口,并在江心寺前下碇。[4]10月19日,倔强的宗源瀚在其上司浙江巡抚廖寿丰[5]的授意下,无奈地将徐定鳌给放了。

不过,廖寿丰心里也不平,他认为傅夏礼对此事特别关心,是"温州舆论皆言该领事与温州教士苏慧廉往来非常亲密也"。他怀疑的理由是"平阳拆堂拆屋事体较大,而发都之电无多"。[6]

---

[1] 苏路熙:《乐往中国》,第90—91页。
[2] 傅夏礼(Harry Halton Fox, 1872—1936),英国驻华领事。曾任宜昌、成都、汉口等地领事。1895年署理温州领事。
[3] 苏路熙:《乐往中国》,第91页。
[4]《申报》,1895年10月10日,第2版。
[5] 廖寿丰(1836—1901年),字谷似,又字阁斋,晚号止斋,江苏嘉定(今属上海)人。同治十年(1871)进士,累官浙江巡抚。
[6]《教务教案档》,第五辑第三册,第1841页。

**捉放徐**

徐定鳌被释放时，承诺不在枫林继续聚众礼拜。但苏慧廉坚持认为，根据中外条约，中国人有信仰自由。他偷偷示意徐定鳌，仍可在二十八家"公共之众堂"礼拜。"候这班轮船，抚台必有公文到，事会完结。好另起屋礼拜"。[1]

徐定鳌回到枫林后，随后的两个礼拜日，他照样在众堂礼拜。10月27日那个周日，聚会人虽不多，但邻里已有些闲话。11月3日那个周日，参与礼拜的人有数十人，大家既听道又唱赞美诗，苏慧廉还派了传道人王先生过去。

因为有苏慧廉及英国领事撑腰，徐定鳌多少有些"高调"。中国教案频发，不可忽视的一个因素是传教士利用享有的条约保护伞，向官员施加压力，甚至直接发起挑战。这种保护伞效应也是政府、士绅乃至一般民众反对"洋教"的历史因素。中国教会史上的诸多悲剧渊源由此。

宗源瀚忍无可忍，再次出手。

11月8日，他派了三个衙役去枫林将定鳌带回温州。之所以选择这天，是因为英国领事这天不在温州。

后来的故事有点像"捉放曹"。领事回温后又与道台斗法，层层报告打到杭州及北京，最后杭州派了个"钦差"来，重新审理此案。1895年的最后一天，徐定鳌被无罪释放。

据海和德记载，12月26日下午，负责对外事务的郭钟岳[2]来拜访苏慧廉。他在给出释放定鳌、给予三百元赔偿并允许在枫林礼拜等条件后，还希望苏慧廉能够建议领事大人不要太过刁难，这样才能最大限度地挽回道台的面子。

路熙说：

---

[1]《教务教案档》，第五辑第三册，第1845页。
[2] 郭钟岳，字叔高，自号天倪子。江苏江都人，监生。曾任乐清代理知县、温州署同知。寓温十余年，采风问俗，搜集轶事，作竹枝词百首，名《东瓯百咏》，亦名《瓯江竹枝词》，1872年刊印。

中国新年，按习俗官员们要互赠礼物。道台给领事准备了一份大礼，一个曾在他们中间造成很多摩擦的活人——定鳌。在年底最后一天的晚上，定鳌被送到领事那里。领事准备留下定鳌，把他当新年礼物再转送给苏慧廉。但定鳌实在等不住了，元旦一早就跑了出来。早上七点他就来到白屋，不经通报就跑到苏慧廉的卧室，哭着说："我等不及了。"

这是很奇怪的一幕，一个外国人还穿着睡衣，头发乱乱的，而这个中国人更像一只熊，他已多日没有理发剃须。他们一起哭着跪在床前祷告，感谢上帝让他重获自由。[1]

这个被中国官员斥为刁民，被族人视为叛民的徐定鳌，在苏慧廉、海和德、路熙的笔下，是英雄与圣徒的形象。

海和德说他后来碰见一个教徒，因误涉一桩杀人案，曾与徐定鳌关在一个牢里。那个教徒就是在狱中，从徐定鳌口中听闻上帝的福音。"即便是在狱中，他也没有掩饰自己的光彩。"海和德说。

定鳌获释的当天早晨，海和德也与他一起祈祷。他发现，经历如此的磨难，徐定鳌还在为自己的村民祈祷，为清廷的官员祈祷。他抽泣着说，希望上帝能够点亮他们幽暗的心灵，能够让他们真正了解到基督的真义。海和德说他祈祷完以后，现场很多人都感动得流下了眼泪。"他的行为实实在在地诠释了主的话：要爱你们的仇敌，为那逼迫你们的祷告。"[2]

徐定鳌的妻子，据苏慧廉记录也有不俗的表现：

在我们能够解救他们之前，她作为教会领导人的妻子，尽管失去她所有世俗的东西：房子被毁，丈夫入狱，孤身一人，但她仍勇敢面对，决不退缩。相信主，让她学会了爱。从一个亲戚那儿借了张席，向另一

---

[1] Lucy Soothill, *A Passport to China*, 91–92.
[2] Ibid.149.《圣经》引文出自《马太福音》5：44。

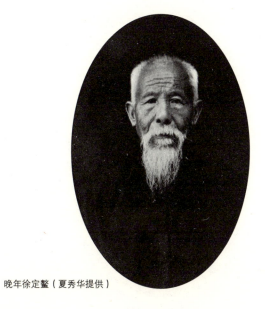

晚年徐定鳌（夏秀华提供）

个人借一两个碗，到第三家借了口锅，她坚持住在被暴徒摧毁的老家，利用劫后余资，节衣缩食，与她的孩子席地而睡，要等到她丈夫获释回家，重建家园。为恢复分崩离析的教会，她的虔诚发挥了不小的作用，因为她每天都谦卑地为主的真理见证，尽管她丈夫正因此遭受残酷的迫害。同时，她送信给狱中的丈夫，给他勇气，让他勇敢坚持下去，直到正义的到来。[1]

海和德说，人们常说中国人受洗完全是"出于物质利益"，"当听了有关定鳌和他的同伴的故事，我相信读者朋友们能够对事实的真相做出自己的判断"。

**踏访枫林**

2008年盛夏，我沿着美丽的楠溪江溯江而上来到枫林。在从事地方文史研究的徐逸龙的带领下，很快就找到了已有百年历史的枫林老教堂。经历岁

---

[1] 苏慧廉：《晚清温州纪事》，第108—109页。

月沉淀的建筑，在蓝天的衬托下显出特别的韵味。

徐逸龙告诉我，在他家乡至今还流传着一句顺口溜："番人怕定雨，耶稣怕天主"，说的就是枫林的基督教历史。

据说，枫林耶稣教堂建立后，牧师"番人毫"经常要挑粪便从徐定雨家厨房边小巷经过，徐定雨认为不吉利，便不让通行，而英国牧师自恃有势力，强行要经过。一日，徐定雨在路口等待，看到英国牧师挑着粪过来，就将粪桶打破，并打了牧师一顿。事后，英国牧师到温州城里招来官兵追捕徐定雨，徐自知势力不敌，当天夜里提着灯笼跑到溪口南岸的天主教堂，加入教会，并取来天主教的标志贴在自家门口。前来搜捕的兵丁看到天主教标志便不敢进去，于是事情也就不了了之。因此，村里后来流传——"番人怕定雨，耶稣怕天主"。

我就这个故事的真实性求证于那天在枫林基督教堂负责看护的一个妇女，她叫滕荣叶，年近六十。她说确实有此说法。她还带我们到教堂外，指着一条退进一米的小巷，说这就是后来双方协调的结果。

不过，我对"番人毫"的身份仍存怀疑，因为那时偕我公会在温州的英国牧师仅有苏慧廉与海和德，当时他俩都驻扎在温州城区，枫林并无外国人驻堂。后来我们去附近的枫林天主堂采访，该堂的管理人员告诉我，所谓"番人毫"，可能是某个中国人的绰号。当时也会把与洋人有密切联系的中国教徒叫作番人。

由此看来，这个被叫作"番人毫"的中国教徒，很可能就是徐定鳌，因为在温州方言里，"鳌"与"毫"同音。

那么这座已有百年历史的枫林教堂到底建于哪年？我向滕荣叶了解更多的历史，她摇着头说自己不清楚。我问村里是否还有了解更多情况的老教徒，结果她将我们领到了她家——她丈夫徐秀清正光着膀子，在院里乘凉。

生于1931年的徐秀清告诉我，这座西洋风格的教堂是由其祖父及其妻舅共同主持建造的。具体建于何年，他记不起来了。他说自己小时就在这座教堂里读小子班，至今还能唱外国牧师教的儿歌。徐秀清的祖父叫徐象龙，枫林第一批基督徒,当年与徐定鳌住在一个院子里。

枫林归来后,我去查最新的《永嘉县志》[1],可惜没有此堂建于何年的记载。

据路熙的回忆,徐定鳌出狱后获得一笔赔偿。这笔钱"足够盖一座新房子,但他们没有这么做,而是把大部分钱拿出来盖枫林村的新教堂"。[2] 也许这座今天仍屹立在枫林的教堂,就缘自徐定鳌多舛的命运及这个扑朔迷离的教案。

---

[1] 《永嘉县志》(北京:方志出版社,2003)。
[2] 苏路熙:《乐往中国》,第94页。海和德的记录中也提到他的捐赠,不过与路熙所记略有出入:"在他获释后的第一天,定鳌就拒绝了大笔的赔偿金,而在狱中静思的那段时光,让他决定捐出自己所有的财产作为在枫林建设教堂的启动资金。人们要求他再考虑一下,因为他在狱中的时候已经花掉了大笔的钱,现在还有六十元,对于普通的中国农民而言,这是一笔很可观的财产,所以定鳌必须慎之又慎。不过他还是坚持自己的决定,将所有的钱都捐出来在枫林建教堂,或者是买一处适合做礼拜的房屋。"枫林教案结案时是否有经济赔偿,笔者尚未在官方档案中查到记录。据徐定鳌一份供词,称苏慧廉曾言:"候迫官赔数百元便可枫林起屋造堂。"(《教务教案档》,第五辑第三册,第1853页。)

## 第四节　定理医院

2007年11月17日是个周末,路过温州墨池小学门口时,随手拍下了一张照片。我关注它,是因为门口的一条红色横幅:热烈欢迎区委书记杨湘洪一行莅临我校调研指导。那时没想到,横幅里的这个杨书记,后来会成为中国外逃贪官的典型。

这条横幅所挂的地方,便是苏慧廉等人创办的定理医院旧址,今温州市墨池坊杨柳巷10号。

**一个叫定理的人**

苏慧廉忙于处理枫林教案时,由他召唤而来的霍厚福医生也忙得不可开交。

> 在诊所的一年期间,病人数量按照中国方式统计如下——新病人:2750,总诊疗人次:5006。
>
> 这还不包含全部的住院病人,许多住院者几乎每日都在医院,他们住院的周期从两周到两月不等。以上数字也不包括相当一部分在医生家中或在非门诊日就诊的病人,那些诊疗的记录并没有被保留。此外,还要增加海和德频繁去乡村的路上接手的数以百计的病人。[1]

这是霍医生1895年的记录。城西诊所当时已人满为患。为了接纳更多的病人,更准确地说,是为了拯救更多的灵魂,苏慧廉又要开始新的动作。

英国偕我公会1895年的年报中,有这样一段关于温州拟建医院的报告:

---

[1] Alfred Hogg, "A Year Work in China," *The Missionary Echo*(1895): 136–137.

霍厚福医生的医疗工作成为传教工作的重要部分。他现有大量的病人，建设一座匹配的医院迫在眉睫。苏慧廉牧师希望能为此募集到一百至一百五十英镑，捐献者的名字，将成为这所医院的名字。[1]

经偕我公会沃克登[2]牧师及熟悉温州教会的阚斐迪牧师介绍，英国大雅茅斯市（Great Yarmouth）的约翰·定理（John Dingley）先生决定捐献两百英镑，支持这个医院计划。

约翰·定理捐赠的这笔钱很快来到温州。苏慧廉用它在墨池坊买了块地，并在上面盖起了医院。霍厚福医生的岳父、来自曼彻斯特的巴兹利（Bardsley）先生也捐了笔钱，用于建造女病房。[3]苏慧廉说："能够收治十二名男病人、十名女病人的病房，以及厕所、厨房、门房都建起来了。当然我们主要的工作是门诊治疗，一个相当大的门诊所及一个兼作候诊室的小礼拜堂也建成了。"[4]

新医院被命名为"定理"，温州地方文献曾误以为定理是作为医院的建筑师而名留青史。[5]

苏慧廉为医院的创立而自豪，在他的回忆录中用好几页的篇幅带领读者参观这座医院：

医院入口处为传达室，门诊时间，总会有一位上了年纪的矮胖女士在里面为病人挂号，你总会发现在她的窗口挤满了等待看病的人，病人付了三十个铜板（约一个便士）后就可以领到一个标有号码的竹签，穿过小庭院，候诊者就可以走进一座小礼拜堂，通常早上九点钟的时候里面就挤满了人，各式各样的人都有：有衣着光鲜的，有一身

---

[1] Thirty-ninth Report of the Home and Foreign Missions of The United Methodist Free Church for the Year Ending April, 1895.
[2] 沃克登（A.J.Walkden）牧师时任英国偕我公会海外传教委员会（Missionary Committee）委员。
[3] The United Methodist Church: Report of the Missions (Home and Foreign) for the Year Ending April, 1914, 45.
[4] Soothill, A Mission in China, 156.
[5] 《温州市第二人民医院百年院史（1897—1997年）》《温州基督教》《温州基督教史》均误沿此说。

定理医院旧照。（摄于1897年落成时）居中高者为苏慧廉，矮者为霍厚福

补丁的；有的文雅，有的粗俗；有人皮肤光洁，有人浑身溃烂，挺吓人；有成人，有小孩；有基督徒，也有偶像崇拜者。所有的人都混杂在一起，并排坐着。说话者的左边坐着妇女，她们当中的一些人怀抱婴儿，像平常一样拉家常。

　　医术精湛的包莅茂医生进来了，跟着五六个样子聪明、穿戴整洁的医学生，他们都是基督徒。开始分发圣诗单，上面印着一首四行赞美诗、《圣经》经文和一篇很短的祷告，还有门诊的时间、收费标准。解读了赞美诗之后，医生用他那带有哮喘声的风琴演奏曲子——在这种气候下，患哮喘病的人和乐器都不容易治愈——而我们——不，不是在唱，而是发出噪声来。这里面有一半的人在他们的一生中从未听到过或唱过赞美上帝的圣歌，甚至也没有听过有上帝的存在。接下来是简短的布道，之后以祷告结束整个礼拜过程，时间严格控制在十五分钟之内。医务人员退去，接下来是叫门诊号，"一号，二号"等等；

听到喊号之后，手持标有号码的竹签的病人，欢快地冲进诊疗室，他们可能从早上七点钟就已经等在那里了。

这时候学生们各就各位，其中两个留在包茇茂医生身旁，其余的坐在各自的诊桌前。病人被指派到学生面前，他们为已经挂号的病人检查病历，然后做诊断、开处方，写病历和处方都使用拉丁字母，最后再将病人引给包茇茂医生确诊。多数的处方通过确诊，但时不时会被要求详细地检查，学生就会走上前来帮助做检查。通过这种方式，病人就能得到满意的治疗，学生的出色临床实践能力也得到了培养。这样，一个上午通常的门诊量多达一百六十位。

现在，如果你走过门诊室，对面就是住院部了。注意这些台阶，因为前面第一座建筑高出地面六英尺，为的是高一点、干燥点。左首为护士小卧室，病房内病人的床铺被放置成两排。除医生用有颜色的纸简单装饰一下墙壁外，病房并没有装饰；病床是最简单的铁床，没有金属丝床垫，上面仅铺有木板；没有雪白的床单和枕头，只有蓝色棉花被子；没有花瓶和别的类型的装饰，因为我们的护工为男性，是中国人。这个时候他已经将地板洗好了，给病人带来了他们的饭食，不是给他们洗脸，而是饭后递给他们每位一块常见的湿布擦脸，这是中国人饭后的礼节习惯，护理人员没有什么时间干别的更为细腻的修饰了。

……

离门较远的病房尽头，是新设立的一个手术室。外科手术常在那边进行，从虹膜切除术到积脓症清除等手术都做，这简单的医学术语，毫无疑问，对普通人来说就像医生单子上所列举的那样很容易理解。我们的脚下是地下室，如果我们走下去的话，会发现那里也变成了病房。留心你的头——整个高度只有六英尺，房门更矮。在这个黑暗的地方我们被迫让十二个病人先住在里面，一直等到我们新大楼完工。

病房的拐角处是我们的药房，是新近增加的一个地方，病人可以在白天任何时段凭处方取药，这对病人和医生来说都节省了时间。假如处方对症的话，病人就可以随时去买药而无须等着向医生咨询。这样我们就有了一笔可观的生意在做，盈利部分可帮我们解决资金问题。在我们新建的医院里，临街的一面特地建了一间药房，我们期望这个店面能够对包荏茂医生为医院自养所做的令人钦佩的努力有切实的推动作用。

男病房后面依次是厨房间、厕所，通过这扇门就是女病房。增多的男病人已经将女病人赶了出去，她们现在暂住在我们住处的附设房子里。原来的女病房被男病人住着，甚至连地下室都给占了。

医院为住院病人每天都举行礼拜，而参加者总是专心地听讲。今天早上我去往新医院的途中路过女病房，令人感兴趣的是看见所有病人由包荏茂夫人带领跪地祷告。我们并没有强迫每个病人那样做，但很久以前她们就心甘情愿地跪下来敬拜她们每天所听到的全能的上帝。她们中的一些人非常虔诚，以至于等到祷告结束后才去服药，这么做，正如有人评论的那样，比事先拉长着脸好多了。如果饭前的谢恩祷告是可取的话，那么吃药前的祷告与吃药后的谢恩祷告将更加明智！

……

很难想象，还有什么事能比我们医院的工作更像耶稣所作所为，因为是耶稣基督把天国福音的传布与医治病人结合在一起。我们医院的信条就是："差遣他们去宣传神国的道，医治病人。"[1]我们竭尽所能，病人得到治疗，福音得以传布。如果我们敢于开拓的话，我们将会显示出更大的慈善之心，因为有时候我们很难把病人送回家等死，但是中国人非常迷信，医院里只要有一个死亡事件就足以把所有的病人吓回家，他们担心死人的魂灵会附在他们身上。除此，甚至到今天，流言蜚语还时不时在我们耳畔令人不快地响起。我们正在慢慢地改变人们的观念，人们也会慢慢地明白。当我们能够提供一个"临终关怀"的房间，让"绝症"病人在那里平静地死去，而不是在那样悲伤的环

---

[1]《圣经·路加福音》9：2。

境中死去的时候,我们就可以心安了。

  我们已经做了许多了不起的事情,更伟大的事情还在前面等着我们,我们已准备好去迎接新的挑战。[1]

### 老照片

  在伦敦大学图书馆找到一张定理医院的旧照,这张照片估计是医院落成时拍的。照片里的医院大楼有很特别的造型,不论是檐角,还是屋顶。面对照片,要努力想象一下,这个别样的建筑在一百多年前是如何融入温州古城的。

  借助电脑,把照片放大,可看见门额上用正楷写着"定理医院"四个大字。由此照我才恍然,现保存在温州市中心医院住院大楼前的那块青石碑当年是端坐在这个位置上的。青石碑上院名两侧有时间落款,右写"耶稣降世一千八百九十七年",左写"光绪二十三年"。1897年是定理医院建成的年份,当年2月17日正式开张。

  这张照片里有八个人。两个老外居于中间,他们的面孔虽模糊,但可以推测,高的是苏慧廉,矮的是霍厚福。洋人两边还各站了三位中国人,他们应是偕我公会的本地牧师或定理医院的中国助手。

  我曾将这张照片寄给李筱波的外孙孙牧青先生看,已逾八旬的老人马上就认出,照片中站在矮个洋人边上的中国人就是他的外公。"我小舅就是这样的面脸。"他兴奋地说。

  这个后来自立门户,创办伯兰氏医院(Plum Hospital),并出任温州中华基督教自立会会长的李筱波,在后文还将多次提到。

### 以定理之名

  霍厚福医生是定理医院的首任院长。他1893年年底离英赴温,在温州待了七年,1901年返回英国。之后,英人包莅茂(William Edwin Plummer)

---

[1] 苏慧廉:《晚清温州纪事》,第118—122页。

医生来温继任院长。

定理医院在墨池坊办院九年，1906年并入新建的白累德医院。白累德医院1953年由政府接办，翌年改名为温州市第二人民医院，2012年改名为温州市中心医院。

2009年2月10日，温州市第二人民医院内举行"温州医学院定理临床学院"揭牌仪式。在欢腾的鞭炮声和热烈的掌声中，温州医学院院长瞿佳与第二人民医院院长程锦国共同为定理临床学院揭牌。据报道，取名定理缘于1897年建院时的名称即为定理医院。那天的庆典仪式，台下坐了很多白衣天使。这些人都很年轻，鲜有人知道，定理其实是一个洋人的名字。

幸亏英国人 John Dingley 当年取汉名时，用了"定理"这个中性的词。要不，他不会有再次走到台前的机会。这个汉名，很可能是苏慧廉为他取的。

## 第五节　戊戌

**北戴河的维新百日**

戊戌——绝大多数中国人都会念这两个生僻字，因为在中国历史课本里，这是个代表着革命与进步的年份。

公元1898年，还只有二十七岁的光绪已在姨妈慈禧的指导下做了二十四年的皇帝。对于这一年，尽管后来很多人说，当时已感受到政治运动潜伏其间，但对绝大多数活在当下的普通人而言，日子还是照原来的方式进行着。

这年初夏，身体虚弱的路熙决定去北戴河疗养一段时间。北戴河离北京两百多公里，是外国人新建造的一个避暑胜地。路熙在温州这个潮湿的南方小港已居住了十四年。"因为我们不能不正视这么一个事实：中国南方的气候让欧洲人体力减退，脸色苍白。我第一次休假回英国的时候，忧虑的母亲多次把我曾经是玫瑰色现在很苍白的脸颊和留在英国的女子们相比——我的确付出了代价。"[1]

苏慧廉当时还忙于温州的工作，没法送路熙前往千里之外那个充满阳光的海滨胜地。

1898年的阳光照耀着北戴河，却并没有普照大地：

1月22日，正值春节，中国发生日全食，中线经过拉萨到内蒙古。北京日食达六分之五，傍晚时分，被遮住大半的太阳宛如一轮新月。在古代中国，日食被认为是凶兆。据记载，上一次日食发生在1894年4月6日，北洋水师全军覆没的甲午海战就发生在那一年。

5月19日，温州发生规模空前的"闹荒毁衙案"，不堪忍受米价腾贵的愤怒群众冲进道台、知府衙门及县衙，砸毁官员个人及公家的物品。此次

---

[1] 苏路熙：《乐往中国》，第307页。

民变,规模之大、范围之广,为温州历史上所罕见。当时路熙还在温州,她与几个外国人又一次避难江心。

当年温州还有天灾。"六月,连日飓风兼大雨,平地水高四五尺,番薯、棉花俱有损坏,此数十年中俱未有如此次水势之大者也"。八月十六日又"大风大雨,潮水又大,平地之水满溢四五尺。本年连遭三次大水"。[1]天怒人怨,民不聊生。

路熙几乎有逃走的想法。那时的交通条件和现在全然不同,她经宁波、上海、天津,几乎花了两个礼拜,才到达北戴河。

经一个曾在温州海关工作的英国熟人的妻子介绍,路熙住进了北戴河西端一幢叫阳光居(Sunny Lodge)的别墅。在那几个月里,她几乎忘记了外面的嘈杂与纷乱。散步、野餐、远足、社交成了她主要的生活内容。她还在北戴河学会了游泳,当苏慧廉来到时,两人已能在海滩上玩"鞍马"游戏了。

在北戴河,他俩与老朋友、时任大清海关总税务司的赫德相聚,那段时间赫德也在北戴河度假。北爱尔兰人赫德被认为是近代史上对中国产生最大影响的几个外国人之一。赫德比苏慧廉大一辈,他开始在中国工作的那一年,苏慧廉才刚出生。在路熙的眼里,赫德"中等身材,秃头,胡子灰白,眼睛灰蓝色,天庭饱满——虽然现在又狭又瘦。他的牙齿很大但不整齐,佝偻着背,衣领很低,早晨结的领带总是蓝的"。[2]

当时已过知天命之年的赫德刚在北戴河买了座小平房,距路熙度假的别墅只有五分钟的路程。许是路近,许是与年轻的路熙特别投缘,那段时间,赫德几乎每天都过来看她,并给她读一小时的书。路熙到晚年都还记得:"在阳光灿烂的清晨,我不禁回忆起消逝的航海时光,爵士背诵诗歌,他能背诵许多诗歌。我大大开心的是,他还在我的书上题了一首诗。他喜欢坐在阳台上讲他自己的故事,尤其是早年的经历。"[3]

---

[1] 沈克成:《温州历史年表》(北京:北京电子出版物出版中心,2005),第294页。
[2] 苏路熙:《乐往中国》,第313页。
[3] 同上,第315页。

路熙的回忆录中，留下了不少赫德自述的往事，包括作为坏孩子的童年、差点加入太平天国部队的离奇经历，以及在中英之间斡旋，妥善解决"马嘉理事件"的过程。

"马嘉理事件"与温州开埠密切相连，事件最终和平解决，赫德功莫大焉。

我已经两年没有去教堂了。我的老朋友，罗素（Russell）主教来北京，我就去听他讲道。听完后，我去找英国大使，威妥玛爵士。当时他在书房写急件，写完后，威妥玛说他要下令降下英国国旗，他自己也要离开北京。这就等于说要宣战。赫德问："为什么？这个很严重，请多加考虑。"

似乎中方答应为最近被杀害的年轻领事马嘉理作出赔偿，但现在他们反悔了，让威妥玛爵士无法容忍。赫德劝他暂时忍耐，自己亲自去了衙门，发现这是场误会。他告诉中方，他们若反悔，英方无法容忍。中方答应了履行承诺。第二天，罗素主教和赫德一起吃饭。

主教笑着说："那些善良的中国基督徒说维多利亚女王派我来北京和谈。你觉得如何？"

"你的确促成和平。若不是你来中国，我就不会去教堂，也不会遇见威妥玛爵士，一场灾难就会发生。"[1]

按这个假设，如果没有赫德的斡旋，就不会有《烟台条约》与温州1876年的开埠。

后来，苏慧廉也来到北戴河。一天，"赫德兴奋地拿着一捆光绪皇帝公布的新法文件对苏慧廉说，'看这个，还有这个，还有这个！'年轻的光绪皇帝维新变法，大力改革政府和教育"。[2]光绪发动的改革，就是史称的"百

---

[1] 苏路熙:《乐往中国》，第318—319页。
[2] 同上，第356页。

日维新"。

苏慧廉后来撰写《李提摩太在中国》，也提到那天的见闻：

> 六月的一个上午，赫德先生遇到了我，他把我带进内室，出示刚收到的变法诏书。我们一起浏览了一遍，我永远都不会忘记他当时脸上的表情及喜悦的语调："我从没想到，我会活着看到这一天。"[1]

"百日维新"期间，苏慧廉夫妇去了北京，但赫德还继续留在北戴河。在此之前，这个忙碌的人从未独自离岗休假过。即使是回英国休假，他也没放弃过对海关事务的遥控指挥，唯独这一次，完全摆脱了公务。赫德前往北戴河的时间是6月11日，返回北京的时间是9月21日。也就是说，他在北戴河整整待了一百零三天。也就是这一百零三天，中国发生了维新变法。[2] 这不知是巧合，还是历史神秘的安排？

### 莫理循

在北戴河期间，苏慧廉夫妇与另一位在中国享有盛誉的外国人——莫理循[3]也有较多的往来。莫理循时任伦敦《泰晤士报》驻中国记者，后来还担任袁世凯的政治顾问。在清末民初的中国，他是个很有声望的人。当时曾流传莫理循的一篇报道抵得上中国官员三份奏折的说法。还有一个笑话，说很多刚到中国的外国人都抱怨，一下火车，黄包车夫不由分说便会将他们从前门火车站直接拉到王府井大街的莫公馆，因为在车夫们看来，所有来北京的外国人应该都是来找莫理循的。那时的王府井大街就叫"莫理循大街"，他的家也就在这条街的中段。

---

[1] Soothill, *Timothy Richard of China*, 236. "百日维新"始自1898年6月11日，苏慧廉误记为9月，径改。苏慧廉在 *China and the West* 中也提到这个细节。(第179页)

[2] 百日维新前后一百零三天，自1898年6月11日（四月二十三）光绪诏定国是、决定变法起，至同年9月21日（八月初六）慈禧重新"训政"止。

[3] 莫理循（George Ernest Morrison, 1862—1920），英国人，生于澳大利亚。1887年毕业于爱丁堡大学医科，曾任《泰晤士报》驻华首席记者、中华民国总统政治顾问。著有《一个澳大利亚人在中国》等。

莫理循（左三）与传教士

莫理循来北戴河路熙下榻的阳光居做客。在路熙的回忆录中，关于同莫氏的交往还有些细节，如莫理循知道苏氏夫妻是传教士，于是向他们说起自己被传教士相救的经历。

北戴河度假结束后，苏慧廉夫妇前往北京。在北京，"我们也去看了莫理循博士。他住的单层房子不利于健康，所以难怪他总抱怨身体不好。……他有一张精致而热切的脸，在阳光居看起来很不错，在他家看起来也还行。他说自己每年要花三百英镑买和中国相关的书，英国出版的每一本和中国有关的书，他都买了"。[1]

路熙提到莫理循热衷藏书，这是他的爱好，也是他最大的文化成就之一。莫理循爱好收藏与中国及亚洲研究有关的资料，经二十年经营，藏书量达数万册。为此，他还在寓所里建了个图书馆。辛亥前，苏路熙再次来

---

[1] 苏路熙：《乐往中国》，第335页。

到北京时,就看到了这座图书馆。

> 1910年,我再次去看他。他不仅给自己盖了新房,还为他的书盖了图书馆。他和一位敏感苗条而温婉的女子结婚,她后来成了他的秘书和图书管理员。我们听到这条新闻并不奇怪,因为之前的一个晚上,我们曾经见过她。她穿着白色丝绸晚装,黑色长发飘飘,系了条常春藤色的发带。在莫理循死前,他珍贵的藏书落入到了日本人手中,据说总价高达四万英镑。[1]

路熙笔下这个敏感苗条而温婉的女子叫珍妮小姐。莫理循在五十岁时爱上了这个二十一岁的英国女孩。莫理循与珍妮有三个孩子。路熙提到的后来落入日本人手中的藏书,至今还是中国人心头的一个伤痛。

### 北京最后一晚

苏慧廉夫妇在京期间,住在老朋友白来喜(J. B. Brazier)的家里,并受到与偕我会同宗派的圣道会传教士甘淋[2]、德辅廊[3]和马歇尔(Marshall)的热情接待。[4]

这是苏慧廉的第二次北京之行,上一次是在1891年。这次夫妇俩游览了长城、孔庙等名胜,并走访了包括莫理循、裴式楷[5]、劳瑞(Lorry)博士等老朋友。这时的苏慧廉已经三十八岁,经过十六年在中国的磨砺,已成长为一个交游广泛、活跃在上层社会中的人。

苏慧廉夫妇在北京的最后一晚是与赫德一起度过的。四个人,包括赫

---

[1] 苏路熙:《乐往中国》,第335页。
[2] 甘淋(George Thomas Candlin, 1853—1924),英国人。1878年来华,在天津、乐陵、武定、唐山等地传教。1914—1918年任汇文大学堂教授,1918年燕京大学成立后,出任神学教授。
[3] 德辅廊(Frank B. Turner, ?—1933),英国人。1887年来华,在天津传教,后任乐陵医院院长。
[4] W.E.Soothill, "Methodist Union and Our Mission," *The Missionary Echo* (1907): 147.
[5] 裴式楷(Robert Edward Bredon, 1846—1918),英国人,赫德内弟。1873年入中国海关任职,历任各重要港口税务司,曾任副总税务司,1908—1910代理总税务司。

德的私人秘书,一起共进晚餐。

路熙说,这是个令人震惊的晚上。吃饭的时候,赫德年轻的秘书讲起他一两个小时前刚收到的消息——第二天慈禧太后将重新执政。

> 霎时,静得连针掉到地上的声音都可以听到。我们马上意识到,推翻皇帝意味着我们所期待的变革都完蛋了。
>
> 我们的主人大叫:"胡扯!"
>
> 他意识到他和每个人的前途都很暗淡。这位秘书对大家对这条重大消息有所怀疑的反应感到气馁,我看见他脸上有点忿忿不平。
>
> 他强调:"我说的是事实。"
>
> 这个晚上没有人再就这个话题多说一句话。对于这样一种历史倒退,我们困惑、不知所措,只能不断问自己:"接下来将会如何?"[1]

这一天是1898年9月21日,戊戌年八月初六,慈禧太后重新"训政",昙花一现的改革寿终正寝。

第二天,当苏慧廉去海关道别时发现他们几乎都在读慈禧的诏书。当他向裴式楷话别时,裴氏还正准备将诏书翻译成英文。"诏书说因为皇帝事务太多,积劳成疾,所以要求她重新执政。这些华而不实的陈词滥调谁也骗不了。"苏慧廉夫妇当时这么想。[2]

在路熙的回忆录中,也说到翁同龢被免、谭嗣同被杀及珍妃投井等中国人很熟悉的与戊戌相关的故事。路熙感叹:"假如当时皇帝有机会劝说他令人敬畏的姨妈与他一起实施改革,而不是密谋把她软禁,结局会是怎样?谁知道呢!是慈禧废除了改革,但在她意图靠义和团驱逐外国人的想法幻灭后,她自己又改变了态度。"[3]

历史没有假如。随后的现实是旨在从上而下主动变革的百日维新以血

---

[1] Lucy Soothill, *A Passport to China*, 306.
[2] 苏路熙:《乐往中国》,第357页。
[3] Lucy Soothill, *A Passport to China*, 307.

腥的方式收场,力图改变中国的方式从此由和平渐进式向暴力颠覆式转移。革命从远处走近,不过,还需要再走几年。

曾担任李提摩太中文秘书,当时正仓皇出逃的梁启超后来说过一句意味深长的话:"革命党者,以扑灭现政府为目的者也,而现政府者,制造革命党之一大工场也。"[1]当时还年轻的苏慧廉,在随后与中国深度交缠的过程中,将体会到这句话对人对己的切肤之痛。

1898年9月22日[2]一早,苏慧廉夫妇便来到北京车站,他们将按原计划踏上返程。返程的路线是北京—天津—烟台—上海—温州。但火车误点了,上午的火车直到下午四点才开动。抵达上海才知道,火车延误是因为当时全北京城正在搜捕康有为。其实康有为早一天已逃离北京。两人焦急地等候在北京车站的时候,康有为已躲在一条船上,从烟台前往上海。

英国人同情维新派,英国领事坐船去距离上海不远的吴淞,让康有为换了一只船,帮助他逃到香港。据梁启超《记南海先生出险事》记录,这个英国领事叫濮兰德,[3]但苏慧廉在《李提摩太在中国》中却记录此人叫璧利南。[4]其实两人都没有记错,实际的情形是时任英国驻上海总领事的璧利南派遣濮兰德前往相救。

后来在伦敦,路熙说自己在一个中国朋友的小型聚会中碰到了这位英国领事,大家请他讲讲这段故事。不过,"这位年长的领事拒绝迎合我们,摇着睿智的脑袋不肯答应"。[5]不知这位睿智的长者是璧利南,还是濮兰德?

经天津、烟台、上海,1898年9月29日,苏慧廉夫妇抵达温州。[6]出发时,

---

[1] 梁启超:《现政府与革命党》,《饮冰室文集》,第十九卷,第48页。
[2] Soothill, *Timothy Richard of China*, 240. 苏慧廉误记这一天为9月21日,径改。
[3] 梁启超:《记南海先生出险事》,载夏晓虹:《追忆康有为》(北京:中国广播电视出版社,1996),第327页。濮兰德(John Otway Percy Bland, 1863—1945),英国人。1883年来华,曾在中国海关任职,1896年就任上海英租界工部局秘书长。著有《清室外纪》《中国最近的事变和现在的政策》《李鸿章》等。
[4] 苏慧廉:《李提摩太在中国》,第224页。璧利南(Byron Brenan, 1847—1927),英国外交官,1898—1901年任英国驻上海总领事。
[5] 苏路熙:《乐往中国》,第361页。
[6] *The Missionary Echo*(1898):189.

他们绝没想到，这一场旅行会见证如此惊心动魄的一段历史。

### 扩建城西教堂

戊戌年还有件重要的事值得一记，那便是城西教堂的扩建。甲申教案后，苏慧廉在街头教堂边新建了座相对宽敞的教堂，供信徒礼拜之用。"此教堂有三百个座位，其中三分之二在1885年的时候还是空着的，但到1895年所有的座位就被坐满了。到去年，可以说是人多得挤也挤不进去。于是东面的墙被凿开，用草席搭了一个凉棚，临时解决下问题。"苏慧廉在一篇题为《温州城市教堂揭幕》的文中这样写道。[1]

1897年春天动议的这次重建规模不小，但苏慧廉做得很有效率。他富有创意地将教堂东面已凿开的墙拆掉，把另三面墙延伸出来，这样新建的部分就可与老堂连成一体，成为一个可容纳八百人的大教堂。此方案不仅会缩短工期，还节省费用。扩建仅用了十个月，1898年便宣告竣工。全部扩建费用是二百五十英镑，来自一位素不相识的英国人的慷慨捐赠。

据苏慧廉记载，扩建后的教堂占地七十五英尺宽，八十英尺深（新建的部分为四十五英尺深），四面的墙壁高三十五英尺，屋顶离地面的距离超过五十英尺，由四根超过四十英尺高的大圆柱支撑。圆柱是黑色的，我小时随祖母去教堂，便对这颜色有深刻的印象。

为记载这次扩建，苏慧廉亲撰碑文，他用文言文写下了这篇《重建圣殿记》：

> 主降世一千八百七十八年，吾英国教士李华庆航海来中国，寓温郡嘉会里传耶稣圣教。仅阅两年，即归道山。自八十二年，仆来继李任。其时居住于此，信从甚寡。至八十四年，忽丁魔劫，突遭恶党劫掠财物，焚毁教堂，荡我书院，火我居房。次年英会捐资建造圣殿。主日聚集者尚寥寥无几，并未分设友会。多历年所，福音莫得广宣，叹习俗愚

---

[1] W.E.Soothill, "Opening of Wenchow City Chapel," *The Missionary Echo*（1899）: 17.

迷,共崇偶像,实非人力所能挽回。讵意主旨难测,近十年来,恩光渐照渐明,圣道愈推愈广,地则有四五邑,会则有七十奇,人则有三千余。即本堂每逢主日,男女扶老携幼而来,门内几无隙地。数年之内,藉众会友随时劝化,始获有此兴盛也。仆之始愿未及此,今及此岂非天乎?去年春议重建圣殿,继长增高,俾得礼拜观瞻。幸托主恩,中外集资成数,庀材鸠工,昕夕董治,月圆十度,方始告竣。仆望自是福音处处广行,圣道蒸蒸日上。爰叙其缘由,勒石以垂不朽云。愿救主恩、天父怜爱、圣灵感化,长临本堂,世世无穷,亚门。主降世一千八百九十八年 英国传教士苏慧廉识。

这篇碑文在温州教会史上很著名。人们赞赏苏慧廉汉语水平之高时,常举此为例。不过,我认为此文很可能经过当时中国文人的润色,因为在苏氏留下的著述里,我没有再看到同样水准的文言大作。

此碑石仍在,镶嵌在现城西教堂大殿近大门右侧那根圆柱的石磉上。

今写此文时,不禁想起2001年的一个冬夜,已是耄耋之年的支华欣[1]牧师领我们参观过戒烟所旧址后,又引我们来到高盈十余米的教堂主殿。他打开灯,亲自挪开柱边的几排座椅,指示碑文所在的位置。我也是在那天才发现,这根黑色圆柱的石磉原来与众不同。

那个晚上我对支牧师说,我对苏慧廉有兴趣。一晃十多年过去了,支牧师也已过世,而我当年的想法,至今仍徘徊在这些字句之间。

此次扩建完工,教会没有举行隆重的庆典。

  我们决定在上个礼拜日也就是本月圣餐聚会时,为新堂悄悄揭幕。我们所有人都为能目睹一场盛大的聚会而感到由衷高兴,特别是我们中间那些记得过去的艰辛与失败的人。当看到六百多张灿烂的面

---

[1] 支华欣(1918—2005年),温州人。1938—1939年就读于浙东神学院,1941—1944年就读于浙南华中协和神学院,1944—1946年在湘桂等地参加伤兵之友社、战地服务团、青年军。1947年任职浙瓯日报社,1949年后从事教会工作。著有《温州基督教》。

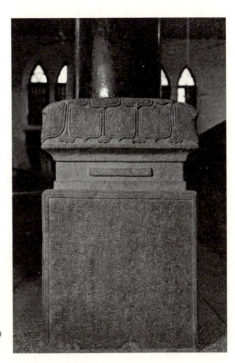

高达一米二的石碑四周刻着《重建圣殿记》
（杨龙2016年12月21日摄于温州）

1898年扩建完工的城西教堂

谢道培

孔,听见他们发自肺腑的赞美上帝之声时,定有某种更胜于快乐的感情激荡在心。每个座位都坐满了人,不过因旧的习惯,人们仍喜欢拥挤在讲坛的台阶和圣餐台栏杆的周围。其实,我们已经准备了很多的长凳。……两名本地牧师也做了祷告,他俩都经历过过去的岁月。其中一名老人已八十岁了,另一位,也就是金先生,仍然与我们在一起。[1]

在这个低调的仪式上,还多了一位汉名叫"谢道培"的英国人,他的英文名是 William Robert Stobie,1896年11月来到温州。谢道培是苏格兰人,出生在诺森伯兰郡之纽卡斯尔(Newcastle upon Tyne, Northumbrian),毕业于爱丁堡大学,来温州前已做了一年的牧师。[2] 偕我公会安排谢道培赴温,是为接替海和德。海氏受总部的调派,于1896年12月转赴宁波。

那天的揭幕仪式上,谢道培带领大家唱赞美诗,霍厚福医生做奉献祈祷,苏慧廉则主持当日的布道,他打开《圣经》,请大家看如下的经文:

---

[1] Soothill, "Opening of Wenchow City Chapel," *The Missionary Echo* (1899): 19.
[2] W.E.Soothill, "Rev. W. R. Stobie," *The Missionary Echo* (1905): 9.

主说：你们要为我造何等的殿宇？

岂不知你们是神的殿，神的灵住在你们里头吗？

我未见城内有殿，因主神全能者，和羔羊，为城的殿。[1]

2008年12月18日，温州城西教堂举行教会成立一百三十周年暨教堂重建一百一十周年隆重庆典。所谓重建一百一十周年，也就是上溯到1898年的此次扩建。不过，这样的算法并不精确。[2]

---

[1] 三句圣经经文分别出自《使徒行传》7：49、《哥林多前书》3：16、《启示录》21：22。
[2] 温州城西教堂的重建始于1885年，1902年才告最后落成，1898年仅是其中一次扩建。

## 第六节　世纪之交

**两则书讯**

世纪之末，就这样走来。

以撰写《中国近百年政治史》而蜚声学界的李剑农把戊戌年（1898）秋间到庚子年（1900）夏间称为"维新变法的反动时期"。民族自尊、公共积愤、生活不安、政治阴谋，四种反动心理合起来构成一种巨大的反动势力。[1]

在京目睹皇城巨变，回温后的苏慧廉在想什么，要做什么？查1899年的《教务杂志》，这一年与苏慧廉有关的信息只是两部著作的出版。

一是《四千常用汉字学生袖珍字典》[2]由美华书馆（The American Presbyterian Mission Press）刊行。书讯刊登在该年的8月号上。[3]

我见过这本字典，精装小开本，暗褐色封面，长不盈掌，可放入口袋。字典不厚，四百多页，正文分两大部分：第一部分为主体，收录四千三百个常用汉字，计十三编，以声符分类、排列；第二部分再收录六千多字，按读音字母顺序排列。正文之后为附录，苏慧廉罗列了中国朝代、省份、二十四节气以及天干地支、月份称谓等内容，以便读者对中国文化有个粗略的了解。

这本字典的独特之处在于常用汉字以声符分类排列。汉字传统的归纳、排列法，一是通过部首，最典型的就是《康熙字典》的二百十四部；另是通过音韵，如《佩文韵府》的一百零六个韵部。但前者的缺陷是每一部下汉字数量太多，并且字与字之间缺少关联；而后者，对于刚接触中文的西

---

〔1〕 李剑农：《中国近百年政治史》（上海：复旦大学出版社，2002），第172—177页。
〔2〕 W.E.Soothill, *The Student's Four Thousand 字 and General Pocket Dictionary*（Shanghai: Presbyterian Mission Press, 1899）.
〔3〕 *The Chinese Recorder* 30（1899）: 414.

苏慧廉编《四千常用汉字学生袖珍字典》

方人来说,恍若天书。

苏慧廉编写这本字典,是供西方人学习汉语之用,因此他想到了汉字——绝大多数汉字为形声结构——的另一半声符。他将汉字梳理出八百八十八个声符,然后将四千个常用字以此归纳排列。如归在第二百六十四声符"敖"下的"遨""熬""傲""贅(赘)"四字,一排列,似乎能看出些规律来。

当然,将汉字按声符排列,苏慧廉不是西来汉学家中的第一人,他在字典的前言中也自称吸收了加略利[1]、卫三畏[2]、翟理思、富善等人编纂汉语字典的成果。意大利汉学家加略利1841年在澳门出版的《字声纲目》被认为

---

[1] 加略利(Joseph Marie Callery, 1810—1862),意大利人,汉学家,著有《字声纲目》《汉文总书》等,并将《礼记》译成法文。加略利生平及其首创用音符分类汉字的经过详见谢海涛论文:《加略利的外交与汉学研究生涯》(复旦大学博士论文,2012)。
[2] 卫三畏(Samuel Wells Williams, 1812—1884),美国传教士,1833年来华,任《中国丛报》编辑。中美谈判签订《天津条约》时任美方副代表,1860年任美国驻华公使馆临时代办,1876年退休。1877年返美任耶鲁大学汉学教授,是美国第一个汉学教授。1881年任美国圣经公会主席。著有《中国总论》《我们同中华帝国的关系》等,编有《汉英韵府》等。

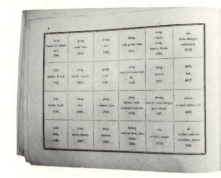

安保罗编《常用四千字录》

是史上第一部研究汉字声符的专著,它首次整理出一千零四十个声符,并对一万两千个汉字进行了归纳。美国传教士、汉学家富善1891年在中国出版的《汉英袖珍字典》[ A Pocket Dictionary ( Chinese-English ) and Pekingese Syllabary ]则首次将西方小开本引入中国辞书界,这本后被称为《富善字典》的小书现被认为是第一本袖珍本汉英字典。谢福芸后来提到她父亲这本不断被重印、广为流传的字典时,也认为其特点是侧重于发音,编纂的主旨是让读者能随身携带。[1]

《四千常用汉字学生袖珍字典》在西方汉学界影响甚大,是当时习汉语者的重要工具书。此书不断重版,到1952年便已出了二十版。不论是德国汉学家安保罗(Paul Kranz)编纂《常用四千字录》[2],还是英国语言学家欧尼斯特·蒂普森(Ernest Tipson)编纂《粤语字音对照手册》[3],用的底本都是苏慧廉这本字典。

1899年12月号的《教务杂志》还刊登了苏慧廉另一部作品《圣诗温州

---

[1] Hosie, *Brave New China*, 83.
[2] Paul Kranz, *The key to the character problem, or, The Chinese Alphabet : four thousand most frequent characters according to Rev. W. E . Soothill's phonetics, but divided into six classes of frequency with standard romanisation for self examination and private study* ( Shanghai: Presbyterian Mission Press, 1910 ).
[3] Ernest Tipson, *A Cantonese Syllabary-Index to Soothill's Pocket Dictionary* ( London: Routledge & Kegan Paul, 1951 ).

土白》(*Revised Hymn Book, Character and Romanised*) 的出版信息。[1] 此书就是苏慧廉用温州方言教会罗马字编译的赞美诗集。不过,我至今没有见到该书。

## 方阵

到1899年,偕我公会在温的传教士只有三人:教区长苏慧廉、定理医院院长霍厚福及新来的谢道培。但温州城乡当时有三百万人口,于是苏慧廉不断向总部呼叫:增援!增援!三百万的温州人需要增援。

据说,一位毕业于剑桥大学的哈罗德·威尔逊(Harold H. Wilson)先生,经过层层选拔,几乎已定下要派赴温州,但到最后还是发生了变化,这让苏慧廉很失望。另一位医生也如此。日益繁忙的定理医院其实急需专业人手。[2]

1899年12月,一位后被称作"山迩缦"[3]的英国牧师偕夫人抵达温州。山迩缦不仅带来了自己的夫人,还将谢道培的夫人也从英国带来。[4]谢道培夫人弗洛伦斯·霍尔盖特(Florence Holgate Stobie)是偕我公会牧师亨利·霍尔盖特(Henry Holgate)的长女。后来路熙离开温州,由她负责艺文女校。

在英国偕我公会一本发黄的年刊里,有一张这四个家庭的合影。这张照片应摄于温州,并且就是在这世纪交替时。四个年轻的英国男子,带着各自年轻的妻子,到温州组成一个特别的方阵。照片里还有一个穿连衣裙作女孩打扮的小男孩,他叫邓肯(Duncan Bardsley Hogg),是霍医生家的公子。

---

[1] *The Chinese Recorder* 30 (1899): 621. 内地会朱德盛(Robert Grierson)在1891年8月5日致差会一信中,提到苏慧廉编辑的方言赞美诗两年前由位于台州的内地会印书馆出版。(*China's Millions*, 1891: 132) 因笔者未见原书,暂无法确定其准确的出版年月。

[2] *Forty-third Report of the Home and Foreign Missions of The United Methodist Free Church for the Year Ending April,1899.*

[3] 山迩缦(Arthur Henley Sharman, 1870—1954),又译夏尔曼,英国人。1893年加入偕我公会,1899年12月来温,接替谢道培负责管理艺文学堂,1919年因病回英国,1923年重回温州。1924年退休返英。

[4] Soothill, "Our Mission in China," *The Missionary Echo* (1906): 178.

山迩缦

偕我公会驻温州四传教士家庭合影。从左至右依次为山迩缦夫妇、霍厚福夫妇及孩子、苏慧廉夫妇、谢道培夫妇

在这个异国方阵初次列队的同时,一个更为庞大的温州方阵也已集结完毕。

**第一次联区会议**

1899年12月29日,温州偕我公会历史上第一次联区会议在城西教堂举行。与会的七十余位代表中,五十多位是来自乡村的传道人。这批本土传道人是苏慧廉在温州十余年培养出来的地方精英,也是温州偕我公会的"脊梁"[1]。

这些传道人分别来自乐清、外西溪、内西溪、楠溪、青田、瑞安及温州城区。温州偕我公会七大联区的布局从此形成。在英国差会的年报中,也是自这年始,在温州总目下分列七个联区的业绩。[2]

"在中国,很少有差会像温州这样拥有数量如此之多的本地传道人。"主持这次会议的苏慧廉自我评价。[3]

> 根据我们英国的做法,本地传道人的工作属于义工,不需付薪,因为他们从事的是一项神圣的使命,就像使徒保罗一样。但在温州,我们的传道人常常需要长途跋涉,并且由于异教徒对于安息日的规定并不了解,常常为了一己之便就打乱了他们的作息时间。长期以来,我们一直反对为本地传道人在星期日的工作支付物质报酬,顶多只是象征性地给予补偿,但他们在日常六天中的工作,我感到有必要考虑他们的利益,当然,这必须在乡村教会的支付能力之内。[4]

苏慧廉要考虑的是一个温州特色的问题——本地传道人酬劳,这也是本次联区会议的主要议题。经过充分的讨论,最后决定:"本地传道人在

---

[1] MacGillivray, *A Century of Protestant Missions in China* (1807—1907), 132.
[2] *Forty-third Report of the Home and Foreign Missions of The United Methodist Free Church for the Year Ending April, 1899.*
[3] W.E.Soothill, "Letter From Wenchow," *The Missionary Echo* (1900): 65.
[4] Ibid.

所属辖区宣讲福音属义务劳动，他们将从主那里获得更多的回报。但考虑到外出传道舟车劳顿，很多时候周六、周一尚在途中，而他们的经济状况并不优渥，因此决定，周日外出传道一天给予15分的报酬；外出传道来回二十里（七英里）并在外住宿一宿，补偿30分；外出传道四十里并在外住宿两宿，补偿40分。"[1]

温州福音广传，与如此组织结构及制度建设应该有很大的关系。后来中国基督教强调"本色化"（Indigenization）和本地牧师、同工、信徒推动的"处境化"（Contextualization），其实作为外人的苏慧廉已先行一步。

这次会议为期三天。周六下午，两周前刚刚抵达温州的山迩缦先生还介绍了英国差会设立的"二十世纪基金会"（Twentieth Century Fund）的相关情况。不过，台下的人既听不懂山迩缦的英语报告，也不知基金会的运作模式。

"台下听众的表情非常有趣，当然了，山迩缦的介绍随后被翻译了过来。我们解释说，在温州筹措到的资金一定还会用到温州本地的建设中，而且我们也保证，不管每个分会最后筹措到了多少资金，最后还是会悉数用到本分会的发展中。"苏慧廉的解释及承诺得到了有效的回应。到会议结束时，七个地区共承诺捐款五百二十九元。当然，温州城区捐款最多，达三百零一元，这其中包括四个外国牧师及其妻子的奉献。

温州偕我公会历史上第一次联区会议在1899年的最后一天晚上圆满结束。不巧的是，1900年新年第一天便下起了漫天大雪，并且伴着呼啸的冷风。很多代表无法踏上归程。据苏慧廉记载，那场风雪持续了一个星期，"归程遥远的代表们被困在这里，并且在未来几日归去的希望也非常渺茫"。[2]

世纪之交的风雪，也许预示着什么。

---

[1] Soothill, "Letter From Wenchow," *The Missionary Echo*（1900）: 66.
[2] Ibid., 67.

### 红灯照、哥老会、神拳会

一个周六，苏慧廉与山迩缦到外西溪传道。从码头到目的地要翻过一座山，到达山顶时，苏慧廉发现许多人聚集在一面大旗旁。

> 一位我已认识很多年的灰胡子老先生，他来自十英里外的一个村庄，过来对我说，这是一面造反的旗，显然由 The Red Lamp Society 竖立。但没有人敢拔掉它，一是担心招来忌恨，同时也担心被抓，面临坐牢甚至以叛逆罪砍头的可能。
>
> 据我所知，The Red Lamp Society 没大的能耐，除了在本地制造动乱。而我们基督徒将是动乱的主要受害者。我还可以断定，他们在这里插旗是别有用心的，目的是使我们要去拜访的友好村与当局之间的关系陷入困境。最后，因不用担心被作为叛逆处决，我认为自己有责任将这面旗取下来，交给村里的地保，让他转交给知县。当然，更明智的做法是让地保本人将旗子取下，但中国的治安官与他的英国表兄是一样的（难道还要我们对那过去一代人说三道四吗），他们往往是没事老找你，有事难找到。还有，我觉得旗放得越久，变数会越大。旗是昨夜插的，现在时间尚早，看见的人还不多。但很快，数百名村民（其中有些家在一百英里外的山底）将潮水般涌往温州。不能再拘谨了，我决心不让忠诚的中国人刚刚沐浴到的和睦惠风受到污染，不让这个在空中飘扬的灾难旗帜散布不和谐的种子。这面旗迅速到了地保手中，他带着它，往城里去了。[1]

苏慧廉笔下的 The Red Lamp Society 就是"红灯照"，起源于山东、直隶一带，属地下民间组织。参加者多为底层的青年妇女。她们全身红色装束，手提红灯笼，故有此称。红灯照的首领叫"黄连圣母"，传说功法厉害。入了组织的妇女跟着这位大师姐习拳，经过七七四十九天的练习后，就能得

---

[1] Soothill, *A Mission in China*, 64–65.

道术成。一旦术成,便可步行水上而不湿。手中扇子一挥,则敌人大炮不响。右手的红灯投掷到哪,哪就是一片烈焰火海,其威力宛如现在的轰炸机。

今天看来很可笑的举动,在当时却广受欢迎。史家认为,当时因外国经济势力侵入,传统经济受到挑战,失业人数增加很多。这些底层人只知生活的不易,却不知其中的原因,更以简单的思维认为是受了外国的欺负。于是他们把一切的祸根,笼统归结到"洋教"上面。但是洋人的兵舰枪炮又着实厉害,于是他们想到封神西游在戏台上表现出的神通广大,希望借神力排外,以回应家国所承受的双重耻辱。义和团也正是利用这种群众心理,刻意塑造出这些"怪力乱神"来。当时类似的组织还有大刀会、小刀会、青灯照、黑灯照等。戊戌之后,地下的民间会社风生水起。

苏慧廉在《晚清温州纪事》一书中,还提到一个"Ko-lao-hwei"的秘密会社组织。

> 昨天早上六个男人走进我的书房,事实上,他们属于两个独立的教派,互不认识。其中一个是属于内地会,另一个是我们自己的。两者均来自楠溪的北端,他们此行目的是来报告,秘密帮会 Ko-lao-hwei 又在积极活动,并策划本月中旬发难,杀死所有基督徒,没收他们的财产。一位信徒用转弯抹角的方式成功取得一张敌人的印刷通告,这是一张反基督教的大传单,他们准备十七日张贴,十八日起事。[1]

苏慧廉现在已明白"Ko-lao-hwei"就是"哥老会"。其实他对此组织早有所闻,1890年3月,他给《教务杂志》编辑部去信,指出一篇文章中提到的"高老会"应为"顾老会"。《教务杂志》把这封来信刊出了。后来苏慧廉认识到,他的改错是越改越错,于是又给杂志社去信,认为正确的写法应是"哥老会"。[2]

---

[1] 苏慧廉:《晚清温州纪事》,第59页。
[2] *The Chinese Recorder* 21(1890):140.

哥老会源于四川,是近代中国活跃于长江流域,声势和影响都很大的一个秘密组织。其中有两支于1898年转到温州永嘉楠溪活动,一为崇华山麒麟堂的宋左亭,一为八宝山忠义堂的萧桂。[1]

来自北方的红灯照与来自南方的哥老会,在温州杂合成本地的秘密会社——"神拳会"。

1898年上半年,瑞安仙篁竹(今属江溪镇)人许阿雷和陈飞龙、伍黼廊及武举人曾光阳等,在北方义和团运动的影响下,组织神拳会,宣称"玉皇大帝遣我赤脚大仙,教我辈神拳法,炮火不能伤。今番人所恃者枪炮耳,枪炮无其用,则彼无能为,我大唐可以驱之出境,绝其阑入也"[2]。一时间乡民哄然而起,声势甚大。

许阿雷揭竿而起之前是个无名小卒(亦说是个道士),即便后来被当成反帝反封建的义士,后人仍找不出他的出生之年及举事前的光荣事迹,甚至连他的准确大名也不能确定。[3]

许阿雷后来能做大,很关键的一步是认识了"财主"张新栋。张新栋(1841—1907年),字良东,瑞安莘塍华表人。"因家贫出卖袭父绿营军籍,得钱,去福建做兑糖儿(以麦芽糖兑换废品等)生意,旋在海轮当厨工,后随福建人到南洋经商,家渐富足"。[4]张新栋每隔三四年归家一次,在周济里人时也诉说国人在南洋因国家衰弱,备受洋人凌侮之苦。一时国恨家仇齐涌乡人心头。

张新栋结识神拳会的过程也颇有趣。1899年,他刚从南洋归来,见其兄学法后发狂——"揭尿盆盖作藤牌舞,升屋脊自谓上天,掷屋瓦以为打番人。"于是他往访胡道隆道士,知道练神拳旨在抵御番人,兴我中国,便"居道士于家,自设坛场,倾赀给其费,两坛之众尽归之"。张因出钱,被

---

[1] 胡珠生:《温州近代史》,第152页。
[2] 张明东:《记族人新栋公事》,载《温州近代史资料》(温州市教育局教研室、中学历史教学研究会编,1957),第185页。
[3] 《瑞安市志》(北京:中华书局,2003)有"许阿雷"条(第1625—1626页),内容甚少。亦有史料称他为许阿庆。
[4] 《瑞安市志》,第1626页。

推为会主。瑞安"城厢及清泉、崇泰、帆游三乡十二都,恶番人教者,皆乐为神拳弟子,读书人亦多附和。番人教徒敛迹,不敢为非者数阅月"。[1]

神拳会后来迅速扩展到邻县的平阳。该县蔡郎桥人金宗财与景雪和尚、时称"三姑娘"的陈章氏组织神拳会,散卖"双龙票布",提出除灭洋教的口号。至1900年夏,仙居、陈家堡、监后垟等村几乎全村百姓入会。[2]

神拳会的迅速壮大,让官府及地方士绅惊恐万状。瑞安知县华松年宣布瑞城戒严。平阳、瑞安各地士绅纷纷组织团练以自卫,因为"能抢教屋者,即能劫殷户"。办团练的队伍中有著名学人孙锵鸣、孙诒让、刘绍宽、黄庆澄等。被后世称为"清代朴学殿军"的孙诒让亲任瑞安团防总董。

神拳会仅是1899年温州众多暗流中的一支,也是当年中国的一个缩影。据《中华帝国对外关系史》记载,那一年,除了湖南一省,帝国的其他各地都有灾害和变乱发生。[3]

**维新变法的反动时期**

不论是义和团,还是神拳会,洋人、洋教、教徒都是他们的敌人。据说,拥有洋货,如灯泡、钟表、火柴的人,在当时也可能成为袭击目标。

> 在两星期前,回到城里我发现有两个人在等我。……这两个人,一个是六十岁的老太婆,另一个是一位令人尊敬的四十岁男子,两人我都不认识。我走近时,老妇人跪倒在地,泪流满面,哭着求救。我能为她做什么呢?可怜的人!仅在几天之前,她的儿子已被当地的一些村民卑鄙地杀害,他们恨他是基督徒。情况是这样的:
>
> 她有三个儿子,都是基督徒,正派、无害的年轻人。在成为基督徒之后,他们开始一轮接一轮遭受迫害,最终异教徒邻居把他们赶出家园。

---

[1] 张明东:《记族人新栋公事》,载《温州近代史资料》,第184—188页。
[2] 马允伦、马允元:《义和团运动时期的平阳拳民运动》,载《温州文史精选集(一)1898—1923》(《温州文史资料》第十五辑),第77页。
[3] 马士:《中华帝国对外关系史》(上海:上海书店出版社,2000),第三卷,第171页。

赶他们时，第二个儿子胸部惨遭毒打，没多久肺部大出血，数月后就死了。母亲和两个兄弟租用另一所房间，继续忠诚地参加礼拜。后来，一些老乡在他们的影响下，开始加入他们的行列，因此，反对他们的人变得比以往任何时候更加恨他们。

最近一天，一位亲戚在他的小鸡群中发现一个野生动物，追过去把它打死在田里。回家时，他碰见了老寡妇的第三个儿子，对他说："我刚刚在那边杀了一只野物。你说，你们基督徒不怕吃这种东西（指恐惧恶魔附身），所以你拿去吧。"因为家庭条件非常差，很少有机会吃肉类，所以年轻人朝着所指的方向走去，找到动物，带它回家，煮熟，和家人吃了，毫无疑问，他们吃得津津有味。第二天，他们最凶暴的敌人出现了，宣称他们杀了他的猫吃了，其实那猫第二天就找到了。此时，并不是他真关心这只失踪猫，而是将它作为一个吵架的借口，所以他立马动手，打碎了他们家所有盆碗家什，包括神圣的东西——镶灶，而且还殴打了母亲和小儿子。我们的本地牧师，听说了这暴行，把此事交到家族族长的手中，那族长仅要恶棍赔两元给伤者家属，反而罚受恶棍迫害的人二十元，用于修建该村子的桥梁！

半个月后，可怜的年轻基督徒上山砍柴，四个仇人抓住了他，用柴刀砍他，用扁担打他脑袋。据说，当他们结束暴行，开始挖坑将他埋葬时，突然，电闪雷鸣，下起可怕的暴雨，他们急急忙忙逃走了。

现在，失去亲人的可怜老寡妇呼喊求救，有什么可以做呢？我从来不曾要求逮捕或处罚过任何一个，这件事也不能那样做。她必须自己去递上状子，让官府去举行惯常的侦讯。她告诉我状子早已递上去了，但官府无动于衷，她的儿子已经死亡数天，正迅速变得难以辨认。我该放他去，任凭他们把可怜青年装进棺材，再也看不见吗？由于与官府关系良好，我觉得同意她的要求是合理的，于是送可怜女人离去，带着我的可怜的安慰。[1]

---

[1] 苏慧廉：《晚清温州纪事》，第59—60页。

苏慧廉记下这个故事时，虽没写具体的时间，但我们大体可推知，它应发生在1900年前后，也就是被李剑农称为维新变法的反动时期——以戊戌政变开幕，以义和团大闹北京收场。另一位历史学家史景迁（Jonathan D. Spence）把这段时期的局势称为"隐晦不明"与"新旧杂陈"。"在这种敌视与惊惧的氛围里，中国悄然萌生一股蓬勃的力量。这种力量表现的方式各不相同，但可用'民族主义'一词加以概括。"[1]

仅1900年前后，温州及周边就有多起排外斗争发生，如乐清之案、玉环厅之案、永嘉之案、瑞安之案、平阳之案。[2]在洋人中很有影响力的《字林西报》[3]1899年4月3日报道：反对洋人及教徒的谣言上星期在温州流传。[4]

---

[1] 史景迁：《追寻现代中国——最后的王朝》，温洽溢译（台北：时报文化出版企业股份有限公司，2001），第286页。
[2] 据光绪二十七年正月二十八日（1901年3月18日）《署理浙江巡抚余联沅奏报议结浙江新旧教案情形折》。见《清末教案》，第三册，第12页。
[3] 《字林西报》（*The North-China Daily News*），前身为《北华捷报》（*The North-China Herald*），是英国人在中国出版的历史最久的英文报纸。英人奚安门（Henry Shearman）1850年8月3日在上海创办《北华捷报》周刊，1856年增出《航运日报》和《航运与商业日报》副刊，1864年《航运与商业日报》扩大业务，改名《字林西报》，独立发行。《北华捷报》作为《字林西报》所属周刊继续刊行。1951年3月停刊。
[4] *The North-China Herald*, Apr. 3, 1899.

## 第七节 庚子年

**出温州记**

2009年3月,伦敦已有些春意。我每天都泡在伦敦大学亚非学院半地下室结构的善本书室,抓紧阅读循道公会档案。其中一本题为《中国温州,1900》[1]的小册子引起我很大的兴趣。这本由苏慧廉编著的报告,中间竟然转抄了谢道培庚子教案期间的日记。

小册子薄薄的,粉红色的封面也已陈旧。轻轻打开,扉页上用汉字写着圣经中的一句话:在世必有患难。[2]

谢道培的日记,开始于1900年7月3日。

1900年7月3日(六月初七)星期二[3]

余思恩[4]和朱德盛[5](内地会,后者刚从瓯江口返回,因为义和团的到来,他和他新娘的蜜月在第二天就泡汤了)来到我家,叫我和他们一起去找道台,要求他采取措施阻止平阳的暴乱和威胁。朱德盛的两个传道人带来消息,附近的义和团已经定下日子准备烧掉外国人的房子和教堂,并要杀害基督徒。余思恩其实前一天已写信给道台,但没有引起对方的重视。

因此,我认为再度前往并不明智。他们改变了主意去找海关税务司,他正计划第二天通过炮舰将信差带走,以确保这里所有外国人的安全。

---

[1] W.E.Soothill, *Wenchow, China, 1900* (Shanghai: The American Presbyterian Mission Press, 1901). 笔者暂将书名译为《中国温州,1900》。此书现藏伦敦大学亚非学院图书馆,未见其他著录。
[2]《圣经·约翰福音》16:33。
[3] 苏慧廉转抄的谢道培日记,每则前仅记公元日期,夏历年月及星期为笔者所加。
[4] 余思恩(Bernard W. Upward),内地会传教士,1897年来华,在温州传教。
[5] 朱德盛(Robert Grierson),内地会传教士。1885年抵华,次年6月抵温。1900年6月26日与萧爱铭(Jennie H. Sherman)在台州成婚。

他们要去找的道台叫王祖光[1]。温处道当时辖温州、处州（今丽水）两府，治所在温州。

**1900年7月4日（六月初八）星期三**

　　苏慧廉的仆人在城里听到不好的流言，说有五百个本地的士兵今晚将会被派到平阳，那些粗人准备袭击我们。他建议我提醒我们的组织多加小心。今天传来的消息是三十六英里外的一个教堂被义和团重重包围，既不能进也不能出。传道人夜里逃到温州求救。领事馆警官康普顿[2]先生来问我用炮舰送信差到宁波领事馆的可行性。今天流言漫天，诸如继平阳之后，温州将在十号遭到攻击，届时外国人将被屠杀，房子和教堂都将被烧掉。

当时温州还没有电报，所以他们只能以信差的方式，向最近的宁波英领馆求救。

**1900年7月5日（六月初九）星期四**

　　我们本地的牧师夏正邦先生今天从楠溪回来，他说那里传说外国人都已逃离温州。还说北方义和团有超能力，子弹伤不了他们，伤口也不流血，就连沙土也可变成士兵来攻击外国人。在通往西溪的路上，夏先生也听到类似的说法。

**1900年7月6日（六月初十）星期五**

　　住在三英里外的一位传道人今天过来告诉我，在他的村子里，哥老会的人正磨刀霍霍随时准备袭击基督徒，并认为星期天是最合适的

---

[1] 王祖光，字莲孙、号心斋、蜀江，顺天大兴（今北京）人。同治十年进士，散馆授编修。屡任会试同考，山西、广西主考官，外官浙江杭嘉湖道、温处道。
[2] 康普顿（John Samuel Compton，1840—1917），光绪十八年（1892）前后开始在温州担任领事馆警官。

日子。内地会的人已决定停止礼拜，但是周边更多的人仍决心要像往常一样聚会敬拜。今天下午在内地会，他们和道台的代表会面，据说道台无力帮助我们。

因为镇台[1]（一个军官）非常排外。知府也是不会有所作为，因为他还没有接到上级的命令。

时任温州知府叫启续，字迪斋，是个满人。当时的温州镇台叫范银贵。这天与道台代表见面的外国人中，还有偕我公会的山迩缦与谢道培。

1900年7月7日（六月十一）星期六

内地会朱德盛的两位传道人带来了平阳骇人听闻的消息，义和团已经到了那里。女人们决定晚上去江心屿避难（一个大约有四分之一英里长，离北城门六百码，位于瓯江中央的一个小岛，领事馆和三座欧洲人的寓所就建在上面）。我们这边的女士们将衣服和食物打包后，也加入她们的行列。

另一个教徒到来，证实了昨天那位传道人所说的一切，并说那些体质虚弱的教徒只能留在家里。今天关于平阳及周边地区的流言更多了。看着山迩缦一家和我太太去了岛上，医生[2]及家人在下午茶后也走了，我则返回，今晚十点，在医院教堂我还要主持一场礼拜。这是一个漆黑的雨夜，大约二十多人参加了礼拜，包括两位女性。等我回到嘉会里巷教会大院的时候，我看见有三个人已在那里等我。他们随身带着枪，这段时间一起住在一个海关关员家里。他们希望我能搬去和他们同住，那样会更安全些。但我觉得我有责任守护教会的财产，于是我和我的两个仆人还是留在这里过夜。朱德盛要求留下陪我，我认为没有多大的必要，于是在商量好信号和见面地点后，他们就回家

---

〔1〕原文是 Chen-tai，即镇台，清代对总兵的尊称，掌管一镇军务之大臣。
〔2〕指霍厚福。

了。今天道台的船带来了北方的坏消息。我也听到了端亲王关于屠杀外国人和基督徒的法令早在6月20日已到达温州，这正是镇台很想付诸行动的法令。

路熙的回忆录中，也有关于这一日的记录：

> 道台命令外国人离开城市，到江心避难。我们那些人虽然不知道法令，但看到门口"你们要被杀"的布告，加上义和团要来的谣传。他们遵守了道台的命令。
>
> 谢太太后来说："我仅仅够时间把几件必需品塞进箱子里。"我相信她，她后来写信给我描述了她的房子（坐落在白屋一米开外）："看到自己的房子，我几乎要心碎。我知道，六个月前从英国带来的心爱的礼物要被烧毁了。"
>
> 第一晚，谢先生在城里度过，我们知道谢太太肯定在江心睡不着。在空荡荡的领事馆里，聚集了十六个人。每个房间睡了六七个人，睡在地毯上。用箱子或者雨伞支起蚊帐防蚊子。一个洗脸盆，大家一起用，但都心怀感激。一对新婚夫妇，仅有两天的蜜月，现在要担心性命之虞。对未知未来的忧虑折磨着他们。[1]

1900年7月8日（六月十二）星期天

城市教堂早上的礼拜，大概有两百人参加，也有部分是非基督徒，其中还有三四十位是女人或小孩，这是一场非常安静的礼拜。下午的礼拜由本地的一位传道人主持，医生也来了。突然，一个仆人带着封惊人的信件从岛上跑来，并催促我们尽快撤离。聚会立马被中断，我们马上离开。道台来信请求女士和传教士们带上家人一起去上海，他说他正招抚拳民前往北方，这和端亲王的命令一致。我们没有接受他

---

[1] 苏路熙：《乐往中国》，第212—213页。

的提议,而是和海关人员一起在岛上避难。尽管这里很早之前就收到了南京发出的,对外国人有利并且可以抵制义和团的告示,但官府没有采取措施让大家知道。晚上山迩缦和我到医院教堂做礼拜,那里人很少。晚上我在岛上过夜。

端亲王的命令,就是鼓动义和团向洋人攻击。同年6月21日,慈禧下令向英、美、法、德、意、日、俄等国同时宣战。但是,在清廷发布宣战令前,两江总督刘坤一、湖广总督张之洞、两广总督李鸿章、大理寺卿盛宣怀、山东巡抚袁世凯、闽浙总督许应骙等正紧锣密鼓地商议如何"抗旨",以保存东南各省的稳定。此即"东南互保"。[1]在帝国北方农民"造反"的同时,南方的封疆大吏也联手"造反"。

当然,来自高层的两个声音,也让南方不少中下层官员一时无所适从。专制政权,大忌的是出现实质上的两个中央。

1900年7月9日(六月十三)星期一

上海来的轮船送来了一位新的领事——O'Brien Butler。他马上去见了道台,并且告诉他真实的情况。道台仍然犹豫不决,他分别给海关人员及传教士写了信,希望海关不要撤离,因为他们是清廷的一员。税务司觉得道台表里不一,遂下令关闭海关,要求全部人员离开,并做了快速撤退的准备。当晚,山迩缦和我睡在教堂里,一切都很平静。

这位叫O'Brien Butler的新领事,汉名"额必廉"。他就是这一天抵温,履任英国驻温州领事。

额必廉9日清晨抵达温州。当天即写了封信给道台王祖光:"华中和华

---

[1]《东南互保章程》有九款,可简单概括为:南方绝不支持义和团杀洋人的举动,不承认帝国政府对各国宣战诏书的合法性,并且会采取各种措施保护洋人在华的安全和利益;洋人不得在帝国南方采取包括军事攻击在内的任何过激行为,必须遵守帝国的法律和道德礼仪,和中方以和平状态进行正常的商品贸易。浙江参与"东南互保"情况,详见《温州近代史》,第160页,注2。

南的最高当局已同北方断绝关系，因此，中国的那些地区同所有各国处于和平状态。我请求他立即发布一个告示，将这个事实告诉人们，使他们可以放心，同时，对任何人胆敢欺凌外国人或基督教徒，或是损坏他们的财产，则将处以严厉的惩罚。我进一步告诉道台说：如果有任何外国军舰访问这个口岸，应以友好的方式接待它，因为它是属于一个友好国家的。"[1]

道台准备按南京指示办，但知府和总兵却要遵守皇上的圣旨。一方主抚，一方主剿，一时莫衷一是。

平阳士绅刘绍宽在日记中为该日保存了一份记录：

> 十三日。……午后，县城西门外教堂滋闹拆毁，幸县宪禁止，方退。府尊启迪斋太守（续）来平，拟招抚金宗财、许阿雷云。外间哗传道府宪遍饬拆毁教堂，乡民哄然而起，乡中教民惊惧，咸思逃遁。是夜各教民家、林官仓之林佩赞、龙船埭之杨上瑞、下东庄之陈荣郎以及各乡教堂，均被毁。[2]

府尊招抚许阿雷，确有此事。现收藏于上海图书馆的盛宣怀档案里收录了一份温州知府启续是年6月13日发布的《告示》："查自古以来，无禁拳棒之例，有禁洋教之条。今既准洋人设教，反禁我民学拳，将来有事，我民软弱无能，岂非坐以待毙乎！将此情形详具禀，飞递省垣，拟收许阿雷及拳民人等立为民团。今于六月初六日奉到抚宪批示：'现当国家用武之际，准其收录许阿雷及拳民人等成团，不准民教为难，滋生事端'等语；为此晓谕许阿雷及拳民人等，'著投本府，按名收录成团，帮同官军保守地方，

---

[1]《第263件额必廉致索尔兹伯里侯爵函》，载《英国蓝皮书有关义和团运动资料选译》（北京：中华书局，1980），第195页。额必廉（Pierce Essex O'Brien-Bultler, 1858—1954），英国领事官，1880年为驻华使馆翻译学生，历任烟台、厦门、云南、奉天等地领事。1900—1901年任温州领事。

[2]《刘绍宽日记》（北京：中华书局，2018），第一册，第287页。刘绍宽（1867—1942年），字次饶，号厚庄，浙江平阳刘店（今属苍南）人。曾任温州府中学堂监督、浙江省立第十中学校长、温州籀园图书馆馆长等职。著有《厚庄文钞》《诗钞》《厚庄续集》《刘绍宽日记》等。

为首先赏给六品顶戴,充当团长,后有功劳,再当保官首赏'。"[1]

1900年7月10日(六月十四)星期二

两队中国兵在领事馆附近驻扎,说是接到命令要保护我们。道台和其他官员来拜访领事,祈求海关人员留下,但坚持让传教士撤走。一整天,本地的基督徒来来往往,场面令人动容。

山迩缦和我到麻行[2]礼拜。屋子里挤满了人,但很安静,我抓住机会向其中不少非教徒传教。但是当我们走上街头,一些稚气未脱的小青年就冲我们大喊大叫,并且讥笑我们,直到我们上了船,才被紧跟着我们的一些基督徒制止。

当天一早,额必廉即去拜访道台,这是他第一次拜访王祖光。寒暄几句后,额氏便直奔主题:"我反复谈了我前一天信中所提的问题,对它们做了更详细的解释,并告诉他:我抱着诚挚的希望,相信他将保护外国人及其财产,然后我对他的能力抱有很大的怀疑。我告诉他说:新任知府和署理总兵都是极端排外的,而且关于反对基督教徒的骚乱,已有消息传来。道台装模作样地认为这个消息不过是毫无根据的谣言,对城内或附近义和拳的想法认为荒唐可笑。他向我保证说,一切事情都十分平静,没有任何理由感到惊恐。他承认,他不能控制署理总兵,并且不想否认此人的排外情绪。他还请求任何外国军队不要前来温州,因为这肯定会惹起麻烦。"[3]额必廉对王祖光没有好感,他在给英国女王的报告中,称他为老鸦片烟鬼。

不知是当时资讯不发达,还是道台有意隐瞒,其实就在他向额必廉说"一切都十分平静"时,平阳、瑞安的拳民正在乘胜追击。"本日本乡及小南、南北港各乡教民房屋及教堂均被毁。"这是刘绍宽当日的记录。[4]作为平阳

---

[1]《盛宣怀档案资料选辑之七·义和团运动》(上海:上海人民出版社,2001),第125页。
[2] 温州城区一地名,日记中原文为Hemp Market Gate。
[3]《英国蓝皮书有关义和团运动资料选译》,第196页。
[4]《刘绍宽日记》,第一册,第288页。

团练的副董,他当日正在仪山商议团练事。

"一名传教士的住宅被闯入,窗户和百叶窗被打碎,并且一些东西被偷走。他的住宅由于知县的努力才免于遭到完全毁坏,那位知县跪在穿着苦力衣服的暴徒面前,请求他们不要损坏该住宅,并且不要使该传教士陷入困境和遭受损失。在这个县城中,还有一所教会学校及其附近的印刷室被他们闯入。作为暴徒们愚昧无知的一个例证,我可以说明:供印刷用的铅字都被拿走了,人们宣称,那些小铅块是外国人的子弹。"这是额必廉后来向英国外交大臣报告时,补充了10日发生在平阳县城的事。[1] 这个为了洋人而向他的中国子民下跪的知县叫谢焯鋆。

离开道台衙门后,额必廉又与时任瓯海关代理税务司的李明良[2]做了次长谈,下午还与传教士做了沟通。随后李明良即写信给王祖光,决定关闭海关,并暂时撤走职员。海关虽由英人主持,但它却是清政府的一个行政机构。道台兼任监督,算名义上的第一把手。因此,海关离开口岸,道台的脸面就没法搁了,毕竟这是前所未有的事。

这件事促使那位死气沉沉的官员行动起来。当天晚上,张贴了类似其他口岸发布的告示,其中包含他所收到的刘坤一总督关于局势以及警告人们不得欺凌外国人等问题的训令。这个告示本应在我到达之前便已公开发表。人们终于知道了道台的意愿,但是已经太迟了。对于乡下人,来不及在农村各地方张贴告示。[3]

在温侨民的安危也已引起英方的重视,也就在这一天,英国驻上海代总领事霍必澜[4]向英国外交大臣索尔兹伯里侯爵(Robert Arthur Talbot

---

〔1〕《英国蓝皮书有关义和团运动资料选译》,第198页。
〔2〕 李明良(A. Lay, 1846—1911),英国人,中国海关第一任总税务司李泰国之三弟,生于厦门。1867年进中国海关,曾任福州副税务司。1900年4月23日至1903年4月16日任温州税务司。
〔3〕《英国蓝皮书有关义和团运动资料选译》,第196页。
〔4〕 霍必澜(Pelham Laird Warren, 1845—1923),英国领事官,1867年来华,先后出任福州、台湾、汉口、上海等地领事。1878年至1880年署理温州领事。

Gascoyne-Cecil）发出电报："有人报告说，义和拳已在温州出现，他们在该处公开进行操练，并宣称：他们想杀死所有的中国教徒和外国人。由于这些谣言的结果，一艘炮舰正沿江而上，但我建议：如果危险变得严重起来，外国人应当撤退，因为我们不能长期不用该炮舰。我认为，当危险一旦紧迫的时候，人们离开较小的口岸是可取的，因为没有足够的炮舰保护每个口岸。"[1]霍必澜对温州比较熟悉，他在这座小城待过，1878年至1880年曾署理温州领事。

此封电报在第二日便得到英国外交部的回复："温州的各国人士问题。关于您7月10日的来电，您应当同高级海军军官磋商，并与他采取一致行动；关于在可能发生的各种情况下撤退外国人的问题，您应该报告你们共同的建议。"[2]

当晚留宿在江心的山迹缦说，霍医生、谢道培、内地会的沈益谦[3]先生和他，面面相觑，一夜未眠。

1900年7月11日（六月十五）星期三

　　我们的一位传道人在一些教徒的陪同下，带着一条消息到来。他们在离温州城十三英里外看见了成批的义和团。领事下令所有的外国人都到船上过夜，并且把船泊在离码头有一定距离的地方。

这个传道人带来的消息是真的。也就在这一天，神拳会首领许阿雷率众烧毁了萧家渡教堂、鳌江礼拜堂及杜山头天主堂。之后，金宗财率领数百名神拳会会员赶到瑞安马屿，两队人马会师后举行祭旗大会，当场"杀教士一名，击鼓纠众"，然后"持刀鸣鼓，联队南下"，至平阳城关，登仙坛山，竖大旗，焚毁西门外莲池巷教堂。之后许部回马屿，金部渡鳌江前

---

〔1〕《第20件代总领事霍必澜致索尔兹伯里侯爵电》，载《英国蓝皮书有关义和团运动资料选译》，第124页。
〔2〕《第24件索尔兹伯里侯爵致代总领事霍必澜电》，载《英国蓝皮书有关义和团运动资料选译》，第126页。
〔3〕沈益谦（Ernest C. Searle），内地会传教士，1895年11月9日抵华，在温州平阳传教。

往钱库，起事达到高潮。[1]

杀人，是为了祭旗。不过，被杀的教士是内地会驻堂牧师戴阿碎。《温州基督教》记录："马屿神拳弟子，蜂起摧毁新渡桥教堂，将驻堂教士戴阿碎（一说戴日顺）绑解江上宫，逼其跪拜偶像。戴宁死不从，众愤，欲杀他，戴视死如归，唯求准其先祷告。正当祷告时，马屿涂一屠夫，举刀砍下戴首级，将尸身与首级扔进飞云江中。然身首随潮水上漂下流，终未离散，最后停在仙皇竹涂坦上。众见一大白犬守尸。三日后，朝廷令下，命厚葬之。坟在塘下鲍田乡官渎村。"[2]

7月11日早晨，道台对额必廉回访，由于他打算同一时间拜访税务司李明良，所以会晤就在瓯海关举行。道台极力希望外国人（不包括传教士）能留下来，并许诺提供保护：派兵驻领事馆及海关，并把一艘重约七十吨的小蒸汽船交给他们自由支配，在必要时，外国人可坐船离开。但额必廉还是想走，因为他担心道台实际保护不了他们。

道台离开后不久，一批温州士绅登门拜访额必廉及税务司，目的也是希望外国人留下来。额必廉后来私下说，这批士绅其实是担心西人离开后，原来定期航行于温州和上海之间的商船"普济"（Poochi）轮会停驶。山迓缦说，就在与道台交谈后，额必廉就努力把"普济"号留下来，他向船务公司表示愿意承担所有等待的费用。当然，船务公司有点担心，暴民可能也会袭击他们的船只。[3]

当时温州城里的外国人都已躲在江心屿上。尽管当时苏慧廉夫妇没有在其中，但对避难江心的经历，他们感同身受。路熙写道："历史重复了一

---

[1] 胡珠生：《温州近代史》，第159页。方志刚在《温州神拳会与天主教会》一文中认为瑞安杜山头天主教堂7月13日被焚。（《温州文史资料》第九辑，第260页）

[2] 支华欣：《温州基督教》，第29—30页。时在温州的山迓缦后来回顾这一年时也提到此事："参与此事的神拳会一个扛旗的头目，不久后就死了。同年，其家中还有四人相继去世。周边的人说，这是上天对他的惩罚。"见A.H.Sharman, "A Few Incidents in1902," *The Missionary Echo*（1903）：20.《二十六年：曹雅直夫妇温州宣教回忆录》（台北：宇宙光全人类关怀机构，2015，第300页）译注者据戴氏宗谱考证，戴阿碎又名戴昌达，字日淳。

[3] "Letters from Ningpo, No1–From The Rev. A. H. Sharnan to the General Missionary Secretary," *The Missionary Echo*（1900）：152.

次。江心屿的外国人和当年的我和苏慧廉一样,殷切盼着轮船,他们和当年的我们一样心神不定,不知道接下来会发生什么。"[1]

最后让额必廉做出离开决定的消息是,他从三方面证实,一支约三千人的义和拳队伍,正从一个仅距温州城十英里的地方出发,打算进城进攻教堂和外国人。由于他们沿途进行捣毁,并且在途中还要进行些祭祀,预料将于星期四拂晓到达温州。

不能再等了,额必廉通知所有的外国人登上"普济"轮,并立即升火待发。随船逃离的天主教神父刘怀德(Pore Louat)记下了当晚的情形:

> 当天晚上,三十九名外国侨民上了船,我们的拯灵会修女和孤儿也一同上了船。大约9点钟,有两个邮差前来报信,说有三千叛乱分子在向温州进发,他们离城只有15里路,他们想要拦阻轮船离港,俘获洋人。轮船马上发动机舱动力,乘客个个惊恐万状,有的则去寻武器。10时许,一个中国神父给我送来"圣爵",整个温城都为这消息所惊扰。
>
> 由于"普济"轮须候潮涨离埠,为了防患于未然,船长下令抛锚,把船停在江心之中。次日6时,开船前几分钟,船上来了一位送公文的使者,公文声称,道台将负责保护外国侨民的财产。[2]

1900年7月12日(六月十六)星期四
天刚蒙蒙亮,我们向宁波和上海开去。

"普济"轮行驶至公海时,遇见正奉命向温州进发的英国军舰"矮人"号。由于在温州的外国人都已在船上,"矮人"号也掉头返回。

外国人走了,神拳会继续征战。12日晚,许阿雷率两百多人经过宜山

---

[1] 苏路熙:《乐往中国》,第215页。
[2] 方志刚:《温州神拳会与天主教会》,载《温州文史资料》第九辑,第261页。

前往钱库捣教堂，不克，退回马屿。[1]

1900年7月13日（六月十七）星期五
　　船抵宁波，山迩缦一家、我太太和我留下，其余人去了上海和日本。

霍必澜向索尔兹伯里侯爵发出电报："我荣幸地报告，温州的外国人士已到达此地。"[2]

同日，神拳会攻打钱库教堂失利，弃帜散遁，当地驻军奉命缉捕。

苏慧廉这册报告摘录谢道培的日记只到7月13日为止，但义和团运动在温州仍波涛汹涌。谢道培后来把这段经历称为"出温州记"[3]（Exodus from Wenchow），引用的是《圣经·出埃及记》的典故。

**中国式告别**

除了这本小册子转录的材料外，我几乎没在苏慧廉其他著述里看到对庚子教案的记录。毕竟他当时没在现场。早在1900年3月7日，苏慧廉夫妇就离开上海返英度假。[4]这是他们的第二次休假。

因为十年才有一次回国的机会，所以教会举行了隆重的送行仪式。赠送给他们的锦旗上有颂歌式的文言长文，记述苏慧廉二十载功业。两边的对联这样写道：

　　　　十九年面命耳提泽流瓯海
　　　　五千士心孚意契泪洒春江

---

[1] 胡珠生：《温州近代史》，第161页。
[2] 《第37件代总领事霍必澜致索尔兹伯里侯爵电》，载《英国蓝皮书有关义和团运动资料选译》，第131页。
[3] W. R. Stobie, "With Persecutions," *The Missionary Echo*（1901）：161.
[4] *The Chinese Recorder* 31（1900）：216.

下面这篇由夏正邦——曾做过苏慧廉的书童,现已成为本地牧师中的佼佼者——撰写的文章,后来还以专文的形式,发表在当时甚有影响的《万国公报》及《中西教会报》上。

苏公慧廉者,英国伟人也。自幼穷《圣经》,多妙悟,迨稍长,以传道救人为己任。因闻中华有误入迷途者,心窃忧之,于是被圣灵感动,遂历艰险,涉重洋,于光绪壬午秋至华。暂栖甬,旋抵瓯,居郡城西嘉会里。窃恐言语未达,真理难明,文字未通,福音莫布,乃延名师讲音义。岁余学成,即宣道施医,在在为下民拯陷溺。不但性情温厚,行谊光明,独善而已,斯诚吾道干城也。然而圣道初行,积习难化,虽勤训导人,鲜听从。况复恶魔妒忌,捏造流言,谓西人至此,阳名传教,阴蓄奸谋,必不有利于我国者。往往主日登堂,礼拜时恶党拥入,叛乱喧哗。吾牧忍耐,无少愠怒,自是凶焰未熄,恶胆愈张。至甲申中秋翌日,晚间变作,诸教堂尽毁。吾牧幸有文武员弁护卫,得保无恙。迨蒙大宪奏闻,上谕叠颁,条教森严,梗顽敛迹,民教方安。信从者虽渐增,皆庸碌辈耳。是岁冬赴申,行亲迎礼,婚毕,挈眷旋温。重建教堂,立书塾,施医药,戒洋烟,种种善功,有加无已,而犹虑圄守一隅,福音或阻。缘此跋涉山川,栉沐风雨,即逢人以说道,复善气以迎人。俾僻壤遐陬,咸得与闻圣道。纵有村落恶少,众啄交攻,吾牧不惟忍受,且为之祈祷。其甘心为道受屈如此,而顽愚因此以化。嗣是设教规,译《圣经》,朝夕讲求,师母复能相助为理。举凡温之山川风土,俗谚乡谈,及教中条规礼度,皆详明汇集,翻译成书。俾后之西士来温者,取其所载诵之,宛似示南针,导我先路。在温十稔,得支会分立者二十余所,各派宣讲。由是承天眷,弄璋弄瓦,先偕师母言旋。是岁秋,吾牧例得归国,将教事托海君和德掌管。临歧饯别,人士赠言,颂德歌诗,洋洋盈耳,甚至泪行数下,情殊黯然。阅二载,割爱子女,独与师母来瓯,时适海君调宁,吾牧独肩斯任,劳瘁倍前。见温人疾病有以药误者,创医院,延霍先生诊之,并施以药。见温之格致失传,开艺文学堂,课以中西两学。见温之教中闺秀，目不识丁，设女塾，师母躬亲责课，兼教针黹。至戊戌，圣道加隆，城西殿不足容人，因而继长增高，胜前四倍。十九年来，久道化成，昔则信从皆愚鲁辈，今则缙绅之家、贤智之士，亦多升堂入室，争自濯磨。并支会分立者九十余所，领首礼拜者，几增百人。虽赖神恩，亦藉人力。今者吾牧例得第二次回国，同人留之不得，从之不能，惟有共裹制锦，述吾牧阅历之甘苦，功德之高深，以表各教会悦服之诚而已。[1]

经过中国式的告别，再经过近两月的海上跋涉，苏慧廉夫妇于1900年5月底回到英国。[2]

**留守**

温州城里的外国人都走了，留下来的基督徒就由夏正邦统领。已于1891年被按立为温州第一批华人牧师的夏正邦成了他们的牧者。

当时还只有二十岁出头的夏正邦是永嘉碧莲人，碧莲在永嘉山底，离温州有很远的路。夏正邦的父亲夏昌鈖是个银匠，手艺非常好。夏正邦也会这门手艺，不过他更爱读书，据说他是当时整个村里读书最多的人。夏正邦是苏慧廉1887年去碧莲讲道时信了基督教的。那时碧莲有四个人到温州戒毒，回去后宣布相信耶稣基督，后来他们邀请苏慧廉去讲道。[3]"村民用原始手段召集分散的村民去礼拜，我觉得非常好玩。一个肺功能很强的人使劲吹一个大海螺，回声传遍山中。"当时同行的路熙回忆说。[4]在海螺声的召集下，村民围过来看番人，当时还只是个孩子的夏正邦就是其中一人。夏正邦父亲当时也想不到，这一阵的海螺声会召唤他的儿子，从此踏

---

[1] 夏正邦：《苏牧师行述》，载《中西教会报》（第65期，1900年6月）。此文比载于《万国公报》的《碧莲后学殿士夏正邦直叙苏慧廉牧师寓瓯十九年行述》（台北：华文书局股份有限公司影本，第135册，第31页，1900年4月）略长，其中个别文字也有改动，笔者估计为定稿。
[2] "Mr.Soothill's Furlough," *The Missionary Echo*（1900）：101.
[3] *The United Methodist Church: Report of the Missions（Home and Foreign）for the Year Ending April, 1914*. 48–49.
[4] 苏路熙：《乐往中国》，第208页。

苏慧廉（后左三）、谢道培（后左一）、霍厚福（后右二）、山迩缦（后右一）与温州本地传道人合影。前排右二为夏正邦，前排中是金先生

上与村里其他人完全不同的道路。

可能是他爱读书又爱整洁的品性让苏慧廉喜欢，于是收他为书童。"那个时候，正邦在书房做事。苏慧廉的中国助手当中，他是最聪明最优秀的一个，也是唯一得力的一个"。[1]

夏正邦后来又做教会的工作。他能力很强，去乡村布道会吸引很多人进城参加礼拜。后来成为温州城西总教区公选会长的汤复三牧师，就是由他带领认识了苏慧廉，进而认识了上帝。

2008年9月6日，我到永嘉碧莲采访，碧莲镇基督教会负责人，时年八旬又四的徐道兴老牧师说起汤复三信教的故事："外国牧师到剩庄探访，回

---

[1] 苏路熙：《乐往中国》，第209页。吴慧在《乐往中国》中将"Tsang-poa"译为"庆保"，笔者径改为"正邦"。

来时经过碧莲。在碧莲,他问这里有无生员?他想找有名望的人。正好汤复三那时在碧莲,他是小渠人,正住在儿子家。他儿子叫汤太坤,会医药的。"我告诉徐牧师,这个外国牧师就是苏慧廉。

"外国牧师于是送了本《圣经》给汤复三,要他先看,并相约第二年再见面。汤复三是读书人,小时就读过东山书院,他看《圣经》很快的,第二年再碰见苏慧廉,就说有些经句已会背。苏慧廉问他,你肯不肯信道理,他就表示同意了。于是后被送瑞安衙后教堂学习两个月,回来后做了碧莲教会的负责人,先建聚会点,到1903年正式建了教堂。"

对于这段经历,与汤复三有过直接交往的吴廷扬记录如下:清光绪中叶,英国苏慧廉牧师到碧莲巡视教会,华教士殿士先生述牧师行状,苏牧即欣然接谈,见牧师雅量高深,清言洞达,即以《圣经》馈赠,牧师受归后,见是书身灵并救,遂寝馈其中,忧食俱忘,阅数月即领洗进教。[1]

比汤复三更早一届任温州教区总会会长的卢源生(1870—?)牧师据称也是于光绪二十年(1894)听了夏正邦"关于《亡羊补牢》的宣道"后,大受感动,从此立志学道。[2]

苏慧廉回忆录中留下了两段关于夏正邦讲道的记录:一次,讲经文"莫想我来要废掉律法和先知,我来不是要废掉,乃是要成全",他讲得非常精彩。他的目的是说中国的宗教虽不完善,但一直在为主的降临和基督教的传播铺平道路。主的降临不是来毁灭孔子、老子和佛陀,而是完善他们。苏慧廉评价他是"一个智力过人、见解深刻的布道者"。[3]

夏正邦另一篇给苏慧廉很深印象的讲道是关于"若不传福音,我便有祸了"[4],这篇讲道后来被编印成小册子,他自费刊印,当作"答辩书"发给朋友们。这也是他最后出版的文字。

夏正邦虽年轻,但成为温州教会历史上第一批本地牧师。1891年与前

---

[1] 吴廷扬:《汤复三牧师传略》,载《夏铎——中华循道公会温州宁波两教区月刊》第一卷第一期(1937年1月),第27页。
[2] 吴廷扬:《卢源生牧师传略》,载《夏铎》第一卷第五期(1937年5月),第21—22页。
[3] 苏慧廉:《晚清温州纪事》,第98页。其中经文出自《马太福音》5:17。
[4] 《圣经·哥林多前书》9:16。

曾是苏慧廉仆人、书童的夏正邦

夏正邦长子夏廷耀（照片由姜平提供），被教友抚养长大，后成为中国海关首位华人税务司

面曾提到的戚品三一起被按立为牧师，成为温州偕我公会的中方负责人。

当外国人被隔离在海岛上，正邦英勇地担负起对不安村民的责任。对于他们而言，他们比江心的外国人更忧愁，因为他们走不掉。他们没有电报可与外界联系。……对于正邦而言，外国人离开，就像灵和肉的分离。悲伤的基督徒对外国人寄托着一线希望——希望他们保护他们摆脱无知野蛮的暴徒。……他们请求外国朋友别走，尤其是谢先生一走，就"群羊迷途找不到牧羊人"，但正邦说："别拉着外国人。没有他们，我们还安全点。"他充满勇气和亲和力，想安慰他们。

于是重担都压在这个三十岁的男子肩膀上。他要照顾和安慰这些仓皇无助无家可归的人，接济他们。他的重担，我只能猜测。我不奇怪正邦说自己日夜没有休息，而且他的身体也不算强壮。[1]

---

[1] 苏路熙：《乐往中国》，第215—216页。

谢道培说自己绝不会忘记离开温州前的最后一刻与夏正邦的会面,"我们相对泪眼,却说不出一句话"。[1]苏慧廉说,他们都是跪在甲板上,泪眼迷离地相互看着对方,一切就像使徒保罗在帖撒罗尼迦做的一样。[2]

不论是苏慧廉的记述,还是路熙的回忆,都提到庚子教案期间,夏正邦给时在英国的他们写的一封感人肺腑的信:

> 我们的城市正如灭亡时的耶路撒冷。虽然知道义和团只能杀掉我们的身体,不能杀死我们的灵魂,人们还是处在深深的恐惧之中。我们正经历着火的考验。难民们不断地哭泣,我竭尽全力安抚他们。如果不是道台同情我们,我们早就死了。
>
> ……
>
> 我日夜得不到休息。如果没有神的帮助,我不相信靠我自己的力量,我会留在城里。这意味着死亡,我们基督徒要死在一起。如果神肯保护我们,那很好。如果神要我走上不归路,我会成全神的旨意。如果是后者,我只求你看顾我的孩子。[3]

### 世界传教大会

苏慧廉在回英国的途中,还曾赴纽约参加4月21日至5月1日在卡纳基大厅(Carnegie Hall)举行的世界传教大会(The New York Ecumenical Missionary Conference),当时有一百六十二个差会派代表与会。苏氏与阚斐迪代表英国偕我公会参加。[4]

大会期间,苏慧廉再次与李提摩太相遇。李提摩太是专程从中国赶到纽约参会的。当时在中国的北方,义和团运动已如火如荼。深具洞察力与远见的李提摩太知道如此状况在未来将引发怎样的危险,于是就在

---

[1] W. R. Stobie, "With Persecutions," *The Missionary Echo*(1901): 178.
[2] W.E.Soothill, "Rev.W.R.Stobie," *The Missionary Echo*(1905): 10. 保罗在帖撒罗尼迦传道故事详见《圣经·使徒行传》。
[3] 苏路熙:《乐往中国》,第214—215页。
[4] *The Missionary Echo*(1900): 69.

会上，他给大会执行委员会（Ecumenical Committee）提交了一份报告，"督促大会立刻采取行动，避免这种令人恐惧的危险发生，因为这种危险不仅仅针对传教士和信徒，还威胁到所有的外国人。然而，大会执委会做出的决定是，这种行动包含过多的政治意味，与传教士大会不干预政治的传统相悖"。[1]

在苏慧廉所著的《李提摩太在中国》中，李氏为制止灾难在中国发生，于纽约四处奔走的情况历历在目。苏慧廉没有说，自己当时有无与他并肩战斗。但李提摩太的希望破灭了，不出两周，中国的杀戮就开始了。

杀戮开始后，《传教士回声》邀请苏慧廉就当时中国的局势发表看法。已被视为"中国通"的苏慧廉写了《在中国的危机》一文，分析中国暴乱的前因后果。1900年10月刊出的该文最后，苏慧廉充满希望地写道：

> 此事可能的结局，希望西方列强不要像狼群一样扑在一只倒下的动物身上。"我们晓得万事都互相效力，叫爱神的人得益处。"如果皇太后能被铲除，皇帝回到他的宝座，并且成立一个强大的国会，我期待这个国家的问题能得到迅速并和平的解决，大多数避难的传教士最迟将在明年春天前返回他们的岗位。过去的一年多里，我们担心、焦虑，并面对危险的处境，基督徒在和平生活到来之前也遭受了许多迫害。然而，我相信，在未来十年中，我们将看到中华民族令人惊喜的觉醒：我们的主要问题可能变成在收获的时候需要更多的人手。作为一个教派，我们应当自己振作起来。否则，我们将发现我们的人手不够充足，来不及将我们的分享聚集起来。我们的谷仓太小，以至于承载不下我们所获得的东西。[2]

未来十年，我们将看到中华民族令人惊喜的觉醒吗？

---

[1] 苏慧廉：《李提摩太在中国》，第232页。
[2] W.E.Soothill, "The Crisis in China," *The Missionary Echo* (1900): 147. 其中经文出自《圣经·罗马书》8: 28。

**国变**

苏慧廉在英伦的日子,中国血雨腥风。与义和团相关的大事,熟悉近代史的人都耳熟能详:

1900年5月,清廷考虑把义和团组建为军队。

1900年6月,端亲王取代庆亲王接掌总理衙门。当月14日,拳民冲进北京东交民巷,各国使馆受到攻击。20日,德国公使克林德(Clemens-von Ketteler)喋血街头。

1900年7月,山西巡抚毓贤在太原大开杀戒,四十六名外国人及数千名中国教徒遭到屠杀。

1900年8月,由瓦德西(Count von Waldersee)率领的多国联军于14日攻进北京,解救被围困的公使馆。15日,慈禧带着光绪,在将珍妃推下井后,第一次穿上汉人服装,化装成普通百姓逃出京城。

后来的史书,把慈禧的这次出逃叫作"西狩"。不同版本的史书,对同一件事有不同的称呼,正如被西方称为"中国解救远征"的这次行动,在中国一直被叫作"八国联军"的入华侵略。我们小时候就是在这样的语境下,接受以雪耻为主线的爱国主义教育。2009年去世的史家唐德刚在写到这段国难时感叹:国必自伐而后人伐之![1]

温州。外国人离开后,留守的夏正邦在7月23日给英国驻温使馆写了封信,叙述他的见闻。

> 在接到上级的公文前,知府启续去了平阳和瑞安。他向义和团宣称,如若他们响应召抚便可获得奖励。这直接鼓动了他们,于是人们聚集起来,举旗前进,一路毁坏教堂与基督徒的房子,并掠夺他们的财产。一名传道人(内地会,本地人)被义和团抓住,他的头被粗暴地砍了下来,成为祭品。另一名基督徒企图逃脱追捕,结果淹死在一条水渠里。还有一人被重重包围,在逃生无望的情况下,为避免受折

---

[1] 唐德刚:《晚清七十年》(长沙:岳麓书社,1999),第426页。

磨而上吊自杀。接着义和团来到瑞安,毁掉了教堂和基督徒的屋子,抢夺他们的财产。在瓯江之北乐清,一名黄姓的举人写信叫来当地土匪,烧掉了白溪的教堂(偕我公会)。这名举人曾攻击一名传道人,几乎要挖出他的眼睛。这位传道人快要被他打死,幸亏举人的父亲出来反对(霍厚福医生七天后见到了这位传道人)。在那里大约有五十户教徒(偕我公会)遭到抢劫,并被敲诈了总共三千元。在楠溪,暴行与掠夺同样在上演。有一伙人威胁一名因为疟疾发烧而卧病在床的传道人(偕我公会),这使得牧师因受惊而死。这些土匪高举"扶清灭洋"的旗帜。在西溪及其他四个地区,暴力和掠夺也在上演。这些土匪完全漠视道台的公告,除了如今已归于平静的平阳外,没有一兵一卒被派去平息骚乱。[1]

夏正邦给英国使馆的这封信,不知时在英国的苏慧廉有没有及时读到。但不论怎样,当时全球的媒体都在报道发生在中国庚子年的屠杀。苏慧廉坐不住了,他急着要回温州,但他去申请时却遭到拒绝。据路熙回忆,他们质问:"为什么要多扔一个人在危险中?"[2]

### 回温州

1900年因苦难而漫长。1901年年初,苏慧廉终于获准并踏上了前往中国的航程。他于4月6日抵达温州。他的归来受到温州信徒的热烈欢迎,很多人到码头迎接。对温州信徒而言,苏慧廉就像他们的家长,他的归来让他们一下子觉得平安。"没事了,因为苏先生已经回来了。"很多人这么说。当晚,在医院的教堂里举行了礼拜,礼拜由苏慧廉主持。大家也为尚留在英国的路熙及其孩子祈祷。[3]

---

[1] W. R. Stobie, "With Persecutions," *The Missionary Echo*(1901):161–162. 此信原为中文,霍厚福译为英文发表,笔者现据英文转译回中文。
[2] 苏路熙:《乐往中国》,第216页。
[3] "Arrival of Rev. W. E. Soothill in China," *The Missionary Echo*(1901):93.

中年苏慧廉（摄于1900年前后）

苏慧廉抵温后即忙开了，直到4月18日才有空坐下来给母国差会去了一信。他说，他不在的时候，谢道培夫妇做了太多并太好的工作。谢道培在动乱仍未平息时，冒着生命危险于8月30日"潜回"温州。当时温州没有一个外国人，他与夏正邦一起做教徒与官府间的沟通工作，直至10月6日，在英国领事"责任自负"的严厉要求下，才返回宁波。

据说苏慧廉抵达温州后，对温州已恢复平静表现出极大的惊讶。[1]其实清政府态度在慈禧逃离北京时就已发生一百八十度的转变。8月20日，在北京城西北方向一百公里处的一个小县城，躲在几乘骡轿中的大清国朝廷以光绪皇帝的名义发布了《罪己诏》。《罪己诏》也可说是慈禧的"检讨书"，从这份诏书可以看出，慈禧的态度已被迫发生了彻底的改变。

清廷的政策可以来个如此大的转弯，但落实到具体办事的中下层官员及普通百姓手上时，他们有点不知所从。已回到温州的霍厚福医生在给英国教会的一封信中说，"中国人显然还没有从过去的惊慌中完全走出来，他

---

[1] The Missionary Echo（1901）：116.

们与洋人打交道时还显得有些羞怯。当然，官府现在对我们很友好，我们已恢复了影响力"。[1]

年迈的李鸿章在北京与列强代表周旋赔偿问题时，温州的赔偿方案也在快速议定。刘绍宽在1901年3月27日的日记中写道："二月初八，霁。……去年温州通府教案，计毁华式耶稣教堂约三十余座，教民遭殃者七百余家；华式天主堂约十数座，教民遭殃者一百八十七家。耶稣教赔偿抚恤议三万三千元，天主教议五万元。该款议归该管文武公同摊赔。当道欲令文武官一体公摊，以昭平允。"[2]

《温州基督教》认为，苏慧廉参与了该教案赔偿工作的斡旋，他"负责调查统计境内在庚子教案中的损失，提出赔偿意见报告光绪皇帝。报告中苏言：'损失数字巨大，经从中斡旋，将其降至最低限度。'光绪以苏处理'庚子赔款'有功，赠以朝珠，官同荣禄大夫"。[3] "从此苏慧廉更是盛气凌人，人们给他起个绰号叫'逢官大三级'，外出乘坐四人抬大轿，衙门随意进出。此后，入教人数逐渐有所增加。"[4]

根据刘绍宽所记日期，赔偿数字确定时苏慧廉尚在英国回中国的船上。其实主持基督教赔偿事宜的是时在温州的谢道培，他在1901年2月1日给差会的信中，提到自己与温州知府的交涉。

> 上周四，在本地牧师夏正邦的陪同下，我们去见了温州知府，并与他交谈了很长时间。知府同意赔偿七千元，原我们要求的总额为一万一千元。我们不得不同意他的意见，因为若在金钱上追求过多，将在中国官员中坏了我们的名声。知府今年的财政状况不好，商业处

---

[1] *The Missionary Echo*（1901），54.
[2]《刘绍宽日记》，第一册，第287页。原文"天主教议五万两"，笔者认为"两"为"元"之误，径改。光绪二十七年十二月十四日（1902年1月23日）《林祖述致盛宣怀函》，称："耶稣教，迭与领事教士和平议结，先后共偿国家洋银万六千元，教民万六千五百元，业经一律完结。"（《盛宣怀档案资料选辑之七·义和团运动》，上海人民出版社，2001，第673页）
[3] 支华欣：《温州基督教》，第30页。
[4] 谢圣尧：《循道公会温州教区简史》，载《温州文史资料》第七辑，第349—350页。

于非常低迷的状态,因此要得到全额并不容易。[1]

谢道培这时所见的知府已不是排外的启续,而是新上任的林祖述。启续是1900年7月23日因排外被撤任的,但交卸离温时却受到一众绅民的挽留。"他们抗议如此羞辱地将他撤职,一大群暴民聚集在街上阻拦他离去。"[2]启续显然很受感动,发表告示:"你们留我,本是好心,若一闹事,反害我身,南洋议定保护洋人,我为官长,功令必遵。"[3]启续貌似忠孝两全的对外传达其实深具春秋笔法,他称上级为南洋而不是清廷,或许还期待最高层的最后博弈。当然后来的历史证明他是输家,12月底,慈禧态度转向,作为下层,他只能输得更惨。启续1901年年初即因纵匪仇教遭革职,永不叙用,并"至少责令赔银五千元,倘自力不足",还需"查明其兄弟家财帮赔足数"。[4]

1901年年初,全国都在惩治祸首,温州也处理了一批路线错误的官员,其中包括总兵范银贵、护镇胡硕功、瑞安县知县华松年、署永嘉县即用知县查荫元等。

惩前毖后之后,官员对洋人的态度有了巨大的变化。谢道培在给差会的信中说,现在传教士受到极大的礼遇,他有时一天要接待好几拨登门拜访的官员。一个官员还邀请传教使团全体去吃了一顿有三四十个菜的大餐。不久,传教士又受邀到道台衙门赴宴,道台、知府、知县等各级官员悉数到场。这是顿奢华的宴席,所有的餐具都是银或象牙的,他们还吃到了燕窝。[5]

谢道培随后的另一封信中还提到,苏慧廉回来后,一个负责军事的官员坚持要给他配备五名士兵予以保护。另一个官员还递名片给他,说有事

---

[1] W. R. Stobie, "Letter from China," *The Missionary Echo* (1901): 57.
[2] 《瓯海关十年报告(1912—1921)》,《近代温州社会经济发展概况——瓯海关贸易报告与十年报告译编》,第236页。
[3] 《申报》,1900年8月6日,第2版。
[4] 据光绪二十七年正月二十五日(1901年3月15日)《浙江布政使荣铨为按英领事照会所开参革赔银各节办理事致省洋务局移会》。见《清末教案》,第三册,第6页。
[5] *The Missionary Echo* (1901): 116.

都可找他帮忙。[1]不知这是不是就是后人附会苏慧廉外出有人抬轿护卫、盛气凌人的形象。

动乱平息后，夏正邦也因处理有功获官府表彰。谢道培说他被授予"一枚镀金的勋章（可佩于帽上）及一串朝珠"[2]。但夏氏辞让，他说他的奖赏已在天上。最后是知县把这些奖励直接塞进他的轿子，并于几日后派人到他家乡宣布了荣誉。没有见过祖父面的夏秀玲告诉我，她小时在碧莲祖屋见过夏正邦留下的这项官帽，她由此还误以为祖父在晚清时曾为官一方。

### 英雄与歹徒

总输他，覆雨翻云手。

1900年8月6日（七月十二日），平阳拳首金宗财被捕，后判无期监禁。许阿雷在启续任上被招抚，启续被撤任后即被新太守"软禁"，后解省关押，获刑十五年。最后落网的是张新栋，经过几番激战，在军师及儿子均遭击毙后，他于次年1月14日（十一月廿四日）到县投案。

金宗财、许阿雷、张新栋，在他们生活的年代，即经历了从英雄到歹徒的变迁。但在随后的半个多世纪里，他们又从歹徒变为反帝反封建的英雄。1949年后的《瑞安市志》还为许、张列传。

据《瑞安市志》记载，在县府公堂上，张新栋承揽全部责任，言群众只是因愤而随他行动，并说："若爱国有罪，请先砍我之头颅。"府官上报省抚言"哀其愚而惜其志"，将他解往省城关押。三年后经乡人保释。[3]《温州基督教》也引用张新栋这番掷地有声的话："反对番人是爱国的表现，如果官府、百姓都不爱国，国家怎能保全？"[4]

"真是一群可怜的人啊！他们都出身于社会底层。他们付出自己的生命代价后才发现自己被严重误导了。"这是苏慧廉的叹息。[5]"他们中间的大

---

[1] *The Missionary Echo*（1902）：116.
[2] Ibid., 67.
[3]《瑞安市志》，第1626页。
[4] 支华欣：《温州基督教》，第30页。
[5] W.E.Soothill, "The Crisis in China," *The Missionary Echo*（1900）：146.

部分人思考问题很认真,具有爱国心,但是以这两幅旗帜的名义,世界上所产生的恶和善一样多。"[1]

不知道今人如何看待这些义士的行为。更不知,在未来的中国,他们的命运还将会发生怎样的变化?中国就是在这样的反反复复中,艰难前行。

1902年1月7日,"西狩"归来的慈禧与光绪皇帝,在新任直隶总督袁世凯的陪同下从保定坐火车回到北京。李鸿章早在半年前,已代表清廷在《辛丑条约》上画押。据说此条约签订当日,被后世骂为"汉奸"的李鸿章便大口吐血。两月后油枯灯尽,享年七十九岁。

这是慈禧第一次坐火车,当她从专列上走下来时,新组建的武卫队奏响《马赛曲》。当时北京已被粉饰成了一番太平盛世的景象,好像什么都不曾发生过。

史家唐德刚说,西太后回銮所乘的火车是当时世界上最豪华的专列,是袁世凯为太后的处女航而特制。"但有谁知道十年之后,它却变成叛逆乱党孙文的专车?更有谁知道,再过十六年,它驶过皇姑屯时,竟然被日本军阀炸得稀烂!"[2]

车犹如此,人何以堪?

---

[1] 苏慧廉:《李提摩太在中国》,第220页。
[2] 唐德刚:《晚清七十年》,第472—473页。

第三章

## 初熟（1901—1906年）

但我们若盼望那所不见的，就必忍耐等候。

——《圣经·罗马书》8∶25

## 第一节　或明或暗的新世纪

**献殿大典**

　　义和团运动以后，因清廷对外政策的明显转向，西方传教事业在中国有了迅速的发展。逢此良机，再加上此前近二十年的耕耘，偕我公会在温州将结出丰盛的果子。

　　1902年，温州偕我公会最盛大的活动是城西教堂的落成大典。始建于1885年的城西教堂，经几轮扩建，至1901年年底终告竣工。十七年的岁月长河，一端是"甲申教案"的冲天火光，一端是"庚子教案"的血泪斑斑。而在这河中摸着石头跋涉而来的苏慧廉，已从抵温时的毛头小伙，成长为稳重务实的中年人。

　　城西教堂的外观是哥特式的，拱圆的门井，尖角的窗顶，脊顶上还高耸着十字架，但它又带着明显的中国建筑特征，比如外墙直接用中式青砖，中国古典建筑中常见的山墙、门头及丰富的民间装饰纹样也清晰可辨。西人设计，国人施工，就地取材，时代的、地方的印记深深地烙在这座建筑上。[1]

　　苏慧廉自然是总设计师。他专门请英人狄克逊（F. W. Dixon）先生为此堂做了特别的声学设计。在扩音器还没有发明的年代，如何让唱诗班的声音产生共鸣，让讲道者的话语直达每个人的心田，是设计者必须考虑的问题。讲经台后现仍保留的凹型空间，及大殿前后两扇圆形大窗，据说都是设计者的匠心所在。

　　这次扩建，连同1898年完工的部分，总花费为五百英镑。对建造如此宏伟的一座教堂而言，这样的开支算是节省的。当然，这要归功于很多基督徒的义工。山迩缦特别提到一位愿意免费工作的油漆工，"在英国，请人

---

〔1〕　城西教堂建筑风格分析，可参看黄培量：《温州近代建筑述略》，载《温州文物论集》，金柏东主编（杭州：浙江人民出版社，2009），第107—108页。

当年城西教堂内景

做这样的事,起码要花十英镑"。[1]

城西教堂1901年年底竣工后可同时容纳一千人礼拜。如此规模,在百年前成为中国新教最大的教堂之一。在西方学界甚有影响的《基督教新教在华传教百年史》一书,也专门记载该堂经过数次扩建后于1901年圆满落成。[2]

教堂献殿大典于1902年4月16日举行。苏慧廉主持上午的礼拜,他从《圣经·哥林多后书》第六章第16节开始讲:"上帝的殿和偶像有什么相同?因为我们是永生上帝的殿……"

下午的祷告会由谢道培主持。之后有奉献仪式,当天收到的捐款达七十英镑,这是温州偕我公会有史以来在本地教徒中收到的金额最多的一次奉献。当时一个温州家庭一周的费用仅需一英镑。

---

〔1〕 A.H.Sharman, "Reopening of Wenchow Chapel," *The Missionary Echo*(1902):137.
〔2〕 Mac Gillivray, *A Century of Protestant Missions in China*(1807—1907),132.

见证此次大典的山迩缦特别提到,偕我公会在温州发展的第一位教徒赶来参加典礼。"他现在是个虚弱的老者,正在等待上帝的召唤。但在他的早年,他的信心满满。"偕我公会的第一位本地牧师也来共襄盛举。"他的身体也很虚弱,因为在传扬福音的道路上过于辛劳,身体累垮了"。[1]

**温州撞了瘟神**

史学界把慈禧"回銮"后主动实行的"诏议变法"称为"新政"。新政十年,宛如一盘围棋的残局。位于棋盘东南角的温州,一场天乱在1902年的夏天悄然降临。

> 那是不可思议的景象。护送瘟神的人数在五千到一万人之间,他们都是男人,几乎全是青壮年,或抬着一长条竹竿顶端的灯盏,或擎着燃烧着的火炬。我们以前曾见到过游行队伍,但这个场合却安排得如此精细。跟以往缓慢游行的队伍不同,所有的民众在我们那窄窄街道允许的情况下尽可能地快跑,每个人都竭力喊叫着。到了江边,纸做的平底帆船被快速地放行,勇敢的船工将其拖入水中,那些包裹在火苗中的神灵很快地被送到别处去。护送的人群出了城,城门马上给关上了。纸船一放到水中,所有的灯快速地熄灭,大家都鬼鬼祟祟地很快离开,通过另一个城门安静地回到城中的家里。这样一来,鬼神可能就失去了它们的方向,就不会再找到回来的路。中国人多聪明!那些神灵多愚蠢!很显然,中国人认为他们自己比他们所敬拜的鬼神聪明,人们不禁要问:他们为何还要敬拜它们?

苏慧廉所见的就是民间送瘟神仪式。是年夏,温州霍乱肆虐。

> 在这个独特的地区,有一个习俗是要告诉魔鬼说温州是个很穷的

---

[1] Sharman, "Reopening of Wenchow Chapel," *The Missionary Echo*(1902): 137.

地方，但一个叫扬州的城市那里的百姓很富有，房子很好，女人也很漂亮，什么都比这儿高一级。而在瓯江上游的处州，有时像现在这样的魔鬼总是被告知温州比处州好。因而人们把魔鬼从一个地方送到另一个地方。[1]

熟读《论语》的苏慧廉感叹，他所见的一切怎么跟孔夫子的教导"己所不欲，勿施于人"截然不同！

据《瓯海关报告》，温州有三万人死于这场灾难。[2] 时在瓯海关工作的李希程记录："六七月间温郡疫，死亡载道，无家不病，无一街巷无哭泣之声。"[3] 山迩缦目睹周边的贫苦民众一个个死去："我们住所后面的大街上就死了三十个人，有几个就倒在离我们厨房咫尺之遥的地方。前街也有好些人去世。我们学堂一位又高又壮的老师也死于四天前。七十二家棺材铺都来不及赶制棺木。人们病歪歪地躺在街上，有些人感染病毒两小时后便不治身亡。当灾难来临时，穷人根本就没有避难之所，也不知道如何防御疾病。他们随意吃螃蟹和海蜇，这常常成为死亡的诱因。在某个村庄，二十四人感染霍乱，二十二人不幸死亡。在离我们十五英里远的地方，有一艘小船到岸，但头两天都不见人上岸，到了第三天，有人爬到甲板上一看，原来六个船工都躺在甲板上——死了。在另外一个村里，四十四户人家死了三十六个人。短短的几个月里，温州就死了两万多人。放眼整个中国，因霍乱而死去的人也许会超过百万。"[4]

谢道培夫妇给差会去信，呼吁英国人募捐。《传教士回声》收信后即予以刊出。在1903年2月号上，"编者按"这样写道："我把这封信全文插在本期刊出。我难以想象，如延期一月，将会有多少的需求自动消失。"[5]

---

[1] 苏慧廉：《晚清温州纪事》，第199页。
[2] Wenchow Decennial Report（1902—1911），载《中国旧海关史料（1859—1948）》，第155册，第533页。
[3] 《李希程自定年谱及书札》，载《温州文史资料》第九辑，第281页。
[4] A.H.Sharman, "A Few Incidents in 1902," *The Missoinary Echo*（1903）: 21.
[5] "Editorial Notes," *The Missoinary Echo*（1903）: 17.

**夏正邦去世**

就在谢道培夫人写信呼救的时候，夏正邦正执意要到玉环岛上去传教。玉环岛位于瓯江入海口，偕我公会1898年便在此建立传教点[1]。

当时是1902年11月，霍乱肆虐，尤以玉环为甚。苏慧廉希望夏正邦能推延出行计划，再等一个月或两个月，待这场霍乱平息。但夏正邦坚持要去，他说："约好的时间，如果我不过去，那里的人会很失望。我不知道以后什么时候还有机会去玉环。你知道我的时间排得很满。"路熙对他的这番回答记忆尤深。这也是她记忆中夏正邦的遗言："我生在这里，比外国人更容易适应这样的气候。"[2]

夏正邦带了利眠宁就出发了。这种药能治霍乱，他也曾用它救过别人的命。

是一个从玉环岛上来的人带来夏正邦病逝的口信。也就在苏慧廉获知噩耗一小时后，一封夏在生前写的信寄达。信中说，我已被霍乱扣押，虽然第一时间就服用了利眠宁，但看起来无效。[3]

棺材从玉环运到了温州，按我们外国人的习俗，棺材要运进教堂举行丧礼。但中国人的想法正相反，棺材可以在白天被运出城，但装有死人的棺材不能带入城，不然妖魔鬼怪也会随之潜入城里，危害市民。所以队伍停下来，在朔门口的江岸边举行丧礼。一大群基督徒和非基督徒聚集在这里，静静地听着苏慧廉讲述他们同胞的自我奉献的一生：他享年三十二岁，为信徒服务了十年。这是江边感人的一幕。然后船载着他的尸体去楠溪，在环绕着碧莲的群山中有一座坟墓，他就被安葬在那里。[4]

---

[1] *The United Methodist Church : Report of the Missions（Home and Foreign）for the Year Ending April, 1914.* 47.
[2] 苏路熙：《乐往中国》，第217页。
[3] "Death of Mr. Summer, of Wenchow," *The Missoinary Echo*（1902）: 170.
[4] 苏路熙：《乐往中国》，第218页。

苏慧廉对夏正邦评价很高，称其"我们教会有过的最出色的布道者、最尽心的同工、最好的组织者、基督教最勇敢的卫士。我们还能找到他这样的人吗？他确确实实把自己的生命献给了福音事业"。[1]

夏正邦的葬礼12月14日举行。此前两天，正是温州偕我公会一年一度的联区会议，这也是夏正邦唯一一次的缺席。苏慧廉感叹："没有了夏正邦，年会大不一样，但我们的工作总还得继续下去。"[2]

夏正邦留下两子四女，曾同他历经患难的教友徐定鳌向他们伸出了温暖的手。他资助其长子夏廷耀[3]去北京读书，后来还将自己的女儿徐玉洁许配给他。夏廷耀不负期望，学有所成，民国十一年（1922）成为中国海关首位华人税务司。夏徐两家从此联姻，夏廷耀的妹妹后来也做了徐家的儿媳妇。

**《新约圣书》**

大英圣书公会1902年发表一则公告："一本新的温州方言《新约圣经》时下正在印制中。我们衷心致谢偕我公会，允许苏慧廉牧师费数年之力，从事这一艰难的译事。此举也得到内地会衡秉鉴[4]、余思恩两牧师之鼎力相助。衡牧师的评论和建议，余牧师教导训练本地印刷工人排版妥善，终于完成此具历史性之重要译本……"[5]

由温州内地会印书馆（The China Inland Mission Press）印制的这本《圣经》，书名为 Ng-da-ko Chao-chi Yi-sû Chi-tuh Sang-Iah Sing-shi[6]，这是温州有史以来，第一次也是唯一一次受全球最权威的圣经机构委托直接印行全本《圣经》。

---

[1] 苏慧廉：《晚清温州纪事》，第38—39页。
[2] "The Annual District Meeting in Wenchow," *The Missoinary Echo*（1903）：37.
[3] 夏廷耀（1895—1949年），字雄尘，永嘉碧莲人。1915年毕业于北京税务专门学校，先后在宁波、上海、长沙海关工作。1920年任杭州海关税务司帮办，1922年调嘉兴海关，升任代理副税务司，为我国海关史上第一位华人税务司。次年北京政府授予六等嘉禾勋章。后历任上海、福州、兰州、台北、温州等地海关要职。
[4] 衡秉鉴（Edward Hunt, 1861—1922），亦名衡平均，英国人，内地会传教士。1889年抵华，先在安庆传教，1897年转赴温州，曾为温州内地会负责人。1922年在上海去世。
[5] "The Wun-chau New Testament," *China's Millions*（1903）：164
[6] 书名 Ng-da-ko Chao-chi Yi-sû Chi-tuh Sang-Iah Sing-shi 为温州方言教会罗马字，即"我大家救主耶稣基督新约圣书"，英文书名为 *The New Testament in Wenchow Colloquial*。

《新约圣经》温州方言教会罗马字本现已稀见,目前仅发现英国剑桥大学图书馆珍藏一册。2010年夏,我曾专门赴剑桥查阅此书。[1]

路熙说:"《新约圣经》翻译完成的时候,我和苏慧廉在雨天泥泞的东门外差点要跳舞庆贺。"[2]苏慧廉则谦虚地说:"在把《圣经》翻译成温州话的繁忙劳作期间,充满了启迪、富足和灵感,我生命中没有哪个阶段能与之相比;有一点我深信:不管别人能从中受益多少,译者自己是最主要的受益者。"[3]

我们的信徒非常珍视这属于他们的《圣经》,看着他们用拇指翻动《圣经》书页,多么令人高兴啊!昨晚我在一个中国信徒家里给一个七八十人的小团体布道时,看见阿郎伯在与整天陪伴着他的大开本《圣经》在一起,看见两个妇女在虔敬地跟着我读经,看见五六个女学生人手一册《圣经》,在我慢慢地读着经文时,许多男人在逐个字母地读着,还有一些女人在跟着我们结结巴巴地读着。每次结束礼拜之前他们都小心翼翼地用手帕把《圣经》包裹好,以免书页或封面被弄破。但他们并不是等到下次礼拜时才打开。因为他们每天都在津津有味地阅读。要知道他们中的许多人数年前还跪拜在泥做的偶像前呢!现在他们跟着诗篇作者一起快乐地大喊:"你的话是我脚前的灯,是我路上的光。"[4]

据统计,从1891年到1908年,温州方言版《圣经》共发行了两千四百册。[5]

---

[1] 可参阅拙文《英伦"寻宝"三记》,载《一条开往中国的船》,第90—94页。游汝杰《西洋传教士汉语方言学著作书目考述》(第61页)认为美国圣经会(American Bible Society)亦藏有一册。
[2] 苏路熙:《乐往中国》,第36页。
[3] 苏慧廉:《晚清温州纪事》,第157页。
[4] 苏慧廉:《晚清温州纪事》,第157页。内中经文出自《圣经·诗篇》119:105。
[5] John Alfred Silsby, "Report of General Committee on Romanization," *Records of the Sixth Triennial Meeting of the Educational Association of China*, Shanghai, May 19—20 1909, 33. 转引自张龙平论文《中国教育会与清末官话罗马字改革》,载《贵州社会科学》,2007年第5期。此数字不知是否包括苏慧廉此前翻译的《四福音书带使徒行传》及单行本。

## 第二节　艺文学堂

### 新来的蔡博敏校长

1902年深秋,又有一个年轻人从英国出发,前往温州。他的名字叫蔡博敏(Thomas William Chapman),后来说到艺文学堂,都要提及这名字。

经过七周的海上航行,蔡博敏于1902年11月26日抵达温州。"我受到了整个团队的热烈欢迎。很难用一个合适的词来形容这里的一切,不论是我们教会的软硬件,还是这座城市,它们都是一流的。我会尽快拍些照片给你看。"在抵达温州后给父亲的第一封信里,蔡博敏兴奋地写道。[1]他的父亲叫亨利·查普曼(Henry T. Chapman),是英国偕我公会差会干事,也是苏慧廉的直接领导。苏慧廉在欢迎仪式后的第二天即给查普曼写信,称赞他儿子"看起来有第一流的体格。经过海风和阳光洗礼的皮肤是棕色的,精神状态也很棒"。[2]

蔡博敏1875年2月9日出生于英国韦克菲尔德(Wakefield),先后在谢菲尔德(Sheffield)和利兹的中学接受教育,1894年通过伦敦大学入学考试,1898年毕业于曼彻斯特维多利亚大学约克郡学院。在获得理学硕士学位的同时,还通过了英国小学教师资格考试。来中国前,他在母校利兹中心高中(Central Higher Grade School Leeds)担任教师。蔡博敏希望自己在学术上有所追求,据说他曾参加英国的女王奖学金考试(The Queen's Scholarship Examination),以优异的成绩排名全约克郡第三。[3]

有学术背景及学位的蔡博敏,现在不远万里而来,是应聘担任偕我公会所办的温州艺文学堂(Wenchow United Methodist College)的校长。日益扩大的艺文,急需一位专业的掌门人。

---

[1] 蔡博敏此信写于1902年11月28日,即抵温后的第三天。详见 The Missionary Echo (1903): 19.
[2] 苏慧廉此信写于1902年11月27日,即蔡抵温后的第二天。详见 The Missionary Echo (1903): 19.
[3] "Mr. T. W. Chapman, M.Sc," The Missionary Echo (1902): 164–165.

温州艺文学堂校长蔡博敏（右一）。右二为他父亲查普曼

苏慧廉曾说，在中国的传教事业就像是一个三条腿的板凳，教会是一条腿，教育和医疗是另外两条腿。偕我公会在温州除办有定理医院外，还办有学堂。辛丑后，清廷实行新政，教育也被推上改革的进程。艺文当然要抓住机遇，扩建新校、招募校长、扩招学生，一切都迫在眉睫。

### 艺文前身

艺文学堂的前身是李华庆创办的学塾，始于1878年。[1] 苏慧廉在《晚清温州纪事》第十三章中这样写道："我们在温州的教育工作开始规模很小。只有十名男童，他们的父母要顶着骂名将孩子送过来，因为这里不收学费。一个矮个子的质朴厚道的先生任校长。几张凳子和课桌即是我们最早的教学设

---

〔1〕 温州市档案馆藏有民国三十七年十二月二十五日刊印的《永嘉县私立艺文小学立校七十周年纪念特刊》，由此可将该学塾创办之年追溯至1878年。

施,这样一直用了二十年。"[1]

教会办学,最初的目的是招徕信众。源自循道宗的偕我公会在传教策略上更注重社会见证,主张借福音改造社会。1897年前后,苏慧廉决定扩大学塾,把教育机构化(Institutionalization)。

> 1897年我们终于下定决心开始我们的新学制教育。影响我们初衷的主要因素是一位新来的男子学校校长,他从上海学到一点算术、代数、几何知识。我的好友约翰·傅兰雅博士和其他人一起,在翻译教育用书方面做了出色的开创性工作,这些就是未读过大学的中国学生唯一的知识来源。然而,教育界的迅速变化,这在十年前是很难理解的。那时我们尚没有现在手头用的课本,每个传教组织的教授几乎必须自己翻译教科书。[2]

谢道培牧师在一篇题为《回顾》的文章中也提到学校扩大的初衷。

1897年前后,有两个年轻人希望跟苏慧廉学英文。当时苏慧廉没有时间,路熙也已在教一位郭姓地方官的儿子,于是刚刚抵达温州的谢道培承担起了这个任务。后来又有两个学生加入进来。谢道培的教学无疑是成功的,经过一年的学习,这四人都进了海关工作。据谢氏记述,当时瓯海关及轮船招商局(The China Merchants' Steam Navigation Company)也有办学的设想,后见偕我公会办学成功就放弃了原先的计划,并让自己零星的几个学生转向教会申请入学,于是教育成为偕我公会必须考虑的工作之一。[3]

谢道培所讲的初衷其实忽略了一个大的时代背景。1897年是甲午战争结束后的第二年,中国被日本打败后产生的巨大耻辱感推动举国维新自强,并不惜"全盘西化"。教会学校作为西学的直接传播者,由此迎来近代历史上第一次发展良机。

---

[1] 苏慧廉:《晚清温州纪事》,第137页。
[2] 同上,第142页。
[3] W.R.Stobie, "A Retrospect," *The Missoinary Echo* (1904): 40.

苏慧廉后来对这段时代背景有所总结：

> 直到本世纪初中国还在沿袭旧的教育体制，仍然顽固地拒绝现代教育。然而就在上个世纪的最后十年，在旷野中响起一个声音，不断地呼喊着革新，要求废除僵死的东西……
>
> 尽管这种呼声也许不承认这一点，但在它背后无声而强有力的力量就是基督教。五十年间，传教士们建起了许多中小学与大学，出版了诸多的书籍，不管怎样，一直在做着启蒙工作。十五年前一个有着笨拙名称的社团"在中国人当中广传基督教及一般知识的会社"[1]成立了，不知不觉，该社团在强化这种声音中发挥了强有力的作用。它深入浅出的出版物在整个帝国的疆域中广泛传布。在宫廷、在衙门、在学校、在家庭，人们贪婪地阅读着它出版的书籍和月刊，他们看到自己的祖国正处于险境，意识到虎视眈眈的兀鹰已聚在一起，因为中国就像巨人的尸体，濒临解体。
>
> 这个声音大声呼喊着，几乎不知道为什么、为谁而呐喊。这种声音被听到了，必然被听到，因为尽管声音是东方的声音，肺却是西方的肺。这种呐喊被听到了，昏睡的巨人站了起来，虽然仍旧揉着他的双眼，想知道他在哪里，是什么唤醒了他；但他毕竟站着，不再因死一般的昏睡浑浑噩噩、不省人事。[2]

社会的巨大变化也反映在普通人的精打细算中。对务实的家长而言，不以科举为目标的教会学校（清政府规定教会学校学生不得参加科举考试）

---

[1] 指同文书会（The Society for the Diffusion of Christian and General Knowledge among the Chinese），1887年11月1日在上海成立，创办人为英国传教士韦廉臣（Alexander Williamson），成员多为著名传教士，如李提摩太、林乐知、李佳白等。为基督教在中国设立的最大出版机构，创办以来共出版两千多种图书，所编的《教会新报》《万国公报》等刊物对晚清时期的中外文化交流起过重要作用。1892年中文名称改为"广学会"，1905年英文名称改为"The Christian Literature Society for China"。香港现存的基督教文艺出版社即是其继承者，但影响力和活动已不可同日而语。

[2] 苏慧廉：《晚清温州纪事》，第133—134页。

除了膳宿免费外，或许还能开辟去"外企"就业的途径。这种商业前景不仅对长期以来不指望进入仕途的基督徒有吸引力，对非基督徒也开始具备诱惑力。在那时，中国人开始发现，除了科举，似乎还有一条道路通往成功。

很快，随着市场供求关系的改变，教会学校也不再提供"免费的午餐"了。

> 这里有二十个青年，他们都缴了学费，这在温州是前所未闻的。要学英语，需要额外加学费，我的同事谢道培牧师很乐意管理这个学校。[1]

这是1897年的艺文书院。除了改变免费模式外，苏慧廉等还用刚学到的粗浅的西方教育知识管理学堂。如设立班级，而非进行传统的个别教育；星期日放假，以便参加教会主日崇拜。今天中国几乎所有学校都习以为常的教学管理模式，其实缘自传教士早年的引进。

艺文书院还开始分科教学。国文由本地饱学之士教授，数学老师则外聘自著名传教士狄考文[2]在山东所办的一所学校。这"是一位热忱尽心的年轻人，至今学校还感到了王先生带来的良好的影响。不幸的是，在温州三年，他不能适应温州的气候，拖垮了身子，被迫回到他那气候干燥且令他感到舒适的北方去。幸好在三年的时间里他教出了一位基督徒青年。这位青年出身名门，知识丰富，足以接替他的工作，后来这个青年又培养出新人，他们能够负责学校数学教学工作"。[3]

艺文随后不断发展，学生数也从二十人增加到五十人。原有教室容纳

---

[1] 苏慧廉：《晚清温州纪事》，第142页。
[2] 狄考文（Calvin Wilson Mateer, 1836—1908），美国人，美国北长老会传教士。1863年来华，在山东登州传教，曾设立文会馆，后成为齐鲁大学一部分。精数学，编有《笔算数学》《代数备旨》等，为当时中国初办学堂时所用的数学教科书。还编有《官话课本》，是当时外国人学习汉语必备之书。1890年全国新教第二次传教士大会被推选为"中华教育会"首任会长。还担任《圣经》和合本译经委员会主席。
[3] 苏慧廉：《晚清温州纪事》，第143页。

不下了，于是另外去典了一间"极脏但还算宽敞的"中式老屋，打扫修整后供书院使用。[1]

1899年，传道工作日益繁重，谢道培和我忙不过来，急需人手，山迩缦牧师被派来和我们一起工作。我们还是缺人，学校也不断地要求有一位受过专门训练的校长来管理。……

我们抵押来的房子远不能满足我们的需要，学生人数增多，缺少食堂、宿舍、教室，光线空气不够好，迫使我们建造新的合适的房子。[2]

**假维新中的真改革**

主流史观称清末新政为"假维新"，以区别于戊戌年间那场救亡图存的维新运动。"但历史常存于矛盾之中，在假维新的过程中又实现过一部分真改革。教育制度的变化就是其尤为显著者"。[3]

废科举、兴学堂、派留学，今天觉得不足为奇的举措，就是当时"教改"的主要内容。

兴学堂，看起来是将学校名称由书院改称为学堂，但其核心是改传统的中式教育为现代的西式教育。苏慧廉说："除了仿效现有的基督教大学，教育改革后，本土化的教育还能成什么样子呢？教会学校是中国教育改革唯一的榜样。"[4]艺文原就是办西学的，现在岂不等到了名正言顺的发展良机？

其实，随着中国教育的改制，同质竞争也摆到了苏慧廉眼前。1902年，在"艺文书院"改名"艺文学堂"的同时，温州有多所学堂相继引进西式教育。

一是由孙诒让、黄绍箕等人主持的瑞安普通学堂。该学堂诞生于1902年，由瑞安学计馆与瑞安方言馆合并而成。创办于1896年的瑞安学计馆，

---

[1] 温州博物馆藏有两张苏慧廉在竹马坊（今瓦市巷）的租地契约，签约时间分别是1895年与1897年。不知这两块租地是否就是为办学所用。
[2] 苏慧廉：《晚清温州纪事》，第143页。
[3] 陈旭麓：《近代中国社会的新陈代谢》（上海：上海人民出版社，1992），第230页。
[4] 苏慧廉：《晚清温州纪事》，第136页。

其办学宗旨,据孙诒让《瑞安新开学计馆序》称:"学计馆之开,专治算学,以为致用之本。盖古者小学六艺之一端,而造乎其微,则步天测地,制器治兵,厥用不穷。今西人所为挟其长以雄视五洲者,盖不外是。"翌年创办的瑞安方言馆,则以教习英文或日文为主。效法西人,学以致用,教育的宗旨与传统科举已大相径庭。

与艺文学堂同处温州城区的温州府学堂也于1902年8月创立。府学堂位于府署东北的中山书院旧址(即今温州实验中学校址),离艺文学堂新址不远。两校近距离形成竞争,不过,艺文当时的学费稍便宜些。

许是《辛丑条约》的刺激过大,中国朝野在新世纪之初掀起的改革动作相当猛烈。仅教育改革之政,各省督抚纷纷遵旨落实,各地掀起的书院改学堂之风一时臻至高潮。后来在中国教育史上具有举足轻重地位的京师大学堂、山东大学堂、山西大学堂都创办于这一时期。山西大学堂后来还改变了苏慧廉的生命轨迹,不过这是后话。

"举国趋向'西'学。那曾经装备了列国并使它们能够凭以挟制中国的正是这个东西;那曾经使日本能凭以从同样俯首听命的地位跻身于国际平等之林的,也正是这个东西;那么所需要借以赋给中国以同样能力的,自然是舍此别无他物了。"苏慧廉的老友,曾在中国海关任职多年的英国著名史学家马士这样写道。[1]

## X 先生

把学堂扩大,需要经费,需要人,需要方法。据路熙回忆,此间苏慧廉曾去上海取经。在上海他重点走访了南洋学校与圣约翰大学,这两所学校都是中国近代教育史上著名的教会学校。[2]

经费、人、方法,三者中经费排在第一位。当时路熙正在英国养病,

---

[1]《中华帝国对外关系史》,第三卷,第443—444页。马士(Hosea Ballou Morse, 1855—1934),原籍美国,生于加拿大,后入英国籍。哈佛大学毕业后考入中国海关,历任天津海关帮办、上海副税务司、广州税务司等职。在华数十年,1909年退休。著有《中国泉币考》《中华帝国对外关系史》《东印度公司对华贸易纪事》等。

[2] Lucy Soothill, "The Education Question in China," *The Missoinary Echo* (1902): 183.

她不顾体弱，主动承担起为建造新校园募款的工作。

一个英国人首先答应捐赠五百英镑，不过有两个附加的条件：一是不得透露他的姓名；二是路熙得承诺，三个月内能募集到另外的五百英镑，因为建校的最初预算是一千英镑。路熙被这位先生的举动感动，毅然接受了挑战。在当时，五百英镑是笔巨款，募集并不容易。偕我公会总部的特纳（R.Turner）先生于是认捐一百英镑，帮路熙热身。[1]

路熙是个好强并能干的人，她后来募到的款项超过五百英镑[2]，来自三十八位英国人。

> 谁也无法否认，最大的功劳应该归于那位有先见之明的朋友，是他最先捐出了五百英镑，在此基础上，我们在三个月内又筹措了五百英镑。而且他拒绝透露自己的姓名，我一直试图表达感谢之情，但最终还是未能知晓他是何方神圣。如果没有他的捐赠，当然还有他的挑战，我们是无法到达现在的高度的。上帝赐予的荣耀必将丰盛降临于他，相比之下，我贫瘠的语言所能作出的赞美实在微不足道，可是尽管如此，他一直谢绝我的赞美。[3]

这位一直没有透露姓名的好心人，在偕我公会的档案中被称为"X先生"。

路熙在英国为筹款忙碌的时候，苏慧廉在温州为土地奔波。他说："在温州，要获得我们心念所系的土地从来没有遇到如此大的困难，这次我们是想要一块土地用来建学校。"

在路熙一篇题为《温州艺文基金》的文章中，她转引了一封苏慧廉写于1902年12月11日的信。

---

[1] The general missionary secretary, "The Genesis of the College," *The Missionary Echo*（1904）: 37.
[2] 有文献记载是七百五十英镑，这样连同 X 先生的捐款，合计一千二百五十英镑。
[3] Lucy Soothill, "The Wenchow College Fund," *The Missionary Echo*（1903）: 41.

"我们终于获得了那块土地！就在一小时前拿到了地契。现在我得算算要花多少钱。不过，整件事情还得通过温州官员的审批，在一切尘埃落定之前，还有很多事情说不准。"

要完成整件事困难很大，这让苏慧廉非常焦心，于是他多请了个中间人，并对他说，在事情完成前，不管白天黑夜，随时都可联系他。两天后，当他正准备进入梦乡时，仆人推开他卧室的门并叫醒他。他一看手表，十二点四十五分，正是寒夜。不过，"王的事甚急"[1]，他只能披衣下楼，花了半个小时，终于谈妥了已纠缠了很久的土地价格。苏慧廉说，那半个小时虽不长，但足以让他患上重感冒，一天二十四小时不停地打喷嚏。不过看看取得的成果，这些又完全不值一提。当他宣布喜讯的时候，他说："我的感冒已经好多了，这部分归功于我们拿到了地契和所有文件。"现只需等待官员对资产的审核了，之后便是安排承建商。我们相信两个星期后，学校就能破土动工了。[2]

据苏慧廉记载，这块地购自一温[3]姓宗族，花了六百英镑。

我们学校的地理位置非常好，坐落在温州城安静的一角，距离大街不过一英里，大约五分钟不到的路程。大街两边商店林立，人来人往。学堂东边靠山，那里有个军事训练场，由城墙包围着，可以开放给我们学生供锻炼之用。北面的城墙之外，有山有水，风景优美。我们处于训练场和群山的包围之中，这份隔绝恰好可省去限制学生的刻意举措。[4]

位于温州旧城东北角的群山叫海坛山，艺文新校园就坐落于此山西麓。

---

[1] 《圣经·撒母耳记上》21：8。
[2] Lucy Soothill, "The Wenchow College Fund," *The Missionary Echo*（1903）：42.
[3] 原文为 Wang，根据温州教会罗马字拼法暂译为"温"。
[4] W.E.Soothill, "The Erection," *The Missionary Echo*（1904）：43.

**海坛山麓**

苏慧廉的回忆录中有张艺文学堂新校园的照片,一幢三层建筑很耀眼地屹立在山麓。苏慧廉原计划是造一幢两层楼,但随着报名人数与捐款金额的日渐增加,在二层即将封顶时,他临时决定加高一层。

总设计师还是苏慧廉,因为他请不起专业的设计师。正当他苦苦构思设计方案时,一位英国亲戚寄来了一张明信片。彩色明信片上的图案正是一幢建筑,于是这张明信片就成为苏慧廉的设计图,并且最终将大楼造成了这模样。

> 所幸的是,那些中国承包商给予我们很大的支持,他们中除了一人外都是基督徒,不过就连那位非基督徒也按时参加我们的礼拜。他在画蓝图、定规范和随后的签约过程中都提供了很大的帮助,甚至还免费完成了他自己那部分合同。文员及费力不讨好的总监理也不分昼夜地工作了八九个月。
>
> 当计划制订好后,承包商们又与工匠们讨价还价了一番,好在那些人通情达理,最后商定了双方可以接受的条款。经验告诉我们建造一平方米要花多少钱,因为我们知道砖头、石灰和人工的价钱,好像得出造价不过是计算的问题,但其实建造过程中有很多细节是无法计算。因此在建造过程中,我们不得不一再消减野心,以符合预算。有些花费是无法通过签订合约锁定的,玻璃、铁、锁、螺栓、铰链、人工、油漆、家具等等的开销都让我们忧心忡忡。而且,合约的完成也得看承包商的能力,同时也在考验着我们这些基督徒到底能够忍受多大程度的损失。我们只与石匠、瓦匠和木匠等三大工种签订了合约。只有石匠按时完成了任务,并且没有超支。瓦匠和木匠就没能按时完成进度,于是我们不得不检查他们的账本,看看资金有没有被挪作他用,然后拿着合约严令他们加快进度。其实这些都意味着损失。我们预留了紧急花费的资金,唉!可惜很快也花进去了。几个星期前,当我们告诉上海一家银行的副经理超支的时候,他的回答是:"总是这

苏慧廉回忆录中的艺文新校园的照片

艺文学堂入口处

样!"我们只能很遗憾地说,工程结算时还欠银行二百五十英镑。[1]

新校园内的建筑分三大部分。中心位置是主楼,上下两层,楼下是接待室与餐厅,楼上是个可容纳三百人的集会大厅。教学楼在左边,一楼有九间教室,二、三楼是寝室,有三十四间,每间可住三人。主楼的右边是校长楼。主楼之后还有一排平房,食堂、浴室、厕所、用人房都在其间。[2]学校户外空间也很宽敞,光网球场就有三个。

在华出版的英文报纸《字林西报》报道:此幢如此醒目的建筑是温州这个港口城市最耀眼的标志。[3]

---

〔1〕 Soothill, "The Erection," *The Missionary Echo* (1904): 43–44.
〔2〕 T.W.Chapman, "The New Building," *The Missionary Echo* (1904): 44.
〔3〕 "Opening of the New College, Wenchow," *The North-China Daily News*, Oct. 26, 1903. 转引自 *The Chinese Recorder* 34 (1903): 573。

## 第三节　开学大典

**孙诒让年谱上的记录**

此前温州文献关于艺文学堂开学典礼的记录仅来自孙诒让的年谱。孙诒让哲嗣孙延钊所编的《孙衣言孙诒让父子年谱》"1901年"条这样写道:

> 光绪二十七年辛丑（1901年）诒让五十四岁
> ……
> 时温州耶稣教会设立艺文中学堂于永嘉朔门外之海坛山麓。（光绪丙申，教会初办艺文书院于其地，尚非正式学校，至是改为中学。建筑堂舍，面积方二十亩，年收生徒三百余人，讲堂宿室，时称完整，历届卒业者多出洋游学。民国戊辰，政府令停办，乃作肺病疗养医院。）七月某日开学，堂长苏慧廉教士，邀请诒让及英国人李提摩太氏到堂讲演。诒让于是日率领瑞安学计、方言两馆师生前往参加，当众演说，略及古今中外文明事业交相传播之历史故实。[1]

很明显，孙延钊误记年份。艺文迁入新校园后举行的第一次开学典礼是在1903年10月20日，农历癸卯九月初一，正是立冬。

艺文校长蔡博敏作为东道主对这日有详细的记录：

> 离10月20日尚有许多天，我们教会里的很多人就处于一种既兴奋又担心的复杂心情中。兴奋的是新校园终于要竣工了，担心的是唯恐在筹备阶段出现微小的差错。
> 按照中国历法，10月20日是冬季的开始，称立冬。中国人开始要

---

[1] 孙延钊：《孙衣言孙诒让父子年谱》（上海：上海社会科学院出版社，2003），第296—298页。

换上冬装了,其实,现在还是怡人的秋天。

接待室和大厅事先已布置一新,位于大厅中央的讲台两侧,悬挂着中国的龙旗和大不列颠的国旗。主楼外面也飘扬着两国国旗,象征着中英之间的团结。

开学典礼预定在两点钟开始,贵宾们提早到来。校园里逐渐变得活泼和热闹起来,一顶顶的轿子——这是温州仅有的交通工具——依次排列在道路的一侧。士兵们穿着红黑相间的外套,戴着黑色的帽子。官员们则穿着绸缎(前胸后背都镶嵌着刺绣的图案),顶戴花翎可看出他们的官阶。如此种种,在灿烂的阳光下,汇成了别具东方特色的绚丽画面。

我们的贵宾是李提摩太博士。[1]

专程来温的李提摩太是苏慧廉的老友,也是艺文学堂的顾问,他事先审定了新校的全部章程。[2]

当客人抵达的时候,苏慧廉先生亲往迎接。李提摩太博士和道台大人坐在接待室的上座。Shun-T'ai[3]、海关税务司(史纳机[4]先生)、弗罗贝船长[5]和其他当地的官员则依次坐在两侧的位置上。餐厅和一个教室也被用作接待室,在海和德和宁波来的谢拨德(G. Sheppard)得体的协助下,当地的士绅受到教会人员的热情接待。

时任温处道道台叫童兆蓉[6]。海和德则是专程回温,共襄盛举。

---

〔1〕 本节蔡博敏对开学典礼的记述均来自 T.W.Chapman, "The Opening Ceremony," *The Missionary Echo*(1904):45—47.
〔2〕《申报》,1903年10月28日,第2版。
〔3〕 可能是作者误记,应指镇总兵刘祥胜。
〔4〕 史纳机(J.F. Schoenicke),德国人,1869年入中国海关任职,曾任琼州海关头等帮办、朝鲜仁川税务司、朝鲜海关代理总税务司、广州税务司、上海邮政总局兼职邮政司等职。1903年4月17日至1904年5月5日任瓯海关税务司,1904年退休回德。
〔5〕 原文是Captain Froberg,时为"普济"号船长。生平不详。
〔6〕 童兆蓉(1838—1905年),字少芙,号绍甫,湖南宁乡人。光绪二十六年擢任温处道,次年就任,至三十一年卒于任。有政声。著有《童温处公遗书》六卷。《清史稿》有传。

当客人都到齐后，苏慧廉先生就引领他们参观学校，大家向大厅前行。我们的学生已经到位（计六十人），此外还有一支学生组成的小分队（特邀的），来自邻县瑞安的府学。瑞安是一座文风浓郁的城市，文人墨客云集。

苏慧廉在台上就座后，李提摩太博士紧靠着他的右手边落座，而道台则靠着他的左手落座。史纳机先生、弗罗贝船长、衡秉鉴牧师（内地会）、海和德、谢拨德和教会的其他成员则簇拥着他们。道台起身作了一个简短的致辞，祝贺教会落成了如此壮观的建筑，并祝愿学校诸事顺利。

**李提摩太的演讲**

开学典礼的重头戏是李提摩太的演讲。道台礼节性致辞后，李提摩太便起身：

他首先描述了世界和五大洲的概况，大多数的听众对此还一无所知。他指出他们过去曾经统治过的范围，以及这些地方（包括亚洲在内）是如何逐渐被欧洲国家所支配。他还谈论了为什么今日中国会如此险象环生。他认为中国落后的原因是保守，僵化的保守主义导致缺乏改革的意愿。像实物教学课那样，他以欧洲和其他地方的一些落后国家为例，指出它们正是由于不愿与时俱进、与人类同进步，才落入衰落的境地。因此，过去曾经撼动世界的强权，现在已经力不从心了。

随后，李提摩太博士继续阐释了中国的衰弱之处，他（又）指出，一旦中国愿意学习，那么在它的面前，依然有着光明的未来。

这所新学堂，从一种世俗的观点来看，建造它的人不仅得不到什么，而且还要付出很多。这所学堂出现在中国，正是为了医治中国的衰弱。这些人奉上帝之名，并为荣耀上帝，来给这里的年轻人传授东西方的智慧，因为上帝是所有智慧的源泉。

最后，他以字斟句酌的语言赞扬了当地官员和士绅对学堂及教会的认同与支持，并且感谢这群温州城里的精英能端坐五十分钟，如此全神贯注地聆听他的演讲。

李提摩太的演讲长达五十分钟，对台下的很多中国人而言，这是平生第一次见识演说这一表达形式。他是用官话发表演讲的，考虑到台下很多本地人听不懂，在温州已多年的内地会英国牧师衡秉鉴随后用温州话简要概括了演讲的内容。

来自瑞安的一位叫林骏的儒生，当时以兄弟学校代表的身份坐在台下。他在日记里写下了他眼中的李提摩太。

> 俄焉，道镇府县之官均到会，坐于中者苏惠廉，中左中右均坐以西人，坐稍前者左道宪右镇宪，其左次为府尊，右次则永邑县主。仲容先生又坐其次，又有数西人则稍居后。其余则均列下座。府县学之教谕、中学堂之教习都在列焉。英儒李提摩太演讲良久，不外保国保种为主义，其言云，凡事业须以自立为主，彼列强之豪杰，如俄之大彼德、法之拿坡仑、德之威廉第一、美之华盛顿、日之明治，一时励精图治，遂为地球上之雄国。清国君自为君，臣自为臣，民又自为民，且上下交私，安问竭诚以报主，戮力以安邦？此中国所以衰，所以弱，而终致于不振。况又谄媚外人，苟安为计，吾知瓜分之祸即在眉睫。燕巢幕上，福祸不知，苟至极惨，灭国灭种，情将奚堪。呜呼，如李君所言，真药石之论也！李先生座设于右，鹤发童颜，面貌肥赤，洪钟其声，光电其目，坐谈半日，毫无倦容。我辈少年洵愧不及也。[1]

李提摩太演讲之后，苏慧廉起身。

---

[1] 林骏：《颇宜茨室日记》，1903 年九月初一条，未刊，温州图书馆藏本。林骏（1863—1909 年），原名宝熙，字籥云，号小竹，瑞安人。廪膳生，曾为孙锵鸣家塾教师。

晚清中国最负盛名的西来传教士——李提摩太

艺文新校园落成典礼上嘉宾合影。前排左五为李提摩太，后排中间是苏慧廉，后排左三为孙诒让

他首先感谢李提摩太博士宝贵的演讲,并且感谢道台、本地官员和士绅的出席。随后苏慧廉指出,这所学堂的成立是本着三个可见的目标:启迪智慧、强健体魄和磨砺道德。"健全的精神寓于健全的身体"[1]是一句很有价值的谚语。他继续说道,但是只有身体或者智力的单独发展绝不是健全的发展。道德品质是智慧和真理的根本,甚至比智力培养和体格锻炼更为重要,而这正是本校的主要目标。犹如中国的圣人所说的:"君子务本,本立而道生。"苏先生继续说:"这所学堂正是以上帝为真理与公义的基石,并期待在体魄、灵魂和精神上,或者像圣人所说的在身体、头脑和心灵上都能得到良好的收获。身体,是灵魂的载体;头脑,是思维的载体;而心,是道德或者情感——无论是高尚还是邪恶的——的中心。"

李、苏二位演讲之后,开学典礼就结束了。"随后来宾们下到一楼。接待室和餐厅里预备了点心,中国客人们显然对英式蛋糕等点心非常青睐"。《孙衣言孙诒让父子年谱》记载孙诒让当时也"当众演说,略及古今中外文明事业交相传播之历史故实",[2]但蔡博敏的记录,只字未提孙氏的这番讲话。

送别官员的仪式甚至比欢迎仪式还要威风。在持续的鞭炮声中,苏慧廉先生依次向走进轿子的官员道别。当最后一顶轿子离开大门后,我们教会每个人脸上的表情都表明这件严密筹备的大事终于获得了圆满成功。

**合影**

2008年秋,从事中西文化交流研究的沈弘教授知我在搜集苏慧廉的材

---

[1] 原文是 Mens sana in corpore sano,拉丁谚语,作者是古罗马诗人尤维纳利斯(Juvenalis)。
[2] 孙延钊:《孙衣言孙诒让父子年谱》,第468—470页。演说辞原刊于《孙征君籀顾公年谱》,卷五。

料后,给我发来一张艺文开学典礼嘉宾合影。"前排中央的是赶来祝贺的李提摩太,后排中央是否就是苏慧廉?"沈弘教授在邮件里顺便问我。

后排最中央那位确实就是苏慧廉,但其他人又是谁呢?

我后来在伦敦查阅《传教士回声》时也看到这张照片,它刊于1904年3月号的首页。合影下面有小字介绍照片中人的身份。根据这些线索,我终于解读出这批来宾的名字。

前排左一是校长蔡博敏,左二是永嘉知县程云骥,左三是温州府同知吴中俊。挨着李提摩太的,左边是温州镇总兵刘祥胜,右边是温处道道员童兆蓉。右四是瓯海关税务司史纳机,右三是委办厘金局道员[1],右二是玉环厅同知吴蓉,最边上的是永嘉前知县,姓名暂不可考。

后排左一是山迩缦,左二是瑞安知县张学智,左三便是孙诒让,左四是内地会的衡秉鉴牧师,左五是海和德。中间高高的便是苏慧廉。站在苏慧廉右边的四个西人,依次是谢道培、和海和德一起从宁波来的谢拨德、弗罗贝船长及定理医院院长包莅茂。右边最后一位是永嘉县医学学官[2]。

仔细端详这张照片,会发现来宾身后的两扇玻璃窗内还有很多双好奇的眼睛。中国人外国人,主人客人,过去将来,在这秋日的阳光下汇合在一起。

艺文开学也引起媒体的关注。在当时洋人中有广泛影响力的《字林西报》对这场开学典礼做了详细报道,该报称:"温州学堂的开学典礼,和其他许多事件一起,标志着这个东方帝国的新时代开始露出曙光。"[3]

### 艺文新页

艺文学堂从这天起,翻开了新的一页。

庆典仪式后,师生在11月2日(周一)住进了新校园。周二早晨,苏

---

[1] 原文为 Likin Taotai,译为委办厘金局道员,姓名暂不可考。
[2] 原文为 Dr. Sian。看其装扮,似官府中人,推测其为永嘉县医学学官。
[3] "Opening of the New College, Wenchow," *North-China Daily News*, Oct. 26, 1903, 转引自 *The Chinese Recorder* 34(1903):573。

慧廉在校内主持了一场礼拜。他陈述了学堂办学的目的,强调了办学宗旨,以及对未来的期望。

当时艺文有六十名学生。教师中,除校长外还有两位数学教师、一位汉语高级教师、三位汉语助理教员。汉语高级教师是个举人,汉语助理教员中则有两位是秀才。校长蔡博敏兼任英语教师,一位艺文早年的毕业生担任他的教学助理。

艺文开设的课程有中国古典文学、伦理学、文言文、历史、数学、几何、自然、化学、物理、英国文学、英语语法和口语、体操等。[1]

因是英人办学,英语自然非常重视,据说很多课采用英文讲授,因此艺文的毕业生多有较好的英文功底。不过在当时,英文不像现在这样吃香,那时只有商人才说洋话。

因为是教会学校,艺文有宗教课,教授《圣经》。苏慧廉翻译的温州方言版《圣经新约》与汉字译本《圣经》同时使用。山迩缦牧师每星期在学校主持聚会一次,学生自愿出席,部分非基督教家庭的孩子也来参加。每逢礼拜天,全校师生则到城西礼拜堂聚会。虽然学校对学生的宗教信仰并不强迫,但学校的办学目的很明确,那就是让"中国人通过基督看到光"[2]。

艺文追求的不仅是知识,"我们希望通过我们的教育能把他们塑造成心智健全的人,努力让他们离开学校后,与一般当地学校的毕业生相比,具有更加高尚的品德。希望他们头脑清晰、心胸坦荡,对人生有精神上的追寻。"苏慧廉说。[3]

蔡博敏则更直接地强调,虽然我们的目标是多方面的,但"首先我们希望能够被人感觉到我们自始至终把整个学校建设为道德和教育的推动力量,以此启迪心智,升华人性。""我们希望能够输出受基督教真理和精神感染的人,当他们成为商人的时候,能够对压制目前在中国颇为泛滥

---

[1] Wenchow Decennial Report (1902—1911),载《中国旧海关史料(1859—1948)》,第155册,第531页。

[2] Soothill, *A Mission in China*, 180.

[3] Ibid., 191.

的商业贿赂有所助益。我们也希望能够培养一批基督徒校长，他们每个人都能够成为一所教会初级学校的领导者，且能与这一地区百余所教堂建立起联系，这样就有能力对那些他们所管理下的思想和心灵产生持续长久的影响"。[1]

### 刘廷芳

艺文学子中有一位叫刘廷芳的，后来特别引人注目。

刘廷芳，字亶生，1891年出生于温州一个基督教家庭。父亲刘世魁，眼科医生，曾师从内地会医疗传教士稻惟德。祖母与母亲也是内地会得力的同工，并先后执掌该会主办的育德女子书院。不过内地会没有直接办中学，于是刘廷芳转入偕我公会所办的艺文学堂。据刘廷芳研究者称，当时其父已逝，家境贫寒，他是得教会帮助才入艺文读书的。[2]

刘廷芳是艺文学堂第一届学生[3]，在校时就崭露头角。在《传教士回声》1907年卷上，有一篇他撰写的关于预备立宪准备工作的英文作文[4]，当时刘廷芳仅十六岁。在这篇长达三页的文章里，少年刘廷芳显示了他对中国时政的关心及内心的早熟。

不过，刘廷芳在艺文的学业没有读完，原因是不满英籍教师为英国侵占江浙铁路辩护。

江浙铁路风潮发生在上世纪初期，1907年达到高峰。当年10月12日，江浙士绅汤寿潜、刘锦藻等召集浙江铁路公司股东成立"国民拒款会"，痛陈借款筑路的危害，通电各省请求声援，并公开向民间招股。这个消息也让血气方刚的刘廷芳很激动，他"当晚连夜撰就万余字极激烈的文章，标题为《江浙铁路事泣告同胞书》，天亮方脱稿，邮寄上海，登载于美国人办

---

[1] Chapman, "The Opening Ceremony," *The Missionary Echo* (1904): 47.
[2] 吴昶兴：《基督教教育在中国：刘廷芳宗教教育理念在中国的实践》[香港：浸信会出版社（国际）有限公司，2005]，第50页。
[3] *The Missionary Echo* (1922): 108.
[4] Liu Tingfang, "The Preparation for the Proposed Chinese Constitution," *The Missionary Echo* (1907): 257–259.

艺文学生刘廷芳。这是夫妇俩结婚时送给老师蔡博敏的合影

的教会报纸上,这文章一方面痛骂英人一方面痛哭涕零警告基督徒当救国难,破产去投资,不使路权丧失。他自己也不落人后,要求母亲变卖股票、地产买回江浙铁路股权。他自此也不再返回艺文中学"。[1]

艺文肄业后,刘廷芳即赴上海,就读美国圣公会办的圣约翰大学预科。其间,他获得中文总督奖。也就在此时,这个朝气蓬勃的年轻人引起时在金陵大学的司徒雷登(John Leighton Stuart)的注意。他后来在司徒氏的安排下负笈美国,1918年获耶鲁大学神学学士学位,1920年获哥伦比亚大学教育与心理学博士学位。1918年他开始在纽约协和神学院(Union Theological Seminary)任教,成为第一位执教于美国神学院的中国人。刘廷芳1920年回国,任北京大学和燕京大学教授,1921年至1926年任燕京大学宗教学院院长,同时兼任时为燕大校长的司徒雷登的助理。

---

[1] 吴昶兴:《基督教教育在中国》,第50—51页。

刘廷芳的成就是多方面的。文学方面，他是个热情的诗人，出过诗集，还将纪伯伦的散文诗译介到中国；教育方面，他是心理教育学家，亦是宗教教育家；心理学方面，他是汉语学习心理学家，是中国最早对汉语教学心理学进行观察与实验的人。他更是神学家、圣乐音乐家、牧师，是中国基督徒团契运动的领导人。在他之前，中国教会极少用"团契"这个词。

著名报人江肇基在一篇叙述谢福芸父女的文章里，认为刘廷芳是苏慧廉造就的许多人才中的一个。刘廷芳"幼时家寒衣粗，人皆鄙之，惟苏老独具只眼，认刘异日必有成就，遂一手把他提拔起来，现在拿事实证明，苏老先生的眼力，究竟还是不错"[1]。

---

[1] 江肇基：《一位爱护中华民国的谢太太》，载《实报》，1936年第5期。江肇基（1909—？），陕西西乡人，曾任北京《实报》记者、编辑，1936年参加北平记者团赴日考察。抗战军兴，转战西南，先后任杜聿明部队编印处编辑科科长，《苏报》《和平时报》编辑、远征军随军记者等职。著有《缅战回忆录》《日本帝国的覆灭》等。

## 第四节　女性的天空

忙完盛大的艺文新校园落成典礼,苏慧廉急着要回趟英国,路熙又病了。据《教务杂志》记载,他1903年11月14日离开上海,经西伯利亚归国。[1]

有意思的是苏慧廉每次回英之际,中国总有大事发生。1894年是甲午海战,1900年是义和团运动,这一次是日俄战争。

1904年"发生在中国土地上的日俄战争,不仅以暴力摧残了中国人的生命和财产,而且以其出人意料的结局极大地影响了一代中国人的思想。张謇所说'日俄之胜负,立宪、专制之胜负也',表达的就是这样一种社会意识。于是,在戊戌维新中曾经提出而被视为过激的立宪,此时却成了有极大魅力的字眼"。[2]

随后有五大臣出洋考察、清廷宣布预备立宪。与此同时,同盟会在日本成立,各地民变风起云涌。中国开始进入革命与改良的最后争夺。

### 姆姆与妹妹

路熙体弱,丈夫的归来让她的身体恢复得很快。第二年夏季,他俩一起踏上了重返温州的行程。现在可查到的记录是,他们一行于1904年5月回到中国,6月19日抵达温州。[3]同行的还有已十九岁的谢福芸。

谢福芸在给《传教士回声》编辑部的一封信中这样写道:"我们抵达的时候,基督徒蜂拥而来,当他们看到原先被叫作 Mai-mai 的孩子现在已长得这么大时,惊讶得辫子都竖了起来。"[4]Mai-mai 是温州方言俗字,写作"姆姆",为"妹妹"的音变,是温州人对小孩子的昵称。

---

[1] The Chinese Recorder 34（1903）: 630
[2] 陈旭麓:《近代中国社会的新陈代谢》,第 280 页。
[3] Forty-eighth Report of the Home and Foreign Missions of The United Methodist Free Church for the Year Ending April, 1904.
[4] Dorothea Soothill, "Through the Jade Ring," The Missionary Echo（1905）: 38.

苏慧廉回英休假时的全家福

"我应该是我们教会重返故地的第一个传教士后代吧,我以为我已忘了中国的人与事,但当踏上这片土地,一切都在记忆中复活了。比如看见中国的蜜饯或水果,我马上就能想起以前品尝时的味道。"谢福芸继续写道。[1]

谢福芸小时便显出了文学上的才能,那几年的《传教士回声》上常有她的作品发表。她的文章多为游记,记录随同父母走访温州各地的见闻。这些文章在百年以后,成为了解温州近代史的第一手材料。

在《碧莲》一文中,她写了与夏正邦女儿见面的一幕。当时夏正邦女儿十九岁,正做着出嫁的准备。

> 她穿着一件绿色的外套,红的裤子,黄的鞋子,头上戴着紫色与绿色的蝴蝶结。她新年就要出嫁了,但对未来的生活并不憧憬,这也

---

[1] Dorothea, "Through the Jade Ring," *The Missionary Echo*(1905):38.

不奇怪。她将坐上一顶精致但并不舒服的花轿,被抬往大山间一个偏僻的地方,那里不通火车,离她熟悉的亲人与朋友很远。她要嫁的男人没有见过,除了知道是个基督徒外,其他一无所知。[1]

谢福芸与夏正邦的女儿差不多的年龄,因为不同的文化背景与教育方式,两个女孩走上了完全不同的人生道路。

**艺文女校**

举起火把,为中国女性照亮一条新路的也是西来的传教士。女子教育、禁止缠足、收留弃婴、男女平等,晚清以降,中国女性与中国社会一起开始近代化的路程。

曹雅直夫人抵温后,曾开办女塾。这所创办于1874年的育德女塾是温州历史上的第一所女校。[2]路熙1885年来到温州后,也即着手开始针对当地妇女的教育工作。苏慧廉说她在"孜孜不倦地学习当地方言一段时间后,就为那些勇于冲破世俗压力与我们为伍的女性上起课来"。[3]

甲申教案后他们乔迁白屋。白屋宽大,购地建屋时苏慧廉就有计划,要在这里办一所类似育德的寄宿制女校。[4]

路熙真正执掌女校,时间大概是1895年年初,即从英国回温之后。[5]当时,她把两个孩子都留在英国。苏慧廉对路熙说:"英国的人们很尽力教育我们留在国内委托他们照顾的两个孩子,你自己不也可以去教育温州城那些被忽视的女孩子吗?"路熙说:"我们的女子学校就这样开始了。这是附近一带最早的一所女校。"[6]

---

[1] Dorothea Soothill, "Crystal Lily," *The Missionary Echo* (1906): 224.
[2] Kenneth Scott Latourette, *A History of Christian Missions in China* (New York: The Macmillan Company,1929), 462.
[3] Soothill, "Our Mission in China," *The Missionary Echo* (1906): 177.
[4] *The United Methodist Free Churches Magazine* (1885): 671.
[5] 《温州市教育志》(北京:中华书局,1997)第130页提到路熙在光绪三十年(1904)在康乐坊天灯巷设立艺文女学堂,此记录可能有误。1904年是女子书院改名为女学堂的时间。
[6] 苏路熙:《乐往中国》,第236页。

女校的女孩子们在做体操

路熙创办的女校，免费招收来自贫困家庭的女孩。开设的课程有识字、音乐、女红及简单的数学。谢福芸1904年回到温州后，每天早上也去学校帮忙，做小老师，她教她们唱歌与体操。

要改善的不仅仅是她们的唱歌，我真的无法再容忍女孩子们走路的方式了。她们的脚一挪一挪的，简直是蹒跚。对此的训练于是开始了。由于从未见过这么特殊、在她们看来是愚蠢的一系列向前转向后转的动作，她们都盯着我看，随后报以捧腹大笑，一时难以自持。刚开始时，几乎没人愿意加入到如此可笑的队列中，但渐渐地，女孩子们都溜了进来，尽管还略带羞涩。一位曾经以轻蔑的眼光看待此事，认为尊严远比滑稽的动作更为重要的老师，也有一两次加入到了我们的队伍中。

谢福芸说一个星期有三次的队列训练,每次半小时。

除非花费大量的力气,否则她们都站不成一条线。最后我们终于排列在草地上,虽然满头大汗,但总算成功了。接下来我们开始四人一队的操练。刚开始训练时,我不得不把这些女孩子一个个地抱到她们应站的位置上,并恳求她们留在这里。可当我再次回头看的时候,常看到她们已经站在了不同的队列里。不过,现在一些年龄大些的女孩已开始有了点安静和守秩序的姿态,这正是我想要的。

我们常常会簇拥成一圈做游戏,比如"填空白""三三两两"等,其中最受欢迎的是一个叫"狐狸和鹅"的游戏——尽管它需要特定场合才能玩。贪婪的狐狸带着津津有味的神态,假装要吞掉鹅。孩子们一玩起这个游戏就变得非常兴奋。看到女孩们如此喜欢训练,我真是非常高兴。因为在整个星期里这是她们唯一的娱乐。中国人各种各样的娱乐几乎都和赌博连在一起,即便像踏青这样的活动也是不允许女孩参加的。因此人们就会知道,中国女孩的童年生活该是多么乏味与无趣。[1]

包莅茂医生曾为这些在草地做运动的女孩子拍过张照片,这可能是温州最早的女子体操表演。

中国女人原是裹脚的,因此几乎没有户外活动,但教会学校不收裹脚的孩子。路熙也经常与这些没有缠足的孩子在草地上玩游戏,当看到她们尽情地跳跃时,她知道这是天足的美与价值。"想到自己早期的努力是创造历史,我很高兴。我认为自己工作的意义很大。"[2]

路熙当时想不到,这群在草地上跳跃的孩子中,有的在未来将蹦得很高。其中一个来自永嘉山区的叫胡世英的女孩,后来成为中共温州独立支

---

[1] Dorothea, "Side-light on School and Hospital," *The Missionary Echo*(1905):167.
[2] 苏路熙:《乐往中国》,第241页。

部的首任支部书记。她长大后改名胡识因[1]，她的丈夫就是中共温州早期领导人郑恻尘[2]。

艺文女校当时也为学生提供午餐，为的是避免她们为回家吃饭而多上一趟街。因为，当时人们认为女孩子不宜抛头露面。谢福芸记录下了她们吃饭的样子：

> 不能确定其中一些人在自己家里吃饭的时候是否吃得饱，但无疑，她们在学校就餐时是想多吃点回来。中国的习惯是把蔬菜和鱼切碎，然后放到小碗里，摆在桌子中间。一桶米饭则放在旁边，然后各人把它装到自己的小盆里。开饭前，每一个女孩子都会把脑袋埋到手里，闭上眼睛，自言自语地说上一长段感恩的话。突然之间，她们抽出手，举起筷子，把饭和菜都一卷而空，速度之快要让旁观者倒吸一口凉气。她们吃饭的时间，五分钟都不要。[3]

艺文女校据说有四十个学生，其中有三人为住宿生，这三人就是传道人金先生留下来的三个孤女。苏慧廉一直记得1884年甲申教案发生那晚，是这个人替他挡住了飞来的石头。金先生是很出色的传道人，曾在温州下属各个县建立了四十个教会。一次探访西溪的教会回来，他搭一运水船回城，因疲劳，躺在船沿上就睡着了，结果不慎落水。他由此患上肺炎，身体随

---

[1] 胡识因（1893—1974年），原名世英，化名吴式、郑耐冬，永嘉人。先后就读温州艺文女校、人同女校、杭州女子工艺师范学校，1911年毕业于上海女子体操学校，和郑恻尘结婚。1920年在温州创办新民小学。1924年冬加入中国共产党，12月在新民小学成立中共温州独立支部，担任首任支部书记。次年元旦成立国民会议温州女界促成会，选为干事会负责人，并以个人身份加入中国国民党，帮助组建国民党永嘉临时县党部。1927年4月郑恻尘被捕后，她由中共中央送往莫斯科中山大学。1932年和党失去联系，1938年回乡，任永嘉岩头小学校长。1949年后历任小学校长、教员。1958年被划为"右派分子"，1979年纠正。

[2] 郑恻尘（1888—1927年），又名朝寮、振中，字采臣，永嘉人。1924年加入中国共产党，12月建立中共温州独立支部。1925年春从事国民党工作，帮助筹组国民党永嘉县党部，被推为县党部执行委员。1927年1月被推为国民党浙江省党部代表团成员，到宁波、温州接应北伐军入浙。后任国民党浙江省党部执行委员、商民部长兼杭州民众大会筹备委员会主任。4月11日被捕，7月24日遭杀害。

[3] Dorothea, "Side-light on School and Hospital," *The Missionary Echo*（1905）: 168.

胡识因（南航提供）

后也垮了。金先生离开人世时妻子已过世，留下三个孤女，被苏慧廉夫妇收养。

这三个女孩由路熙照顾长大。因路熙叫谢福芸为"Darling"，中国人以为"达玲"是她的名字，于是三姐妹中的老大便也跟着叫作"金达玲"。老二和老三按照中国的方式起了名字，一个叫金崇美（Zung Mi），另一个叫金崇福（Zung Fuh）。

**金达玲**

与汤金仓约了近半年，2009年春天我们终于在温州见面。我听说他知道苏慧廉三个干女儿的故事。

金达玲（汤金仓提供）

一落座，他就掏出了张黑白照片给我。

"这是我老安的奶奶。她是金先生的女儿，叫金达玲。"温州人把妻子叫"老安"，奶奶就是祖母。

"达玲是小时候叫的名字吧，你奶奶正式的名字叫什么？"

"我问过我丈老，她没有别的名字，就叫达玲。"温州话中，岳父叫"丈老"。

汤金仓从口袋里掏出张皱巴巴的纸，上面写着金达玲三姐妹的简单生平。他说自己专门去问了老丈人，才搞清这些情况。汤金仓还年轻，1972年生。金达玲1960年就去世了，他们夫妻俩都没见过这位会讲英文的老祖母。

  大女儿：金达玲，嫁永嘉应界坑麻朝应为妻（麻朝应五十九岁离开世界）。金达玲年轻时长得很美，个子高，后来大约在五十八、五十九岁左右驼背。

  生有儿子五个，天霸（当兵）、天候、天智、天信、天阔。天智读过神学，做传道，生有一个儿子。天阔是应界坑教会负责人，曾做过义工传道。他生有子女五个。

金达玲她生儿育女,一生年日七十岁。一九六〇年正月初二离开世界,去世的当晚和儿媳妇回床睡觉,对儿媳妇这样说过:"人生在世看看也有意思,一下子地主批斗,一下子干部批斗,但这次救主要接我回天家了。"天未亮救主真的接她回天家(平安去世,没有大病,生活可以)。

次女:金崇美,嫁小渠,生有五女、一子。她的大女儿叫棉棉,嫁永嘉应坑。次女叫娟娟,嫁温州。三女儿叫红秀,嫁永嘉瓯渠。四女儿不见了。五女儿叫五妹,嫁温州大桥头。儿子叫阿强(无后代)。

三女儿,金崇福,嫁温州,儿子叫方保罗(医生)[1]。

"你以前就知道她是苏慧廉牧师的干女儿吗?"我补充问道。

"以前有听过,不过比较模糊。地方上人有讲,她三姐妹是外国人养大的,在地方里算个知识分子。我听丈老说,她做账都写英文。"

"这照片你是哪里来的?"

"我结婚时偶然看见这张照片,当时觉得这个老人很慈祥,就问。知道她这段经历后,觉得这张照片很有价值,要保管好。你知道农村里很邋遢的,于是我提出由我来保管。后经他们全家同意,这照片才到了我手中。我一直夹在书里。"

汤金仓说自己家及他妻子家上上下下都信耶稣。他自己正在浙江神学院读书,当年夏天就要毕业。

"地方上也有人讲,这三个姐妹有知识,嫁到村里是大材小用,真可惜。我倒不这么觉得,苏慧廉牧师把她们养大,是作为福音的种子。大材必须放到小地方,种子才会发得出。"

汤金仓也告诉我,他毕业后想在老家永嘉应界坑建个孤儿院,收养农

---

[1] 笔者2011年8月1日采访方保罗,他称自己还有两个姐姐——方爱菊、方爱珍。大姐1949年前去了台湾,二姐后来去了上海。

村因病而被抛弃的儿童。现已在筹备,他还希望我们这些城里人届时能给些帮助。

"卬你也经常被苏慧廉牧师事迹感动。"汤金仓说。

温州话"卬你"就是"我和你"的意思。

## 第五节　温州医事

### 他叫白累德

苏慧廉认为，教会、教育和医疗必须呈三足鼎立之势。教堂及学堂扩建相继完成后，发展医疗事业又摆在了眼前。

1897年开张的定理医院已在墨池坊经营了九年，这九年成果不小，共接诊七万余人次，接待住院病人四千余人次。随着教会医院的声名鹊起，定理已无法满足日益增多的需求，建造一座新医院已是箭在弦上。

新医院选址大简巷，1905年2月18日，苏慧廉代表教会与辜、杨、江三户签订购地契约。新址占地七亩八分八厘三毫，即四万九千六百平方英尺。医院随后就动工建设。

新医院取名"温州白累德医院"（Blyth Hospital Wenchow），为的是纪念捐款一千六百五十英镑的英国教徒亨利·白累德（Henry Blyth）。1903年冬，苏慧廉回英探望生病的路熙。他这时已有建新医院的想法，于是趁在英之际向差会提出了拨款的申请，但总部也短于经费。他又提出在英国会众中募捐，惜未获允。其间，他给一富商写信，也未成功。无奈之下，他在伦敦的一家报纸上刊登了篇文章，说温州急需资金建造医院。不料，文章见报后的第二天，他就收到一位七十岁老者的回函，表示愿意捐献二千五百墨元，并邀面商。这个老人就是白累德，二千五百元在当时不是一笔小数目。

当时正是苏慧廉要回中国之际，于是在去剑桥与儿子话别的途中，他转道白氏所在的大雅茅斯市登门道谢。[1]没想到，就在第二天他俩一起散步海滨时，"白君忽告余曰，此医院愿以一肩任之。乃出荷包中一纸示余曰，某处建造会堂曾助银若干，某处设立恤孤会、某处设立学堂、某处布道、某处建造医局，需助银若干。近日入项几不敷出，若能准分数载以出此款，

---

[1] W.E.Soothill, "Dr. W. E. Plummer," *The Missionary Echo*（1922）: 127.

新医院购地契约。现藏温州博物馆

则甘尽力以负此任"。苏慧廉说:"今日造一段,明年筑一所,如之何其可?""既而白君慨然曰,某处有器具等件,其典之,以所得之银建造该院。苟蒙主恩得保余年,不难珠还合浦。于是独捐金一千六百五十镑,合墨银一万六千九百余元。汽笛一声,重洋万里,余乃束装与慷慨捐施之白累德君来瓯购地兴工。"[1]

关于白累德个人的资料,今天已不易寻到,即便是在他捐款的当年,英国偕我公会的档案中也未见更多的介绍。《圣经》上说:"你施舍的时候,不要叫左手知道右手所作的。"[2]

新医院由英人基督徒保尔肖(G. W. Bolshaw)义务设计。保尔肖先

---

[1] 刘萱生:《苏会牧温州医院落成演说文》,载《通问报》第191期(1906)。据包莅茂 The New Wenchow Hospital 一文 [The Missionary Echo (1906): 171] 记载,白累德捐赠金额为一千六百五十英镑,约合一万七千墨银。民国温州诗人杨青(1865—1935年)在一则关于白累德医院的笔记中也持"英金千七圆"说,见《杨青集》(上海:上海社会科学院出版社,2005),第361页。刘廷芳(字萱生)记载两千六百五十英镑应为笔误,径改。另据记载,白累德医院建成,实际耗资两万余元。

[2]《圣经·马太福音》6:3。

生为白累德医院设计的布局及风格沿袭了伦敦著名的盖伊医院（Guy's Hospital）。医院大楼地基长一百八十四英尺，宽六十英尺，由一幢主楼及东西两翼组成。主楼三层，底层是教堂兼候诊室。东西二翼各是两层的建筑。西翼为男性住院部，东翼为女性病房。由于当时女病人少，所以医生办公室、药房、储藏间也在东翼一层。除此外，医院还有若干配套用房。[1]

不论是规模，还是设施，白累德医院都是当时浙南地区最好的医院。

白累德医院建成后，定理医院即并入。墨池坊的定理旧址则成为日渐扩大的"耶稣圣教艺文小学堂"的新址。艺文小学堂源自李华庆早年创办的男塾，到1906年时有三百三十四名年龄在七至十五岁的男生。学校有十一个老师，其中六位是秀才。苏慧廉自豪地说，艺文小学堂是当时全中国最大的小学之一。[2]

白累德医院在1906年1月30日（正月初六）迎来了开业典礼。那天有两场仪式，上午十时是开院礼拜，在院内的教堂举行。偕我公会与内地会近两百位教徒与会。内地会的衡秉鉴牧师、蒋宝仁牧师与偕我公会的谢道培、山迩缦、包莅茂及其中国助手李筱波等一起主持了祈祷。会众合唱赞美诗《堂成献主歌》时，苏慧廉亲自司琴。

苏慧廉以偕我公会温州教区总监督（General Superintendent）的身份做了主旨报告。他在讲话中，特别介绍了募捐过程及白累德先生的捐款，闻者对白氏的慷慨深表敬佩。

下午的开院仪式则是面向社会各界，地方文武官员及士绅共八十余人受邀参加。其中有温处道贺元彬[3]、镇总兵萧军门、翰林余朝绅[4]。包莅茂向各位介绍了医院的建设情况后，苏慧廉讲话：

---

[1] W.E.Plummer, "The New Wenchow Hospital," *The Missionary Echo* (1906): 169-170.
[2] Soothill, "Our Mission in China," *The Missionary Echo* (1906): 178.
[3] 贺元彬，号芷兰，湖南人。拔贡生。曾任重庆海关监督、四川川东道台。光绪三十一年（1905）代替程恩培接任温处道道员。
[4] 余筱泉（1859—1917年），名朝绅，别字筱泉，一作筱璇，祖籍乐清，先世迁温。光绪癸未年（1883）进士，旋为翰林院庶吉士，未散馆而归。曾被举为温州府中学堂总理，转任温州商会总理。民国后膺永嘉县自治会议长，复创设温州甲种商业学校。

白累德医院大门

  阁下,请允许我代表教会欢迎各位出席今天下午的新医院落成典礼。此医院为医治病人而建,也是为传扬上帝真理而建。在《圣经》中,上帝要求我们既去传扬福音,也去医治病人。耶稣在世时,在传扬福音的同时就在不断医治病人。他有大能,治病不需药物,当然我们无他这样的能力,如有,也就不需建此医院了。但我们仍要遵守他的道,用药物去达成同样的功效。我们的身体不仅因病痛而虚弱,更因心灵空虚而无力。因此,我们不仅仅为医治身体而来。医治身体已很难,医治心灵尤甚,绝非轻松之事。我们也知道,即便尽了全力也不见得成功,但我们相信,依靠神,我们将得其帮助,通过他的帮助,我们可以为周边有苦难的人略尽绵力。[1]

---

[1] Plummer, "The New Wenchow Hospital," *The Missionary Echo* (1906): 172.

孙诒让称白累德医院为"西医局"[1]，不知这位儒学大师理解的"医"字，包不包括医治心灵？

**外国包医生**

白累德医院的首任院长是包莅茂。据苏慧廉回忆，包莅茂做医疗传教士之前，在英国马特洛克（Matlock）曾有份不错的生意。他不仅是位受人尊敬的医生，还是名优秀的商人。1900年苏慧廉在英国时与他相遇，在苏的感召下，他毅然结束生意，前往温州。[2]

苏慧廉说，包医生"将传教与治病救人结合在了一起，治愈肉体也医治心灵，达到了'双重治愈'。每天，他和他的中国助手都会在男病房中为住院病人祈祷；而在女病房中，我们也高兴地看到包莅茂夫人被妇女们围着，每日为她们讲授基督救赎的教义。因此，不管是来看病的还是住院的，其中都有不少人成了基督徒。他们出院后回到家乡，建立起不止一个教会，由此，对我们及基督徒的反感及偏见正慢慢消融"。[3]据统计，白累德医院每年的门诊量有一万到一万五千人次，其中数千人在医院里聆听到福音。

谢福芸记下了包医生看病的趣事：

> 当包医生为人听诊肺部时，病人似乎无法理解这是要干什么。他们常常会屏住呼吸，于是医生说："呼气。"然后呢？有的是坐着做打呼噜状，有的是发出鼻声，还有的人则差点一口气没有上来。据说有个妇女在被告知要呼气时，冲着医生脖颈和衣领之间用力吹气。当遭到抱怨后，她轻轻地弯下腰，一口气吹到了医生的脸上。
>
> 另一个难题就是检查舌头了。难的不是看到这个器官，而是劝说病人把这个难以控制的器官收回到嘴巴里。你真的难以想象，那些坚

---

[1] 孙诒让：《家书》，载《温州文史资料》第五辑，第179页。
[2] Soothill, "Dr. W.E.Plummer," *The Missionary Echo*（1922）：127.
[3] Soothill, "Our Mission in China," *The Missionary Echo*（1906）：179.

包莅茂医生

持把舌头露在嘴外,与此同时还使劲向医生解释他们复杂病症的人看起来有多滑稽。此时,我就会躲到角落里,努力去控制自己咯咯的笑声。[1]

中国人就这样与西医尴尬相遇。不过,西医的快速有效,也让中国人目瞪口呆。

"一代词宗"夏承焘的老师,时在瑞安执教的张震轩,在宣统元年正月廿六日(1909年2月16日)的日记中,以逸闻的方式,记录了包医生为病人"开膛破肚"的故事:

> 李君萼甫来谈,云前日有吃鸦片烟者四人,上郡请外国包医生诊治,医士谓三人可以用药戒断,唯一人则因病食烟,其脏腑受害不浅,必须解剖。初犹畏难,经包医士许以保险始允。即引此人入内室,用药膏贴其额,人即晕去如死,乃剥去衣服,先用药水抹腹皮,出利刃

---

[1] Dorothea, "Side-light on School and Hospital," *The Missionary Echo* (1905): 169.

包莅茂的夫人在医院主持晨祷会

剖开胸腹,将肝肺脏腑一概取出洗涤,肺肝为烟汁所熏已成黑色,肝内有肉球一块,即割下弃去。然后将肝脏等一一纳入腹中位置完密,始用线纫合腹皮,再用药水抹上,命人抬此人出外,始将膏药揭去,而其人已蹶然醒矣。三人问之曰:尔有所苦否?彼应之曰:吾方得甘寝一晌,何苦之有。噫!观于此而后知西医之术,洵可继中国华元化(陀)遗踪者,以视近日之仅读《汤头歌》《药性赋》,悬壶糊口者流,则更判若天渊矣。[1]

包院长在温州工作十四年,1914年因病回国。

---

[1] 张棡:《张棡日记》(上海:上海社会科学院出版社,2003),第140—141页。张棡(1860—1942年),字震轩,号真侠,晚署真叟,瑞安人。清生员,曾受孙衣言聘为孙氏诒善祠塾主讲,又受孙诒让聘为瑞安中学堂教员。后复执教温州府中学堂、浙江省立第十师范学校、省立第十中学、瓯海公学等。著有《杜隐园诗存》《杜隐园文稿》《杜隐园日记》等。

### 温州来鸿

2009年春,我在伦敦大学亚非学院图书馆收藏的循道公会历史档案中,找到一封写于1909年12月24日的信:

DEAR DR. PLUMMER, —

  Sang nyie toe ba. Choa Chang Vu shi nyi. Choe Chang Vu shi nyi.

  Sie toa Ke nyie Oh teh djah Bing ue, yi tah djah ih kai Sang nyie, zaih ze tu- zi Zang-Ming fu zang.Ah Choa Chang Vu shi Sz-mo ta t`ung-t`ung ge nang, ts`ing nyi de ng Pa moa.

  ……

  T'ie Sih lae, ng fu tse koa.

  Tse Vai,

            DZING SUIH MING SI.[1]

  这封用温州方言教会罗马字撰写的信,收信人便是包莅茂医生,他当时在英国。写信人 Dzing Suih Ming 即是郑叔鸣[2],包医生的学生,也是他的助手。郑叔鸣是温州第一代西医医生,其子郑求是[3]后接其衣钵,成为温州名医。

  英国归来后,我将这封信拿给郑叔鸣长孙、郑求是长子郑可麟看。郑求是医生是我祖母的姐夫,我小时就与他生活在一座大院子里。我叫郑求是爷爷,叫郑可麟大伯。今年也快八十岁的可麟大伯对这封信很有兴趣,他参考包莅茂的英文译文,将此信转译回中文。

---

〔1〕 "A Letter from Wenchow to Dr. Plummer," *The Missionary Echo* (1911): 15–16.

〔2〕 郑叔鸣(? —1925 年),永嘉桥下街东村人。父郑益勤,早年在上成开草药店,信仰基督教,后举家迁至温州城内小简巷。郑叔鸣进定理医院向英人学医,为温州最早一批学习西医者。

〔3〕 郑求是(1910—1998 年),温州人。1925 年艺文学堂毕业后进白累德医院,随施德福学医,后任该院医师。1949 年起担任副院长直至 1985 年退休。曾任艺文小学董事、温州高级医事职业学校循道公会指派董事、农工民主党温州市委常委等。

包莅茂的中国学生、温州第一代西医郑叔鸣（郑可麟提供）

亲爱的包莅茂医生：

新年到了，恭敬贺喜您，恭敬贺喜您。

回想去年得着平安，从心底里感谢上帝。我也要向包师母致意，也代其他助手致意，希望您都还记得他们。

您的信已经收到。我很高兴告诉您，医院里所有的人都好。上个月门诊病人有1416人，这个月已经有1096人了。今年已经有1409个住院病人。

过去两三天，还做了两个乳腺癌手术。

每天有传道人来给病人讲道，我听到有些人在离开医院时已信了耶稣。救主降生，今天医院灯都亮了，还搭了彩色门额，很热闹。星期五、星期六和星期天晚上，都有礼拜聚会。

教会和睦也兴旺，青田大岭后地方有新的礼拜堂建成。

讲到温州，现在的官在鸦片问题上很严厉，有一回，永嘉县官亲自出马，把鸦片贩子和吸烟者抓了六个，打了他们，并关进牢房。每天将他们在衙门前戴枷示众。这地方官还到乡下去，不许人栽种罂粟。

现在我们大家仍在读书，学习化学，一个礼拜读三天，另外三天做手术和其他事。

近来温州有不少人外出当兵,也有军官到这里来训练士兵的。

蔡师母去世,实在可惜。

我听说广东、广西两个地方,有不少德国士兵在那里,您有听说吗?

天很冷,我不多讲了。

再会。

郑叔鸣写

　　可麟大伯告诉我,不论是包莅茂院长,还是后来的继任院长施德福[1]都很重视培养中国人。白累德医院先后跟随外国人学医的学生共有三批,第一批跟包,后两批跟施,温州直接受外国医生栽培的有戚文樑、章梦三、郑叔鸣、郑济时、陈梅豪[2]、王子芬、郑求是、倪执平等十二位中国医生。

　　这批当年入院边工边读的年轻人,在中华人民共和国成立后成为浙南医药界的脊梁。在浙南医学史上,他们是国人掌握西医技术的先行者。不过,在他们挑起医院大梁的时候,他们的外国老师被称作"帝国主义分子"。施德福更被说成"外国间谍","潜伏"温州近四十年。

## 天职

苏慧廉说包医生是个大忙人:

---

[1] 施德福(Edward Thomas Arnold Stedeford,1887—1971),1887年出生于英国肯特郡的查塔姆(Chatham, Kent),早年获药剂师资格,后有志海外医疗传教事业,1908年经圣道公会选送,就读爱丁堡大学医科,1913年毕业,获医学士与外科学士学位。毕业后相继在迪尤斯伯里医院(Dewsbury Infirmary)与伦敦中心眼科医院担任外科住院医生(House Surgeon)。1914年5月由圣道公会派遣赴温,出任白累德医院院长。掌院期间继续钻研病学,先后获爱丁堡大学医学博士学位、伦敦大学热带病学文凭。为皇家亚洲文会北中国支会(The North China Branch of the Royal Asiatic Society)终身会员。寓温近四十年,兢兢业业,以精湛的医术、优良的医德赢得医院内外的广泛尊重和信任。1949年年底回国,温州医师公会与各界人士盛会欢送,并将其宅旁一弄改称"施公里",立坊纪念。

[2] 陈梅豪(1895—2004年),温州平阳人。1912年艺文学堂毕业后进白累德医院学医,后留院任医师,直至1976年退休。1949年后任副院长,兼妇产科主任,为浙南地区知名度很高的妇产科医生。

白累德医院的继任院长施德福
(伦敦大学提供)

每年要接待一万两千个门诊病人、七百个住院病人;每年还要给四百人施行手术、其中半数要麻醉。同时他每年还要拜访欧洲的同道四百五十次。他每一分收入都进入医院基金;一年当中有九个月的时间几乎天天要给他的十名本地学生和助手上课;每年还被安排出席五百五十次的为病人举行的礼拜和晚间讲座,谁要说我们的包莅茂医生懒惰,我们可不答应。[1]

郑求是这样回忆他的老师施德福:

英籍医生施德福在温州从医长达三十二年,给温州人民留下十分深刻的印象。施德福医生毕业于英国爱丁堡大学医科,他到温州后,仍极勤奋,曾获热带病学博士学位。他还喜爱天文,家中置有高倍望远镜等仪器,经常观察天象。解放后,他回国时,有十余只木箱存在实业家吴百亨处。一九八四年经有关部门开箱检查,箱内除一顶蚊帐、

---

[1] 苏慧廉:《晚清温州纪事》,第118页。

两副完整的人体骨骼外,其余全是书籍。其爱学之精神,由此可以想见。他医术精湛,医德高尚,待人和蔼,工作热情。凡是与他相处过的人都非常敬重他。

施德福医生各科病人都看,手术(如白内障、扁桃腺、乳房癌、肠胃吻合、妇科肿瘤等)均做。他每天总是提前五分钟上班,带领医生一起查房诊病,直忙到十二时后才下班。每年盛夏季节,在温的外国人都陪同家属去莫干山、北戴河等地避暑,他却在医院照常工作。只在每周六上午出诊后去江北大田山度假,周一上午又赶回医院工作。数十年如一日,始终坚持,从不懈怠。每天下午由他做手术,夜间或假日如遇有紧急手术,则随叫随到。他工作认真负责,对病人热情关怀,遇有贫苦病人,还给予经济帮助,深得病家的信任和赞扬。原先院内从医生到工友的领导,以及经济、药物的管理,全由他一人负责,后来才派了一位护士长来协助他工作。

旧中国科学落后,传染病盛行。当霍乱、脑膜炎、鼠疫等病流行的季节,施德福医生不分日夜地巡诊病人;遇有生理盐水缺乏,就自己动手配制。他在生活上,对自己要求很严,虽有吸烟嗜好,都在家里吸,在办公室或病房,从来不吸烟。他受聘担任海港检疫工作时,温州海关发给他检疫费,一回到医院,全部拿出来充公。有一次,有位工友拿了两枚钉子准备回家钉门,施德福看见后说:"这是医院的东西,不能随便拿,你要用,自己花钱买。"从这些小事,也可以看出他严于律己和一丝不苟的生活作风。[1]

老师的人格春风化雨般影响着他的中国学生。

郑求是1925年艺文学堂毕业后即进入白累德医院当学徒,直至1985年

---

[1] 苏虹:《施德福与白累德医院》,载《温州文史资料》第三辑,第142—143页。

白累德医院向病人派送的福音单张。正文是著名赞美诗 Come, Ye Sinners, Poor and Wretched 的汉译歌词（张纯石提供）

以七十五岁高龄退休。他一生都与这座医院连在一起。[1]退休后他仍在家义诊，免费接待仰慕其名声从各地赶来的穷苦病人。同时他还组织几位基督徒名医，每月两次到教会办的敬老院"安乐之家"义诊。

在我的印象里，他家人经常会在早上打开大门时见到门口有一袋土特产，或是青蟹，或是山芋，或仅是一袋新米。这是那些接受了免费治疗的病人悄悄送来并放在门口的。那条小巷里的邻居也知道，这些堆在杨柳巷

---

〔1〕据郑可麟介绍，他家原来住在白累德医院后面小简巷18号，那里有三间楼房一座、平房十间，前后都有花园，共占地1.7969亩，是他父亲1947年设计建造的。1954年，因医院业务发展需要，经协商由院方购杨柳巷16号的住宅一幢与小简巷住宅调换。他父亲从医院发展考虑，积极做家属工作，且不要求任何经济补偿，使调换工作顺利进行。1954年12月11日签订交换产权合约，1955年年初全家即迁到杨柳巷居住。杨柳巷16号有三间楼房一座、平房六间、灶房两间，占地0.9069亩。两处住房虽建筑面积相差不多，但土地面积只有一半。笔者小时候就与郑家一起住在杨柳巷16号院子里。

那扇小木门外的物品是郑医生家的。

这就是医生与病人的关系。

**为朗召拍照**

2009年7月10日下午,我陪英国循道公会最后一任温州教区长爱乐德[1]的儿子朗召(Roger Aylott)在温州的大街小巷寻访旧时的踪迹。他小时随父母在温州生活过十年,对这片土地很有感情。

自然要带他去温州二医看看。二医的前身就是白累德医院,他的父母参与过这所医院的建设。可惜的是,经过近一个世纪的风雨,此地几乎没留下可供后人凭吊的旧迹。

很气派的住院大楼是刚落成的。楼前有个碑,由现任院长程锦国撰写的院志提到了西人办院的历史。"定理医院"青石旧门额也镶嵌其中。朗召见到旧物很高兴,即站在碑前,让我帮他拍张照片。

我端起相机,在取景器里看见了悬挂在大门口的一条红色横幅——"创建无红包医院,构建和谐医患关系"。我请他挪了挪位置,避免这条横幅留在他的身后。好在朗召不识中文,不知道"红包"的意思。

---

[1] 爱乐德(William Roy Aylott, 1906—1997),英国人,循道公会传教士。1930年来温,1938年起二度任温州教区长,1940年起兼任浙东神学院院长。1950年9月6日离温返英。六十年代初期,前往马来西亚沙捞越(Sarawak)传教,历十五年。1997年在英国诺里奇(Norwich)去世,享年九十一岁。妻斐良性(Phyllis Marjorie Aylott, 1902—1970),曾在温州白累德医院任护士长。爱乐德1987年7月31日至8月20日曾偕子访问温州,为循道公会1949年后第一位重返温州的传教士。

## 第六节　转折

**《中国传教纪事》**

白累德医院开张的那个月,苏慧廉也迎来四十五岁的生日。自二十二岁来到温州,他在这片异乡的土地上已生活了二十三年。这年,除新医院落成外,苏慧廉还完成了另一件作品——《传教回忆录》。他在该书《前言》自述,此书写作历时十八个月,于1906年2月完稿于温州。

这部名为《中国传教纪事》的回忆录1907年在英国出版。一直关注着苏慧廉及温州的阚斐迪老牧师,为该书撰写了篇《温州之声》的书评:

> 温州的生活——类似传教士们在其他地方的真实生活——意味着虔诚的祈祷、奋发的努力、长久的忍耐,以及对主的工作绵延不绝、牢不可破的忠诚。
>
> 因而,在温州忠实的工作,对我们所有人而言都弥足珍贵。
>
> 我坚信,这本书的内在比它美丽的装帧、引人入胜的插图及有说服力的叙事风格更伟大、更优秀。[1]

苏慧廉为什么要在此时推出回忆录?因为他即将要告别温州,踏上新的征程。在温州度过了四分之一世纪,他需要给自己做个小结。苏慧廉离开温州的原因,路熙是这样记述的:

> 如果一个人年轻时就身负重任,并且重担并非一下子落在他身上,而是随着时间慢慢加重,这对于他身心都是个沉重的负担。苏慧廉就是这样。温州的事情越来越多,每一年都跳跃增长,但幸运的是,他

---

[1] Frederick Galpin, "A Voice from Wenchow," *The Missionary Echo* (1907): 97.

的处事方式获得中外同事的一致赞同。在二十五年后,事业的方方面面都获得发展了。

但是苏慧廉撑不住了。我发现他平躺在楼上寂静书房的地板上——他不是摔倒了,而是觉得这样能早点复原。疟疾让他眉头紧皱浑身发抖。

他叹息说:"看来要回英国休假几年。"

一天我们新装的电报机来了一条讯息,让我们目瞪口呆。上面说:"你愿意担任山西国立大学的校长一职吗?"

我们第一个想法是:我们怎么可以离开我们热爱的城市和爱我们的信徒们,他们以自己的牺牲证明了他们信仰的虔诚。[1]

电报是李提摩太发来的,李氏是山西大学堂的创办人。去太原做校长,还是继续留在温州?苏慧廉面临选择。

在偕我公会总部收藏的苏慧廉于中国期间写给父母的一批书信中,我找到几页断柬。此信的首页已不见,我只能从谢福芸当年阅读时随手写下的几行提要中知道它写于1907年1月11日。在这封写于温州的信里,苏慧廉与远在英国的母亲商量面临的抉择:

您可能已经听说了国立山西大学堂要聘请我担任校长的消息。这个聘任让我自豪,当然我也希望差会能同意我接受此职务。山西是在1900年中牺牲传教士最多的一个省份,不过这种局面现在已被李提摩太博士改变。他认为恐怖事件源于人们的无知,尤其是那些受过教育的士子阶层的无知。他推动中国政府在山西成立大学,劝说教会放弃索要遇难者的赔偿。启动大学的经费正是教会本可以获得的赔偿金。最终的成果就是一个月前,二十五名山西大学堂的学生在政府公费支持下来到英国,并将在这里用五年的时间完成学业。这是前进的一大

---

[1] 苏路熙:《乐往中国》,第362—363页。

步。我受邀前往的正是这所大学。我也愿意去那里,已有五六位英国人在那里教书。我不用承担教学任务,我应做的是去督导他们正确地教学,当然我也要尽自己最大的努力,去吸引并影响当地官僚和士子阶层投入到曾使英国走向伟大的启蒙运动中去。同时作为一个传教士,我确信,只要有益于基督信仰,就是我们事业的基础。

因此您想,我可能成为上帝启蒙一个差不多有两千万人口的省份快速迈向天国的工具。大学所在地的太原府是个省会,海拔接近三千英尺,据说非常宜居,和温州潮湿阴沉的气候截然相反。从健康角度考虑,我也会喜欢这样的调换,它会使我和路熙都更加振奋。另一方面,尽管这份工作和我目前所做的有非常大的不同,但对我而言还是适合的。我必须要和当地高官充分接触,并且要提供给他们一种与目前所做的截然不同的精神食粮。这个过程将会充满不确定,但作为自己的主人,我能够克服,并在正确的方向上前行。此外,两地的语言也很不同。那里说的是官话,中国绝大部分地区都讲这种叫作 Mandarin 的语言。我知道一些,并且能够在和官员们见面时聊上几句,但是和我应用自如的英语相比,还是相当贫乏的。不过我还没有老到无法学习的地步,我想我能掌握它。

当然,如果我接受这一任命并能够成功开展工作,它将开启怎样的局面还难以预测。也许有人会说这并非是传教工作,但对我而言,如果能够智慧地开展,这就是大写的传教工作。不同于将水逆引上山,这项工作更像是往山下倾水那样顺势而为。如果士子们一旦能认识到上帝的力量,并接受他,那我们将在远东看到一个基督国度,比印度或南欧来得更早。而且如果新教能够做到这一点,我们就能够阻止天主教的进入。

当然,差会也可能会拒绝接受。如果是这样,对我而言也就很有必要正确面对此事,并且努力去思考这到底是不是上帝的呼召。如果是,那么不管差会说什么,我都将接受这份邀请。不过我还是希望事情不会变得如此糟糕。我只接受一年的聘期,这一年教会不必承担我的薪水和其他费用，大学将承担这一切。

我写这封信给您，是想让您了解事情的进展。至于温州的工作，我想不会因为我的离开而有所耽搁。我还打算在新年期间回来一个月，而不是像往常那样休假。明年七月我也会再次回来。同时，我和谢道培正在考虑按立四个本地的牧师，给予他们洗礼的权力，这将给他们更多的责任，也许这正是他们获得提高的东西。我和他们在一起时，他们总会看着我。一年的放权也许能给他们带来不同凡响的收获。

如果有人认为我对温州留恋不多，那他们一定错了。如果我不惦念那里的工作，不惦念我第一个孩子出生的地方，不惦念那喜欢程度甚至超过喜欢自己孩子的地方，那恐怕也就没有人再会惦念它了。正是在这里，我开始从事差会交办的工作。这份工作比我的生命重要，过去如是，现在依然如是。

我要说的就是这些了。您怎么样？一切都好吗？[1]

在这封言辞恳切的家书里，苏慧廉本人希望能达成山西之行。作为传教士，他视山西大学堂的教育工作是大写的传教工作。

## 百年传教大会

1907年是清朝廷宣布"预备立宪"的第二年，政治体制改革正大刀阔斧。延续了千年的科举，说废也就废了。"新政"的力度，让这个古老国家的臣民对未来充满了新的憧憬。但也有些不"和谐"的举动在各地发生。民变不少，其中被后世重点记录的有潮州"黄冈起义"与惠州"七女湖起义"。这两次起义都与革命者孙文有关。那时，已有越来越多的年轻人相信革命，并不惜以生命去实践"革命要流血才会成功"的信念。1907年被捕杀的革命党人也不少，其中最著名者有秋瑾与徐锡麟。

对中国的传教事业而言，1907年也不是一个平常的年份。整整一百年

---

[1] 此信缩微胶卷藏伦敦大学亚非学院图书馆，GB 0102 WMMS/MMS Biographical Series, Box 638。

前,一个叫马礼逊的英国传教士踏上了远东这片土地。为了纪念马礼逊入华一百年,在华各宗派于1907年4月25日至5月7日在上海召开第三次全国基督教传教士大会。[1] 这次大会又称中国百年传教大会(China Centenary Missionary Conference),有一千一百七十人出席,是中国历史上规模最大的一次传教士大会。当时,在华传教士的总数已达三千八百三十三人,与十七年前第二次大会召开时相比,增加了三倍多。苏慧廉应邀参加了这次大会,并在会上就温州成功组织本地传道人的经验做了发言。[2]

1907年的百年大会不但是对前面十七年传教工作的总结,在很大程度上也是对过去一百年新教在华传教事业的回顾。在为期两周的时间里,与会代表就中国教会、华人事工、教育、妇女事工、文字出版、祭祖、医疗传教、睦谊与联合等十二个话题进行了深入的讨论。来自山东的资深传教士狄考文做了一个《传教士与民众问题》的报告。他用相当长的篇幅罗列了传教士在社会改革、科学教育、出版等方面的贡献,声称传教士们是"中国的朋友",而非西方列强的政治工具。狄考文在华几十年,早已成为"中国通"。他这时已敏锐地认识到,在社会矛盾日益激化、改革与革命相互交错的动荡局势下,中国也许会发生什么。

狄考文的演讲激起包括苏慧廉在内的许多传教士的共鸣。大会后来就此话题通过一份决议,明确"我们基督新教的传教士决不为了我们自己或本地信徒抱有任何的政治企图,我们的传教事业完全是道德性和精神性的,我们无意以任何方式干扰政府的运作,我们劝诫我们的信徒们要对掌权的顺从,事实上,在帝国境内再没有比中国基督徒更顺服的臣民了"。"我们建议所有的传教士要保持警惕,防止在目前全民族的觉醒当中,教会被以任何方式利用来达到某些革命的目的,防止中国基督徒因为无知、思想混乱或盲目狂热而被诱导做出反对政府的不忠举动。"大会致中国教会的信中也指出:"近来有些背逆中国政府,并与秘密会社有联系的人打着教会的名

---

[1] 前两届分别于1877、1890年在上海召开。百年传教大会内容详见 *China Centenary Missionary Conference*, Shanghai: Centenary Conference Committee, 1907。

[2] *The North-China Herald and Supreme Court & Consular Gazette*, May 3, 1907.

义出版印行煽动叛乱的书籍。这些人决不能被容许在教会内藏身,基督徒也不得与他们走到一起。一旦官府发现教徒当中有革命党,就会质疑教会顺服的教导,对教会不复信任。"[1]

来自欧美国家的传教士中,绝大多数人赞成改良,反对革命。苏慧廉也是这样的态度。当然,在后来形形色色的民族主义者手中,他们如此的态度成为"无意帮助革命党人推翻封建王朝"、抵触"正在孕育着的民主运动和民族革命"的铁证。[2]

大会期间,苏慧廉一直与李提摩太在一起。李提摩太是个感召力很强的人,会后苏慧廉即带着路熙北上山西。

"在年轻一代的传教士中,他帮助许多人看清自己教区或支配领域以外的情形,有的是得自和他进行了一场令心灵快乐的谈话。"在苏慧廉后来撰写的《李提摩太在中国》中,他如此评价李提摩太。[3]这种感受,很可能就来自他自己的经历。

在李氏传记中,苏慧廉也顺带阐述了自己最后决定去山西的原因:"多次亲密交往后,我们的友谊更加巩固。对灵感如此丰富的人,我从来没有碰到过或与之同住过。和他在一起,就是从日复一日、平凡而琐碎的工作中解脱出来,站在山巅眺望远处的风景。我之所以接受山西大学的职位,是因为它对我而言,是宽容的基督教精神的一个具体实例,也来自我对教育的信心。"[4]

**温州功业**

1883年抵达,1907年离开,苏慧廉在温州前后工作了二十五年。

从偕我公会的两份年度报告,可知苏慧廉的业绩。

统计至1882年6月的第二十六次年报这样写着——温州:本地传道人两

---

[1] 姚西伊:《站在世纪的转折点上——1907年在华传教士百年大会初探》,载《自西徂东:基督教来华二百年论集》(香港:基督教文艺出版社,2009),李金强、吴梓明、邢增福主编。
[2] 姚民权:《上海基督教史(1843—1949)》,第89—90页。
[3] 苏慧廉:《李提摩太在中国》,第2页。
[4] 同上,第249页。

人、教徒二十六人（比上年增加十五人）、慕道友三人、教堂一座、主日学校一所、主日学学生十人、主日学教师一人。[1]

偕我公会每年出一份统计年报，统计至1908年4月的第五十一次年报最能反映1907年苏慧廉离开温州时的情况：传教士三人、本地传道人一百七十七名、教徒两千五百五十三人、慕道友六千二百三十二人、教堂十座、其他聚会点一百五十二处、学校三十六所、教师六十四人、学生一千二百五十七人。[2]

两千五百五十三名受洗教徒，再加上六千二百三十二名慕道友，一共八千七百八十五人。这是生命的数字，也是灵魂的数字。正如他在《中国传教纪事》一书最后所说的："我们在温州的传教团在统计数字上有优势，在过去的二十五年时间里，我们收获了二千二百个领圣餐者，六千个慕道者，加上孩童总数达一万个灵魂。一个原本生活在黑暗与死亡阴影中的民族，现在上帝永恒之光透过异教徒生命的黑暗与坟墓的阴森凄凉，亮起来了。"[3]

苏慧廉以他卓越的领导力、务实的工作风格，带领他亲自培养的团队，在远离英国的这片土地上终于结出了丰硕的果实。温州教区也由此成为英国圣道公会在华传教最成功的两个地区之一，另一个是以云南昭通为中心的西南教区，信徒大部分是苗族人。[4]

苏慧廉尽管不是温州新教传播第一人，但无人怀疑，在这座被后世称为"中国的耶路撒冷"的城市，福音广布，厥功首推苏氏。

### 圣道公会

1907年，已存在了半个世纪的偕我公会与同属循道宗的另两个宗派"圣

---

[1] Twenty-sixth Report of the Home and Foreign Missions of The United Methodist Free Church for the Year Ending June, 1882.
[2] The United Methodist Church: Report of the Missions (Home and Foreign) for the Year Ending April, 1908.
[3] 苏慧廉：《晚清温州纪事》，第218页。
[4] 在云南昭通传教的是英国美道会（Bible Christians）。美道会1907年与偕我公会等合并为圣道公会。

道会"与"美道会"联合,成立"圣道公会"。这是英国循道宗的第一次联合。

联合后的圣道公会拥有教徒十五万人,其中海外教徒一万六千人。[1]温州的两千多名教徒应包含在这个数字里。

1907年,苏慧廉作为偕我公会最有影响的传教士之一,应《传教士回声》的邀请,撰写了篇《循道宗联盟与我们的使命》的文章。在该文的最后,他这样写道:

> 我们都满心欢喜地期待着教派联盟的美好前景。没有比亲眼见过和亲身经历过分散之苦的传教士们更愿意提供热情的帮助了。我们将为这从未有过的重聚恳切祈祷。届时唯一美中不足的可能是,当联合庆典举行时,我们城市路的主教堂(City Road Chapel)无法容纳所有的传教士。[2]

1907年,偕我公会与苏慧廉一起开启新的一章。

---

[1] 文国伟:《循道卫理入神州》,第14页。
[2] W.E.Soothill, "Methodist Union and Our Missions," *The Missionary Echo*(1907): 148.

# 第四章

# 山之西（1907—1911年）

*最好的东西不是独来的，它伴了所有的东西同来。*

——泰戈尔

## 第一节　生命中的贵人

**丁则良的明信片**

苏慧廉离温北上,是应李提摩太的召唤。

2008年2月初,我在孔夫子旧书网上看到一张丁则良手书的明信片。丁氏乃大陆著名的历史学家,著有《李提摩太——一个典型的为帝国主义服务的传教士》一书。在丁氏笔下,李是个帝国主义分子。在今天许多中国人的定势思维中,这个形象还没有多大的改观。

嘉生兄:

　　来示拜悉。周邵二先生正在着手撰写中。弟实无合适题目可写,最近鉴于基督教人士正在开展三自运动,同时检举教会中之帝国主义分子,弟曾利用英国秘档写一点关于李提摩太在华罪行(如策动李鸿章将中国置于英国保护之下,又如以赔款办山西大学),已蒙有关方面选为学习材料。弟甚愿将过去关于李之文章,重新组织,另行标题为"李提摩太——一个典型的为帝国主义服务的传教士",大约可有二万字至二万五千字。不知是否合适?望兄指示。

　　现在三自运动及镇压反革命均为首要工作,揭发李之罪行,或不无帮助也。总之,此书如不合适,亦无关系,我们之间,无须有丝毫客气也。

　　祝著安

　　　　　　　　　　　　弟　则良　拜上

明信片的收件人是开明书店编辑胡嘉,信上提到的"周邵二先生"应指周一良、邵循正。上面的邮戳较模糊,无法识读收发时间,不过,根据内容可推知为1951年前后,那时丁则良从英国回中国不久。丁则良清

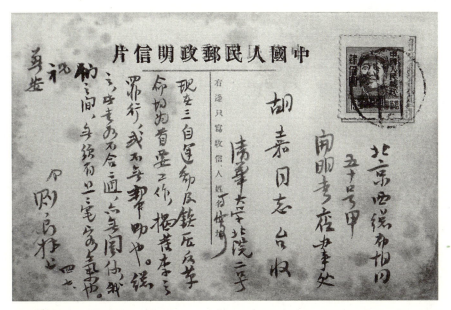

丁则良致胡嘉明信片（金艳提供）

华毕业后曾在西南联大、昆明师院、云南大学任历史系教授，据说三十年代还曾受杨振宁父亲之聘，教授杨振宁《孟子》。1946年，丁则良赴伦敦大学斯拉夫研究所修俄国史。1949年中国革命的成功，唤起了他的热情。该年秋冬之际，他毅然放弃了国外优厚的条件回国报效，在东北人民大学和清华大学任历史教授。

这张明信片透露了他写作该书的意图，而这些初衷或目的，构成了当时的时代背景。胡嘉显然是接受了这本书的写作计划，《李提摩太——一个典型的为帝国主义服务的传教士》作为"抗美援朝知识丛刊"之一于1951年11月由开明书店出版。

为什么单选择李提摩太这样一个人，作为控诉的对象呢？原因是李提摩太是一个典型的帝国主义分子。他从清末到民初，在中国住了四十五年。在这将近半个世纪的时间里，帝国主义对中国的侵略愈来愈凶，中国人民所受的灾难愈来愈严重，而他却由一个传教士，变成为朝野瞩目的"红人"。在清末的政治舞台上,他扮演了一个不大不小的角色。皇帝晓得他,王公大臣恭维他,文人学者联络他,至于帝国主义者,更是器重他。他摆出来的面孔很多:慈善家、教育家、科学家、报馆主笔、热爱中国的"西士"。实际上,他是一个彻头彻尾的帝国主义分子,一心一意要灭亡中国,使中国陷于万劫不复的境地。他这一副伪善的面孔,必须予以拆穿,他的罪行,必须在中国人民的面前,揭发出来。在一部帝国主义侵华史中,还有很多类似李提摩太的人物,有待我们的检举与审判。让我们首先来看看所谓"冀中国日兴月盛"的李提摩太,究竟干了一些什么样的阴险毒辣的勾当。

这是丁则良为《李提摩太》一书所写的引言。

作为一个为现实与政治服务的历史学家,丁则良自己很快就尝到了现实与政治的惨烈,并为之付出生命的代价——1957年,"右派"丁则良自沉于北大未名湖中。

### 文化传教

丁则良笔下心怀叵测的帝国主义分子李提摩太,在西方人及李氏生活年代的中国人眼中,又是个怎样的形象?

与李提摩太有着几十年友谊的苏慧廉说:"在中国每个省、市、乡、镇的人对李提摩太这名字都耳熟能详,李提摩太在他们心中是众望所归的。从没有一个来华的外国人、教士和信徒的名字,像李提摩太那样为人所知,由位居龙座的皇帝到坐在木凳的乡村学子,都称赞李提摩太的文章,欣赏他对中国的爱心。"[1]

英国驻华公使中任期最长的朱迩典[2]在为苏慧廉的李提摩太传记撰写

---

[1] 苏慧廉:《李提摩太》,引言,第1页。
[2] 朱迩典(John Newell Jordan,1852—1925),亦译朱尔典,英国人。1876年来华,先在北京领事馆任见习翻译员,1891年成为中文书记长。1896年出任汉城总领事,1898年升为驻华代理公使,1906年继萨道义为驻华公使。

身着中国传统服饰的李提摩太夫妇

序言时说:"李提摩太在中国活动长达四十余年,是一位杰出的人物,赢得了中国人民的敬仰和尊重。这种尊敬的程度只有极少数外国人曾经得到。"[1] 曾编撰《中国百科全书》(*The Encyclopaedia Sinica*)的英国汉学家库寿龄[2]称赞李氏:"在中国的十八个省中,我们可能找不出一个曾经被你伤害过的人。的确如此,知你最深的人,爱你也最深。"[3]

李提摩太1845年出生于英国威尔士(Wales)南部一个叫卡马郡(Caermarthenshire)的地方。苏慧廉说他的身上体现了威尔士民族精神——"富有想象又注重实际,热情洋溢而又有自制力,笃信耶教而又宽宏大量,

---

[1] 苏慧廉:《李提摩太在中国》,序。
[2] 库寿龄(Samuel Couling,1859—1922),英国传教士、汉学家。1884年来华,在山东青州传教、办学。1905年赴上海,任亚洲文会名誉干事及编辑。1917年出版《中国百科全书》,1918年获儒莲奖。
[3] 苏慧廉:《李提摩太在中国》,第304页。

来自一个乡村小教堂却又是一个彻底的基督徒。"[1]

像很多新教传教士一样，李提摩太出身贫寒。他父母有九个孩子，他是最小的一个。十五岁那年他信了基督教，不久后便对去海外传教产生兴趣。在哈弗福德韦斯特神学院（Haverfordwest Theological College）毕业后，受英国浸礼会委派，于1869年奔赴中国。他选择到中国传教，"因为中国人是非基督徒中文明程度最高的民族，当他们转化过来后，有助于向欠开化的周边民族传播福音"。[2]

李提摩太初在山东传教，1876年因山西大旱，转赴太原、晋南赈灾。初在中国的十余年，他像传统的传教士一样传扬福音，劝人皈依上帝，但收效甚微。据说他与他的同事在山西十三年也仅发展了约三十名教徒。[3]

李氏事业的转折发生在1887年，那年他离晋北上从事文字工作。1890年任天津《时报》主笔。1891年到上海同文书会任总办，次年该会更名为后来广为人知的"广学会"（The Christian Literature Society for China）。广学会办有《万国公报》等影响较大的报纸，并出版书籍一百三十余种，在当时对中国人了解世界起到了举足轻重的作用。中国人也是通过李提摩太及《万国公报》，第一次知道马克思、《资本论》与社会主义。[4]只是他当时没想到，被他译称为"马克思"的大胡子及其追随者后来掀起的思潮，如蘑菇云般的力量淹没了他的声名。

在当时数以千计的西来传教士中，李提摩太声名远播，与他大力办报、办杂志这些文化传播作为有关。他坚定地认为，办报刊是为社会传福音，并认为只有这样才能改变中国。

李提摩太在其口述自传中这样说道：

---

[1] 苏慧廉：《李提摩太在中国》，第5页。
[2] 李提摩太：《亲历晚清四十五年——李提摩太在华回忆录》，李宪堂、侯林莉译（天津：天津人民出版社，2005），第12—13页。
[3] 沙百里：《中国基督徒史》（北京：中国社会科学出版社，1998），第261页。
[4] 在中国最早提到马克思及《资本论》的，是发表在1899年4月《万国公报》第一百三十二卷上的《相争相进之理》一文。该文为英国社会学家颉德（Benjamin Kidd）《社会的进化》（Social Evolution，1894）一书之第三章。此书前四章1899年在《万国公报》上连载，由李提摩太节译，蔡尔康笔述，以《大同学》标题出现。后又出版单行本，影响相当广泛。

就像四十五年前我发现的那样,在中国的传教士所面临的问题,不仅是如何拯救占人类四分之一的人的灵魂,而且还包括如何在年均四百万的死亡率下拯救他们的肉体,以及如何解放他们那比妇女的裹足更扭曲的心智——从一种延续了无数个世纪的哲学和习俗的统治之下解放他们的心智,而正是那种哲学和习俗使他们陷入了听凭任何可能伤害它的民族摆布的窘境。但是,如果这个民族从无知和恶习的禁锢下获得自由,并且沐浴到科学的、工业的、宗教的教育之光,它就可能成为这个地球上最强大的民族之一。[1]

学术界把李提摩太这种传教方法称为"文化传教",以区别于以戴德生为代表的传统福音传教。[2]

李提摩太经几年文化传教实践后,更进一步认为"从官绅入手,是自上而下,感力及人,或更容易。比如水自上下流,较比水上流,为势自顺,所以决定要先引导上等人入道"[3]。

他结交的士绅很广,其中有李鸿章、张之洞、曾国荃、左宗棠、康有为、梁启超等。张之洞曾拨款一千两资助广学会,梁启超自荐担任他的中文秘书。

苏慧廉后来为李提摩太写传时,仔细考察过他的思想渊源。他认为李氏此想法,其实是受苏格兰长老会牧师爱德华·欧文[4]的启发,"最好的传教方法是去拜访思想和文化上的领军人物"[5]。有资料显示,丁则良是读过苏慧廉这本传记的,但不知为何在他的笔下,李氏结交官绅成为他"巴结官府""搜集情报,使得英帝国主义在中国的外交官、特务分子更加赏识他的能力"[6]的证据。

---

[1] 李提摩太:《亲历晚清四十五年》,序言。
[2] 参姚西伊:《为真道争辩——在华基督教新教传教士基要主义运动(1920—1937年)》(香港:宣道出版社,2008)。
[3] 苏特尔:《李提摩太传》,梅益盛、周云路译述(上海:广学会,1924),第34页。
[4] 爱德华·欧文(Edward Irving, 1792—1834),苏格兰长老会牧师,倡使徒公教会。
[5] 苏慧廉:《李提摩太在中国》,第65页。
[6] 丁则良:《李提摩太——一个典型的为帝国主义服务的传教士》(北京:开明书店,1951),第8页。

**亦师亦友**

考察苏慧廉的传教方法，可明显看出李提摩太对他的影响。这种影响，自1884年两人的第一次见面就开始了。

1884年秋天，苏慧廉因甲申教案避难上海。已在华工作了十五年的李提摩太要回英国述职，他带着家人由天津来到上海。"就是在上海，我和我妻子第一次有幸见到他们，这次会面令人永生难忘。"苏慧廉说。[1]

"他天生就是领袖"，"他有着从每个人的身上找到善的诀窍"，[2]"他一直都试图得出这样一个推论，要始终相信每个人都有最好的一面，而这实际上正是教育的首要因素"。[3]苏慧廉对这位年长自己十六岁的前辈一直推崇备至。他甚至认为，在所有赴华的传教士光荣榜中，"后世子孙还可以考虑自马礼逊之后，将李提摩太排在所有其他人的前面"。[4]

苏慧廉与李提摩太保持了终身的友谊。1919年李提摩太去世，苏着手为他立传。他认为，这个人曾为乱世人心开路。

苏慧廉为这本名为 Timothy Richard of China 的书配了个很长的副题——"先知、政治家、传教士和中国人未曾有过的最无私顾问"（Seer, Statesman, Missionary & the Most Disinterested Adviser the Chinese Ever Had），这个副标题表达了他对这位亦师亦友的同道的敬仰与理解。这是关于李氏最早的一本传记，也是迄今为止最权威的一部。

此书1924年于英国伦敦出版，中文译本当年9月便由广学会在上海出版。2007年12月，该书的中译本《李提摩太在中国》作为广西师范大学出版社"基督教传教士传记丛书"的一种终于再次在大陆出版。

---

[1] 苏慧廉：《李提摩太在中国》，第138页。
[2] 同上，第2页。
[3] 同上，第8页。
[4] 同上，第1页。

## 第二节　山西教案

苏慧廉赴任的山西大学堂，其创立源于1900年7月发生在太原的一场惊天血案。血案发生时，李提摩太与苏慧廉都不在中国。

"在横滨登陆十分钟后，我就从报上了解到了山东的传教士九死一生的详情。听到直隶首发的动乱正在向其他省份蔓延的消息，我感到震惊。"李提摩太在回忆录中这样记述。[1] 于是他在神户便给英国驻上海总领事发了一封电报，转请时任英国首相的索尔兹伯里（Salisbury）电告中国各省的总督和巡抚，确认督抚各人对英国臣民的安全负有责任。李提摩太抵达上海后，《晨报》已登载路透社的电讯，大意是英国首相已照会伦敦的中国驻英公使，声明英国政府认为中国各省的督抚对辖区内的英国臣民之安全负有责任。

李提摩太在陕西及山西待过多年，对这两省有特别的感情，于是他立即把路透社的电讯稿通过电报发给了西安和太原的传教士。因为他知道，那时所有发给外国人的电报都必定先交给各省的督抚过目，这等于是以变相的方式照会这些大人。

但这封电报，对太原而言来得太迟了。就在电报到达前的几个小时，山西巡抚、被外媒视为"中国的尼禄[2]"的毓贤已对外国人大开杀戒。他对传教士假称兵力不足，无法在各县为他们提供保护。全省传教士于是被集中到省城太原，然而等待他们的却是集体屠杀。

**滴血的记录**

山西教案发生时，苏慧廉正在英国休假。但他在后来出版的《中国温州，

---

[1] 李提摩太：《亲历晚清四十五年》，第278页。
[2] 尼禄（Nero Claudius Caesar Augustus Germanicus, 37—68），古罗马帝国皇帝，公元54—68年在位。通常被列为古罗马的暴君之一。

1900》一书中,详细记录了一位亲历者对他的口述:[1]

> 我叫恽程,是浸信会的一员,一年半以前受洗于法尔定[2]牧师。在大屠杀惨剧发生之前,我染疾在身,一直居住在太原府浸信会传教使团基地接受治疗,暇余研习《圣经》。当叶守真[3]医生开办的医院被夷为平地后,我便于6月28日回到了家乡。我是从Lou-pu回到城区,7月8号到达太原东南方向十里外的T'ie-ts'un村。大约下午三点,我在路上遇见了来自寿阳的毕翰道[4]牧师,随同的有他夫人和儿子,以及一位绅士鲁教士(John Robinson)和另一位女士铎教士(Mary E. Duval),还有两个小女孩[5]。他们被安置在两辆马车里。在一家饭店前,马车停了下来,押送的官兵(我只看见七八位)给他们买了些食物。车上两位先生戴着手铐,毕翰道夫人喂给丈夫一些小烧饼和面(一种粗制面条)。鲁教士则自己进食,但只吃了少许烧饼。毕牧师认出了我,并向我打听太原府是否还有牧师。我告诉他所有牧师都被带往靠近衙门的猪头巷。在别人歇脚休息时,毕牧师和鲁教士却在为身边的人祷告。人们惊奇地问:"你都要因祷告而被杀,为什么还要继续祷告?"就在那天夜晚,他们七人都被关进县衙。
>
> 翌日,在县衙边的街道上见到一群人围成一堆,于是我也跟上去看个究竟。我发现围在中间的正是一群外国牧师和他们的妻儿,还有一些是罗马天主教神父和修女,以及一些基督徒。我听围观的人说他

---

[1] 本节之恽程回忆均出自 W. E. Soothill, *Wenchow, China, 1900*, 1—5。文中亲历者名为 Yung Cheng,暂译为恽程。文中部分地名暂未考出,沿用原文,并期有识者指教。

[2] 法尔定(George B. Farthing, 1859—1900),英国浸礼会传教士,1886年赴华。夫妇及三个孩子在此次教案中共同遇难。

[3] 叶守真(E. Henry Edward),内地会医疗传教士,1882年抵华,先后在云南、山西传教,在太原建立赐医生纪念医院。

[4] 毕翰道(Thomas Wellesley Pigoot, 1847—1900),英国人,毕业于都柏林三一大学。1879年以自费传教士的身份抵达中国,为内地会满蒙宣教史上的先锋。曾任内地会山西省监督。1892年在山西寿阳建立寿阳宣教会。

[5] 指艾恩婷(Ernestine Atwater)与艾玛丽(Mary Atwater),汾州公理会艾(E. R. Atwater)牧师的两个女儿,均被杀于此次教案。

们即将被处死。我极力想挤出人群，但怎么也挤不出去，因此也就只能待在那里，眼睁睁地看着一群外国人遭到杀害。第一个被处死的是法尔定牧师，他妻子紧紧抱着他。他将妻子轻轻推开，然后走到一队士兵面前，跪在地上，只字未言。一瞬间头落于刽子手刀下。

紧接着遭处死的是胡德理[1]、佩鸿恩[2]两牧师及罗维特[3]医生与卫理森[4]医生，刽子手一一将他们砍首。随后，毓贤显得有点不耐烦，他命令身边护卫，用他们手上的长把大刀一起参与屠杀。随后被斩首的是铎牧师[5]、席牧师[6]和怀德豪[7]。怀德豪命丧一刀，铎牧师和席牧师则挨了好几刀。男人杀完了，随后便是妇女。法尔定夫人死死抓着自己孩子的手，小孩也紧紧抱着妈妈，但官兵将他们强行拉开，然后一刀向母亲挥去。刽子手很快也处决完所有的小孩，手法可谓娴熟至极，一刀皆准。官兵似乎要显得笨拙不少，其中一些妇女挨了几刀才毙命。罗维特医生的夫人临死仍戴着眼镜，牵着自己的小孩。我依稀记得她对围观人群这样怒吼道："我们来此皆为传播基督福音，拯救世人。我们从来都行善，为什么要这样对我们？"其中一个官兵取下她的眼镜，随即给了她两刀。

---

[1] 胡德理（Alexander Hoddle），英国人，内地会传教士，1887年抵华。1894年离开内地会，成为自由传教士，1895年到太原传教。庚子教案中遇难。
[2] 佩鸿恩（W.T.Beynon，1860—1900），英国人，1885年加入内地会，并于同年抵达中国。1892年转入美国公理会，1895年接受大英圣书公会聘请，为山西省区域代理人。夫妇及三个孩子在此次教案中共同遇难。
[3] 罗维特（Arnold E. Lovitt，1869—1900），英国人，寿阳宣教会医生，夫妇及一个孩子在此次教案中共同遇难。
[4] 卫理森（William Millar Wilson），英国人，1891年以自费传教士身份抵华，从事医疗工作。1893年加入内地会，与夫人克里斯廷（Christine Wilson）和幼子亚历山大（Alexander）在此次教案中共同遇难。教案后，卫理森之弟罗拔（Robert Wilson）以德报怨，捐赠一笔款项，在山西平阳（今临汾）兴建了"卫医生纪念医院"（Wilson Memorial Hospital），服务当地民众，并纪念兄长。该医院中文名"善胜医院"，意为"以善胜恶"。
[5] 铎牧师（George W. Stokes，1863—1900），英国人。曾是画家，1891年加入内地会，次年抵华。夫妇共同遇难于本教案。
[6] 席牧师（James Simpson），1887年夫妇同加入内地会，次年同抵中国。1896年加入寿阳宣教会。夫妇共同遇难于本教案。
[7] 怀德豪（Silvester Frank Whitehouse，1867—1900），曾任戴德生秘书。英国浸礼会传教士，夫妇共同遇难于本教案。

法尔定牧师一家，是本次教案中遇难的最大一个家庭，除夫妇外，还有儿子葛爱（Guy）、女儿罗思（Ruth）和伊丽莎白（Elisabeth）。在生命的最后一刻，法尔定夫人紧紧握住的是六只小手。据说毓贤极其残忍，当着母亲的面，将她们孩子的脑袋砍下来，然后再把女教士处死。

苏慧廉继续写下悻程的见闻：

> 基督徒遭斩首后，被拉上前的是天主教徒。主教年事已高，胡须皆已斑白，他质问毓贤为何要做如此伤天害理之事。我没听见巡抚作出任何回应，而是当即抽出佩剑横着向主教脸部狠狠劈去，鲜血溅满主教斑白的胡须，主教就这样惨遭斩首。随后，神父和修女们也挨个遭处决。

这位被毓贤挥剑斩首的主教叫艾士杰[1]。艾氏1860年年底到达中国，先后在山东、山西传教。1876年华北五省发生大饥荒，他与李提摩太一起赈济灾民。艾士杰在天主教徒中有极高的威望，1946年被教宗比约十二世宣为真福，2000年被教宗若望保禄二世册封为圣人。与艾士杰同时被斩首的还有副主教富格辣[2]。

> 之后官兵从紧闭的大牢里牵出毕翰道牧师和他的同伴，毕牧师与鲁教士仍然戴着手镣。毕牧师在临死那一刻仍然在为别人不断祷告。鲁教士视死如归，镇定自若。毕牧师夫人临死时牵着儿子的手，不过小孩子也随后被杀。剩下的那位女士和两个小女孩一会儿也被处决。那天总共有五十五名外国人遭斩首，其中三十五名基督徒，

---

[1] 艾士杰（Gregorius Grassi, 1833—1900），1833年生于意大利，1848年入方济各会，改名额我略。1860年到达中国，1876年升为山西教区副主教，1891年担任山西北坼教区主教。1900年7月9日遇难。

[2] 富格辣（Francescus Fogolla, 1839—1900），意大利人。方济各会山西北境教区副主教。

余下二十名是罗马天主教徒。同时遇害的还有一些当地基督徒,我没全见到他们,不过有人告诉我有十三名之多。由于屠杀一直延续到傍晚,死难者的尸体因此被遗弃在原地直到第二天清晨。当晚,他们身上的衣物及戒指、手表等被洗劫一空,第二天尸体被移往南门内。

外国人临死时表现出来的镇定自若让我们震惊,遇难者中除了两三个小孩外,没有一个人哭泣与呐喊。

**何礁**

在太原,目睹这一惨剧的还有一个叫何礁[1]的中国人。这个矮小,还长着麻子的男人是其中一户被杀戮的英国家庭的厨子。当他的男女主人及八岁的孩子被官兵带走时,他拿着平底锅,叮叮当当地敲着跟在后面,不离不弃。

"回去!"被逮捕者里面的一个白人对何礁喊:"你不需要跟着我们去送死,何礁!我们把你解雇了。我们就要死了,你回家去!免得他们也抓你。"

但是这个长着麻子的矮小男人说:"噢,他们不会害一个像我这样无足轻重的小人物。没有我,谁给在监狱里面的你们买菜送饭?"

"没有什么能阻止何礁跟着他们。对于那些不幸蒙受厄运的外国人而言,何礁也是一个很好的安慰者。可能他觉得大家既然相信自己,自己就不能眼睁睁看着他们去死。"谢福芸后来这样评价。

苏慧廉一家到太原后就雇用了这个忠诚并勇敢的厨子。不过,何礁除了忠诚与勇敢,好像别无是处。

山西的土地是戈壁上的尘土聚成的,满是灰尘,但即使是在这么脏的环境里,何礁还能显得更脏,简直不可思议。……当我们吩咐他

---

[1] 原文为 Ho Chiao,按威妥玛拼音暂译为何礁。

把衣服煮煮，弄得干净点，他肯定会把衣服弄得比以前更脏更油，这可能是因为他一直使用煤油灯的缘故吧。何礁甚至不是一个好的厨师，而中国厨师一般都是挺好的。一段时间后，我们觉得简直无法忍受，便想赶走他。我们叫何礁来，在等待他到来的时间里，我们会内疚地看着彼此。而当这个矮小还长着麻子、把一件干净的围裙系在皱巴巴的外套上的男人最终滑进来，害羞地笑着的时候，我母亲就会充满歉意地扫我们一眼，清清自己的嗓子，给他下一些无关紧要的指示。然后，当他就要离开时，她才会突然想起似的给他一些温和的责备，督促他以后把自己弄得干净一点。

……

当何礁高高兴兴、毫无猜疑地回厨房去时，我母亲就会看着我们并祈祷他能够把碗给洗了，这样也就没事了。我父亲明确对母亲表态，如果她解雇了何礁，他就要和她离婚，虽然五分钟之前父亲还是抱怨得最厉害的一个。[1]

## 从太原到山西

后据统计，当天有四十六名传教士及其家人遇害，计新教三十四人，天主教十二人。这一天是1900年7月9日，农历六月十三日。除太原外，省内各地多有屠杀发生。山西是各省中死人最多的一个省。

有研究者认为，给毓贤下达屠杀洋人密令的是慈禧太后，只是后来风向大转，太后又密令销毁了庚子拳乱中与她有关的文件，并让毓贤做了替罪羊。慈禧在那一年，短短的几个月间，态度发生两次一百八十度的转弯。一是对义和团的态度，从剿到抚；二是对列国的态度，从战到媚。

以后的历史我们都知道了，只是名称与说法不一：

1900年8月15日（农历七月二十一日），八国联军抵达北京的凌晨，慈禧带着光绪帝"西狩"，经张家口、大同、忻州、太原逃至西安。出逃前，

---

[1] Hosie, *Two Gentlemen of China*, 27–28.

慈禧已知道后果，她急调已被贬的李鸿章上京，任直隶总督兼议和全权代表。不过，次年春，八国联军一路下正定、井陉，直迫娘子关；二路趋龙泉关，进迫五台；三路占领紫荆关，进迫平型关。清廷害怕联军会开进山西，惶恐万分之际，有人想起了李提摩太。

## 第三节　山西大学堂

**共赢**

山西巡抚岑春煊[1]给李提摩太的电报中有这样一句话——"晋人皆信阁下为人正直。"岑春煊也是临危受命，他知道，能救这盘危局的也许只有这个洋人。

李提摩太后来给出的对策便是《上李傅相办理山西教案章程》。1901年5月29日，他将这个方案面交李鸿章。这篇章程今天还可见，通读之后可见李氏的良苦用心。他语态谦逊，字句间亦无蛮横无理之辞。此章程共七条，其中第一、二条这样写道：

> 一、各府州县杀害教民甚多，本当按律正法。但太知此辈受官指使，又受拳匪迷惑，不忍一一牵累。为各府起见，首匪当惩办一人以示警。若晋抚果能剀切晓谕，使彼等痛改前非，敝教亦将匪首从宽追究。
> 
> 二、晋省地方绅民胁从伤害教民之人，虽宽其死罪，却不得推言无过。凡损失教民财产，罚其照数赔还，并无依之父母孤儿寡妇，必有事奉养。[2]

山西被杀外国传教士众多，第五条希望：耶稣教五会中人有杀尽者，亦有回国者，不能一时来华。俟外国再派教士来华时，晋省官绅士庶当以礼相待，赔认不是。

当时处理教案，无外乎赔偿巨款并处理有责任的官员和义和团的首领。但李提摩太认为，传教士生命可贵，非金钱可以抵偿，所以不会以金钱出

---

[1] 岑春煊（1861—1933年），字云阶，广西西林人，岑毓英之子。1900年率兵"勤王"有功，授陕西巡抚，后调任山西巡抚。历任两广总督、云贵总督、邮传部尚书，为晚清重臣。
[2] 甘韩：《皇朝经世文新编续集》，卷十九。

售他们的生命。他也明白，官府的巨额赔偿一定会转嫁到当地百姓的头上，而这又进一步增加了仇恨。于是，就赔偿问题，李氏提出如下建议：

> 共罚全省银五十万两，每年交出银五万两，以十年为限。但此罚款不归西人，亦不归教民，专为开导晋省人民知识，设立学堂，教育有用之学，使官绅庶子学习，不再受迷惑。选中西有学问者各一人总管其事。

李提摩太自言："在太原建立一所西式的大学，以克服人们的无知和迷信——这种无知和迷信正是导致对外国人屠杀的主要原因。"[1]

李提摩太提交的这个共赢方案，苏慧廉评价甚高，认为是一个慷慨而伟大的提议，并且只有像李氏这样经验丰富与具远见卓识的人才能提出来，因为"在这个计划中没有什么东西会拿掉，反而会带来更大的价值"。[2]

有远见的李鸿章对李提摩太的方案极表赞同，并将开办大学堂之事交李氏全权负责。

**两条路线的斗争**

不过，李提摩太的双赢方案，并不是人人都能理解。即便是向李提摩太发出邀请的岑春煊，也认为"目前山西民穷财尽，拿不出那么多的银两用以筹备大学"。后来，由于李提摩太自上海"叠次催促，函电往返"，岑春煊不得不于1901年9月令洋务局提调候补知州周之镶赴上海面议开办事宜。

周之镶抵达上海后提出的四个谈判条件，看似宏大，却与教育实质无关。一、晋省所出五十万两银不称罚款；二、西籍教师在校内不得宣扬耶教；三、学堂不得与教会发生关系；四、西籍教师不得干预学堂行政。岑春煊特别叮嘱周之镶"订课程、聘教习、选学生，均由彼主政，未免侵我

---

[1] 李提摩太：《亲历晚清四十五年》，第282页。
[2] 苏慧廉：《李提摩太在中国》，第245页。

教育主权",因此要"极力磋磨"。李提摩太对罚款称什么并不在乎,但他坚持认为,如不让西人主持学校,今所办学堂与昔日之书院有何相异?后来周之镶也赞同了这点,他反过来电复岑春煊,称李提摩太并无侵权之意。若无此条,则学堂不能按西方近代模式办理。若不签署合同,恐有商谈破裂之后果。岑春煊考虑到"彼时和议甫成,时局尚未大定,晋省耶稣教案极巨,若与决裂,必致收束为难",于是"与司道等再四筹商,金以宜委曲求全"。最终,同意周、李所订之合同。岑春煊此时的真实思想是"实以迅了巨案为中心,并非真冀收育才之效也"。[1]

当年11月,周之镶代表山西当局,李提摩太代表基督教山西各教会正式在《晋省开办中西大学堂合同八条》上签字。合同主要内容是:山西筹银五十万两,分期交付李提摩太,开办"中西大学堂"。十年以内学堂课程及延聘教习、考选学生,均由李提摩太主持。十年期满,学堂房屋及一切书籍仪器,概交晋省,并不估价。[2]

合同终于签订了,外国人认为尘埃落定,但在中国人看来,这仅是一张纸而已。

无独有偶,1901年9月14日(光绪二十七年八月二日)清政府颁布"除京师大学堂切实整顿外,各省于省城均设大学堂"的上谕。[3] 一直担心外人"侵我教育主权"的岑春煊得到这一令箭,便迅速行动起来。他一边叫周之镶在上海谈判,一边在山西本地加紧改造书院,拟抢先一步创办山西大学堂。山西大学堂与李提摩太要办的中西大学堂,校名虽仅一字之差,但办学模式及教学内容实质差异很大。但山西大学堂的筹备工作进展很快,经皇帝奏准,1902年5月8日(光绪二十八年四月初一)便可正式开学。

山西本地的这些行动,当时远在上海的李提摩太并不知晓。当他1902年4月30日带着中外教习一行抵达太原府后,才发觉情况严重。他在回忆录

---

[1] 王李金:《中国近代大学创立和发展的路径——从山西大学堂到山西大学(1902—1937年)的考察》(北京:人民出版社,2007),第57页。
[2] 《中西大学堂合同八条》原文详见《山西大学百年纪事》,第4页。
[3] 朱光寿:《光绪朝东华录》(北京:中华书局,1958),第四册,第4719页。此亦称"兴学诏"。

中写道:"到太原后,我们发现有人正在大张旗鼓地筹备一所官立大学,与我负责筹建的大学很相似,并且被置于一位排外的政府官员的控制之下,那人曾千方百计反对建立西式教育的大学。他曾经去欧洲旅游,写了一本游记,对他所看到的一切好的事务极尽诋毁之能事。"[1]

考虑到在同一个城市建立两所竞争性的学校在实践上并不可行,李提摩太与岑春煊交涉。

岑春煊说,两所大学可以成为良性的竞争对手,你们外国人不是提倡公平的竞争吗?李提摩太虽然赞成学堂竞争、传教士竞争,但并不赞成一个城市里的大学间竞争。他认为,如开办两所大学堂,既浪费经费,又将使中外不和,而终止中外不和,正是创办中西大学堂的目的所在。为什么不把两者归并为一所山西大学堂,一部专教中学,一部专教西学呢?"这种人力的分配更为高效,因为它不需要两套教授班子、两套教学设施。"[2]

岑春煊觉得"事关创举,未敢率允"。经过反反复复的商议,中间还以《合并利弊论》为题询问当时大学堂已招的一百余名学生,结果多数人赞成,少数人反对。苏慧廉在《李提摩太在中国》中对此亦有记载:"在谈判的过程中,对立的那方认为自己已经赢得了已录取的学生的支持。于是他们出了个作文题目,让学生们分析联合大学的利弊。结果他们大失所望,因为在一百零八篇作文中,有六十八篇赞成合并,只有十三篇明确地反对合并。"[3]

商议合并,历时两月之久。双方争议的焦点,仍在传教及教育主权等问题上。最后山西官绅在确定"可无牵涉传教之嫌"和"断无主权旁落之嫌"的前提下,终于同意将中西大学堂以成立西学专斋的形式并入山西大学堂。士绅们觉得他们赢了,因为李提摩太要办的现代大学,最后只成了山西大学堂的一个部分。更重要的是,这所学校还叫山西大学堂。

西学斋,尚未开始,就经历沉浮。

---

[1] 李提摩太:《亲历晚清四十五年》,第283页。
[2] 苏慧廉:《李提摩太在中国》,第240页。
[3] 同上。

**历史的安排**

就在李提摩太与山西士绅争办大学堂时,清廷与洋人也争斗得很厉害。西方列国除要抚恤金、丧葬费等赔款外,还要求惩治凶手。祸首毓贤成了慈禧的替罪羊,这在当时是人所共知的。路熙的书中也有这样的记录:

> 我觉得我内心深处怜悯毓贤这个人。他贪婪地渴望西方人的鲜血,也为之付出代价。他忠心侍奉慈禧太后,却被她流放,据说在流放途中被害。传闻八国联军进京,慈禧太后西逃,经过山西的时候就告诉毓贤,为了让联军息怒,她也许要牺牲他。
>
> 十年之后,也许是神的安排,有了一段奇妙的因缘。1911年,辛亥革命,邻省陕西省的省会西安有一万个满族人被杀害。毓贤的女儿也面临着生命危险,她逃到她父亲所杀害的人的朋友和同事家中躲难。他们收留了她,尽管知道她是谁。[1]

苏慧廉后来在为李提摩太写传时,也提到这个历史细节:"毓贤的女儿逃亡,在浸礼会传教士那里找到一个栖身之所,而她所寻求庇护的城市就是当年她父亲屠杀传教士同事的地方。"[2]

历史的吊诡,不是可以一叹而过的。

《清史稿》将徐桐、刚毅、赵舒翘、启秀、英年、裕禄、毓贤、李廷箫等煽动义和团的权臣合列一传,最后论曰:"戊戌政变后,废立议起,患外人为梗,遂欲仇之,而庚子拳匪之乱乘机作矣。太后信其术,思倚以锄敌而立威。王公贵人各为其私,群奉意旨不敢违,大乱遂成。及事败,各国议惩首祸,徐桐等皆不能免。逢君之恶,孽由自作。然刑赏听命于人,何以立国哉?"[3]

苏慧廉后来到太原。据路熙说,他每次坐车到巡抚衙门拜访时,总会

---

[1] 苏路熙:《乐往中国》,第365页。
[2] 苏慧廉:《李提摩太在中国》,第235页。
[3] 《清史稿》(北京:中华书局,1977),第四十二册,第12758页。

下意识地在入口处端正一下头上的帽子。在他的心目中，那些在这里无辜牺牲的外国传教士及其家人，无一不是忠诚并忘我为中国服务的。[1]

1996年春天，苏慧廉的重孙查尔斯·苏西尔在近一个世纪后也踏上这片土地。查尔斯作为外商代表团成员，应山西省政府的邀请而来。他是个优秀的内燃机工程师，可能并不知道这段血腥的历史。

---

[1] Lucy Soothill, *A Passport to China*, 332–333.

## 第四节　西学斋

**侯家巷的早晨**

2008年7月24日,我一早便走入侯家巷,原山西大学堂西学斋工科楼至今还屹立在这条位于太原闹市的小巷里。

侯家巷不长,入巷东行百余步便看见一幢西洋风格的老建筑。大楼由主楼及两侧的翼楼组成。主楼高四层,翼楼高两层。一百年前,它是山西全省标志性的建筑,一百年后,风采依然不减。

据陪同的当地友人介绍,这幢老楼二十世纪九十年代末期全面整修过一次,现在是太原师范学院美术系的教学用房。

大门紧锁,好在有熟人带领,得允入内参观。入门即是空旷的大厅,左右各有一宽大的楼梯盘旋而上。我的目光很快就落到楼梯转角处的石碑上。嵌于墙上的石碑高约一米、宽约两米,两边各一。这就是记录了山西大学堂早年历程的《山西大学堂设立西学专斋始末记》与《山西大学堂西学专斋教职员题名碑》。据说石碑二十世纪五十年代曾被水泥抹平,也可能正是因此,逃过了后来的劫难。[1]

西墙上的《山西大学堂设立西学专斋始末记》由山西省谘议局议长梁善济[2]亲撰:

> 山西之有西学专斋也,自英儒李提摩太先生始。夫非常之举,黎民所惧,以民俗伊塞习安固有之区,一旦输以新学知识,遂一跃而入文明之域,士气学风且驾它省而上之,是非李先生之力,乌能及此?然使非

---

[1] 卫庆怀、张梅秀、王欣欣:《两件珍贵的山西大学校史资料》,载《山西大学学报》,1990年第3期。

[2] 梁善济,字伯强,山西崞县(今原平)人。光绪二十九年(1903)进士,次年授翰林院检讨。后留学日本,入法政大学速成科学习。归国后投入立宪运动,曾任山西省谘议局议长。1913年当选众议院议员,1914年任教育部次长,1915年10月辞职。

《山西大学堂设立西学专斋始末记》碑

当时钜公硕彦有以独见其大,而知斯举之不可□,则其效果亦未必有如今之卓著。天下事易于乐成,难与图始,古今人情不甚相远也。今西斋交还行有日矣,不急为记之,以示饮水之思,可乎?谨溯其设立之缘起,与十年来一切情状事迹,撮而书之,以作我国学界前途之观感。……

东侧的《山西大学堂西学专斋教职员题名碑》共刻录西斋教职员工三十六人,其中十五人为外籍,以英国人居多。我读到第三行,即看到苏慧廉的名字:

钦赐二品顶戴英京大学堂学士皇家地学会员西斋总教苏慧廉

因为是暑假,整座楼里仅有我们几人。走在空荡荡的走廊里,我时不时探头打量两侧的教室与办公室,想象着当年苏慧廉在哪个房间办公,又在哪间教室上课。后来查山西大学堂校史才知,这幢工科大楼实建于1917年。那年苏慧廉已离开太原,他没走进过这幢大楼。

那苏慧廉在校时的山西大学堂,又是怎样的呢?

现在能找到的校园外景照片,是苏慧廉撰写的《李提摩太在中国》中的两张插图:一张是大门,有牌楼,还有影壁。牌楼上额写着校训"登崇俊良"。山西大学堂是我国近代大学中最早提出特色校训的大学。另一张是图书馆和钟楼,据说那时该校已有规模不小的图书馆。

我查过原书,这两张照片都没署摄影者名,很可能拍摄者就是书作者苏慧廉。苏慧廉能拍照片,不过,拍得不是很好。

当然这些牌楼、图书馆、钟楼,现在都没有了。

**西学斋**

西学专斋当时分预科、专科两个阶段。预科学制三年,相当于现在的高中。专科学制四年,相当于现在的大学本科。预科毕业可升入专科,预科的标准就是伦敦大学入学考试的水平。[1]

不过这样的学制设计,二十世纪五十年代,在丁则良的笔下成为李提摩太为帝国主义文化侵略创造出来的新形式——"西学专斋的教务完全由几个外国人决定,教育学生的方针,是要学生毕业后能够升入英国的伦敦大学,并不问学生所学是否符合中国的需要。换句话说,山西大学的西学斋,只不过是伦敦大学的一个预备学校。1907年,有二十五名学生被送到英国去留学。到了1911年,山西大学才全部交还中国自办。帝国主义用中国人民的血汗办起来的大学,山西大学是第一个。这是李提摩太为帝国主义文化侵略创造出来的新形式,比教会出钱办的大学更能迷惑人们的视线。在山西大学创办之后十年,美帝国主义也如法炮制,把庚子赔款的一小部分退还了,办了一个清华大学。"[2]

再看看百年前的功课表,西学专斋学科分为五门:一曰文学,内分同文史记、地理、师范等学。一曰法律学,内分政治、财政、交涉、公法等学。一曰格致学,内分算学、物理、化学、电学等学。一曰工程学,内分机器、

---

[1] 苏慧廉:《李提摩太在中国》,第245页。
[2] 丁则良:《李提摩太——一个典型的为帝国主义服务的传教士》,第59页。

山西大学堂

图书馆和钟楼

工艺、矿路、地质等学。一曰医学,内分全体内外大小男女居宅卫生及药物等学。[1]这五门学科,相当于今天的五个系。

今天看这个科系设置,特别佩服的是其根据山西作为资源大省的特点,开设工程、矿路、地质等学科。其实,这就是英国大学教育的模式。今人对英国模式的了解还多停留在导师制、学院制、寄宿制等上,其实其精髓之一是课程设置面向工业需要,让大学成为本地区工业研究的重要中心。

西斋所定下的这些科目,明确写在《山西大学堂创办西斋合同二十三条》第七条。为保证学科建设的稳定,合同第十二条还特别补充规定:"课程无论如何商改,均不得与第七条所列各学科稍有违背,及于此外增立别项名目。倘有违背,或别有增立,可由巡抚立时将此合同作废,并将以后应交之款停交。如晋省官绅违背此合同,可由李提摩太将未交款项,立时全取,移作翻译有用书籍之用。"[2]

西学斋师资力量很强,外籍教师居多,教师都具有较高的学术地位。英语是教学语言。

西斋学生除了正常的课程外,还有体操、网球、足球等活动。每星期六上午便是专门的体操课。据说开学当年年末就成功举办了由两斋学生和全体教员参加的体育运动会。这些都是当时中国的士子闻所未闻的。该校化学教习、瑞典人新常富(Erik T. Nystrom)不无幽默地写道:"对于一个漫画家来说,如能将学生们甩着辫子踢球的场面画下来,那将是十分有趣的。"[3]

新常富给学生上化学课,第一课便是从巨大的爆炸与难闻的气味开始。当爆炸声响起的刹那间,坐在前几排的学生已冲出教室。

在西斋的学生对新事物充满好奇的同时,同处一座校园里的中斋学子,仍走在传统的"师授学承"之路。学生"既不分班,也无教室,每次

---

[1] 陈学恂:《中国近代教育史教学参考资料》(北京:人民教育出版社,1987),下册,第249页。
[2] 陈学恂:《中国近代教育史教学参考资料》,下册,第250页。
[3] 《山西大学百年纪事(1902—2002年)》(北京:中华书局,2002),第14页。

太原侯家巷原山西大学堂西学斋工科楼（摄于2008年7月24日）

听课，则在'丰树堂'。学生从前门由书办（书记）唱名鱼贯而入。老师全体出席，由后门（屏门）进入。各位老师按品职坐在中央暖阁前面，学生们分坐东西两侧。老师学生必须顶褂整齐"。[1]而西斋教习、学生则穿着随便，课后接触频繁，常常在一起交谈。尽管中斋学生经常批评西斋学生"数典忘祖""舍己之地而耕人之田"，但对他们丰富、活泼的生活又有些羡慕。

西斋的师生关系虽然活泼，但教学管理很严格。据记载，西斋第一任总教习敦崇礼（Moir Duncan）曾与学生签订了一份契约，凡旷课逃学者一律投入大牢。这可能是中国历史上最为严厉的校规。

在学生思想方面，有一条明确禁止学生干预国事。[2]后来中国学生运

---

〔1〕 王家驹：《山西大学堂初创十年间》，载《山西文史资料》第五辑，第83页。
〔2〕 王李金：《中国近代大学创立和发展的路径》，第297页。

动此起彼伏,有人视之为荒废学业,有人视之为爱国报国,至今仍难以一言蔽之。

### 前任敦崇礼

1901年年底,当李提摩太与岑春煊在《晋省开办中西大学堂合同八条》上共同签字时,他的身份是广学会总办。他虽接下创办山西大学堂的任务,但自己无法亲赴山西,主持校政。他找到了时在陕西的英国浸礼会传教士敦崇礼,请他出任校长。敦崇礼在处理"山西教案"时就是李的助手,为人古道热肠,又有过人的精力。敦氏于是成为山西大学堂西学斋第一任总教习。1907年苏慧廉之所以从温州到太原,最直接的原因是敦崇礼于1906年8月突然去世。

敦氏与苏慧廉同龄,1861年出生于苏格兰一个贫穷小庄园。因家庭人口众多,他很小时就外出闯荡。在一位乐善好施的有钱人的帮助下,他完成了中学学业,后进入苏格兰格拉斯哥大学(University of Glasgow)学习,获文学硕士学位。为了去中国传教,他曾去牛津大学学习汉语及中国经史。据苏慧廉介绍,敦氏在牛津时师承著名汉学家理雅各。[1]

敦氏赴华比苏慧廉晚了几年,他于1888年由英国浸礼会派遣来华,先是在山西传教,后赴陕西。

敦崇礼在陕西时,与满族官员端方往来密切,关系融洽。路熙记载了一个发生在义和团运动期间的故事。当时毓贤已在山西大开杀戒,而邻省陕西却没有遵照慈禧的密令。当时陕西的巡抚正是端方。他请敦崇礼过来,悄悄告诉他杀害洋人的命令。"我能拖延三天。告诉你们的人,快走吧。"

> 敦崇礼他们活着去了汉口,沿着长江去了上海,又乘船去了天津,

---

[1] 苏慧廉:《李提摩太》,第246页。理雅各(James Legge, 1815—1897),英国人。1839年受伦敦会派遣到马六甲传教,并主持英华书院,1843年迁往香港,一边传教,一边学习研究,并着手翻译"四书五经"等中国经书。1861年开始在香港出版英译《中国经典》(Chinese Classies)多卷本。1873年返回英国,出任牛津大学汉学讲座教授,并继续致力于翻译。《中国经典》至1886年出齐,计二十八卷。他是西方第一个将中国儒家经典完整独立翻译成欧洲语言的人。

山西大学堂西斋首任总教习敦崇礼

最后到了北京。当时北京被八国联军占领。八国联军来解救天津和北京被义和团攻击的外国人。有一天敦崇礼在北京看到外国士兵（还好不是英国人）要洗劫一座中国大宅。

"房子主人救了我们。请尊重这座房子。"他叫了起来。

士兵不理睬他，他就去找军官。军官命令士兵停手。房子就是端方的，敦崇礼救了他的房产。[1]

李提摩太对敦崇礼评价甚高："山西大学的成功，在很大程度上应归功于他非凡的工作热情、永不疲倦的精力、关于中国人和中国文字的广博知识，以及他的聪明睿智和处理事务的实际工作能力。作为一个无畏的、诚

---

[1] 苏路熙：《乐往中国》，第211页。

实的和能干的管理者,他赢得了所有人的尊敬。"[1]苏慧廉则说敦氏"为人够气魄,古道热肠,有过人的精力,他熟悉当地人的语言和风土人情,又深谙中国古典文学。……他办事诚实能干,勇气可嘉,深得同事敬佩及爱戴。1905年,格拉斯哥大学颁授名誉法学博士给他"。[2]

但这样一位能干的教育家,却英年早逝了。

> 1906年8月,山西大学堂痛失英才,敦崇礼病逝,死时才四十五岁,所有中外认识他的人都为他哀悼。他生病期间曾住在龙王山上的寺庙,按照他的心愿,安葬在对面的山上,他的同事为他立白色的大理石碑纪念他,该石碑就成为当地数里以内的地标。敦崇礼生前,清廷给他二品顶戴,死后赏有头品顶戴。[3]

据路熙回忆,她在太原时曾给敦崇礼夫人去信,告诉她白色的大理石纪念碑洁白如新。[4]

被苏慧廉称为"对面的山",是位于榆次、太原、寿阳三市县交汇处的乌金山。敦崇礼的墓今日还在这座山上。这个来自苏格兰的异乡人,来到中国后就没能回到故乡。[5]

---

[1] 李提摩太:《亲历晚清四十五年》,第289页。
[2] 苏慧廉:《李提摩太》,第246页。
[3] 同上,第255页。敦崇礼准确去世日期是1906年8月15日(光绪三十二年六月二十六),逝后清政府追授一品光禄大夫,赏红宝石顶戴。
[4] Mrs. Soothill, "Shanxi!," *The Missionary Echo* (1910): 14.
[5] 敦崇礼墓曾遭毁,详见杨晓国《山西名山漫话》(太原:山西经济出版社,2002)。2002年山西大学百年校庆前,重修该墓。

## 第五节　太原生活

**屋前的杨柳**

苏慧廉于1907年秋天抵达太原,正式履任山西大学堂西斋总教习。[1]

"这里的气候与温州迥异,并不适合神经衰弱与失眠症患者,他们在这里是要崩溃的。"苏慧廉抵达太原不久,就给母国差会写了这封信。[2]

在南方生活了二十多年后,他看北方是新奇的。这里没有江南的绿色,漫长的冬天,一切都灰蒙蒙。已经与江南不知不觉连在一起的路熙于是在家门口的草地上栽种了一株杨柳,"每当山西恶劣的冬季行将结束的时候,她总是满怀期待嫩绿的柳芽抽出来的那一刻"。[3]当绿芽真正冒出时,她便对着女儿大喊:"快来,我的宝贝,快来看,柳树抽出绿芽了。"[4]谢福芸在她长大后写的书中,常常回忆起这些当年的细节。1910年前后,她剑桥毕业后曾到太原探望父母。她见惯了剑桥的绿色,当时对母亲如此大惊小怪的举动还有点不以为然。

据谢福芸回忆,那时他们在太原的家就在山西大学堂内。屋前母亲手栽的柳树,她1936年重访太原时还曾看见。

谢福芸在书中还提到两个发生在太原的故事:

> 有一次我站在阳台的走廊上,厨子就在下面的院子里。因为厨子送过来的培根肉有点凉,我想起来要替母亲传个口信给他,于是就对他喊道:"太太说她想吃人肉。"然后我看到是厨子瞪大双眼和嘴巴,

---

[1] 苏慧廉虽然1907年秋始抵太原,但他接任西斋总教习之职从1906年8月(光绪三十二年六月)起算。敦崇礼1906年8月去世,其间该职由英国人毕善功(Louis Rhys Oxley Bevan)代理。(《中国近代大学创立和发展的路径》,第269页。)
[2] *The Missionary Echo*(1907): 269.
[3] Hosie, *Brave New China*, 99.
[4] Hosie, *The Pool of Ch'ien Lung*, London: Hodder and Stoughton, 1948, 7.

苏慧廉夫妇在太原家中

恐怖的神情涌到脸上。……他说:"什么?"他的手抓住褪色的蓝布围裙,重复了一遍我的话,不过他的语调却和我刚才说的不大一样。片刻他的神情突然放松下来,接着就跑回厨房,对着每一个人嚷嚷我刚才说的话。我听到人们含糊的询问声,接着就爆发出一阵笑声。我父亲这时出现在阳台的拐角处,早先的时候他在那研读中国经典。

他说:"我还不知道我们家是一个食人家族呢,闺女,你知道你刚才是怎么和阿哲说的吗,太太说她想吃人肉?"[1]

谢福芸当时虽能说点官话,但因小时生长在温州,她的发音带有浓重的南方口音,以致分不清"羊肉"与"人肉"。苏慧廉在考虑是否去太原时,也曾对自己能否快速学会北方官话有所担心,但他的语言能力很强,估计很快就解决了这一问题。

---

[1] Hosie, *The Pool of Ch'ien Lung*, 47. 阿哲的原文为 Ah Tsie,暂如此音译。

在太原府的时候，Kung 伯母曾经在一个下午来我家拜访。看到钢琴时，她请求我们弹唱一曲。在父亲的伴奏下，我唱了一曲。这种田园牧歌似的生活深深打动了她，她后来时常充满喜悦地提起这件事。当她向她的朋友们介绍我的时候也会说起这件小事，以此说明外国人还是很有家庭观和家庭乐趣的。当她发现我父亲能够弹奏一些中国著名的曲调，如《茉莉花》时，显得尤为高兴。那时她就会站在我旁边和我一起唱，声音高高地颤抖着，特别注意中文的发音。后来 Kung 伯母买了一台留声机，在疲劳的时候用听音乐调节心情。[1]

这位被谢福芸称为 Kung 伯母的优雅夫人是山西一位官员的太太。她与她家族的故事，我将在后面讲到。

**主持西斋**

山西大学校史将大学堂初创十年划分为三个时间段，即1902—1903年的初创阶段、1904—1906年的改革阶段与1907—1911年的发展阶段。苏慧廉在太原的岁月正处于发展阶段。

苏慧廉是西斋总教习，他的顶头上司是时称"监督"的总校校长。苏慧廉在他的任内经历三位监督：解荣辂、渠本翘[2]与胡钧。其中渠本翘就是当时名闻遐迩的山西票号"渠家"的少东家，也是电视剧《昌晋源票号》中徐源潢之子的原型。"时大学堂尚与外人合办，当之者每苦棘手。君处之年余，中外无间言。"渠本翘的孙子渠川给我的其祖父的材料中，有这一段关于山西大学堂的资料，这是渠本翘墓志铭中的原话。

关于苏慧廉在西斋的具体工作，至今还所知不多。据山西大学堂校史

---

[1] Hosie, *Two Gentlemen of China*, 219.
[2] 渠本翘（1862—1919年），原名本桥，字楚南，山西祁县人。光绪十八年进士。曾任驻日本横滨总领事，1904年回国，旋调山西大学堂监督。1906年参加山西绅民收回矿权运动，投资创办山西保晋矿务公司，并任总经理。1909年9月至1910年3月再任山西大学堂监督。1910年被授为典礼院直学士。1911年被清政府任为山西宣慰使，未就任。后以遗老身份寓居天津，1919年病逝。

介绍,他在担任总教习之职外,还兼任世界历史与世界宗教等课的教学。[1]

在山西大学,我很难继续追随敦崇礼的脚步。有许多困难不容我慢慢思量,而且只有四年的时间,要完成这样一个已经有了辉煌开端的工作实属不易。在我来校之前,敦崇礼博士、毕善功先生和教员已经计划引进法律、物理、化学和矿业工程等专业课程。后来我们增加了一门土木工程课,由奥斯特(Aust)先生授课。[2]

外国人主持的新式学校,到二十世纪初年已在中国遍地开花。面对日新月异的中国,他们敏锐地感觉到,仅停留在一般性的教育上是不够的。

让社会上充斥着书记员、小学或中学的教员,这样的结果毫无价值,也无法满足中国目前和日后的需求。这也正是我支持任何一种——诸如士思勋爵(Lord Cecil)设置的课程——能够让教会学校从一般性教育转向专门教育,从多管齐下转向专攻一门的课程设置的原因。术业有专攻式的教育能够让人们发现在最适合其天资发展的领域,自己到底有多专业。

问题是,如今有多少教会学校正满足于教授一般性知识,并沾沾自喜。迄今为止,教会一直引导这样的教学模式。他们是不是已经到达了自己的顶点而现在只能走下坡路?我知道那些脑中只有肤浅知识的年轻人获得高薪聘用的困难。当如今的繁荣消失以后,这些人又有何价值呢?而长此以往只能培养出这样的学生,我们的教会又将何去何从呢?为了建立威信,获得价值,必须以专业发展为契机,采取更多更好的措施。举我亲身经历过的事为例。我曾经四处寻找一位能译物理学的翻译,只需对中文、英文和物理知识有所了解即可,可是我

---

[1] 王李金:《中国近代大学创立和发展的路径》,第269页。
[2] 苏慧廉:《李提摩太在中国》,第250页。文中 Aust 先生,汉名欧师德,英人,时任工学教员。

却白忙了一场。找高等化学方面的翻译,我也遇到过同样的困难。而且据我所知,中国没有学校能够在法律和土木工程方面为我提供帮助。

如今,不正到了教会学校采取措施让自己的学生真正达到大学水准的时候了吗?况且,难道不可以建设三四个设备精良、与官办学校不再是竞争关系而是协同合作或是互为补充关系的大学吗?同样的,如果可能,这些学校不也可由学部负责注册、巡查和考核吗?政府所设置的课程留给我们很大的挑选空间,如果需要,也可以增加必要的课程。这样的大学,根据政府所设标准进行招生,可以为中国的其他教会学校,甚至为政府所办学校树立榜样。[1]

这是苏慧廉1909年为《教务杂志》撰写的一篇文章,其中谈到了对中国教育现状的看法。这些观点,也可视为他在山西大学堂推进专业教育的注脚。

在这篇文章里,他还提到专业术语规定之于专业学科建设的重要性。"在中国,人们提及欧洲名词的时候必须采用日语的音译,这不能不说是一件憾事。但是如果所有的中国学生都统一使用日本音译的术语,那么叹息着接受这一现状岂不聊胜于无?"[2]

苏慧廉曾为术语统一定名四处奔走。

山西大学成立之初,教材缺乏。大部分科目的术语一片混乱,每位翻译都用自己的词汇生造了术语的称谓。1910年,我在拜访学部侍郎严修进士时,我让他注意到该问题的严重性,劝他在北京成立一个术语部(Board of Terminology)。他说没有资金,我引用孔子的话来回答他:"名不正,则言不顺;言不顺,则事不成;事不成,则礼乐不兴;礼乐不兴,则刑罚不中;刑罚不中,则民无所措手足。"这个评论

---

[1] W.E.Soothill, "The Educational Position in Review," *The Chinese Recorder* 40(1909): 637–638.
[2] Ibid., 638.

最初是针对政府而发的,当他明白我的意思后,友善的脸上露出了微笑。六个月后,当我再见到他的时候,他提到了我的引言,说他已经派严复博士(曾留学于英国格林威治大学)成立审定名词馆(Bureau of Terminology),邀我前去参观。于是,孔子建造了一所他从未想过的名词馆。[1]

苏慧廉拜访的学部侍郎严修就是被称为"南开校父"的近代著名教育家严范孙。设立编定名词馆是严修于中国近代教育史上所做的具开创性的工作之一。其实这个建议最早是由苏慧廉提出的。苏氏对此举自评甚高,这从一名叫华五的英国留学生的记录中可知:

当中国人在满清末年开始研究新学时,主持人漫无计划,混乱的现象因而发生。为了求科学名词统一的事,苏熙老特去学部建议,部里的官说:"我们读西学就读西学,名词没有什么关系。"苏熙老愤然地说:"名不正则言不顺。"这事是他亲口对我说的,想来是真情。他对于名词既然如是看重,无怪他在最后一次的病中还继续编著中国佛学名词字典,到他临终前全稿总算告了完成,否则他死了也放心不下。[2]

学部编定名词馆1909年11月正式开馆,由严复出任总纂。后来鼎鼎大名的王国维出任协修。[3]据苏慧廉自述,在名词馆开馆前,他还曾与因翻译《天演论》《原富》而名噪一时的严复有过一次愉悦的谈话。[4]严复无疑是那个时代主张西学救国的旗手。

---

[1] 苏慧廉:《李提摩太在中国》,第246页。学部奏设编定名词馆是在1909年10月29日(九月十六日),苏慧廉所记时间有误。
[2] 华五:《英国的汉学家》,载《宇宙风》(第四十三期,1937),第323页。
[3] 袁英光、刘寅生:《王国维年谱长编(1877—1927年)》(天津:天津人民出版社,1996),第57—58页。
[4] W.E.Soothill, "The Educational Position in Review," *The Chinese Recorder* 40(1909): 638.

## Y.M.C.A.

合同规定学校不设宗教课，作为传教士的苏慧廉，对此也表示理解。"在一所用非基督教的钱兴建的大学堂中强制非基督徒接受基督教教义的宣传无疑是不道德的，这也与大学堂的目的相违背"。[1] 于是他在讲授世界历史课程时，"曲线"强调基督教对人类文化的重大贡献。据说不少学生受之影响，或接受洗礼，或前往基督教青年会听道。

> 由于情况特殊，大学堂并非宣传宗教的理想地方，所以我欣然接受英浸礼会差会的邀请，协助并担任他们设立的基督教青年会的首任会长。[2]

今天仍活跃于世界各地的"基督教青年会"（Young Men's Christian Association Society，简称 Y.M.C.A.）已有一百六十多年的历史。青年会1844年由英国商人乔治·威廉（George Williams）创立于伦敦，1851年被介绍到美国后得到蓬勃发展。它所宣扬的"改进青年人精神的、道德的、社会的和体魄的目的"，因非常适合于扩张变化中的十九世纪美国城市社会，于是逐渐从一种单纯以宗教活动为号召的青年职工团体，发展成以"德、智、体、群"四育为主导的社会活动机构，并在二十世纪起成为推动美国生活方式的重要力量。

中国最早的基督教青年会由美国传教士施美志（George B. Smyth）和毕海澜（Harlan Page Beach）于1885年前后分别成立于福州英华书院和直隶通州潞河书院。1890年第二次全国传教士大会通过决议，向北美协会正式请求派人到中国组织青年会。北美协会也认为有责任协助中国建立青年会，遂于1895年派遣生在中国、为"学生志愿海外传教运动"工作过五年的来会理（David W. Lyon）前来，从此中国青年会成为世界青年会的一个部分。

---

[1] 吴梓明：《基督宗教与中国大学教育》（北京：中国社会科学出版社，2003），第41页。
[2] 苏慧廉：《李提摩太》，第248页。

1911年春节,苏慧廉(前排左二)回温州时与同事合影。左一前后为山迩缦夫妇,后排左二是郭多玛,后排右二是谢道培,右一前后是包医生夫妇,他们的孩子坐在最前排

据记载:太原青年会创建于1909年,"由英国浸礼会联合叶守真、苏慧廉、贾立言、魏礼模等十余人发起筹备。贾立言、魏礼模、赵守衷为干事。开始时,借用浸礼会南门街房屋,仅办了查经班和游戏会。1913年建成青年会会所,上报青年会全国协会,领到青年会全国协会证书,全国协会总干事王正廷参加了开幕仪式,阎锡山也亲自到会祝贺"。[1]实际上,苏慧廉还担任该会第一任会长。

苏慧廉从此与青年会建立了密切的联系。第一次世界大战期间,他还在欧洲为青年会效力。

苏慧廉在晋期间,被誉为学生志愿海外传教运动"三杰"之一的美国

---

[1] 赵晓阳:《基督教青年会在中国:本土和现代的探索》(北京:社会科学文献出版社,2008),第46页。

基督教青年会干事，也是国际知名的自由派代言人舍伍德·艾迪[1]到山西布道。1907年，"当艾迪来山西以耶稣基督为题分四次演讲的时候，学生都踊跃赴会，由于听众很多，青年会演讲厅一时不能容纳这些群众。笔者不晓得多少大学堂的学生加入了教会，如果有的话，他们对社会国家都有益处。但有一事我很清楚，就是无论他们往何处去，他们都不会仇教，反之他们对教会已产生好感，笔者也没有听闻有恨恶教会的例子。倘若大学堂仅有的贡献，不外乎拆毁官员、士绅等人对基督教的敌意和培养友好的态度，大学堂的工作，可谓没有白费，然而大学堂的贡献，并不仅于此"。苏慧廉自己说。[2]

身在太原，苏慧廉没有忘记温州。1908年农历新年前，他专程回温，一待就是三周。[3]当年离开温州时，他曾答应每年回来一次。路熙说："他恪守自己的诺言，每年春节假期，也就是制订来年计划的时候，他从山西千里迢迢回温。"[4]

---

[1] 艾迪（Sherwood Eddy, 1871—1963），美国人。1891年毕业于耶鲁大学，后任纽约青年会干事。曾九次赴华。"九一八"事件爆发时，适在东北，即电国际联盟报告事实真相，为最早向国际社会传达客观公正之声音者。著述甚多，译成中文的有《宗教与社会正义》《性与青年》《现代的新信仰》《苏俄的真相》等。
[2] 苏慧廉：《李提摩太》，第248—249页。
[3] *The United Methodist Church: Report of the Missions (Home and Foreign) for the Year Ending April, 1908*, 28.
[4] 苏路熙：《乐往中国》，第363页。

## 第六节 一本破旧的《论语》

### 苏慧廉与理雅各

路熙回忆:"苏慧廉的新职务并不清闲,他很少出去进行快乐的郊游。大学堂里不少中国学生中文典籍的知识不比他差,因为只有通过科举考试的人才能进入这所大学。为了和学生们能保持同步,至少为了维护师长的尊严,苏慧廉像学生一样钻研中文,不过这也不是坏事情。"[1] 苏慧廉后来卓异的汉学成就,与山西的这段苦读有密切的关系。这期间,他的学术成果便是英译《论语》。

《论语》之于中国人如同《圣经》之于西方人。早在利玛窦赴华时,西来的传教士已尝试将包括《论语》在内的《四书》翻译成西方的文字。《论语》最早的西方版本是1687年在法国巴黎出版的《中国哲学家孔子·用拉丁文解释中国人的智慧》(*Confucius Sinarum Philosophus, sive Scientia Sinensis Latine Exposita*),该书的译者是从中国归来的耶稣会传教士柏应理(Philippe Couplet)及其同事。《论语》最早的英译本也是由传教士完成的,传教士马士曼(Joshua Marshman)在1809年出版了《论语》的节译本 *The Works of Confucius*。随后伦敦会传教士柯大卫(David Collie)在1828年出版 *The Four Books*,外国人把《四书》直译为"四本书",这个名称一直沿用至今。

这些早期的《论语》译本都是选译,并且中间还夹杂了译者的个人观点。直到1861年,英国传教士理雅各在香港出版了《论语》的全文译本(以下简称理译),它是按照中文逐字翻译的,并附以原文及大量注释。理雅各还首次使用了"Analects"一词来作为《论语》英译本的书名。

理雅各不只翻译一部《论语》,他的一生都在从事"四书五经"的翻

---

[1] Lucy Soothill, *A Passpor to China*, 316–317.

译。他是西方第一个将中国儒家经典独立并完整翻译成欧洲语言的汉学家,他所翻译的《中国经典》(Chinese Classics),也是中西方接触交流以来第一个由个人完成的完整译本。此举奠定了他在十九世纪西方汉学界的崇高地位。"理雅各博士对于中国传统经典里程碑式的贡献太知名了,以至于已难以用更好的方式去表达。他曾经是我的引路人、哲人和友人。我读他的译文越多,越是为他渊博的学术造诣所倾倒。他理解之精确、求学之钻研及清晰的表达力让人敬仰。"苏慧廉在他的《论语》译本的前言中这样写道。[1]

1873年,为专心译书,也为了家庭,理雅各离开已居住了三十多年的香港返回英国,然后于1876年出任牛津大学第一任汉学讲座教授。当时理雅各已近花甲之年,而正做着前往中国准备的苏慧廉还只是个毛头小伙。那时,全英国都没几人去过中国,更遑论精通汉语,因此,理雅各成了苏慧廉的汉语老师。

这段有幸师从全欧洲最伟大汉学大师的经历,对苏慧廉而言是珍贵并难忘的。他在后来出版的学术专著《儒释道三教》[2]的扉页上这样写道:为了纪念理雅各。

我们回过头来,说理雅各的《论语》英译本。

理译《论语》出版于1861年,经一个半世纪的考验,此译本在西方学界仍被视为介绍中国儒家经典的权威译本和正统的参考书,有着其他译本不可取代的地位。学界认为理译的"最大特色是汉宋兼采,忠实严谨。译英之难,在于全面精确传达经文的义理,欲明义理,则须在训诂、考据、辞章上下工夫,理译的价值也正在此"。[3]

理雅各的翻译原则是,"对于原文的忠实,要超过对于行文雅致的关

---

[1] W. E. Soothill, *The Analects of Confucius* ( Yokohama: The Fukuin Printing Company, 1910 ), Preface, 2.
[2] W. E. Soothill, *The Three Religions of China* ( London: Hodder and Stoughton, 1913 )。该书封面有中文书名《儒释道三教》。
[3] 王辉:《从〈论语〉三个译本看古籍英译的出版工作》,载《广东外语外贸大学学报》(2003年第9期)。笔者撰写本节时还参考他另一论文《理雅各与〈中国经典〉》,载《中国翻译》(2003年第2期)。

注"。[1]在他看来，经典的权威性，决定了对于经典的翻译也必须将"忠实"作为首要原则。因此，它的译文可以说是高度的直译。一个世纪后，另一位学贯中西，并尝试用英文翻译《论语》的林语堂，也称理译为"严谨的学者风格的著作"。

既然有这样一座丰碑在前，苏慧廉为什么还要再次翻译《论语》？他在英译本序言中幽默地解释："因为在理雅各的译本出现之后，并没有得到它应该得到的重视。所以，我希望自己这样一个新译本的出现，至少可能会对它的存在与价值引来更多的注意。"[2]

这是客气话，其实主要的原因，在苏慧廉看来，理雅各的译本在注重学术价值的同时，也有"学究气"过重之嫌。它过于正式化的措辞，使得《论语》"难以为一个英格兰的头脑所接受"。也就是说，苏慧廉感觉到，为了进一步向更多的英语读者，特别是那些非专业的英语读者介绍儒家经典，需要有人提供一个更现代的崭新译本。

**网上淘书**

近年我一直在寻找苏慧廉的《论语》译本，直至2008年秋季，一个偶然的机会，在美国一家旧书网站上发现了它。书虽有点破，但竟是初版本！马上下单。几周后，越洋快递送来了这本期待已久的书。

这是本硬封精装的书，绿色封面上是一幅烫金的孔子肖像。书脊上有它的中文书名《论语译英》，书脊下方的图案是枚白文印章，印文是"苏慧廉印"。这也可证明，"苏慧廉"是他的标准汉名。

此书1910年由福坤（Fukuin）印刷公司出版，"福坤"是日本横滨的一家印刷厂。二十世纪初期，中国绝大部分《圣经》都是在这家厂印制的。因为是在日本印制，书后的版权页用中、日文写着印刷所、印刷者等信息。"发行者"兼"著者"都是苏慧廉，他的头衔这样用中文写道："宣教师、

---

[1]《中国经典》第一卷、第二卷再版前言。转引自段怀清：《理雅各〈中国经典〉翻译缘起及体例考略》，载《浙江大学学报》（人文社科版，第三十五卷第3期，2005年5月）。

[2] Soothill, *The Analects of Confucius*, Preface, 1–2.

英国人,在清国山西省太原府大学堂。"

除序言外,正文计一千零二十八页,分四大部分:

第一部分是绪论,长达九十八页,全面介绍与《论语》相关的背景知识,如中国历史、孔子家世、《论语》成书经过、《论语》注释书籍、孔门弟子、历史年表、地图、术语释义等,并附彩印中国地图。绪论旁征博引,甚至还提到了程子认为《论语》之书成于有子、曾子之门人这一观点。[1]不过,后来马一浮读到此处,认为:"子亦通称,不必定出门人。《论语》自是七十子后学所记,其间或出游、夏之手者亦有之。但以领会全书为要,苏慧廉辈琐琐考据,何足道哉!"[2]

第二部分是译文正文,《论语》全文二十篇,从《学而》直至《尧曰》。

苏慧廉的译法是逐句英译,并附上详细的注释。苏慧廉在序言中称,翻译过程中主要参考了四个译本,即理雅各英译本、辜鸿铭英译本、晁德莅[3]法译本与顾赛芬(Séraphin Couvreur)法译本。理雅各本不再赘言。辜鸿铭是清末民初一位以古怪而著称的人,懂很多国文字,其英文之好,连英国人都惊叹。他在1898年译出了《论语》,为了让以英语为母语的人读懂这部中国的经典,他"努力按照一个受过教育的英国人表达同样思想的方式来翻译孔子和他弟子的谈话"。他认为理雅各"只是一个对中国经书具有死知识的博学的权威",因此他的译文别出心裁,"只要可能,一概不用中国人名、地名"。为了使内容和思想易于被西方理解和认识,他还广征博引西方的名句、典故参证注释,以"勾起读者原来的思路"。因此,辜氏译本在西方也曾广为流传。[4]撰写《文化怪杰辜鸿铭》一书的黄兴涛认为,苏慧廉的译本"明显带有辜氏译经影响的印记",他的翻译受惠于辜鸿铭的"甚

---

[1] Soothill, *The Analects of Confucius*, Preface, 70.
[2] 《马一浮集》(杭州:浙江古籍出版社、浙江教育出版社,1996),第三册,第950页。
[3] 晁德莅(AngeLo Pere Zottoli,1826—1902),字敬庄。意大利那不勒斯耶稣会士,后转入法国天主教耶稣会,1848年来华,居上海。1852年任圣依纳爵公学(又称徐汇公学,即今徐汇中学前身)校长。1879年以法语翻译出全本《论语》,另著有《中国文学教程》(拉丁文)。
[4] 张小波:《关于理雅各和辜鸿铭〈论语〉翻译的对比研究》,载《株洲工学院学报》(第十四卷第4期,2000)。本段辜氏原文亦引自此文。

至绝不下于受惠于理雅各"。[1]顾赛芬的译本,苏慧廉看到得较晚。苏氏自称,几乎是"在最后修订时才看到顾氏的译本"[2]。顾赛芬是法国耶稣会教士,长期在中国传教。他终生辛勤笔耕,几乎以法语翻译出版了所有的儒家经典文献,其数量之多、涉及之广,在整个汉学界中也不多见。

第三部分是附录索引,也可称论语字典。苏慧廉以笔画为序,将《论语》正文中出现的汉字按部首检出,分二百一十一部。第四部分是古今地名对照表,采用了美国公理会传教士万卓志[3]的成果。

苏译《论语》如上体例,与理雅各译本差别不大。

1911年3月的《教务杂志》有一则书评,比较了理译与苏译的区别。认为不仅是内容,即便是书价,苏译也将更受学习中文的人欢迎。苏译《论语》当时定价六元。[4]

**烬余之书**

在通往卓越汉学家的道路上,《论语译英》为苏慧廉奠定了坚实的第一步。

苏慧廉在这本书上花了很多心血,1907年离开温州时,已基本完成翻译,但直到1910年才得正式出版。他在序言中说明,出版"不幸延后三年,因为书稿在印刷商处被焚,部分内容不得不重写"。[5]

好事多磨,后来在西伯利亚的铁路上,书稿又随托运行李丢失。为了找回它,苏慧廉夫妇从莫斯科一直搜索到哈尔滨。最后,一个欧洲海关官员在沈阳一家日本商店堆积如山的遗失行李中找到它。[6]

经过两次波折,苏慧廉视书稿为心爱之物。据路熙回忆,在山西的那

---

[1] 黄兴涛:《文化怪杰辜鸿铭》(北京:中华书局,1995),第101—102页。
[2] Soothill, *The Analects of Confucius*, Preface, 3.
[3] 万卓志(George Durand Wilder, 1868—1946),美国公理会传教士。1894年来华,在通州传教。业余研究华北鸟类,有相当成就。
[4] *The Chinese Recorder* 42(1911): 174.
[5] Soothill, *The Analects of Confucius*, Preface, 5.
[6] Lucy Soothill, *A Passport to China*, 318.

几年，他每年均回温州一趟。每次临出门时都严肃交代妻子，"万一房子起火，唯一重要且须不惜一切代价抢救"的东西，便是书房抽屉里这一叠书稿。路熙说不必奇怪苏慧廉对这本书如此关心，因为他已为此付出太多的努力。"长年的耕耘甚至让他得了'孔夫子'这样的绰号"。[1]

**牛津经典**

苏慧廉的《论语译英》，1937年被收录于牛津大学出版社出版的"世界经典丛书"（The World's Classics），当时苏慧廉已去世，于是编辑工作由谢福芸担任。

谢福芸1936年又有一次中国之行，在路上，她便带着父亲的《论语译英》。

> 在前往中国的路上，命运让我在加尔各答接受编辑我父亲翻译的《论语》的任务。《论语》是孔子和他门徒的谈话记录。"英国的读者们，"书的前言这么说道，"并不能够理解为什么中国人这么多世纪以来如此尊崇孔子。在他们看来，孔子显得沉闷无趣。"
>
> 现在，我完全接受了这种说法。此前，我从没有理解为什么我父亲坚持不懈并花费那么大的力气来翻译。过去我也曾带着痛苦和虚伪的责任感去读，但是私下偷偷认为这都是一些措辞浮华的陈词滥调。当然，我也没有彻底了解把这些意义压缩在表意符号里的中国警句翻译成为相同意思的英语到底有多大的难度。
>
> 在随后从科伦坡到澳洲的船上，我一直在和这本厚书以及它更为厚重的内容作斗争。当我到达澳洲的时候，我把这本书暂时放下了，毕竟一个人在他的一生之中，不是每一天都能够进入新大陆。澳大利亚的灿烂阳光夺去了我的注意力。在悉尼，我住进了一间公寓。房间在高层，站在窗口即可俯视壮丽的港口。宁静的海湾，被水环绕着的

---

[1] Lucy Soothill, *A Passort to China*, 318.

绿树，还有重重的小山，一切尽收眼底。在这样的环境里，我又拿起了孔子。因此对我而言，孔子智慧的言语将永远让我联想到沃克卢斯海湾（Vaucluse Bay）的美景。因为那时，我总是从书上抬起眼睛，俯视那蓝色的波涛。

很快孔子就吸引了我，我不由得笑了起来：我认识到此刻陪伴着我的这个老人是一个风趣、快乐、充满活力而又知识渊博的绅士。他的思维正在磨砺着我的智慧，并擦亮我的头脑。

如切如磋，如琢如磨。

这是父亲最费解也最喜欢的句子。突然之间我觉得我也像一块珍贵的美玉正被来自古代中国的敏锐思想切磋、琢磨。当许多世纪前，他的弟子子贡开始能够理解上述两行诗句的意思时，孔子很高兴，他说："始可与言诗已矣。"后来我觉得这不仅仅是孔子与弟子在谈论，我也在听他们说，因为我已经开始读懂它了，而不仅仅是对这些富有哲思的语录做简单的断章取义。就像火车上的同伴对我们的福音书充满新奇一样，我也开始去阅读中国圣贤的书，不是把他们当作学者，而是视为一个谈吐之中充满洞察力和智慧的人。我发现孔子会和他的弟子们打趣，从而使他们获得智慧。他的平和、思索，他的奋斗和勇气都感染了我。孔子一定具有无穷的魅力，无论他被放逐，或受侮辱，抑或处于挨饿，乃至受到背叛，弟子们始终追随左右。他们对孔子的崇敬和忠贞，在经过了数千年之后，在我身上也产生了共鸣。多么伟大的爱，多么强烈的求知欲啊！当孔子去世以后，人们想让他的大弟子子贡继承孔子的位置。子贡说："仲尼，日月也，无得而逾焉。"他拒绝了这个提议。

我的父亲将孔子和他的弟子如此生动的关系展示给我，在澳大利亚，这片最年轻的大陆上。[1]

---

[1] Hosie, *Brave New China*, 32–33.

谢福芸编辑的牛津版苏译《论语》[1]是个口袋本,共二百五十四页,分导读、正文、注释、索引四大部分。导读除叙述孔子生平外,还介绍了《论语》翻译历程,其中提到了早期的天主教传教士、理雅各及她父亲。为减少篇幅,正文部分她去掉了中文原文,文后的注释也压缩到二十余页。

毫无疑问,这是一个更为现代的英译版本,媒体认为它受到普罗大众的欢迎。[2]我在欧美的图书馆常能看到牛津这套"世界经典丛书",其中的《论语》,一直到二十世纪六十年代还采用经谢福芸编辑的苏慧廉译本。

---

[1] W.E.Soothill, *The Analects of the Conversations of the Confucius with his disciples and certain other* (London: Oxford University Press, 1937).
[2] Sunder Joshi, "The Analects of the Confucius by W.E. Soothill; Lady Hosie," *The Journal of Religion*, Vol.18, No.3 (Jul., 1938), 373–374.

## 第七节　洋人与大人

**丁宝铨**

苏慧廉在山西时，该省的"一把手"是丁宝铨。丁宝铨（1865—1919年），字衡甫，号默存，江苏淮安人，为晚清名臣。

苏慧廉刚抵达太原时，就见到了红光满面的丁大人：

> 近年来大出风头的是丁大人。英国公司曾拥有一定年限的煤矿开采权，而丁大人争取向英国赎回山西煤矿。他从北京回来的时候，被当成了英雄。他进城的时候，城门内外人山人海。迟钝的人们变得这么热情，真的很有意思，值得研究。丁大人红光满面，眉开眼笑，看见我们，还和我们问好。
>
> 我们也为这一次外交成功向他祝贺，因为煤矿毕竟非常宝贵。[1]

丁宝铨由京返晋，代表轰轰烈烈的保矿运动宣告结束。这场历时三年的群众运动，我在后面的章节还要详细讲述。

苏慧廉与丁宝铨就此相识，后来常有往来，并过从甚密。其实在苏慧廉赴晋前，丁宝铨出任过山西大学堂督办，他在这个位置上虽不到一年（1906年7月至1907年春），但"为西斋开办法律、矿产、格致三科，中斋开办高等课等方面做了不少工作"。[2] 当时清廷重视办学，丁在山西积极响应。因办学有成绩，他由按察使升任布政使，后又任巡抚，成为封疆大吏。

据苏慧廉回忆，当年他在晋时与丁宝铨常互倾理想和见解。路熙记录了丁大人曾为一件事向苏慧廉诉苦：

---

[1] 本节苏路熙对丁宝铨及其家人的记录均引自《乐往中国》第三十三章《太原府》，第371—377页，不一一出注。

[2] 《山西大学历任校长》，http://www.sxu.edu.cn/xxgk/lrxz/13774.htm。

山西巡抚丁宝铨

当时,山西省大量农民种植鸦片,声名狼藉,在朝廷的支持下,丁大人派人取缔鸦片种植,农民纷纷反抗。丁大人派一队人马震慑住他们,把鸦片连根除掉。一次农民坚决抵抗,拿农具对抗士兵。于是发生激烈冲突,死了十一个人。他对苏慧廉说:"朝廷谴责我,其实我取缔鸦片种植也是按命令行事。"

路熙不知道,就是这次冲突改变了丁宝铨的人生命运,同时也改变了山西后来的历史进程。

山西近代史上把这次发生在交城、文水两地的民变称为"交文禁烟惨案"。

一九〇九年,岁已酉,秋收告歉,麦种失时,交(城)文(水)两县农民,为了亡羊补牢,播种鸦片。当时虽有禁种之令,但清末政治不过一纸空文,既未家喻户晓,人民亦莫由而知。逾年庚戌,春雨及时,烟苗茁壮,未几,叶茂花繁,正喜收获在望,而铲烟之令遽颁。县衙因执行困难,为推卸责任计,先后呈报大吏。彼时,山西巡抚丁宝铨闻报,即派新军混成旅管带夏学津带兵前往,驻扎开栅镇,帮同两县知县铲烟,分兵分段,督令根除。人民生死关头,环跪哀求,愈趋愈众。该夏学津鲁莽灭裂,不善陈兵劝导,宽猛兼施,反恃其为丁抚亲信(其妻姿容妖艳,人称夏姬,传言拜丁为其义父,日常出入抚署,颇有非议),群众略事哗噪,即操切从事,下令排枪射击。一刹那间,哭声震天,死伤群众三四十人;更威逼人民,持竿横扫,烟苗顷刻而尽。[1]

丁宝铨下令铲烟的背景是清廷于1906年发布严禁吸食鸦片的谕旨。作为巡抚,丁氏自然守土有责。但因种鸦片收益高,不少农民"下有对策",并期望以聚众抗争的方式作为一种自保的手段。对普通百姓而言,禁止鸦片,健民强国,只是一句必要时喊喊的口号而已。

丁宝铨带令禁烟,本是利国利民的好事,但他的错,在于手下开枪了。政府向人民开枪,只要枪声一响,它就输了。在现场下令开枪的人叫夏学津,新军混成旅管带,以治军严格而著称,也是丁宝铨在军界的干将。

交城、文水的枪声,在震惊三晋的同时,也给了正在伺机而动的山西同盟会会员"扫除革命主要障碍"的一个机会。同盟会会员王用宾[2]任总编的太原《晋阳日报》,借机连续登载揭露丁宝铨、夏学津镇压民众造成流血惨案的报道。《晋阳日报》作为同盟会在山西进行宣传鼓动的重要阵地,自然熟稔宣传之道。在揭露暴行的同时,也迅速抓住丁宝铨的"生活作风"问题,称夏学津之妻美艳,时常出入抚署,两人关系暧昧。这则桃色新闻,让丁、夏立马身败名裂。北京《国风日报》、上海《申报》随后也予以转载,一时间,全国舆论哗然。与此同时,同盟会会员又专赴京城,特请御史胡思

---

[1] 尚德:《山西交文惨案始末述》,载《山西文史资料》第三辑,第8页。
[2] 王用宾(1881—1944年),山西大学堂中学斋第一批学生,1904年留学日本。翌年,同盟会在东京成立,即成为首批会员,并担任东京及山西同盟会支部长。民国期间历任山西省临时议会议长、河南省代理省长、考试院考选委员会委员长、国民政府司法行政部部长等职。

敬上疏弹劾丁宝铨禁烟措置失当。丁、夏虽知此事背后有革命党的策动，但终究压不住舆论的攻击和朝廷的追究，后来分别受到了撤职留任和撤职的处理。民国成立后大家才知道，这场"倒丁运动"的背后主谋是阎锡山，他以此挤走夏学津，顺理成章成为二标标统。革命党人从此把山西的军权控制到了自己手中。号称"能吏"的丁宝铨，仕途从此向下，宣统三年"病免"。[1]

路熙记载，丁宝铨曾不无委屈地对苏慧廉说："朝廷谴责我，其实我取缔鸦片种植也是按命令行事。"但苏慧廉说："十年二十年后，你就会明白，做事情不能操之过急。"这个仅年长丁宝铨四岁的外国人，似乎比中国人更懂中国。

### 夜宴

路熙笔下，还详细记载了她与丁宝铨夫人的友好交往：

> 丁大人在校长家拜访的时候，苏慧廉让他来见我，丁大人没有拒绝。那些官员太太来看我的时候，也都很乐意看到苏慧廉。但我去她们家拜访，情况就不是这样。我去衙门拜访她们的时候，从来没有看到男士出现。看来所谓革新，只是外部，内在还没有变。为了回报丁大人和丁太太的友善，我们请丁太太共进晚餐，准备好好招待她。预订的时间是六点半。送走最后的客人，时间很紧，我赶紧穿上了礼服，几乎没有时间洗脸。丁太太和大批随从正好准时来了。
>
> 我邀请了五位英国女士来见丁太太，一位唱歌唱得很好，三位能讲流利的中文，最后是位矿藏学教授的妻子。我像个绅士一样伸手拉着丁太太进入餐厅，她笑得浑身发抖。她能熟练使用刀叉，但吃得很少。这次晚饭能成功全靠了圣诞节留下的彩包爆竹（外面包有装饰性硬纸板的小圆筒，里面装有糖果或聚会纪念品，从一端或两端同时拉出纸绳时，会发出爆裂声）。我们马马虎虎吃着，中途想到了这个余兴节目。

---

[1] 钱实甫：《清季重要职官年表》（北京：中华书局，1959），第221页。

丁太太忙于玩彩包爆竹，更没空吃菜。二十一岁的她很喜欢拉彩包爆竹。她不仅喜欢爆竹里面的东西，连外包装她也要。我们欣然同意。结果她在一身的珠光宝气之外，还戴上一个小玩意儿回家。至于帽子、图画、假面具、假鼻子，扎成一堆，让女仆保管。这是我玩彩包爆竹玩得最满意的一次。

在晚饭前，我们那位善于唱歌的客人自弹自唱了一首英文歌。丁太太坐在她身边，听着她训练有素的嗓音，看着她熟练弹奏钢琴的手指。钢琴是用火车运到山西，由骡子驮进这里的。九点钟的时候，传来这么个消息：

"大人派人请太太回家。"于是丁太太就回家了。

她上了四轮马车，近来太原城有七辆这样的马车，这是其中之一。车子在泥土坚硬的网球场地等她，上车后，马车离开。我们开心地道别。第二天早上，我很难过地听说回家途中，丁太太的马车翻了。

"但她没有受什么重伤。脸部擦伤，还有头上的一两颗珍珠丢了。"

"我一点也不奇怪会出意外。丁太太叫车夫来载我去衙门的时候，车夫就是这样在街上横冲直撞。"

这时候，我和身边的女士大笑起来，眼泪都笑出来了。因为我们身后就有一位快马加鞭的车夫。他一定要跟住我们，在我们到达的时候出示我们的卡片。

似乎丁太太离开大学操场的那晚，月光明亮，洋式的道路铺着碎石，很平整。但是这位鲁莽的车夫拐弯太快，狠狠地撞到了水沟边的大石头上，车翻了，丁太太被扔了出来，在这样旧式的马车里结束了飙车和西式娱乐的一夜。

不过，故事没有就这么结束。关于我们的晚餐有一个不错的结局。第二天，一个穿制服的仆人给我送来了丁太太的礼物：墨绿的花瓶和红漆的托盘，都很贵重。我不愿接受，又不敢全部拒绝。于是我留下了红漆托盘，不怎么贵的一个。仆人一口拒绝："你一定要两个都留下。"

他催促许多次。我没有办法,只好接受。丁大人后来告诉我制作墨绿色花瓶这种工艺在中国已经失传了。

之后我们彼此拜访,都非常满意。有一次,丁太太问了一个问题,吓了我一跳。

她直接问我:"你觉得中国人和英国人通婚怎么样?"也许她听说在太原有这样的事情发生。我犹豫了一会儿,然后严肃地看着她,简洁地说:

"时机还不成熟。"

她大力点头,直白地说这也是她的观点。

……

如果我在中国官太太中就认识丁太太一个,那未免让人失望。我不知道别人会不会觉得丁太太漂亮,因为百花入百眼。一次,我和一群中国年轻人谈到一位女士,下面一片沉默。这位女士他们都认识,很讨西方人喜欢。其中一人怯怯地说:"这位女士,按中国的观点看,算不上好看。你们喜欢她就因为她不太有中国味。"

也许丁太太也是如此。慢慢我知道她不是丁大人的原配夫人,原配夫人独自留在丁大人遥远的老家里,这位是二房太太。也许因为她生下一个好儿子,所以丁大人带她来山西,让她做山西省的第一夫人。

路熙见到的这位年轻夫人,姓吴。据《山西巡抚丁恪敏公墓志铭》记载,"夫人杨氏,侧室管氏、吴氏。子晋生、晋来、晋成,皆吴氏出"。[1]留在域外的这段英文描写,可能是吴氏留在人间唯一形诸文字的记录。

**巡抚之死**

丁宝铨是1911年6月18日被免去山西巡抚一职的。他离开抚署——庚子

---

[1] 郑孝胥:《山西巡抚丁恪敏公墓志铭》,载《辛亥人物碑传集》(北京:团结出版社,1991),第654页。

年曾洒满外国人鲜血的地方——没多久,武昌城头就响起了枪声。

太原的光复是在1911年10月29日凌晨,以阎锡山为代表的新军一标、二标一千余名官兵在狄村军营誓师"北应"。拂晓时分,起义军赶到太原承恩门,已被同盟会争取的巡缉队同志打开城门,起义军趁着微露的曙光涌入太原。起义部队快速赶到巡抚衙门,用石条砸开大门,击毙守卫后,直接面对接替丁宝铨的新任巡抚陆锺琦。

陆锺琦,字申甫,顺天宛平人。光绪十五年进士,做过溥仪父亲载沣的老师。有孝子之称。他由江苏布政使上调山西巡抚,履新还不满百天。

发难时陆巡抚衣冠整齐,立于三堂楼前,陆公子随侍其旁。陆公子说:"你们不要开枪,我们可以商量。"陆巡抚说:"不要,你们照我打罢!"当时因陆巡抚之随侍有开枪者,遂引起革命军之枪火,陆巡抚及其公子均死于乱枪之中。[1]

陆公子名光熙,字亮臣,亦是进士出身,东渡日本学陆军,卒业归,授编修,擢侍讲。为人亦极孝,曾有割股疗亲之举。一说其在东京留学期间加入同盟会,与孙中山、汪精卫等有交,负使命回国,劝其父反正。不料,事尚未成而晋军变,他倒在了革命同志的枪下。

起义士兵后冲入内室,将陆锺琦的妻子唐氏和仆役杀害。陆锺琦十三岁的长孙陆鼎元也被刺伤。陆氏几遭灭门。

时任英国驻华公使朱迩典在给英国外交大臣格雷(E.Grey)爵士的信中,也提到陆锺琦之死。

> 上月29日,太原府城陷落,当时革命党人前往巡抚陆锺琦的官邸,陆锺琦回答那些质问他的人们说,他拒绝停止对清朝的效忠;他还告诉那些攻击他的人们,他宁死不降。因此,他被枪毙。有一位从太原府给我提供情报的人,后来察看了巡抚的尸体,发现他的胸部有两处弹伤。他的妻子和儿子遭遇同样的命运,后来他的官邸被焚毁,于是

---

[1] 郭汾阳:《清末山西巡抚陆锺琦父子死之谜》,载《浙江档案》(2001年第11期),第37页。

城内大部分地方遭到抢劫和焚烧,人们被任意屠杀。然而,革命党人注意不使外国人受到伤害,并且在他们被迫不能外出期间,向他们供应食物。[1]

光复那天,丁宝铨可能已离开太原,如果他还是巡抚,谁是枪下鬼就不得而知了。

杀了巡抚,太原起义宣告成功。当天上午,阎锡山在一片混乱之中被推举为都督,从此开始了他长达三十八年"山西王"的时代。这一天是农历九月初八,"是日适为先生廿九岁生日"[2]。

次年9月18日下午,孙中山应阎锡山的邀请,乘专列抵达太原。第二天,山西各界人士在山西大学堂举行盛大的欢迎大会。孙中山发表演说,热情肯定了山西响应南方起义,钳制清军南下的功绩。可惜的是,苏慧廉当时已离开太原,要不他可一睹革命领袖的风采。

逃过一劫的丁宝铨,辛亥后以遗老身份隐居上海。但身处乱世,哪里又是安居之地?路熙记到:"关于他的最后一条消息让我们惊讶:光天化日,上海街头,他中弹倒地,凶手隐没在人群里逃走。"

---

[1]《英国蓝皮书有关辛亥革命资料选译》(北京:中华书局,1984),上册,第162页。原文误记太原光复日为10月23日,径改。
[2] 郭荣生:《阎锡山先生年谱》(台北,1984),第14页。

## 第八节　苏家、翁家与渠家

苏慧廉的回忆录对山西的生活几无记录。路熙在《乐往中国》中，倒有一章专述太原，这章分两节，前一节写丁宝铨，后一节写太原府的两个名门望族：汉族的 Kung 家与满族的 Lo 家。"我们刚来，他们就诚恳而友善地接待我们。我们从认识到相知，长期的分别和欢乐的重逢证实了友谊的真实。不论在中国，还是在英国，无论是孩子们，还是长者之间，友谊不断地发展。"[1]

Kung 家、Lo 家，到底指谁？第一次读路熙的书，这个好奇便产生。可惜她只是用很少的笔墨写他们，"我不需要多讲 Kung 家事情，达玲的第一本书讲过他们"，于是我又去找谢福芸的著述。

1924年在伦敦出版的《名门》(Two Gentlemen of China)是谢福芸第一本关于中国的书。该书写的就是 Kung 与 Lo 两大家族的故事。Kung 家在书中占有不少的篇幅，如第十一章《家族的圈子》(The Family Circle)，几乎是专门写 Kung 家身世。辛亥前后，谢福芸在天津时就住在 Kung 家。她的中文名字也就是这位有着"中国不常见的鹰钩鼻，整张脸因为短短的银色胡须而显得更加生动"的 Kung 大人给取的。

据谢福芸记载，当时五十多岁的 Kung 大人，官服上绣着一只鹤。他的父亲是个翰林，还做过皇帝的老师。Kung 大人自己在十八岁时也成为翰林，不过他一直陪伴父亲，直至其父过世。后经慈禧恩准，他成了山西省的 Provincial Judge。也就是那时，Kung 家与苏慧廉一家相识。[2]

大人姓"Kung"，译成汉语，是"孔"，还是"康"？我遍查清朝职官年表，在苏慧廉居晋时的山西，都未有这两姓的高官存在。

---

[1] 苏路熙：《乐往中国》，第384页。
[2] Hosie, *Two Gentlemen of China*, 111–123.

其实在《名门》一书的前言，谢福芸已明确表明，书中人物都是化名，"这是 Li Cheng 的意见，并且这些名字还是他亲自所拟。"书中的 Li Cheng 是 Kung 大人的公子，因为与谢福芸年龄相仿，两人成了很好的朋友。

读过谢福芸几乎所有关于中国的小说，从她个人的经历及所述之事的来龙去脉，我确信她笔下的人物及故事都有真实的背景，只是多以化名出现。就像你受邀参加一场化装舞会，原本认识的人今天有意戴起了面具。于是，探寻他们真实面目的意愿，在我变得更为强烈了。

### 常熟翁氏

Li Cheng 这个名字，在路熙的回忆录中也闪现过一次——"宰相翁同龢被罢免，他是我们的朋友 Li Cheng 的叔叔。达玲还写了本关于他的书。"[1] 这句话宛如人潮中的惊鸿一瞥，让我将 Kung 与"翁"联在了一起。

翁同龢是晚清重臣，常熟翁氏更以"状元门第、帝师世家"而著称。翁氏家族正式发迹于翁心存。翁心存历官工部尚书、户部尚书、体仁阁大学士。同治年间入值弘德殿，授读同治皇帝。翁心存有三子，即翁同书、翁同爵与翁同龢。

翁同龢自咸丰六年（1856）状元及第一举成名起，直至1898年回籍，四十二年都在京师任要职，历任户部侍郎、都察院左都御史、刑部工部户部尚书、总理衙门大臣，是同治、光绪两朝帝师，并两次入值军机大臣。翁家在翁同龢的时代，走上最顶峰。

戊戌事变后，翁同龢被撵出京城，罢官归里。翁家仕途由盛转衰。翁同龢子侄辈中，虽有翁曾源中状元，但终因翁曾源多病，英年早逝，没能为翁家带来新一轮的复兴。

后来提振翁家仕途的，被称为"翁家在清朝政坛上的绝响"的是这位早逝状元的儿子翁斌孙。翁斌孙（1860—1922年），字弢夫，号笏斋，光绪

---

[1] Lucy Soothill, *A Passport to China*, 307. 路熙误记为叔叔（uncle），可能是外国人搞不清中国的辈分。

《中国淑女》里一张五个孩子的合影

三年(1877)年仅十七岁便高中进士,供职翰林院庶常馆,选为庶吉士。1880年散馆,授为检讨。后历任功臣馆、国史馆、方略馆、会典馆的协修、纂修、总纂。苏慧廉在晋前后几年,他在太原与天津为官,1906年任山西大同府知府,1910年授山西劝业道,1911年补授直隶提法使。

书中的Kung大人,也许就是翁同龢的侄孙——翁斌孙。

翁斌孙有三子五女,幼子翁之憙(1896—1972年),字克斋,毕业于天津英国教会开办的新学书院,通中西文,尤精绘事。谢福芸在书中,说她这个好友擅丹青,英文很好,曾作为中国一代表团的翻译来过英国。莫非Li Cheng就是翁之憙?

在谢福芸的另一本关于中国的著述《中国淑女》[1]中,有一张五个孩子

---

[1] Hosie, *Portrait of a Chinese Lady and Certain of Her Contemporaries*. 五少年合影在第196页。

合影的插图，下面一行小字说明此照经 Li Cheng 授权。我结合书中内容，可知照片中的孩子是 Li Cheng 的子女。我想，如果能证实这五个孩子是翁家后人，那便可确认 Kung 家就是常熟翁家。

**寻找翁氏后人**

我决定寻找翁氏后人。

翁开庆，翁之憙长子，1915年出生，2009年已是九十四岁高龄。曾是工程师，现居天津。

翁兴庆，又名翁万戈，翁之憙三子，后过继给翁之廉，承继翁同龢一支。现居美国，曾任美国华美协进社社长，同时在古籍、书画收藏界享有大名。

翁永庆，翁之憙五子，曾任朱德的保健医生，现居北京。

但我又如何能与这些岁至耄耋的名门之后取得联系？我托人四处打听，直至2009年1月25日收到老友丁小明博士的邮件：

沈兄如晤：

......

兄所询翁万戈先生联系方式一事，弟回家前已托过常熟的曹培根先生代询，曹通过翁同龢纪念馆的王馆长问到与美国翁氏的联系方式，他们没有直接与翁万戈联系过，正常都是与翁万戈的儿子翁以钧联系。曹告诉我，翁以钧的电邮是 weng_yijun@163.com（翁与以之间有一小横线，但不知是下划线还是中划线，兄可两个都试发一下），兄可直接与这个电邮先联系一下，如不顺利，再通过其他渠道帮兄联系。

看看电脑时间，已是牛年，祝兄新年写作顺利，事业更进。

弟：小明

1月25日正是鼠年除夕，我在温哥华。新年初一晚上，我便给翁以钧先生发去了邮件，并附上《中国淑女》书中五个孩子的合影。丁小明叫我两个邮箱都试试，于是便将发给"中划线"的邮件抄送给"下划线"。电脑屏幕上小横杠一上一下,像我当时不确定的心情。

1月29日,正月初四。一早打开邮箱,惊见翁以钧的回复:"接到您1月26日E-mail,十分惊喜!我已将来函转致各知情人。您的判断与推测基本正确,唯照片不是翁家的家人。"他同时还告诉我,他不是翁万戈的儿子,而是他的侄子。现居天津。

如果照片中人不是翁家人,那么我的推测将立于何处?

正在困惑时,当天上午收到一封来自美国、署名"Ssu Weng"的邮件。她告诉我,已从天津堂兄翁以钧处转获我的邮件及照片。她是翁万戈的女儿翁以思,下月四日将去东部看望父亲,请他再辨认照片中人。她说听父亲说起过,家中长辈在晚清时与外国传教士有过交往,她父亲还在一篇文章中提起过此事。

2月5日,收到翁以思女士发来的邮件:

> 经家父辨认,照片中人就是他及他的兄弟。第二排右边是老大翁开庆(即翁以钧的父亲),左边是老二翁传庆,第一排右边是老四翁崇庆(早夭),左边是老五翁永庆。站在最高位的便是他自己。

翁以思说,他父亲看到这张老照片很高兴。她说父亲知道谢福芸,也有《中国淑女》一书,但纳闷的是为什么他的书中没有这张照片?[1]

一周后,我与翁万戈先生直接通了电话。翁万戈生于1918年,已年逾九旬。但听他洪亮的声音和清晰的回忆,让人觉得话筒那一头仅是个六十余岁的人。

万戈先生告诉我,这张合影应摄于1926年之前,"因为我六妹是1926年出生的,这张照片里还没有她。照片是照相馆里拍的,我记得四岁时就去照相馆里拍照"。他还说,现居台北的六妹见过谢福芸。"我问过六妹,不过,

---

[1] 经后来查考,《中国淑女》除纽约版外,还有伦敦版(1929)。纽约版比伦敦版多了两章,并有插图。翁万戈先生所藏为伦敦版,因此他的书中没有五少年合影。本书引文采用纽约版。

那时她也小，只知道见过，没有其他的印象。"

**翁万戈的回忆**

其实在2009年5月，翁万戈为即将在北京举行的"传承与守望——翁同龢家藏书画珍品展"所写的一篇文章里，曾说到传教士对其祖父及其家族的影响。在这篇题为《翁氏六代珍藏及其文化意义》的长文里，他认为，家族收藏能经六代至今的原因，"最主要的是'家教'。从个人经验说起：先祖斌孙公，既守旧，但也维新。他坚持我们兄弟三人入私塾（当时四弟在怀抱中，其余两弟一妹未生），一如准备科举考试。我四岁开始背诵《诗经》，接着是四书、部分的《书经》《礼记》《左传》《史记》《汉书》、唐、宋诗文等；同时用方格练字、作文。我十二岁时，之憙公才送我们入中学，受现代教育。但祖父很开通：他在山西时，与当地的英国教士交友，收教士的女儿为义女，她同我三姑母及之憙公很熟。因此之憙公在求得结实的国学根底后，入了英国教会办的天津新学书院，结果也精通英文及理解西方文化。我们兄弟三人的启蒙英文，是由他亲授的。他的书法及山水画，有相当的程度；见我们爱好美术，就不断地指点及鼓励，允许用他的现代精印书画册作模仿，及在他上班时占有他的书法画室。我们的母亲胡樨龄也会画，她是晚清执行新政、练兵、督修铁路、主张变法自强的大臣胡燏棻[1]的女儿。她主持家政时，既慈且严。天津发大水时，指挥家人及亲自抢救古籍文物。至于文恭公这支的守护工作，要仗着常熟的母亲强夫人：从维修彩衣堂、祖墓、丙舍到保管的天津租房里的藏品，都认做一生最重要的职责，移交到我这个后嗣手中为止"。[2]

这里提到的英国教士就是苏慧廉。被翁斌孙收为义女的教士女儿就是谢福芸，翁家人至今仍称她"苏小姐"。

---

[1] 胡燏棻（1840—1906年），字芸楣，安徽泗州人。同治十三年（1874）进士。1891年出任广西按察使，1894年调北京，11月朝廷命主练兵，屯小站，成十营，号定武军。又上书变法，当年朝廷定议造津芦铁路，命充督办，1897年任关内外铁路督办。1899年任总理各国事务衙门大臣，以谈洋务著称。后历任刑部、礼部、邮传部侍郎。
[2]《传承与守望——翁同龢家藏书画珍品》（北京：文物出版社，2009），翁万戈序。

经过翁万戈、翁开庆、翁永庆及翁以钧等人的回忆，苏家与翁家的交往情况逐渐清晰起来。

1906年翁斌孙就任山西大同府知府。翌年，苏慧廉带着全家也来到山西。可能是工作的关系，两人相识，并从此成为知交。翁斌孙比苏慧廉仅长一岁。

苏慧廉在晋的时间虽不长，但他给翁家很大的影响。2009年夏，我与翁万戈先生在上海聊天时，他甚至说这种影响是"决定性的影响"。翁万戈说，翁斌孙十七岁便中进士，是个传统的士大夫，后来进民国，也算逊清的遗老，但他在那时能送儿子去教会学校，这明显就是受苏教士的影响。据说民国时，瑞典人在天津创办瑞华大学堂，还曾力邀翁斌孙出任汉文总教习，并担任一两门课。翁斌孙"漫应之，未敢遽诺也"。[1]

翁斌孙夹在新时代与旧时代之间，也夹在新学与旧学之间。虽为夹缝中人，但他是开明的。据谢福芸记载，辛亥后，与翁斌孙私交甚好的袁世凯欲任命他为山西都督。作为前清旧宦，是否出任民国职务，他与谢福芸有过开诚布公的讨论。[2]

翁万戈四岁时，祖父就过世了，因此他的记忆里仅有翁斌孙很少的但甚威严的印象。翁斌孙1922年去世，当时谢福芸已返回英国。她惊闻噩耗，还给翁斌孙的子女各送了一本《圣经》。[3]

翁斌孙的孩子与谢福芸都很熟。书中那个叫 Li Cheng 的年轻人，就是翁之憙，翁万戈的生父。名为 Li Hsien 的老三，真名叫翁之廉，是翁万戈的嗣父。

据翁之憙日记，他第一次看见苏慧廉是1911年的3月11日："苏慧廉至，父命余出见，稍谈数语即出。"一个多月后的4月24日，下午三点钟，谢福

---

[1]《翁斌孙日记》（南京：凤凰出版社，2015）戊午年二月廿六日（1918年4月7日）条："夜饭后八点二刻，诣长浜路访新君，谈学堂事，殊无条理，拟约余为汉文总教习，并担任一二门功课，予漫应之，未敢遽诺也。"此中提到的新君，指新常富。新氏曾任山西大学堂化学教员，为苏慧廉同事，著有《晋矿》。

[2] Hosie, *Two Gentlemen of China*, 240.

[3] Hosie, *Portrait of a Chinese Lady and Certain of Her Contemporaries*, 261-262.

芸及卫乃雅太太并携其二岁幼孩来访。仅稍谈片刻，苏慧廉"带照相器来，云欲为吾家诸人摄影，于是至庭，在树下各式，共照五片"。[1]

翁家与苏家后来成为世交。1925年翁之憙曾赴欧洲考察，英国是其中的一站。在伦敦，谢福芸陪他走了很多地方。他也两次赴牛津，拜访苏慧廉夫妇。1926年，苏慧廉夫妇携谢福芸回访中国。他们经过天津时还前往翁府做客。

**花儿**

谢福芸的笔下还出现一个叫Wan Lan的女人，说她的小名叫"花儿（Flower）"，是Kung大人的爱女，当时二十岁，与谢福芸年龄相仿。谢福芸住在翁府时，两人同宿一床，交情甚笃，并结为金兰之好。

第一次与翁万戈先生通电话时，我便向他了解"花儿"的真名。万戈先生告诉我，她叫翁之菊，是他的三姑妈。"菊花，菊花，所以叫花儿吧。"

我说，谢福芸的小说里，说她后来嫁给一个富贵人家，府邸很大。

万戈先生问我："你知道山西渠家吗？翁之菊就嫁给了渠家。我三姑父叫渠晋鉎，渠本翘是他父亲。鉎是铁锈的意思。他号铁衣，表谦虚。三姑父与我们往来密切。家里很有钱，网球场什么的都有，不过后来也败落了。"

渠氏家族是明清以来闻名全国的晋中巨商，祖籍山西祁县。今日祁县还有渠家大院，是旅游的热门景点。据说渠家鼎盛时，光祁县城内就有十几座大院，千余间房屋，占地三万多平方米，人称"渠半城"。

我向翁万戈了解更多关于花儿的故事时，他告诉我，三姑妈有个儿子，也就是他表弟，在大陆，是个作家，写过关于渠家的书。可能那里会提到他母亲。

我当即在电话里就问："这个作家，是不是叫渠川？"

我知道渠川，他在二十世纪九十年代初期便撰写了一部以山西票号为

---

[1]《翁之憙日记》，未刊，翁以钧提供。日记提到的卫乃雅是山西大学堂教习，英国人。

题材的长篇小说《金魔》[1]，这部小说，就是后来风靡全国，并获"飞天奖"一等奖的电视剧《昌晋源票号》的脚本。媒体称，是渠川开辟了晋商题材创作之先河。

"他给我寄过书，很多年前了，名字一时记不起来了。"翁万戈先生在电话的那一头，不敢肯定。但我心里几乎已笃定，这个写渠家故事的人就是渠川。

放下万戈先生的电话，我即给远在家乡温州的父亲发邮件，我知道家父与渠川是好友。

网络时代，温哥华与温州只有时差，没有距离。不一会儿，即收父亲回复："我跟渠先生通了电话，一切属实。翁万戈是他的表哥。待你回来去采访他吧。"

### 听渠川说往事

2009年3月，从遥远的温哥华回到老家温州。初春的家乡，多雨，潮湿。

3月7日下午，和父亲一道去拜访渠川先生。我有十来年未见他了。二十世纪九十年代，我还在《温州日报》做副刊编辑时，渠川先生是温州市作家协会主席。因工作的关系，我们常有联系。

按响门铃，门尚未打开，便听见他熟悉并响亮的声音。他是北方人，热情与爽朗夺门而出。

"烫烫暖，烫烫暖。"师母端茶过来时渠川先生故意用温州话对我们说。他在温州已近三十年，但温州话仍处于不会说的水平。渠川的夫人是温州人，因了这缘故，他于1980年来到温州，并先后担任温州市文化局创作室主任、市作家协会主席等职。温州成了他的第二故乡。"按古人的说法，我这叫流寓温州。"

"我出生的那年是美国大萧条的时候，今年又碰到世界经济危机，大概准备给我送终了。"寒暄时，老人自己调侃自己。

---

[1] 渠川：《金魔》（福州：海峡文艺出版社，1990）。

山西渠家合影。最右边的小男孩为渠川（渠川提供）

1929年生于天津的渠川今年已八十高龄。他原名渠川瓒，参军后改名为渠川。1949年年初，北平和平解放前的围城阶段，这位燕京大学1947届新闻系的学生协同一位同学以"C1、C2"为代号，穿越封锁线，成了解放军第四十军新华支社的记者。五十年代起，他在总政《志愿军一日》《星火燎原》编辑部任编辑，后来成为沈阳军区文化部专业作家。1944年起发表作品，《永久的感念》五十年代便被译成外文，介绍到国外；《两个红军小鬼的故事》《伊田助男》《生命不息冲锋不止》先后入选教材。当然他最具代表性的作品还是长篇小说《金魔》，曾获华东优秀文艺图书评比一等奖，后来又被改编为电视连续剧，影响甚广。

"你父亲那天给我打电话时，我还是一头雾水，后来翁以钧也来电话，才了解了一些。"于是我把此事前后经过向他复述了一遍。

"辗转了大半个地球，最后还是落在温州。"我说。

"太妙了,做梦都想不到。"他亦感叹。

渠川先生说他以前只知道李提摩太,不知道苏慧廉。当我告诉他苏慧廉在山西大学堂任职时他祖父渠本翘正是监督,他更叹:"缘分、缘分!"他说,他正准备写关于渠家的第三本书,"第二本没写到山西大学堂,但写到李提摩太了,下一本可能要把苏慧廉也写进去。"

听八十岁的老人谈他的父母与祖父母。他说,翁家与渠家结亲,源头在渠本翘是翁同龢的门生。1892年会试渠本翘中进士,为三甲第七名,时年三十岁。当时翁同龢正是主考。"山西晋商都不主张读书,唯有我祖父是进士,所以他是叛逆,走的路也就与别人不一样了。"

渠本翘1904年被派往山西大学堂担任监督。他任此职的时间不长,仅年余,1906年辞职。后来清政府成立典礼院,被授为典礼院直学士。从此,渠本翘被称为"渠学士",走上了一生宦海的顶峰。

渠川的父亲渠晋鉽,是渠本翘的长子。他与翁之憙都是天津新学书院毕业的。"新学书院是个教会学校。那时家里有钱的,思想比较新派的多去读教会学校。我中学、大学也都读的是教会学校。我中学参加足球队,教练就是意大利人。当然,以前不知道,我们去读教会学校,最早与苏慧廉有关。""我爸爸没干过什么事,祖父、父亲都死了,他是长子要管家,是个收藏家。"

我当然要请他谈谈母亲,即谢福芸笔下的"花儿"。"谢福芸说你母亲很能干,是长房长媳,要管很多事。"1926年谢福芸随父亲再次来到天津时,曾专程去渠府探望过这位结拜姐妹。当时翁之菊已三十八岁。[1]

"我看我母亲不大行。"在渠川的眼里,母亲并不能干。

"不过,娘——我们都叫娘——能烧一手好菜,家里有佣人,不用她烧,但我们有时叫她烧红烧鱼,她烧得特别好。毕竟是南方人。""我母亲还会点英语。不过我们觉得她发音不好听,可能是英国音,跟苏小姐学的。""她会写字,给我们的信,都是她写,写毛笔字。也爱看书,看的是张恨水、

---

[1] Hosie, *Portrait of a Chinese Lady and Certain of Her Contemporaries*, 299–300.

谢福芸书中的渠家九兄妹合影。左边第三个小男孩为渠川

谢福芸与翁之菊合影。前面的小女孩为翁蟾庆（翁万戈提供）

刘云若的小说。我们那时候看鲁迅、茅盾,她看的档次不高。"

渠川先生说,在我提起这事以前,他已知道有个苏小姐。"母亲有次带了本书来,说是苏小姐写的,还说里面有我们九个孩子的照片。"

他说的这本书,书名叫《崭新中国》( *Brave New China* ),是谢福芸第三本关于中国的书,写于她1936年又一次访华之后。在该书第九章《四弟食薯》( *Fourth Brother Eats a Potato* ),又写到她与翁家后代相会在天津。翁之憙的妻子胡樨龄当时去车站接她,在天津的几天,她就住在翁府。

在《崭新中国》中,谢福芸自然也写到"花儿",并在第三章内附了一张翁之菊九个孩子的合影。照片中左边第三人就是渠川,谢福芸在书中亲昵地称他"小熊(Little Bear)"。渠川说自己参军后就没有再见过这张所有兄弟姐妹并排坐在地上的照片。

"我对苏小姐的印象是,很高大,印象可能来自照片。说不定小时候也见过一面,她好像穿着裙子、烫发。"

后来,在翁万戈翻箱倒柜找出的翁之菊与谢福芸的合影里,谢福芸倒真是穿裙子、烫发的打扮。这张照片,三十年代拍摄于天津翁家花园。被谢福芸揽在胸前,笑颜如花的小女孩叫翁蟾庆,是翁万戈的六妹、渠川的表姐、翁以钧的姑姑。现居台湾,八十五岁。

**问答**

不论是采访翁万戈,还是渠川,我都会问同样的问题:你们家信基督教吗?作为传教士的苏慧廉,在宗教信仰方面对你们家影响如何?

渠川先生摇头。翁万戈先生说,我们翁家没有一个信教的,渠家也没有。

## 第九节　学生与运动

中国第一历史档案馆保存着一份光绪三十三年（1907）十一月的外务部档案——《外务部庶务司拟致各督抚将军函咨文稿》，其中提到苏慧廉：

> 光绪三十三年十月二十四日，准山西护抚文称，本月十一日据邮政局由英京寄到《新世纪报》，查阅该报，革命排满，倡言无忌，荒谬狂悖，专事煽惑。所虑年轻子弟，见异思迁，引入迷途，贻患何堪设想，正在设法筹办。又准大学堂总教习洋员苏慧廉亦函请查禁前来，业经本护院通饬各该地方官联络社会，多方晓谕，务使父诏兄勉，人人皆知该报为悖逆之媒，无论何人何处，概不准购阅代售。如有寄送到境，即呈由各该地方官收取焚毁，并行提学司，责令各该监督监学加意察查。遇有此等报章，一体收取送官销毁，以免流传在案。该报注明发行于法京巴黎，邮局转寄又毫无限制，似此纷纷投寄，他省谅亦不免，应如何设法严禁，请察照办理等因。本部查该报倡言悖逆，发行于巴黎，转寄于邮局，散布各行省，于风俗人心大有关系，实足为地方治安之害，亟应设法严禁。山西境内既有此种逆报，经该护抚通饬各该地方官，多方晓谕，收取销毁，并行提学司各在案。似此纷纷投寄，难保无购阅代售等弊，相应咨行贵将军督抚查照，迅即转饬各该地方官并行提学司，设法晓谕，严密查禁。一有此种逆报，即收取销毁，以靖人心而保公安，是为切要。[1]

"大学堂总教习洋员苏慧廉"所举报的《新世纪报》，便是后来成为国民党元老的吴稚晖在1905年创办的革命报刊。1903年《苏报》案后，吴稚

---

[1] 付美英、方裕谨：《辛亥革命前清政府对革命书刊的封禁》，载《历史档案》（1982年第2期）。

晖流亡海外。他后来认识了孙中山,加入同盟会,随后便在英国创办了这份《新世纪报》。

集会、办报、革命、民主、学运,这些名词总是连在一起。在晚清,特别是进入二十世纪后,这些名词还成了新思维、新文明的代名词。

**学运发轫**

其实早在苏慧廉抵晋前,山西的学生运动已经开展起来了。在中国近代革命史中,屡被提及的山西争矿运动发生在1905年。按传统史书的叙述方式,争矿运动的背景是:十九世纪末,帝国主义在中国划分势力范围后,掠夺铁路建筑权和矿山开采权成为其对华侵略的主要内容。腐败的清政府根本无力保持国家的主权,中国的路权和矿权大量落入列强手中。

1898年5月21日,山西商务局经光绪批准,与英意联合的福公司签订了《山西开矿制铁以及转运各色矿产章程》,规定将盂县、平定州、潞安、泽州与平阳府所属煤、铁及他处煤、油各矿的开采权转归福公司办理,限期六十年。福公司的买办便是《老残游记》的作者刘鹗。刘鹗"谤满天下",可能与这身份有关。在当时的中国,买办几乎与卖国、汉奸画等号。现在,这名称改叫"外方代表",是各级政府招商引资力邀的对象。

因山西对外运输困难,再加上后来的义和团事件,福公司取得开矿权后一直未着手开采。1905年2月,山西绅商组成山西同济矿务公司准备开采煤矿。这时,福公司也派人到平定州、盂县勘察。当他们发现当地正在自行开挖煤井,便向清政府要求,希望遵守已订立的章程,禁止中国人在以上各地办矿。这本是一件经济纠纷,不料却激起山西爱国人士的愤怒。当地士绅解荣辂、梁善济、知县崔廷献、举人刘懋赏等三百四十三人联名上书山西巡抚张人俊,指责原订合同使中国人丧失利权,要求废止。

这类争端以前不是没有发生过,但这次有所不同。

1905年10月13日,《第一晋话报》刊出一篇署名"竹崖"的文章——"九月初七日(10月5日)从天外飞来一个惊天震地破天劈脑的响声,令人一听,魂不附体,胆破色灰。就是英意两国的福公司要一口吞进我们山西人性命的矿。""福公司是和商务局立的合同,不是和山西全体的人民立的合同。山西人不承认商务局的卖矿,更不能承认福公司的立约。这合同是不值一废的,只苦我们山西人不废,山西人一起来废,便如反手一般。"[1]

百年前的报刊就像今天的互联网,在传布新观念的同时也成为语言暴力的发泄场,并令大众轻易陷入极端化的情绪中。最先被"感动"的总是热血学生。

11月28日,山西大学堂学生得知当局正在海子边(山西商务局所在地)宴请福公司代表,于是立即召集近千名同学结队前往游行示威。门警拒不让入,愤怒的学生即打倒门卫,冲进宴会间。这时距义和团事件不远,洋人突见近千人蜂拥而入,一时乱作一团。几个胆小的还钻入桌下。看到洋人如此狼狈,学生觉得扬眉吐气。"后来人们戏言:这是福公司滚出山西的先兆。"[2] 随后声势浩大的游行队伍转往巡抚衙门请愿,要求当局废止合同,收回矿权。

山西大学堂的这次行动,可能是中国教育史上的第一次宏大的学生运动。时距五四运动还有十四年。它开启了学生爱国运动的先河,也打开了潘多拉的魔盒。

山西的学生能动起来,与山西大学堂有学生留学日本很有关系。该校学生在日本之时,正是孙中山在东京组织同盟会的时期,于是许多人加入该会,并从此树立起革命救国的信念。这批人后来成为山西革命的骨干力量,其中著名者有景耀月、王用宾等。这些同学后来回国,带回《民报》《猛回头》《革命军》《大义录》等书报,在中西两斋间传阅。1907年清廷下令各省停派官费留日生,应与看到这种革命的苗头有关。[3]

在《第一晋话报》刊出那篇叫人"惊天震地破天劈脑"的文章的同一天,就读于东京法政大学的山西大学堂留日学生李培仁做出了一个惊天动地的举动——蹈海自杀,以示对清廷软弱卖矿和帝国主义蛮横掠夺的抗议。

---

[1]《山西大学百年纪事》,第26页。
[2] 冀贡泉:《山西大学堂和争矿运动》,载《山西文史资料》第二辑,第39页。
[3] 1906年,清政府鉴于留日学生人数巨大而失之过滥,教育水准低下的情形,曾颁布《管理游学日本学生章程》。1907年,更下令各省停派官费留日生。

李培仁蹈海比陈天华还早了两个月。

李培仁舍生赴死,一瞬间便将争矿运动推向高潮。后来李培仁的灵柩回国,爱国人士在太原举行追悼会,到会者数千人,群情愤慨,政府与英商一时不知所措。[1]

学生运动最热烈时,福公司英人电请李提摩太亲赴太原,协助西斋说服和管束学生,以期尽快结束纷争。当时西斋学生代表崔廷献等人正凭借所学知识与英人力争,学生还准备赴北京襄助交涉赎矿之事。

李提摩太是见过大世面的人,在其一生也处理过很多大事难事,但这次面对自己培养出来的学生,"虽用尽种种办法进行说服,卒无丝毫效果,乃抱头痛哭离开山西,返回上海。敦崇礼也气愤身死。英商福公司不得不废除采矿合同,而埋怨李提摩太作茧自缚。对山西人之倔强,从此加以注意和警惕。李提摩太经这一场教训,对西斋学生悲观失望,逐渐由热变冷,而西斋学生也感到'非我族类,其心必异'是千古名言"[2]。

李提摩太劝说无效,只能铩羽而归。那一刻,他一定感到一种巨大的陌生感和无力感,他也许会反问自己,我是作茧自缚吗?

李提摩太走了。敦崇礼也于1906年去世,他的死是否与这场学运有直接关系,不得而知。[3]但山西大学堂学生为争矿闹得最凶时,他作为西斋总教习,面对混乱的校园与怒目相向的师生关系,必然心力交瘁。

位于侯家巷的山西大学堂校园自此不再平静,师生关系也从此逆转。发萌于侯家巷的这种校园政治生态,后来蔓延到全国,并流布至今。从事阎锡山研究的美国学者佩佛尔·纳撒尼尔在写到山西大学堂的这段学运时,曾犀利地指出:"当爱国主义成为一种职业时,知识分子的成长就受到了阻碍。"[4]

但在当时,大学堂学生的参与极大地鼓舞了全省人民争回矿权的意志和决心,而"官吏知民力率不可当,士大夫多起抗争",于是绅学各界代表

---

[1] 可参李浩、郭海:《晋矿魂:李培仁与山西争矿运动》(太原:山西人民出版社,2001)。
[2] 王家驹:《山西大学堂初创十年间》,载《山西文史资料》第五辑,第85页。
[3] 《晋矿魂》一书也持气死说,并误认为敦崇礼是李提摩太的女婿。
[4] 王李金:《中国近代大学创立和发展的路径》,第310页。

联名禀请山西巡抚，要求批准创设"保晋矿务公司"，让自己人开采全省各种矿产。1907年春，"保晋公司"成立，第一任总经理便是渠川的祖父渠本翘。1907年8月，清政府电令山西按察使丁宝铨负责与福公司交涉赎矿事宜，最终以赔偿白银二百七十五万两为条件，在1908年与福公司签订了《赎回开矿制铁转运合同十三条》。声势浩大的争矿运动，终于迫使福公司放弃山西的开采权，在索取赔偿后退出了山西。至此，历时三年轰轰烈烈的争矿运动宣告结束。[1]

争矿运动宣告结束时，苏慧廉已来到太原，他目睹了这场声势浩大的群众运动的尾声。"我们到达太原府的时候，山西巡抚是恩大人，一位满族贵族。……但近来大出风头的是丁大人。英国公司曾拥有一定年限的煤矿开采权，而丁大人争取向英国赎回山西煤矿。他从北京回来的时候，被当成了英雄。"[2]苏慧廉也就是在欢迎的队伍中初识丁宝铨。

路熙说：

> 问题是现在值得祝贺吗？丁大人和人们为经营煤矿付出了代价，这个代价让山西省财政不堪负荷。西方人经营煤矿的时候，有组织，有技术，还有现代机器，所以收益能上升。但现在煤矿不赚钱，煤矿在效率低下的当地公司手中，而煤深深埋在地下。煤矿运作得好，其实可以为上千的中国贫民提供工作机会。[3]

确实，保晋公司开办没几年，便因资金短缺、经营不善陷入难以为继的局面。

## 塞西尔宴客

山西大学堂派往日本的官费留学生都来自中斋。西斋由英国人承办，

---

[1] 张承铭、阎冰：《张士林与山西争矿运动》，载《文史月刊》（2005年第10期）。
[2] 苏路熙：《乐往中国》，第371页。
[3] 同上。

赴英留学遂成为必选的途径。据记载,从光绪三十三年(1907)开始,西斋开始保送成绩优良者官费留英,去学习铁路和矿山工程。第一批就有二十四名学生成行。到1911年,西斋共选派三十六人官费留英,数量居当时全国之首。这批早年的留学生,大都在英国取得硕士、博士学位,返国后服务于各界。山西大学堂后来交还给中国人主持,他们成为该校的骨干力量。此与留日学生多走上革命道路,形成鲜明的对比。当然,在极"左"时期,也有人认为,李提摩太提倡西斋毕业生到英国留学,"是养成英人在中国的高等代理人。清政府不察,于是有留英学生之保送"。[1]

1907年5月,山西大学堂第一批留英学生已抵伦敦,当时苏慧廉也在英国。此时他虽未赴任,但已接受了该校的聘请,于是便以东道主及总教习的身份,宴请这批远道而来的年轻客人。塞西尔(Cecil)大酒店是当时伦敦最豪华的酒店之一,苏慧廉带着家人,请这一群从未踏足过如此奢华场所的中国学生吃饭。

> 一年夏天,我父亲经西伯利亚短暂回国,正好我和弟弟也从剑桥回到家,他坚持要请在英国的山西学生聚一次。我和弟弟都不是很赞同,我们认为如果他非要把为数不多的钱财散尽,那也更应该把它花在家人身上。当天来的宾客中几乎没有人穿晚礼服,但父亲坚持要我们穿上。那些山西学生并不像广州人或上海人那么注意服饰,所以一开始的时候,我们感到他们和酒店的氛围格格不入。[2]

这是谢福芸的回忆。

> 他们二十四个人启程前往英国时,我父亲还没有接手山西大学堂。他们至今都记得是如何坐着驴车忍受一路风霜,穿过平原,然后又坐

---

[1] 王家驹:《山西大学堂初创十年间》,载《山西文史资料》第五辑,第85页。
[2] 谢福芸、王录勋的回忆及对话引自 *Brave New China*, 94–95。

火车来到京津。对那时的他们而言，北京与天津无疑是所见过的最大城市。下一站到了上海，在纵横交错的街道面前他们慌了神，从来不敢单独行动。随后他们乘船，一路颠簸来到了大英帝国。这也是分别的时候，从此各人散落到了不同的城市。初到异乡，他们人生地不熟，英语也不行，需要学习的东西很多，对自己的国人身份几乎要失去信心。公使馆里精明的广州人也嘲笑这些来自北方的国人，说他们的辫子像猪尾巴，并叫他们笨熊。

"他们以我们为耻，我们可是同根的中国人。"谢福芸记得王录勋[1]这句悲伤的感叹。王录勋是第一批赴英留学的山西大学堂学生，当时留英的这批人后被称作"二十四杰"。

1936年谢福芸重返山西，当年的穷学生、时为山西大学校长的王录勋特别邀请她参加留英同学的聚会。席间，大家纷纷回忆起塞西尔宴请及当年的往事。

"事实上，驻英大使也曾给国内发过电报，认为应该把我们这批人送回国，"现任山西外事局代表的另一位留英学生插了一句，"但是您父亲竭力反对。"

"后来，我们花了一年的时间专门学习外语，最后都通过了考试，有些还考得很不错。"王校长自豪地说，"后来我们回到了自己的祖国工作，我们山西省也成了全国模范省，而其他省份却在原地踏步，没有取得任何进步。"

"正是您父亲拯救了我们。他从来都不以我们为耻！从来不！他邀请我们共进晚餐——而且是在塞西尔这样的大饭店。"其他人附和着说道。

---

[1] 王录勋（1885—1960年），字猷辰，山西临汾人。1906年毕业于山西大学堂预科，次年公派英国伦敦皇家大学工程科留学，获博士学位。1912年9月起历任山西大学物理学教授、工科学长，1918年8月至1937年11月出任山西大学校长。曾任山西省建设厅厅长、山西省公路局总工程师等职，著有《山西省汾河水域的勘测及水利资源》。

王录勋（见《山西大学百年校史》）

谢福芸仍记得那天在塞西尔酒店，苏慧廉还做了一个在她看来充满教条意味的发言。"事后我们都曾为此责备过他，他让整个宴席的气氛变得沉重起来。'我了解他们，你们不懂，'父亲如是说。"

苏慧廉真的了解这帮来自苦难中国又热血沸腾的年轻人吗？

《山西大学百年纪事》中有这样的记录：

> 1907年7月，刚刚抵达英国伦敦的西斋留学生赵奇英、庞全晋、李建德、武尽杰、耿步蟾、白象锦、张静山等二十余人举行游行，抗议英国福公司掠夺山西矿权的行径。[1]

2002年出版的《山西大学青年运动史》认为，他们即便远离祖国，仍表现出"同仇敌忾的爱国义愤"[2]。

---

[1]《山西大学百年纪事》，第37页。
[2] 陈文秀、张民省、刘秋旺：《山西大学青年运动史》（北京：中央文献出版社，2002），第10页。

## 第十节　最后一课

**蜡烛与空气**

谢福芸的书中，有李提摩太创办山西大学堂时为获得更多官员的支持所准备的一个细节。

> "看，"在一次精心准备的午餐会上，李提摩太拿出一只玻璃杯，然后点燃一支蜡烛，并放置其中。这时火焰很旺。随后，他将一个碟子盖在玻璃杯口，火苗渐渐熄灭了。
>
> "这支蜡烛就像我们山西，"他说道，"它需要外面的空气才能燃烧。山西常闹饥荒是因为缺少一条通往外界，能将各地的粮食运进来的铁路。山西人乱杀外国人，是因为他们不了解外面的世界及外国人发明的现代科技。"
>
> 官员都不约而同地站起来盯着蜡烛看。"我们需要外国人来办铁路和大学。"他们说。
>
> "不管是铁路还是大学，建成十年后，都将交还给中国人自己管理。"李提摩太向他们保证，他最终兑现承诺。[1]

这条由李提摩太于1902年倡议修建的铁路，从河北正定到太原，全长二百八十三公里。1907年完工的正太铁路是山西境内第一条铁路。

1908年年底，李提摩太坐火车莅临太原。原山西大学堂学生、时任省谘议局议长的梁善济召集省城所有中等以上学校的师生在广场举行盛大的欢迎大会。梁善济致辞："今日欢迎先生的学校师生来自军事、农林学校，来自普通中学，来自大学堂，那些学校的校长几乎都是山西大学堂昔日中西斋的毕

---

[1] Hosie, *Brave New China*, 90.

业生,这不仅在太原府,而且山西的许多县城,正由于大学堂毕业生们的努力,各类学堂似雨后春笋般在山西大地上出现,给山西教育注入了生机,这一天,我们均应感谢尊敬的山西大学堂西斋的创立者,尊敬的李提摩太先生。"[1]

李提摩太自己的回忆录中,对这天所受到的礼遇没有记录。欢迎仪式苏慧廉在场,在李提摩太传中他有提到这一天,但没有具体记录李提摩太对学生说了什么。李氏的1908年,苏慧廉只写了当年1月他在日本访问时,给七百多名中国留学生做了个讲座。"我告诫学生,在完成学业之前,在学完早稻田大学所传授的一切知识之前,不要回国参加政治活动,否则将有百害而无一利。"[2]遗憾的是,绝大多数的中国学生把这位外国老人的话当成了耳边风,正如三年前卷入争矿运动的学生一样。

1908年以后的山西大学堂,不论是李提摩太还是苏慧廉,都鲜再提及。后来写山西大学堂历史的人,对那段时期的总结是——"西斋代理总教敦崇礼病故后,继任者苏某(英国人)因李提摩太对争矿运动未能取得胜利,意志消沉。苏某失掉靠山,也渐专理教务,不敢过问政治。而况十年合同,不日到期。"[3]此中苏某,便指苏慧廉。

1909年夏,苏慧廉短暂返英一趟,并回到了故乡哈利法克斯。伦敦大学所藏的苏慧廉信件中,夹着一张没有报头的新闻剪报,报道苏慧廉在故乡访问了不伦瑞克圣道公会教会。在那里,他受到了众多老友的热烈欢迎,其中包括他的胞弟、时任阿什维尔学校校长的艾尔弗雷德牧师。

**十年期满**

按照1901年年底订立的《中西大学堂合同八条》,李提摩太仅负责西学斋头十年的管理工作。到1910年,西学专斋已开办九年,期限将满。经丁宝铨与李提摩太协商,后者表示愿提前一年辞去西斋总理职务,来晋办理移交手续。

---

[1]《山西大学百年纪事》,第41—42页。
[2] 苏慧廉:《李提摩太在中国》,第280页。
[3] 王家驹:《山西大学堂初创十年间》,载《山西文史资料》第五辑,第87页。

1910年11月12日，李提摩太再次来到太原。"李先生由沪至晋，欢祝之声盈于道路，至以一见其面为荣"[1]。

丁宝铨率省城官员及全体师生于11月13日在大学堂礼堂召开欢迎会，"会上有演说，都是对大学堂的贡献，赞不绝口。李提摩太的回答感人。他这次的来访，决定这大学堂不必等到十年期满，就交付官办。他深信新式教育已在该省植根，于是他决意立刻辞去大学堂督办之职"[2]。

丁宝铨当场接受了李提摩太的辞呈，将西斋正式收回，由省负责办理。李提摩太希望他之前聘请的西斋中西教习在新的阶段能继续得到延聘，丁表同意，并允诺将继续扩大办理西斋。[3] 据苏慧廉记录，当时除了他以外，西斋还有毕善功、新常富、华林泰（Warrington）、欧师德等外籍教员，另外还有十四名中国教员和文员协助工作。[4]

苏慧廉在这里没有点出大名的一位"外教"，后来成为西方汉学界的翘楚。他叫高本汉（Bernhard Karlgren），因其在中国方言和语言史领域开创性的研究工作而蜚声国际。高本汉1910年夏抵达太原，经同为瑞典人并是校友的新常富之荐，到山西大学堂担任"外教"，"每周上22小时法文、德文和英文课，每月工资170两白银"。[5]

高本汉的学生、诺贝尔文学奖评委马悦然1995年推出了《我的老师高本汉》一书，书中披露了一封高本汉1910年7月13日写给女朋友茵娜（Elin Nilsson）的信，信中对他的上司颇为不恭：

> 所有在太原的英国人都很怪。首先是那位校长苏慧廉，过去是一位传教士，趾高气扬，自认为无所不知，事事都想插手，因此众人对他恨之入骨；他的老婆跟他是一丘之貉，神经质和醋意十足。然而他

---

[1] 梁善济：《山西大学堂设立西学专斋始末记》碑。
[2] 苏慧廉：《李提摩太》，第256页。
[3] 《山西大学百年纪事》，第45页。
[4] 苏慧廉：《李提摩太在中国》，第250页。
[5] 马悦然：《我的老师高本汉：一位学者的肖像》(长春：吉林出版集团有限责任公司，2009)，第72页。

对我的善意是很重要的,因为他的书房有很多关于中国的书籍。[1]

高本汉当时还仅二十出头,有点年轻气盛。不过,马悦然说,高本汉有理由与苏慧廉保持良好的关系,因为苏慧廉答应给他找到山西各地讲方言的人,以便他研究中国方言。高本汉后来因写出《中国音韵学研究》而被称为"首开中国历史音韵学研究的先驱"。在这本传世的汉学名著里,他表列了三十三种汉语方言,其中属于山西辖境范围内的就有八种。[2]

对苏慧廉略有微词的还有洪业。洪业二十世纪二十年代末期曾游历欧洲,并在牛津见到了苏慧廉。苏慧廉"特意给他几个质难问题,见洪业应付裕如后,才对他平等相待"。[3]洪业毕业于美国哥伦比亚大学,先后在燕京、哈佛任教,后成为国际著名的史学家。

**移交**

1911年2月,苏慧廉代表英方正式向山西办理了移交西斋的手续。

西斋十年,成绩有目共睹。共毕业学生三百六十三人,其中预科三百一十三人,专科五十人。派出三十六人赴英国留学。[4]

当时洋人对山西大学堂的评价可以莫理循为代表,他称赞这"是一所完全由英国人主办的有声誉的学府"[5]。也有人评价,晚清以降,直至民国,山西大学堂是亚洲最好的大学之一。

对西学专斋取得的成绩,清政府予以嘉奖。1910年,根据巡抚丁宝铨《奏大学堂西学专斋合同届满请奖教员折》,清廷赏西斋总理李提摩太三代正一

---

[1] 马悦然:《我的老师高本汉:一位学者的肖像》,第70页。
[2] 详见马毅:《高本汉早期学术行历与〈中国音韵学研究〉的撰作》,载《中山大学学报》(社会科学版,2007年第1期,第四十七卷,总205期)。
[3] 陈毓贤:《洪业传》(北京:北京大学出版社,1996),第101页。此书中苏慧廉译为苏迪赫尔。
[4] 《山西大学百年校史(1902—2002年)》(北京:中华书局,2002),第23页。
[5] 骆惠敏:《清末民初政情内幕——〈泰晤士报〉驻北京记者、袁世凯政治顾问乔·厄·莫理循书信集(1912—1920年)》(北京:知识出版社,1986),下卷,第70页。

品封典。李氏1907年1月曾获二等第二双龙宝星勋章[1]。每三年奖励一次，是办学合同第十六条的内容——"西学专斋各教习每届三年，果系认真教谕、著有成效者，应援照各省大学堂奏准成案择优保奖。"

苏慧廉1906年夏接任西斋总教习，现在他的工作也满三年，他此次获赏二品顶戴并三代二品封典，并被授予二等第三双龙宝星勋章。西斋副总教习毕善功同时获赏二等第三宝星并二品封典，新常富、卫乃雅获三等第一宝星勋章。[2]

为了纪念这段功业，山西省谘议长梁善济亲撰《山西大学堂设立西学专斋始末记》，这篇文章被刻入碑石，与《山西大学堂西学专斋教职员题名碑》一起，立在校园里，并有幸保存至今。当时李提摩太已回国。梁善济还仿照此碑，定制了两块长一米见方的银牌，交苏慧廉带回英国赠李氏作为纪念。

苏慧廉是1911年7月离开太原的，从此没有再回来。他带着两块银牌，连同自己近三十年在华的经历，还有疲惫的身心，踏上归程。

谢福芸1936年回访山西大学，那时苏慧廉刚去世。在一个新的高高的大厅里，她发现父亲的名字被刻在高大的黄铜版上：

> 第二天下午，山西大学为我举办茶话会。他们把我领到一个新落成的高高的大厅。宽阔的台阶两侧是高大的黄铜版，上面镌刻着汉字。我刚走上台阶，王录勋校长就把我引向左侧——这在中国是上首的位置。"看，这是你父亲的名字。"他说。
>
> "苏—慧（聪慧）廉（廉直）。"我读出名字，这是对 Su Huei-Lien

---

[1] 1891年总理各国事务衙门向朝廷上奏勋章章程，建议设置双龙宝星勋章，此奏折很快获批，由此诞生中国历史上第一枚勋章。双龙宝星勋章外形为星状，图案仿照清朝国旗，以龙为标志。共分五等十一级，等级用满文标于宝星之上，并镶嵌珠宝，或珍珠、或珊瑚、或宝石，以其颜色区分等次。*The Chinese Recorder* 1907年3月号第171页曾报道李提摩太等获勋情况。

[2] 丁宝铨：《奏大学堂西学专斋合同届满请奖教员折》，载《中国近代教育史资料汇编·高等教育》（上海：上海教育出版社，2007），第76页。奏折中未提苏慧廉获二等第三双龙宝星勋章，路熙在回忆录中有提及。《申报》1910年5月17日第6版亦有各人获封报道。

的翻译。从他一生经历的诸多冒险来看,这个名称也不算完全准确。黄铜版上还有很多其他的英国创建者、教职员,甚至是殉难者的姓名,这些殉难者也是为这所大学而死的。在右边的黄铜版上,刻着中国籍同事的名字。

"我们可能现在就会死去,"王校长说,"但我们并不想让我们山西省忘记这里是怎么开始的。"[1]

山西没有忘记这些英国人。据谢福芸记载,她1936年在太原时受到了特别的礼遇。校长特地从政府那里借了辆福特汽车去车站接她。在当时,特别是"在山西这样一个偏远的省份,这样的车从进口到平时保养,都是一笔巨额的开销"。

"真是不敢当。"谢福芸用中文谦逊地说。"您过谦了。"校长则用英文回答,"如果不用车来接苏先生的女儿,那简直就是山西省的耻辱。"谢福芸那次在太原,还受到阎锡山的接见,原因也是同样——她是苏慧廉的女儿。[2]

### 苏慧廉走后

苏慧廉离晋后仅三个月,武昌起义爆发,山西新军随后响应。

在1911年爆发的革命运动中,丁宝铨的继任者被刺杀,城区大部分遭到破坏。但革命派却没有触动学校的建筑。学校的财务总监,一位姓高的基督徒,以前曾是我妻子的写作助手,在各个班级教室的门上,在学校的所有建筑物的门上,都贴上了外籍教授的名片。叛乱者不敢触动外国人的任何财产。在革命运动后很长一段时间里,局势一直非常混乱,经费也接济不上,教授和学生零落四方。[3]

---

[1] Hosie, *Brave New China*, 98.
[2] Ibid., 87.
[3] 李提摩太:《亲历晚清四十五年》,第295页。

李提摩太如上写道。

这位基督徒叫高大龄,是个中国人,时任西斋会稽与庶务。他派工匠将中斋所有通往西斋的门用砖砌死,并将外籍教员的外文名片放大,贴在前后门与门外的墙上。被高大龄拿来做护身符的是瑞典人新常富的名片。

新常富出生于瑞典一个上院议员家庭,受过良好的教育。1902年新春伊始,二十三岁的他只身从那不勒斯港登船向上海进发,初衷是去中国找份报酬丰厚的工作。在上海,他经人介绍认识了李提摩太,当时李氏正在筹建山西大学堂,于是他的梦想及青春就与这所学校联系在一起。

作为化学教员,新常富对化学的教学与研究是出色的。1908年商务印书馆出版的《无机化学》就是新氏所著,该书是当时国内流行的化学教科书。1913年,新常富又著《晋矿》(*Geography of Shansi*),对全省人口、商务、地质进行了全面的介绍。其对矿产资源的调查分析,尤为详细。新常富在山西大学一直留任到1920年,成为该校任职时间最长的外教。新氏晚年迁居北京,一度在燕京大学地理系兼课。1937—1949年任瑞典新闻社驻华通讯员,兼北京瑞典协会会长。1957年在北京去世。[1]

1911年,就像一个历史的十字街头,有人来,有人走。9月,西斋派往英国的第一批留学生结束了在英国的学业,返回故乡太原。后来担任山西大学校长的王录勋在1936年对谢福芸说:

> 您应该记得您父亲是1911年7月走的,过了三个月左右,10月份的时候辛亥革命就爆发了。我们这些在英国留学的学生是9月份到山西的,结果错过了您父亲,却正好赶上了革命。不是山西本省的教师都走了,我可不是责怪他们,毕竟在当时,没钱维持这么一所大学。省里说京城的中央政府会拨款给我们,中央也说很快就给,但我们从来

---

[1] 行龙:《不该忘记的新常富》,载《山大往事》(太原:山西人民出版社,2002),第31—35页。

没见到钱。中国人可以节俭办事,再说我不能看着您父亲打下的这么好的基础就此付诸东流。虽然我是工程师,但还是把管理学校的担子接了过来。[1]

谢福芸印象——她父亲的这位中国继任者,有宽阔的肩膀和光洁的额头。他的话语充满了韧性和智慧,语气中充满激情。

---

[1] Hosie, *Brave New China*, 88-89.

第五章

# 烽火（1912—1919年）

我们看错了世界，却说世界欺骗了我们。

——泰戈尔

## 第一节　北京女校

**皇城根下**

1911年7月,苏慧廉将山西大学堂西斋交还给中方后,便带着妻子离开了太原。据我已有的材料,可知他们离开太原后先是到了北京,因为谢福芸住在北京。之后苏慧廉返回英格兰,路熙则留京与女儿同住。

1911年,谢福芸二十六岁,正是意气风发的年龄。这位毕业于剑桥大学的年轻人,当时重返中国,就是希望能像父亲一样干番事业。"我要尽我所能去满足中国人的需要。如果我能,我愿意把剑桥移到中国去。"她计划办一所如母校剑桥纽海姆学院式的女校,此举也得到了苏慧廉的支持。

> 他完全支持我的想法,并且给我提出很好的建议。在那段时间,我特别希望做的是在北京办一所面向贵族的女校,就像日本的贵妇学校、印度的高级种姓子女学校那样。我们觉得在中国,中产阶层和穷人家的女孩都已逐渐接触到教会学校和公办学校,但是靠皇权最近的贵族阶层,由于阶层的原因,还被排除在最有影响力的现代教育之外。通过帝国最后一位皇太后慈禧的作为,人们可以了解到这些贵族妇女对国家命运所起的影响。慈禧太后如果对科学真知和现代历史有哪怕最肤浅的一点认识,她怎么能去支持义和团?她对过去的致歉总是说她不知道她做了什么。
> 
> 当我们在启动这一冒险之举时,坐在龙座上的是个五岁的小皇帝,被他的母亲和其他朝廷里的贵妇小心照料着。我们希望能把官员阶层的一些女孩吸引到学校来。我们梦想中国的女孩子们能够学会知足常乐,学会务实有效,学会勇敢直面真理。我们希望她们的古典气质和新知识恰如其分地融合在一起,从而吸引更多的人加入到我们这个以纽海姆女校为模

板的学校中来。

非常幸运,一位校友获悉了我们的计划,她就是博登·史密斯小姐。她的父亲是个杰出的海军将官。当她父亲还只是候补军官的时候,就参加了白河碉堡的会谈。她父亲常常称大英帝国欠中国甚多,原因是中国是个自给自足的国家,不需要从我们这里得到什么,而我们却用武力凌驾其上。很多人猛烈抨击他的观点,他们说那个时候面对中国政府的傲慢无礼和一再的言而无信,除了动武别无他法。她父亲勇于冒险的血液同样在博登小姐的血管里奔腾,剑桥学位考试后她拒绝了英国大学里更轻松舒适的生活,而是乐意与我们合伙办学校,投入到这件吃力不讨好的事情中来。她比我早一年离开剑桥,在美国一所大学待了一年,还写了本关于那里的书。而后又在伦敦接受一个教师培训的课程。处理好一切事务后,在我之前来到了中国。她面临的困难更大,因为中国的人和语言对她而言都是完全陌生的。她经由印度前往中国,我一度担心会卷入到印度的骚乱中去。所以当她安全到达时,我感到非常宽慰。也正是她,召集来了第一批士大夫家的小主顾们,并且在椅子胡同里置办起各项设施来。她买来桌椅,给窗户装上玻璃,承担了大部分的事务,同时还从早到晚忙着学汉语。[1]

这所位于石驸马大街椅子胡同(Chair Lane)的女校,当时叫北京培华女子中学。椅子胡同靠近紫禁城,因为家长希望他们的孩子能尽量离皇宫近一点。此为贵族学校,梅贻琦、洪业都把女儿送到这儿来。林徽因、赵曾玖[2]也毕业于该校。

与谢福芸合办培华的校友博登·史密斯小姐,汉名包哲洁[3],是个女中

---

[1] Hosie, *Two Gentlemen of China*, 31-33. 本章前三节中谢福芸关于北京生活的记录均引自该书第三章 Three Englishwomen in Peking, 不一一出注。
[2] 历史学家瞿同祖的夫人。
[3] 包哲洁(A.G.Bowden Smith, ?—1945),又译为鲍哲洁,英国人。中华圣公会传教士,1910年来华,在北京创办培华女校,并任校长。

豪杰。除创办培华外,她更大的功绩是与丁淑静[1]等创办了北京基督教女青年会。

## 北京培华女中

今日关于培华的材料很少,所以无从知道这所由几个外国青年女子创办的女校具体的筹备过程。据谢福芸回忆,1911年9月培华正式开学了。

> 我们满怀期待地启动了我们的学校,结果一个月以后辛亥革命就爆发了。不仅满人失去了往日高贵的地位,其他阶层的权贵也都逃走并躲了起来。从我个人的感受来看,令他们难受的是革命要建立一个共和国。从正式意义上来讲,也就不会再有公主、贵妇或者贵族阶级。尽管现在所有的人都成了公民,但对往日手握大权的贵族,人们还是有很明显的偏见和敌视。袁世凯曾经被清廷授予极高的爵位,甚至赏赐过一件黄马褂,但他也表露出要远离贵族的意图。他用他那蹩脚的英文,向外国朋友开玩笑地介绍自己,说自己是"密斯太袁(Mistaire Yuan)"。其实每个人包括袁世凯自己都知道,对于普天之下的中国人而言(除了一部分莽夫),他就是"最大的"。……这样就不会保留贵族阶层了,当然我们当下的困难也就难以解决,尽管我们已经准备像辅助帝国一样去辅助民国。

"密斯太袁",就是"袁先生"的意思。袁世凯当时以改称"先生"来表示自己拥护"共和"。谢福芸故意将"Mr.Yuan"写成"Mistaire Yuan",是有意模仿袁世凯古怪的英文口音。

不得不承认,中国的南方人在吸收现代教育的优点时总是比北方

---

[1] 丁淑静,1911年毕业于华北协和女子学院,曾赴纽约女青年会进修,1912年任上海女青年会干事,后任全国女青年会干事、总干事。

人要快很多。满人朋友会抓住我们的手,轻轻拍着,笑着赞扬我们"智慧非凡",但是我们也知道,要让他们把女儿送到学堂来,我们还得有很好的耐性。随着革命形势的发展,他们越来越坚定地把心思埋在肚里,安安静静地躲在家里。因此在我们仅维持了短短一个月的学校里,大半是来自南方的学生。大量南方人来到北京,他们有的想做官,有的想从事一些新行当,比如在中国人的生活中开始变得重要的法律和医药业。当然,这些父母最大的愿望还是想让孩子尽量离皇宫近一点,而我们学校所在的椅子胡同离皇宫的围墙仅咫尺之遥。因此有那么一段时间,我们小小的学堂差点被挤爆。后来形势突变,第一个想到要离开北京的也是这些南方人。学校里的孩子们也卷入了这场大撤退中。人们一窝蜂涌上火车,有的爬上了车顶,有的挤在踏板上,甚至连减震器上都有人!都以为这场革命会和发生在世界各地的革命一样,皇宫立刻就会被包围起来,可是中国却是个例外,那个男孩皇帝仍然安稳地住在皇宫里。这绝对是革命史上一个诠释宽恕的独特例子:民国的总统在一座大官邸就职,而小皇帝就端坐在湖对岸的紫禁城里。

1911年的改朝换代,虽然也有流血,但相比于此前的任何一次王朝鼎革,算是最"和平演变"的一次。"尽管如此,"谢福芸说,"没人知道未来会发生什么。"

## 第二节 逃难

"我在中国的经历,以暴乱始,以革命终。中国的生活很有价值吗?的确很有价值。"谢福芸在给母亲的回忆录撰写序言时,把路熙在最后一章中的这句话,放在了开头。[1]

辛亥革命给我们这代人的印象,好像只有武昌城头的一声枪响。现在从路熙及谢福芸的书中,可窥见一些亲历者的别样记录:

> 没有人会想到,骚乱会在那个特殊的时候发生。辛亥革命在此前的十月爆发,那时候大家都觉得会有动乱,结果什么也没有发生。于是每个人都耸耸肩膀,摆出一副玩世不恭的表情,振振有词地说:"变来变去,还不都是老样子。"二月十二号,那个满族的小孩皇帝,确切地说,是摄政王以小孩皇帝的名义宣布皇帝正式逊位。即便从这个时候起,有两个多星期一切也都是老样子,而且这种老样子似乎还将保持下去。王朝已经风雨飘摇,迟缓的北方无力挽大厦于将倾。华中和华南的人反应似乎机敏些,在几个月前就适应了新形势,其实他们正是革命最初的煽动者。

谢福芸与母亲当时就住在紫禁城边。南方起事后,"士兵们恫吓要在这一带特别地闹一番。我和母亲,还有包哲洁小姐是唯一居住在这里的三个英国妇女。由于毗邻皇宫,我们很早就察觉到了不祥的气氛"。谢福芸记录了一个特写镜头:

> 有很长一段时间,在我们的胡同里,放肆的小混混们总是冲着我

---

[1] Lucy Soothill, *A Passport to China*, Forward.

们又喊又叫:"你们去死吧!我们会打你们、杀你们!"有一次我母亲一把抓住其中一个叫得最起劲的小孩的辫子,问他是谁教他说这些话的。刚才还龇牙咧嘴的小孩,马上变得一把鼻涕一把眼泪。被一个外国女人抓住让他非常害怕,谁知道她会不会突然之间就变成一个可怕的魔鬼呢。小孩结结巴巴地说:"是,是我爸教我的。"

"马上回家告诉你爸,他是错的!"母亲气愤地说道,"去问问他,哪有对住在你们国家的客人这么说话的!"小孩逃开了,这样的口号也没人喊了,可是也只是一时没人喊罢了。

路熙说自己有男性般的性格,关键时刻,阳刚之气会表现出来。但是,此时的她毕竟是个没有丈夫在身边的女人。"这段时间,福芸与我都很紧张,很大一部分是因为苏慧廉在英国拍来电报,让我们从满族人聚居地搬出来。"[1]因为这场革命的对象就是满族人。"驱除鞑虏,恢复中华"是那时最响亮的口号。

**逃难之夜**

善于写作的谢福芸在《名门》一书中记录了逃难之夜:

> 一天晚上,正当我们准备坐下来用晚餐的时候,门外突然响起一阵敲门声。在当时的氛围下,我们并没有觉得惊奇。仆人进来通报说,公使大人的马车和两个穿红蓝色相间制服的警卫就在门外。正说着,副领事就进来了。既然命令已经传来,我们就只能放下汤匙和喝了一半的汤,服从指挥。我母亲马上转换角色,并且镇定自若。当她还是一个待嫁新娘的时候,她就已经通过电报和中国打起了交道。在那封电报上,父亲说为她准备的房子和家具都已毁于暴乱的火光。父亲建议她推迟出航,而母亲的回复是"马上过去"。此刻,母亲请求给她一个小时的时间收拾衣物,因为

---

[1] Lucy Soothill, *A Passport to China*, Forward, 334.

冬天已经降临，而北京的冬天尤其寒冷。副领事伊斯特（Eastes）先生犹豫了一下，但随后还是答应了。

　　副领事先生很热情地帮助我们，直接动手帮我们将毛毯和被褥打包。他甚至还对保姆充满耐心，帮助她捆扎、打包。保姆正坐在那里歇斯底里地痛哭，并坚信死亡是自己不可逃脱的命运。她八岁的小儿子把脑袋埋在她的膝盖上，也铆足了劲和她的哭声较劲。一个和我们一起生活，受过教育的十八岁中国姑娘则紧紧抱住双肩哭泣。这三个人真构成了表现歇斯底里症的一幅不错画面。不过那个姑娘的恐慌是有原因的，她信基督教的父亲，在1900年的时候被义和团拖出屋子，用剑肢解。这事给她留下的是永久的恐惧。

　　当然，母亲给了仆人她所能做到的最大承诺，决不把他们扔下。

　　帽子被乱七八糟地塞到一个盆子里，里面还有我的溜冰鞋——冰刀尚交错在一起。书本、照片、我们尚未吃完的晚餐以及盐与胡椒粉罐，都一起被裹在桌布里。……我可以想象，当Jordon公使看到我们逃命时带着一马车的破烂时，会是什么样的表情。

　　……

　　一个小时后，我们这一大队人马就向使馆出发了。那个男孩和仆人不顾夜色已晚，不知从哪儿招呼来两个马车夫，并弄来了他们的骡子和推车给我们搬行李。他们有着大多数中国仆人所具有的令人欣慰的可依赖感。他们还招呼了几辆黄包车放自己的被褥行李。那个歇斯底里的老妈子，因为裹了小脚，估计无法完成预计两小时的路程，于是我们就把她母子，还有那个姑娘安置在了公使大人的马车里。壮观的马车让没见过世面的他们终于安静了下来，这让我们也松了口气。我们四个白人艰难地穿行在中国北方的黄土地上，其中绝大部分路程是沿着北京城边的城墙。城墙巨大的阴影笼罩着我们，星星在天空交相辉映，似乎比在欧洲看到的还要亮。寂寥夜空中唯一可以听到的便是手推车上绳索的嘎吱声和骡子身上铃铛的叮当声。

当时的英国公使馆在东交民巷,就是庚子年被义和团围攻的地方。

走出没多远,我就发现把厨子给忘在家里了。我赶紧跑回去,喊着他的名字找他。他正在锁门,不过锁门的时间也太长了。他马上应声,然后一路小跑过来,肩膀上挂着的平底锅叮叮当当。他气喘吁吁地说自己也经历过1900年的动乱。其他人都已上路,并催促着我们抓紧赶路,平时看上去走得很慢的骡子其实也蛮有效率。厨子突然又想起柜子顶层还有些冷的马铃薯,于是又跑回去,回来时还带回些碗筷。他说自己对当年被围攻时的情形还有深刻的印象,那时他为一个叫盖姆威尔的有名的美国医生做饭。

东安门有中国士兵把守,他们怀疑地盯着我们,但是公使馆警卫红蓝相间的制服还是震慑住了他们,一句话没说就放我们通行了。出了内城,街道虽然狭窄了,但反觉安全些。因为想着厨师的事情,这条路对我而言并不是很长,但是伊斯特先生承认自己有点害怕,因为这高高城墙好像没有尽头似的。就在我们缓慢行进的过程中,把守大门的士兵已经把城门关上,并开始对满人进行恐吓和袭击了。

路熙回忆录中也有这个惊心动魄之夜的记录:

英国公使John Jordon两次夜间派车来接这住在危险地带的三个女子,护送我们到安全的地方。可敬的公使夫人对我们非常友善。我们请求John爵士让我们住在距离入口最近的工程处的空房子里。他同意了。三四个月来,我们就住在那里,也就在那几个月,中国发生了很多重大事件。[1]

谢福芸、路熙都提到的John Jordon爵士就是当时驻华的英国公使朱迩

---

[1] Lucy Soothill, *A Passport to China*, 334–335.

朱迩典

典,一个中国人很熟悉的"帝国主义侵略者"的名字。朱迩典与袁世凯关系甚密,也正因此,"反帝反封建"时,中国的教科书认为是朱迩典扶持袁世凯篡夺了辛亥革命的胜利果实。

朱迩典自1906年起担任英国驻华使馆公使,直至1920年退休回国,是所有英国驻华公使中任期最长的一位。他精通中文,了解中国,在职期间甚至直接左右着中国政局,为晚清民初远东政坛举足轻重的人物。

朱迩典与苏慧廉一家私交甚笃,苏慧廉后来撰写《李提摩太在中国》,写序人便是朱迩典。现存放在英国国家档案馆的谢福芸档案也显示,在苏慧廉去世后,朱迩典还给了谢福芸不少帮助。

### 1912年2月29日夜

躲进公使馆三个月后的一天晚上,路熙正坐在火炉边,突然,高大庄严、穿着礼服的朱迩典夫人来到她门口,轻声问:"你们知道吗?袁世凯撕毁约定,正在火烧北京城。"[1]

路熙马上走到窗边往外张望,她看到"恐怖的正在起火的房子,天空的颜色就像火炉"。一会儿,朱迩典夫人问她:"能来一起为难民们准备床铺吗?"

冲天火光中的骚乱,史称"北京兵变"。

昨晚八时左右,袁世凯本人的第三镇士兵突然闹事,肆意焚掠内城的大部分地区,该处现已成为废墟。断断续续的开火整夜未停,其目的是恫吓居民,从而便于他们进行抢劫;看来似乎很少有人死亡。据说,闹事的起因是由于减发军饷。

外国人没有遭受伤害;英国臣民在使馆区内安然无恙。袁世凯平安无事,今晨城内已恢复平静。[2]

第二日,朱迩典便给英国外交大臣格雷发出了如上的电报。

闹事的军队是北洋陆军第三镇的两个标,为首者是后来位至民国总统的曹锟。后世也有人认为这是袁世凯唆使"曹三傻子"干的。

> 兵变是袁世凯的杰作。在袁世凯如约逼清帝退位之后,南京的革命党人也如约把临时大总统让了出来,可屁股尚未离开总统椅子的孙中山还有点放心不下,不仅急火火地炮制了一个临时约法,而且还想出了一个定都南京的办法来约束这个世之枭雄。为了让生米变成熟饭,他派出了以蔡元培为首的使团前来迎请袁世凯南下就职。袁世凯当然不肯就范,离开自家的老巢到革命党的势力范围去,但又不想公开说不,于是他麾下的大兵就演出了这么一出戏。不过,虽然军人以服从为天职,北洋军更是向唯昔日的袁官保、今天的袁大总统的马首是瞻,但这种纵兵在大街上抢劫的事,还就是外号曹三傻子的曹锟才肯干(曹锟能从保定街头一个什么也不是的布贩子,混成堂堂师长,靠的就是这股绝对服从的傻劲)。从此以后,曹锟的第三师以堂堂嫡系国军之身

---

[1] Lucy Soothill, *A Passport to China*, 335.
[2] 《第119件朱迩典爵士1912年3月1日致格雷爵士电》,载《英国有关辛亥革命资料》,下册,第436页。

长时间背上了恶名,直到他的后任吴佩孚接手之后,花了很大力气才得以洗刷,当然这已经是后话了。北京兵变抢了上千家的店铺,更把南方的使团吓得半死(使团住的地方,枪声尤其密),一个个仓皇从窗户跳出,在墙根底下蹲了半宿。兵变的政治效应立竿见影,老袁有了不走的借口:北方不稳。受了惊吓的南方使团也领教了北洋军的厉害,只好作罢。以孙中山为首的革命党人对袁世凯最后的一点约束,就这样被消解得干干净净。[1]

那时,不论是路熙还是朱迩典夫人,都不知道这可能是袁世凯的"阴谋"。她们看到的,只是中国人的又一次灾难。

我记得,2月29日我们在使馆门口等待难民的时候,满眼烽烟,耳中充斥着暴徒们的嘶喊声。当我们不安地在使馆的草坪上徘徊时,一个男仆匆匆给公使夫人送来信件,然后他就抽泣起来。"太太,"他说,"这是中国凄惨的一夜,我闻得到尸体被烧焦的气味!"男仆的话使得公使夫人开始给我们讲述庚子年一个英国圣公会传教士在山东的故事,这故事和我们的厨子何礁的事迹差不多。

这个英国传教士非常普通,普通到别人都不会特别注意他一眼。拳匪抓住了他。他们怀疑附近还有很多中国人是基督徒,可是并不知道是哪些人。他们想把这些人抓出来,于是拳匪们便带着他到处游街,逼迫他说出教徒的名字。他们用刀砍他,把他打得遍体鳞伤,但他始终一言不发。不幸中的万幸是,第二天他就殉教了——至死也没有说出一个教徒名字。

谢福芸记得朱迩典夫人是哽咽着讲述这个故事的。"眼泪也滑过了我的面颊。如果我们也不得不再经历一次这样的战乱,我们能像死去的伟人那样富有勇气吗?"

---

[1] 张鸣:《近代史上的鸡零狗碎》(西安:陕西人民出版社,2008),第12—13页。

## 第三节 托付

### Lo 大人家世

北京兵变中,苏慧廉的中国好友 Lo 大人,因是满人,成为被洗劫的对象。Lo 家在北京的大宅紧挨着东安门,处于骚乱的中心。

据路熙记载,Lo 家是庚子教案后抵达太原府的,1907年苏慧廉到太原后没几个月,Lo 即被任命为山西巡抚。Lo 做巡抚的两年全家就住在衙门里。"住在这里需要勇气,因为据中国人的说法,衙门台阶上有五十个被毓贤杀害的西方人的冤魂在出没。"[1]

苏慧廉与 Lo 大人认识后便相交甚契,两方的家眷也时有往来。路熙曾邀请 Lo 太太来大学堂参观,"苏慧廉屈尊给这位令人敬畏的女士当导游"。[2]

路熙笔下的 Lo 大人育有一子三女,与谢福芸都有往来。其中最小的女儿"香花"(Blossom)与谢福芸关系尤密。

谢福芸后来写的《名门》,主要故事就围绕 Kung 与 Lo 这两个大家庭展开。在她另外两本关于中国的著述《中国淑女》《潜龙潭》中,也都有提到 Lo 家小女香花。在《潜龙潭》中还写到香花的姓氏——"香花的姓是很不寻常的,这可能是由蒙古的姓音译而来。Lo,正如她写的那样,代表着骆驼的意思。"[3] 也是在这本书里,她说 Lo 大人后来还当过河南巡抚,又曾经到江西任职。[4]

我曾费了不少力气,确认 Kung 家是翁家。那这位 Lo 大人又是谁?

---

[1] Lucy Soothill, *A Passport to China*, 328.
[2] 苏路熙:《乐往中国》,第 389 页。
[3] Hosie, *The Pool of Ch'ien Lung*, 88.
[4] Ibid., 83.

### Lo 府灾难

北京兵变后,路熙母女惦念着这位中国老友。动乱过后两天,在得到可以外出的许可后,她俩即雇了辆黄包车,直奔 Lo 府。

谢福芸文笔细腻,在《名门》中,她用两章篇幅记录了一个惊险的故事及这个不幸的家庭。

到了东安门的时候,我们庆幸地发现士兵们还没有能够进入皇城,所以椅子胡同的邻居逃过了这次袭击。当时士兵已将大门包围了起来,准备放火焚烧乱石堆中的木料。由于皇宫里的卫士拼死守卫这最后的防线,他们才放弃了武力进攻的企图。我们进城还顺利,往里稍走一段就来到了 Lo 大人所住的草市胡同。

在那里,我们也发现了没能进入皇城的暴乱分子将他们的不满情绪发泄到了满人身上,这其中就包括我们倒霉的朋友 Lo 大人一家。他们砸坏了两扇厚重的朱红色大门,被砸烂的门闩扔在庭院的地面上。老门卫把我们从暂时替代大门的栅栏后面热情地迎了进来,并立马用最高音量喊叫:"太太!太太!外国的夫人们来帮助我们了!就是苏太太和她的女儿。"

Lo 太太立刻跑出来——因为是满人,她并没有裹小脚——迎接我们。她与我们拥抱,并用英国的方式亲吻我们。因为英语教科书上有亲吻的画面,所以在早年我们认识时,她就让我教了她们这种原本陌生的打招呼方式。

Lo 太太将我们领到后院,告诉我们事情的经过。那些要冲进来的士兵在遭到门卫的拦阻后,不仅破门而入,并且狠狠地殴打了他。那个门卫就站在边上,听 Lo 太太这样说便插嘴道:"厉害!哎呀!很厉害!"——"噢,太可怕了!"他不停地点头,并重复,还指着自己身上被殴打的痕迹,好像用这种中国仆人特有的方式就能证实主人所言不虚。那些士兵五次试图纵火烧了这房子,但每次都被这个忠诚的门卫阻止,并扑灭了火苗。

Lo 太太告诉我们，Lo 大人仅在儿子的陪同下就到前院英勇地应付那群流氓。他的儿子试图保护父亲，但是那些士兵粗暴地制服了他，并逼着 Lo 大人跪了下来，用来复枪顶着他的脑袋，威胁说，如不说出金银藏在哪里，就会打爆他的头。辛亥革命前，中国人都还习惯将财产埋在家中的某个角落，尽管这些年来中国的银行业得到了明显的发展，特别是上海、汉口、天津这些还算安全的城市。因为几乎所有人都知道藏宝方法，所以 Lo 大人也只能把埋藏银子的地方告诉他们。他坦白了两处地方，各有一百两，然后就沉默不语了。士兵就用枪托狠狠地揍 Lo 大人，他的儿子看不下去，就哭喊着说自己知道他姊妹的藏宝地——就在砖砌的床或者叫"炕"的暖气通道里面。之后，暴徒就冲进了屋里，到处戳来刺去翻找东西。他们还抓住一些老妈子，抢走她们廉价的镀金耳环。"甚至还有盛鸦片的小碗。"门卫突然插了一句。府中的女眷躲进厨房后一个不起眼的地方，她们都默不作声。Lo 太太因为不想离丈夫太远，没去后面与女眷一起避难。她躲在了前院的柴间，幸运的是仆人们刚在里面储藏了不少煤球。柴间纸糊的窗户朝着前院，她透过窗户缝儿往外看。当看到自己的丈夫被殴打时，她的心疼得揪了起来。一个暴徒向柴间开了一枪，子弹从她头上擦过去。那个暴徒踢开门的时候，她赶紧把自己藏到了一个黑暗的角落。

Lo 太太说："子弹就只弄出这么小的一个洞，却有那么大的威力！"面对暴徒，手无寸铁的年轻儿子和老迈的父亲仍然勉力维持旧有的尊严。府中的人们本希望这些暴徒看到这一幕时会因羞愧而离开。事后谈起这些，Lo 太太流着眼泪告诉我们，那些无耻的人完全不懂规矩。她一想到整个国家陷入了"驱逐鞑虏"的狂热之中，对统治了他们近三百年的满族人横加抢劫，如同这些暴徒对他们所做的一样，就无法抑制愤慨的情绪。

我们难过地问："那他们是不是抢走了你们全部的钱财？"

Lo 太太回答说："只剩下一点了。"边说边意味深长地扫了一眼在附近的一个老妈子。即便在这样不寻常的氛围下，她还在挑弄炭盆子里的煤，试图按照中国人待客的方式，照例给我们泡茶。我们明白了Lo太太的暗示，于是请求老妈子不要再忙茶水了，以免太太的心更加紧张，但是老妈子仍坚持遵守待客之道。Lo太太伤心地接着说："大人的皮衣、官服还有我们的丝绸都被抢走了。"我们可以想象出一个士兵把貂皮和狐狸皮挂在来复枪上的情形。

Lo太太领着我们看洗劫后的情形。士兵把柜子和箱子里面的东西都翻到了屋子中央，抢走了其中最好的，仅留了些次品。他们甚至还冲进了Lo太太的卧室，这使我们都感到很愤慨。他们还肆意砸开了Lo太太漂亮的衣橱，这是盛载了主人感情的古董，她当年从娘家带来的嫁妆，由母亲传给女儿，已在家族中传递了一个世纪。结实的橱身倒是抗住了来复枪的敲打，不过两扇门却不能幸免。那些暴徒报复似的把抽屉拖了出来，倒出了里面的东西，还用枪把抽屉砸了个稀巴烂。

"真是太缺德了，"Lo太太又气愤又厌恶还带着点蔑视说，"根本没有必要砸开，橱子压根就没有锁。"

……

Lo大人就是仗着自己的灰白头发才去应付那些暴徒，但没有料到的是那些人已没有是非感。

我们很自然地问道："Lo大人现在在哪？"

"哦，他昨天到城北的妹妹家去了。"Lo太太回答道，"他病得很重，在他身上发生的事情让他身心俱疲——一个巡抚，一个年迈的老人，连皇太后都敬他三分的人，却被贱民虐待！比起损失了些财产来，受到侮辱、有失尊严让他更为难受。"

"那你的儿子、儿媳和女儿们呢？"

"他们现在都在其他的亲戚家，现在很安全。他们砍了棵大树，用它顶住了大门，自己则从旁边的小门进出。他们还在马槽后面坚固的墙上凿了个洞，如果受到袭击的话，就从这洞爬到后面更小的院子里面去。那个院子的门已经用砖给砌上了，随后只要用干草把洞口遮住就行了。"

后来我们也看到了那个巧妙的藏身之处，这把我们带回了现实。当一切道德标准都被抛到一边之后，这些有教养的年轻女孩子，也包括其他中国人，就是处在如此残酷的现实中。我们也看到 Lo 家年轻的媳妇，惨白着脸，仍在发抖。她已怀孕，就要当妈妈了。在 Lo 大人妹妹家，他们告诉我们，他们也准备了把枪。

这时候，Lo 太太就独自一人留在了草市胡同的家里。

"你看，"这个坚强的老太太说，"在这儿的人都是老人，保姆、门卫，还有我。要是他们连两个老女人都不放过，那真是太无耻了。当然门卫也不会在危难的时候置我们于不顾，他在我们家当了一辈子的门卫，他的父亲就是 Lo 家的门卫，他的祖父也是，家中祖祖辈辈都一直为 Lo 家看守大门。"

"为什么你不去自己娘家躲躲呢？"

"万万不可。那些暴徒还在盯着我们，如果他们认为这屋子空无一人，只会洗劫得更厉害。而且，我也习惯这类事情了。以前，Lo 大人还在河南当巡抚的时候，因为闹饥荒，也有一群暴民闯进衙门和我们家，比现在的情况还要坏，因为那时候孩子们还很小。"

Lo 太太是一个既理智又机警的人，我们打心底里敬佩她。她还和我们说，白天她当值看家，晚上她丈夫和儿子会来接班。

面对这样的状况，路熙问有什么可以帮忙的吗？

Lo 太太脱口而出："那些暴徒可能还会回来，你们若能帮忙保管两个花瓶和两幅卷轴，我们就感激不尽了。这几件东西是大人的老朋友托付给我们的，那人去年被委任到了四川，在他从那些不安定的地区回来之前，希望我们能帮助保管。大人非常担忧这些东西的安全。"

谢福芸很感慨，Lo 家在危难之际，最放心不下的是朋友的东西。义重如山，在中国多年的苏氏母女已懂得"义"对于中国人的分量。

我们觉得要让花瓶和卷轴不受到一丁点儿损害有点困难,就询问这几件东西是不是特别珍贵。

"极有可能,"Lo 伯母说,"因为我们的那位老朋友说,这几件东西在他家里已经好几百年了。等你们到家以后,可以打开来看看。也许它也想见见你们。"

当她充满信任地把装着艺术珍品的木头箱子以及纸盒子交给我们时,我们就知道该走了。

"不过,你肯定也有一些自己的东西希望我们代为保管。"当老妈子去叫一直在等我们的黄包车时,我们终能自由地交谈会儿。Lo 太太迟疑了一会儿,担心会麻烦我们,随后又像松了口气似的请求我们在明天早上再过来一趟。并说对于我们的帮助,她将感激不尽。我们承诺还会再来后,就把珍贵的花瓶放在膝上,回使馆去了。

**带枪的路熙**

第二天,路熙与谢福芸按约再次前往 Lo 府,遇事冷静果断的路熙还随身带了把手枪。

这一次我们找出了家里那把古老的左轮手枪。这把手枪跟着我们从中国南方来到北方,除了偶尔的练习以外,从来都没有用过。怕被别人看见,我们小心翼翼地把它收在行李箱的底部。在逃往使馆之前,一个朋友来造访,他坚持要我们把枪和收在另一个箱子里的子弹夹都找出来。

我母亲像中国的长辈一样告诫我,没有比旅行时带着危险的枪支更危险了。她建议我一旦遇到危险就用拳头和帽针。我知道她和我一样,对手枪的恐惧远远超过了对暴徒的恐惧。但我也知道一旦任何人胆敢威胁她中国朋友的财产,她已做好掏出手枪的准备,尽管这是她的无奈之举。

我们把手枪藏在一个红色缎子做的手提包里,这包还是一个中国将军送给我们的。当我们坐在晃晃悠悠的黄包车上，经过外国人称作"灰胡同"的地方时，母亲非常不安地盯着包。后来她告诉我，那时不知为何特别害怕，总觉得枪会被颠出来，而子弹会射向前面车夫的后背。

这一天，Lo 太太将家中的细软交给了路熙母女，在临走时还告诉她们，其实还有些金块与银块埋在地下，过几天想挖出来，也委托路熙存到外国银行里。友人之托，让路熙感觉沉甸甸的。

因为急着去安置财物，我们一会儿就告辞了。肩负着如此重托，我母亲反而愈显勇敢。当我们颠簸着经过岗哨时，巡逻的士兵不怀好意地盯着我们。母亲迅速决定先发制人，她坚信她的银色头发会成为护身符。在中国城市的街道上，一个女人家得把眼睛往下垂一些，或者就直直地往前看。我母亲完全不顾这些规矩，她上下打量着那些士兵，故意提高声音，用中国话问我是否认识这些人。"他们是不是那些无耻的士兵啊？完全不知礼义，不懂规矩，胆敢去洗劫 Lo 大人的府邸。"她说道，"袁世凯已经把几个为首分子的脑袋给砍掉了，是吧？"

如果不是心头上还"压"着这么多宝贝，我一定会开怀大笑。因为这些士兵慌慌张张、狼狈不堪地溜回了岗哨。舌头也是一件小小的武器，不过往往只属于女人，也只是偶尔生效。我母亲一席话讲得真棒，不过她还是担心了好一会儿，害怕她的话会刺激那些恶棍再去洗劫 Lo 府，也许那时候 Lo 府正在挖掘财宝。

又过了几天，Lo 太太与她儿子坐着马车来了。车座后有价值几千镑的金块银块，用蓝色的棉围巾盖起来。

当我们最终到达银行的时候，却遭受沉重的打击。经理遗憾地告诉我们，尽管很乐意效劳，但是他没法开出一个金块账户。同样由于一些技术上的原因,他也不能在未经准备的情况下把 Lo 伯母的金块兑换成现金。那该怎么办?英国女人们如此盲目地信任银行经理的权力,只是因为这种意外没在白人妇女身上发生过。我们惊骇地看着彼此,难道要把这些金块带回去并重新埋起来吗?面对困难,Lo 伯母一点都没有犹豫,她默默地把蓝围巾下的东西交给了我母亲。

"我的大姐,"她亲切地说,"别犯愁了,你告诉过我你的银块也存在这里,你就把我们的东西当成你的东西,存在这里,可以吗?"

几天前托付花瓶与画轴后,Lo 太太已经与路熙姐妹相称了。

于是就这么定下来了。金子和银块都被清点了一遍,很显然,哪怕是一根头发的重量,英国的度量衡和中国也是一致的。其实 Lo 伯母也知道它们该有多重。当银行经理把收据从柜台上递了过来时,母亲希望 Lo 伯母直接收下,但她谢绝了,她请求我母亲代为保管。

随后,我们把 Lo 伯母请到了我们在使馆的住处,并且让她看看存放花瓶、卷轴等珍宝的地方。最后我们觉得这些东西也是放在银行的保险箱里更好。在和我们深入接触后,Lo 伯母已经完全信任我们。她从怀里掏出了一些纸,这是 Lo 大人在西城区买的那所大宅的地契。她说她侄子建议 Lo 大人把平生的积蓄都拿出来。她现在把这些都交给我们,所有的都交给了我们。她说她害怕暴徒会毁了这些东西。后来我们发现几乎可以宣称自己是房子的主人,因为她把所有的产权证书都交给了我们。Lo 伯母对外国人和她的朋友的信任,由此可见一斑。

在那动荡的岁月,苏家帮助 Lo 家保存了财富。"我生平有许多自豪的时刻,这便是其中之一。"路熙在晚年撰写的回忆录中,如此评价这一段惊险的经历。[1]

---

[1] 苏路熙:《乐往中国》,第 395 页。

谢立山与谢福芸

**戒指**

兵变后不久,京城又恢复了平静。经历过这样的托付,苏 Lo 两家的关系更近了。Lo 太太经常邀请路熙母女到 Lo 府玩,还笑称这是他们的"新家",因为这个家的地契都在路熙的手中。

"在英国的苏慧廉和海生需要我们,在回英国的前一晚,Lo 太太和香花来跟我们道别,送礼物给福芸和我,包括两大卷漂亮精致的丝绸。"[1]谢福芸1913年1月2日与谢立山结婚。[2]度蜜月时,她身上就穿着用这些漂亮丝绸做的衣服。

Lo 太太还送给路熙一枚金戒指,"中间镶了墨绿的翡翠,两边还有两只像鸟一样的东西。她解释:这是蝙蝠,能给你带来福气,意味着你能快速而安全地飞到英国"。[3]

---

[1] Lucy Soothill, *A Passport to China*, 336-337.
[2] 此为谢立山第二次婚姻,其原配叫弗洛伦兹(Florence),两人 1887 年 12 月 1 日结婚。弗洛伦兹 1905 年去世。
[3] 苏路熙:《乐往中国》,第 395 页。

> 我一直戴着,但后来戒指磨损得越来越厉害。它锐利地割伤了我,让我无法忍受。我去找一个西方的能工巧匠,问他:"这么纯的金子,你有什么办法吗?"
>
> 他想了想,说:"在戒指里加入西方的黄金让它坚固,把柔软的中国黄金包在外部。"
>
> "戒指还这么漂亮吗?"
>
> 他回答:"肯定不会损害戒指的美观。"
>
> 他做到了。这枚混合了中西黄金的戒指,还有翡翠和蝙蝠,在我指头上一戴就是二十年。[1]

路熙说:"这是个比喻:东方和西方,美丽和力量需要彼此互补,当它们结合一起,还有什么事情做不到呢?"这句话是《中国纪行》一书最后一章的最后一句。

路熙去世后,戒指传给了谢福芸。1931年夏,谢福芸在牛津为她母亲的回忆录撰写后记时,用如下这句话结尾:

> 我的手中有一枚戒指:熔铸了东方和西方的黄金。我知道:这是一个托付,而不是遗产。[2]

### Lo 大人与 Kung 大人

我后来查考出,这个不幸的 Lo 大人叫宝棻,字湘石,蒙古正蓝旗人。1901—1902年间任四川川东兵备道,镇压过当地义和团运动。1903年由江西粮台道擢湖北按察使,后转任浙江布政使,1908年年初任山西巡抚。宝棻在山西仅两年,1909年调任江苏。接替山西巡抚一职便是因处理争矿、办新学而声誉鹊起的丁宝铨。宝棻在江苏巡抚的位上也仅半年,接替他的

---

[1] 苏路熙:《乐往中国》,第396页。
[2] 同上,第399页。

人正是后来喋血山西的陆锺琦。

1910年3月宝棻出任河南巡抚，不料，第二年清社即倾。据《中国历史大辞典》记载，这位忠诚的满大人在"武昌起义后，极力镇压河南革命运动。清帝逊位后归隐以终"。[1]

1912年2月29日，宝棻北京的家被洗劫时，时任直隶提法使的"Kung大人"翁斌孙正好出差经过北京，并住进一家客栈。那天晚上暴动发生时，住店的客人都跑到了二楼，结果因涌上来的人太多，楼板塌了，住在二楼的翁大人和其他人一起都摔到地上。"我们跌成一堆时，若革命党进来，就可一网打尽了。"几天后还一瘸一拐的翁斌孙见到谢福芸时这样打趣。

这两件事看起来不大相关，但却是这场革命中共同的悲剧。

---

[1]《中国历史大辞典》(上海：上海辞书出版社，2000)，下卷，第1971页。

## 第四节　华中联大梦

**苏慧廉的新工作**

谢福芸忙于筹备培华女校的时候，苏慧廉也正忙着一所学校的筹备工作。这是所大学，校名拟为"华中联合大学"，他受聘为校长。[1]路熙说，"当山西大学堂于1910年交给中方管理时，苏慧廉便觉得要去干点别的事情"。[2]

苏慧廉对在中国办高等教育情有独钟，并充满期待：

> 我想问，基督教办学的目标和目的是什么？是为了帮助人们在社会上出人头地？在此方面帮助他人实为乐事，我们都希望看到我们的学生在一生中有所成就；还是为了启迪智慧并让他们的民族获得物质上的丰盛？是的，如此明智之举也是基督徒的责任。我们的主就为我们做出了榜样，当我饥饿的时候，他给我食物；当我口渴的时候，他给我水喝；当衣不蔽体、疾病缠身、身陷囹圄的陌生人出现时，他会帮助他。如果身体上的饥饿、饥渴、衣不蔽体和不得自由需要基督徒的帮助，那么精神上的饥渴和不自由所带来的灾难性后果又会扩展至多大的范围？不可否认，我们帮助他们启迪智慧获得物质繁荣，是遵循了主的旨意。但是，我们认为，我们要给予中国的是比物质更为高尚的礼物，是一种力量，不仅能够改造他们，并且能够让这个民族浴火重生，抵达另一个更高的维度。当前，中国只有两个维度，有长、有宽，但却没有深度。她的绘画缺乏透视技巧，她的音乐缺少和声，她的文学无法振奋人心，她的家庭生活不见乐趣，而她的公众生活也缺乏纯净和活力。所有这些我们都可以教给我们的学生，要不他们无

---

[1] Kenneth Scott Latourette, *A History of Christian Missions in China*, 632.
[2] Lucy Soothill, *A Passport to China*, 334.

法进入深沉而丰富的生活。我们通过耶稣基督让他们完整地了解上帝的力量,是这种力量,也唯有这种力量,能够重新改造中国人民,让他们更上一层楼。不幸的是,他们和他们的后辈却害怕这种力量,部分是因为这种力量穿着外国的衣衫,部分是因为他们缺少凤凰涅槃的动力,他们认为那是徒劳无功的。无论如何,我们通过实践将这样的力量教导给了他们的下一代,而不是机械地向他们灌输教条。但是,这种力量不应借由强迫的手段,而且我们也不愿强迫他人,我们只能做我们力所能及的。我们清晰地认为,短期教育无法塑造人格,而不健全的人格是无法抵达至圣所的。[1]

在这段话中,我们可感受到苏慧廉教育理念的深邃、执着及对中国的爱。

英国需要感激中国的地方不是一点点,在教育领域英国人有足够的理由呼吁自己的同胞去承认这一点。而且,我们也很难找到比帮助中国建立一所大学更好的感激方式了。尽管有些人还不认可,但是毫无疑问,在英国成为一个更加清醒的国家这一过程中,没有哪一个国家能比中国给我们的帮助更大了。在我们国家,靠什么取代了酒精呢?为此我们应感激谁呢?人们必定要喝一点东西的,不能仅仅是水吧。如果不是茶的出现,并在我国得以推广,我们可能就无法替代酒。中国给了我们茶,而我们给了他们鸦片,没有人可以说这是一个令人满意的回赠。[2]

客卿中国三十年,苏慧廉已对中国有很深的感情。

苏慧廉办大学的机缘来自一位由中国返回英国的传教士赴牛津的一次

---

[1] W.E.Soothill, "The Educational Position in Review," *The Chinese Recorder* 40 (1909): 638–639. 文中提到的至圣所,根据《圣经》,认为是耶和华的住所。
[2] W.E.Soothill, "The Proposed University for China in its Relation to Missions," *The Missionary Echo* (1912): 52.

拜访。那是1908年的3月，几乎是在顷刻之间，帮助中国建立大学的委员会就由牛津和剑桥组建起来。无独有偶，以士思（William Gascoyne-Cecil）勋爵为首的代表团也在这段时间结束了中国的考察回到英国。[1]后来出任埃克塞特主教的士思勋爵在英国很有来头，他坚信要让中国基督教教育事业更上层楼，成立一所设施齐全、师资充裕的大学已是刻不容缓。牛津剑桥联合委员会听到这个消息后，立刻邀请他来领导这项计划。[2]

苏慧廉后来在《李提摩太在中国》中对这段机缘有更清晰的表达：

> 这个代表团访问中国之行带来另一结果，就是产生一个名为"牛津剑桥（之后称为联合大学）计划"，其目的就是在中国开办一所大学。参加这项计划的大学，英国三所，美国三所，加拿大一所，组织成委员会。士思勋爵是英国委员会主席，卢维（Seth Low）则是美国大学委员会主席。根据这项计划，校址会设在华中的汉口、武昌地区。后来委员会差派博施（Boxer）教授来华学习中文，并准备筹备办大学事宜，委员会又邀请笔者为这所大学的首任校长。一九一一年，笔者把山西大学堂移交官办后便返回英国与委员会会面，我料不到他们要我负责筹备建大学的经费。[3]

**百年大会上的议题**

士思勋爵代表团访华是1907年，时间正好与在上海举行的第三次全国基督教传教士大会契合。苏慧廉和士思勋爵都参加了这次大会。

在古老的上海徐家汇藏书楼翻看大会的会议纪要，我期待从中找出华中联合大学的缘起。

---

[1] 士思将访问中国的见闻写成一书《改变中国》（*Changing China*, London: James Nisbet & Co., Ltd.,1910），其中第275页提到苏慧廉，说他当时正执掌山西大学堂。也是在这本书中，士思强调，为了把中国学生从西方唯物主义的渐侵渐染的攻击下拯救出来，这项联合方案是必要的（第305—309页）。

[2] Soothill, "The Proposed University for China in its Relation to Missions," *The Missionary Echo*（1912）: 51.

[3] 苏慧廉：《李提摩太在中国》，第282页。

密密麻麻的记录显示了会议议题的丰富和讨论的热烈，其中关于中国基督教教育的商讨很充分。由卜舫济（Francis Lister Hawks Pott）倡议的创设"联合大学"计划更成为议论的焦点。卜舫济是美国圣公会传教士，圣约翰大学校长，在当时赫赫有名。

卜氏也是百年大会教育组的主席，他指出目前中国基督教教育正面临着莫大的机会，教会大学和不同的差会机构应该考虑联合资源力量，创办一所"超宗派性的联合基督教大学"（Inter-denominational Union Christian University）。在他的宏伟蓝图里，"联合大学"要建成集法学、医学、民政、建筑、森林学、农学、教育学和工艺学于一体的综合性大学，一所能代表中国最高学术水平、体现基督教高度文化、具有金字塔尖地位的最高学府。

这个建议立即引起不少的回响，支持者很多，但反对的声音也颇强烈。

著名传教士库寿龄和狄考文便是反对者。他俩都是最早在山东创建教会学校的传教士，有过联合办学的实践。库寿龄抱怨山东联合后，原先的办学特色荡然无存："我在山东的实践证明那儿的联合带来了太多的摩擦。我想自由比联合更重要。……我们在试图联合的过程中失去的太多。牛津和剑桥合并后也会节约大量的经费，但谁敢提出这样的建议呢？我坚信，越多元越好。我们在华北各差会的不同，不在于我们彼此神学、宗教上有何不同，而完全是工作程序上的不一致。老实说，虽然我们是为同一目标而努力的共同体，但联合后我们就更难彼此相爱了。"狄考文也认为："假如你同时招收两三百个学生，而又要加以个人的影响，这是非常困难的。"

当然，也有传教士以实践经验支持卜舫济的建议。支持者的主要理由是，联合的行动意味着主办差会经济负担上的减轻和学校教育及学术水平的提高。当时担任华北协和大学校长的谢卫楼[1]便介绍了自己在北京的经验："我看不到任何因联合而令我们不再相爱的情况，要知道，义和团那年我们的一切都已荡然无存。"[2]

---

[1] 谢卫楼（Devello Zelotos Sheffield, 1841—1913），美国公理会传教士，1869年来华，曾任华北协和大学首任校长。著有《万国史》。
[2] 吴梓明：《基督宗教与中国大学教育》（北京：中国社会科学出版社，2003），第53页。

士思勋爵是赞同联合说的,他在会上提了更具体的设想——牛津剑桥联合计划。他说,"他在离开英国前,与英国前任驻京代表欧及内特·萨通[1]及牛津大学、剑桥大学的代表会晤时就提出,在英国国内呼声日盛的教育联合是必要的。他认为,不仅在英国,就连在美国,也都可以开始进行一些联合项目"。士思认为:"目前基督教教育在华的发展最必要的是要扩大规模,成立大学,而不是学院。学院只是一个小单位,无论从规定还是财政方面事事都要受制于人,而大学则不然。大学可以制定自己的章程、制度、考试标准,甚至到将来,一旦发展壮大,大学不仅只是教育机构,还是科研基地。""这不仅是对中国适用,对于世界的任何地方都是一样的。"他还建议,如果会议委员会决定在中国建立这样一所大学,他们应该主动联系各国的母会,或者通过其他渠道,使这所大学的监管权能与母会的传教事业取得联系。[2]

不过,因支持与反对的声音都很大,大会对于是否共建联合大学这一议题没有做出最后的定论。大会决定成立专门的教育委员会,对此议题做进一步的讨论与考察。

**华中联合大学**

尽管百年传教大会没有对联合大学的议案做出最后的决定,但此次会议之后,由大会产生的教育委员会及支持联合的传教士都积极投入以联合为主旨的实践工作中。

1910年,美国浸礼会、美以美会、长老会、基督会在南京联合组建金陵大学。

同年,美国浸礼会、美以美会、英国圣公会、公信会和加拿大联合会在成都联合组建华西协和大学。

---

[1] 即萨道义(Ernest Mason Satow, 1843—1929),英国人。1861年进英国外交部,1895—1900年任日本公使,1900—1906年任驻华公使,1906年被委任为英国枢密院委员。著有《1815—1871年的远东》《一个外交官在日本》等。
[2] 卫未:《二十世纪初期基督教新教关于建立基督教联合大学的讨论》,清华大学硕士论文(2007)。原文称士思为赛西尔。

1914年,美国南北长老会在杭州联合组建之江大学。

1916年,美国长老会和美国基金会在广州联合组建岭南大学。

1916年,美国长老会、公理会、英国伦敦会、美国洛克菲勒财团、哈佛燕京社等在北京联合组建汇文大学,后改建为燕京大学。

这一批不凡的教会大学,日后成为中国高等教育近代化进程中的奠基石与排头兵。

由英国教会人士牵头的华中联合大学也在积极筹建中。苏慧廉所属的英国圣道公会在1911年的《传教士回声》上刊登了一则喜讯:

> 我们令人尊敬的弟兄苏慧廉先生又一次被委任光荣的任务。他已被选聘在华中组建教会大学。牛津剑桥联合计划委员会及由十六位教授与大学校长组成的委员会,都任命他担任此职。
>
> 苏先生的职责将是巨大的:他要筹集二十五万英镑,要建造合适的建筑,包括所有与建设一所现代大学相关的工作。
>
> ……
>
> 我们知道,苏先生将胜任这项工作。我们同时也将欣喜地看到,他将利用他更大的影响力把基督的福音传播得更远。我们衷心祝福苏先生,并为他祷告。这项新任务将不会降低他对温州工作的兴趣。他仍将在他的假期每年到访温州一次,并以如此独特的角色,来主持我们的联区会议。[1]

国外大学校长的首要职责是筹集办学经费,接下校长聘书的苏慧廉自然明白肩头的责任。但二十五万英镑不是小数,1913年6月26日他向国会议员做专题报告,以期政府能从英国庚子赔款中分出一杯羹。[2]谢福芸说这是父亲生命中最难的两年,为了让政府同意庚款回馈中国的教育,他直接游

---

[1] *The Missionary Echo*(1911):195.
[2] *The Times*, Jun. 19, 1913.

说时任财政大臣的大卫·劳合·乔治（David Lloyd George）与首相阿斯奎斯（Herbert Henry Asquith）。[1]

在1911年11月8日由皇家中亚细亚学会（Royal Central Asian Society）举办的一次研讨会上，苏慧廉以《中国与教育》为题，呼吁英国各界鼎力相助。当时辛亥革命刚发生，世界密切关注中国变化。

事实上，中国需要就教育方面的政策进行改革，目前的革命运动可能会加快改革的进程。

我要表明的是，当中国的少年无法在他自己的国家获得需要的教育，那么只能去国外留学。目前这种情况下，对于他本人，对于他的国家，甚至对于我们国家，都是一种损失。因此我认为，如果现在让他在自己国家里的一所设施齐全、师资充裕的大学接受教育，生活在与自己相同的人群中，不用改变生活习惯，要比去西方接受教育明显好很多。在这样的状况下，他的个性也会和智慧同步发展。综合上述原因——由牛津大学和剑桥大学带头，之后是伦敦大学，我们希望不久的将来所有英国一流的大学都能这样做——成立了委员会，谋划在中国建立西方文化传统的大学。不仅仅是在英国本土成立委员会，为了避免在高等教育领域可能的冲突，加拿大和美国的四所大学也成立了委员会，其余的大学毫无疑问也将这样做。哈佛、哥伦比亚、加利福尼亚和多伦多大学的委员会都有大学校长这样很有影响力的委员。

我们的目标是筹集一笔二十五万英镑的资金——一半来自中国，一半来自英国——在明年复活节之前到位。当革命运动过去后，中国会欢迎我们，而且我们可以吸收到中国最好的学生。

这所大学将要在牛津和剑桥的基础上进行一些必需的改造——需

---

[1] John Young: William E. Soothill (1861—1935): missionary and sinologist, the Methodist Missionary History Project Conference, 2012, "Other Faiths and other Churches" on 4 November, 2012, at Luther King House, Manchester. 其简洁版可见《华典》苏慧廉条目之英文部分（http://bdcconline.net/en/stories/soothill-william）。

要建立一个合适的教学和考评体系，建立拥有自我管理的宿舍区和住宅区。这所大学会对学生智力发展进行独有的督导，宿舍和学堂将影响他们的精神生活。

为了协调各种因素，宗教信仰将不再成为选择教授的标准，我们选择的教授将是学习型的、有执教能力和基督徒品格的人。大学本身不会对学生的宗教信仰施加任何影响，对于所有的基督徒、非基督徒，不管怎样的信仰都同样欢迎。无论是不是基督徒，在学校的宿舍里都须遵循相关的纪律。

目前已经有三所教会学校同意加入，并且已经开始在大学校园内建立宿舍，我们将从政府的公办学校和私立学校接收学生，当然学费也不会便宜。

当我们筹集到必要资金的时候，我们的艺术学院（包括古典艺术、语言学、历史学）、科学院（包括数学）、工程学院、医学院、法学院（包括经济学）和哲学院都将成立。我们已经收到很多大学教师的职位申请，其中有两位已经来到中国。

以下是我们的呼吁——

1. 致有爱心，并愿意将中国作为一个施予同情的地方的人。它拥有丰厚的自然资源，却很贫穷；成千上万的人由于饥荒和瘟疫痛苦地死去；战争摧毁了这个地方——所有的这些悲哀都需要心怀人类责任的有爱心之人。

2. 致有爱国之心的人。你不会希望盎格鲁-萨克逊在世界的话语权降低，也不希望我们的国际利益减少。美国已经在教育方面做了很多工作，而英国还只是袖手旁观，是时候让英国有点行动了。

3. 致有商业意识的人。你应当认识到，一旦其他国家的人成为中国未来的政治家、公务员、教师、工程师和商人的校长，对于我们而言将是多大的损失。德国人和美国人都已经注意到这个事实。在中国，伴随教育的发展将是市场的开发，目前中国的购买力虽只占极小部分，但随着资源的开发，中国的购买力将会增加。这样做虽然将增加中国的商业竞争力，但我们并不需要恐慌，日本和其他国家已经给了我们答案，它们均因为教育水平的提高，经济状况也有明显的增长。在过去的十二年中，日本飞速发展，对英国的进口也增加了一倍。对于一个人口四千万的国家，教育如此重要，那么对于一个人口四亿的国家，它的重要性又将如何？

4.致我们的政治家们。你们对中国问题的关注一直在增加，这个拥有四亿人口的国家正在不远处用增长的加速度追赶我们。铁路带来的巨大影响是发明者斯蒂芬森都始料未及的，它将从北京至伦敦的时间缩成了十二天半，以后或许还会缩减至一周。对于这样一个邻近的国家，怎样用政治解决问题？在和睦友好和互利合作方面，还有比为中国提供帮助更好的办法吗？通过教育，不是战争，这样的帮助融合了精神和信仰，即便是非基督徒的中国人都乐于接受。

5.致支持传教的人们。对他们呼吁是不必要的，因为教会的领袖和传教士团体的领导人都已经认同了这项事业。那些来自各个学院院长对教学和考试体系方面的不同意见，会给大学各团体尽可能大的自由空间。人们都认为这既能培育好学生们的智力，也能培育好他们的人格，是一件功在千秋的好事，因此这也必然要求各个团体要保持一致，把中英的互惠和福祉放在心上。

这所大学是否能够建立，要看英国和美国的富裕阶层能够提供多少援助和支持，但是它所带来的影响——对于中国人而言是可以接受的影响——与任何一个单一机构所起的影响不可同日而言。女士们、先生们，感谢你们真诚的聆听。[1]

苏慧廉言辞恳切，但并不是所有的英国人都被打动。苏慧廉的老朋友莫理循便是反对者之一，他在1914年7月给苏慧廉的一封信中提出了一个或

---

[1] W.E.Soothill, *China and Education, with Special Reference to the University for China*（London: Central Asian Society, 1912）.

许代表不少英国人的观点：

> 我从未能理解，为什么我们应该在像中国这样富庶的国家，或一个其富庶因为自己坐失良机而未获发展的国家中广行施舍，以帮助其教育。看来我是反对这种竭尽全力来鼓励在汉口建立大学的合作精神的。在香港有一所大学是件好事，但我希望中国人自己来管一下他们的教育，当然由外国人帮助他们。[1]

苏慧廉这样回函：

> 我一直主张如果英国想保持扬子江流域为英国"范围"的话，唯一的办法是要施加影响，使这个地区得到好处。做到这一点有许多办法，而促进教育发展是其中重要方法之一。作为一个国家，我们损害中国够多的了。现在是我们作为国家为中国做点好事的时候了。[2]

办一件大事，有不同的声音是正常的。苏慧廉顶着压力勇往直前。功夫不负有心人，经过三年的努力，到1914年，苏慧廉已获得两百名国会议员的支持[3]，同时还筹到了三十万英镑。两位作为先遣部队的西人教员也抵达武昌。[4]据说李提摩太对这项计划即将付诸实施也兴致勃勃，因为他对于中国的另一个希望眼看就要实现。但1914年不是个普通的年份，一场后来波及全世界的战争在欧洲爆发。这场战争史称"第一次世界大战"，战争打乱了一切。

---

[1]《莫理循通信集》，骆慧敏编（剑桥大学出版社，1976），第二卷，第330—331页。转引自许美德、巴斯蒂：《中外比较教育史》（上海：上海人民出版社，1990），第79页。
[2] 裘克安：《牛津大学》（长沙：湖南教育出版社，1986），第109—110页。
[3] The Times, Jan. 9, 1923.
[4] 据说这两位教员分别是博克瑟（Boxer）先生和沃克牧师，后因项目终止，博克瑟转至汉口博学书院任教至1925年，沃克牧师则在文华大学神学院任教了一个学期（周挥辉：《百年华大与百年记忆——掌故·逸事·风物》，华中师范大学出版社，2013年，第37页）。

**《儒释道三教》**

苏慧廉总是忙碌着,但让人惊讶与敬佩的是,他的学术研究并未因事务繁忙而耽搁。1913年,厚厚的《儒释道三教》在英国出版。这是他演讲报告的汇编,1912年,苏慧廉曾应邀赴牛津大学皇后学院(Queen's College),以资深传教士及中国通的身份为即将赴华的传教士授课。该书由十二个报告组成,苏慧廉将他所了解的儒教、佛教、道教及相互的关系,以通俗并且是西方人容易明白的方式一一道来。

其实早在温州传教期间,苏慧廉就对中国宗教有了初步的研究。他的第一本著作《中国传教纪事》,四分之一的篇幅是对当时流布于温州的各种宗教的观察。当时温州是多神崇拜的地方,早在东瓯王时代,便以"敬鬼"著称于世。一位英国驻温领事说,在他所到过的所有中国城市中,温州是最崇拜偶像的地方。[1]

苏慧廉在诸神济济的温州,曾走访了几十座庙宇,并将它们分类,看哪些该归于孔子,哪些归于老子。"这里面有东岳大帝庙、有平水王庙、药王庙、赤帝庙、魁星阁、白马殿、海神庙、掌管婚姻的天妃宫等等,和其他的一些寺庙。佛教和尚明确地不予承认,道士对此有所保留,它们到底该归属于何家神圣?""我的助手和我很快就像陷在北方泥地里的大车一般,不知所措了。"[2]

当时在温州还"不知所措"的苏慧廉,后来成了中国宗教问题的专家。苏慧廉的年代,新教在华传教事业中的一个重要课题,便是如何处理与中国其他宗教传统的关系。当时大部分传教士把中国的传统宗教视为异教主义(Heathenism)的一部分,是谬误和黑暗的。其中,仅有李提摩太、丁韪良、林乐知等一小部分较为开放的传教士承认中国传统宗教中的诸多优秀因素,他们呼吁传教士应以福音成全它们,而不是摧毁它们。[3]苏慧廉的态度也是开放的,他反对以蔑视的态度对待中国宗教,强调尊重中国文化和宗教是

---

[1] J.W. Heywood, "The 'Religions' Life of Wenchow," *The Missionary Echo* (1896): 55.
[2] 苏慧廉:《晚清温州纪事》,第158—159页。
[3] 姚西伊:《为真道争辩——在华基督教新教传教士基要主义运动(1920—1937年)》,第252页。

苏慧廉1911年在剑桥大学留影。是年剑桥授予他荣誉文学硕士学位

1912年苏慧廉（二排左五）赴牛津大学皇后学院授课

来华传教士应该具备的品格。[1]

儒释道三教中,苏慧廉对佛教最有研究。他虽为基督教传教士,但对佛教并非全盘否定。他说,在整个远东地区,佛教作为一种宗教对人们的生活和思想有着深远的影响。"我个人认为,就其形式上来讲,大乘佛教并不是基督教传教士的敌人,而是我们的朋友;因为它已经使得中国人对接受基督教内核不再陌生。"[2]不过,苏慧廉称大乘佛教为朋友,并非是基于平等对话的基础上。在他后来撰写的《中国与英国》一书中,介绍基督教新教文化在中国的传播历程时,作为对比,他称中国佛教为"次等"宗教,并认为中国人不会永远满足于次等宗教,他们最终将寻求到最好的宗教——基督教。[3]

《儒释道三教》在西方学界影响甚广。二十世纪二十年代,美国著名历史学家赖德烈就预言"此书一定会长久地成为这一课题最有用的入门书之一"。[4]他的预见后被证实,该书不断再版,1946年还推出了法文版。在西方人撰写的关于中国宗教及文化的著述中,经常见该书书名出现在参考文献之中。中国近代大儒张君劢也曾注意到这本书,不过,他对苏慧廉认为儒家是宗教,儒家思想中含有中国宗教的原始观念的解释并不认同。[5]

---

[1] *The Three Religions of China*, 19-22. 转引自李智浩:《佛教典论的基督化诠释——论苏慧廉的佛教研究》,载《天国、净土与人间:耶佛对话与社会关怀》(北京:中华书局,2008),第 243 页。
[2] *The Three Religions of China*, 123. 转引自李新德:《苏慧廉及其汉学研究》,载《基督与中国社会》(香港:香港中文大学出版社,2006),第 177—198 页。
[3] William Edward Soothill, *China and England* (London: Oxford University Press, 1928), 161-163. 亦参考李新德:《苏慧廉及其汉学研究》。
[4] 赖德烈:《过去七年的中国史研究》,见朱政惠:《美国学者论美国中国学》(上海:上海辞书出版社,2009),第 12 页。此文原载 *American Historical Review*, Jul.1921。赖德烈(Kenneth Scott Latourette, 1884—1968),美国人。1909—1910 年任美国学生志愿海外传教运动秘书,1910—1917 年为长沙雅礼学校教员,1918 年回美国后历任丹尼森大学、耶鲁大学历史学教授。著有《早期中美关系史(1784—1844 年)》《中国的发展》《基督教在华传教史》《革命时代中的基督教》《基督教史》等。
[5] 张君劢:《中国历史上的儒家及其与西方哲学之比较》,载《二十世纪儒学研究大系·儒家学派研究》(北京:中华书局,2003),第 56 页。

## 第五节 华工与青年会

**赴法华工**

在此前可见的苏慧廉简介中,亦有提到其曾在欧洲青年会履职,但对具体情况语焉不详。[1]那段时间苏慧廉在干什么?这个疑问近几年一直在我心中,直到在上海图书馆读到《民国日报》1926年3月10日上的一则报道。当时苏慧廉随英国庚款代表团访问中国,有记者在上海采访了他:

> (苏氏)一九一一年回国,提倡在中国中部设一大学,曾募得三百万金镑,惜大战发生,计划完全失败。苏氏即在牛津剑桥二大学,任教授职,同时颇为青年会效力。法国华工之青年会,乃苏氏所创办者。苏氏夫人在大战时,则在伦敦照料假期中之华工译员,若辈有规定之假期,每十人为一队,来伦敦休息二星期,饮食起居以及游览,统由夫人办理。[2]

欧战?赴法华工?青年会?我决定沿这些线索继续寻找。

第一次世界大战也称"欧战"。战争前期中国并未卷入,但到了1917年,是否参战成为摆在北京政府面前一道必须要做的选择题。战,国贫民弱;不战,中国在新的国际格局中又将处于何种地位?当时纷争很厉害,民国史上有名的"府院之争"、张勋复辟其实都与这道题目有关。

这时,梁士诒提出一个"以工代兵"的惊人构想——他认为以中国当时的财力兵备,"不足以遣兵赴欧,而以工代兵,则不独国家可省海陆运输饷械之巨额费用,而参战工人反得列国所给工资,中国政府不费分文,而

---
[1]"一战"期间苏慧廉的职务,常见的说法是"任基督教青年会宗教工作主任干事"。《温州基督教》《温州基督教史》皆采用此说。
[2]《英国续派庚款委员到沪》,《民国日报》,1926年3月10日。

苏慧廉夫妇与华工翻译

获战胜后之种种胜利"。[1] 此即为二十万华工奔赴法国前线的来由。中国也以此巧妙的方式卷入欧战,并在日后成为协约国成员,站到了胜利的一方。

台湾近代史专家陈三井所著之《华工与欧战》,是该领域最权威也最翔实的专著。书中附有招募劳工的合同全文,其中第二十五条这样写道:"原则上每一百二十五名工人,需用翻译一员。……此项翻译员须身家清白,通晓中文,并曾习法文……。雇佣期为二年,……薪水每员合同定为法币一百五十佛(法)朗,于每月底支给。"[2] 为帮助这批"苦力"在异国生活,当时有四百位受过大学教育的学生应征充任翻译。

陈三井继续写道:

若干翻译到法之前,意欲一方面工作,一方面求学,惟到法之后,

---

[1] 陈三井:《华工与欧战》(台北:"中央研究院"近代史研究所,1986),第9页。
[2] 同上,第200—201页。

多住旷野，终日勤劳，白昼因无暇读书，夜晚欲觅师亦不可得，颇违初意，乃纷纷求去。但华工翻译向不敷用，除非不得已，英人岂肯听其自去。为求挽留起见，驻英使馆特与英人商议，拟特设学额，俟战局告终，择翻译之优秀者补给学费，留学英岛，如此一则可收鼓励之效，坚其职守，不生中途求去之想，一则亦可造就人才。但此案遭英陆军部批驳，改为给假游历伦敦办法。凡在法工作满一年者，可轮流前往伦敦游历二星期，每班以十人至十二人为限。到伦敦时由英国青年会派员担任接待，并导游名胜古迹。估计前后享受此优待之翻译达二百四十一人，于翻译工作情绪之稳定不无贡献。〔1〕

"到伦敦时由英国青年会派员担任接待，并导游名胜古迹。"读到这句话时，我睁大了眼睛。这不正与《民国日报》那篇报道相吻合吗！

我后来又找到了路熙自己的记录：

在服事中国三十七年经历中，1918至1919年在利顿石（Leytonstone）哈钦森寓所（Hutchison House）的生活给了我们从未有过的荣幸。

我们倾心于接待一百八十五位中国翻译，他们从法国来，每班十人，每次逗留两周。

……

这些人是英国当局与九万华工之间的翻译。他们能说英语，有的流利，有的稍有点迟疑。

他们常在隔周的周二抵达。这些带着沉重行李已很疲倦的陌生人，一下子就挤满了我们的大厅。他们用了一整夜通过气候恶劣的海峡，并且几乎一天已没有进食。

但这些来自中国的年轻人受到热烈的欢迎。他们住进了宽大明亮

---

〔1〕 陈三井：《华工与欧战》，第134—135页。

的房子(这也可能是他们第一次接触到西方的物质文明),洗个热水澡,吃顿美食,他们的脸上随后就洋溢着微笑。

这要感谢青年会,是它给了这些青年人体会西方社会可夸耀的一面,以有别于在法国的悲惨生活。

当费尔法克斯(Colonel Fairfax)给苏慧廉写信,谈他有让这些翻译去伦敦短暂访问的想法时,问青年会是否可承担接待与欢迎?苏慧廉马上咨询阿瑟·亚普[1]爵士,亚普爵士回复,"当然可以,如果你能承担"。苏慧廉答应了,当然,是青年会来承担费用。[2]

哈钦森(G. A. Hutchison)先生提供了一幢有悠久历史的房子,作为接待旅店。哈钦森是英国《男孩周报》(Boy's Own Paper)的创办人兼编辑。

因人手不够,苏慧廉还找多诺芬(J. P. Donovan)先生来帮忙。多诺芬民国初年曾任上海邮政局邮政总办,当时已退休回英。但这份工作对这位被路熙称为"中国人的老朋友"的老人并不轻松,当他在车站接待第三批到访的青年人时就病倒了。还有些曾在中国服务过的英国传教士也过来帮忙,仍忙不过来时,苏慧廉就来填空。苏慧廉夫妇带他们游览大英博物馆、西敏寺、国会大厦、泰晤士报,英伦美景及政治文明给这些中国年轻人留下了一生难忘的印象。

### 青年会

其实早在1916年,苏慧廉便被借调到英国青年会任干事。[3]当时欧战烽火已燃,几十万华工聚集法国。当这些年龄在二十至四十岁,来自穷乡僻壤的中国劳力,突然置身于一个文化背景迥异、语言隔阂的异国世界时,谁给他们伸出援手?

---

[1] 阿瑟·亚普(Arthur Yapp, 1869—1936),时任英国青年会负责人。
[2] Mrs. W.E.Soothill, "When East Comes West," *The Missionary Echo* (1920): 41–42.
[3] *The United Methodist Church: Report of the Missions (Home and Foreign) for the Year Ending April, 1916.* 111.

查阅与这段历史相关的资料时,可看到很多熟悉的名字:李石曾、蔡元培等人于1916年发起华法教育会,为在法工人设立学校;蔡元培撰写华工学校讲义,并亲自讲授;汪精卫建议对华工增开"现代政府"一课;晏阳初倡议基本中国字汇和集体教授法,由识字华工教不识字之同胞。

再继续查,竟发现很多人与事的背后都有一个共同的组织——基督教青年会。汪精卫向青年会建议开设"现代政府"一课;晏阳初也是受青年会的委派,从美国来到法国。他后来主编的《华工周报》在华工中影响深远,该报的主办单位就是青年会。

基督教青年会是个国际性的组织,它以服务人群,培养高尚的基督徒德行为宗旨。青年会为作战军人服务,始于美国南北战争期间。华工到欧洲战地工作,华工便成为青年会服务的对象。据统计,英国与北美基督教青年会先后设立一百二十余所服务中心,为华工服务。[1]

为华工服务的义工来自世界各地,因为是去帮助中国人,北美及欧洲的中国留学生反应最为积极。据说,当时在美国的中国留学生中有八十余人响应号召赴法。这批年轻的学子中,后来享大名者有晏阳初、蒋廷黻[2]、林语堂等。曾为黄仁宇《万历十五年》作序的美国著名历史学者傅路德[3]当时也是应征赴法的青年会一员。服务华工的经历,几乎影响了他们一生的信仰与道路。

青年会的标志是一个红色的三角形。三角形的三边分别代表德、智、体三育。后纳入我国教育方针的德智体全面发展的提法,实源于青年会的宗旨。青年会后来还在三育的基础上加上群育,构成德、智、体、群四元目标,以此作为活动的准则。

---

[1] 陈三井:《基督教青年会与欧战华工》,载《"中央研究院"近代史研究所集刊》,第十七期。
[2] 蒋廷黻曾任YMCA秘书。1912年,适值辛亥革命爆发,负笈留美,先入密苏里州派克学堂接受中等教育,三年毕业,转学俄亥俄州奥伯林学院主修历史。1918年加入由基督教青年会组织的"哥伦比亚骑兵队",赴法国为华工服务。1919年夏,复返美入哥伦比亚大学研究院专攻历史,1923年获博士学位。
[3] 傅路德(Luther Carrington Goodrich,1894—1986),又称富路特,出生于北京通州,富善之子。曾任哥伦比亚大学中文荣誉教授。著有《中华民族简史》《印刷:关于一个新发现的开场白》《蒙古统治下在中国的西亚人和中亚人以及他们转化为汉人》等。与房兆楹合编《明代名人传》。

青年会服务华工的工作,也是按"德智体群"四元全面展开的。

德:青年会在华工中发起进德会、万国改良会等组织,禁聚赌、酗酒、宿娼、打架、无故休工,提倡青年人洁身自爱。在美国明尼苏达大学图书馆所藏的青年会档案中,有一封青年会干事科尔(G. H. Cole)1918年11月23日写给苏慧廉的信,其中提到在法华工好赌的情况:"此间中国人中,赌博如此盛行,以致我们难以找到一种可取代的娱乐形式,现在看起来最好的取代物是业余戏剧表演。"[1]

智:青年会开设各种识字班、补习班、进修班、语言班,帮助华工在工作之余,提高文化水准。"凡目不识丁者,可于六周内认字速成。凡略能读与写者,则备有常用国字表可于数周内教习。而于受过较高教育者,则开办英文、法文、地理、历史、数学、中国古典等班,分别讲授,并辅以幻灯、电影等电化工具,以加强教学效果。又有公共问题,诸如卫生、森林、筑路、民族意识、欧洲市民权力等课程之讲授。"[2]晏阳初当时就是在华工中教授识字法,并由此产生了"平民教育"的思想。他后来提出"3C",即孔子(Confucius)、基督(Christ)和苦力(Coolie)救中国的思想,并终身实践。晏阳初1943年被评选为"当今世界上贡献最大、影响最广的十大名人"。这名单中有爱因斯坦、杜威、亨利·福特,晏阳初是唯一的中国人。

体:青年会在华工中组织足球队、棒球队,举办兵操练习,还举办运动会。体育不仅可强身,而且可增加娱乐,并提高工作效率。

群:群育,按今天的话讲,有点类似团队观念的培养。青年会在华工中组织俱乐部、剧团、戏曲班、同乐园,以庆祝会、游乐会、表演等形式加强同胞之间的融合,亦在外邦树立华工群体良好的形象。

在法国马赛工作的华工王佛仁写了首歌,可看出当时大家对青年会的喜爱:

---

[1] International Work in China, Box 36, *China Correspondence and Reports Nov.–Dec. 1918*. University of Minnesota Libraries.
[2] 陈三井:《华工与欧战》,第129—130页。

> 诸同胞，由外来，辛辛苦苦到马赛。
> 坐号房，心不快，一天到晚不自在。
> 青年会，善招待，华工同胞莫见外。
> 早九点，把门开，直到四点都可来。
> 学国文，把字猜，又念又记真是快。
> 学写信，上讲台，编好做好真是快，天天听讲莫懈怠。
> 笔纸墨，不用买，随时需要无妨碍。
> 有报看，有棋赛，许多玩意真奇怪。
> 有电影，畅心怀，星期二五两点开。
> 诸同胞，勿徘徊，须知有利毫无害。
> 叹光阴，最可爱，今日过去不再来。
> 同胞呀！勿疑猜，请到青年会里来。[1]

苏慧廉任英国青年会华工事务方面的负责人，但在他自己留下的文字里，我至今没有找到对这段经历的详细记录。1935年苏慧廉去世，英国《泰晤士报》报道其生平时倒没有忘记这段履职：

> 苏慧廉在欧战期间回到英国，在组织华人翻译伦敦活动的同时，成为青年会宗教事务的负责人。……为表彰服务华工之功绩，他被中国政府授予文虎勋章，此前他还曾获颁双龙宝星勋章。[2]

苏慧廉这次获得的是三等文虎勋章。在英国官方1920年3月1日发布的一份公报上，如此阐述苏慧廉的获勋理由：

---

[1] 陈三井：《基督教青年会与欧战华工》。
[2] W.E.Soothill, "The Chair of Chinese at Oxford," *The Times*, May16, 1935. 北京政府1912年发布《陆海军勋章令》，凡民国陆海军人卓有勋劳，或非陆海军人及外国人于陆海军特别任务中卓有勋劳者，皆得分别给予勋章。勋章分白鹰、文虎两种勋章，每种均分九等。

苏慧廉牧师这次是因在华工中组织青年会而获颁文虎勋章,其实,在此之前他为中国所作的贡献,可列出一份长长的记录:他是圣道公会的传教士,在温州服事廿五年;他是山西大学堂的校长;在组建华中联合大学的过程中,也被推举为校长;他还是一系列关于中国著述的作者。在欧战期间,他是青年会宗教事务部门的主任干事。稍后,他还在利顿石经营一家旅馆,为访问伦敦的华工翻译提供服务。[1]

这是苏慧廉第二次获得中国国家勋章,第一次是即将离开山西大学堂时,获二等双龙宝星。两次勋章颁布的时间相隔不到十年,可中间已换了好几任元首。

这就是那时的中国,动荡是它的主旋律。

### 抱犊崮余响

1923年5月6日凌晨,在纵贯中国东部的交通大动脉津浦铁路上,一列北上的特别快车,在经过山东临城附近时,车头突然出轨。数百名土匪明火执仗,劫持了数十名旅客,其中包括二十余位外国人。一英国人因抗拒被当场杀害。这就是民国史上震惊中外的"临城劫车案",其在西方世界引起的反响,几与"庚子事变"相类。

劫车案的黑手是抱犊崮土匪头子孙美瑶。他得手之后将"肉票"押上抱犊崮,然后向北京政府提出条件。

此案的材料甚多,各种版本的故事与传说也充斥坊间。在双方僵持的三十七天时间里,匪方与政府如何讨价还价,北京政府又如何与各国公使上下其手,此处暂不赘述。最后的结果是所有人质平安获释,匪部被收编为官军,震惊中外的劫车案以孙美瑶当上"山东新编旅"旅长而暂告一个段落。

查阅与劫车案相关的材料时,有几个细节颇耐人寻味:

---

[1] "Westminster Gazette," Mar. 1,1920. 转引自 The Chinese Recorder 51 (1920): 365。

一、匪徒为让车头脱轨,事先将路轨拆掉了两节。这一工作颇有技术含量,非普通土匪可为。二、火车被打劫,北洋军方闻讯赶来,双方交火。匪方后来派出一名洋人及翻译前去联络,声称若再不停止追击,就枪杀所有乘客。北洋军遂停止了追击,匪众于是驱赶着中外人质逃回抱犊崮。土匪窝中怎么还有精通外语者![1]美国石油大王洛克菲勒儿媳的妹妹露茜·奥尔德里奇(Lucy T. Aldrich)也不幸成为人质。在她写给家人的信中,也提到"许多土匪懂英语,只要他们愿意,就能说上几句"[2]。

这些懂技术、"能操外国语音者"即是"旧时法国遣回之参战华工"。[3]

上海师范大学历史系教授郭绪印几年前曾亲临山东抱犊崮考察,当看到不少有"技术含量"的洞穴犹存时,他不禁感叹:"第一次世界大战期间,皖系军阀控制的北京政府参加了协约国一方,派五万名华工到欧洲战场做后勤工作。大战结束后,协约国各国军队凯旋回国,而腐败的北京政府,竟将五万名华工丢在欧洲不管不问,他们中的一小部分历经千难万苦才返回中国,因生计无着,来到抱犊崮成为土匪中重要的一支。这批人会工兵技术和设计工事,所以在抱犊崮山顶开凿成两大水池,以储蓄可供饮用的清水。"[4]

临城劫车案当时震惊世界,时在英国的苏慧廉应该知道此事。不过,其中有华工参与之细节,他知道吗?《圣经》上说:"指望结好葡萄,反倒结了野葡萄。"[5]

据陈三井教授研究,民国期间此起彼伏的工人运动也与这批归国华工有关。华工在欧洲时,因与较高生活水准有过接触,接受了"人当为更好的地位而奋斗"的新观念。同时在法期间,也受到工会组织的洗礼,懂得罢工、

---

[1] 南雁:《临城土匪大掠津浦车》,载《东方杂志》(第二十八卷第8号,1923年4月25日),第2—3页。
[2] 露茜·奥尔德里奇:《周末,我当了抱犊崮土匪的"洋票"》,载《我和土匪在一起的日子:民国匪案洋人亲历记》(北京:团结出版社,2009),第20—22页。此文原载美国《大西洋月刊》(*Atlantic Monthly*)1923年6月号第672—686页,标题为A Weekend with Chinese Bandits。
[3] 《赴法勤工俭学运动史料》(北京:北京出版社,1979),第二册(下),第790页。
[4] 郭绪印:《"临城劫车案"始末》,载《文汇读书周报》,2005年11月11日。
[5] 《圣经·以赛亚书》5:2。

工人联合的价值。"至欧战结束前夕,民族主义、无政府主义与马克思主义已为若干华工领袖所拳拳服膺,深信不疑。他们利用华工之不满情绪,发动各式各样之罢工,以遂其政治目的。"[1]也正因此,"在某些官方机构,返国华工甚至被看成一个'潜在的布尔什维克'(Potential Bolshevik)那样可怕"。更有甚者,"还博得中国工人世界的'不祥之人'(Stormy Petrel)之恶称"。[2]

中国的工人运动也就是在此际开始成为一股革命力量。

---

[1] 陈三井:《华工与欧战》,第142页。
[2] 同上,第186页。

## 第六章

# 牛津（1920—1925年）

你往后看多远，就能往前看多远。

——丘吉尔

## 第一节　英国汉学

**沃尔顿街上的"中文系"**

今日牛津大学里的中国人,将该校中国学研究所(Institute for Chinese Studies)戏称为牛津中文系。"中文系"坐落于沃尔顿(Walton)街上一幢典雅的老楼里。二十世纪九十年代,邵逸夫捐助该学科,于是校方从牛津大学出版社调拨出这幢小楼,整合了原分散于牛津各院的汉学资源,集合成中国学研究所。现在它是牛津的汉学中心。

在"中文系"图书馆阅览室的墙上,我看见了苏慧廉的照片。黑白肖像照下有行小字:1920—1935。

1920年,苏慧廉接受牛津大学的聘请,出任汉学讲座教授。按中国人的算法,1920年苏慧廉正好是六十岁。六十,是个可以告老还乡的年龄。有在中国生活三十年的经历,结交了大批中国精英,会流利的中文,还熟研中国传统典籍,苏慧廉显然已成为"中国通"。美国中国学严格意义上的开创人之一赖德烈在一篇发表于1918年的历史学述评里就认为,苏慧廉是英国传教团为中国学术历史提供的首屈一指的人才之一。[1]

如果把时间往前推一百三十年,当时整个英国还找不到一个懂中文的人。1792年马戛尔尼(George Macartney)访华,需要一个会中文的人担任翻译。英国政府没办法,只得向欧洲其他国家求助。后几经周折,才在意大利那不勒斯中国学院找到两名中国学生。[2]

这种状况一直延续到十九世纪二十年代。1823年,英王赞助成立了不列颠及爱尔兰皇家亚洲学会,1827年该学会会报开始刊登有关中国的文章。1837年伦敦大学设立中文教授职务,1876年牛津大学也设立了中文教授一

---

[1] 赖德烈:《美国学术与中国历史》,朱政惠:《美国学者论美国中国学》(上海:上海辞书出版社,2009),第2页。此文原载 *Journal of American Oriental Society*, Vol. 138, 1918。
[2] 黄鸿钊:《中英关系史》(香港:开明书店,1995),第36页。

牛津历任汉学教授照片。最右边的为苏慧廉

沃尔顿街上的牛津"中文系"（2009年3月31日摄于牛津）

职。1888年，威妥玛在剑桥被选为首任汉学教授。1916年东方学院（the School of Oriental Studies）成立，末代皇帝溥仪的英文老师庄士敦[1]回英之后就是在这里充任汉学教授。

以后杜伦大学、利兹大学、约克大学、爱丁堡大学、纽卡斯尔大学也相继开设了中文系。英国的汉学研究就这样一步步发展起来。

**牛津汉学**

我站在阅览室里，逐张看墙上的图片。

先是理雅各，牛津汉学的开山鼻祖。

1876年，已从香港返回英国的理雅各出任牛津大学汉学讲座教授，他是牛津史上第一任汉学教授。理雅各担任此职二十二年，直至1897年逝世。墙上还有张照片，整个画面就是一块黑板，上面写着几行汉字。这是他1897年11月9日那天留在黑板上的文字。理雅各是在讲课时突然中风倒地去世的，这些粉笔字成了他的绝笔。

理雅各的门生遍布英伦，包括苏慧廉与山西大学堂西学斋首任总教习敦崇礼。

然后是布勒克（Thomas Lowndes Bullock），他于1899年接替去世的理雅各出任牛津汉学教授，直至1915年去世。

布勒克是外交官，曾在英国驻中国领事机构中供职二十八年，先后担任驻华汉文副使，代理汉务参赞，驻九江、营口、烟台等地领事等职。从外交界退休后，出任牛津教职。可能是他的前任水准过高，布勒克因此相形见绌。更何况，在讲究学术的牛津，他又非正途出身。他留下的汉学著述似乎仅有一本《汉语书面语渐进练习》（*Progressive Exercises in the Chinese Written Language*）。

英制大学，每个学科只有一名教授，此人为学术带头人，同时兼系主任。

---

[1] 庄士敦（Reginald Fleming Johnston, 1874—1938），英国人，牛津毕业后考入海外殖民部，历任香港政府官员及威海卫行政公署长。1919年被溥仪聘为英语教师。回英后任伦敦大学汉学教授。著有《紫禁城的黄昏》《基督教在华传教事业评议》《佛教徒的中国》等。

系里其他的老师都是讲师。牛津早期的讲座教授多是终身制。理雅各去世,布勒克继任。布勒克去世,苏慧廉继任。但布氏1915年便去世了,苏慧廉直至1920年才接任。

## 第二节　选举风波

### 北京的隐士

如果没有读到《北京的隐士——巴克斯爵士的隐蔽生活》[1]这本书，我还不知道牛津汉学讲座教授一职的竞争竟如此激烈。

书作者休·特雷弗-罗珀（Hugh Trevor-Roper）是西方现代史研究领域的著名人物。他的成名作是1947年出版的《希特勒的末日》(*The Last Days of Hitler*)。

出版于1977年的《北京的隐士》是罗珀研究中国近代史的一部重要史学著作。书中被称为北京隐士的人叫埃德蒙·巴克斯（Edmund Trelawny Backhouse）。在这个曲折的故事里，苏慧廉只是个小小的配角。

巴克斯是英国人，出身于贵格会[2]家庭。至十九世纪，这个家族已在英国贸易界崭露头角。巴克斯的父亲乔纳森·巴克斯（Jonathan Edmund Backhouse）拥有贵族头衔。

巴克斯1892年进入牛津大学墨顿学院（Merton College）。他在牛津的学习生涯有个良好的开端，曾获得过奖学金，并被发现具有语言天才。不过，后来的档案材料表明，他在牛津不仅没有获得学位，还涉嫌一些骗取钱财的丑闻。这个贵族家庭的纨绔子弟，花钱过于大方，在大学时就欠下高达两万三千英镑的债务。这件事对这个有名望的家族而言是个丑闻，父亲在为他清偿了债务后即通知他，不能再指望获得通常的遗产。

很可能是因为这件事，巴克斯离开了家，来到了遥远的中国。当时是1898年，他在上海找到赫德，希望以他的语言天赋在海关谋份差事。

---

[1] Hugh Trevor-Roper, *Hermit of Peking, The Hidden Life of Sir Edmund Backhouse*（London：Macmillan, 1977）. 1986年齐鲁书社出版中译本，译者胡滨、吴乃华，书名为《北京的隐士——巴克斯爵士的隐蔽生活》。Edmund Backhouse 亦有译作白克浩司、拜克豪斯、巴恪思。

[2] 贵格会（Quaker），又称公谊会或教友派（Religious Society of Friends），为基督教新教一派别。该派反对任何形式的战争和暴力，主张人与人之间像兄弟一样。

他的中文是在赴中国前去剑桥突击学会的，只用了三个月。他的老师是刚接替威妥玛出任剑桥大学汉学教授的翟理思。

后来是莫理循发现了巴克斯。在一份材料中他这样介绍巴克斯："一个贵格教徒家庭的绅士，父亲是当年的银行家，下院议员，达令敦皮斯家和其他贵格教徒家的亲戚。……巴克斯是一个有特殊天赋才能的人。除其他语言外，他会说、会看、会写现代希腊语和俄语，还认识三千个汉字。因为他见多识广，我很喜欢他。"[1]

巴克斯后来就担任莫理循的助理。莫理循虽是"中国通"，但并不识汉语，以前只能依赖李鸿章的英文秘书毕德格[2]为他译述一些中国的官方消息，而李鸿章又十分乐意利用他巧妙地对《泰晤士报》施加影响。现在有了巴克斯，莫理循可谓如虎添翼，巴克斯也由此在北京站稳了脚跟。

巴克斯的语言天赋及学术才能应是不容置疑的，1901年还被任命为京师大学堂的法律和文学教授。不过，今人对他这一段与北大有关的经历几无所知。

巴克斯在中国居住了近半个世纪。他后来暴得大名，主要是因为与另一位英国人，曾参与营救过康有为的濮兰德合著了《慈禧外纪》[3]，在这本轰动西方的"非虚构作品"及后来撰写的回忆录里，巴克斯回忆他眼中的慈禧及两人"亲密接触"的往事。他自称"外国的荣禄"，从1902年到1908年慈禧去世，一直是慈禧的情人。1902年巴克斯二十九岁，慈禧六十八岁。[4]

在该书第十七章还收录了巴克斯于1900年八国联军攻陷北京时"发现"

---

[1] 罗珀：《北京的隐士》，第24页。
[2] 毕德格（William N. Pethick），美国人。1874年来华，任天津副领事，后辞职，专任李鸿章英文秘书。
[3] John O. Bland and Edmund Backhouse, *China under the Empress Dowager: Being the History of the Life and Times of Tzu Hsi*. Compiled from state papers and the private diary of the comptroller of her household（London: William Heinemann, 1910）.
[4] 详见巴恪思：《太后与我》，王笑歌译（昆明：云南人民出版社，2012）。

的《景善日记》[1]的译文。这部日记公开发表后，国内外学者聚讼纷纭。后来主流的西方学者均认为《景善日记》是巴克斯的伪作，巴克斯当然一口否认。不过，在就真赝问题争论的过程中，巴克斯已沦为一个伪君子的形象。罗珀写这本《北京的隐士》，有很大的推动力来自他要以扎实的史学功底论证巴克斯——一个伪造者、一个欺诈者、一个不折不扣的骗子、一个狂郁综合病症的患者——如何和他的同伙为了维持他们在北京的生计，伪造并贩卖中国文学"名著"，其中就包括宫廷档案和日记，他们正是以此为基础编写了关于慈禧的那些书。

### 巴克斯豪举

我在牛津大学博德林图书馆四处乱窜，就是为了寻找一块记有巴克斯大名的功德碑。按中国人的思维，这个碑应高高地竖立在图书馆正门外的广场上。最终，我是在馆内楼梯转角处找到了它。一块白色的大理石碑镶嵌在墙上，第二行倒数第二个名字就是——埃德蒙·巴克斯从男爵。

二等从男爵巴克斯能在功德碑上占有一行字，缘于1913年他把收藏的一万七千卷中文书籍和手稿捐赠给博德林图书馆。此后八年中，他又陆续捐赠了一万卷书。按照专家的说法，这些赠书使牛津大学的中文藏书突然增加了近四倍，并使得该校拥有了欧洲最好的中文馆藏。

一万七千卷书是个什么概念？根据牛津图书馆的史料记载，当时这批书被装在二十九个板条箱里，重量超过四吨。当然，比数量更重要的是它的价值，现已成为博德林镇馆之宝的六卷《永乐大典》亦在其中。

除了《永乐大典》外，这其中还有"三部珍贵的早期刊印的书籍，巴克

---

[1] 景善（1823—1900年），字荻亭，满洲正白旗人。同治年间进士，官至礼部右侍郎。光绪二十六年（1900）七月二十一日，八国联军已侵入北京，当晚他被其长子推坠入井溺死。出现于《慈禧外传》中的《景善日记》，据悉为1900年8月18日，即联军占领北京后的第四天，由巴克斯在景善书房获得，此后又由他译为英文刊载于《慈禧外传》中。后来，濮兰德征得巴克斯同意，将日记的英文译稿赠予大英博物馆，并于1924年发表。濮兰德还说，事后他问过巴克斯关于日记的中文底本一事，巴克斯推说因生计困难，早已将其卖掉了，或者是不慎烧掉了云云。总之，除了巴克斯外，世上没有第二人见过《景善日记》中文底本。

巴克斯

斯也许过于热情,把它们说成是宋版书。这三部书是:印刷精美、保存完好的《春秋左氏传》《孔子家语》,以及《古今纪要》"。[1]写这篇热情洋溢的文章赞扬巴克斯捐赠的人叫翟林奈[2],是当时大英博物馆管理东方书籍和手稿的馆员。他的父亲就是大名鼎鼎的汉学家翟理思。翟林奈认为,后两部书的年代分别属于明代和元代。还有一套丛书也受到巴克斯的特别推荐——清朝雍正皇帝时重印的卷帙浩繁的《古今图书集成》,计五千多册。

2009年春,我有幸在牛津博德林图书馆的地下书库里,"瞄"了巴克斯当年捐赠的宝贝一眼。该馆现东方部主任何大伟破例带我入库,他边开灯边给我数"巴克斯"书架。写着"巴克斯"名字的书架有十几排,约占博德林中文善本的半壁江山。

按罗珀的分析,巴克斯如此慷慨,目的就是想接替布勒克出任牛津大学汉学讲座教授。

为了钱?绝对不是。因为牛津汉学教授的薪金"公认是很少的,每年

---

[1] 罗珀:《北京的隐士》,第74页。翟林奈此文刊登在1913年12月2日的《泰晤士报》。
[2] 翟林奈(Lionel Giles,1875—1958),翟理思之子,生于中国。1900年进大英博物馆图书馆负责管理东方书籍。译有《孙子兵法》《论语》等,编有《钦定古今图书集成索引》。

只有一百五十英镑"。[1]这点钱与他所捐赠的金额是不相称的。按照1914年的估值,他首批捐赠物约值四千五百英镑。

可能是布勒克的学术资历不够,当时英国汉学界的知名人物,如翟林奈、庄士敦,都希望他能尽快辞职,而巴克斯几乎肯定将接替他。正如庄延龄所说的,巴氏此时已被公认为牛津汉学教授职位的确定继承人。庄延龄对巴克斯甚为尊敬,他认为,没有任何其他人能够和巴克斯竞争该职位。[2]不幸的是,布勒克没有辞职的打算。

仿佛是为了加重竞争砝码,巴克斯1914年又给牛津寄出了第二批书籍和手稿,共有七十六箱,其中包括四百六十三卷图书、十五件手稿。他声称第二批礼物的价值超过第一批,值九千六百英镑。

赠送的第二批书籍很及时地寄到牛津。说及时,是因为布勒克教授于1915年3月去世。现在到了巴克斯正式申请汉学教授职务的时候了,他在申请信中写道,他非常喜欢这个教职,但他担心,一位前领事馆人员肯定会得到它。[3]

巴克斯信中提到的前领事馆人员,因文献不足,我暂不知指谁。不过,由此可见,当时竞争此职的绝不仅是巴克斯一人。

如果1915年即决定第三任牛津汉学教授人选,巴克斯当选的概率很大。不幸的是,那时正是欧战最激烈的时候,欧洲的命运系于战火,牛津大学遂决定延迟推选一事。

**尘埃落定**

1920年年初,欧战风云消散。牛津大学有权选举汉学教授的人们终于可以围坐一桌了。

巴克斯在这个关键时候,又一次表示要赠送礼物。他说如果博德林图书馆愿意预付一千英镑,他将可为该馆买到非常珍贵的六部手稿和十二幅

---

[1] 罗珀:《北京的隐士》,第93页。
[2] 同上,第97页。
[3] 同上,第101页。

卷轴。面对如此好事，馆长同意了这项建议。

但这时已有些不和谐的声音在私下传递：第一批赠书中有一部分迟迟没有到达，有消息显示它们根本就没有起运；也有人对其赠品的真假提出疑义；还有学人对《古今图书集成》的版本表示怀疑，认为该书并不是真正的雍正四年（1726）的宫廷初印本（又称殿本），而是1895年至1898年间第三次翻印的石印本。苏慧廉后来到牛津也认同这个结论。二十世纪三十年代，时任北平图书馆写经组组长的向达前往牛津为中文藏书编目时，进一步证实了苏慧廉对《古今图书集成》版本的判断及评价。[1]

《古今图书集成》的石印本，在藏书界习称"同文版"或"光绪版"，这是该书的第三次翻印。光绪十六年（1890），光绪皇帝下令石印《集成》，由上海同文书局承办。完成于光绪二十年（1894）的石印本，照殿本原式印出一百部。此版增刊了龙继栋所作《考证》二十四卷，订正原书引文错讹脱漏之处约两万条，这是最早的"铜活字版"和第二次重印的"扁字体版"所不具有的。因此，这也是辨别石印本的最简单方法。2009年我在牛津书库参观时，何大伟就告诉我，牛津的《古今图书集成》是有考订的。

尽管这是第三次印本，但因校正详细、加工精审，就整体质量而言，胜过殿本。清政府当时为此耗白银五十万两，成品主要用于赠送外国或颁赏大臣。巴克斯当时在中国，作为一个与清廷高层有往来的外国人，他具备得到一套石印本的可能。

1920年夏，牛津大学举行了新任汉学教授的选举。

> 有选举权的人们到底没有选巴克斯。六年来，他继任该项职位被认为是确定无疑的，通过慷慨赠送书籍使此事更有把握。但这时他突然被拒绝给予这个期望已久的职位。我们不知道那些有选举权的人们受到了什么影响。他们没有选巴克斯，而挑选了一位以前当过传教士

---

[1] 罗珀：《北京的隐士》，第128页。

的有能力的学者苏慧廉。[1]

罗珀在这里第一次提到苏慧廉。尽管同为英国人,他对苏慧廉了解很少。

牛津选举尘埃落定后,巴克斯便乏善可陈了。按他自己的说法,因为几次捐赠,他已一贫如洗。

1926年,苏慧廉为处理中英庚款一事来到中国。在北京时,苏慧廉还专门去见了巴克斯,当时他住在北京石驸马大街十号。苏慧廉"和巴克斯进行了一次令人愉快的谈话。巴克斯神情沮丧,身体不好,蓬头散发,衣服破烂,脑子反常。我怀疑他是故意穿破烂衣服,以表明他的贫困"!罗珀对巴克斯不依不饶。

巴克斯仍向苏慧廉声称他的手稿是真实的,"我们的那部《古今图书集成》也是原来的版本"。苏慧廉说"它很显然不是原版",但即使是十九世纪末年的重印本,"也总有一天将是特别珍贵的"。[2]

据罗珀考证,苏慧廉1926年在京时,对巴克斯至少做了四次访问。他在第二次访问后加上了一个附言:"可怜的家伙,我抱着最大的同情对待他。"[3]

我至今没有在苏慧廉自己留下的文献中,找到关于巴克斯的记录。罗珀坚持认为,苏慧廉被巴克斯"争取了过去"。"他哀叹他一贫如洗,所穿的破衣烂衫给苏慧廉留下了很深的印象,威胁要在北京的大街上行乞,这些是他所患的那个病症的另一部分"。[4]

巴克斯1944年1月8日死于北平一家叫圣弥厄尔的天主教医院。他晚年皈依了天主教。[5]

---

[1] 罗珀:《北京的隐士》,第112页。
[2] 同上,第127页。
[3] 同上。
[4] 同上,第326页。
[5] 巴恪思:《太后与我》,第262页。

## 第三节 书斋里的革命

**牛津圣三一**

根据牛津大学档案馆提供的信息：1920年11月16日，苏慧廉正式注册成为牛津大学三一学院（Trinity College）的汉学教授。也就在同一天，牛津授予他文学硕士学位。[1]

也许是按牛津的教授任职条件，他必须有一个学位，所以校方做了如此的应急处理。

巴克斯竞争牛津汉学教席时，也曾担心自己的学历。其实，当选的苏慧廉也是没有正式学历的（尽管早在1911年，剑桥大学便授予他荣誉文学硕士学位，[2]但荣誉学位与正式学位还是有些区别的）。在英国，他的学校生涯只到十二岁。赴华前，他虽受过些神学与汉语的教育，但也只是些实用并零星的知识。

但这并不妨碍他成为一名卓越的学者，一位享誉欧洲的汉学家。英国圣道公会曾把他的画像陈列在总部大楼里，称他是自学成材的典范。[3]苏慧廉的母语是英语，他就是通过自学，掌握了法语、拉丁语、希伯来语、希腊语、中文及梵文。

苏慧廉赴任的三一学院是牛津最著名的学院之一，位于牛津城中心，已有四百多年的历史。都说它的校园很漂亮，其花园与圣约翰学院（St. John's College）花园、威德汉（Wadham）花园并称"牛津三美"。可惜我去参观的那个上午，它不对外开放。

**《李提摩太在中国》**

苏慧廉一生笔耕不辍。在牛津，客观条件让他有更多的精力从事研究

---

[1] 牛津大学档案馆（Oxford University Archives）致笔者的邮件，2009年2月20日。
[2] *The Historical Register of University of Cambridge, Supplement 1911–1920*, 61.
[3] *Catalogue of the Pictures at the Methodist Mission House.*

穿学位服的苏慧廉

与写作。据我的初步整理,苏氏一生有十余本专著行世,其中绝大部分是在牛津完成的。

1924年,《李提摩太在中国》在伦敦出版。这本至今还是研究李氏最权威的著作是他在牛津完成的第一本书。

李提摩太1910年离开太原后,回上海继续他在广学会的工作。广学会对中国近代化产生的巨大影响,是无论怎么形容都不为过的。李提摩太作为它的负责人,从接掌那天起,在中国人的心目中,就成为广学会的同义词。

1915年,李提摩太七十岁。这个已入古稀之年,并且健康状况也开始变得不稳定的老人决定回家。他向广学会提交了最后一份年度报告,在这份报告里,他说:

> 多年以前,他们感到,中国需要外国人的帮助。这是因为,当他们阅读中国学校的教科书时,他们感到其中缺乏四种东西:一是缺乏真正的科学,二是缺乏真正的历史,三是缺乏真正的经济学,四是缺乏真正的宗教。……广学会来到中国,帮助她发现问题,使她与其他

国家并肩发展。[1]

隔了近一个世纪,在苏慧廉撰写的李氏传记中读到这几句话时,我还是被他的深邃触动了。这四种缺乏,我们今天补齐了吗?

李提摩太回到英国后,住在伦敦。当时正是欧战,苏慧廉也在伦敦。苏慧廉说李提摩太住在一间公寓里,房子很小。他的身体也很虚弱,但情绪仍然高涨。他阅读、写作、思考,主题是世界和平、战后文明、伟大的宗教、近代中国的影响力等。1919年春,曾担任过他秘书的梁启超来看他,并带来了自己的著作。苏慧廉说,这是李提摩太晚年最高兴的一天。[2]

李提摩太当年4月17日去世。

> 他的遗体在戈尔德斯格林(Golders Green)火化,这场安静的仪式由富勒敦牧师和T.里夫利·格洛夫博士举行。他的几位中国老朋友出席了仪式,中国和日本公使馆成员都到场,浸礼会和它的传教士协会、广学会以及各种传教协会也都派了代表参加。但是人们总是禁不住想起,现在这个小规模的葬礼与可能在他所了解和尊敬的国度上的葬礼所形成的鲜明对比。在他自己的国度,他是一个陌生人;而在远东的"陌生人"中间,他被百万人民视为圣人。

阚斐迪出席了葬礼。他回来后向苏慧廉提到一个场景,"主办者从众多的花圈中,选择了日本公使馆送来的花圈,放在他的心脏上方。因为他的心真的在东方待了五十年。中国是他所热爱的,日本也是他所热爱的,他看不出为什么要恨她们。东方是他所热爱的,西方也是他所热爱的,他努力用相互服务的纽带将双方连接在一起。虽然许多人都是他的信徒,但是

---

[1] 苏慧廉:《李提摩太在中国》,第303页。
[2] Soothill, *Timothy Richard of China*, 325.

到现在为止尚无人能够取代他的位置"。[1]

李提摩太去世后仅半月,中国就爆发了以"科学"与"民主"为号召的五四运动。

**遥望东方**

苏慧廉在牛津的教学工作,是每周主持两次讲座和两次研讨会。这些讲座的内容,后来经整理相继出版。

1925年由牛津大学出版社出版的《中国与西方》[2]是他给现代史地专业的学生以及从事东方研究的学者做的有关中国与西方关系讲座的结集。全书分十五章,从古希腊罗马时代的中西交往一直谈到民国时期的中外关系。因为面对的是西方的普通读者,苏慧廉尽量用浅显的语言,以提纲挈领的方式,讲述他了解的中国。毕竟在这片土地上生活了三十年,他有自己近距离的观察与视角。

苏慧廉撰写这本书时,中国正陷于军阀的混战之中。他在中国见过太多的动荡了,也正因此,他对孙中山及其领导的革命评价不高,认为他是个破坏者,而不是建设者。[3]

对于中国的未来,他这样写道:"中国的复兴终将到来,但在这同时,数以百万计的中国人或将死于饥饿,或被拉壮丁,也可能做了土匪或强盗。在畸形、病态的政府高压统治之下,这群受治于高压下的中国人,也是全世界最勤劳、最充满希望、最易统治的人。"[4]

《中国与西方》出版后,他的同事,也是温州传教事业的后继者郭多玛[5]牧师写了篇书评,高度评价此书,并称这位在圣道公会拥有极高声誉的

---

[1] 苏慧廉:《李提摩太在中国》,第307—308页。
[2] W.E.Soothill, *China and the West: A Sketch of Their Intercourse* (Oxford: Oxford University Press, 1925).
[3] Ibid., 175.
[4] Ibid. 转引自一篇署名C.W.C的书评,原载 *The Geographical Journal*, Vol. 68, No.1 (Jul. 1926), 84.
[5] 郭多玛(T.M.Gauge, 1885—1927),又译郭蔼祺,英国圣道公会传教士,1910年抵达温州,从事艺文学堂管理工作。后专事传教,并主持道学传习所。1913年与同在温州传教的何立德(Ada Holt)结婚。1917年返回英国。

前辈像个希腊的智者,"他长于讲故事,在这点上总有过人之处"。[1]

苏慧廉在牛津的演讲及上课讲义还汇编为另外两本书:1927年出版的《中国简史》[2]与1928年出版的《中国与英国》[3]。

《中国简史》由苏慧廉在牛津的演讲及上课讲义汇编而成,计十三章,从古中国的三皇五帝讲到蒋介石的北伐。当时国民党终于统一中国,中国历史成为世界的关注点。此书为英国知名的"六便士丛书"(Sixpenny Library)之一种,曾广为流布。

《中国与英国》由牛津大学汉学教授写成,缘于一系列的普及讲座。苏慧廉教授曾任山西国立大学校长,其著述饱含对中国问题的第一手的观察和研究。他的文字谨慎且冷静,可算得上是英国观点的最好阐述。作者不仅没有激烈指责中国的"幼稚",反而通篇都不忘强调中国对于自己国家的处境所要承担的职责。他也专门就一些问题的流行看法进行纠正,例如1840年的战争与鸦片的关系。他这么写道:"鸦片,激化了冲突,但是它并非是起因。如果说鸦片是这场战争的起因,那么美国独立战争的起因岂不是茶叶了吗?"[4]

《中国与英国》的体例、篇幅与《中国与西方》相似,分十五章,从英国和中国早期的交往与冲突谈起,一直谈到民国的建立与中国民族主义的兴起。广受争议的鸦片贸易、治外法权、租界等热点问题,他在书中也做了充分的阐述。全书"体现的对西方冲击下近代中国所产生的回应和全方位变革的关注,已然代表着东方学,尤其是汉学的转向——从对东方(中国)神秘的想象、知识转向东方(中国)的现代化和西方化,应该可以视为二十年后费正清开创的'冲击与回应'模式下近代中

---

[1] T.M.Gauge, "China and the West," *The Missionary Echo*(1926):53.
[2] W.E.Soothill, *A History of China*(London: Ernest Been Limited, 1927).
[3] W.E.Soothill, *China and England*(Oxford: Oxford University Press, 1928).
[4] J.B.C., "*China and England* by W.E.Sothill," *Pacific Affairs*, University of British Columbia, Vol.1, No.5(Oct., 1928), 29.

苏慧廉在牛津期间的著述

国研究的萌芽。他的中英关系和中国问题研究也被时人誉为'或许是迄今为止从英国人的视角所作的最好的阐述'"[1]。台湾"中研院"院士张玉法在《中国现代史史料指引》之"中英"一节中亦列举此书为重要的外交史料。[2]

在《中国与英国》的序言中,苏慧廉深情地写道:"不管我如何评述中国,我都是带着一种对中国和中国劳苦大众的真挚情感。我曾服务于他们,并在他们中间度过了我的半生。今天的中国又一次重蹈灾难的覆辙,他们的领袖在带领民众走向渴望和平与富强的道路上正经历患难。中国的未来

---

[1] 王兴:《投桃报李?——英国传教士汉学家苏慧廉的中英关系研究》,载《基督教思想评论》第十八辑(上海:上海人民出版社,2014),第248—249页。
[2] 张玉法:《中国现代史史料指引》(台北:新文丰出版公司,1990),第320页。

需要耐心,也需要持续的同情。"[1]

这篇序言写于1928年1月。就在这个寒冷的早春,在遥远的远东,列夫·托洛茨基被驱逐出苏联,而蒋介石正脱下新婚礼服,换上威武的军装,作为国民革命军总司令指挥北伐战争。

---

[1] Soothill, *China and England*, Preface.

## 第四节　翁之憙的旅欧日记

**旅欧鸿爪**

维京（Virgin）航空，伦敦回上海。我打开阅读灯，开始翻看翁之憙八十年前的日记。舷窗外是沉沉的夜色，但透着些微亮光，宛如似是而非的历史。

这本名为《旅欧鸿爪·英国》的日记是翁以钧先生提供给我的。前段时间，打捞翁家与苏家的故事时，我请他爬梳家族史料。他没想到，在一轮的翻箱倒柜中，竟还能从九十多岁老父亲的书橱里找出这本尘封了近一个世纪的祖父手迹。

1925年，年仅二十九岁的翁之憙以英文翻译的身份，随同徐树铮访问欧洲。徐树铮是民国显宦，北洋皖系将领。段祺瑞执政时，为其最信赖的智囊和助手，人称"小扇子"。

1920年直皖大战，皖系失败，徐树铮亦遭通缉，并被列为安福政治集团的中心人物。他在日本人帮助下逃到上海租界，不料英人素忌皖系，遂被拘。后经唐绍仪、朱庆澜等人奔走，孙中山亦通电抗议，租界才令徐树铮出洋，以此方式避一避。北洋历史，翻手为云覆手为雨。不久，冯玉祥京师倒戈，囚曹锟，逐吴佩孚，段祺瑞又成了元首。

冯玉祥倒戈的那天，正是徐树铮离港赴欧的日子。段祺瑞召徐入京，徐以行囊已就，力辞不赴。段无奈，遂委任考察各国政治专使，出游欧美日本诸国。

"中国考察欧美日各国政治专使团"就这样隆重出发了。他们于1925年4月16日抵达英国，我手中的翁之憙日记就开始于这一天。

**五月二日、周六、晴**

（一九二五年五月二日）星期六　晴

七时起，九时一刻随专使赴车站 Paddington Station，购赴牛

赴欧前的翁之憙（翁万戈提供）

津 Oxford 车票，人各二十四先令六本士（来回票）。九时五十分开车，朱代办[1]亦来同行。十一时后到，苏教授 Prof. W. E. Soothill 来接，同乘散雇汽车赴 Christ Church College 学校。牛津大学凡有廿二处，总名为牛津大学，有教务部，统辖考试、规定课程。晤监督 W. White。满壁图书，窗明几净，令人生无限之美感。由校员领看藏书楼、画像陈列室、教堂（一千二百年建筑，甚古），继游 Magdalen College 学校，参观藏书楼、教室、饭堂，复至 Bodleian Library 图书馆参观，藏书约四百万卷，即编书目已二百册。男女学生在内翻阅参考书，极形肃静。学生所住斋舍，每人一卧室，一起坐室，极整洁安适。唯校舍外观极旧，石级或旧木楼梯、长砖廊，其古风犹未改。绿草如茵，树木蓊翳，游乎花园则（有鹿苑）鹿群闲逸，野花遍地，老树槎枒，恍然有田园之思。在此读书真仙境哉。至苏家晤其夫人，有两女郎与苏同居，所谓 Paying Guest 是也，意即付钱之客。往往有无子女或经济不丰之人家或屋宇过大之家，均招致两三女生，同时负

---

[1] 指时任北京政府驻英国使馆代办使事朱兆莘。朱兆莘（1879—1932 年），字鼎青，广东花县人。曾任北京大学商科主任、总统府秘书、谘议等。1918 年任驻美国旧金山总领事，1921 年任驻英使馆代办使事。后迭任国际联盟理事会和万国禁烟会议中国代表、驻意大利全权公使、外交部政务次长等职。

保护监督之责。饭时谈极欢,据云牛津居民凡五万人,学生占四千,其中中国学生不过七人,印人甚多。(盖一层学费太昂,二层功课难,不易考入。)饭后坐谈良久,四点到 University College 学校,应 Sir Michae Sadler[1] 茶会之约,晤中国学生五六人,内有女生安徽蒯女士[2],英人士来者甚多。五点到 Examination College 学堂内讲堂,专使上台演讲数语。予译毕即将专使所作《说乐》译文宣读,来听者六十余人,极满意。六点毕,回苏寓,有学生(香港人)利泽 Dick Lee[3] 以汽车来送。七点五十分火车开,九点十五分到伦敦。晚饭于杏花楼,归后不适。[4]

牛津在伦敦郊区,坐车只需两个小时。徐树铮一行考察过的基督教堂学院(Christ Church College)、莫德林学院(Magdalen College)、博德林图书馆,我也都一一走过。创建于1524年的基督教堂学院是牛津规模最大的学院之一,校园内建筑、景色美轮美奂。电影《哈利波特》不少内景就摄自此处。鹿苑(Deer Park)是莫德林学院一景。每年5月,年轻人从莫德林桥纵身跃入川流不息的查韦尔(Cherwell)河中,这是该校,也是牛津一年一度的盛景。

徐树铮赴牛津,除参观考察外还发表了演讲。中国的达官贵人,至今还以在牛津登台演讲为荣。陆军上将徐树铮精书法,擅诗词文赋,才气横绝一时。文武全才的徐树铮在牛津演讲,主题是关于中国古今音乐的演变。

---

[1] 指 Michael Ernest Sadler,时任牛津大学大学学院院长。
[2] 指蒯淑平(Kuai Shu-ping),安徽合肥人。牛津大学毕业后曾任北京大学教授。父蒯光典(1857—1910年),字礼卿,光绪九年进士,曾任尊经书院讲席,后由张之洞聘为两湖书院监督。光绪三十四年赴欧洲监督留学生,后充任京师督学局长。
[3] 利铭泽(Richard Charles Lee, 1905—1983),香港巨商利希慎长子,十二岁赴英伦求学,后入读牛津大学,获工程系学士、硕士学位。时为中国留英学生总会会长。1937年担任中国红十字会海南岛大队队长,1945年返港从商,家族投资涉及地产、贸易、旅游、航运、银行、石油、电子等行业。1960年代曾任行政局首席华人非官守议员。1980年与廖承志一起兴建广州花园酒店。
[4] 本节日记均摘自翁之意《旅欧鸿爪·英国》。该日记2013年收入《入蒙与旅欧》一书,中西书局出版。

苏慧廉是此代表团在牛津的"地陪"。不过，翁之憙这一天对苏氏记录不多，只提到他家住了两个寄宿房客。苏慧廉在牛津的薪酬不高，他用这样的方式补贴家用。

**布拉德莫路4号**

按中国人的说法，翁之憙应称苏慧廉为世伯，苏是他父亲翁斌孙的好友。苏翁两家为世交，翁之憙在伦敦期间，谢福芸也几次去看他。

5月2日的牛津行，翁之憙只停留了一天。他有点意犹未尽。5月16日，逢两天的假期，这也是他在英国的第一个假期。翁之憙决定再赴牛津，专程去看望苏慧廉夫妇。

十六日　星期六

专使以予连日甚忙，特准假两日。早九点赴 Paddington Station 车站购赴牛津 Oxford 五等票（来回十先令九本士）。十一时半到，苏夫人 Mrs Soothill 来接，因同乘电车至其家，晤苏总教及其同居两女郎 Misses Isabella Symington & Winifred Mercer，谈宴甚欢。饭后与苏总教出步牛津公园中，树木荫翳，流水潆洄，映带成趣。男女生约知心侣，荡舟其中 Punting，真同仙境。心神为之顿爽。忽忆吾父在生酷爱佳山水，今不肖乃得此，伤恸不已。晚苏夫人在苏总教书房中为予设一杨妃榻，衾褥简而洁，设一烛奴。其中书甚多，有佛典不少。苏君正与一日本佛教徒名加藤者从事译述《莲花经》也。十时半睡，甚安适。睡前在客所坐谈，见柜中陈列中国景泰蓝、瓷器甚多，有吾父在晋时所赠，触目惊痛。

今日晤一地学大家 Sir Aurel Stein。又日人加藤，甚精悍。

夜中雷雨。得牛津大学中国学生利君函，约明日午餐。

Aurel Stein 就是考古学家斯坦因。斯坦因与苏慧廉父女都有密切的往来。苏慧廉曾极力主张中英庚款委员会资助斯坦因的第四次中亚考察，惜

牛津布拉德莫路4号，苏慧廉故居（2009年3月30日摄于牛津）

未果。[1]

苏慧廉牛津的家在布拉德莫（Bradmore）路4号，我也去过。我最早是从《泰晤士报》苏慧廉的讣闻里知道这个地址的。讣告上说他去世在"4 Bradmore Road, Oxford"，我当时猜想这应是他的寓所。

2009年春在牛津时，我拿了这地址，与何大伟一起去寻访。路上何大伟问我，苏慧廉是不是很有钱，因为布拉德莫路所在的地段，在牛津属高档住宅区，房价颇高。

从博德林图书馆出发，步行约十分钟便抵布拉德莫路。此路不长，我俩分头看两边的门牌，几分钟后便站在了4号楼前——这是幢联排别墅（Townhouse）。何大伟眼尖，在右侧墙上发现一块牛津托幼中心的牌子，于是他判断此屋的所有者是牛津大学。"可见当时仅提供给苏教授使用，仅有

---

[1] 王冀青：《斯坦因第四次中国考古日记考释——英国牛津大学藏斯坦因第四次中亚考察旅行日记手稿整理》（兰州：甘肃教育出版社，2004），第570页。

使用权,没有所有权。"我予以补充,由此冰释了苏慧廉家境富裕的疑惑。

4号楼的房门虽紧闭着,但从窗台、花园的种种迹象,可知此屋已住着新的主人。我不敢贸然敲门,于是就在楼前拍了张照片。

屋内的陈设只能想象了。翁之憙说他的房里中国景泰蓝瓷器甚多。不论是苏慧廉夫妇,还是谢福芸,都喜欢中国的艺术。谢福芸还说,她母亲与她丈夫特别爱好中国的刺绣,他们的藏品都被带回牛津。[1]

翁之憙这次在牛津住了一夜。第二天,17日,正好是个礼拜天。

> 早六点,犹闻檐滴,八时止,天气佳绝,与苏君谈佛儒道三教甚畅,惜予学力不足以副此谈话,往往呐呐耳。十一时半与苏君步于公园,到 Mansfield College Chaple 礼拜堂听 Dr. Macaulay 讲经。此公为苏格兰人,所讲述不甚明晰。予耳迟钝不能全了了也。十二时苏君送予至 Pembroke College 利君处,即在其宿舍外室午餐。同座有莫君[2],亦粤中富翁子。利君托予向专使索捐学生年会费。又告予苏小姐(即谢立山夫人)所著 Two Gentleman from China [3] 中之香港中国人精舍图即其家也。饭后利君以汽车同乘出游郊外,行过 Berkshire & Eynsham 等处。四点回苏寓吃茶,茶会中男女宾七人,其中多学生(有美国一人名 Site)。茶会后女郎 Miss Mercer 鼓琴。(S 女郎早间乘汽车出游未归。自开汽车,盖富家女。)客散,苏君外出,予与苏夫人及女郎 Mercer 出步公园,天阴微雷,苏倦先归,予独与女郎闲步纵谈。女郎颇喜赛马等事,并言居苏君家宗教思想过盛,约束亦严。已而谈所治学极欢洽,暮色合,雷声骤起,乃匆匆同归,及门雨大作矣。晚饭后女郎 Miss Symington 亦由伦敦归。予浼两人一唱歌一鼓琴,清婉可听。Miss Mercer 为予歌 I want to be happy 一曲。时已十点半,苏君由学校

---

[1] Hosie, *The Pool of Ch'ien Lung*, 153.
[2] 指莫庆淞(1899—1982年),香港莫仕扬家族成员。曾祖莫仕扬、祖父莫藻泉、父莫干生均为太古洋行买办。
[3] 指谢福芸《名门》一书。书名应为 *Two Gentleman of China*。

宴会归，以为礼拜圣日不应鼓琴而歌，两女不怿，匆匆互道晚安归寝。予复与苏君夫妇长谈至夜分，苏君怂予将先文恭公日记[1]节译，以饷海外读者。复论徐专使，谓其成见太深，自信太切，予唯唯否否，不敢有所妄议。在苏君之意亦纵谈中国时局、人才，乃及此也。（雨俄止。）又谓中国考察事太多，如此匆匆过眼云烟，恐难收若何之成效也。云云。（并谓朱迩典公使亦有此说。）

礼拜圣日不事欢娱，苏慧廉是虔诚的基督徒。苏慧廉现在的职业虽是教授，但他仍兼任圣道公会海外传教委员会委员，并在该会牛津教区参与侍奉。信仰是他终身的志业。

18日，周一，晴。翁之憙要走了。

晨餐前即有女仆来叫，女仆甚勤慎，约二十岁，并司庖事。（予行时给以五先令。）餐毕，苏君夫妇送予至市上，雇一马车，苏夫人送予至车站。苏夫人似有泪痕，惜别之意盎然。语予曰：予老矣，海外重聚，殆如梦寐，此日为别，何时复晤？吾子勉力成伟大事业，一切愿上天佑子也。汽笛鸣，车动，犹见白巾一点，远远摇荡而送予也。惆怅久之。

翁之憙的日记是毛笔写的，其中英文用铅笔横写。经八十年岁月侵蚀，已经漫漶的字迹让我读得很累。辨认十来页，即要闭眼让眼睛歇一歇。把头顶的阅读灯关了，我要静下来想一想，"车动，犹见白巾一点"的历史瞬间。

### 徐树铮

"中国考察欧美日各国政治专使团"五月下旬离开英国，前往瑞士。在此后半年的行程中，他们还考察了意、德、俄、比、美、日等国。因这

---

[1] 文恭公，指翁同龢。最新版《翁同龢日记》（八卷）2012年1月由中西书局出版，翁万戈整理编辑，翁以钧校订。

"中国考察欧美日各国政治专使团"在英国布拉德福市政厅留影。前排中为徐树铮,二排左三为翁之憙(翁万戈提供)

是中国政府派出的官方代表团,"使车所至:上至君相,下逮士庶,莫不殊礼相待"[1],接见徐树铮的君相包括墨索里尼、斯大林、托洛茨基、美国总统柯立芝及日本天皇等。

1925年12月10日,徐树铮率专使团回到上海,稍事休整即北上晋京,向段祺瑞汇报考察所得。12月29日,徐树铮回沪,专列行至廊坊车站时被冯玉祥所部卡住。徐树铮被请下车,押至站东不到一里的地方,一枪毙命。

1925年,正是直奉皖各路军阀明争暗夺最激烈时。

"徐树铮一回来就挨了枪子,我爷爷从此不求仕进了。"2009年盛夏的一个下午,天津,翁以钧把他爷爷的日记交给我时,这么感叹了一句。

---

[1] 段祺瑞:《陆军上将远威将军徐君神道碑》,载徐道邻:《徐树铮先生文集年谱合刊》(台北:商务印书馆,1962),第121页。

# 第七章

# 庚款（1926年）

假使我又见了你，隔了悠长的岁月，我如何致意？
以沉默，以眼泪。

——拜伦

## 第一节　悲伤的庚款

**庚款与退款**

数年前找到的苏慧廉第一张正面照片，来自《胡适及其友人（1904—1948年）》中的一张合影。照片摄于1926年，那年苏慧廉随中英庚款代表团再次踏上中国的土地。

庚子年国变后的巨额赔款让中国喘不过气来。赔款因是针对庚子事件而设，故称"庚子赔款"，简称"庚款"。根据《辛丑条约》，赔偿为4.5亿海关两，当时中国人口约为4.5亿，"外国人要每个中国人都赔一两"，这演绎出来的说法，让中国人至今仍觉义愤填膺。

对于这段往事，中国的教科书把焦点放在"国耻"二字上，一般只说

中英庚款代表团合影。从左至右，前排依次是丁文江、安德生、威灵顿、王景春，后排依次是瓜特金、苏慧廉、庄士敦与胡适

"庚款"是列强强加给中国的巨额赔偿,对赔偿的起因则有意无意忽略,更少有提起部分庚款后来的退回,及在中国建设事业上发挥的巨大作用。

第一个实施"退款外交"的是当时日渐崛起的美国。1904年前后,中美关系出现前所未有的低潮。[1]

为了改善关系,中国驻美公使梁诚向美国国务卿海约翰(John Hay)进言,希望能退回部分庚款,以此示好中国人民。美国所收的庚款数额,当年仅是凭推测而定的。当时的实际负责人就是海约翰,他深知个中隐情,因此对于梁的要求心领神会。后经伍廷芳、唐绍仪等人的进一步交涉与努力,美国退款的意愿更加明晰了。

这中间还要提到一个美国传教士明恩溥[2],这位1872年便来到中国,后来在鲁西北生活了几十年的洋人,对中国有很深的了解。他所写的《中国人的气质》( Chinese Characteristics )、《中国乡村生活》( Village Life in China:A Study in Sociology ),在很大程度上影响了西方人的中国观。

1906年春,明恩溥正在美国,当他获悉美国有退款想法时,便请《观察》( Outlook )杂志编辑阿博特( C. M. Abbott )介绍,于当年3月6日晋见了美国总统老罗斯福( Theodore Roosevelt )。[3]

明恩溥亲历过义和团,"正是这种经历,使他觉得,无论对中国人还是外国人,都有必要寻找一种方式,使类似义和团这样的事件不再发生,而最好的途径莫过于教育,可以通过教育帮助中国人接受西方的思想,变得与西方,特别是与美国亲近起来。他由此萌生一个想法,建议美国政府退还一部分庚款,用于中国的教育,让他们派学生去美国学习,以改变中国

---

[1] 一因美国虐待华工,中美之间禁工条约的续约问题争执颇多。由此,全国掀起一场波澜壮阔的抵制美货活动。二因中国坚决收回粤汉铁路,中美摩擦也很大。见王树槐:《庚子赔款》(台北:"中央研究院"近代史研究所,1974),第275页。
[2] 明恩溥( Arthur H. Smith,1845—1932),美国人。基督教公理会传教士,1872年来华,1877年到鲁西北赈灾传教,在山东恩县庞庄先后建立小学、中学和医院;兼任上海《字林西报》通讯员。著有《中国的文明》《中国人的气质》《中国乡村生活:社会学的研究》《今日的中国与美国》《汉语谚俗语集》等。
[3] 明恩溥晋见罗斯福详情,可参宾德《美国退回庚款纪详》,载《新教育》第一卷第一期(1919年2月)。

'仇洋'的现状"。[1]他的这个想法,与李提摩太当年倡议创建山西大学堂很相似。明恩溥与李提摩太很熟,也是苏慧廉的好友。

明恩溥的构想打动了总统。1907年12月,老罗斯福在国会咨文中正式提出:"我国宜实力援助中国厉进教育,使此巨数之国民能以渐融洽于近世之境地。援助之法,宜招导学生来美……入我国大学及其他高等学校,使修业成器,伟然成材,谅我国教育界必能体此美意,同力合德,赞助国家成斯盛举"。[2]

总统提案在参众两院都获通过。1908年7月,美国驻华公使柔克义[3]正式通知中国,从1909年起至1940年止,将美庚款之半数1078.5286万美元逐年逐月退还。并规定,该款由中美组成董事会共同管理,专门用于选送中国留美学生和开展中美文化科技交流。

庚款留学由此启动。当时清政府还将载漪的府邸"清华园"辟为留美预备学堂,这就是清华大学百年历史的开端。载漪即端王,义和团失败后被定为"祸首",因全家发配新疆,清华园人去楼空。截至辛亥前,有三批计一百八十名学生成功赴美,其中有梅贻琦、胡适、赵元任、竺可桢等。

美国退款之举震动列强,但英国发表声明,说对中国的赔款"没有理由做出任何变动"。不料,世界局势随后发生剧烈变化:中国辛亥革命、第一次世界大战、俄国十月革命……世界像个万花筒,让政治家都措手不及。

1917年,中国宣布加入协约国,作为敌对方的德奥两国的庚款随即予以合理停付。当年1月30日,中国又与英、法、美等协约国商定,为积极应战,从该年起缓付庚款五年,并免加利息。

1917年,俄国发生十月革命。因政权更替,中国即停付赔款。

1918年欧战结束,中国成了战胜国。这是中国几十年来第一次在国际

---

[1] 程新国:《庚款留学百年》(上海:东方出版中心,2005),第13页。
[2] 陈学恂:《中国近代教育史教学参考资料》,下册,第257页。
[3] 柔克义(William Woodville Rockhill, 1854—1914),美国外交官,曾任美国国务院秘书长、第一助理国务卿,1901年代表美国签订《辛丑条约》。1905年任驻华公使。1909年调任驻俄大使,后又任土耳其大使。1913年回国,1914年被袁世凯聘为私人顾问,来华途中病死于檀香山。著有《释迦牟尼的生平及其教派的早期历史》《喇嘛之国》《藏族人类学笔记》等。

战争中取得胜利。战胜的中国认为,赔款是惩戒战败国的手段,更何况,惩戒的对象清政府已倒台,这时仍要一个战胜国缴纳昔日的战争赔偿金毫无道理可言。于是,政府与民间逐步形成共识,不仅要停付庚子赔款,而且还要让有关国家无条件退还已付的部分。[1] 当然,解决欧洲诸国的领头羊——英国的退款问题,似乎成为一把打开历史纠结的钥匙。

自美国退还庚款后,除政府在外交上与各国交涉退款事宜外,中国民间也掀起退款运动。最活跃的是教育团体。当时教育经费紧张,教育界人士多寄希望于庚款的退回。再加上有美国退款用于教育的先例,业界的活动更为热烈。

由蔡元培、范源濂、黄炎培、陶行知等贤达领衔的中华教育改进社,是当时国内最大的教育团体。改进社专设赔款部,由范源濂任主任,并推定专人接洽各国庚款。如蒋梦麟、郭秉文负责美国,胡适、顾维钧负责英国,蔡元培、李煜瀛负责法国,大有决战一场的气势。

### 蔡元培出场

欧战期间,中国曾与协约国达成缓付五年庚款的约定。一转眼,就到了1922年。

1922年12月,英国政府发表宣言,称准备将中国应付未到期的庚款计1100万英镑(英国当时分得的份额约为1700万英镑)退还中国,以作为有益于两国教育文化事业之用。

宣言发表后,在华英国教会和部分商人意欲取得对这笔退款的控制权。他们提出,英国应将退还的庚款用于维持英国人在华举办的教育事业、医学事业以及由英国人管理的中等教育和附属小学,并用作英国式工业教育津贴等。此消息传出,中华教育改进社立即带头抵制。与此同时,中国留英学生会也成立退款兴学会,配合国内进行活动。改进社还敦促北京政府,

---

[1] 台湾"中研院"近代史研究所王树槐教授是庚款问题专家,他在《庚子赔款》一书中认为,中国最终能少付赔款,最重要的原因是为当年提出分年偿付之办法。赔款约定的三十九年间,不论是世界历史,还是金额币制,都发生了很大变化。这些变化给中国创造了少付赔款的机会。

授权当时正旅居法国的北大校长蔡元培为特命代表，前往英国。

1924年3月29日，蔡元培由巴黎抵达伦敦。当时，英国国会对退款议案已通过二议，彼时正闭会，拟于11月间举行的下届议会上通过。事情尚未定局，这让蔡元培觉得还有活动的余地。他的斡旋随即展开：

3月30日，蔡元培出现在英国媒体前，从《泰晤士报》到《每日邮报》，他逐家登门拜访，借此发表自己的观点。

4月4日，他登门拜访老朋友、著名哲学家罗素（Bertrand Russell）。

4月5日上午，蔡元培拜会了牛津大学大学学院（University College）院长萨德勒（Michael Ernest Sadler）。"蔡先生阐明退款用于教育的主张，'伊甚表同情'。"[1]在英国，上层文官百分之五十以上都出自牛津大学，所以萨德勒院长的意见对英国政府甚具影响。这次会晤被媒体报道后，事态出现了转机。

对牛津，蔡元培并不陌生。据《蔡元培年谱长编》记载，三年前（1921）的5月5日他曾来过：

> 午前到图书馆，由馆长及华文教员苏齐尔（Soothill）招待，并晤柴易斯教授（Seis）。柴氏研究古代文明，发明巴比仑文读法；年已八十余，曾三至中国。馆中藏有王右军墨迹手卷，有谢惠连跋，宋元明人题字，望而知为伪者。有宋版《左传集解》（有吴文定朱笔评语）及黄东发《古今集要》。[2]

蔡元培当时见到的王羲之手迹赝品、宋版《左传集解》及黄东发《古今集要》，都是巴克斯的捐赠品。不过，后人考证，这两本书虽十分精美，但并非宋版。

蔡元培在牛津碰到的华文教员苏齐尔就是本书的主人公苏慧廉。只是

---

[1] 高平叔：《蔡元培年谱长编》（北京：人民教育出版社，1998），第二卷，第667页。
[2] 同上，第395页。此中所提柴易斯，蔡氏所记英文名有误，应指亚述研究权威萨伊斯（Archibald Henry Sayce, 1846—1933）。

那时,蔡元培对这个负责接待、能操一口流利汉语的英国人还不甚了解。更不知道,这个洋人在未来的庚款退还行动中将担负重要的角色。

**中庸的建议**

1925年5月26日英国国会正式通过中国赔偿用途法案,决定履行1922年宣言,将庚款余额退还中国。

这个文件现在还可看到,它从头至尾都没有出现"退还"二字,只是说建立一种中国赔偿基金,用于教育或其他中英两国共同有益之事。很显然,有关庚款如何运用,英政府希望是在它的主导下进行,甚至理论上还属于英国内政。

按此文件精神,这笔赔偿基金的用途及分配由英外交大臣与咨询委员会商议后决定。咨询委员会由十一人组成,全部由英外交部任命,其中两人为中国人。

成立咨询委员会的构想是苏慧廉1924年提出的。1922年英国虽已决定退还庚款,但对这笔钱如何管理与使用还有颇多问题。当时有人建议仿美国式退还,由中国人控制;也有人建议仿日本办法,由英国控制。苏慧廉是"中国通",他知道中国人的想法,于是提了个中庸的建议——

> 在英国设咨询委员会(The Statutory Advisory Committee),经英国外交部核可,派一驻华代表,与中国政府所派之代表合作,其下设计一中央咨询委员会(The Central Advisory Committee),由中英教育界人士担任委员,两边人数相等,中英两国轮任主席,讨论庚款分配使用事宜,向中英两代表提出建议,中英两代表分别向其政府建议;如有必要,亦可组织地方委员会。此种建议,具有相当平等的精神。[1]

1925年最后批准的方案,多少还可看出苏慧廉建议的影子。苏慧廉的

---

[1] 王树槐:《庚子赔款》,第445—446页。

同事郭多玛获知苏受聘英国政府为庚款提供解决方案时，称赞他是个非常合适的人选。在与苏的共事经历中，他知道苏慧廉是个能领会各方思想，但同时又能迅速给出满足各方要求之解决方案的领导者。他甚至称赞苏慧廉是个"有政治家风采的传教士"。[1]

### 衮衮诸公

英国人所说的咨询委员会，中国人称为顾问委员会。中国委员胡适回忆道："这个中英庚款顾问委员会原案规定为十一人，其中至少须有女委员一人，中国委员二人。后因原拟的朱迩典死了，改定为中国委员三人。委员会主席为柏克司敦伯爵（Earl Buxton），副主席为威灵顿子爵（Viscount Willingdon），女委员为安德生女爵士（Dame Adelaide Anderson），英国委员中有牛津大学华文教授苏狄尔（W. E. Soothill），有曼哲斯脱大学董事长倪丹爵士（Sir C. Needham），有汇丰银行伦敦董事长阿提斯爵士（Sir Charles Addis）。中国委员三人，为丁文江、王景春、胡适。"[2]

名单中的英国人，中国人可能仅对朱迩典有点了解。其实，此中衮衮诸公，个个都大有来头。

主席柏克司敦伯爵，曾任英国邮传部大臣、贸易部长、南非总督。

副主席托马斯（Freeman Freeman-Thomas），人称威灵顿子爵，做过孟买、马德拉斯（Madras）总督，后又出任加拿大总督。

其中唯一的女委员安德生，曾任英国内政部工厂安全视察女委员长。谢福芸在她的书中，也有提到她父亲的这位同事，说她一直致力于改善英工厂里的妇女和年轻人的工作条件。为避免洗衣店的女工有时候会把手伸到机器里，她发明了一种方法。她的贡献曾受到女王的表彰，并被授予荣誉称号。[3]安德生与中国早有联系，她曾协助上海市议会调查童工问题。

---

[1] T.M.Gauge, "China and the West," *The Missionary Echo*（1926）: 53.
[2] 胡适：《丁文江的传记》（合肥：安徽教育出版社，1999），第59—60页。
[3] Hosie, *Portrait of a Chinese Lady and Certain of Her Contemporaries*, 251-252.

威灵顿子爵（维基百科）

胡适尚未提到的英方成员还有：克拉克爵士（Sir William Clark），英国海外贸易局局长；芒西（G.A. Mounsey），英国外交部远东事务局局长。咨询委员会还有两个秘书，瓜特金（Frank Ashton Gwatkin）与庄士敦。

庄士敦，逊清皇帝溥仪的英语老师。庄氏给溥仪当了六年的老师，这六年，"正是溥仪从十三岁的童年到十九岁的青年的成型期，庄氏替他开辟了一个崭新的世界"。[1] 1925年，英文名叫"亨利"（Henry）的溥仪在日本人的秘密策划下离开北京，庄氏遂告"失业"。正在这时，庚款顾问委员会"受命前来中国调查如何使用这笔资金，同时随行人员中需要一位会讲汉语的英国官员来担任秘书。庄士敦显然是理想的人选，外交部强烈推荐他进入该委员会"。[2] 庚款委员会一年期的工作结束后，庄士敦重回威海卫，出任行政长官。庄氏1932年回英，任伦敦大学亚非学院汉学教授。庄士敦是个古怪的人，晚年出人意料地将个人档案全部烧毁，要不，我们或许还能从中找到些有关苏慧廉的踪迹。

胡适名单中的牛津大学华文教授苏狄尔便是苏慧廉。因为国人对其名

---

[1] 周明之：《近代中国的文化危机：清遗老的精神世界》（济南：山东大学出版社，2009），第106页。
[2] 史奥娜·艾尔利著，马向红译：《回望庄士敦》（济南：山东画报出版社，2009），第110页。

字汉译的不同,以致我们相当长一段时间不知道苏慧廉曾直接参与过这起重大事件。

### 中方委员

英国庚款顾问委员会设有中国委员席位,当时国内对哪几位中国人将就任甚为关注。在民国时人的书信中,可见到很多议论。

最先就定下来的两人是胡适与丁文江,据说都是哲学家罗素向英方推荐的。

被外国人称为 Dr. Hu Shih 的胡适博士,是众所周知的人物。1926年他不过三十六岁,但已暴得大名。

丁文江(1887—1936年),字在君,时任地质调查所所长。他是中国地质科学的奠基人,在当时有"中国的赫胥黎"之称。丁氏乃民国一位特殊人物,其事功之驳杂,时人罕有出其右者。

1926年对丁文江而言,也是人生的转折点。当年2月,"丁文江作为中方三代表之一,再次南下上海与英国为应对五卅惨案后中英关系的新变化而派出的威灵顿中国访问团进行磋商。正是在这次行程中,丁接受了孙传芳的邀请,出任淞沪商埠督办公署总办一职。丁对出任公职持谨慎的态度,据胡适说,他首先就商于胡与王景春,随后又向英方代表,有丰富政治经验的威灵顿子爵请教,在得到肯定的答复后才接受了孙的邀请"。[1]

主旋律的历史几乎要把丁文江遗忘,很大的原因便是他出任此职。在主流的史观里,孙传芳是反动军阀,那丁文江便是他的"帮凶"。如此简单界定,丁氏的思想纲领"少数人的责任",也就被直斥为亲英美派知识分子"自我夸张的高傲态度和强烈的政治野心"。

1925年朱彝典突然去世,中方委员临时决定增加到三席。增补谁为新委员,各方开始角力。

---

[1] 谷小水:《"少数人"的责任——丁文江的思想与实践》(天津:天津古籍出版社,2005),第142页。

上海领事馆最初推荐三人：郭秉文、李登辉、黄炎培。这三人社会地位都不低，但英方皆未采纳。后又由胡适、丁文江推荐两人——徐新六、罗文幹，不过亦未入选，据说原因是中国外交总长王正廷已有人选：时任中国东方铁路总裁的王景春。[1]

王景春（1882—1956年），字兆熙，直隶人。毕业于北京汇文大学，曾任美国使馆翻译。1904年赴美，先后就读于耶鲁大学、伊利诺斯大学（University of Illinois），获经济学硕士与铁路管理博士学位。他的专业是铁路，曾任交通部司长。中方希望庚款的用途能有部分考虑铁路，因此王景春成为理想的人选。其实，中国铁路也是英国工业界觊觎的在华投资项目之一。铁路在百年前对于经济的重要作用，宛若今天的互联网。

王景春是基督徒，二十年代曾任北京青年会董事会主席、哈尔滨青年会会长。[2]

经历诸多周折，三位中方委员终于在1926年2月8日聘就。不过，早在半个多月前，几位负责先遣调查的英方委员已经坐上了远洋的轮船，由伦敦向上海缓缓驶来。

---

[1] 王树槐：《庚子赔款》，第457页。
[2] 贝德士：《中国基督徒名录》，《社会转型与教会大学》（武汉：湖北教育出版社，1998），第399页。

## 第二节 威灵顿代表团

英国做出的方案,因控制权实际还掌握在英人手中,自然引起中国人的反对。同时也有人对咨询委员会中方人数过少表示不满。徐志摩发表《这回连面子都不顾了》一文,讽刺英国拟利用庚款发展实业及传教事业。英人做事,一向谨慎,于是决定先派遣一个代表团来华调查,调查后再决定分配原则等进一步事宜。

派遣代表团,英国人变得"智慧"了,中英人数对等,每方各三人。这起码在面子上让中国人觉得好受些。

代表团由威灵顿勋爵带队,因此亦称作威灵顿代表团。三位中方成员即为咨询委员会中的中方委员——胡适、丁文江、王景春。英方成员除威灵顿外,还有安德生女士与苏慧廉。苏慧廉于1926年1月4日向牛津大学请假,申请赴华。[1] 英方于1926年1月15日从英国出发,经一个多月的航行后,于2月24日抵达上海。

庚款代表团访华在当时的中国是件大事。1926年2月25日的《申报》"本埠新闻"以头条的位置予以隆重报道,标题是《威林敦昨午抵沪》。

> 英国庚款委员会委员长威林敦勋爵 Viscount Willingdon G. B. E. G. C. I. E. 及其夫人,由伦敦渡大西洋至坎拿大,特乘昌兴公司之亚细亚皇后号轮来沪。该船于昨日上午十一时驶抵浦江,即在招商局北栈码头停泊。爵士及夫人亦就该处上岸,同船来沪者有英政府派往印度之陆军少长惠勒氏。威氏此次来沪,英领署早得电讯,故英总领事巴尔敦氏,率同领署人员前往码头欢迎外,华人方面有交涉员许秋帆、交署交际科长杨筱堂、铁路局长沈成栻、总商会代表徐可升及胡适之等。

---

[1] 原信藏牛津大学 Duke Humfrey 图书馆,档案号 VB/3B。

淞沪警察厅并派军乐队前往奏乐，表示欢迎。威君登陆后，与诸人握手为礼。略事寒暄毕，即偕赴英领事馆休憩。

　　总商会定今日中午邀宴威氏，由交涉员、英领事、英商会会长暨会董陪席，昨已发出请柬矣。

同为代表团成员的苏慧廉与安德生并没有同船抵达。

**香港特别任务**

苏慧廉与安德生直到3月8日才抵达上海。晚到两周，是因为转道香港，去执行一项特别任务。

早在1922年，当英国政府宣布愿意将赔款运用在"教育及其他能使中英两国互惠"的用途上时，香港大学便开始关注这笔款项。1925年英国国会正式通过中国赔偿法案后，香港总督（兼任香港大学校监）金文泰（Cecil Clementi）即向英方反映，希望申请一百万英镑，用于改革港大的中文教育。

香港大学创办于1912年，至三十年代仍处于财政拮据之中。金文泰声称要用这笔钱创建中文系，因为港大当时还只开办些传统的经学课程，由几位科举时代的广东名儒如赖际熙、区大典等主持。

后来英国决定派出威灵顿代表团访华，金文泰觉得最关键的游说时机到来。他写信给威灵顿，重申了港大拟创建中文系的理由，并希望代表团能访问香港。

但此时中国的政治背景有点特别，孙中山领导的广州国民政府与北京政府正在唱对台戏。当时英国承认的是北京政府，但同时又感觉到蓬勃发展的广州政府随时有可能成为中国的新主人。"其间最稳妥的外交策略，当然是在正式承认北京政府的同时，又和广州的国民政府保持友好关系。"程美宝教授这么说。[1]现任教于广州中山大学历史系的程美宝是香港人，在

---

〔1〕 程美宝：《庚子赔款与香港大学的中文教育——二三十年代香港与中英关系的一个侧面》，载《中山大学学报》（社会科学版，1998年第6期）。

牛津攻读博士时，曾对庚子赔款课题产生兴趣。她研读了收藏在牛津大学Rhodes House 的金文泰档案，得出如上结论。

就在金文泰竭力为港大争取庚款的时候，由广州国民政府和中国共产党领导的省港大罢工，严重打击了香港的经济和社会，香港政府和广州国民政府的关系空前恶劣。

在金文泰邀请代表团赴港考察时，广州政府也向威灵顿一行发出邀请。如何平衡各种关系，难题摆在英国人的面前。

我曾就苏慧廉与安德生2月底秘密访港一事咨询程美宝教授。她说自己"当时主要看的是金文泰的档案和外交部档案，范围比较狭窄，没有特别注意苏慧廉的角色。因此，你的问题，我只能从逻辑推理——苏慧廉和安德生女士在1926年往上海途中经过香港参观香港大学，与港大争取庚款有关，这样的猜想应该是没有什么疑问的，但他们的立场如何，则无从得知"。[1]

我目前已看到的苏慧廉材料中没有提及他赴港的目的与经过，但以他当时的身份，在如此关键的时刻专程绕道香港，使命不可谓不重。苏慧廉访港后，英国代表团做出了慎重的决定——既不去香港，也不去广州。

1926年3月10日的《申报》，刊登了苏慧廉与安德生抵达上海的消息。报道中没有提到他俩迟到的原因，也没提到香港之行。

这篇报道还说，苏慧廉带着妻子路熙、女儿谢福芸同抵上海。

谢福芸此行充任秘书。谢氏新寡，谢立山爵士因病于1925年3月10日在英国怀特岛之桑当（Sandown, Isle of Wight）去世，享年七十二岁。

谢立山是声名卓著的英国皇家地理学会（The Royal Geographical Society）成员，在英国学界乃至全球地理学界享有较高的声誉。他的成就与中国连在一起。作为一名探险家，他去过除新疆以外的中国所有省份，并留下了大量的调查报告。尤其是晚年编写的中国商务地图（*Philips' Commercial Map of China*）具有很高的学术价值。被中国人称为花梨木的珍稀树种红豆树也是他在中国旅行时发现的，从此红豆树的学名就以他的名

---

[1] 程美宝，致笔者邮件，2008年10月11日。

字命名为 Ormosia Hosiei，中国植物界音译为"何氏红豆"。英国《泰晤士报》在刊登谢立山的讣闻时，称他是英国领事界不论是过去还是现在，对中国内部事务了解最透彻的人。[1]

## 礼查饭店

2008年冬天，我步入上海黄浦江畔的浦江饭店。八十二年前的那个春天，苏慧廉一行就下榻于此。当时，它的名字叫礼查饭店[2]。

民国时，礼查饭店是上海乃至中国最好的西式酒店，来华的名人多宿于此。今天浦江饭店的大厅里还挂着爱因斯坦、罗素、卓别林等人的照片。

苏慧廉辛亥时离开中国，1926年重返。一转眼十四年过去了。但这十几年，中国发生了太多的事。不要说外国人，连中国人都搞不明白，现在该信奉什么主义，中国该何去何从。

谢福芸的眼睛，密切地观察着少年时便熟悉的中国，但她的眼里透露出不少的狐疑：

> 汽车在南京路上的电车轨道上颠簸前行，数不清的霓虹灯晃花了我的眼睛。在灯光的照耀下，这里与皮卡迪利（Piccadilly）大街一样辉煌。有着高挑圆顶的大商店和人行道两旁的阁楼看起来很醒目，街边还有一个像阿拉丁山洞的剧院。夜色静谧，丝绸店和金店已经打了烊，但大商场里面还可以看见展示衣服的塑料模特、绒毛毯子、装修好的样板卧室，还有汽车。世界其他商场里有的东西，在这里都可找到它们的身影。没有哪个城市像上海一样霓虹闪烁，这无疑是很幼稚的品位，但却受到大众的欢迎。……
> 
> 你可以发现，东方——还有非洲——在物质方面都得到了快速的

---

[1] *The Times*, Mar.11, 1925.
[2] 礼查饭店（Richards Hotel），道光二十六年（1846）由西人礼查（Richards）创建，是上海开埠以来第一家西商饭店。1857年移址外白渡桥北，更英名为 Astor House Hotel。1907年扩建，为当时上海最豪华的西商饭店，也是中国及远东最著名的饭店之一。中国第一盏电灯1882年在这里亮起，第一部电话也于1901年在这里接通。

发展,而不是慢慢从蒸汽时代爬行到电气时代。在铁路发展之后人类又开始对天空的征服。东方在很短的时间内接受了我们几个世纪的科技积累,也就是说,东方突然就与爱因斯坦面对面了,而在此之前,他们尚不知牛顿为何方神圣。他们在知道卢梭之前就遇见了列宁,卡尔·马克思也比笛卡尔率先闯入视域。

这让人感到十分困扰,他们似乎在一瞬间就接受了人类几个世纪的丰富成果。中国就在喧闹之中以激进的方式进行了改变,而在我们眼中,中国还没有做好全面的准备来迎接思想和生活各领域的改变。过犹不及,上海就是这种改变的缩影。[1]

2009年10月1日,我在上海。整个城市里,挤满了刚看完大阅兵电视转播的人群。"没有哪个城市像上海一样霓虹闪烁,这无疑是很幼稚的品位,但却受到大众的欢迎。"我觉得谢福芸这句话,对今天依然是很好的描述。

许是旅途奔波,许是年老体衰,路熙一到上海就病得很重。

她常常需要冰块。酒店经理已经吩咐厨房要对病人特别照顾,但厨房在送过一次之后,就把我们给忘了。专门负责我们房间的服务生,按照东方的传统理应为我们打点必要的日常生活所需,但他对我们的要求总是视而不见。他总是自顾自地站在角落里,和同伴讨论政治问题,并不时地提出自己的看法。当我请他从厨房拿点冰块来时,他面无表情地看着我,并显得很不耐烦。两个小时后冰块才送来。有次我问他,究竟和同伴争论什么问题,需要花费那么长的时间。他笑笑,有点自嘲。

"光说说有什么用呢!"他说,"我们能做的只是纸上谈兵!我们被压制!可是,我们该如何去战斗?中国的前途只有死路一条。所有人都无能为力!我们不够强大!中国也不够强大——没余力,

---

[1] Hosie, *Portrait of a Chinese Lady and Certain of Her Contemporaries*, 162–163.

没余力!"[1]

当时是1926年的春天,离"五卅惨案"、省港大罢工等群体事件的发生还不到一周年。在中国人看待世界的观念史上,1925年又是一个转折点,全国"至少有二十八个城市在'五卅惨案'后发动示威游行,其中多数还发生攻击英国人与日本人的事件"。[2]群众暴动、学生示威、工人罢工,以及与之相关的逮捕行动,成为每天报纸上都有的新闻。抵制英货,仇视洋人,一股新的爱国主义精神自庚子年后再度弥漫中国。

谢福芸为照顾多病的母亲,与打扫房间的小工多有接触。

一个小工从门背后转了出来。保持房间干净整齐应该是服务生的事情,小工只负责扫地,但是出于善心,他还是做完了服务生的那部分工作,并将整个房间都擦拭一遍。我们之间有一种说不出的默契。也许是我对母亲的孝心感动了他,于是他用自己的方式给了我很多力量。母亲病重期间,我与护士在很多方面都依赖于他。有次他扭头朝服务生的方向看了一眼,低声和我说:"那是个无用的家伙!"后来又加了一句:"那些年轻人都一样,厨房里的厨师和他们是一路货色。我希望我能够服务得更好一些,厨房里我的一些亲戚也是这样的想法,而不像这些——这些——自称爱国的人!我是绝对不可能变成一个爱国者的!"他这样说的原因是因为他十五岁的儿子正受到感召,要加入军队为中国的统一而战。

有次他还替那个服务生帮我去厨房拿冰块,但是没有成功。回来的时候,对我说,"小姐,你得自己去厨房拿了。厨房里的人坏透了,他们挖苦讽刺我不算,还拿刀和擀面杖恐吓我。我告诉他们那位外国太太病得很重,他们说:这有什么,外国人都死了才好呢!他们把我

---

[1] Hosie, *Portrait of a Chinese Lady and Certain of Her Contemporaries*, 163-164.
[2] 史景迁:《追寻现代中国——革命与战争》,第445页。

晾在那里很久"。

所以我只能自己过去一趟。开始的时候他们都表现得很礼貌,后来就充满了敌意——直到我说那是我"年迈的母亲"急需的,这份孝心才使他们让步。[1]

1926年早春的中国,北伐的征程尚未启动。"初春的上海到处都是灰尘迷漫",谢福芸站在礼查饭店的窗口看街景。"我在饭店里的卧室正对着苏联领事馆,每天早上对面都会飘来浓烈的烟雾……"[2]

2008年冬天的一个上午,我退到对面的人行道上,想给浦江饭店拍张全景。饭店正对面今天还是俄国领事馆,使馆门口的中国卫兵面无表情地警告我——不许靠近。

**苏慧廉答记者问**

抵沪后苏慧廉就忙开了。3月10日的《民国日报》刊登了一则消息:

英国续派庚款委员到沪　苏喜尔教授与安德臣夫人

英国庚子赔款委员长威林顿,抵沪后略事接洽,今已北上。昨又派来中国之委员二人,抵此。即苏喜尔教授与安德臣夫人,乘马里亚船自英国启程,取道苏彝士运河而来中国。苏教授现寓礼查饭店,将候威公爵于本月中旬返沪后,共商进行办法。先从调查各大城入手,再以所得与中国委员会议处分及使用赔款之事。上海泰晤士报记者,昨往访谈话,叩以将来办法。苏答云,目下尚未定夺。此次英国处理退还赔款,注重在华人得平等之参与。将来决定办法,亦当得有华人同意。务期双方有益,免去种种误会。苏氏此来,有其夫人及女何西夫人同行,何夫人充秘书。苏氏于一八八二年来华,在中国已

---

[1] Hosie, *Portrait of a Chinese Lady and Certain of Her Contemporaries*, 164.
[2] Ibid., 163.

三十年。……[1]

苏慧廉10号还接受了《字林西报》记者的采访，《申报》曾予以转载。我在上海图书馆近代文献阅览室找到《申报》3月11日的这篇报道。

### 英庚款委员苏希尔之谈话

字林报云。记者昨访英庚赔委员会苏希尔委员。苏称，英国退还之庚子赔款，今后将如何支配，此时犹未能预言，须待到沪各委员详细考虑，希望下星期内当可开会讨论此事。英政府于此极愿中英双方代表权绝对平均，而英国国内之顾问委员会，尤深具此种印象，以为在华调查时，无论何事，均应以双方同等人数为标准，而英国绝无欲以多数高压少数之意也。惟是中国方面组织同样顾问委员会，乃华人之权。英政府派某等来华，以相同之人数与华委员会商。若辈亦皆任为英国顾问委员会委员者也，在英国方面，并无欲令若辈居于少数之意，实主张同等表决权之原则，而某等亦将极重视华委员之劝告。至庚款用途之支配，该会接有计划书不少。闻荷兰拟将其所退赔款充调查疏□黄河之用，英庚款委员会中亦会提出建筑铁路疏浚河道之计划，加以相当考虑。渠私人意见，以为中国政局稳定之后，无论筑路治河等计划，助其举办者必众。且以英国所退庚子赔款数目不巨，其易耗于开办等费，故对于此类计划，考虑时应非常审慎。渠个人于庚款用款，毫无成见。今委员会目的，乃求一为负责任华人与负责任英人俱所赞成之计划，因此委员会亟愿详聆此辈人士之意见。而英政府之志愿，亦即完成此志而已。威林敦勋爵将于本星期杪回沪，故希望下星期初即可开始调查。办公之所，当在上海，但于必要时，将赴他埠考察。渠与沪人士已略有非正式接洽，尚未确切讨论。今欢迎负责任团体开送关于此事之意见。再有一层，复须郑重声明者，则华委员三人之意见，

---

[1]《民国日报》，1926年3月10日。

于英国之委员会中甚有力量者也。此行得威林敦勋爵同来，良可欣慰。威氏宽厚长者，乐闻他人之言，故极相宜。再渠认教会中若欲用此款以传教，殊属不智，所以闻各教会有不请此款不受此款之决议，颇为欣慰。盖此款虽为英国退还中国之赔偿，仅似取消债务，其实英国人民将多纳同额之款于国库，以资抵补。故渠对于教会不用此款以作宣传之态度，非常赞成也。云云。

当时，国内教育界及社会领袖人士都很关切处置英国庚款的办法，纷纷参与讨论。胡适还专门发表了一封公开信，以此表明中国委员的原则与立场。

> 我们三个中国委员虽无他长，至少有一点可以与国人共见，就是都肯细心考虑，为国家谋永久利益；都有几根硬骨头，敢于秉着公心对国人对外人说话。我们的任务有两点：（一）审查舆论，替英庚款计划一个能满人意的董事会，助其组织成立；（二）博访各方面的意见，规定用途的原则，以免去原案"教育或其他用途"有太空泛的危险。关于这两项任务，我们深盼得你们和北京各位朋友的指教与援助。[1]

**海上踪迹**

苏慧廉抵沪时，威灵顿勋爵已赴北京拜会段祺瑞及各方人士。现在全体委员都已抵达上海，可以正式开会议事了。3月16日在上海召开了第一次全体委员会议。3月22日，在礼查饭店举行记者招待会，宣传此行的意图，并澄清各界对英国庚款的误解。当晚苏慧廉还与黄炎培见了面。[2]

胡适在日记中为苏慧廉在上海的行踪留下了宝贵的记录：[3]

---

[1] 胡颂平：《胡适之先生年谱长编初稿》（台北：联经出版事业有限公司，1984），第二册，第628—629页。
[2] 黄炎培：《黄炎培日记》（北京：华文出版社，2008），第二卷，第259页。
[3] 《胡适全集》（合肥：安徽教育出版社，2001），第三十卷，第567页。本书引用之胡适日记均来自此书，不再一一出注。

四月廿三日,上午十一点,英商会。下午一点,Mrs. Soothill(As for Hoise)[肖塞尔夫人(议会方面)]。

此肖塞尔夫人指谢福芸。

四月廿七日,一点,Foreign YMCA(Shanghai Club)[外国青年基督教联合会(上海俱乐部)]。

上海青年会俱乐部,当时还在四川路。上海 YMCA 成立于1900年,宋庆龄之父宋耀如是发起人之一。

五月四日,上午十点,与 Professor Soothill[肖塞尔教授]同去看麦伦书院(兆丰路76号)。

麦伦书院(Medhurst College)是教会学校,由英国伦敦会创办于1898年。1953年收归国有,并改名为继光中学,以纪念当时的战斗英雄黄继光。

据苏慧廉自己记载,在上海时,他曾受邀去圣约翰大学访问并演讲。其间,遇见了颜惠庆、施肇基及顾维钧。

## 第三节　告别温州

### 艺文内争

由于工作太累,代表团5月2日起休假两周,于是苏慧廉决定回温州看看。[1]中国有很多地方可去,温州最让他魂牵梦绕。就在上一年,苏慧廉还从姑妈留给他的遗产中拿出部分,捐赠给这座他生活了二十五年的城市,因为那里发生严重的旱灾。[2]

但1926年的温州,与中国其他城市一样,也正发生翻天覆地的变化。中国基督教此时已进入"面对国家及社会挑战时期"[3]。他一手缔造的艺文学堂亦已停办。《温州近代史》这样记录这段历史:

> （1925年）6月初,省立十中学生会接到上海学生总会求援电报,立即由温独支发动和领导,召开全城中等学校学生代表紧急会议,恢复五四时期成立的温州学生救国联合会（后称温州学生联合会）,同时召集各界团体组成温州救国会,并派代表赴各地宣传惨案真相,促其建立救国会或沪案后援会,组织游行示威和捐款济难。6日,温州城区各界人民罢工、罢市、罢课,举行"五卅惨案"后援万人大会,会后游行示威,队伍经过东洋堂、三井洋行、英美烟草公司、亚细亚火油公司和天主教堂时,齐声高呼:打倒帝国主义!废除不平等条约!为死难同胞报仇!吓得洋老板紧闭大门。晚上,温州救国会召开会议听取上海学联代表报告惨案经过,决议捐款援助上海工人,抵制仇货、提倡国货。同时各学校、团体上街化装宣传,"有艺文中学及崇真小学,

---

[1]《申报》,1926年5月8日。
[2] Hosie, *The Pool of Ch'ien Lung*, 132.
[3] 鲁珍晞（Jessie Lutz）将1949年以前的中国基督教划分为四个阶段:开拓与准备时期（1807—1860年）、基础的建立及发展时期（1860—1900年）、教会兴旺及成长时期（1900—1925年）、面对国家及社会挑战时期（1925—1949年）。

系教会所设立，因学生痛此，血潮澎湃，出发演讲募捐。该校长（英人）禁止出校，学生大愤，即行立誓脱离"。风潮一起，温州救国会立即召集紧急会议讨论两校学生求学的善后问题。终于艺文师生300多人公推原教师谷旸（寅侯）主持筹备瓯海公学。[1]

瓯海公学是现温州第四中学的前身。温州四中校史这样记录：

> 6月8日，英国教会在温主办的艺文学堂学生因集会声援受到校长英国牧师蔡博敏等人的粗暴压制，群情激昂，冲出校门，脱离帝国主义所操纵的学校，投身反帝救国运动。
> 
> 艺文教师谷寅侯、陈竺同、林省中、虞明素、江蓬仙等支持学生的正义行动，另有一些跟教会关系密切的教师力劝学生返校协商解决善后。两种意见在学生临时住处玉堂里四明银行展开了辩论，爱国师生一致赞同谷寅侯的倡议：集资办学，夺回教权。
> 
> 温州救国会拨款一千元支持办学。南京旅宁温州学生同乡会闻讯派代表李仲骞、胡品芳专程返温参加筹建工作。爱国师生推选谷寅侯为主任，陈竺同、林省中、许文良、李仲骞、吴孝乾为委员，在沈记老屋设立筹备处。学生代表瞿正川、潘哲等也参加工作，群策群力，广泛联系。陈竺同、江蓬仙选定蛟翔巷底九山仁济庙（俗称平水王殿，即今四中礼堂及其两厢、门厅旧址）为校舍。谷寅侯先自劝请父兄和温州耆宿吕文起率先捐资。经过二十来天努力，取得社会各界支持，在县学文庙开会决定创办瓯海公学……成立校董会，公推吕文起为董事长，谷寅侯为校长，报请省教育厅批准立案。于是一边鸠工庀材，修缮庙宇为校舍，赶制校具，一边发函邀请分散在全国各地大中院校的温州知名教师和学有专长的青年前来任教。八月准备就绪，开始招

---

[1] 胡珠生：《温州近代史》，第313页。其中提及的崇真小学是内地会1902年在温州创办的一所男童书院，地点在离花园巷教堂不远的铁井栏17号。

生。除原脱离艺文来校就读的学生外,温州五县以至处州的青田、龙泉、庆元等地前来报名的也很踊跃……从此九山河畔,落霞潭边,响起了"教权曾旁落,一旦得收回,艰矣,快哉"的校歌,大家扬眉吐气,庆贺温州又增添一所中国人民自办的中等学校。

瓯海公学虽然校舍狭隘,设备简陋,但是应聘来校任教的教师人才济济,使艺文学堂黯然失色,不久便停办了。[1]

1925年,谷旸(字寅侯)三十一岁,蔡博敏五十岁。蔡氏1903年来到温州,一直担任这所教会学校的校长。谷寅侯其实是蔡博敏的学生。早年就读于艺文,1916年毕业后赴另一所教会学校南京金陵大学深造,金陵毕业后返回艺文,担任英语与理化课老师,成为蔡博敏的同事。1914年艺文成立青年会,他还曾出任智育部长。[2]

中国人留下的关于艺文师生愤然离校的记录中,几乎都要说到一个细节,那就是蔡博敏"亲自持枪在校门口恐吓,阻挠学生上街宣传"[3]。他"穷凶极恶地挥舞手枪,守住校门,不准学生外出。在忍无可忍的情况下,全校学生起而反抗,相率冲出校门参加游行。蔡博敏为了贯彻其奴役中国人的政策,竟悬牌开除为首的学生十多人。陈竺同老师这时挺身而出,先向蔡博敏讲理,要求收回成命,蔡置之不理,反威胁教师,于是陈师与谷寅侯、林醒中等先生带领一些学生离开艺文中学,接着大批学生也不满蔡博敏的奴化教育而跟了出来……艺文中学遭到温州人民的唾弃,从此停办"。[4]

我后来在英国循道公会的档案中,找到蔡博敏本人对此事件的记录:

进行有效的大规模宣传对苏联来说可谓驾轻就熟,学生团体中激进的成员则是他们的高徒。温州本地五家媒体,全部都反基督教或反

---

[1]《温州第四中学(原瓯海中学)校史》,载《温州第四中学七十周年校庆纪念刊(1925—1995年)》(1995),第134—135页。
[2]《温州艺文中学校青年会》,载《青年》(第十九卷第五期,1916),第189页。
[3] 刘安民:《温州著名的教育家谷寅侯先生》,载《温州文史资料》第三辑,第95页。
[4] 周梦江:《怀念陈竺同老师》,载《温州读书报》,2009年1月13日。

1911年前后的艺文师生合影。前排两个洋人是蔡博敏与郭多玛

外国人(比如英国人),并且至少有一家持布尔什维克立场。尽管明知报道的内容不属实,一则关于艺文学堂校长用左轮手枪恐吓学生的新闻还是重见报端。近期当地学联(艺文学生并非学联成员)举行了一次公开演出,旨在"重现"去年学生集体离校的情景。在该剧中,校长便被描写成手持一把左轮手枪。在他们的宣传活动中,英国始终被塑造成帝国主义,依赖武力来获取想要的一切。教区长更是不断被当地媒体冷嘲热讽,并妖魔化。[1]

艺文的这段历史不禁让人想起上海圣约翰大学1925年6月3日发生的"国旗事件"。英人校长卜舫济反对罢课学生在校园降半旗为"五卅"死难者默哀,从而引发爱国师生离校,另组光华大学。圣约翰大学史研究者认

---

[1] T.W.Chapman,"Student Agitation in China,"*The Missionary Echo*(1926):176.

为，卜舫济和圣约翰当局坚持"教会学校在政治冲突中应严守中立"的立场，这便使学校在中国的民族主义运动中处于困难和尴尬的境地，甚至严重伤害了学生的爱国感情并破坏了学校多年苦心经营树立起来的声誉。[1]这段评价应该也可用在蔡博敏与艺文之上。据统计，在1925年6月到9月，全国因"五卅惨案"而引发的教会学校风潮就达五十余起。[2]

### 温州中华基督教自立会

1925年5月30日下午，上海数千名工人、学生、群众聚集到南京路，游行抗议内外棉株式会社日人枪杀中国工人顾正红，要求释放因声援工人罢工而被捕的学生。

在激动的人潮里，有个温州年轻人的身影。他叫路得，比谷寅侯大两岁，也是艺文的校友。他受温州圣道公会的委派，去上海参加中华全国基督教协进会[3]年会。

路得出生于温州市一个贫寒的基督教家庭，教会小学毕业后即跟随做箩匠的父亲学艺，后以善制米筛闻名市井。他信教很虔诚，常一边打箩，一边读《圣经》。包莅茂医生发现了这个极具潜质的少年，于是送他去艺文学堂读书。艺文毕业后，他又于1915年春被送南京金陵神学院（Nanking Theological Seminary）深造。在金陵期间，他的聪明及天生的领导力受到毕范宇[4]博士的青睐。金陵毕业后返温，他成为圣道公会活跃的传道人。这个长于教书及组织工作的年轻人后被按立为牧师，1920年调任温州城西教堂。自苏慧廉始，英人主持的圣道公会便注重培养本地传道人。

教内人叫他路得，更多的人尊称他为尤牧师。他的全名叫尤树勋，字

---

[1] 徐以骅、韩信昌：《海上梵王渡——圣约翰大学》（石家庄：河北教育出版社，2003），第25页。
[2] 舒新城：《收回教育权运动》（上海：中华书局，1927），第91—95页。
[3] 中华全国基督教协进会（National Christian Council of China），是基督新教在中国的一个联合组织，目的在于推动基督教本地化。1922年在上海成立。余日章和诚静怡分别任会长及总干事。二十世纪五十年代停止活动。
[4] 毕范宇（Frank Wilson Price, 1895—1974），美南长老会传教士，生于嘉兴。在美国读完大学后回华，任教于金陵大学。曾译孙中山《三民主义》为英文。抗战时期为国民党做宣传工作，与宋美龄很接近。著有《中国的乡村教会》。

建人。

1925年，尤树勋三十三岁。上海街头巨大的人潮与激昂的气氛一下子便感染了他。他"亲睹上述情况，非常激愤。返温后，即召集教牧人员及信徒代表二十余人，去见英传教士海和德，提出三点要求：1.代电英领事，请其秉公从速解决此案。2.发表宣言反对英人暴行。3.允许教会自立，由中国人自己办教会。海说：'你们切勿以我英国人有错，此惨案实由华人自取其咎，因华人受赤俄的迷惑，扰乱租界的治安，捕兵开枪实属正当防卫，何过错之有？所请拍电英领事一节，不能照行。'尤等见传教士与巡捕房原为一丘之貉，便愤然拂袖而别，毅然离开循道会，筹建自立会"。[1]

尤树勋由此成了温州中华基督教自立会的先驱。1925年7月26日成立的该会推举李筱波医生为会长、陈启梅为长老，尤树勋自任牧师，会址亦暂设在他的住所——八字桥教堂中。[2] 后因此堂为圣道公会教产，海和德不同意做自立会活动场所，于是另在沧河巷三十七号租得两间半平房，权作教堂。被自立会推举为首任会长的李筱波医生，是白累德医院的第一批华人学徒。李筱波又名李镜澜，其与西人的关系缘自外祖母曾教过苏路熙温州话[3]，于是后有缘师从英人霍厚福，并于学成后在白累德任职。李筱波1918年自立门户，创办温州私立伯兰氏医院。[4] "伯兰氏"与"白累德"在温州话里音近，并且伯兰氏医院就开在白累德的附近。所以你既可理解为它是想借白累德的光，也可说它显示了中国人不畏帝国主义的豪情。

中国近代史上，又一批青年为苦难的民族点起熊熊的火把。

史景迁说："'五卅惨案'呼应五四运动，也升华为爱国的象征以及重振士气的怒吼，然而1925年的中国局势已与1919年之际大不相同。不管是国民党、共产党，抑或是两党的合作，正准备将中国人心中的愤慨与挫折

---

[1] 支华欣：《温州基督教》，第13页。
[2] 自立会宗旨见《温州中华基督教会通启》，载《真光》，1926年第24卷第11/12期。
[3] 戴家祥1985年3月11日致夏蒲信，私人保存。
[4] 据《瓯海关十年报告（1912—1921）》，伯兰氏医院开设在县知事衙门附近，能接纳60名住院患者，每天收费0.30—1元，每名患者挂号费10分。转引自《近代温州社会经济发展概况——瓯海关贸易报告与十年报告译编》（上海：上海三联书店，2014），第286页。

尤树勋

纳入自己的党组织中。中国人固有的民族主义正召唤着俄国的组织专才策动有意义的政治行动。"[1]

后来的历史确实如此。"中共温州独立支部以'五卅'反帝爱国运动为契机,把推行教会自立活动,作为开展反帝反封建的国民革命运动的一个组成部分,动员各界予以支持。同时深入细致地做好尤树勋的思想工作,在党组织的培养和教育下,1926年11月6日,尤树勋加入了中国共产党,成了中共温州独立支部十二名成员之一。一个基督教的牧师加入中国共产党,在全国实属罕见。从此以后,尤树勋的思想境界更高了,胆子更壮了,推行自立活动更积极、更自觉了。他经常与独立支部人员一起深入各县乡村,一面做革命的秘密工作,酝酿组织农会,一面到各教堂讲道,传达'五卅惨案'各地反帝爱国活动情况。"[2]

1924年12月成立的"温独支"是浙南地区最早建立的共产党组织,直属

---

[1] 史景迁:《追寻现代中国——革命与战争》,第445—446页。
[2] 支华欣、郑颉峰:《教会自立的先驱尤树勋》,载《温州文史资料》第九辑,第213—214页。另,据1926年11月20日的《温州独支十一月报告》,尤树勋(此称尤建人)是"新入会的2人"之一。见《中共温州独立支部与国民革命运动》(北京:中共党史出版社,1998),第51页。

中共中央领导。"温独支"当时由郑恻尘、胡识因夫妇领导。郑恻尘是温州最早的共产党员。尤树勋从上海回来后,郑即发展他加入温州工商各界"五卅惨案"后援会和爱国救亡十人团,鼓励并支持他脱离与外国教会的关系。自立会成立大会召开时,郑恻尘还亲临会场,作题为《自立会与革命事业》的演说。[1] 胡识因就是我们在前面已提到过的胡世英,一个来自永嘉贫困山区的苦孩子,曾就读于艺文女校。

### 花随梦已空

苏慧廉1926年踏上温州的土地,迎接他的就是教会与艺文的分崩离析。他是5月6日抵达温州的。对这位贵客的到来,教会组织了最热烈的欢迎仪式。艺文全体教师及一百名学生代表坐船到瓯江口迎接。当苏慧廉搭乘的轮船在浓浓的大雾中出现时,迎接的小船飞奔而去,霎时船头鞭炮震天、锣鼓齐鸣。

温州城里的中国人也要来看看这个能讲中国话像中国人一样的老外。据当时负责温州教区的孙光德记述,从苏慧廉来到苏慧廉走,来看他的人一直络绎不绝。[2]

苏慧廉在温州期间,去了白累德医院。同行的谢福芸说自己看见一个英国医生,坐在一间充满了气味也充满了病人的房间里,正抱着一个头上长了脓包的中国孩子。[3] 这个英国医生便是施德福。施德福是苏慧廉离开温州后才赴任的,那时很多温州人称他为"菩萨"。谢福芸说,二十五年前温州人一半有眼疾,从最轻微的眼炎到最严重的失明,现在随着卫生条件的改善与医疗水平的提高,这个状况已得到明显的改善。[4]

不论是苏慧廉的记录还是谢福芸的回忆,都没有提到重返艺文校园。苏慧廉说:"温州,一股不公正的针对艺文学堂的联合抵制活动正被政治化。

---

[1] 尤树勋:《温州中华基督教自立会成立经过》、陈仲雷:《温州地区最早的中共党组织》,载《中共温州独立支部与国民革命运动》,第301—304页、第272—273页。
[2] Irving Scott, "Professor Soothill Revisits Wenchow," *The Missionary Echo* (1926): 152.
[3] Hosie, *Portrait of a Chinese Lady and Certain of Her Contemporaries*, 70–71.
[4] Ibid., 74.

如同中国其他英国学校一样,它是无辜的,与发生在上海的不幸事件毫无关联。"[1]

苏慧廉访问温州期间,正逢海和德六十寿辰,于是教会举办了一次特别的活动,借此感谢两位老人。苏慧廉与海和德握手,表示祝贺。握手时苏慧廉很清楚,这位后继者时下正面临着怎样的压力。"由'五卅'事件激发出来的民族主义——它的精神也许是对的并且值得赞美——让他最精心培养的一位牧师意欲将整个教会与差会脱离关系,并占有教会的物业及资金。他同时要求所有来自差会的奉献必须移交给中国教徒全权管理。幸运的是,除了一家教会,其他的都站在海和德这一边。"[2]苏慧廉在文中没有写出这位自立牧师的名字。

对于温州之行,谢福芸特别提到灰秃秃的旧城墙刚被修缮一新。墙缝中长满了紫罗兰和蕨类植物的城墙,曾是她少年时常去散步的地方。她说,当时的温州社会上有两派观点,保守派认为要将城墙作为一个古老的博物馆保存下来;革命派则认为应该彻底摧毁它,仿效上海,在原址上修建道路或是电车轨道。"革命认为穷人最需要做的是打碎旧的体系,而中国的农夫农妇最渴望的则是一条软毛巾、一块肥皂、一个搪瓷脸盆,他们更愿意拥有这些。"谢福芸说出了她对革命的理解。[3]

5月9日一早,苏慧廉一家离开温州。那天是礼拜天,很多教徒从乡村汇聚到城西教堂,想听一听苏慧廉的布道。但因回上海的轮船近期仅此一班,苏慧廉只能在礼拜前离开。海和德若干年后仍记得,当时已很虚弱的路熙,在那天早上,用温州话向众人道别——"Tsae-Whai(再会)"。[4]

这是苏慧廉夫妇最后一次光顾温州,这一年苏慧廉已六十五岁。

春与人俱老,花随梦已空。

苏慧廉离开后不久,尤树勋在瓯海公学的《六八特刊》上发表《英牧

---

[1] W.E.Soothill, "My Visit to China,1926," *The Missionary Echo*(1926): 182.
[2] Ibid.
[3] Hosie, *Portrait of a Chinese Lady and Certain of Her Contemporaries*, 66.
[4] J.W.Heywood, "The Late Mrs W.E.Soothill," *The Missionary Echo*(1931): 87.

师在温州宣传亡中国之术》文章，回顾"自1925年以来，西方传教士对教会自立活动的忌恨，进一步看清了他们以不平等条约为护符，以军舰武力为后盾，以金钱为诱饵，名为传教实为推行殖民主义的真实面目"[1]。

苏慧廉应该没有读到这篇慷慨激昂的文章。他回到英国后，应《传教士回声》的邀请，于1927年2月撰写了篇《差会与中国》。他的心如火，但笔仍是冷静的。

> 对于中国人基于理性和正义的爱国主义，我们大不列颠民族给予极大的同情。不过一个没有自尊的民族只会盲目于"主权权力"，而无视根本的"主权义务"。今日中国遗憾地丧失了这些"义务"，不仅对中国人，也对外国人。
>
> 回溯往昔，我们可以无愧地说，我们教会一直竭力做到最好，无论是在方针的确定还是在最终的结果上。举一个教区的例子，就说温州吧，为了将它发展成为自立、自养、自传[2]（Self-governing, Self-supporting and Self-propagating）的教会，我已经谋划了超过三十年。我的同事，包括中国和英国的，都一直为此不懈努力。我曾反复对中国教会说，我们不可能永远当他们的"保姆"。如今，自治能力超过温州教会的，在中国几乎没有。这些年来，我们也一直努力将自身从教会事务中摆脱出来，从而投身到更为广阔的福音事业中去。这样做，无疑是明智的，不过也需要时间来实现，原因不在我们，而在于要考虑到那些实力较弱小的基督团体。不过，就像我时常和英国朋友们说的那样，即便中国的教会能够自治，我们也不能认为经济上就可轻松很多。相反，压力会一直存在，并且越来越大。中国的教会能够独立在本土开展工作并引领那里的人们在道德和精神上成长，可能还需要

---

[1] 支华欣、郑颉峰：《教会自立的先驱尤树勋》，载《温州文史资料》第九辑，第214页。
[2] 二十世纪五十年代的"三自革新运动"，采用了十九世纪教会自立运动的口号（稍微修改为自治、自养、自传），实际上，它无论在改革方式或定义方面皆与教会自立运动有别。见赵天恩、庄婉芳：《当代中国基督教发展史 1949—1997年》（台北：中国福音会出版部，1997），导论。

数十年甚至一百年的时间。而中国要想对外传教,第一要务便是要让中国数以百万计的海外移民接受福音,其中还要培养出中国自己的传教士。

……

对于未来——明智的人都不愿去干涉中国或中国教会。就我们而言,只要有人能胜任中国教会的工作,我们非常乐意双手将其奉上,绝不吝啬及勉强。相反,当中国人真的不需要我们的时候,我们将轻松地舒口气。不过,对于教会而言,谁才是"中国教会人"呢?仅是那些年轻、急躁的政治家,还是那些自说自话推选出来的人?我们怎么能接受绝少数人为权力而争闹不休。心智坚定的中国人有他们的权力,让他们自己决定吧。如今的动荡有消极的一面,但如果能够带来我们所有人都希望看到的独立与自我发展,也不失为一件好事。差会这些年来制定的政策都是为了使中国教会稳步向自治与自养的方向发展。我建议,现在可以更进一步明确,给当地教会提供津贴的同时,委派中国人担任委员,独立处理教会事务。这也正是中国事务委员会必须考虑的地方。

当我们的职责结束之际,显而易见且不容忽视的是,所有的教内兄弟姐妹,不论是中国人还是英国人,都要忠诚地团结在一起。[1]

**背影**

胡适记录了代表团的行程:"三月的大部分,在上海听取中英两国人士意见。三月二十七日到四月五日,在汉口。四月七日以后,在南京。四月十六日以后,在杭州。四月下旬,在上海。五月中旬,在北京。五月下旬,在天津。"[2]

我从四处爬梳来的材料中,打捞苏慧廉沧桑的背影。

---

[1] W.E.Soothill, "Missions and China," *The Missionary Echo*(1927): 42–43.
[2] 胡适:《丁文江的传记》,第104—107页。

在汉口，苏慧廉一行与吴佩孚面谈多次。《吴佩孚先生年谱》"民国十五年"条有如下记录：

> （三月）二十九日英庚款委员会代表团抵汉口，先生请以大部分造粤汉铁路、川汉铁路，及其他铁路，以路款收入为教育经费。[1]

在汉口及武昌，苏慧廉走访了博学书院（Grittith John College）、博文书院（Wesley College）及文华书院（Boone Memorial College），这是当时武汉地区三大教会学校。在文华书院，他还特别参观"文华公书林"。1910年由美国圣公会传教士韦棣华（Mary Elizabeth Wood）女士捐资创办的这所图书馆，是近代中国第一座公共图书馆。

1924年，文华书院、博文书院大学部、博学书院大学部联合组成私立武昌华中大学，校址在文华书院内。华中大学就是今华中师范大学的前身。站在华中大学的校园里，苏慧廉应该会想起民国初年自己筹建华中联合大学的那段经历，如果不是欧战，武汉地区的教育历史将与他紧密相连。

在南京，苏慧廉一行考察了金陵大学、金陵女子大学。苏慧廉说，金陵女大里中国传统宫殿式风格的建筑给了他很美好的印象。据谢福芸回忆，在金陵大学他们还遇见了该校创办人之一的美国传教士文怀恩[2]。苏慧廉走后不到一年，文怀恩被骚乱士兵枪杀。此举直接导致了"南京事件"发生，此后，一半以上的外国传教士撤离中国。

1926年6月4日的《吴宓日记》有这样的记录：

> 晴。午饭后，乘人力车入城，至姑母宅中。
> 四时半，至东四头燕京华文学校，赴该校邀茶会。到会者多所

---

[1]《吴佩孚先生年谱》(1960)，第40页。
[2] 文怀恩（John Elias Williams，1871—1927），美北长老会传教士，1899—1906年在南京传教，1907年到日本，在东京早稻田大学中国留学生中工作。1908年回华，致力于组建金陵大学，任副校长。1927年3月24日，北伐期间进入南京城的军队进行激烈的排外活动，文怀恩遇害。

谓北京研究国学之中外名流。有戴闻达 J. J. L. Duyvendak、苏慧廉 William Soothill 及 Davis ( of Pan-Pacific Union ) 等之演说,又参观其图书馆等。七时,散。[1]

六月,苏慧廉一行已来到北京。是月中旬,应胡适之邀,赴北京大学参加该校学术研究会的闭会仪式。在会上,他与胡适都做了演讲,苏慧廉主要介绍中英关系及牛津大学的状况。[2]

《顾颉刚日记》1926年7月8日这样写道:

> 写仲沄信。到适之先生处,未晤。到第一院图书馆,为苏锡尔教授讯问阜昌《禹迹》《华夷》两图也。[3]

《禹迹》《华夷》是绘制于宋代的两张古地图,南宋绍兴七年(1137)刻石成碑,至今仍保存在西安碑林。作为中世纪制图学方面的两块最重要的碑石,早已引起全球地理学界的瞩目。包括沙畹[4]、青山定雄、李约瑟在内的一批汉学家都撰文考证它的绘制者及来龙去脉。作为英国皇家地理学会的成员,苏慧廉也关注这两块石碑,他考证后认为《华夷》图的绘制者是唐代著名的地理学家贾耽(730—805年)。李约瑟后来在撰写《中国科学技术史》(Science and Civilisation in China)时,将苏慧廉的观点收录在注释里。[5]

顾颉刚,中国古史研究的佼佼者,当时还是个年轻人,在北大研究所

---

[1] 《吴宓日记》(北京:三联书店,1998),第三册,第175页。
[2] 参见《北大学术研究会举行闭会式启事》,载《北京大学日刊》(第1936号,1926年6月18日);《牛津与中国》,载《北京大学日刊》(第1941号,1926年6月24日)。转引自桑兵:《国学与汉学——近代中外学界交往录》(北京:中国人民大学出版社,2010),第160页。
[3] 《顾颉刚日记》(台北:联经出版事业股份有限公司,2007),第一卷,第765页。
[4] 沙畹(Edouard Chavannes,1865—1918),法国人。1889年来华,为公使馆随员,同时研习汉学,1893年任法兰西学院汉学教授。与高第合编《通报》,译著有大量关于中国历史的作品,如《西突厥史料》《华北考古图谱》等。1908年10月赴太原考察时,曾拜会苏慧廉。与谢福芸也有交往。
[5] 李约瑟:《中国科学技术史》(北京:科学出版社,1976),第五卷地学,第一分册,第134页。

国学门担任助教。顾氏后来与苏慧廉应还有进一步的交往,他在1926年9月30日的日记还提到,曾将《古史辨》赠送苏慧廉。

苏慧廉一行在北京还访问教会学校,其中包括协和医学院、燕京大学等。

谢福芸是个作家,她写下的见闻总是多了些生动的细节。

> 我母亲的舱室里面堆满了她在中国的钦慕者所送的鲜花,是用百合花、康乃馨和蔷薇做成的花篮和花环。
> "大多数是年轻的男子。"我们打趣地和母亲说。欧战期间,父亲和母亲曾在伦敦经营一间旅舍,接待服务于华工的中国翻译。那些人,虽然现在也不年轻了,但没有忘记曾获得的恩惠。现在又能在中国重逢,大家欢欣无比。[1]

当时路熙已近晚年,长途跋涉让她更加虚弱。

在北京,苏慧廉一家人在几个中国年轻人的陪同下还一起游览了颐和园。

> 我们穿过松树林向高处攀登。父亲走在前面,不停向我们招手。魏小姐与香花也兴致盎然。今天天气温暖,树木随着微风轻摆。母亲走不动了,于是坐在路边的凉亭小憩。父亲从山顶折了回来,搀着她的胳膊往上走,还不时留意让她歇歇脚。我和魏小姐、香花一起在山顶等他们。
> "看!"我指着脚下的风景说,"简直就是人间仙境。"
> 但是她们的眼睛看着我的父母慢慢走上了山顶,而没有关注我指示的美景。魏小姐的嘴唇有点哆嗦,我抓住她的胳膊,问她为何如此悲伤?"我看到了比亭台楼阁更加动人的风景,"她慢慢地说,"你的

---

[1] Hosie, *Portrait of a Chinese Lady and Certain of Her Contemporaries*, 195.

父亲和母亲彼此搀扶一起走上来,你父亲会耐心地等你的母亲,帮她打伞。唉!这样的场景什么时候会发生在中国夫妻之间?对你们而言这也许不算什么,你认为所有的父母亲都会这么做。"

"中国以后也会这样的。"我断言道。

"我和香花到死都等不到那天了。"她摇摇头说,"北京有一种说法,男人得花十五块钱买只驴子,花五块钱就能买到一个老婆。"

"千真万确。"香花附和着说,眼睛里充满了怒火。

我沉默了。[1]

香花就是 Lo 小姐,原山西巡抚宝棻的女儿。

---

[1] Hosie, *Portrait of a Chinese Lady and Certain of Her Contemporaries*, 282–283.

## 第四节　苏慧廉与胡适

结束为期三个月的各地调查以后,庚款代表团于1926年5月中旬汇聚北京,撰写书面报告。报告书完结后,英方成员相继离开中国。顾问委员会定于当年8月在伦敦举行全体委员会议,届时他们将再次聚首。

据胡适记载,"六月十八日安德生女士起程回国。六月十九日卫灵敦团长也离开北京回国了。王景春先生七月出国,经美国到伦敦开会。苏狄尔教授留在北京,七月里在哈尔滨和我会齐,同搭西伯利亚铁路去英国开会"。[1] 当时丁文江已接受孙传芳的委派,担任淞沪商埠督办公署总办,所以没有同行。

关于胡适与苏慧廉的交往,目前没有找到更多的材料能证明他俩早在英国庚款代表团访华前就已认识。苏慧廉比胡适整整大了三十岁,应算他的长辈。因此,就年龄而言,比胡适大六岁的谢福芸更容易与胡适交上朋友。

我发现胡适与苏慧廉的关系,也源自读到谢福芸的第一本中国题材的小说《中国淑女》。记得刚拿到书时,随手一翻就看见了胡适的照片。尽管没有文字说明这是胡适,但适之先生儒雅的形象,我们毕竟熟悉。

**火车上的访谈**

这张插图所在的第二十一章取名《哲学之门》,谢福芸笔下的胡适是个逻辑学教授。她详细记下与这位博学的教授在火车上的对话。《中国淑女》一书1929年初版于伦敦,因此这些发生于火车上的访谈,应发生在她随庚款代表团访问各地的时候。

> 我们第一次认识是在火车上,窗外一派田园风光。果园正开花,

---

[1] 胡适:《丁文江的传记》,第104—107页。

胡适

果树精心修理过，虽然不够科学。看不见一棵杂草，每一列每一行都笔直笔直的。响起布谷鸟的叫声。

"听！"他说，"你知道它在叫什么吗？'布谷，布谷！'传说里讲，从前有个懒惰的农夫，任凭土地荒芜下去。他死后，遭到天谴，每年春天回来，化作布谷鸟，呼唤农人不要学他的样子！"

"这个故事太迷人了。"我说。

"是啊，"他回答，"像我们所有的传说一样，很实际，很唯物。你们的诗人称布谷鸟为'漫游的声音'，而这个声音给我们实在的建议。我们之间的区别就在这里。我们中国人特别唯物。西方向东方寻求所谓神秘主义和灵性纯属瞎闹。印度人甚至比我们更缺少精神灵性。"

"哦，不是吧？"我认为他在谈话中掩盖真情，以中国的方式表示礼貌的谦虚，就反对道。"还有祭祖呢。一个如此彻底相信死亡没有终结人类生命的民族肯定不怎么唯物。"

但他不以为然。"你很清楚,"他回答,"我们的鬼魂是最唯物的。他们要吃喝,要有钱花;死前要是尘世的富人,还要有汽车仆人,这些都是纸做的,烧了送过去。祖先一样俗:如果他们的棺木埋的方向不对,或时间不对,或者葬礼仪式不合适,他们会回到人间,出没于子孙居住的屋子,破坏他们的事儿。所以,在死人的事情上,我们中国人毫无精神性可言。"

我问他:我在为一家英国报纸写描述中国人生活的文章,能不能引用它?

"当然可以,"他说,"这类东西我在书里讲过二十遍,你显然没看过。但你最好正儿八经地写一篇我的访谈录。"

那可是新鲜的经历,我肯定地说。我挺感兴趣的。

"很好,"他命令道,"问我问题吧。中国和美国的报纸跟我做过无数次访谈。"后来,他在欧洲也接受过访谈。

"关于中国唯物的问题?"我怯怯地问,"我想您忘记了基督徒。您知道,1900年时,一万名教徒宁愿死,也不放弃信仰。这不怎么唯物,您说是吧?"

"宗教,"他强调说,"是人民的鸦片。这话有人说过,我重复一遍,坚信它是对的。大烟鬼什么都做得出来。所有宗教的基础都是神话。看看《创世记》!"[1]

"宗教是人民的鸦片"这句后来被中国人不断引用的马克思名言,没想到在胡适的年代便已流行。

谢福芸是基督徒,对圣经《创世记》耳熟能详,她于是与胡适展开了激烈的辩论。

---

[1] 谢福芸对胡适的访谈详见《中国淑女》(纽约版)第二十一章。郝田虎教授曾将该章译出,以《哲学之门——胡适印象记》为题,发表于台北《传记文学》(第八十五卷第二期,2004年8月)。本节相关译文采用郝译。笔者在考证书中人物原型时,与郝教授有过交流,并受其启发,特此致谢。

他接着说，上帝存在的概率太小了，为了实际目的，不值得考量。

"我是无神论者，不是不可知论者，"他强调说，"我不迎合虚幻的东西。我不是说我不知道上帝是否存在，而是说我相信上帝不存在。只有物质生活，没有精神生活。"

当这两个年轻人在为有无上帝激烈辩论时，苏慧廉正好经过他们的身边。他听到这些对话后，便把手放到胡适的肩上，盯着坐在那里的他。谢福芸说他父亲的眼睛是"那么真诚，那么苍白，几乎要透出光亮"。

"亲爱的伙计，"爸爸亲切地说，"看到你的人都不会相信你是物质的。你本人就不符合你的理论。"

教授笑了。他没有感到不快，这不合逻辑。但生活不是逻辑的，而是生物的。生活中总有不可预知的东西，总有生长的因子。没有人能够为任何人或任何民族说明未来生活的情形。用最科学的方法培育出来的玫瑰花，谁能在开花之前画出它的精确图画呢？我于是和他争论起来。

胡适是个宽容的人，但也不是个容易被说服的人。

"妇人之论！"他表示不屑，"但关于宗教，谢天谢地，我永远抛弃了教堂之类的迷信。我最后一次进教堂是在十年前，我再也不想去那个地方了。"

胡适说自己最后一次进教堂是在十年前，那时他还在美国读大学。其实，在美国就学期间，胡适还差点入教，成为一个基督教徒。[1]后来有段时间，他还热衷收集各种版本的《圣经》。

---

[1] 白吉庵：《胡适传》（北京：人民出版社，1993），第54—57页。

有人告诉我们，他之所以在宗教面前披起厚厚的甲壳，是因为一段痛苦经历：他的一个西方基督徒朋友结果证明是伪君子。任何青年的信仰都会因此动摇，不管是对朋友还是对朋友创造者的信仰。但教授不乏公正。他在英国时，报纸上正在热烈争论传教使团的价值。其中一方宣称，中国的一切麻烦都肇始于传教使团。我们的教授竟然写文章为传教使团辩护！作为无神论者，他无补于他们的信条；但作为爱国者，他宣布，传教使团对中国进步的贡献超过任何团体。

"但是，感谢上天，"他激动地冲我叫嚷，"我可以说，我从未受过传教团的影响，我不亏欠任何教会、任何宗教一个大子、一个小时的教育！"

接受谢福芸的采访时，胡适还只有三十五岁。谢福芸直接记下的这些内容，不经意间保留了年轻胡适的真实思想。海峡两岸对这位"誉满天下，谤亦随之"的伟人的研究已经汗牛充栋，这篇英文采访稿，或许能为胡适思想研究，特别是他的宗教观研究，提供第一手的材料。

胡适除了在美国读大学时有过一回入教的冲动外，一直都是个坚定的无神论者。晚年在台湾，看见梅贻琦的夫人为病中的梅先生做祷告、唱赞美诗，还觉得不可理喻。"他还没有死，一屋子愚蠢的女人在唱着歌祈祷，希望升天堂。——这些愚蠢的女人！"[1]

谢福芸还记录了胡适的家庭生活：

他告诉我，他父亲是乡官，家境还算宽裕。

"我的母亲，"他接着说，因为现实主义者必须袒露全部事实，尤其是让他感到苦涩的事实，"我的母亲是个纯朴的村姑，当时十八岁。父亲娶她时已经老了，我出生后不久他就去世了"。他想让我知道，是这样的婚姻致使他身体不怎么强壮。但好的结果是教授脑力超人，他

---

[1] 胡颂平：《胡适之先生晚年谈话录》（北京：新星出版社，2006），第206页。

的身体也不是弱不禁风,否则他无法完成那么多工作。他年轻时早早地订了婚,那个村姑他没有见过。当他留美回国,荣归乡里时,履行了长辈们以他的名义订下的婚约。他不应该违反传统的制度和家族的承诺。他心地纯洁,操行严谨。学问是他真正的妻子。至于大利拉的妖魅伎俩,他像金刚石一般不为所动。和她一起待上五分钟,他就会烦得要命,尽管她翩翩而来。

胡适的父亲叫胡传,字铁花,胡适的生母叫冯顺弟。胡适侍母极孝,可能源自这段家史。

苏慧廉也许带谢福芸拜访过胡适在北京的家,因为谢福芸说自己在北京见过胡适的太太江冬秀。

一个和善的家庭妇女,个头不高。她大约发现她杰出的丈夫实在麻烦。例如,中国社交界对明星的要求非常多;教授一天内会收到六份晚宴邀请,拒绝哪一家都不礼貌,甚至是侮辱!

"同样,我的一个名人朋友受邀担任十二所大学的校长,情面难却,他不能不答应。但他最近不顾得罪人,发了封公开信,宣布他从此以后不再接受校长头衔。光上海就有四十所所谓大学,这中间肯定有不合格的,朋友发誓说他不会参与支持它们。按照老规矩,你给大学者写过一封信,从此永远就可以自称他的学生。"教授解释说。

"但您一天晚上不能吃六顿饭!可怜的胃!"我建议说。

"当然不能了,"他回答,"我在一家宴会上夹一筷子,就赶到下一家。邀请的主旨在于谈话。我待一阵子,谈一会儿。尽管这样,还是不利于消化。我太太说我的胃像牛一样,我认为确实如此。"

"他是活受罪,"教授夫人告诉我,这大概不差。"他赴宴赴得很累,因为每一家都希望他发表谈话,有意思的谈话;回到家后他还要伏案写作,直到凌晨三点。他说只有这段时间电话铃不响。"

教授聪明地说:"到了英国,我就待在大英博物馆,那里没人打扰。"

他说,他结婚时已经告诉了新娘,他的家里不允许任何宗教教义和仪式,新年敬鬼也不准。他们有三个孩子。他认为孩子有独立思想的权利,不应该先入为主地接受任何宗教教条。孩子年轻时灌输宗教偏见非常不妥当。如果他们长大了愿意信仰,那是他们自己的事。

"在这方面,应该说,我太太给了我很大支持,"他补充说,"我还想说,我立下规矩时,她毫无怨言地接受了,这让我感到吃惊。"

胡适在坊间有怕老婆的传闻,是不是这样,无从考证。胡适与江冬秀育有三个孩子,次女素斐早夭,留下两个儿子:胡祖望与胡思杜。胡思杜后留在中国,1957年被划为"右派",当年9月21日悬梁自尽。

谢福芸对胡适的神学观点很感兴趣,而胡适认为对他的采访不应该仅问他对《创世记》和唯物主义的看法。"你应该问,我写了多少本书,书的内容是什么?"胡适直接提示谢福芸。谢福芸于是转了个话题:

"如果红军占领中国呢?"我问,"您说不定是受害者。"

"那也好,"他表示同意,"只要能推动国家进步,我心甘情愿。"他认为,俄国的红色恐怖被大大夸大了。当时,中国南方各省的恐怖还没有发生。对讲求实际的东方人来说,这类情感没有被证实就是不真实的。

那时还仅是二十年代,没有多少人相信红军真会占领中国。谢福芸在这一章,写下了她对胡适的欣赏:

教授在一本英文新书里——这一作品肯定耗尽了他血管中的每一滴血——彻底抛掉了骄傲,书里的话一定会让他的许多同胞惊骇莫名。不是因为他们认为不真实,而是太真实了,毁灭性的真实,不能说出来。教授写道:

"我认为,现在需要的是宗教忏悔般的深刻体认,即我们中国百事不如人,世界上每一个现代国家都比我们好上许多。我们必须承认,我们贫穷得可怕,我们的百姓灾难深重;文明的民族应当为此感到惊诧。"

但接着往下读:

"我们的家庭大多是罪恶的渊薮,充斥着压迫和不公,私刑和自杀。"

"这一切只有责备我们自己。我们女人裹脚裹了一千年,抽鸦片抽了几百年,结果民族虚弱,道德败坏……我们只是吞下我们的祖先和我们自己罪过的果实。"

他最后写道:"我们再不要欺骗自己了,得意洋洋地说帝国主义列强阻碍了我们民族的进步。读一读日本现代史吧,让我们在羞惭和忏悔中永远丢掉自负和自欺。

"然后,当我们彻底地、诚心地忏悔了,让我们庄严虔敬地下定决心:我们必须做小学生。"

教授写下这些话勇气可嘉。满怀清教徒般的热情,像崇拜上帝一样崇拜真理的思想家不会错到哪里去;他的话对他那一代人不无益处,他们最好听一听。如果有个上帝要求牺牲和服务的话,那就是真理的上帝;从长远看,真理的上帝赏罚公正。

这里是施洗者约翰的呼唤,尽管他没有衣兽皮、居荒野。他的叫喊是以赫胥黎为名义的忏悔,他的福音书是达尔文的进化论。

近来的动荡和喧嚣中,他思索着,权衡着。他认定,赫胥黎和达尔文比马克思和列宁更伟大,更永恒:这是灵魂做出的重大抉择。

**莫斯科插曲**

苏慧廉在哈尔滨与胡适会齐,"七月二十二日,两人同搭西伯利亚的铁路前往英国"。[1] 西伯利亚铁路二十世纪初开通后,是亚洲前往欧洲的最快

---

[1] 胡颂平:《胡适之先生年谱长编初稿》,第二册,第642页。

捷路线。

苏慧廉在哈尔滨时也没闲着,由他英译的佛学名著《妙法莲华经》[1]就是这年在哈尔滨定的稿。

从哈尔滨到伦敦,中间要经过莫斯科。7月30日胡适抵达莫斯科,并停留了三天。其间,他参观了苏联的革命博物馆和监狱,并到中山大学演讲,盛赞苏联1917年革命的成功。这三天的行程,胡适自认为很受教育。这在当时他写给好友张慰慈的信中可看出:

> 此间的人正是我前日信中所说的有理想与有理想主义的政治家,他们的理想也许有我们爱自由的人不能完全赞同的,但他们的意见的专笃,却是我们不能不十分顶礼佩服的。他们在此做一个空前的伟大政治的新试验,他们有理想、有计划、有绝对的信心,只此三项已足使我们愧死。我们这个醉生梦死的民族怎配批评苏联。[2]

胡适一生中仅这一次到访苏联,苏联当时的现实还一度改变他的思想,他甚至认为可以容忍牺牲一点自由以图专政治国。

不过,徐志摩即提醒他注意,因为胡适当时只看到苏俄的国家统一与貌似强大,并没有看到国家强大与民众弱小的关系。徐志摩这个在许多人的眼里只懂得谈情说爱的浪漫诗人,其实目光如炬。他是二十年代对苏联有着最清醒认识的很少数的几个自由主义知识分子之一。不过,他的所思所想与"左翼"相悖,一直不合革命潮流。当然,胡适后来对这段被"赤化"的经历有所反思。

看胡适思想史上的这段插曲,我有时不免胡思乱想。那几天胡适下车去莫斯科,如果主张渐进改良而非革命性变革的苏慧廉也同行,那又会是个怎样的结果? 胡适临离开苏联时,还意外地与共产党理论家蔡和森邂逅,

---

[1] W.E.Soothill, *The Lotus of the Wonderful Law* (Oxford: Clarendon Press, 1930). 合作者为日本佛教学者 Bunno Kato。
[2] 白吉庵:《胡适传》,第245—246页。

那一刻苏慧廉如果也在场,这三个人又将有怎样的思想碰撞?

历史就这样,在不经意间岔开了轨道。

### 伦敦迎接胡适

苏慧廉可能是另有要事,所以胡适经停苏联时,他没有下车。也因此,他比胡适早几日抵达英国。

1926年8月4日,星期三。这一天的傍晚,胡适抵达伦敦。胡适以为没人知道他是今天到达,没想到的是,当走下火车,苏慧廉、安德生及王景春已在车站迎候。故友重逢,他很开心。"回馆,与兆熙同餐,谈甚久。与Soothill谈。"[1]

1926年8月6日,星期五。胡适在日记中写道:"Soothill(肖塞尔)来邀我同去外部与Gwatkin(瓜特金)同去,见着Mounsey(莫塞)君。一点半,到Willingdon(惠灵顿)家吃午饭,谈甚久。"莫塞即芒西,另一位外方委员,时任英国外交部远东事务局局长。瓜特金则是庚款委员会的秘书,著有《和服》《再见》等日文小说。

10月5日,庚款委员会召开第二次会。6日,召开第三次会。当天苏慧廉邀饭,并谈甚久。可能是意犹未尽,第二日,胡适还早起,去看望苏慧廉夫妇和谢福芸。[2]

经过几轮会议,咨询委员会于10月18日提出最后报告,建议如下:

一、解散咨询委员会,另组一基金委员会,设于中国。基金会由十一人组成,中国六人,英国五人,初由中国政府任命,但必得英政府之同意,以后由委员推选,任期三年,可连选连任,主席中英均可担任,由该委员会推选。中英人数之比,至1945年为止。以后可以华员代替英员。每年向中英两国提出财务报告,同时中英两国亦可派观察员与会。

二、庚款基金:每年支十五万至三十五万英镑作为补助之用,余款作

---

[1]《胡适全集》,第三十卷,第224页。
[2] 同上,第361页。

为基金,共可得三百五十万至五百万英镑,作为生利之用。

三、庚款用途:1. 补助农业、教育及农业改良,其中农业方面30%,科学研究23%,医务与公共卫生17%,教育事业30%。2. 投资方面。铁路,完成粤汉铁路未完成之部分,约计二百八十里,约需五百万英镑,如有困难,则用之于水利;河务工程,直隶水利,约需三百二十万英镑;导淮水利,约需两百万英镑。

但中国政局变化的速度,远快于庚款委员的会议讨论。此报告完成后仅月余,国民革命军即开始北伐,中国局势大变,因此,该计划未能立即付诸实施。[1]

### 牛津地陪

伦敦会后,胡适于11月21日至24日访问牛津并讲学。苏慧廉作为牛津汉学教授,自然要尽地主之谊。在胡适日记中,可见苏氏的接待记录。

> 11月21日,星期天。
>
> 早十点十分,去Oxford[牛津],十一点半到。Prof. W. E. Soothill[W. E. 肖塞尔教授]在站上接我,因天气甚好,他带我去看All Souls College[心灵学院]、Magdalene College[玛格拉林学院]、Christ Church[基督教堂]。到他家,见着Mrs. Soothill & Lady Hosie[肖塞尔夫人和霍西里女士]。

苏慧廉带胡适参观牛津的线路,与一年前接待徐树铮的几乎一样。这个导游有点"死板"。

> 晚上到Trinity College[三一学院]会餐,见着院长Bluckistone[布鲁克斯东]。

---

[1] 王树槐:《庚子赔款》,第453—454页。

这是苏慧廉任教的学院。

饭后到 New College［新学院］赴 Oxford Philosophical Society［牛津哲学社］旁听。Prof. L. I. Russell（of Birmingham）［L.I. 罗素教授（来自伯明翰）］读一篇论文，题为 Value & Existence［《价值和生存》］，浅直得很，已可骇诧。随后到会诸人（全数11人，连我与 Soothill［肖塞尔］在内）有讨论的，我始终不曾开口。讨论的有 Lindsay（Master of Balliol）［林赛（巴勒特学院院长）］, Rose（Aristotelian Scholar）and I. A. Smith［罗斯（亚里士多德研究学者）和 I.A. 史密斯］，但大体很无聊，Smith 尤为武断，很失望。（F.C.S. Schieler［F.C.S. 舍勒］不曾来；他还在美国。）

11月22日，星期一。

Prof. Soothill［肖塞尔教授］带我去看 Bodleian Library［鲍德列恩图书馆］。这是一个很有名的 Library，但它的 Catalogues［目录］实在不高明，比起美国的 Library Catalogues［图书馆目录］来，这里真是上古时代了。

此间的中国书部更是大笑话！Soothill 自己动手编了一个书目，不知费了多少年月，仅成一小小部分。我偶一翻看，其中错误大可骇人听闻！《花间集》目云：“这是一册日本诗歌，广政十年在 Kyoto［西京］印的。”（原文是英文）我问他，怎么知道是 Kyoto（西京）印的？他也莫名其妙。翻开一看，书上明写着"大蜀欧阳炯叙"！

下面两片是我替他改换之后偶然丢在外套袋里的：

一是《三国演义》片的下半：A late reprint of the edition of 瑞圣叹 Jui Sheng-T'an of the 金 dynasty with commentary by 毛宗冈 Mao Zong-kang［本版新印本，金朝人，瑞圣叹作，毛宗冈评注］。"金人瑞圣叹"变成了"金朝人，姓瑞，名圣叹"！

二是《宋文鉴》片：

D1794　cases 24 vol.　宋文鉴

Sung Wen Chien

Aminor of Sung literature first imperially published in 1179 with a preface by 周必大 Chou Pi-ta, Other Prefaces in 1504 by 胡淳安 and 胡韶识。

［D179　4函24卷　宋文鉴

宋文鉴，一一七九年奉诏初刊，周必大序，一五〇四年胡淳安和胡韶识又序。］

与此片同类的是《楚辞》片上写着注者名王逸上！

馆中的书以"中国学大家"Backhouse［柏克候斯］收藏的为基本。Backhouse 是一个大浑人，他所收的宝贝有一卷王羲之的字，上面有王诜的跋，文理的荒谬已可笑了，还有谢惠连的一跋。

最可笑的是一部黄震的《古今纪要》，装潢甚精，题为"宋本"！Backhouse 跋云："此书是宋本，其中称'太祖'，则其该当在九七五年之后；而'煦'字不缺笔，则其刻当在一〇六三年之前，真可宝贵也。"这种人之荒谬不通，真不可恕！他竟不查一查黄震生于什么时代，也不看看书中内容！

这是段很有趣的记录，被胡适称为"中国学大家"的 Backhouse 就是前文已提到的北京隐士巴克斯。他的捐献至今仍是"饱蠹楼"[1]的重器。每逢有贵宾光临，牛津都要拿出来"秀"一下。胡适比蔡元培更长于版本考据，他今天着实在老外面前卖弄了一番。估计当时苏慧廉会有些脸红。

下午 Prof. Soothill［肖塞尔教授］家中开茶会，欢迎我，其意甚可感。来宾几十人，多有甚知名之士。

是夜在 University College［大学学院］会餐，主人为院长 Sir

---

［1］钱锺书留学牛津时，称博德林图书馆为饱蠹楼。

Michael Sadler［迈克尔·塞勒爵士］，此人甚可爱敬。

当天下午，为胡适的到来召开的茶话会是在苏慧廉家中举行，英国人邀请客人至家中喝下午茶是个隆重的礼节。当晚，"甚可爱敬"的塞勒爵士就是此前蔡元培游说的萨德勒，他也曾请徐树铮喝茶。

第三天，11月23日，星期二：

Mr. G. F. Hudson［G.F. 赫德森先生］请我吃早饭。此君年仅二十三岁，现为 All Souls College Fellow［心灵学院研究员］，此为 Oxford［牛津］最高的荣誉。他有志研究中国文字，可惜不得良师益友。

下午，到 Examination Schools［考试院］讲演 "The Chinese Renaissance"［中国之文艺复兴］，听众大多是白发老人，少年人甚少。此因 Soothill［肖塞尔］不曾广告之故；他仅在 Oxford Gazette［牛津大学校报］上登了一条布告。然今天的听众，据 Prof. I.A. Smith［I.A. 史密斯教授］说，要算 Oxford［牛津］最多的听众了！（其实不过百余人。）

晚上，到 New College［新学院］会餐，院长 Dr. Fisher［菲希尔博士］作主人。此君为有名的史学家，曾作教育总长，其人甚可爱敬，略如 Sadler［塞勒］。

下午来听讲演的人不多，胡适多少有点埋怨苏慧廉的意思。胡适在这天的日记本中附贴了一张《牛津大学校报》的剪报，其上刊登有此次演讲的英文公告。[1]胡适在牛津所做的《中国之文艺复兴》演讲，后发表在《国际问题学会年报》。[2]

---

[1] 胡适日记"1926年11月23日"条下注解："此下原附一则刊登于《牛津大学校报》的英文布告。译文如下：东方语言和文学、中国语教授W.E.肖塞尔：北京大学伦理学教授胡适博士将用英语为本校教授演讲'中国之文艺复兴'，地点在考试院，时间为11月23日，星期二，下午5点。原附剪报从略。——编者"。见《胡适全集》，第三十卷，第420页。

[2] Journal of Royal Institute of International Affairs（Nov. 1926），265–283.

胡适在牛津停留了四天，11月24日中午离开。之后去了利物浦、伯明翰等地，直至1926年12月31日启程离英。

1926年最后一天的日记中，他这样写道：

> 早起，写信与 Prof. Soothill & Lady Hosie（肖塞尔教授和霍西女士），与冬秀、与 ROSE（罗斯）。
> 到使馆辞行。

从胡适的日记可看出，苏慧廉是他在英国的重要朋友。

胡适告别苏慧廉后直接去了美国，他没有马上回中国。1927年，中国正乱云飞渡。

**台北纪念馆的偶遇**

2009年4月中旬，我到台北的胡适纪念馆参观。位于南港的纪念馆，是胡适1958—1962年在"中央研究院"工作时的住宅。为缅怀老院长，他的旧居被完好地保存了下来。

参观胡适书房时，我竟然在书架上发现一本苏慧廉著作《明堂：早期中国王权之研究》[1]。明堂是古代帝王祭天配祖、诸侯朝觐的地方。该书是苏慧廉晚年治中国古代君权神授制度的力作，1951年由英国老牌的拉特维斯出版社（Lutterworth Press）出版，当时他已去世十六年。

> 在中国历史、文学和宗教研究上享有盛誉的苏慧廉先生1935年辞世的时候，书桌上摆满了可观的作品，这是他经年专研的成果。手稿如今在经过赫德逊（G. F. Hudson）和苏慧廉之女谢福芸的编辑后，被冠上了《明堂》的标题，以及令人印象深刻的副标题："早期中国王权之研究"。那些熟悉马克斯·韦伯（Max Weber）关于中国宗教和政治

---

[1] W.E.Soothill, *The Hall of Light*: *A Study of Early Chinese Kingship*（London: Lutterworth Press, 1951）.

分析的人，以及那些或是持赞许态度，或是持否定态度，但都在涌向中国历史的人都将会抱有极大的兴趣来阅读此书。[1]

这是著名人类学家弗里德（Morton Herbert Fried）教授为此书撰写的书评。时任职于哥伦比亚大学的弗里德以提出社会分层理论而在学界享有很高的声誉。

因馆方对陈列文物有规定，我无法从书架上取下此书。我本还想看看该书的扉页上是否有谢福芸题赠胡适的手迹。

后来馆方专为我查阅了此书：

经检视 The Hall of Light : A Study of Early Chinese Kingship 一书并无任何题赠或注记，而胡适先生的英文藏书中亦只有此书为苏慧廉（W. E. Soothill）所作。

但查询本馆数据库相关数据时，有一封英文书信为1952年2月15日由 Amy S. Eppenheim 致胡适函，为 Lady Hosie 询问是否收到此书，故估计此书应为谢福芸女士所赠，但尚待查证。[2]

他们后来还给我胡适档案系统的检索密码，让我看到了这封信的影印件。这封写于1952年年初的信，清晰表明谢福芸在该书出版后即寄赠了一本给胡适。当时，胡适与谢福芸都已是年逾古稀的人物。自1926年上海相识，他们的友谊一直持续。

---

[1] American Anthropologist, New Series, Vol.55, No.4（Oct. 1953）, 584.
[2] 台北胡适纪念馆，致笔者邮件，2009年4月30日。

第八章

# 暮年（1927—1935年）

中国的未来需要耐心，也需要持续的同情。

——苏慧廉

## 第一节　大地辙环吾倦矣

端坐在牛津大学汉弗莱公爵图书馆（Duke Humfrey's Library）阅览室里，等待苏慧廉档案。

有种被周围气场震撼的感觉。抬头看天花板，均是手绘的牛津各学院校徽。两边墙上则挂着我不知其名的油画肖像。所坐的书桌，举手可及之处都是几百年前的旧书，硬封、精装，一排排立在架上。这座以英国国王亨利四世的儿子格洛斯特公爵（Humphrey Plantagenet, Duke of Gloucester, 1390—1447）大名命名的图书馆，已有六百多年的历史了。这位被定叛国罪、后死于狱中的王子，生前是个藏书家。他捐献的书籍成了牛津图书馆最早的收藏。

汉弗莱公爵图书馆以收藏名人手稿而闻名全世界。在这里，我找到了两包与苏慧廉有关的档案。这也是该校目前能找到的所有苏慧廉档案。

这两包标号为 VB/3B 的档案，其中与苏慧廉直接相关的仅一小叠，我数了数，也就二十三张。二十三张档案，其实是苏慧廉与校方的十八通往复信件。其中除一封写于1926年1月赴华之前外，余皆写于重返牛津之后。

**访学哥大**

1927年12月8日，苏慧廉给牛津大学克雷格（E. S. Craig）教务长写了这样一封信：

亲爱的克雷格：

来信收悉，谢谢。遵照校长的建议，现将我的想法陈述如下：

个人而言，我更愿意留在家中，在四个月里每周召开两次讲座和两次研讨会。看着学子纯真的神情，对我而言真是一种热烈的召唤。而且，家中舒适的条件也是其他地方无法比拟的。但是：

1. 在中国以外，只有两所大学讲授汉学，它们都在美国。之前我曾谢绝其中一所提供的报酬优厚的教席，而现在我觉得，在得到校方同意的前提下，接受这份邀请是我的职责。

2. 我相信，这种邀请此前只发出过两次。一次是在战前，发给剑桥大学的翟理思教授，还有一次是发给巴黎的伯希和教授。现在他们邀请我，这可能会被视为是我们这所大学的荣誉。也许本校无须再增添辉煌，但对于我个人而言，可以说是一种荣耀。

3. 研究成果将会为本校所用，并且可能会由哥伦比亚大学出版社出版。

4. 哥大的一位（汉学）教授在过去三四年时间里曾就一本汉梵英佛学辞典和我断断续续有过合作。我们的合作虽卓有成效，但未曾谋面。现在能够相见并且交换意见，我们均感欣喜。此外，我曾经希望能够得到一点点庚子赔款用于出版，但在本校，似乎看不到任何可能。现这份邀请，我没有向这位教授透露任何，但共同的合作应会加快我们的研究，并且可能挽回我过去至少整整两年时间的损失。

5. 中国的混乱局势让我感觉困扰。美英协调一致则能够对此有所帮助，但若分歧，恐怕难有裨益。华盛顿的中国公使虽一度反对过我们，但他是我的老友。也许我能够帮助到他或某些美国人。当然，这不能肯定，不过，这定会是个开始。事唯进展，方知可能。

6. 给我的费用不菲，计三千美元。

此行赴美，没有任何私人的原因。

您忠诚的苏慧廉[1]

美国哥伦比亚大学的邀请名单，把苏慧廉排在翟理思、伯希和（Paul Pelliot）之后，苏氏在当时西方汉学界的地位可以想见。

---

[1] 此信原件落款日期不清，牛津大学档案馆给笔者的邮件中认为写于12月3日。笔者认为此信写于8日，因为此批档案中，另一信写于当月7日，Craig希望苏慧廉列明赴哥大的理由，因此该信应写于7日之后。

翟理思之汉学成绩，前已提及。伯希和也是二十世纪大名鼎鼎的汉学家。有人评价："如果没有伯希和，汉学将成为孤儿。"这个精通十三门外语的法国人最为广传的成就是对敦煌学的研究。1908年，他以探险家的身份来到敦煌。此前一年，英国探险家斯坦因已从莫高窟取走了七千余卷古文书。伯希和以流畅的汉语和看护莫高窟的王圆箓道人谈判，最后以五百两官银的价格，将亲自选定的两千余古经卷捆载而去。后来人们才发现，不懂中文的斯坦因带走的文件中有很多价值平平，而伯希和选中的几乎全是绝品，其中就包括唐代新罗僧人慧超所著的《往五天竺国传》、景教的《三威蒙度赞》。

苏慧廉当时正与人合作编撰《中英佛学辞典》[1]，合作者 Lewis Hodous，汉名何乐益[2]，是当时美国研究佛学的汉学家，著有《中国的佛教和佛教徒》(Buddhism and Buddhists in China)与《中国的风俗》(Folkways in China)等书。何乐益曾入华研究，与中国佛学界人士有颇多的交往。

苏慧廉信中提到的时任中国驻美公使的老友可能是指施肇基。施肇基欧战期间任驻英大使，其间与陆徵祥、顾维钧、王正廷等人组成中国代表团出席1919年巴黎和会。1921年赴美，转任驻美公使。苏慧廉去哥大期间，施氏仍在任上。

1928年1月27日，苏慧廉由利物浦搭乘 Doric 号轮船前往纽约。次日，《纽约时报》即刊登报道：苏慧廉已被选聘为哥伦比亚大学1928年春季的汉学访问教授。[3]位于美国纽约市中心的哥伦比亚大学，作为常春藤盟校，至今仍是世界最具声望的高等学府之一。胡适、顾维钧、蒋廷黻、马寅初、宋子文、朱友渔[4]、冯友兰都是哥大的毕业生。

---

[1] *A Dictionary of Chinese Buddhist Terms：with Sanskrit and English Equivalents and a Sanskrit-Pali Index*（London：Kegan Paul, Trench,Trubner & Co., LTD, 1937）.

[2] 亦译为郝德士。

[3] "Persons Again Heads Columbia Trustees; University Announces Gifts Totaling $27, 425-One Is for Labrador Expedition," *The New York Times*, January 28, 1928, 3.

[4] 朱友渔（1886—1986年），上海人。美国哥伦比亚大学1911年哲学博士。曾任上海圣约翰大学社会学教授、中华圣公会云贵教区主教、中华圣公会中央办事处总干事。1950年12月赴香港，转道美国。在1951年的基督教控诉运动中，是首先被控诉的四名基督教领袖之一。苏慧廉经朱友渔介绍认识何乐益。

在美期间，苏慧廉遇见了加拿大知名学府麦吉尔大学（McGill University）负责人，他推荐中国老友翁之意出任该校汉文教习。翁之意在当年4月4日的日记中写道："苏慧廉君来函云，遇坎拿大 MCGILL 大学总教，因著予为汉文教习，成否不可知云云，其意可感。第如此国如此家，能否远迁异国，尚未能决耳。因此又踌躇不禁矣。"[1]

**艺文复校**

苏慧廉在美国哥大停留了一个学期，1928年秋天返回牛津。

1928年的秋天，也有一批外国人从英国回到温州，准备艺文的复校。"五卅"运动后，特别是1927年"南京事件"后，排外声浪高涨，圣道公会驻温的英国人曾一度离开。

1928年秋天，在中国近代史上又是个转折点。被外人称为民国"黄金十年"（Golden Decade）就从这个秋天开始，它的标志性日期是这年的"双十节"。这天，完成了北伐与"清党"的蒋介石在南京出任国民政府主席。

这是一个崭新的中国。谢福芸将她第三本记述这期间中国故事的书，命名为《崭新中国》。她把蒋介石与宋美龄的合影放在封二，并将《论语·颜渊篇》中子贡问政，孔子回答"自古皆有死，民无信不立"这段作为全书的引言。

谢福芸在该书中也记录了1927年排外风潮中的温州教会：

> 到了1927年民族主义大暴乱的时候，难民、士兵、持异议者轮流占据城西教堂。他们就在一排一排的长凳上安顿下来，有的甚至在涂漆的柱子上打上钉子，挂上绳子晾衣服；更有甚者，在教堂的墙角生火，结果在墙上留下了永久的黑斑。
> 
> 与人祸相比，摧枯拉朽的台风也算不了什么了。当民族主义暴乱

---

[1]《翁之意日记》，未刊，翁以钧提供。

闹得最凶的时候，教会里年纪最轻、头脑最灵活的主任牧师就集会宣称教会的所有财产都归他们所有，并不隶属于英国的某个慈善机构。他还将教堂里的部分财产转移到了另外一个地方。这样做带来的一个弊端就是教会被分流了。跟着他走的那部分教友多是些知识分子以及经济条件较好的，而留在教会的大多是劳苦大众。留下来的两三百人保持忠心，坚持陪伴在那些发现了他们、教育了他们并且爱他们的人身边，是这些人给他们建造了医院，并教会他们的女人读书识字。最后，外国人无法在温州待下去了，这些穷苦人继续留在教堂，耐心地等待着他们重新回来，他们坚信自己不会被抛弃。现在，和我走在一起的二十六岁的孙光德就是其中一位，他离开温州一年以后又重新回来。在坚守十二个月后，又有两个年轻人，其中一个还带着妻子加入进来。局面发生了很大变化。[1]

艺文学堂于1929年9月恢复招生，但次年便再遭停办。在上海图书馆浩如烟海的文献里，我找到这份标为"教字第八五三号"的浙江省教育厅指令。时任教育厅厅长陈布雷签署指令：

> 呈悉。该校因基金无着，暂行停办，应予照准。各级学生并准一律给予转学证书及成绩单，俾使转学。
> 仰即遵照！此令。[2]

"基金无着"是外交用语，教会方面认为"如果委曲求全，将不符合传教基金的用途"[3]。蔡博敏在一篇《艺文学堂为什么关闭》的文章里，则表述得更为直接："如果不被允许传播基督教，我们教会学校也就失去了真正的存在理由。给这个国家提供一种世俗教育并非我们的职责，而且当一个

---

[1] Hosie, *Brave New China*, 194.
[2] 《浙江省教育行政周刊》（第二十四期，1930）。
[3] "Our Wenchow College Closed," *The Missionary Echo*（1930）: 85.

教会学校不再具有基督化影响力，它也是站不住脚的。"[1]

当时的背景是国民政府新颁布《私立学校规程草案》，规定"私立学校如系外国人所设立，其校长或院长，须以中国人充任"；"私立学校如系宗教团体所设立，不得以宗教科目为必修课，亦不得在课内作宗教宣传"。[2] 开端于1922年"非基运动"[3] 的收回教育权至此得以制度性落实。

**高徒费正清**

1929年，苏慧廉年近古稀。

这年的一天，年迈的苏慧廉接到校方的通知，要求他指导一名来自美国的青年学生。这位名叫约翰·金·费尔班克（John King Fairbank）的学生还只有二十出头，是来牛津攻读博士学位的。他毕业于美国哈佛，当年获得享誉盛名的罗德国际奖学金[4]。外交史及一次大战原因的探讨是当时西方学术界的热点，这个青年想做十九世纪中英关系的课题。

苏慧廉长于汉语及中国典籍，但对外交史没有太深的研究。于是在指导费尔班克学习汉语、熟悉中国情况的同时，又介绍他认识了另一位"中国通"——马士。

"苏博士是个宽厚长者，他向我解释，他刚巧在校对他的《汉语佛教术

---

[1] T.W.Chapman, "Why our Wenchow College was Closed," *The United Methodist Church : Report of the Missions（Home and Foreign）for the Year Ending April,1930*, 53.
[2] 教育部《私立学校规程草案》，载《中华基督教教育季刊》（第五卷第一期），转引自《普遍主义的挑战》上海：上海人民出版社，2000，第418页。
[3] 非基督教运动是由中国知识界众多派别于1922年至1927年发动的一场文化战线上的反帝国主义运动。这是继义和团事件后，中国爆发的另一次蔓延全国且规模更大的反教事件。一种观点认为，根据近年俄罗斯解密的历史档案记载，此次运动是在俄共（布）与共产国际远东局、青年国际的直接指导下，由中共发起并领导的政治斗争。俄共及共产国际将不断发展的基督教及其事业以及在中国青年中日渐滋长的亲美思想视为中国人走俄国革命道路的障碍，因此，发动非基督教运动旨在打击西方在华宗教势力，削弱西方影响，唤起中国青年的民族主义情绪，并且在青年中扩大共产党的影响。他们通过反对基督教会实现反帝目标的策略在实践中获得一定成效，但也表现出"左"的倾向。详见陶飞亚：《共产国际代表与中国非基督教运动》，载《近代史研究》（2003年第5期）。
[4] 罗德奖学金（Rhodes Scholarship）是根据英国矿业大亨塞西尔·罗德（Cecil Rhodes）的遗愿于1902年设立的一个国际性研究生奖学金项目，每年挑选各国已完成本科教育的优秀学生（得奖者称为罗德学者）前往牛津大学深造，因其筛选严格，有"全球本科生诺贝尔奖"之美誉。

语词典》，但乐意在午茶之际的任何时间接见我，同意无论如何会与退职隐居在伦敦郊外的马士写信联系。"费尔班克这样回忆。[1]

马士1874年哈佛毕业后即考入中国海关，历任各埠海关帮办、副税务司、税务司。他在赫德手下做了三十五年海关业务，直至1909年退休。马士著有《中华帝国对外关系史》（*The International Relations of the Chinese Empire*）《东印度公司对华贸易纪事（1635—1834年）》（*The Chronicles of the East India Company Trading to China, 1635-1834*）等书，是系统研究中国外交关系的第一位西方学者。马士对中国的熟悉和对他的引导，使费尔班克感觉"找到了一位精神上的父亲，或者可以说是精神上的祖父"。

在苏、马两位导师的影响及推荐下，也为了完成博士论文《中国关税的起源1850—1858年》，这个当时年仅二十五岁的美国青年于1932年来到中国，并在中国外交史权威蒋廷黻的推荐下，到清华大学做讲师。他在清华认识了著名建筑学家梁思成，并与梁思成、林徽因夫妇成了好友。他们帮他取了个中国名字——费正清，这个名字后来与如下称号连在一起：美国最负盛名的中国问题观察家、美国中国近现代史研究领域泰斗、头号中国通、哈佛东亚研究中心创始人。

费正清晚年撰写回忆录 *China Bound: A Fifty-Year Memoir*，其中有多处提到苏慧廉：

> 我自学汉语始于苏慧廉博士送给我一本布勒克著《汉语书面语渐进练习》，是1923年经翟理思修订的第三版。这是一本内容充实的自学手册，使初学者通晓简单的古典文学语句，附加逐词（或逐字）的英文译文。[2]

> 对一个最初是学习印欧语系的专家来说，学习汉字需要改变一下方法。好比从走路转变为游泳。当然我马上发现大多数汉字是简

---

[1] 费正清：《费正清对华回忆录》，陆惠勤、陈祖怀等译（北京：知识出版社，1991），第21页。
[2] 《费正清对华回忆录》，第23页。

单汉字的组合。一般左边一半是同属部首，像口、手、水、土等，而右边一半提示这种组合可能发什么音。苏慧廉博士实际上编了一本有用的袖珍"语音"字典。人们用这种方法在汉字迷宫中熟习发音。而且甚至能够在字典中找到汉字。[1]

到1931年春天，我更加相信自己将要成为一个专门研究中国问题的后起之秀。我说服苏慧廉博士为我进行一次布勒克的古汉语句子书面测验，并对我的真诚的努力出具一份书面证明。[2]

1936年，费正清返回牛津完成他的博士论文答辩。不过，他没有再遇见苏慧廉，苏慧廉已于1935年去世。

---

[1]《费正清对华回忆录》，第24页。
[2] 同上，第29页。

## 第二节　告别

**路熙去世**

1931年早春，正在华盛顿做中国问题演讲的谢福芸收到父亲从牛津发来的电报——路熙病了。

其实，路熙早就病了，只是他们瞒着谢福芸，以便她能安心在美国完成讲学工作。病中的路熙还给女儿写信，在信的结尾，她说"我想到华盛顿的演讲，我要拥抱你"。这是路熙的绝笔，也是谢福芸读到的母亲最后的话语。

谢福芸明白，跨洋电报上的"病了"，对一个七十四岁的老人意味着什么。她马上结束了美国的工作，赶上了回英国的最后一班轮船。

> 但是在船上的音乐会中，我收到了无线电报，要求我看一首《启示录》里的诗歌。我知道，母亲离开了我们。我仅仅赶回去瞻仰她的遗容：甜美而温柔的微笑，安详如同可爱的百合。[1]

谢福芸在为母亲的遗作《中国纪行》撰写后记时，回忆起最后这段时光。据英国国家档案馆保存的一份入境记录，谢福芸搭乘Caronia号于3月29日风尘仆仆抵达普利茅斯，而路熙早在四天前已永远地闭上了眼睛。

谢福芸在该书的序言中还这样写道：

> 在中国古老的商港，一位灰发主妇为生活操劳。我看到她和生于山中的妇女，在华南的山谷中步行，采摘山茶花和玫瑰。后来在华北，她已经迈入了成熟稳重的中年期，在危险的羊肠小道中，她快马加鞭飞驰而去。

---

[1] 苏路熙：《乐往中国》，第398页。

冒险探索的心，对于她如同呼吸般不可或缺。

我见过她为贫穷的中国妇女制作复杂的刺绣花纹，或者流连品味中国小姑娘的第一次作文，或者一个身穿杂色上衣的小女孩跪在石板上，又是尊敬又是畏惧看着她。

第一次世界大战期间，我父母每次带着十个年轻的中国翻译，见证伦敦的奇迹。最近，我还看到一些感谢的诗歌说："彩虹色的公共汽车在房子间飞梭，地下铁里萤火虫飞翔。"

到伦敦居住后，她喜欢中国物品的颜色、线条和网格，背景是灰色的北京地毯，庙宇的挂毯画有龙纹，有嵌格铜边的山西柜子、花纹的花木椅。这些东西，她经常自己擦拭。[1]

《中国纪行》一书在路熙去世的当年，便由谢福芸整理完成，并交英国著名的霍德与斯托顿（Hodder and Stoughton）出版公司出版。因这本书，让我们得以看见一个以新娘子身份来到中国的英国女人，一生与中国紧密相连的故事。

### 苏慧廉也走了

1931年11月，苏慧廉从牛津给温州教会邮寄了一本路熙的《中国纪行》。在画着江心图案的扉页上，他与谢福芸一起签名。这可能是苏慧廉最后一次与温州的联系。[2]

这一年苏慧廉正好七十岁，他老了，也病了。此后，我能查到他唯一一条外出活动信息是1932年6月3日晚上，前往牛津曼斯菲尔德学院（Mansfield College）教堂，出席该院前总务长诺曼·史密斯（Norman H. Smith）的追思礼拜。[3]在牛津汉弗莱公爵图书馆藏档中，有资料显示1932

---

[1] 苏路熙：《乐往中国》，序，第2—3页。
[2] 此书现保存在爱乐德之子朗召家中。笔者2010年8月到访诺里奇（Norwich）时曾目睹。可阅拙文《英伦"寻宝"三记》，载《一条开往中国的船》，第102页。
[3] The Times, Jun. 6, 1932.

《中国纪行》书前路熙晚年照片　　　　　谢福芸

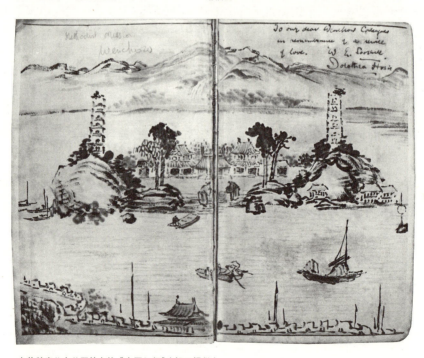

由苏慧廉父女共同签名的《中国纪行》（朗召提供）

年冬天他在圣托马斯（St. Thomas）医院住院五周。[1]

母亲去世后，谢福芸便在牛津照料父亲。她说苏慧廉最后的三年，一直卧床，深受病痛折磨。[2]

一个叫华五的中国留学生，记录了苏慧廉临终的一幕：

> 苏熙老病了一两年才死。在他生命的最后几年中，他进医院去开了几次刀，到了最后一次虽则开了刀，病体却没有康复，在病榻上度了一两年的光阴。一盏灯点到最后，油完了，自然会熄灭。在一九三四年春间，当着苏熙老最后入医院时，我买了一束白的玫瑰花走去看他，他坐在床上，精神好像还不错。后来他由医院搬回了家里，我再去看他，面容大不如前，有若西去的斜阳，一见便知道他不能久留。最后一次我立在他的病榻前，他的两眼望着我，好像有无限的衷曲隐藏在里面，终于用着颤动的声音对我说："国家是不会亡的，一个人可以死去，一个民族绝不会消灭。短时期的受外国压迫，在长久的历史中，不算什么一回事，你们不要太悲观。努力，努力向前去。"我听了这几句话，心里受了极度的感动，想到平生对于苏熙老有好感亦有恶感，但此时我万分钦佩他的意见，这是不朽的名言，他不仅对我一个人说的，他是对全中国的人说的。"鸟之将死，其鸣也哀；人之将死，其言也善。"我默念着，在凄惨的意味中，离别了苏熙老。

这篇题名《英国的汉学家》的文章，1937年发表在《宇宙风》第四十三期。

几个月后，苏熙老逝世的消息传到了耳边，我马上写了一封信给他的女儿表示我的哀悼。一个七十几岁的人死去了，正如黄叶落地，本是自然的结果，不应过分地悲伤。在《泰晤士报》上，我看见苏熙

---

[1] 苏慧廉1932年11月21日致校方信。原件藏牛津大学Duke Humfrey图书馆，档案号VB/3B。
[2] Hosie, *Brave New China*, 1.

老的传略，觉得其中有许多话推崇太过分，恭维亦不得体，未知出自何人手笔，但就文章看去，颇似他的女儿所作。在教堂里，我看见苏熙老的黑棺材被人抬进来，又被人抬出去，顿时我感到人生的短促与事业的宝贵。平心而论，苏熙老有他的长处，也有他的短处，但他的立身处世，实比许多从中国归来的欧洲人来得高明。就学问方面说，苏熙老对于中国的文字与经史，确曾费一番苦工夫去研究，他的思想我们尽可不赞成，但他的治学精神终是值得佩服。[1]

华五的真名叫郭子雄，是徐志摩的学生，曾留学英伦，读的是政治经济，很可惜四十年代便英年早逝。[2]

华五说，英国《泰晤士报》上有苏慧廉的传略。我常去的加拿大 UBC 大学图书馆虽有全套的《泰晤士报》，但我又该从何处入手，寻找这篇传略呢？

**残缺的讣闻**

没有想到，这本淘自美国一家名为 Ronald Purmort 书店的《儒释道三教》初版本内，竟然有一则剪报。被原书主人贴在封二的剪报虽残缺，但开头两句尚清晰可读：

> 《纽约时报》电讯：伦敦，5月，14日，牛津汉学教授威廉·爱德华·苏西尔今天去世，享年七十四岁。

"《纽约时报》"，"5月14日"——我在 UBC 大学图书馆缩微胶片库中，找出该日期前后几天的《纽约时报》。快速浏览，并比对剪报残页的样式，终于在1935年5月15日的《纽约时报》第21版找到苏慧廉去世消息的全文。

苏慧廉是英国人，美国的《纽约时报》刊登他的讣告，我想英国的《泰

---

[1] 华五：《英国的汉学家》，载《宇宙风》（第四十三期，1937）。
[2] 刘危安：《忆华五》，载《论语》（第一百二十八期，1947）。

残缺的剪报

苏慧廉晚年像（查尔斯·苏西尔提供）

晤士报》也必有他去世的消息。

把《泰晤士报》1935年5月14日以后几日的报纸找出，果然，该报5月15日的第一版就刊登了苏慧廉的讣告：

> 苏慧廉，1935年5月14日在牛津布拉德莫路4号去世，享年74岁。苏慧廉牧师是牛津大学汉学教授，葬礼将于5月17日（星期五）下午两点半在牛津卫斯理纪念教堂举行。[1]

《泰晤士报》随后版面还刊登了颇为详细的苏慧廉生平资料，这应该就是华五认为有点推崇过分的那篇传略。

我买到这本贴有剪报残页的苏慧廉著作是2007年秋天，也就是在这年的春天，我决定去寻找已去世七十多年的苏慧廉。

---

[1] *The Times*, May 15, 1935.

## 第三节　苏慧廉之后

**陈寅恪接棒**

苏慧廉之死为后世留下许多空白。这些空白，首先反映在牛津汉学教授位置上。谁将成为牛津继理雅各、布勒克、苏慧廉之后的第四任汉学教授？

香港程美宝教授1998年就读牛津时，曾阅读了1935年至1947年间该校有关聘任汉学教授的档案。据她调查，1935年5月，即苏慧廉去世的当月，牛津大学便正式宣布要另觅人选以填补汉学教授之空缺。不过，要为这所世界级的名校找个满意的人选并不是件容易的事。他们找了三年，直至1938年才发现一个叫 Ying Chiuh Chen 的中国人。[1]

在牛津的档案里，Ying Chiuh Chen 有时也写作 Tchen Yinkoh，它对应的中国名字是陈寅恪——中国近代最卓著的史学家之一。

据蒋天枢所撰的《陈寅恪先生传》一文记载：

> 己卯（民国二十八年、一九三九）春，先生五十一岁，仍在西南联大，授"魏晋南北朝史""隋唐史"，并为研究生开"白居易"。旋于是年春季，受英国牛津大学汉学教授之聘。并授予英国皇家学会研究员职称。[2]

陈寅恪被牛津聘为汉学教授，在当时就广为人知。但我们现在才知道，他赴牛津是去接苏慧廉的班。

---

[1] 程美宝：《陈寅恪与牛津大学》，载《历史研究》（2000年第3期）。可参阅拙文《陈寅恪受聘牛津缘起》，载《一条开往中国的船》，第48—55页。
[2] 蒋天枢：《陈寅恪先生传》，载《陈寅恪先生编年事辑（增订本）》（上海：上海古籍出版社，1997），第226页。

聘任华人到牛津这样一所在西方学术世界享有盛名的大学担任教授，这则消息在当时积弱的中国，足以振奋国人。著名女史学家陈衡哲评之曰："欧美任何汉学家，除伯希和、斯文赫定、沙畹等极少数外，鲜有能听得懂寅恪先生之讲者。不过寅公接受牛津特别讲座之荣誉聘请，至少可以使今日欧美认识汉学有多么个深度，亦大有益于世界学术界也。"[1]

1939年6月21日，吴宓宴饯即将远行的陈寅恪于昆明市海棠春，并作《己卯端阳饯别陈寅恪兄赴英讲学》诗：

> 国殇哀郢已千年，内美修能等弃捐。
> 泽畔行吟犹楚地，云中飞祸尽胡天。
> 朱颜明烛依依泪，乱世衰身渺渺缘。
> 辽海传经非左计，蛰居愁与俗周旋。[2]

**四海兵戈迷病眼**

喝完吴宓饯行的酒，陈寅恪带着全家由昆明到达香港。当时已是1939年的夏天，当他们准备转乘轮船赴英就任时，德国开始入侵波兰，第二次世界大战爆发了。

"二战"打乱了全世界的计划，陈寅恪只能先返回昆明。

第二年夏天，陈寅恪再次来到香港，准备二赴英伦。不过，这次又没有成行。其女陈流求记录："父亲原准备全家一同赴英，后因母亲不能劳累，决定一人前往。在香港候船，值欧战起，地中海不能通航，父亲只能暂在香港大学任课，为客座教授。那时我们住在太子道，离九龙城不远，乘公共汽车到轮渡，渡海后再转电车到港大。单程需近两小时，条件是很艰苦的。"[3]

陈门弟子蒋天枢则感叹："是年旧历十月二十日，太平洋事变作，日本人占领香港，先生离香港大学闲居。如非日本挑起太平洋战争，先生赴英伦

---

[1]《陈寅恪先生编年事辑（增订本）》（上海：上海古籍出版社，1997），第118页。
[2] 同上。
[3] 同上，第127页。

事或终能成行,虽已发现眼疾,倘得良医治疗,将不致失明。际遇之颠连如此!"[1]不过,据程美宝的考证,陈寅恪第二次未能成行,其实还另有隐情。[2]

"二战"的炮火,在1945年终于停熄,但命运好像对陈寅恪特别不公。据其年谱记载:

> 乙酉(一九四五),先生五十六岁。
>
> 正月,因生活困难,营养很差,左眼视网膜剥离加重,终致失明。虽经医生施手术,未奏效。并因手术时把视网膜搞皱,致后来无法再弄平。[3]

陈氏有《甲申除夕病榻作时目疾颇剧离香港又三年矣》诗:

> 雨雪霏霏早闭门,荒园数亩似山村。
> 携家未识家何置,归国惟欣国尚存。
> 四海兵戈迷病眼,九年忧患蚀精魂。
> 扶床稚女闻欢笑,依约承平旧梦痕。[4]

虽然四海兵戈,但牛津还在等着陈寅恪的到来。

1945年8月10日,日本宣布投降。"本年秋,英国牛津大学约先生赴伦敦疗治目疾。希能痊复,仍留牛津讲学。于是由成都搭机去昆明,再经印度乘水上飞机去伦敦。抵英伦后,由于第二次世界大战方结束,国外生活亦不好,营养较差,虽经用电针贴合视网膜,由于网膜皱在一起,无法复原。"[5]

双目失明的陈寅恪,这时不得不放弃牛津的职位。他的辞呈是通过当时在伦敦的联合国教科文组织中国代表、武汉大学教授陈源转达的。这封写于1945年最末一天的信至今还保存在牛津大学的档案中。从陈寅恪通过

---

[1]《陈寅恪先生编年事辑(增订本)》(上海:上海古籍出版社,1997),第227页。
[2] 详见程美宝:《陈寅恪与牛津大学》。
[3]《陈寅恪先生编年事辑(增订本)》,第228页。
[4] 胡文辉:《陈寅恪诗笺释》(广州:广东人民出版社,2008),上卷,第209页。
[5] 同上,第228页。

第三者转达的话中，隐隐然可以感觉到先生为无情的命运捉弄而不能遂其志的无奈。

1946年1月21日，牛津大学正式公布陈寅恪因健康不佳辞职。第四任汉学教授，在陈身上"空转"了八年。

1946年春天，双目失明的陈寅恪乘轮船归国。我在其诗集中找到了这首《丙戌春游英归国舟中作》诗：

> 百尺楼船海气寒，凭栏人病怯衣单。
> 远游空负求医意，归死人嗟行路难。
> 蚕死光阴春黯澹，龙吟风雨夜迷漫。
> 人生终古长无谓，干尽瀛波泪未干。[1]

**继任者**

陈寅恪1946年正式辞职后，牛津大学另聘德效骞[2]为第五任汉学讲座教授。德效骞也是传教士出身，早年在中国传教，译有《前汉书·本纪》英文本三卷。他和前任们一样，在其任内，注重中国语言、文学和哲学，积极推动中国古代文献的译介。

继德和美之后，霍克斯[3]、龙彼德[4]、杜德桥[5]相继担任牛津大学汉学教

---

[1] 胡文辉：《陈寅恪诗笺释》（广州：广东人民出版社，2008），上卷，第290页。
[2] 德效骞（Homer Hasenpflug Dubs，1892—1969），又名德和美，美国人。父母为赴华传教士，童年在湖南度过。1918年作为圣公会传教士再次来到中国。从事古代中国史的研究和翻译，译有《前汉书》《荀子的著作》等。1947—1959年任牛津大学汉学教授。
[3] 霍克斯（David Hawkes，1923—2009），英国人。早年曾赴北大求学，精研楚辞、杜诗，所译《楚辞：南方之歌》《杜诗初阶》为世所重。还曾翻译《红楼梦》（前八十回）。1960—1971年担任牛津大学汉学讲座教授，其间主编牛津东亚文学丛书。
[4] 龙彼德（Plet van der Loon，1920—2002），荷兰人。精研中国戏曲和道教，搜有大量罕见的版本和孤本。曾被欧洲科学基金会任命为道藏研究计划指导委员会主席，1948年出版《宋代丛书中的道教书籍：评论和索引》。1948—1972年任剑桥大学中文讲座教授，1972—1988年任牛津大学第七任汉学讲座教授，1982年荣任欧洲汉学协会会长。
[5] 杜德桥（Glen Dudbridge），英国皇家科学院院士、牛津大学大学学院研究员，1989年起任牛津大学汉学讲座教授。主攻中国古典文学、宗教和神话，著有《西游记：十六世纪中国文学发展的研究》《李娃传》《唐代的宗教经历和凡俗社会》等。

授。霍克斯在1961年5月25日就职演说中提到他的前辈苏慧廉。[1] 杜德桥也曾与我谈及苏氏："对学术界而言，他最大的功绩，是与人合作编撰《中英佛学辞典》。它是我案头的参考书，也是很多人的参考书。"[2]

### 《中英佛学辞典》

"本辞典行将付梓之际，苏慈尔教授竟然不幸长辞人世，所幸编辑工作终告完成。"《中英佛学辞典》的合作者何乐益教授，在该辞典序言的开篇就这么写道。"苏教授临终前之长期卧病中，本辞典正文及索引仍在渠督导下，由荷茜女士作最后校订。"[3]

这是苏慧廉学术生涯的压轴之作，也是扛鼎之作。

编纂这部辞典，苏慧廉前后花了十年时间。1928年访学哥大，很重要的工作就是与时在美国的何乐益见面，"迨至渠在纽约哥伦比亚大学任客座教授一学期及余短期访问牛津大学期间，彼此始有机会面商有关未决之问题"。[4]

编纂一部中英文的佛学辞典，对于一个外国人，并且是信仰基督教的外国人而言，其难度是可想而知的。苏慧廉自己也说，在编撰时遇到两个主要的困难，"首为其无数之通常汉文语词之为专门命意及为特别用法，其次则为多数之音译字汇"。[5]

苏慧廉进一步解释，"关于第一点困难，凡致力于参究汉文佛典而轶离于梵文背景之了悟者，大多铸成虚谬之了解，实缘佛教经典根本为移译品或为比拟之移译品也。职此，多数固有之汉文语词，近乎用以包容异国传来之各意义，盖各个不同之汉文译者，俱能精通各该梵文之原意也。各译者又各自创造不同之术语，甚至同一语词经最后确定采用，而其含义则迥异于中国人正常使用之术语或语词"。"另一同等严重之困难为梵文之英译，

---

[1]《古典、现代和人文的汉学——汉学教授戴维·霍克斯就职演说》，载《牛津大学》，第159—160页。
[2] 杜德桥，致笔者邮件，2008年1月29日。
[3] 郝德士：《郝德士教授序》，载《中英佛学辞典》（台北：佛光出版社，1988），第12页。
[4] 同上。
[5] 苏慧廉：《苏慈尔教授自序》，载《中英佛学辞典》，第7页。

多数翻译者所为不同之译字，予人莫大之困难。"[1]

但苏慧廉凭着扎实的汉语及佛学功底，以敏锐的理解力与出色的翻译能力，终于将深奥的佛学术语翻译成简洁的英文。

《中英佛学辞典》在苏慧廉去世两年后出版。它与欧德理[2]1870年出版的《中国佛教手册》（Handbook of Chinese Buddhism）一起，被学界称作绝无仅有的两本英汉佛教术语辞典。当然苏慧廉这本，不仅内容更丰富，而且解释更准确。[3]

几年前我与史学家王伊同教授提起苏慧廉，他第一反应就说苏慧廉是《中英佛学辞典》的作者。在西方汉学界，苏慧廉的名字与这本辞典紧紧联系在一起。

2009年春天，我在台湾大学图书馆看到该辞典的新版影印本，出版人是著名的星云大师。星云大师早在1962年便将该书引进台湾。[4]仅在台湾，《中英佛学辞典》就有多家出版社以不同的书名出版。[5]

**重逢**

1935年10月，相继失去了丈夫、母亲、父亲的谢福芸，决定再去中国看看。此前，她从牛津给温州白累德医院的护士长薛美德[6]写了封信，希望代为联系一个届时可投宿的地方。"收到来信之后，薛美德就在医院里大声说出了我要去中国的消息，其他的中国护士又将这消息告诉了她们的亲戚

---

[1] 苏慧廉：《苏慈尔教授自序》，载《中英佛学辞典》，第7页。
[2] 欧德理（Ernest John Eitel，1838—1908），德国人。1862年来到香港，1865年进伦敦会，曾任香港总督轩尼诗爵士的中文秘书。著有《客家人的历史》《风水——中国自然科学的萌芽》《中国佛教手册》等，还编有《广州方言汉英辞典》。
[3] 李新德：《苏慧廉与中国宗教文化的西传》，载《池州学院学报》（2011年第2期），第55页。
[4] 星云主持出版的版本，名为《中英佛学辞典》，圣刚法师、李武忠教授、曾莱定教授做了增补，附中梵巴文检字索引。笔者见过1962年初版本、1971年第二版及1988年第五版。
[5] 笔者见过的版本有《汉英佛学大辞典》（中国佛教月刊社1957年初版，台湾成文出版社1976年又出此版的影印本）、《最新汉英佛学大辞典》（台湾新文丰出版公司1982年版，十六开本）。
[6] 薛美德（B. Petrie Smith，1886—1940），英国人。1923年来温任白累德医院护士，后任护士长。1929年创办白累德护士职业学校，任校长。1930年温州霍乱严重，独自承担护士之职，贡献卓著。1940年离温，拟返英休假，不幸于10月3日在上海去世。10月27日，温州教会及医院为其举行追悼会。

和朋友。中国是一个没有秘密的国家,从南到北都一样。"谢福芸说。[1]

苏慧廉的女儿要来的消息也传到上海一个温州保姆的耳中。保姆叫金崇美,苏慧廉早年仆人金先生的二女儿。甲申教案时,金先生为苏慧廉挡住了一块飞来的石头,苏慧廉一直记得这段恩情。金先生夫妇去世后,苏慧廉与路熙就收养了他们的三个女儿。"我母亲把我和弟弟留在英国,结束她的第一个假期返回中国后,就为中国的女孩子们建立起了一座寄宿学校,她们仨姐妹是第一批学生。事实上,正是因为她们,母亲才建起了那座寄宿学校。母亲用温暖的双臂拥抱着她们。当我还是小孩子的时候,母亲叫我'达玲',于是'达玲'成为金家大女儿的名字。三个女儿在我们小小的生活空间里一起长大成人。对她们而言,我的父母和教堂就是她们的父母和家。我猜想,因为她们属于所有人,所以才会感到满溢的爱。随着时间的增长,当我们离开温州以后,前面的两个女儿相继嫁人,夫家都是老实本分但没有受过多少教育的农民,金家原本来自山村。她们都生养了几个小孩,并为此而辛勤劳作。"[2]

当谢福芸回忆起当年与金家三姐妹一起成长的诸多往事时,她已来到上海,并邂逅了另一位碰巧认识金崇美主人的英国传教士。"一整年来,每次我遇见她,她都问我你在不在中国,因为她知道你要来中国了。碰巧昨天我见到了她的女主人,我告诉她你已经到了。"

接下去的那个周一,我爬上了位于上海最繁华街道中心位置的一家教堂的楼梯,上面的主日学校就是我们相约见面的地方。当门打开时,我几乎要从楼梯上摔了下去——有十四个人出现了,除了崇美的雇主,其他都是南方那个港口的人。他们一年前就知道苏慧廉的女儿要到中国了。他们轻轻拍着手欢迎我。他们排练过,为的是向我展示他们对西方欢迎仪式的了解。尽管我已经有了白头发,但他们还是认

---

[1] Hosie, *The Pool of Ch'ien Lung*, 137–138.
[2] Ibid., 131.

金崇美（徐雅各提供）

出我，因为我现在的脸很像我母亲。他们叫着，簇拥着我，还说要让我玩个小游戏。

"经过了这么多年，你老了，我们也有很多变化。我们知道你特别想见你的姐妹崇美，我们把她藏在我们中间了，你能找到她吗？"

接着人群就推来推去，最后排成一排，大家都微笑着。我的姐妹崇美！是的，我猜想她一定在想着我的父母曾为她做过的事情，以及在此之前，她的父母曾经为我自己做过什么。有三十年了，我都快把她给忘了。我看着每一张脸，先把其中的四个男人剔除出去，但到底哪一个是崇美？我的良心受到自责。……

当他们看到我实在不能从人群中找到她时，就把崇美推到了我的面前。这是一个瘦小干巴、神情疲惫的老女人。她的嘴角有着因长期忍受痛苦而留下的皱纹，她的牙齿也破碎了，好在还很干净。她羞怯地盯着我，小声地问："你是达玲小姐吗？"达玲是我小时候的称呼。[1]

---

[1] Hosie, *The Pool of Ch'ien Lung*, 139–140.

当天中午，金崇美在她好心主人的陪同下来到谢福芸的住处。在有阳光的客厅里，谢福芸听只会说温州话的金崇美流着泪细说别后三十年来的苦难历程。

金崇美的丈夫遭遇过土匪的绑架，虽然回来了，但因精神受到了很大的创伤，回家后没几天就死了。当时，他们的独子已经十九岁。为了延续家族香火，在办完丈夫的葬礼后，她就给儿子办了婚礼。她原本就一贫如洗，一场葬礼加一场婚礼，让她欠下了一百元的债务及每月四元的利息。为了还债，她来到上海，期望在这里能多赚几个钱。

1932年，日本人的脚步已迈进上海。金崇美到上海后就发现，很多人与她一样穷困潦倒。她即便幸运地找到了工作，雇主还是很好的人，但每月所得也仅是四块钱，只够付利息。还本，成了她一辈子似乎都无法解决的问题。

"我非常害怕耶稣会出现在天上的云间，看着我，最后发现我负债累累。"金崇美这时已是泪流满面。

谢福芸在听她述说的时候，就想自己能帮她点什么。

> 我觉得如果仅是让崇美接受了这些钱，她会一直觉得不安的。这样的施舍，像她这样一个独立的劳动妇女，心里不会觉得高兴。因此我就在脑海里琢磨起来，想要设计一些方法，让她觉得是她赚到了这些钱。突然之间，我的母亲，也就是崇美的教母，仿佛从灿烂星空给了我启示。
>
> ……
>
> "崇美，"于是我说，"如果你偿还了债务，能够自由地回到你的家人和孩子身边，你是否会对天父充满感激，并且愿意向你身边的人讲述他的怜悯，哪怕是在深山里的小村庄？"
>
> "哦，我会的，我会的，"她流着泪说，不过这时的眼泪是欢乐的眼泪。
>
> "哦，没有比这更高兴的事了。在城市里，我太无知了，没有办

法去说、去教,这里需要的是年轻的聪明人,但是农村的女人们认为我是很聪明的,因为我读过书,识字。哦,我多么高兴呀!我的双脚将永远不会疲惫,哪怕到我老去的时候。"

……

因此我想出个办法,我先付一百元为她支付第一笔债务,然后给她回家的费用,三年内每个月再给她六块钱作为工资,这样她就成为我母亲的代表,尽她所能在山村里传播上帝的仁慈,传播我母亲曾教给她们的那些关于神的家的纯真教条。而凭借每个月的六块钱,她可以慢慢地把利息还掉。[1]

"上帝没有忘记我!"金崇美再次来看望谢福芸时,突然屈下了膝盖。谢福芸急忙扶住她,她的头贴在谢福芸的胸口,说出了这句话。

金崇美就这样回家了。

我后来在英国国家档案馆阅读谢福芸申请一项政府补贴时提交的个人材料时才知道,谢福芸并不富有。1936年她决定资助金崇美时,甚至还没想好,这笔不小的数目该从哪里支出。

"是真的。当我正要安排这些事情的时候,发生了一件很不寻常的事情。我突然收到一张支票,数额刚好和我所需要的差不多,并且还略多一点。我父亲曾经在中国出版过一本书,也是他的第一本书,这是他的稿费。父亲去世后,公司一直在像崇美一样苦苦等待我的到来,以便将稿费交给我。"[2]

"也可以说是你父亲自己向曾经给过他帮助的人还清了债",听谢福芸讲这个奇异故事的人,这时几乎是喊了出来。

---

[1] Hosie, *The Pool of Ch'ien Lung*, 142–143.
[2] Ibid., 147.

"是的",谢福芸笑着点了点头。这时她会想起已在天堂的父亲母亲,想起他们在她小时候就要她背诵的一段圣经经文:

> 我知道你的行为,你略有一点力量,也曾遵守我的道,没有弃绝我的名。看哪,我在你面前给你一个敞开的门,是无人能关的。[1]

---

[1]《圣经·启示录》3:8。

# 后 来

我们向前生活,但我们向后理解。

——索伦·克尔凯郭尔

**1948年**

1948年夏，已获美国普渡大学（Purdue University）硕士学位并事业初成的翁万戈携妻将女回到阔别十年的祖国。翁万戈就是谢福芸笔下"Li Cheng"翁之憙的第三个儿子，当时翁之憙已过知天命之年。

在表姐夫王锡桓招待的家宴上，翁万戈从一位军人的口中得知前线的消息。此人是王锡桓父亲王怀庆的旧部，刚从东北败退回来。酒酣耳热之际，他告诉翁万戈，国民党大势已去。

当时翁万戈三十岁。第二天他就回到天津，将属于他名下的祖传名画、古籍及杂物整理装箱，运往美国。徐蚌会战炮火纷飞时，这批包括《翁同龢日记》手稿在内的"中国文化宝藏"悄悄运抵纽约。2009年夏，翁万戈与我聊天说及这段六十年前的往事时，还对当年的当机立断倍感骄傲。

1948年11月，翁万戈坐上了西北航空公司最后一班飞往美国的航班。

他至今清晰记得抵达纽约的时间是11月29日。他当时没想到，下一次回来看望父母会是三十一年之后。

1972年，翁万戈的生父、"Li Cheng"翁之憙去世。翁之憙1925年经历徐树铮之死后便绝意仕途，他后来一直在开滦矿务局工作，直至1949年中华人民共和国成立。1950年，翁之憙将家藏古籍捐献给北京图书馆。"幸此一举，使翁氏几代人辛苦珍藏的古籍得免'文化大革命'的浩劫。"[1]古籍是幸免于难了，但他自己终未能逃脱厄运。在"文革"中被打成"封建余孽"，遭到抄家、批斗，不久病逝。

1979年，已是世界著名收藏家的翁万戈回天津祭扫双亲陵园。

> 乡愁是一方矮矮的坟墓，
> 我在外头，
> 母亲在里头。

---

〔1〕谢俊美：《常熟翁氏》（北京：中国人民大学出版社，1999），第404页。

1948年留美十年的翁万戈（左一）回乡省亲。后排右二为翁之憙（翁万戈提供）

## 1951年

1951年，由丁则良撰写的《李提摩太——一个典型的为帝国主义服务的传教士》，作为"抗美援朝知识丛刊"在全国盛大发行时，解放军第四十军新华支社记者渠川正以饱满的革命热情奔走在鸭绿江畔。渠川是谢福芸笔下"Flower"翁之菊的儿子，当时仅二十出头。渠川1949年燕京大学肄业后便参加了革命。因为从小到大读的都是教会大学，英文好，所以在前线还兼任"打响抗美援朝第一枪"的第四十军军长温玉成的翻译。"我这样的身骨也在战场上待了五年。"已八十有余的渠川对我说到这段往事时，哈哈大笑。

这一年，同时在朝鲜挥洒青春与热血的还有温州第一代西医李筱波的外孙孙牧青。孙牧青1930年出生于上海，只比渠川小一岁。孙牧青年轻时也爱好写作，1949年主动报名参加上海文艺处招收文艺工作学员的考试。

他收到录取通知书时才知道,这是为部队招生。1949年8月,孙牧青被分配到解放军第二十六军文工团。翌年10月,参加中国人民志愿军,跨过鸭绿江。

李筱波的女儿李蕙风在上海艺专读书时邂逅了孙牧青的父亲孙道济,孙道济的俊朗、激情及以天下为己任的胸怀,深深吸引了这个美貌的富家闺秀。1929年,李蕙风不顾家人反对,毅然与孙道济结婚。

孙道济1924年加入中国共产党,是中共"温独支"最早的党员之一。1925年,温州各届召开追悼孙中山大会,孙道济撰一长联:

> 党丧导师,国殇保姆,溯平生四十载,历劫茹辛,频经九死,亡命同张俭,受谤等卢梭,满清惨酷未能戢,袁曹势焰未能挠,随仆随起,再接再厉,独挽狂澜于已倒;
> 勋名日月,事业山河,读遗书数万言,深思妙解,卓绝一时,好辩若孟轲,兼爱如墨翟,汤武征伐不为己,夏禹勤劳不为功,至刚至大,乃圣乃神,千秋定论更无伦。[1]

为理想甘洒热血的孙道济1941年"去了上海就没有回来",死因至今不明。"我母亲宁可接受父亲因肺病复发病故的说法。"已是满头白发的孙牧青这样告诉我。

"小时候,我的外婆曾对我说:'你的爸爸是共产党,是土匪,把你妈害得好苦。'不过,幼时的我觉得父亲不像人们所说的土匪。""我母亲自从嫁给我父亲以后,就过着惊恐、担忧、贫困的生活。父亲不幸早逝,她独力支撑着家庭,带着我们三个儿女颠沛流离在逃亡的路上。我母亲贤淑文弱,又不善处事,其痛苦自不堪言。""我的外公、外婆虽不承认我父亲这个女婿,但我的母亲是他们最疼爱的女儿。在我们生活最窘迫的日子,幸亏有外婆家的接济和随着他们逃难流亡。""我是她的儿子,

---

[1]《中共温州独立支部与国民革命运动》,第187页。

孙道济夫妇

是她唯一的希望,从小她教育我不要介入政治,要像外公那样做一名济世的医生。但我没能顺遂她的心愿。我在政治上屡遭厄运,使她失去希望。晚年她逢人便说:'我儿子是好人,我是他的母亲,我最了解他。''文革'期间她为我再遭厄运而忧愤成疾含恨而逝!享年六十四岁,我没能为她养老送终报答慈母的恩情,我将悔恨负疚终生。"[1]

孙牧青的坎坷人生是从朝鲜归来开始,先是被打成"托派",后又戴上"右派"的帽子,直至1985年才得以平反。

"你外公从白累德医院出来,自立门户,又是温州中华基督教自立会的负责人,也挺革命的。为什么如此不容忍你父亲这个革命者?"2009年夏,在他家中,我有点贸然地问他。

"你爸爸是共产党,所以坐国民党的牢。后来是共产党了,你们家还是有人坐牢。我老师当年就说,你们家一定是祖坟风水不好。"师母在一边打趣地说。

孙牧青老人坐在我对面,有灯光照在他的白发上,没有笑。

---

[1] 孙牧青:《我和我家》,未刊。

### 1972年

1972年的一天,人到中年的尤振民正在上海郊区奉贤的一所干校努力劳动。突然,有人来通知他——"你父亲快不行了。"

他的父亲就是尤树勋,1925年5月30日下午,在上海南京路被街头一幕感动,然后回温州高举民族大旗,创立温州中华基督教自立会的那个年轻人。

尤振民要赶去的地方是位于上海虹口的提篮桥监狱。"三年自然灾害期间,他因在勉励会工作,与各地教友有联系,知道有人饿死,于是向'三自'教会及政府反映,没想到就此被打成了'右派',后还以现行反革命罪被判入狱十年。"年逾八旬的尤振民向我解释其父被捕的原因。[1]

"我赶到提篮桥时,人已去世一天了。我看他样子,面容还安静。因为是反革命,只准用最便宜的骨灰盒。"

"这是你们父子的最后一面吧。他生前的最后一面,你还有印象吗?"

"生前最后一面是三四个月前的探监。"

"你们见面时,有说什么?"

"当时管得严,什么也不能说。能说的,也就是好好改造。"

与尤树勋差不多时间辞世的还有艺文女校早年的毕业生、中共温州独立支部首任书记胡识因。因托派、脱党、叛徒等罪名,八十一岁的胡识因于1974年3月在困惑与落魄中死去。胡早年丧夫,没有生育,去世时身边没有亲人,是几个教徒为她料理了后事。[2]

我再问尤振民老人:

"您父亲在牢里,是否还信仰基督教?"

"这我不知道。不过,他刚被打成右派时,在家还是唱赞美诗的。他还对我说,人要纯洁如鸽,灵巧如蛇。"

---

[1] 1927年国民党清党,尤树勋逃离温州,来到上海。后在上海天安堂任牧师十余载,抗战胜利后在中华基督教勉励会任总干事,直至1958年。由尤树勋作词的《新岁初临歌》《离别歌》,曾收入《普天颂赞》,现收入《赞美诗(新编)》,至今仍在教徒中传唱。
[2] 据笔者2012年3月14日采访温州党史研究者陈钧贤。

"您对父亲的印象是什么？他是个怎样的人？"

"他的性格是很犟的，认定对的事很坚定的。人很正直，也很严格，是个既慈爱又严厉的人。"

2009年11月5日，我与尤振民老人在上海南京路的一间咖啡厅里聊天。这家叫K5的咖啡厅位于上海美术馆顶楼。这里是浦西的制高点，端坐位置上便可环视周边林立的高楼。满眼都是国外大品牌的霓虹广告，经历几番沉浮，上海又一次成为远东最繁华的都市。

"你知道我们现在坐的地方以前是什么吗？旧社会的跑马俱乐部。"自1931年随父避难上海，已在这座城市生活了七十余年的尤振民，向我介绍他所知道的历史。

**1991年**

1991年，在安徽马鞍山市一所中学当物理老师的姜平下决心攻克英语，要不没法与外国传教士交流。"我那时也服事于家庭教会，一个偶然的机会接触到外国来的传教士。其实安徽师范里的外教，基本都是传教士。安徽师范是我的母校。"2010年1月的一个下午，姜平牧师来我家做客，我问起他的信仰历程。

现为加拿大烈治文浸信会福音堂（Richmond Gospel Baptist Church）牧师的姜平是中国第一位华人税务司夏廷耀的外孙，也是温州第一代华人牧师夏正邦的曾外孙。

"我的英语进步很快，这是上帝的带领。1994年，一个传教士推荐我去加拿大读神学。我在路德会的一家神学院获得硕士学位，后又读了Regent。"Regent就是维真神学院，位于温哥华UBC大学校园内，是一所国际性的基督教福音派神学教育研究机构。

姜平1998年维真毕业后就全职从事传道工作。那时开始不断有大陆人移民温哥华，于是他就利用自己来自中国内地讲普通话的优势，开始向新移民传福音。2001年，姜平被按立为牧师，走上了与曾外祖父一样的道路。

徐玉洁（姜平提供）

"你的信仰是不是也开始于夏正邦？"我这样问姜牧师。

"有一点关系，不是完全关系，但又有关系。给我影响的是外婆，她是个非常虔诚的基督徒。我的印象里，就是她每天拿个放大镜，读一本很大开本的《圣经》。"

姜平的外婆叫徐玉洁，徐定鳌的女儿。嫁给夏正邦的儿子夏廷耀后，生育了六个孩子。"我母亲是老五，我们夏家至今全部都是基督徒。"

"你以前听说过你曾外祖父的传道故事吗？"

"听我外婆、母亲都说过，说他坚持要去玉环岛，他认为人说的与做的要一样。不过，在你给我这些材料前，我对他的了解比较支离破碎。我后来想起，小时候听大舅说有外国人给他写过书，他在美国留学时还去翻过。现在看来，这个外国人就是苏慧廉。"

我认识姜平牧师也是偶然。2003年我们一家来到了温哥华，在这片全然陌生的土地上，随机选择了烈治文的一间家庭旅馆。房东是香港人，周日去教堂，我太太也随去。房东进了粤语堂，我太太走进一间讲普通话的房间。她就这样遇见了姜牧师。那时我们不知道他与温州的关系，连他自己都不知道，他的曾外祖父叫夏正邦，他的太公叫徐定鳌。

### 2009年

2009年7月4日下午四点三刻，朗召带着夫人、儿子、儿媳及两个金发碧眼的小孙女，搭乘MU5028航班由香港飞抵温州。他们从新西兰出发，这次快要绕地球一周了。朗召是英国循道公会温州最后一任教区长爱乐德的长子。朗召告诉我，他父亲1950年9月6日离开温州，是最后一批离开温州的外国人之一。

2009年的夏天，一种俗称"猪流感"的"甲型H1N1"病毒让中国的入境口岸处于如临大敌的状态。下飞机前的例行检查，朗召的两个小孙女被测出体温不正常。一小时后，她俩即被确诊为H1N1病毒携带者，这是温州第一次自行确诊甲流患者。结果是朗召全家被强制隔离七天。

朗召也年逾古稀了。他希望在有生之年，带儿孙来看看他与他父亲常常梦回的"第二故乡"。朗召的童年就是在温州度过的，他在温州生活了十年，至今还记得温州知名小吃及主要街巷的名称。

这趟中国行，他做了周密的安排。我在半年前就收到他的邮件，邮件里他兴奋地告诉我，哪天会抵达香港，在温州将住哪家酒店。他们在温州的行程是7月4日至9日，头尾六天，现在正好覆盖了隔离期。生活就这样充满了意外。

在接下去的一周里，他们一家六口被"住"进温州郊区一家经济型酒店。温州媒体对这一"国际事件"也表示关注。7月6日，我将各报对他们的报道汇总，发邮件给困居在酒店的朗召。

"他们怎么不说，我们为什么远道而来温州？"朗召在邮件里不解地问我。

### 2011年

2011年最后一天的下午，我在温哥华给何大伟写信：

David：

久未联系，近来可好。我还在写苏慧廉传，不过终于写到尾声了。

2012年1月23日，何大伟将纪念苏慧廉诞辰一百五十周年的笔记本敬献在他墓前
（Laura Newby 摄）

今有一事希望得到你一如既往的帮助：2011年是苏慧廉诞辰一百五十周年，温州《瓯风》编辑部特别制作了纪念笔记本，以资怀念这位对我家乡很重要但又差点被遗忘的人物。一百五十年，一百五十本限量编号本，其中的No.1还想托你送到苏慧廉的墓前。我一直记得2009年春天与你一起在牛津寻找他墓地的那个阳光明媚的中午。……

我的邮件发出的下午，这本贴有江心图案藏书票、编号为No.1的笔记本已在温州龟湖路一家邮局里整装待发。这是本红色布面、相当别致的笔记本，扉页有一段毛笔小楷恭录的圣经金句："不再有黑夜。他们也不用灯光、日光，因为主神要光照他们，他们要作王，直到永永远远。"[1]

---

[1] 此句出自《圣经·启示录》22：5，由温州基督徒女书法家楼晓勉恭录于扉页。

苏慧廉油画像（绿茶提供）

从苏慧廉1882年冬天踏上中国的土地算起，一百三十年过去了。今天，对于这份来自第二故乡迟到的追寻，他会否问：

> 君自故乡来，应知故乡事。
> 来日绮窗前，寒梅著花未？

也许，他曾说过的话就是最好的回答："中国的未来需要耐心，也需要持续的同情。"

# 附 录

## 苏慧廉年谱简编

1861年（清咸丰十一年辛酉）

1月23日[1]，苏慧廉出生于英国英格兰西约克郡哈利法克斯市。父威廉·苏西尔，母玛格丽特。

1864年（清同治三年甲子）三岁

太平天国运动平息，英国偕我公会启动中国传教工作，富勒夫妇受遣抵达宁波。

1867年（清同治六年丁卯）六岁

11月，内地会传教士曹雅直抵达温州，此为温州基督新教开教之年。

1873年（清同治十二年癸酉）十二岁

苏慧廉去哈利法克斯一律师事务所工作，此前在卫斯理一主日学校接受教育。

1875年（清光绪元年乙亥）十四岁

4月，偕我公会传教士阚斐迪等赴浙江南部视察，16日抵达温州。

---

[1] 1861年1月23日，按中国农历为咸丰十一年庚申十二月十三日。

1876年（清光绪二年丙子）十五岁
9月13日，中英《烟台条约》签订，温州被辟为通商口岸。

1877年（清光绪三年丁丑）十六岁
4月1日，温州海关建立。
8月8日，戴德生来温视察，停留约一周。
英国偕我公会通过阚斐迪的建议，决定在温州设立传教点。10月底李华庆抵达宁波，12月11日前往温州。

1878年（清光绪四年戊寅）十七岁
李华庆在温州嘉会里巷建立传教站并开始工作。其创办之学塾为艺文学堂雏形。

1881年（清光绪七年辛巳）二十岁
6月8日，李华庆在宁波去世，享年二十六岁。

1882年（清光绪八年壬午）二十一岁
9月9日，哈利法克斯不伦瑞克偕我公会教会为苏慧廉前往中国举行欢送会。
9月13日，苏慧廉搭乘"尼扎姆"号离开英国，17日到达直布罗陀，28日抵达苏伊士。10月在科伦坡换"伦巴第"号船，后经马来西亚、新加坡、香港等地，11月2日终抵上海，全程五十天。抵沪稍事采购，当天即转赴宁波，3日清晨抵达。

1883年（清光绪九年癸未）二十二岁
1月12日，苏慧廉在阚斐迪的陪同下抵达温州。当晚即举行礼拜。
春夏间，苏慧廉去上海、宁波出差。

1884年（清光绪十年甲申）二十三岁
春，苏慧廉赴宁波参加偕我公会中国年会。

10月4日，温州爆发甲申教案，多处教堂被毁。苏慧廉避难上海。在沪期间，初遇李提摩太。

12月16日，苏慧廉与不久前来到中国的路熙在上海圣三一堂举行婚礼。

1885年（清光绪十一年乙酉）二十四岁

元旦，新婚的苏慧廉夫妇返回温州。因住所毁于甲申教案，暂住江心。下半年乔迁新落成的"白屋"。

6月，苏慧廉在嘉会里巷原址主持重建被毁的教堂。

11月21日，路熙在宁波诞下女儿谢福芸。

是年，苏慧廉在乐清鲤岙首建外县聚会点。

1886年（清光绪十二年丙戌）二十五岁

苏慧廉在温州开办戒烟所。

城市教堂（即今城西教堂）重建完工，分街头教堂与礼拜教堂两部分。街头教堂1901年前后被拆除，礼拜教堂后来则不断扩建。

1887年（清光绪十三年丁亥）二十六岁

10月21日，路熙在赴宁波的轮船上诞下儿子维克多。

1888年（清光绪十四年戊子）二十七岁

3月20日，内地会朱德盛与奥利弗（Jenny C. Oliver）在温州结婚，苏慧廉主持婚礼。

1889年（清光绪十五年己丑）二十八岁

4月21日，曹雅直在法国戛纳去世，享年五十四岁。

苏慧廉编写之《圣诗温州土白》由内地会印书馆印行。

1890年（清光绪十六年庚寅）二十九岁

5月7日至20日,苏慧廉夫妇参加在上海举行的全国第二次传教士大会。

苏慧廉在乐清虹桥东横街置田二点一亩,建造可容纳六百人的哥特式教堂。此虹桥堂之规模当时称冠温州。

是年,谢立山出任英国驻温州署理领事。

1891年(清光绪十七年辛卯)三十岁

11月,海和德抵达宁波,后来温协助苏慧廉工作。

苏慧廉按立夏正邦、戚品三为牧师,此为偕我公会温州首批本地牧师。

是年,苏慧廉曾赴北京出差。

1892年(清光绪十八年壬辰)三十一岁

3月,路熙带孩子回英国。苏慧廉送至香港,回程时经广州、汕头及厦门等地,然后回温州。

夏正邦在《中西教会报》发表组诗《恭送慧廉苏先生回国》。[1]

苏慧廉翻译之温州方言版《马太福音》单行本由大英圣书公会出版。

1893年(清光绪十九年癸巳)三十二岁

中秋前后,苏慧廉回英述职并休假。

苏慧廉父亲威廉·苏西尔在英国去世,享年五十七岁。

1894年(清光绪二十年甲午)三十三岁

1月20日,温州偕我公会首位医疗传教士霍厚福抵温。2月6日,偕我公

---

[1] "设教东瓯志气伸,嘉言逊顺感民人。邪魔败势诚归主,良牧还乡乐省亲。和易近人传妙谛,平安返斾赖真神。叨陪数载情何切,愿向汪伦步后尘。初遇苏翁启我痴,从容气度可为师。几劳译语翻经史,屡见怜贫布惠慈。理欲分明资主宰,山河绵邈望旌旂。瓯江暂别何须惜,重待春风会有时。骊歌几叠绕江滨,离别由来最怆神。堤柳有情回去棹,驿花无语送行尘。生蒙慈惠恩靡既,诗记云山句倍新。再至定教开径待,几回翘首望阳春。攀辕那忍别慈君,数载深恩一旦分。圣道初开茅塞蔽,秋风已动客情殷。归应有梦瓯江月,出岠无心越岫云。此日苏公归故国,芳名扬播共相闻。温州永邑莲山夏振榜未是稿。"《中西教会报》,1892年第二卷第22期)

会温州诊所开张。

12月1日,苏慧廉夫妇返回中国。

苏慧廉翻译之温州方言版《新约圣书:四福音带使徒行传》在英国出版。

**1895年(清光绪二十一年乙未)三十四岁**

3月6日,苏慧廉在城区竹马坊租地一块,量计一分八厘。

3月12日,内地会举办"曹师母薛孺人五旬志庆"活动,苏慧廉与会祝寿并致辞。

6月,平阳发生萧家渡教案。枫林教案随后发生。

是年,偕我公会在温州创办女塾,路熙主持。

**1896年(清光绪二十二年丙申)三十五岁**

11月,谢道培抵温。

12月,海和德离温,转往宁波工作。

**1897年(清光绪二十三年丁酉)三十六岁**

1月20日,苏慧廉在城区竹马坊租地一块,量计五分六厘。

2月17日,定理医院正式开张。

4月9日,苏慧廉偕谢道培去楠溪传道并考察,在枫林被围殴。[1]

9月28日,戴德生女儿戴存爱(Maria Hudson Taylor)在温州去世,年仅三十岁。苏慧廉主持葬礼。[2]

**1898年(清光绪二十四年戊戌)三十七岁**

年初,城西教堂扩建完成。

5月19日,温州爆发"闹荒毁衙案"。初夏路熙去北戴河疗养,苏慧廉

---

[1] *The Missionary Echo*(1928): 206–207.
[2] *The North-China Herald and Supreme Court & Consular Gazette*, Oct. 15, 1897.

随后亦抵，后两人同赴北京。"百日维新"9月21日夭折，9月22日苏氏夫妇离京返温，9月29日回到温州。

1899年（清光绪二十五年己亥）三十八岁

3月27日，在温州欧洲人云集"普济"号为弗罗贝（Froberg）船长送行，此是在温外国人的第一次全体行动。活动由布伦南（W.H. Brennan）策划，苏慧廉代表各人赠送礼物。[1]

4月，为《四千常用汉字学生袖珍字典》撰写序言，该书后由上海美华书馆出版。

12月，山迩缦夫妇及谢道培夫人一起来温。

12月29日至31日，温州偕我公会召开第一次联区会议。

1900年（清光绪二十六年庚子）三十九岁

3月7日，苏慧廉夫妇离开上海回英述职并休假，此前温州教会举行欢送会。夏正邦撰写《苏牧师行述》，刊于《万国公报》《中西教会报》。

4月21日至5月1日，苏慧廉与阚斐迪在纽约参加世界传教大会。会后返回英国。

5月，在伦敦为第二版《四千常用汉字学生袖珍字典》撰写再版序言。

夏，义和团运动爆发。温州神拳会开展反洋教斗争，瑞安、平阳等地部分教堂被毁。7月11日温州城里之外国人前往上海、宁波避难。

10月，英国政府鉴于前来温州的英籍船舶和侨民不多，决定温州领事由驻宁波领事兼任，不再派专职领事驻温。

1901年（清光绪二十七年辛丑）四十岁

2月，苏慧廉从英国起身，4月6日回到温州。路熙及孩子暂留英国。

是年，包莅茂医生抵温，接替霍厚福出任定理医院院长。

---

[1] *The North-China Herald*, Apr. 10, 1899.

1902年（清光绪二十八年壬寅）四十一岁

4月16日，城西教堂举行献殿大典。该堂自1885年开始重建，经几轮扩建，终告落成。

9月，苏慧廉赴上海考察南洋学校及圣约翰大学。

11月26日，蔡博敏抵温，出任艺文学堂校长。

12月14日，夏正邦葬礼在瓯江边举行，苏慧廉致悼词。

苏慧廉翻译之温州方言版《新约圣书》在温州出版。

1903年（清光绪二十九年癸卯）四十二岁

3月4日至8日，美籍瑞典著名布道家、协同会（The Evangelical Alliance Mission）创办人范岚生（Fredrik Franson）博士在温州主持偕我会与内地会联合举行的布道会。

10月20日，艺文学堂举行新校园落成典礼，李提摩太赴温参加。

11月14日，苏慧廉离开上海经西伯利亚回英国，探望病重的路熙。在英期间，拜访亨利·白累德，获得在温州建新医院的资助。

1904年（清光绪三十年甲辰）四十三岁

5月，苏慧廉夫妇及谢福芸回到中国，6月19日抵达温州。

12月17日，苏慧廉在乐清柳市讲道。[1]

1905年（清光绪三十一年乙巳）四十四岁

2月18日，偕我会为建造新医院，在大简巷购地七亩八分。

1906年（清光绪三十二年丙午）四十五岁

1月30日，温州白累德医院举行开院典礼。

---

[1]《百觉斋日记》，郑良治撰，永嘉区乡著会钞本。影印本收入《温州市图书馆藏日记稿钞本丛刊》（卢礼阳主编，中华书局，2017）第46册，24189页。

8月15日，山西大学堂西斋总教习敦崇礼病逝。苏慧廉受李提摩太之聘接任此职。

是年夏，谢福芸、维克多同时入读剑桥大学。

1907年（清光绪三十三年丁未）四十六岁

4月20日，苏慧廉由宁波抵达上海，[1]参加本月25日至5月7日在沪举行的百年传教大会。

5月，苏慧廉经西伯利亚短暂回英，此间招待山西大学堂西斋第一批留英学生。

8月18日，苏慧廉由旧金山抵达上海。[2]后赴太原，出任山西大学堂西斋总教习。此前还曾赴日本考察学务。

10月，法国著名汉学家沙畹赴太原考察，其间拜会苏慧廉。[3]

苏慧廉传教回忆录《中国传教纪事》在英国出版。

偕我公会与同宗派的教派联盟为圣道公会，此为英国循道宗的第一次联合。

1908年（清光绪三十四年戊申）四十七岁

农历新年之际，苏慧廉回访温州，停留三周。

3月9日，苏慧廉当选为英国皇家地理学会会员。

1909年（清宣统元年己酉）四十八岁

农历新年之际，苏慧廉回温州视察工作。

夏间，苏慧廉夫妇回英国，停留不到六周即返回。

10月14日，山西谘议局成立，苏慧廉、毕善功作为山西大学堂之外人代表受邀观礼。

太原基督教青年会创立，苏慧廉出任第一任会长。

---

［1］ *The North-China Herald*, Apr.26, 1907.
［2］ Ibid., Aug. 23, 1907.
［3］ 张广达：《史家、史学与现代学术》（桂林：广西师范大学出版社，2008），第164页。

是年，苏慧廉在北京拜访学部侍郎严修，建议设立术语部。10月，学部正式创立编定名词馆，严复任总纂，王国维任协修。

1910年（清宣统二年庚戌）四十九岁

2月4日，苏慧廉回温州视察工作。

5月，山西巡抚丁宝铨奏《大学堂西学专斋合同届满请奖教员折》，苏慧廉获赏二品顶戴并三代二品封典。

12月14日，李提摩太辞任山西大学堂西斋督办之职，西斋由政府收回。

苏慧廉翻译之《论语译英》在日本出版。

1911年（清宣统三年辛亥）五十岁

农历新年之际，苏慧廉回温州视察。2月18日，由上海去汉口。[1]后回太原，代表英方向山西政府办理移交西斋手续。

3月11日，苏慧廉赴天津拜访翁斌孙。4月24日下午携女谢福芸再次来访，并为翁家人拍照。

7月，苏慧廉离开太原，先到北京，后返回英国，与牛津剑桥联合计划委员会见面，筹划在汉中建立华中联合大学。此前获聘担任该校校长。

9月，谢福芸参与创办的培华女校在北京开学。

11月8日，苏慧廉在英国皇家亚洲学会组织的研讨会上做《中国与教育》专题发言。

是年，剑桥大学授予苏慧廉荣誉文学硕士学位。

苏慧廉当选为皇家亚洲文会北华支会会员。

1912年（中华民国元年壬子）五十一岁

2月29日，"北京兵变"发生，路熙、谢福芸避难英国使馆。

8月，苏慧廉应邀赴牛津大学皇后学院，为即将赴华的传教士提供培训。

---

[1] *The North-China Herald*, Feb.24, 1911.

### 1913年（中华民国二年癸丑）五十二岁

1月2日，谢立山与谢福芸结婚。

6月26日下午，英国下议院召开专门会议，讨论从庚款中拨款支持华中联合大学事宜，曾担任英国大法官的洛尔本伯爵（Lord Loreburn）主持讨论，士思勋爵、苏慧廉先后做专题报告。

苏慧廉著《儒道释三教》在英国出版。

### 1914年（中华民国三年甲寅）五十三岁

7月16日，苏慧廉在哈利法克斯参加圣道公会教会会议。

施德福医生来温，接替包莅茂出任白累德医院院长。

### 1916年（中华民国五年丙辰）五十五岁

8月19日，苏慧廉携女儿谢福芸在伦敦参加儿子维克多与凯瑟琳的婚礼。

苏慧廉被借调至英国青年会，出任干事。

是年苏慧廉在英国，与李提摩太有过几次见面。

### 1917年（中华民国六年丁巳）五十六岁

苏慧廉在赴法华工中创建青年会，并任宗教事务部主任干事。

### 1918年（中华民国七年戊午）五十七岁

苏慧廉夫妇在英国利顿石创办旅店，接待休假的华工翻译。

### 1919年（中华民国八年己未）五十八岁

春，梁启超赴英国看望李提摩太。4月17日，李提摩太去世。

苏慧廉母亲玛格丽特在英国去世，享年七十九岁。

是年苏慧廉患病，住院一月。

### 1920年（中华民国九年庚申）五十九岁

夏，牛津大学举行新任汉学教授选举，苏慧廉当选。11月16日，苏慧廉正式注册成为牛津大学三一学院汉学教授。同一天，获授牛津文学硕士学位。

因服务华工成绩卓著，苏慧廉被北京政府授予"文虎"勋章。

1921年（中华民国十年辛酉）六十岁

5月5日，蔡元培访问牛津大学，苏慧廉接待。

1922年（中华民国十一年壬戌）六十一岁

4月23日，苏慧廉在哈利法克斯不伦瑞克主日学校周年庆典上布道，次日还做了一场关于中国的演讲。[1]

1923年（中华民国十二年癸亥）六十二岁

11月17日，英国圣公会华北教区主教鄂方智由北京去信时在牛津的苏慧廉，介绍陈垣及其新著《元西域人华化考》。[2]

1924年（中华民国十三年甲子）六十三岁

10月8日，苏慧廉在肯辛顿市政厅（Kensington Town Hall）举办讲座，题为《中国对西方文明的贡献》（China's Contribution to Western Civilization），朱迩典与会。[3]

苏慧廉向英国政府建议成立庚款咨询委员会，次年被委任为中英庚款委员会委员。

苏慧廉著《李提摩太在中国》在伦敦出版。上海广学会同年出版汉译本《李提摩太传》，梅益盛、周云路译述，列入《国外布道英雄集》丛书。

---

[1] *The Missionary Echo*（1922）: 135.
[2] 杨俊杰:《牛津藏陈垣〈元西域人华化考〉"稿本"》，原载《南方都市报》，2016年1月31日。鄂方智（Francis Lushington Norris, 1864—1945），英国圣公会传教士，1882年来华，1914—1940年任圣公会华北教区主教。此书信及《元西域人华化考》稿本现存牛津博德利图书馆，索书号 Sinica 2589。
[3] *The Times*, Oct.8, 1924.

谢福芸著《名门》在伦敦出版，苏慧廉撰写序言。

1925年（中华民国十四年乙丑）六十四岁

3月10日，谢立山在英国怀特岛之桑当去世。葬礼14日举行，朱迩典、苏慧廉、维克多等出席。之后，谢福芸搬去牛津和父母同住。

4月16日，以徐树铮为首的中国考察欧美日各国政治专使团抵达英国。5月2日访问牛津，苏慧廉接待。

5月16日，翁斌孙之子翁之憙专程赴牛津拜会苏慧廉夫妇。

6月8日，温州艺文学堂部分学生因声援五卅运动受到校方压制，教师谷寅侯等支持学生行动，脱离艺文，另办新校。不久艺文停办。是年夏，尤树勋脱离圣道公会，成立温州中华基督教自立会。

苏慧廉著《中国与西方》由牛津大学出版社出版。

是年，苏慧廉向持续三年遭受旱灾的温州捐款。

1926年（中华民国十五年丙寅）六十五岁

1月15日，中英庚款访华代表团由英国启程前往中国，苏慧廉与安德生因另有任务，没有同船出发。1月25日，中国驻英国公使馆举行招待会，为二人饯行。[1]苏、安二人后转道香港，3月8日抵沪。路熙、谢福芸随行，下榻礼查饭店。

3月10日，苏慧廉接受《字林西报》记者采访，3月16日参加中英庚款代表团第一次全体委员会议。3月22日参加在礼查饭店举行的记者招待会，当晚还与黄炎培见面。

3月29日至4月5日，随代表团在汉口、武昌等地考察，拜会吴佩孚多次。其间还考察博学书院、博文书院及文华书院。

4月7日至月中，随代表团在南京考察，访问金陵大学、金陵女子大学等。4月16日转赴杭州。

---

[1] *The North-China Daily Herald*, Jan.30, 1926.

4月20日返回上海,21日下午赴上海陆家浜中华职业学校参加江苏省教育会举办的茶话会[1],27日晚参加联华总会举办的宴请[2],29日下午赴上海英国总领馆参加大英圣书公会一会议,并发表演讲。[3]5月4日,与胡适同去麦伦书院考察。其间,还受邀前往圣约翰大学访问并演讲。

5月6日至9日,携妻女回温州省亲。

5月16日,在上海新天安堂(Union Church)布道。[4]17日下午,受基督教女青年会邀请,携夫人,并安德生、丁文江等一行前往景林庐参加欢迎活动。[5]

5月中旬,随代表团在北京考察。下旬转往天津,5月29日到访翁府,并在翁之憙纪念册上题辞。[6]

6月初,返回北京。6月4日到访燕京华文学校并做演讲。此后还应胡适之邀,赴北京大学参加该校学术研究会闭会仪式,并做演讲,介绍中英关系及牛津大学状况。

7月22日,与胡适会聚哈尔滨,同搭西伯利亚铁路前往英国。

11月21日至24日,胡适访问牛津,苏慧廉接待。


1927年(中华民国十六年丁卯)六十六岁

2月2日,苏慧廉、谢福芸作为嘉宾出席论坛俱乐部(Forum Club)在伦敦Grosvenor-Place 6号举行的一活动。[7]

10月6日至7日,苏慧廉在英国布里斯托尔(Bristol)参加一会议,讨论中国问题。

11月11日,苏慧廉在牛津午餐俱乐部(Oxford Luncheon Club)就中国

---

[1]《申报》,1926年4月20日,第7版。
[2]《申报》,1926年4月28日,第13版。
[3] The North-China Daily News, Apr.28, 1926.
[4] Ibid., May15, 1926.
[5] Ibid., May17, 1926.
[6] 此纪念册现保存在翁氏后人手中,题辞原文为:"The Power which made the nations, and which made the mountains with passes and the ocean for ships, meant also that nations should not dwell in separate worlds, but exchange commodities material and spiritual."
[7] The North-China Herald, Mar.26, 1927.

时局发表演讲，建议英美两国要以智慧与经验包容中国，并做好各派政治的协调工作。[1]

苏慧廉著《中国简史》在伦敦出版。

1928年（中华民国十七年戊辰）六十七岁

苏慧廉被美国哥伦比亚大学聘为访问教授，1月27日起身赴美，是年夏返回牛津。

是年夏，英国国王乔治五世任命苏慧廉为东方学院理事会成员，以接替刚去世的英国著名考古学家戴维·霍格思（David George Hogarth）留下的空缺。任期至1930年8月31日。[2]

8月27日至9月1日，苏慧廉参加在牛津举办的第十七届国际东方学大会（International Congress of Orientalists），并当选为远东部第一届主席。[3]

10月29日，太虚法师至伦敦东方学院讲演《佛法之过去现在及将来》，苏慧廉、谢福芸陪同。[4]

苏慧廉著《中国与英国》在英国出版。

苏慧廉为伊丽莎白·查普曼（Elizabeth Goucher Chapman）翻译的英文版《三民主义》(The People's Three Principles) 撰写序言。

1929年（中华民国十八年己巳）六十八岁

9月，温州艺文学堂恢复招生，但次年再遭停办。

是年，费正清赴牛津攻读博士学位，苏慧廉担任指导老师。

1930年（中华民国十九年庚午）六十九岁

5月11日，苏慧廉在牛津致信《字林西报》编辑部，就战争与和平发表看

---

[1] *The North-China Herald*, Nov. 19, 1927. *The Times*, Nov. 12, 1927.
[2] *The Times*, Jul.7, 1928.
[3] *The North-China Herald*, Oct.6, 1928.
[4] 李雪涛：《谢福芸笔下的太虚法师》，载《读书》2019 年第 1 期，第 55—65 页。

法。该报6月17日以《他们为什么而战》为题,刊出是信。[1]

6月,赠送《四千常用汉字学生袖珍字典》给即将前往温州的年轻传教士爱乐德。

苏慧廉翻译之《妙法莲华经》在牛津出版。

1931年(中华民国二十年辛未)七十岁

3月25日,苏路熙在牛津家中去世,享年七十四岁。3月30日,安葬于玫瑰山墓园。遗著《中国纪行》随后在英国出版,11月,苏慧廉邮寄温州教会一册。

1932年(中华民国二十一年壬申)七十一岁

6月3日晚上,苏慧廉前往牛津曼斯菲尔德学院教堂,出席该院前总务长诺曼·史密斯的追思礼拜。

秋,苏慧廉因病在牛津圣托马斯医院住院五周。

11月22日,阚斐迪牧师去世,享年九十岁。

是年,英国圣道公会与循道会联合,成立英国循道公会。

1933年(中华民国二十二年癸酉)七十二岁

6月20日,英国著名古典学者、牛津大学基督圣体学院(Corpus Christi College)院长珀西·艾伦(Percy Stafford Allen)的葬礼在牛津墨顿学院教堂(Merton College Chapel)举行,时在病中的苏慧廉请道尔夫人(Lady Doule)代致哀悼。[2]

1935年(中华民国二十四年乙亥)七十四岁

5月14日,苏慧廉在牛津寓所去世,享年七十四岁。《纽约时报》《泰晤士报》相继发文纪念。5月17日,葬礼在牛津卫斯理纪念教堂举行。牛津大

---

[1] *The North-China Herald*, Jun.17, 1930.
[2] *The Times*, Jun.21, 1933.

学王后学院教务长、著名圣经学者斯特里特（Burnett Hillman Streeter）致悼词。谢福芸、维克多、苏慧廉最小的弟弟阿什沃思（Herbert Ashworth）、路熙的弟弟约翰（John Farrar）等亲戚及众多友人参加了葬礼。牛津大学耶稣学院（Jesus College）、奥利尔学院（Oriel College）、万灵学院、三一学院及中国公使馆、循道公会、青年会都有代表参加。灵柩后安葬玫瑰山墓园。

10月17日，谢福芸搭乘 Tuscania 号轮船由利物浦前往孟买。

1936年（中华民国二十五年丙子）
7月，谢福芸重返中国，并于圣诞节前后访问温州。

1937年（中华民国二十六年丁丑）
苏慧廉与何乐益合编之《中英佛学辞典》在英国出版。
苏慧廉翻译之《论语译英》经谢福芸编辑，作为牛津"世界经典丛书"之一，由该校出版社重新出版。

1938年（中华民国二十七年戊寅）
1月，城西教堂举行温州循道公会六十周年纪念活动。

1939年（中华民国二十八年己卯）
春，牛津大学聘请陈寅恪为继任汉学教授。后陈因健康原因未赴任。

1946年（中华民国三十五年丙戌）
苏慧廉著《儒道释三教》出版法文版。

1949年（己丑）
5月7日，温州和平解放。10月1日，中华人民共和国成立。
年底，施德福夫妇离开温州回国。

1950年（庚寅）

7月28日，中国基督徒"三自"宣言发表。

9月6日，温州循道公会最后一位外国传教士爱乐德离温返英。

苏慧廉著《中国简史》修订本在英国出版。时任牛津大学万灵学院院士赫德逊增补一章，将中国历史从1927年续述到"二战"结束。

1951年（辛卯）

苏慧廉遗著《明堂：早期中国王权之研究》在英国出版。

1953年（癸巳）

1月10日，白累德医院被温州市人民政府接办，翌年改名为温州市第二人民医院。

1956年（丙申）

9月10日，苏慧廉之子维克多在英国诺里奇去世，享年六十九岁。

1958年（戊戌）

温州基督教六大教派联合，并将六个总堂合并，集中到城西教堂活动。

1959年（己亥）

2月15日，谢福芸在英国索尔兹伯里（Salisbury）去世，享年七十四岁。

1975年（乙卯）

苏慧廉校译之《法华三部经》在纽约出版。

1979年（己未）

12月14日，温州市委统战部宣布开放"文革"期间关闭的教堂，恢复教会活动。

1996年（丙子）

4月30日，苏慧廉重孙查尔斯·苏西尔访问山西大学，寻访曾祖父踪迹。

2002年（壬午）

山西大学举行百年校庆，重修敦崇礼墓，并翻译出版苏慧廉所著之李提摩太传记。

2004年（甲申）

12月10—14日，"基督教与中国社会文化——第二届国际年青学者研讨会"在香港举行，李新德宣读《苏慧廉及其汉学研究》一文，此是汉语学界第一篇研究苏慧廉的论文。

2007年（丁亥）

苏慧廉著《李提摩太在中国》简体中译本由广西师范大学出版社出版，此为1949年后大陆公开出版之第一本苏氏著作。

温州基督徒包思恩偕外孙女吴慧将苏氏夫妇回忆录全文译成中文，分别取名《拓荒布道》与《乐往中国》，自费印刷发行。

2008年（戊子）

12月18—19日，温州城西基督教会举行创立一百三十周年暨教堂重建一百一十周年纪念活动。

2011年（辛卯）

5月，苏慧廉回忆录中译本《晚清温州纪事》由宁波出版社出版，译者张永苏、李新德。

11月，温州《瓯风》编辑部特制苏慧廉诞辰一百五十周年纪念笔记本，限量一百五十册，以"瓯风别册"的形式发行。

# 苏慧廉著述目录[1]

1. *Wenchow Romanised Primer.*(《教会罗马字温州方言入门》)

2. *Revised Hymn Book, Character and Romanised.*(《圣诗温州土白》)Taichau: The China Inland Mission Press, 1889.

3. *Nğ-dá-ko Cháo-chi Yi-Sû Chï-tuh-ge Sang Iah Sìng Shï: Fa Üe-tsiu-ge Tù-ò.*[2](《教会罗马字温州方言马太福音》)London: British and Foreign Bible Society, 1892.

4. *Chaò-chï Yi-sû Chï-tuh Sang Iah Sìng Shï: Sż Fuh-iang TÀ Sż-du 'Ae-djü e Fa Üe-tsiu Tû'-v.*(《救主耶稣基督新约圣书：四福音带使徒行传翻温州土话》)London: British and Foreign Bible Society, 1894.

5. *The Student's Four Thousand 字 and General Pocket Dictionary.*(《四千常用汉字学生袖珍字典》)Shanghai: Presbyterian Mission Press, 1899.

6. *Wenchow, China, 1900.*(《温州，1900》)Shanghai: The American Presbyterian Mission Press, 1901.

7. *Ng-da-ko Chao-chi Yi-sû Chi-tuh Sang-Iah Sing-shi.*(《我大家救主耶稣基督新约圣书》),Wenchow: The China Inland Mission Press, 1902.

8. *A Mission in China.*(《中国传教纪事》)London: Oliphant, Anderson & Ferrier, 1907.[3]

9. *The Analects of Confucius.*(《论语译英》)Yokohama: The Fukuin Printing Company, 1910.

---

[1] 本目录中之中文书名，除《儒道释三教》《论语译英》为作者自注外，余为笔者译编。

[2] 书名为教会罗马字，虽名为"我大家救主耶稣基督教新约圣书翻温州讲土话"，其实仅是《马太福音》单行本。英文书名 *The Gospel of Matthew, in Wenchow Colloquial*。

[3] 此书还有美国版本：*A Typical Mission in China*（New York: Young People's Missionary Movement, 1907）。笔者做过比对，美国版比英国版少了第六章《洗礼》(Baptism)，插图也少五张。英国版可能是改定的正式版，也更常见。现藏于温州市图书馆的夏鼐旧藏就是这个版本。

10. *China and Education, with Special Reference to the University for China.* (《中国与教育》) London: Central Asian Society, 1912.

11. *The Three Religions of China.* (《儒道释三教》) London: Hodder and Stoughton, 1913.

12. *Timothy Richard of China: Seer, Statesman, Missionary & the Most Disinterested Adviser the Chinese Ever Had.* (《李提摩太在中国——先知、政治家、传教士和中国人未曾有过的最无私顾问》) London: Seeley, Service & Co. 1924.

13. *China and the West: A Sketch of Their Intercourse.* (《中国与西方：交流简史》) Oxford: Oxford University Press, 1925.

14. *A History of China.* (《中国简史》) London: Ernest Been Limited, 1927.

15. *China and England.* (《中国与英国》) Oxford: Oxford University Press, 1928.

16. *The Lotus of the Wonderful Law.* (英译《妙法莲华经》) Oxford: Clarendon Press, 1930.

17. *A Dictionary of Chinese Buddhist Terms: with Sanskrit and English Equivalents and a Sanskrit-Pali Index.* (《中英佛学辞典》) London: Kegan Paul, Trench, Trubner & Co., LTD, 1937.

18. *The Hall of Light: A Study of Early Chinese Kingship.* (《明堂：早期中国王权之研究》) London: Lutterworth Press, 1951.

19. *The Three Fold Lotus Sutra.* (英译《法华三部经》) New York: Weatherhill, 1975.[1]

---

[1] 此书由加藤文应（Katō Bunnō）、田村芳郎（Tamura Yoshirō）、宫坂幸次郎（Miyasaka Kōjirō）合译。

# 参考文献

一、档案

美国明尼苏达大学图书馆：基督教青年会档案
美国耶鲁大学神学院图书馆：传教档案
台北胡适纪念馆：胡适档案
温州市档案馆：温州宗教档案
香港大学图书馆：英国循道公会档案
英国伦敦大学亚非学院图书馆：英国循道公会档案
英国国家档案馆：谢福芸档案
英国牛津大学汉弗莱公爵图书馆：苏慧廉档案

二、专著

爱德华兹：《义和团运动时期的山西传教士》，李喜所、郭亚平译。天津：南开大学出版社，1986。

卞孝萱：《辛亥人物碑传集》。北京：团结出版社，1991。

白吉庵：《胡适传》。北京：人民出版社，1993。

巴恪思：《太后与我》，王笑歌译。昆明：云南人民出版社，2012。

Broomhall, Marshall. *The Chinese Empire: A General & Missionary Survey*. London: Morgan & Scott, 1907.

曹明道：《二十六年：曹雅直夫妇温州宣教回忆录》，温州恩际翻译团契译。台北：宇宙光全人类关怀机构，2015。

陈旭麓：《近代中国社会的新陈代谢》。上海：上海人民出版社，1992。

陈三井：《华工与欧战》。台北："中央研究院"近代史研究所，1986。

陈文秀、张民省、刘秋旺：《山西大学青年运动史》。北京：中央文献出版社，2002。

陈毓贤：《洪业传》。北京：北京大学出版社，1996。

程新国：《庚款留学百年》。上海：东方出版中心，2005。

丁则良：《李提摩太——一个典型的为帝国主义服务的传教士》。北京：开明书店，1951。

费正清、刘广京：《剑桥中国晚清史（1800—1911年）》。北京：中国社会科学出版社，1993。

费正清：《费正清对华回忆录》，陆惠勤、陈祖怀等译。北京：知识出版社，1991。

龚缨晏：《浙江早期基督教史》。杭州：杭州出版社，2010。

耿云志：《胡适及其友人（1904—1948年）》。香港：商务印书馆，1999。

顾颉刚：《顾颉刚日记》（第一卷）。台北：联经出版事业股份公司，2007。

高平叔：《蔡元培年谱长编》。北京：人民教育出版社，1998。

谷小水：《"少数人"的责任——丁文江的思想与实践》。天津：天津古籍出版社，2005。

胡珠生：《温州近代史》。沈阳：辽宁人民出版社，2000。

胡珠生：《胡珠生集》。合肥：黄山书社，2008。

胡适：《胡适全集》（第三十卷）。合肥：安徽教育出版社，2001。

胡适：《丁文江的传记》。合肥：安徽教育出版社，1999。

胡颂平：《胡适之先生年谱长编初稿》。台北：联经出版事业有限公司，1984。

胡颂平：《胡适之先生晚年谈话录》。北京：新星出版社，2006。

胡文辉：《陈寅恪诗笺释》。广州：广东人民出版社，2008。

胡卫清：《普遍主义的挑战——近代中国基督教教育研究（1877—1927年）》。上海：上海人民出版社，2000。

黄兴涛:《文化怪杰辜鸿铭》。北京:中华书局,1995。

黄鸿钊:《中英关系史》。香港:开明书店,1995。

黄锡培:《回首百年殉道血——一九〇〇年义和团事件殉道宣教士的生命故事》。美国中国信徒布道会、海外基督使团,2010。

黄锡培:《昔我往矣——内地会赴温州宣教士行传》。海外基督使团、香港中国信徒布道会,2014。

黄炎培:《黄炎培日记》。北京:华文出版社,2008。

何凯立:《基督教在华出版事业(1912—1949年)》,陈建明、王再兴译。成都:四川大学出版社,2004。

Hosie, Dorothea. *Brave New China*. London: Hodder & Stoughton, 1938.

Hosie, Dorothea. *Portrait of a Chinese Lady and Certain of Her Contemporaries*. New York: William Morrow and Company, 1930.

Hosie, Dorothea . *Two Gentlemen of China*, London: Seeley, Service & Co., 1924.

Hosie, Dorothea. *The Master Calleth for Thee*. The Methodist Church.

Hosie, Dorothea. *The Pool of Ch'ien Lung: A Tale of Modern Peking*. London: Hodder and Stoughton, 1948.

裘克安:《牛津大学》。长沙:湖南教育出版社,1986。

蒋廷黻:《中国近代史》(插图本)。上海:上海古籍出版社,2004。

蒋天枢:《陈寅恪先生编年事辑》(增订本)。上海:上海古籍出版社,1997。

Kranz, Paul. *The key to the character problem, or, The Chinese Alphabet: four thousand most frequent characters according to Rev. W. E. Soothill's phonetics, but divided into six classes of frequency with standard romanisation for self examination and private study*. Shanghai: Presbyterian Mission Press, 1910.

刘绍宽:《刘绍宽日记》。北京:中华书局,2018。

骆惠敏:《清末民初政情内幕——〈泰晤士报〉驻北京记者、袁世凯政治顾问乔·厄·莫理循书信集(1912—1920年)》。北京:知识出版社,1986。

罗珀:《北京的隐士——巴克斯爵士的隐蔽生活》,胡滨、吴乃华译。

济南：齐鲁书社，1986。

李剑农：《中国近百年政治史》。上海：复旦大学出版社，2002。

李提摩太：《亲历晚清四十五年——李提摩太在华回忆录》，李宪堂、侯林莉译。天津：天津人民出版社，2005。

李新德：《明清时期西方传教士中国儒道释典籍之翻译与诠释》。北京：商务印书馆，2015年。

李约瑟：《中国科学技术史》。北京：科学出版社，1976。

李庆东：《段祺瑞幕府与幕僚》。杭州：浙江文艺出版社，2010。

赖平超、学愚：《天国、净土与人间：耶佛对话与社会关怀》。北京：中华书局，2008。

梁家麟：《基督教会史略——改变教会的十人十事》。香港：更新资源有限公司，2002。

Latourette, Kenneth Scott. *A History of Christian Missions in China*. New York: The Macmillan Company,1929.

马士：《中华帝国对外关系史》。上海：上海书店出版社，2000。

马悦然：《我的老师高本汉：一位学者的肖像》。长春：吉林出版集团有限责任公司，2009。

莫法有：《温州基督教史》。香港：建道神学院基督教与中国文化研究中心，1998。

倪海曙：《中国拼音文字运动史简编》。北京：时代出版社，1950。

梅冷生：《梅冷生集》，潘国存编。上海：上海社会科学院出版社，2006。

MacGillivray, Donald. *A Century of Protestant Missions in China（1807-1907）*. Shanghai: The American Presbyterian Mission Press, 1907.

Montgomery, P.H.S. *Introduction to the Wenchow Dialect*. Shanghai: Kelly and Walah, 1893.

彭泽益：《中国工商行会史料集》。北京：中华书局，1995。

Parker, Edward Harper. *China: Past and Present*. London: Chapman & Hall,

1903.

舒新城：《收回教育权运动》。上海：中华书局，1927。

沈嘉蔚：《莫理循眼里的近代中国》。福州：福建教育出版社，2007。

沈迦：《一条开往中国的船》。北京：新星出版社，2016。

沈克成：《温州历史年表》。北京：北京电子出版物出版中心，2005。

孙延钊：《孙衣言孙诒让父子年谱》，徐和雍、周立人整理。上海：上海社会科学院出版社，2003。

桑兵：《国学与汉学——近代中外学界交往录》。北京：中国人民大学出版社，2010。

桑兵：《晚清学堂学生与社会变迁》。桂林：广西师范大学出版社，2007。

苏慧廉：《李提摩太传》，梅益盛、周云路译述。上海：广学会，1924。

苏慧廉：《李提摩太传》，周云路译。香港：基督教文艺出版社，1957。

苏慧廉：《李提摩太传》，山西大学外语学院《李提摩太传》翻译组译。香港：世华天地出版社，2002。

苏慧廉：《李提摩太》，凌爱基译。香港：基督教文艺出版社，2007。

苏慧廉：《李提摩太在中国》，关志远、关志英、何玉译。桂林：广西师范大学出版社，2007。

苏慧廉：《晚清温州纪事》，张永苏、李新德译。宁波：宁波出版社，2011。

沙百里：《中国基督徒史》。北京：中国社会科学出版社，1998。

史景迁：《追寻现代中国》，温洽溢译。台北：时报文化出版企业股份有限公司，2001。

史奥娜·艾尔利：《回望庄士敦》，马向红译。济南：山东画报出版社，2009。

Scott, Irving. *Pictures of Wenchow*. London: The Cargate Press, 1947.

Smith, Henry; Swallow, John E. and Treffry, Willlam. *The Story of the United Methodist Church*. London: Henry Hooks, 1932.

Soothill, Lucy Farrar. *A Passport to China: Being the Tale of Her Long and Friendly Sojourning amongst a Strangely Interesting People*. London: Hodder and Stoughton, 1931.

Soothill, William Edward. *Wenchow Gospels & Acts*. London: British and Foreign Bible Society, 1894.

Soothill, William Edward. *The New Testament in Wenchow Colloquial*. Wenchow: The China Inland Mission Press, 1902.

Soothill, William Edward. *The Student's Four Thousand 字 and General Pocket Dictionary*. Shanghai: Presbyterian Mission Press, 1899.

Soothill, William Edward. *Wenchow, China, 1900*. Shanghai: The American Presbyterian Mission Press, 1901.

Soothill, William Edward. *A Mission in China*. Edinburgh and London: Oliphant, Anderson & Ferrier, 1907.

Soothill, William Edward. *The Analects of Confucius*. Yokohama: The Fukuin Printing Company, 1910.

Soothill, William Edward. *China and Education, with Special Reference to the University for China*. London: Central Asian Society, 1912.

Soothill, William Edward. *The Three Religions of China*. London: Hodder and Stoughton, 1913.

Soothill, William Edward. *Timothy Richard of China: Seer, Statesman, Missionary & the Most Disinterested Adviser the Chinese Ever Had*. London: Seeley, Service & Co., 1924.

Soothill, William Edward. *China and the West: A Sketch of Their Intercourse*. Oxford: Oxford University Press, 1925.

Soothill, William Edward. *A History of China*. London: Ernest Been Limited, 1927.

Soothill, William Edward. *China and England*. Oxford: Oxford University Press, 1928.

Soothill, William Edward. *A Dictionary of Chinese Buddhist Terms: with Sanskrit and English Equivalents and a Sanskrit-Pali Index*. London: Kegan Paul, Trench, Trubner & Co., LTD, 1937.

Soothill, William Edward. *The Hall of Light: A Study of Early Chinese Kingship*. London: Lutterworth Press, 1951.

Stott, Grace. *Twenty-Six Years of Missionary Work in China*. London: Hodder and Stoughton, 1898.

释印顺：《太虚大师年谱》。北京：中华书局，2011。

汤清：《中国基督教百年史》。香港：道声出版社，1987。

唐德刚：《晚清七十年》。长沙：岳麓书社，1999。

Trevor-Roper, Hugh. *Hermit of Peking: The Hidden Life of Sir Edmund Backhouse*. London: Macmillan, 1977.

王美秀、段琦、文庸、乐峰等：《基督教史》。南京：江苏人民出版社，2006。

王李金：《中国近代大学创立和发展的路径——从山西大学堂到山西大学（1902—1937年）的考察》。北京：人民出版社，2007。

王冀青：《斯坦因第四次中国考古日记考释——英国牛津大学藏斯坦因第四次中亚考察旅行日记手稿整理》。兰州：甘肃教育出版社，2004。

王治心：《中国基督教史纲》。上海：上海古籍出版社，2004。

王彦民：《徐树铮传》。合肥：黄山书社，1993。

王树槐：《庚子赔款》。台北："中央研究院"近代史研究所，1974。

文国伟：《循道卫理入神州》。香港：基督教循道卫理联合教会，1995。

翁斌孙：《翁斌孙日记》。南京：凤凰出版社，2015。

翁之憙：《入蒙与旅欧》。上海：中西书局，2013。

吴梓明：《基督宗教与中国大学教育》。北京：中国社会科学出版社，2003。

吴梓明、李向平等：《边际的共融——全球地域化视角下的中国城市基督教研究》。上海：上海人民出版社，2009。

吴佩孚先生集编撰委员会:《吴佩孚先生年谱》。台北,1960。

吴宓:《吴宓日记》。北京:三联书店,1998。

吴昶兴:《基督教教育在中国:刘廷芳宗教教育理念在中国的实践》。香港:浸信会出版社(国际)有限公司,2005。

吴相湘:《晏阳初传——为全球乡村改造奋斗六十年》。长沙:岳麓书院,2001。

伟烈亚力:《1867年以前来华基督教传教士列传及著作目录》,倪文君译。桂林:广西师范大学出版社,2011。

许美德、巴斯蒂:《中外比较教育史》。上海:上海人民出版社,1990。

许宗斌:《箫台清音——乐清人文集羽》。北京:线装书局,2001。

徐道邻:《徐树铮先生文集年谱合刊》。台北:商务印书馆,1962。

徐中约:《中国近代史:1600—2000年,中国的奋斗》(第六版)。北京:世界图书出版公司北京公司,2008。

徐国琦:《文明的交融:第一次世界大战期间的在法华工》。北京:五洲传播出版社,2007。

徐以骅、韩信昌:《海上梵王渡——圣约翰大学》。石家庄:河北教育出版社,2003。

徐逸龙:《枫林古镇景物志》。北京:中华书局,2011。

徐有威、贝思飞:《我和土匪在一起的日子:民国匪案洋人亲历记》。北京:团结出版社,2009。

萧功秦:《儒家文化的困境:近代士大夫与中西文化碰撞》。桂林:广西师范大学出版社,2006。

行龙、李豫:《山西大学堂》(山西历史文化丛书第六辑)。太原:山西人民出版社,2002。

行龙:《山大往事》。太原:山西人民出版社,2002。

谢俊美:《常熟翁氏》。北京:中国人民大学出版社,1999。

谢福芸:《英国名媛旅华四部曲》,沈迦主编,左如科、龚燕灵、程锦、房莹译。北京:东方出版社,2018。

邢军:《革命之火的洗礼——美国社会福音和中国基督教青年会(1919—1937年)》,赵晓阳译。上海:上海古籍出版社,2006。

熊文华:《英国汉学史》。北京:学苑出版社,2007。

夏鼐:《夏鼐日记》。上海:华东师范大学出版社,2011。

薛华:《前车可鉴:西方思想文化的兴衰》,梁祖永、梁寿华、刘灏明等译。北京:华夏出版社,2008。

游汝杰:《西洋传教士汉语方言学著作书目考述》。哈尔滨:黑龙江教育出版社,2002。

姚民权:《上海基督教史(1843—1949年)》。上海:上海市基督教三自爱国运动委员会、上海市基督教教务委员会,1994。

姚西伊:《为真道争辩——在华基督教新教传教士基要主义运动(1920—1937年)》。香港:宣道出版社,2008。

杨青:《杨青集》,谢作拳、伍显军编。上海:上海社会科学院出版社,2005。

郑张尚芳:《温州方言志》。北京:中华书局,2008。

赵长天:《孤独的外来者——大清海关总税务司赫德》。上海:文汇出版社,2003。

赵晓阳:《基督教青年会在中国:本土和现代的探索》。北京:社会科学文献出版社,2008。

赵天恩、庄婉芳:《当代中国基督教发展史1949—1997年》。台北:中国福音会出版部,1997。

赵晓兰、吴潮:《传教士中文报刊史》。上海:复旦大学出版社,2011。

支华欣:《温州基督教》。杭州:浙江省基督教协会,2000。

张棡:《张棡日记》,俞雄编。上海:上海社会科学院出版社,2003。

张力、刘鉴唐:《中国教案史》。成都:四川社会科学院出版社,1987。

张鸣:《近代史上的鸡零狗碎》。西安:陕西人民出版社,2008。

章开沅:《社会转型与教会大学》。武汉:湖北教育出版社,1998。

朱政惠:《美国学者论美国中国学》。上海:上海辞书出版社,2009。

周挥辉:《百年华大与百年记忆——掌故·逸事·风物》。武汉:华中师范大学出版社,2013。

周明之:《近代中国的文化危机:清遗老的精神世界》。济南:山东大学出版社,2009。

周厚才:《温州港史》。北京:人民交通出版社,1990。

三、文章

陈三井:《基督教青年会与欧战华工》。《"中央研究院"近代史研究所集刊》(第十七期)。

程美宝:《陈寅恪与牛津大学》。《历史研究》(2000年第3期)。

程美宝:《庚子赔款与香港大学的中文教育——二三十年代香港与中英关系的一个侧面》。《中山大学学报》(社会科学版,1998年第6期)。

端木敏静:《英人苏慧廉与晚清温州》。《瓯风》(第2集,黄山书社,2011)。

端木敏静:《融通中西、守望记忆——英国传教士、汉学家苏慧廉研究》。浙江大学博士论文(2014)。

段怀清:《理雅各〈中国经典〉翻译缘起及体例考略》。《浙江大学学报》(人文社科版,第35卷第3期,2005年5月)。

段怀清:《他们为什么翻译儒家经典?——理雅各、苏慧廉、辜鸿铭、林语堂及其儒家经典翻译》。《跨文化对话》(第16期)。

付美英、方裕谨:《辛亥革命前清政府对革命书刊的封禁》。《历史档案》(1982年第2期)。

宫宏宇:《传教士与中国音乐:以苏维廉为例》。《黄钟》(武汉音乐学院学报,2008年第1期)。

郝田虎:《哲学之门——胡适印象记》。《传记文学(台北)》(第85卷第2期,2004年8月)。

黄培量:《温州近代建筑述略》。《温州文物论集》(浙江人民出版社,

2009)。

蒋维金、李新德:《论苏慧廉对〈妙法莲华经〉的英译与诠释》。《浙江万里学院学报》(第23卷第6期,2014)。

李新德:《苏慧廉及其汉学研究》。《基督与中国社会》(香港中文大学出版社,2006)。

李新德:《"亚洲的福音书"——晚清新教传教士汉语佛教经典英译研究》。《世界宗教研究》(2009年第四期)。

李新德:《晚清新教传教士的中国佛教观》。《宗教学研究》(2007年第1期)。

李新德:《苏慧廉与中国宗教文化的西传》。《池州学院学报》(2011年第2期)。

李新德:《西方传教士与地方近代化——以循道会传教士苏慧廉在温州的活动为研究中心》。《基督教思想评论》(第13辑,上海人民出版社,2011)。

李新德:《苏慧廉温州话〈圣经〉译本研究》。《世界宗教研究》(2015年第1期)。

李雪涛:《谢福芸笔下的太虚法师》。《读书》(2019年第1期)。

马毅:《高本汉早期学术行历与〈中国音韵学研究〉的撰作》。《中山大学学报》(社会科学版,2007年第1期)。

王辉:《从〈论语〉三个译本看古籍英译的出版工作》。《广东外语外贸大学学报》(2003年第9期)。

王辉:《理雅各与〈中国经典〉》。《中国翻译》(2003年第2期)。

王国强:《试论〈中国评论〉在西方汉学史上的地位和价值》。《史林》(2008年第3期)。

王磊:《撕裂与重塑:永嘉县枫林庄的基督教、宗族与社区政治(1860—1896年)》。华东师范大学硕士论文(2013)。

王兴:《投桃报李?——英国传教士汉学家苏慧廉的中英关系研究》。《基督教思想评论》(第18辑,上海人民出版社,2014)。

卫庆怀、张梅秀、王欣欣:《两件珍贵的山西大学校史资料》。《山西大学学报》(1990年第3期)。

卫未:《二十世纪初期基督教新教关于建立基督教联合大学的讨论》。清华大学硕士论文(2007)。

沈迦:《英国循道公会派赴温州传教士名录》。《福音·温州(1867—2017年):基督新教来温一百五十周年学术论文集》(香港方舟机构有限公司,2017)。

陶飞亚:《共产国际代表与中国非基督教运动》。《近代史研究》(2003年第5期)。

谢海涛:《加略利的外交与汉学研究生涯》。复旦大学博士论文(2012)。

杨国桢:《牛津大学中国学的变迁》。《复印报刊资料·历史学》(1995年第10期)。

杨俊杰:《牛津藏陈垣〈元西域人华化考〉"稿本"》。《南方都市报》(2016年1月31日)。

John Young: William E. Soothill (1861–1935): Missionary and Sinologist, the Methodist Missionary History Project Conference, 2012, "*Other Faiths and other Churches*" on 4 November, 2012, at Luther King House, Manchester.

赵晓阳:《美国学生志愿海外传教运动与中国基督教青年会》。《陕西师范大学学报》(2003)。

张小波:《关于理雅各和辜鸿铭〈论语〉翻译的对比研究》。《株洲工学院学报》(第14卷第4期,2000)。

朱宇晶:《晚清到民国时期温州地方的基督教研究》。清华大学硕士论文(2004)。

## 四、资料

(一)文史资料、地方志、年鉴、辞书

*China Centenary Missionary Conference*. Shanghai: Centenary Conference

Committee, 1907.

*Catalogue of the Pictures at the Methodist Mission House*. London.

《赴法勤工俭学运动史料》，清华大学中共党史教研组编。北京：北京出版社，1979。

《光绪朝东华录》，朱光寿编。北京：中华书局，1958。

《皇朝经世文新编续集》，甘韩辑。商绛雪斋书局，1902。

《近代温州社会经济发展概况——瓯海关贸易报告与十年报告译编》，赵肖为译编。上海：上海三联书店，2014。

《近代浙江对外贸易及社会变迁——宁波、温州、杭州海关贸易报告译编》，陈梅龙、景消波译编。宁波：宁波出版社，2003。

《近代浙江通商口岸经济社会概况——浙海关、瓯海关、杭州关贸易报告集成》，杭州海关译编。杭州：浙江人民出版社，2002。

《近代中国专名翻译词典》，黄光域编。成都：四川人民出版社，2001。

《近代来华外国人名辞典》，中国社会科学院近代史研究所编。北京：中国社会科学出版社，1981。

《基督教词典》。北京：北京语言学院出版社，1994。

《基督教温州城西教会创立一百四十周年暨教堂重建一百二十周年纪念册》，2018。

《教务教案档》。台北："中央研究院"近代史研究所，1974—1981年。

《清史稿》。北京：中华书局，1977。

《清末教案》，中国第一历史档案馆、福建师范大学历史系。北京：中华书局，1998。

《清季重要职官年表》，钱实甫编。北京：中华书局，1959。

《清季中外使领年表》，故宫博物院明清档案部、福建师范大学历史系。北京：中华书局，1985。

《瑞安市志》。北京：中华书局，2003。

*Report of the Home and Foreign Missions of The United Methodist Free*

Church (1868-1907). London: The United Methodist Free Church.

*Records of the General Conference of the Protestant Missionary of China. Held at Shanghai, May 10-24, 1877.* Shanghai: 1877.

*Records of the General Conference of the Protestant Missionaries of China. Held at Shanghai, May 7-20, 1890.* Shanghai: American Presbyterian Mission Press, 1890.

《山西文史资料》(各辑),中国人民政治协商会议山西省委员会文史资料研究委员会。

《山西大学百年纪事(1902—2002年)》,山西大学百年纪事编纂委员会编。北京:中华书局,2002。

《山西大学百年校史(1902—2002年)》,山西大学校史编纂委员会编。北京:中华书局,2002。

《盛宣怀档案资料选辑之七·义和团运动》。上海:上海人民出版社,2001。

*The United Methodist Church: Report of the Missions (Home and Foreign) (1908-1932).* London: The United Methodist Publishing House.

*The Historical Register of University of Cambridge, Supplement 1911-1920.*

《温州文史资料》(各辑),中国人民政治协商会议浙江省温州市委员会文史资料委员会。

《温州近代史资料》,温州市教育局教研室、中学历史教学研究会,1957。

《温州海关志》,温州海关志编纂委员会。上海:上海社会科学院出版社,1996。

《温州海关关史画册》,温州海关编。2003。

《温州市教育志》,李方华主编。北京:中华书局,1997。

《温州基督教城西教会创建一百三十周年暨教堂重建一百一十周年纪念册》,2008。

《温州基督教花园巷教堂简史(1877—2007年)》(初稿),2007。

《温州市第二人民医院百年院史（1897—1997年）》，1997。

《温州第四中学七十周年校庆纪念刊（1925—1995年）》，1995。

《外国地名译名手册》，中国地名委员会编。北京：商务印书馆，1993。

Who's Who in the Far East (June) 1906-7.

《永嘉县志》。北京：方志出版社，2003。

《永嘉县志》。北京：中华书局，2010。

《英国蓝皮书有关辛亥革命资料选译》，胡滨译。北京：中华书局，1984。

《英国蓝皮书有关义和团运动资料选译》，胡滨译。北京：中华书局，1980。

《英语姓名译名手册》（第二次修订本），新华通讯社译名资料组编。北京：商务印书馆，1973。

《中华归主——中国基督教事业统计（1901—1920）》，中华续行委员会特委会。北京：中国社会科学出版社，1987。

《中国旧海关史料（1859—1948）》，中国第二历史档案馆、中国海关总署办公厅。北京：京华出版社，2001。

《中共温州独立支部与国民革命运动》，中共温州市委党史研究室、中共温州鹿城区委党史研究室编。北京：中共党史出版社，1998。

《中国近代教育史资料汇编·高等教育》，陈元晖、潘懋元、刘海峰编。上海：上海教育出版社，2007。

《中国近代教育史教学参考资料》，陈学恂编。北京：人民教育出版社，1987。

《赞美诗（新编）》，中国基督教三自爱国运动委员会、中国基督教协会编。1991。

《浙南革命历史文献汇编（一、二战时期）》，中共温州市委党史研究室编。北京：中央党史出版社，2006。

《浙江省宗教志资料汇编》第二集：《温州宗教》，《浙江省宗教志》编辑部编。1994。

（二）报刊

China's Millions

《民国日报》

《申报》

《生命月刊》

《通问报》

The Chinese Recorder

The China Review

The Kingdom Overseas

The Missionary Echo of the United Methodist Free Churches（1894–1907）

The Missionary Echo of the United Methodist Churches（1908–1932）

The New York Times

The North-China Daily News

The Times

The United Methodist Free Churches Magazine

《夏铎——中华循道公会温州宁波两教区月刊》

《万国公报》

《宇宙风》

《中西教会报》

（三）自印本、未刊稿

郭荣生：《阎锡山先生年谱》，自印本，1984。

林骏：《颇宜茨室日记》，稿本，温州市图书馆藏。

苏慧廉：《拓荒布道》，吴慧译，自印本，2007。

苏路熙：《乐往中国》，吴慧译，自印本，2007。

孙牧青：《我和我家》，未刊稿。

孙牧青：《一个文艺兵在朝鲜的战地感受录》，自印本，2011。
翁之憙：《旅欧鸿爪·英国》，稿本，翁氏家藏。
翁之憙：《翁之憙日记》，稿本，翁氏家藏。
项崧：《株树楼文集》，钞本，温州市图书馆藏。
王京等郑求是后人：《永远的怀念》，未刊稿，1998。
温州区会：《温州区教会史》，自印本，2006。
郑良治：《百甓斋日记》，永嘉区乡著会钞本，温州图书馆藏。

（四）访谈

莫法有先生，访谈于中国浙江省温州市，2001年。
支华欣牧师，访谈于中国浙江省温州市，2001年。
郑可麟先生，访谈于中国浙江省温州市，2007年7月6日、2008年4月24日、2010年3月27日。
沈棣芬女士，访谈于中国浙江省温州市，2007年7月28日。
包思恩先生，访谈于中国浙江省温州市，2008年2月23日。
邬焕文牧师，访谈于中国浙江省温州市，2008年2月27日。
高建国牧师，访谈于中国浙江省温州市，2008年7月5日。
叶国启牧师，访谈于中国浙江省温州市，2008年7月9日。
徐秀清先生，访谈于中国浙江省温州市永嘉县枫林镇，2008年7月15日。
杨晓国先生，访谈于中国山西省太原市，2008年7月23日。
徐道兴牧师，访谈于中国浙江省温州市永嘉县碧莲镇，2008年9月6日。
郑张尚芳先生，访谈于中国北京市，2008年11月24日、2009年7月2日。
渠川先生，访谈于中国浙江省温州市，2009年3月7日、2010年3月26日。
夏秀玲女士，访谈于中国浙江省温州市，2009年3月9日。
汤金仓先生，访谈于中国浙江省温州市，2009年3月11日。
翁以钧先生，访谈于中国天津市，2009年6月30日。
朗召（Roger Aylott）先生，访谈于中国浙江省温州市与英国诺里奇，2009年7月10日、2010年8月6—7日。

孙牧青先生，访谈于中国浙江省温州市，2009年8月3日、2010年3月27日。

翁万戈先生，访谈于中国上海市与美国康州莱姆镇（Lyme），2009年8月16日、2010年9月23日、2012年6月20日。

项燕淦女士，访谈于中国浙江省温州市，2009年10月24日。

尤振民先生，访谈于中国上海市，2009年11月5日。

姜平牧师，访谈于加拿大温哥华，2010年1月6日、2011年7月15日。

胡珠生先生，访谈于中国浙江省温州市，2010年3月25日。

戚兰如先生、戚桂香女士，访谈于中国浙江省温州市，2010年3月27日。

方保罗先生，访谈于中国浙江省温州市，2011年8月1日。

夏欣女士，访谈于中国上海市，2011年8月12日。

陈钧贤先生，访谈于中国浙江省温州市，2012年3月14日。

谷传纲先生，访谈于中国上海市，2012年8月9日。

谷爱华女士、谷传声先生，访谈于浙江省温州市，2012年8月22日。

# 修订版后记

修订如上文字时,又一次读到拜伦的诗:

假使我又见了你,
隔了悠长的岁月,
我如何致意?
……

修订是去年春天开始的,离当年的写作不觉已逾十年。2013年简体版出版至今,印刷了六次。加印时有些小修小补,但因版式不能动,只能停留在修改错别字层面,顶多也就在不增删页码的前提下微调几句话或替换个别注释。其实,随着时间的过去,全面修订此书的想法越来越强烈。因不断有新材料出现,可丰富传主与他的时代;同时自觉认识也有些提升,想做更凝练的阐述。现在这一愿望终得实现,并且还是交由三联来完成。在我们这代人心中,三联不仅是家出版社,更是一个文化符号。能跻身三联作者行列,与有荣焉。

说回修订,这次修订虽是从头来过,但并不是重写。换句话说,虽全文重新排版,但没有改变原来的叙事结构与章节安排。比如原书的叙事以2011年为结点,修订仍止于此。一是不悔少作,现在回头看,反感慨当年的执着与虔诚。二是写一本书犹如做一件衣服,衣裳已成,若拆了重做,还不如买布新裁。

那所谓的修订又修在哪里?

近年来,拜全球化、互联网、数据库之赐,新材料层出不穷,平日有见即记于案头，这次一并补入。比如在英国的人口档案中发现了苏慧廉的结婚登记表，这是他人生重要的一页，当然要补入；再比如谢福芸有系列关于中国的"小说"留下，虽然当年写作时已有所引用，但不够翔实。过去几年，我推动这几本书在中国汉译出版，作为"英国名媛旅华四部曲"丛书的主编，有更多机会深入研读并考证细节，自然这些所得也加入了修订版中。早年写作时，翁同龢家族后人提供的翁斌孙、翁之憙日记都还是未刊稿本，近年这两书也相继出版了，我这次修订时据出版物做了校正。还有英国人留下的瓯海关报告、曹雅直夫人传教回忆录等等，修订时都运用了海峡两岸暨香港最新的出版物。类似的修订，全书不少于一百处。当然，有些新材料很有用，但囿于框架，没法补入正文，于是就添在作为附录的《苏慧廉年谱简编》里。细心的读者会发现，这一版的年谱丰富了很多，可称"史上最全"了。

更欣喜的是近年出现了不少有关苏慧廉、温州基督教历史的学术成果。2007年开始写作时，中文的苏慧廉材料只能用凤毛麟角来形容，但现在上"知网"，输入"苏慧廉"，检索显示的结果有六十余条，其中学术论文近十篇。这些文章我一一研读，这次修订也采纳了他们的研究成果。我还欣慰地发现，写作时间晚于拙书的常有引用我的材料，看到《寻找·苏慧廉》书名频繁出现在论文的注释及参考文献中，作为一个"民科"，难免会露出狡黠的微笑。

本次修订也有入得宝山空手折返的遗憾。加拿大UBC大学图书馆近年新购买了英国《泰晤士报》数据库，我当年查过《泰晤士报》，但那时用的是缩微胶片，检索极不方便。现在登陆全文数据库，以苏慧廉、庚款、谢立山（苏慧廉女婿）等为关键词，跳出来的材料让人目不暇接。尤其是1925年前后的中英庚款退款事件，相关报道简直可称连篇累牍。运用这些材料，完全可以重写苏慧廉筹建华中联合大学及后来参与庚款退回两件大事。但这次是修订非重写，框架不改，这两个章节也只作修补。当然，更主要的原因还在于我的英文能力有限，同时对英国近代史，尤其是工党崛起前后多党角力的政治史缺乏了解，以致没能读出字里行间的深层意思。

我知道自己不具备驾驭写作这段历史的能力，那就索性留这个课题给后来者吧。希望他们能在二十世纪上半场英美苏三个大国博弈的世界史背景下去解读一个潜在大国的沉浮，其实苏慧廉离华返英的人生抉择及后来在牛津的汉学生涯就是在这个背景下展开的。一个国家的命运与世界的走向分不开，而个人的命运又与其祖国及身处的时代水乳交融。这是我这些年读历史的感知，也知道它是一历史写作者描述历史时必须具备的视野。

最后还要特别感谢下老东家里与这本书紧密相关的人：选题策划刘丽华老师，相关编辑高磊、于飞、程鹃、黄珊珊、王萌等。在新星闪耀的日子里，我们曾因苏慧廉相遇。

寻找苏慧廉是十余年前的一次个人行动，从家乡出发，跨越了三大洲。如果说那是一段说走就走的畅意旅行，不如说那是一个说走就走的快意时代。享受了"改开"兼全球化双重红利的中国及中国人，似乎以为从此昂首走向世界与未来。这个春天一切戛然而止，雨急、漏残、梦醒。

　　假使我又见了你，
　　隔了悠长的岁月，
　　我如何致意？
　　以沉默，以眼泪。
　　……

寻找历史、寻找中国与世界的竞合方式、寻找未来，依旧是当下的命题，也是我们这代人与祖国及世界休戚与共的命运。

沈　迦

2020年4月23日傍晚

于温哥华寓斋，仍处新冠禁足中

# 后　记

这是个以混搭为时髦的年代。我这本书也是混搭的产物,历史、游记、传记、评论,好像都杂糅其中。我这个没有专业并不务正业的人,总是搞出四不像的东西。但据说,在古希腊语中,"专业""职业"属贬义词,为庸俗人的代名词。因此,我期待读者能从我的不专业中读出些尚不庸俗的题旨所系。

我是认真写这本书的,前后花了六年。现在终于写好了,但回首,觉得有三点不满意。

一是写晚了。虽说动念在十二年前的那个新千禧年,但真正动手是二〇〇七年的春天。二〇〇七年,我的祖母已去世二十四年,郑家爷爷(即书中的名医郑求是)已去世九年,苏慧廉的孙子约翰也已去世三年。如果他们都健在,我不需如此跋山涉水,只要安安静静地在他们身边坐下,听他们讲过去的故事,然后稍加整理,其精彩可想而知。

二是写厚了。在自序里,我说过这是部雄心与能力失衡的产物。此非谦辞,因为我最终没能驾驭好结构与篇幅。成稿后超过三十万字,已删过几次,不知是狠心不够,还是先天虚胖,删掉的总是很有限。每一次统计字数,我都有点不好意思,宛如一个减肥不成功的人害怕看见秤上显示的数字。

三是没能畅快跨越语言的障碍。我虽略识英语,但自知斤两。这本书中不少有价值的史料来自英文文献,英译中由我勉力为之(其中部分评论多、难度高的文章,是友人左如科先翻译了初稿,我再加工)。所幸周边英文胜我者比比皆是,现在通信手段也发达,碰壁时总能在线上线下找到好为人师的朋友。

回想过去的写作过程，要感谢的人太多，如果一一说明，估计需两三页才能容纳。为了节省本已臃肿的篇幅，我将他们的名字以"排名不分先后"的方式罗列于下。方式无动于衷了些，但对他们的感激，我时刻铭记在心。

陈三井、陈郑亦心、陈耀辉、陈一梁、陈丰盛、陈瑞赞、陈肃、陈国兰、程美宝、曹培根、蔡登山、蔡晓雯、丁小明、戴联斌、董怀谷、方韶毅、方家爱、郭威廷、高磊、高启新、洪振宁、黄锡培、郝田虎、金丹霞、卢礼阳、李新德、李友新、刘晨、刘丽华、刘静、刘稚珉、林兴、黎明、陆永青、那莉、彭令、彭满圆、乔寿宁、邱才桢、孙金辉、孙金凤、宋世新、宋广波、邵建、沈珍珍、沈弘、邬峭峰、吴迦勒、谢俊美、徐逸龙、项敏微、袁越、袁家瑜、俞强、左如科、朱学勤、朱雨晨、朱丽珍、周振鹤、周平、周坚、张炳勋、张鹤熊、张青、张莉、赵晓阳、郑勇、曾诚、章宇、David Gamble、David Helliwell、Olayiwola Iyiola、Onesimus Ngundu、Charles David Soothill、Chrissie Webb。

如上的感谢名单里，有两批人缺席。一是曾接受过我采访的对象，计三十一位，因他们的名字已列于书后的"参考文献"，此处不再重复。不过，这批受访者中，支华欣、徐道兴、邹焕文三位牧师已相继过世，我对他们的致谢只能寄托在缅怀之中了。

另一批缺席的是我的家人，父母、妻儿、姐弟。其实，生命中最应该致谢但最被忽视的就是身边的人。记得去年圣诞前后，也是本书写作到尾声时，太太因岳父生病，临时奔回老家。我在家一边买菜烧饭接送孩子，一边校稿补充。这也是结婚十七年来，有幸第一次在家主持全面工作。当然，也在这段当家做主的日子里，深刻体会到了作为主妇的琐碎与没有成就感。从小到大，都是家人给了我稳定的后方，让我有时间与精力从事曾经的所谓正业及现在的不务正业。

近日我因父亲住院手术，临时飞回老家。昨天在病房里，我们不知怎的说到了祖母，父亲突然涕泪纵横，他哽咽着对我的小叔、他的弟弟（小叔因家庭成分不好，年轻时便被支边云南，从此落户边陲）说："妈妈受过的苦，那时你们在外地，不知道。"我平生只见过两次父亲泪流满面。另一次是一九八三年八月二十日祖母去世的那个深夜,父亲流着泪为刚过世的祖母梳头。那年我还只有十四岁,我站在医院(就是书中提到的白累德医院)病房昏暗的门口,目睹了人生最难忘的一幕。今年,我已是父亲当年的年龄,而眼前这个躺在病床上为他母亲哭泣的人已年逾古稀。

祖母如果健在,今年正好一百岁。

沈　迦

2012年11月5日清晨

于温州父母寓所